JN000482

島田荘司

Shimada Soji

Sweet Scent of Rosemary

ローズマリーのあまき香り

講談社

Sweet Scent of Rosemary ローズマリーのあまき香り

contents

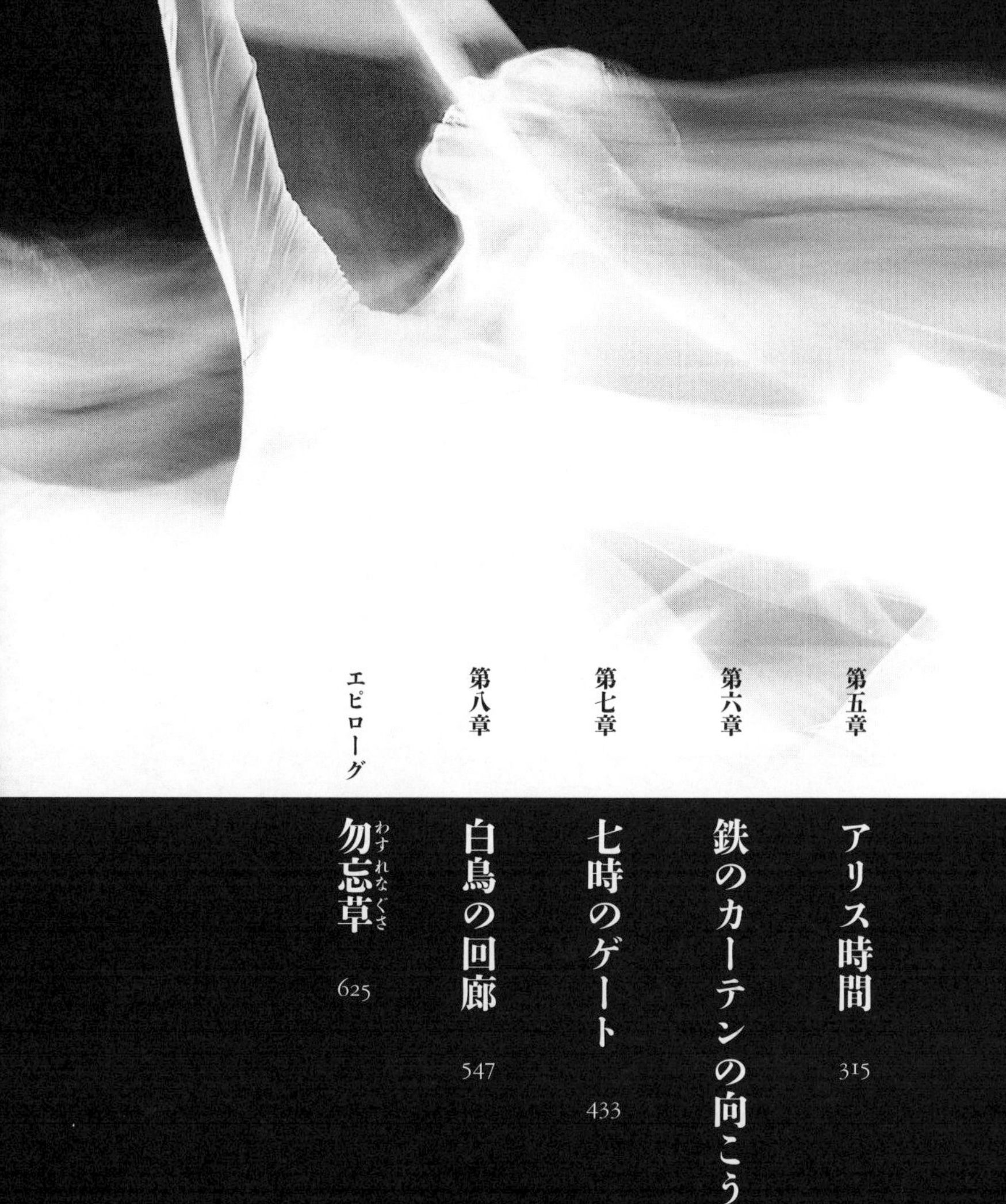

装幀　坂野公一（welle design）　図版　赤波江春奈　写真　Adobe Stock

ローズマリーのあまき香り

Sweet Scent of Rosemary

第一章

死者の踊り

I

一九七七年の十月十一日の宵、デスクに忘れた傘を取りに戻ったニューヨーク市警のリチャード・アッシェンバゥワー警視は、ガラス張りになった個室の、自分のデスク抽斗から折り畳み傘を摑み、また通路に出た。表に霧雨が降り出していたから、取りに戻ったのだ。

刑事部屋の前を通りかかると、ロン・モーガン警部が真剣な表情で受話器を耳に当て、話すのが見えた。ボール・ポイントペンを取り、手もとのメモ紙に何か書こうとしてやめ、ペンを放り出した。

真剣な表情の横顔から、重大な事件発生を知らせる電話を受けているように見えた。が、やがて、髭の下の唇に笑みを浮かせたので、アッシェンバゥワー警視は、行きすぎようとしていた足を停めた。

ロンとはもう長いつき合いになる。だから彼の癖は熟知している。今の顔つきは、ただならない凶悪な事件の報告を聞く際の様子だった。おそらく殺しか、そうでなくとも深刻な訴えが彼にもたらされたのだ。だが彼の唇には笑みが浮いた。これは、電話の相手が親しい人間であることを示している。そうなると、彼は親身にならざるを得まい。今宵は徹夜仕事になりそうだ。

部屋は空席が目立つ。みなもう帰宅したのだろう。電話を置き、居残っていたかたわらの部下、ダニエル・カールトンに何ごとか告げている。今の電話の内容だ。するとダニエルの顔色が変わった。やはり深刻な案件だ。二言三言ロンと言葉を交わすと、廊下に飛び出してきた。駈けていく先は、おそらく科学捜査班だろう。

　デカ部屋に目を戻すと、ロンは内線のボタンを押し、話している。おそらく科捜班への依頼だ。終わると、また別の内線ボタンを押している。これも、相手の見当がつく。今までの様子から見て、広報担当に間違いない。そこまで見当をつけてから、アッシェンバゥワー警視はデカ部屋に歩み入った。

「警視」

　とロンの方で見つけ、声をかけてきた。

「まだおられましたか」

「重大案件か？」

　アッシェンバゥワーは訊いた。

「そうです」

　さっさとすませたい様子がありありの早口で、警部は応える。

「出かけるのか？」

「そうです」

「セントラルパーク方向かね？」

　警視は問う。

「ウォールフェラー・センターなら同方向だ。百十四ウエストの角でおろしてくれないか」

　するとモーガン警部は凍りつき、目を剥いて立ち尽くした。無言になっているから、

「違うのかね？」

と尋ねた。

「どうしてそれを？」

警部は驚いて訊いてくる。

「わけはないさ。君は今、重大事案発生を電話で告げられた。しかし伝えてきたのは君の親しい友人だ。君やダニエルの以後の慌てぶりと、広報に記者会見の準備をさせるほどの重大案件はと考えると、君は友人に演出家がいたね、スコット・ハミルトン。今彼は、ウォールフェラー・センター五十階のバレエシアターに、『スカボロゥの祭り』の演出で入っている」

警部はあきらめたようにうなずいた。

「さすがのホームズぶりですな警視。『スカボロゥの祭り』の主役、フランチェスカ・クレスパンが亡くなりました」

「なんと！　クレスパンが!?」

今度は警視が驚く番だった。

「世界的なバレリーナだ。そいつは大事件だ」

「『スカボロゥの祭り』は、四幕ものです。二幕と三幕との間に、三十分の休憩が入ります。その時、同じ階にある彼女専用の控え室で、クレスパンさんは体を休めます」

「その時かね？」

「そうです」

「殺しかね？」

「そう見えますね。頭部に深い傷を負い、額に血が垂れて、控え室に倒れていた」

「撲殺」

「はい」

「騒ぎになるかもしれんな、歴史的な大事件だ」

「そうですね」

「ピカソ、クレスパン、バーンスタインくらいは私でも知っている。犯人は？」

「さてね。プリマの控え室には大鏡の付いた更衣室、トイレ、バスルームがありますが、誰も隠れてはいませんでした。発見者のスタッフたちが調べたらしい」

「スタッフ？」

「公演用のスタッフが、現在現場の部屋に集合しているらしい。劇場主、マネージャー、管弦楽団の指揮者、彼女の相手役の男性ダンサー、演出家……」

「五人か」

「クレスパンの五人の騎士といったところです」

「出入り口はひとつかね？　その控え室の」

「ひとつきりです、廊下からのもの。頑丈な樫の扉が閉まり、内側からロックされていたそうです」

警視は鼻を鳴らしてわずかに嗤った。

「密室か？」

警部は無言でうなずいた。

「ブンヤ好みだな」

「騎士たちはそれを壊して入った。主役が出てこないから」

「窓はどうかね？」

「五十階ですし、はめ殺しです」

「開かないか」

「開きません。ガラスは厚手で、弾丸も通さないようです。さ、出ますか？」

「いいとも」

ダニエル刑事の運転で、現場に向かった。

「半分で帰されたのなら、今頃劇場は大騒ぎだな」

「でしょうね」

「払い戻しをするのかな、半額に」

「どうでしょうね」

「伝説のバレリーナ、最後の舞台は半分で終わりか」

「それもまた、伝説になるのでしょう」

モーガン警部が言った。

車内の電話を使い、アッシェンバゥワー警視はニューヨーク・バレエ振興財団の理事に電話した。理事のビル・シュワルツは、長年の友人だった。この件は、自分だけにできる情報収集があるかもしれない、警視は考えていた。

秘書が出たから名乗ると、今理事は、百十一のカーネルにいるはずですと言う。彼が馴染みにしている会員制のバーだ。それでアッシェンバゥワー警視は、百十一ウエストの交差点に変更だと、ダニエルに告げた。

「現場には？」

モーガンが訊く。首を左右に振り、

「私はバレエ界のドンを聞きこんでみる」

と警視は応えた。

署の車をおりてみると、霧雨は首筋を濡らすものの、量は多くない。警視はドアを閉め、ちょっと右手を上げてからすぐに体を回して、バーの入る古いビルに向かった。早足になり、傘はささなかった。歩道を横切るだけの距離だったからだ。

バーは三十一階にあり、晴れていれば遠くエンパイアステートビルや、クライスラービルが見えた記憶だが、今宵は雨と霧のせいで、そんなに遠いものは見えないだろう。

カーネルというバーの名前は、たぶん西海岸に憧(あこが)れてつけられたのだろう。東側が、格別雨続きで湿っているわけではないが、警視がここに来るのは、こんな雨の晩になることが多い。雨の夜は、何故(なぜ)かスコッチが飲みたくなる。英国人の血か。

木造りの英国ふうの室内に入ると、ソファ席に人かげはまばらで、カウンター席ばかりが埋まっている。コートを預けていると、カウンターの中央のあたりに、ツイードのジャケットを着た、ビル・シュワルツ理事の華奢(きゃしゃ)な背中が見えた。

「ビル」

友人に寄っていって、警視は声をかけた。

チャンドラーを気取っているのか、彼はカクテルを、たぶんギムレットを飲んでいた。

顔を上げ、そしてそれをゆっくりと回し、理事は警視を見た。

「これはこれは、警察のお偉方の参上か。なにか、嫌なことの前触れでなければいいが」

その予感は当たっている、と思いながら警視は訊く。

「独(ひと)りかい？」

友人の向こう隣にいる者を気にしながら、警視は尋ねた。しかし、格別知り合いではなさそうだった。

「そうだが……」

彼はだるそうに言う。少し酔いが廻(まわ)っているように見えた。

「ソファ席に移らないか？」

いきなりそう言うと、理事は驚いたように、警察官の友人の顔を見た。その目には不安がある。警視はうなずく。

「そうだ、よくない話だ、ビル」

そして耳に口を寄せていき、こう小声で続ける。

「人に、聞かせたくないんだ」

あきらめて、理事がゆるゆると立ちあがっている。

「スコッチを」

カウンターの中を寄ってきたバーテンダーに告げた。

「そして彼にはもう一杯ギムレットだ」

小柄(こがら)な彼の肩を見おろしながら歩き、警視は友人にはこう言う。

「招かれざる客かもしれんが、今宵はみんな、そんな運命なんだ」

そして二人、向き合ってがらんとしたソファ席に腰をおろした。窓を見れば、予想通りの霧で、隣の建物以外、何ひとつ見えなかった。

「こんな雨の夜に……」

シュワルツ理事が、腰を落ち着けながら言う。

「聞きたくない話がいくつかある」

どんな話だ？　と問い返したかったのだが、声にならなかった。警視自身、気分が疲労して、沈黙していたい気分だった。しかし、理事は勝手に始める。

「戦争が始まったとか、大統領が死んだとかな……」

警視は、聞いてうなずいた。同意したい気分だったが、黙っていた。

「歳を喰ったあんたは、そろそろ理事をおりないかとか、そんな話もぞっとせんな。これ以上元気を失うのはうんざりだ」

「そんな話じゃないが……」

警視は言った。そして、

「似たようなものかもしれんな」

とつぶやいた。

「言ってくれ。覚悟はした」

理事は男らしく言った。

クレスパンが死んで、ニューヨークのバレエ界ががたがたになるなら、彼が理事をクビになるのと大差はない。シュワルツ理事が受ける衝撃は、似たようなものだ。いずれにせよ、今彼の属する世界が終わる。クレスパンがいなければ、バレエ界は魅力が半減だ。いや、もっとかもしれない。

「さっき、フランチェスカ・クレスパンが、亡くなった」

単刀直入に告げた。持って廻った表現は、彼をいらつかせるだけだろう。

聞こえなかったのかと、警視はまず思った。だらだらやっているふうの理事の顔に、何も変化が現れなかったからだ。

だが、衝撃は徐々に彼の表情に現れ、すべてが去っていく時の激しい喪失感が感じられた。次第に表情が弛緩し、生気がなくなり、言葉もなくなって、理事は人形のようになった。木彫りの人がたのようにソファにすわり、たっぷり三分間、彼はそのままでいた。

そこに、バーテンダーがギムレットと、氷とスコッチを持ってきた。それをテーブルに置き、彼が去ると、理事は億劫そうに、ゆるゆると口を開いた。本心は、開きたくなかったに相違ない。今夜ひと晩、黙っていたかったはずだ。

「本物の絶望とは、こういうのを言うのだろうなリチャード」

彼はようやくのようにそう言った。声がかすれ、老人のものに変わった。

「今はじめて知った。冷たい雨の降る夜のマンハッタンが、ふさわしい舞台なのか？　私が生涯をかけて守ってきた、バレエという世界。それを支えてきた一人の才能が没したと聞くのは」

警視は黙ってスコッチを舐めた。

「まだ三十代、死ぬような年齢ではない」

「そうだな」

「本当なのか、信じられん。彼女は今盛りだった、力に充ちあふれていたんだ。日々、伝説を作っていた、世界中の劇場で」

「そうだな」

「奔放自在に踊っていた。どんな動きだってできそうで、白鳥の役なら今にも飛び立ちそうだった。それで死ぬ？　世界中で修羅場をくぐってきた女性が」

「そうなのか？」

「そうだとも。嘘だと言って欲しいが、君は言う気はないだろう」

警視は首を横に振った。

「残念だが」

「信じる者なんていないぞ、どこにもだ。バレエを知る者なら。彼女のバレエを一度でも観た者なら」

「ふむ」

「君でなければ、私も信じないところだ。彼女は今、ウォールフェラー・センターで『スカボロゥの祭り』を踊っていたはずだ。今宵は千秋楽だったと思う。それで、いったいどんな死に方だって言うんだ？」

「四幕のバレエの……」

「ああそうだ、四幕ものだった、あれは」

理事は、次第に憤りを感じてきているらしかった。

「二幕と三幕の間の休憩時間に、彼女の専用の控え室で、頭をやられた」

「頭を？　殴られたのか？　殺された？　撲殺だって？」

「今、うちのスタッフが急行している。正確なところは調べてからだ、まだ断定は無理だ。が、そういうことに見える。しかも密室だ」

理事は、ギムレットに口をつけることを忘れている。

「密室だと？」

「中から施錠されていた」

「なんという夜だ！」

憤りを吐き出すように、彼は言った。

「いったいなんという幕切れだ！　バレエ界最大の発展の時代にわれわれはいたのに。こんな終わり方など、誰がいったいたい予想したろう」

つらそうに言う。

「犯人の名が解っても、私には決して言うな。やつが壊したものの大きさを思えば、怒りに震える。私が許す日など、永遠に来ない」

続けて理事は、一見無関係なことを訊いてきた。

「リチャード、君は若い頃、名を成したいと思ったか？」

「もう忘れたが……」

警視は言った。

「周囲が勝手に期待をして、ハイスクール時代、案外成績がよかったから」

理事はうなずき、言う。

「私は思った、名を成したいと。バレエをやっていて、才能があると周囲から思われていた。故郷の街で、何度も優勝して。将来、この文化を背負って立つ存在になると。自分でも、そう確信していた時期がある」

そして彼は小さく、噴き出すような笑い方をした。

「それがこの体たらくだ。毎晩バーに来て、バーボンか、ギムレットだ。落ちたものだな、今宵、フランチェスカ・クレスパンが死んだと聞いても、何もできることがない」

そして彼は、いっとき天井を見つめた。

「ビル・シュワルツ、老いぼれたものだ。バレエ好きの誰に訊いても、私の名を知っている者なんてない。私は今、無名のままで、人生を閉じようとしているのだ。こんな晩年を、あの頃の誰が予想しただろう。努力は、それなりにしたんだ。人の何倍も鍛え、何倍もレッスンした。倒れるまで踊った、だが、駄目だった」

警視は黙って聞いていた。その方がいいと思ったからだ。

「だから私はせめて、天才の陰の力になろうとしたんだ。ヨーロッパから来たあの娘の。私は全力をあげた。懸命に力を尽くした。だが、それも今夜で突然終わった。目の前にいきなり、白いボードを出された気分だ。はい、おしまいです、お疲れさま、気をつけてお帰りを。ふん、予想もしていなかった」

警視は二度うなずく。

「あっけなく彼女は去り、別れの挨拶もなく……、私の人生は……、はて、なんだったのかな。そんなニュースを聞いて、私はうろうろするばかりだ。明日から、何に力を注げばいい」

「君は、尋ねているのではあるまい」

警視は言った。

「私のような門外漢の意見など、必要ではないだろう」

「ああ必要ではない」

理事は乱暴に言う。

「君はよい友人だったリチャード、感謝している。それで充分だ。だが今宵、このグラスを充たすものが安楽死の薬であれば、私は喜んで飲み干す」

彼は言った。

しばらく沈黙になり、警視も黙って堪えていたが、言う。

「君の仕事は理事だったのさ。全力を尽くしたろう？」

「誰にもできないくらいにな」

理事は応えた。

「そのことには充分自信がある。誰も、私ほどにはできなかったろう。結果も出した。だが、何故か駄目だった。手応えなしだ。理事としても、私は無名だ」

「そうなのか？」

「そうだ。もしかして、嫉妬もあるのかもしれん。フランチェスカと、いっときは恋仲だったから。何故かみな、私を避けるのさ。誰も、私については語りたがらない。だから名は、残せなかった」

「クレスパンに姉妹は？」

「いない。天涯孤独だ。父はいない。母は、おそらく収容所で殺された。彼女の父親は、収容所のドイツ人医師だったと言う者がいる。そうかもしれんが、真偽のほどは不明だ。あんなひどい時代だっ

020

たからな」

　警視はうなずきながら聞いた。そしてこう言う。

「これから何に力を注ぐべきかと私に訊いたな、今」

　すると理事はゆるゆると顔を上げてから言う。

「言ったか？」

　そしてギムレットを飲み、続ける。

「もう忘れた」

「今、クレスパンを殺しそうな人間はいるか？」

　再びストレートに、警視は尋ねた。それを訊きに今宵は、ここまで足を運んだのだ。

「なんだって？」

　理事は唖然（あぜん）としている。

「君は、クレスパンと親しかったろう？」

　理事はうなずく。

「彼女の人生について、過去も、今も、来たるべき未来も、君はよく知っていたのじゃないか？　違うか？」

「私以上に知る者はない。自信がある。たとえ彼女が今結婚していても、亭主よりも、私は彼女を知っている。彼女のすべてを知っている。聞きたいのか？」

「今私が知りたいことはひとつだけだ。フランチェスカ・クレスパンを殺しそうな人間だ、いるなら教えて欲しい」

「そういうことか」

　理事はがっかりしたように言う。

「そうだ」

「警視自ら聞きこみか？」

そして理事は沈黙した。警視は軽口は言わず、待った。

「いるものか！」

理事は顔を上げ、きっぱりと言った。

「亡命当時ならいざ知らず、一九七七年の今、フランチェスカ・クレスパンを殺したいなどと考える者が、この世界にいるはずもない。ピカソを殺したい人間などいるか？　何になる？　斯界の花だ、宝石だと讃えられているスターを殺して、いったい誰が得をするんだ。世紀の極悪人になって、悪名が百年は遺るぞ。無意味で、馬鹿げた所業だ、いったい誰がやる」

「彼女はまだ若いはずだ、実はもう六十歳だ、なんてことはないのだろう？」

「三十代だ、正真正銘」

「ライヴァルの踊り子は？」

「そんなものがいればどんなに助かるか。彼女に代わり得る娘など、どこにもいない」

「では恋愛の、男関係のもつれなどということはないか？」

「ないね、彼女に限っては」

「どうしてそう言い切れる、彼女は結婚しているのか？」

「では結婚問題のもつれくらい、あり得るだろう」

「していない」

「ないね」

「結婚願望はなかったのか？」

「なかった」

　理事は断言した。

「ほう。では恋愛もしなかった？」

「それは大いにしたさ。だが彼女は問題を起こすことはなかった。トラブルは慎重に避けていた。交際している時、二股（ふたまた）は決してかけなかったし、相手にその気配があればすぐに身を引いた。決して嘘は吐（つ）かなかったし、金を借りることもなかった。立場のある男に言い寄られても、誰も利用はしなかったし、自慢など発想もなかった」

　警視は低く笑い出した。

「そんな三十代の娘が？」

「いたね、フランチェスカだ。彼女は十代と二十代で、そういったすべてを経験して、三十代ですっかり老成していたんだ。マスコミがどんな記事を書きたがるか、骨身にしみて知っていた」

　警視はまた笑った。

「あの子に較（くら）べたら、アメリカの芸能界など、小猫の集団さ。ただうるさいばかりで、分別などない」

「いったいどんな人生を、彼女は送ってきたんだ？」

「聞けば驚く人生だ」

「伝記は出ているか？」

「これからたっぷり出るだろうな。まだない」

「どこで生まれた？」

「ポーランドだ。ビルケナウ」

「ビルケナウ？　ポーランド？　それは、もしかすると……」

「そうだ、ナチの絶滅収容所だ。そこで生まれて、収容所内でバレエを覚えた。歩くのとほとんど同時に踊りだしたんだ。囚人に名のあるバレエダンサーがいて、彼が教えた。あまりに天才的な素質だったから、殺されずに終戦を迎えた、奇跡だな。戦後は、親代わりの収容者にモスクワに連れていかれて、国営のバレエ団にいた。しかし、国家がらみで育てられていた血筋のよい踊り手がいて、こちらにプリマを奪われた。同時に親代わりの人が死亡して、失意のまま、ドイツに向かった。東ベルリンだ」

「鉄のカーテンの、向こう側か」

「そうだ。そこで頭角を現し、ロンドン公演で亡命した。どうだい、波乱万丈だろう？」

「ああ、すごいな」

「それからはロンドンとパリだ、そしてアメリカ。自由の空気の中を自在に泳いで、彼女は名前を世界中に轟かせた」

「そうだな」

「それが今宵、突如終焉を迎えた。筆が立てば、私も書くんだがな、彼女の伝記、確実に面白くなる。欧州の四〇年代、五〇年代、こことはまったく違った濃密な時代だ。濃密で、狂気の世界。徹底した殺戮と、共産主義の台頭。その空気の中で彼女は、結婚の経験もあり、愛人ですごした時期もあり、だからそんなことで、小娘みたいな失敗はしない」

「子供はどうだ？　欲しくなかったのか？」

「その経験もあるようだった。子供は死んだらしいが。ともかく、三十までに、女の一生の大半を経験していた」

「激動だな」

「時代の波が彼女を翻弄した」

「彼女を取り巻く男たち、ドイツ人、ポーランド人、ロシア人、イギリス人、フランス人にアメリカ人か」

「あの時代に生きた欧州の女なら、それはあり得る。しかも、彼女は渦の中心にいた。そういう経験が、彼女のバレエを光らせた。こんな踊り手は、もう二度と出ない」

「君は、どうしてそんなに詳しい？」

「いっとき、恋仲だったからさ。私は本気だった。力を尽くし、やれることはすべてやったと思い、これ以上一緒にいると、彼女の足を引っ張ると思って、身を引いたんだ。歳の差もあったしね。マイナスにはなりたくなかった」

「彼女を襲う者はないか……」

「密室だったんだろう？　控え室は。君はそう言ったはずだ。たとえいたって、入れないだろう」

警視はうなずいた。

「そうだが、心得ておきたいんだ、ごくわずかでも、動機を持つ者がいたなら」

「それなら私だな」

理事は真顔で言った。

「あれほどの才能を、誰にも渡したくなかった」

「本気で言っているのか？」

「ああ本気だ。だがアリバイがある。今日はずっとオフィスにいた。証人もいる。そのあとはここだ。人前から、十分と姿を消してはいないね」

「彼女と一時期恋仲だった男」

「それも私だ」

「君以外にだ」

「何人かはいる。舞台俳優のマット・ラモンズ。彼は去年まで、一年と少々フランチェスカと付き合っていた。ニューヨークのバイドゥというエイジェントに属していた。その前はハリー・サルツマンという作家、彼はボストン在住だ。これも一年くらいか。その前はスティーヴ・オーランディ、これはロンドン在住で、ダンサーだ。そんなところだが、しかし、彼らが何かするとは到底思えん。いずれも過去だし、自分の保身もある。円満に、切れているしな」

　警視は手帳を出して、メモを取っていた。

「あとは」

「あとは、ウォールフェラーの総帥だが、彼は老人だ」

「彼が支援を？」

　理事は何度かうなずく。

「彼はバレエ界全体の巨大なパトロンだ。だが、フランチェスカと問題を起こしたとは聞かないし、関係は、静かなものだったろう」

「だが、彼女を殴り殺した者は確実にいるんだ」

「それは確かなのか？　偶然の事故ということはないのか？」

「アメリカのバレエ界のドンとしての意見か？　それは。君は、そう思うのか？」

「私はそれほどの者ではないが、そう思うね。彼女が死んではすべてが終わりかねない。この世からバレエという偉大な芸術を消滅させて、得をする者なんてこの世にはいない。ヤハウェか、デモンとでも言うならいざ知らず」

「そうだな」

「三十歳以降、あれほど慎重にすごしてきた彼女が、誰かの恨みを買うなど、到底考えられん」

「君は、死ぬこと自体が信じられんのだろう？」

　理事はうなずいた。

「彼女は神に祝福されていた」

「そうかね」

「私は本気で言っているんだリチャード、信じないだろうが。誰かが彼女を殺すなど、そんなこと、決して神が許されまい。何かの間違いだという思いがどうしても去らない」

「だがクレスパンも、女神ではない」

「しかしどうしてそんなことが起こる？　解せない。いったいどんな深刻ないきさつか、殺人なんて、それも撲殺なんてな」

「ああ」

「彼女は冷静だった。誰に対しても、嫉妬はしなかった。約束は守った。時間にも遅れなかった。仕事は完璧にやった。大声をあげて他人をののしるところも、私は見たことがない」

「そうか」

「もうひとつ、妙なことがある」

「なんだ？」

「フランチェスカが、仕事を途中で投げ出すなんてな」

「途中で投げ出したって？」

「ああ。だって、二幕と三幕の間の休憩時間に死んだんだろう？」

「そうだ」

「では三幕以降は開かない」

「当然そうだな」

「劇場は大混乱になっただろう。あの子らしくない最期だ。あの子は必ずやり遂げる子だった。途中やめなんて、一度もしたことはない。どんな困難にも負けなかった。責任感が強いんだ」

聞いて、警視は噴き出した。いかにそうでも、殺されてはどうしようもあるまい、と彼は思った。が、そうではなかった。

2

壊され、かしいだドアの向こうに黄色いテープが渡された、ウォールフェラー・センターのクレスパンの控え室にリチャード・アッシェンバウワー警視が入っていくと、科学捜査班のスタッフが四人ばかり、忙しそうに作業をしていて、部屋の中央やや奥の床に、シートのかかった、バレリーナの遺体と見えるものがあった。

警視は、苦労してまたドアを閉めた。しかしドアが傾いているから、三角形の隙間(すきま)が生じ、これは防ぎようがない。

床は寄せ木細工の造りで、カーペットは敷かれていない。これなら、撲殺時の血液飛沫痕(ひまつあと)も遺っていそうだから、歩く場所に気をつける必要がある。

警視が入ると同時に写真担当の者が焚(た)くストロボが光ったが、彼はそれでもう機材の片づけを始めたから、現場の撮影は終わっているらしく見えた。

右手には大型の窓があり、その手前に、大型の造花の花輪が立っている。右手には壁に沿って奥に向かう通路があり、突き当たりや左手にドアが見えた。更衣室や、バスルームだろう。

通路との角の壁には、作りつけのワードロウブがあり、扉が開いていて、中の小さなランプがともり、無数の衣装が下がるのが見える。バレリーナが着る小さな、水着に似た衣装。チュチュと言ったか、円盤形に広がる小さなスカートが付いている。

着替え用なのか、同じものが何着も、ハンガーを通されて下がっている。同じデザインのものにも、白とベージュの二種がある。スカートも、円盤形に広がる小さなものと、レース地を幾重にも束ねたロングスカートがあり、これにも白とベージュがある。これに加え、薄物で作られた上着も何着かある。

その下には、大型の抽斗があり、これも引き出され、目下調査中らしい。指紋検出のための銀粉がかかっている。ざっと見る限り、中に収まるものは衣類ばかりで、それも少なめだ。

その左手、壁の手前には、天井下に大型の収納棚が造られている。棚板は、ちょうど人の身長くらいの位置に渡され、よほどののっぽでない限り、男でも、頭頂部がぶつからない程度の高さに設計されている。左手には臙脂のカーテンが束ねられているから、これを引けば、収納物は隠されるのであろう。

棚の上には、舞台設営に使うらしい大道具があれこれ載っている。公園のセット用だろう黒い鋳物製のベンチとか、街灯が二本、横たえられている。昔の人たちがよく旅行時に用いた革製のトランクも見える。その横には、衣装箱や帽子箱らしい大小の箱があるが、これらのいくつかはおろされて、蓋が開けられている。もともとは蓋がされて、天井まで積み上げられていたに相違ない。その脇には、何故かブーツが何足か見えている。

背伸びして頑張れば、女性でも棚から箱をおろすくらいのことはできそうだが、下に脚立があるので、ものを上げおろしする際は通常脚立を使うのだろう。

バレリーナの遺体は棚の下、少し手前に横たわり、かたわらには、キャスターの付いた大型のトランクが、蓋を開いて置かれている。このトランクにも、把手あたりを中心に銀粉がかかっている。開かれているので中はすっかり見えているが、目を引くものは入っていない。バレリーナのものらしい衣類ばかりだ。シルヴァーフォックスらしい、高価そうな毛皮のコートが見える。

トランクの手前の床には、白いテープで円が描かれ、中心に鍵がひとつ落ちている。遺体から、一ヤードばかりの位置だ。

トランクの横には、棚からおろされたらしい箱がいくつか置かれ、蓋が開けられている。中に入っていたらしい女ものの帽子がふたつ、床に置かれている。

左手の壁の手前にはデスクがあり、上に水差しと、コップが載っている。デスクには付属の椅子がある。デスクの向こうには、革張りのソファがあった。

「警視」

しゃがみ込んで床を調べていたティム・バートン係官が、リチャードを見つけ、驚いたように声をかけてきた。

「どうされたんです？　警視が自ら現場に足を運ばれるとは。それもこんな夜更けに」

「バレリーナの事件だからね。ニューヨークのバレエ振興財団の理事が、古い友人なんだ。今まで彼と話していた。理事は、フランチェスカ・クレスパンに関しては何でも知っていると言うから。彼女の過去や、交際していた男性関係などを訊いていた。彼は、クレスパンには格別の思い入れを持っているんだ。モーガン警部は？」

「警部は一階上の劇場主の部屋です。ここをわれわれが調べるので、そっちへ移ってもらったんです。そこで今、関係者の聴取を……」

「そうか。あとで会う。バレリーナの、死亡推定時刻は……」

「ええと……」

ティムが左手を曲げて腕時計を見るので、警視は先に考えを述べることにした。死は今から何時間前かとか、死亡推定範囲の数字が訊きたいわけではない。

「今夜の舞台の開始は七時からで、四幕ものだ。前半と後半に分かれ、前半の終了、つまり二幕の終了は八時半。後半三幕目の開始は九時からになる。すべての終了は十時。ガイシャは前半が終わる

○3○

と、八時半にここに一直線に戻り、三十分間休憩をする、そうだね？」

「その時間です、死亡推定時刻は。八時半から九時の間ということで……」

「それは、体温の降下から？」

「そうです」

警視はうなずく。

「大きな誤差は……」

「迷いの余地は乏しいケースです」

「ではクレスパンは、一幕と二幕の踊りを終えてここに戻ってきて、ここで殺害されたと、そう断定していいのかね？」

「それで大丈夫です。バレリーナは、踊り終えると袖に待機していたマネージャーからこの部屋の鍵を受け取り、通路を通ってそのドアまで来て、廊下からドアにカギを差し込んで、開けてこの部屋に入った。その間は多くの目撃者がいます。だからそれで問題ないです」

「目撃者が？」

「はい。舞台袖で鍵を手渡したマネージャー。そして廊下の右手の鉤の手になったところに、椅子を置いてセキュリティ会社のルッジという男がすわって、通路をやってきて、目の前を通って、鍵を使って、この部屋に入るバレリーナをずっと見ていたそうですから。今ダニエルが、ルッジの家に確認を取りにいっています」

「この鍵かね？」

警視が、白い円の中心にある床の鍵を指差して訊いた。

「そうです」

「ふむ、そうか。その間、つまり舞台袖からこの部屋のドアの前までに、クレスパンは、なじみのスタッフ以外とは、誰とも会っていない？」

ティムは首を横に振った。

「会っていません」

「彼女の友人知人のたぐいが、誰も彼女を訪ねてきてはいないのかね？」

「いません。通路でばったり会ってはいないし、待ちかまえる人もいなかったそうです」

「前もって犯人が、部屋に入り込んで待っていた可能性は？」

「それもノーです。セキュリティのルッジは、公演の間中、この通路に陣取っていたそうですから。ステージを観ることもなく。公演開始前、十階下の住まいから上がってきて、私服でこの部屋に入るところから、クレスパンさんを見ているそうです」

「だが小便には行くだろう、セキュリティは」

「公演中に一度だけ。それもここはトイレに近いので、十分と廊下から消えてはいないそうです」

「そうか。この窓は……」

警視はゆっくりと窓に寄っていこうとする。

「いいかね、歩いても」

「いいです、そのあたりは」

「はめ殺しかね」

「はめ殺しです。開きませんし、弾丸も通さない」

「まあバレリーナは射殺ではない。あっちの、通路に沿った窓も？」

「同じです。はめ殺しです」

「窓から入ることはできんか。何者も」

「無理です。ここは五十階です」

「この建物は、五十一階建てかね？　劇場主の私室は、この上なんだろう？」

「五十六階建てです。劇場の内部が、六階分の高低を持っています」

「五十階に劇場があるとは、珍しい趣向だな。何か理由が？」

「ステージの後方がガラス張りになっていて、普段はロール・スクリーンがおりているんですが、出し物によってはそれを巻きあげて、マンハッタンの高層ビル群の夜景を客に見せることもあるようです」

「ふうん」

「理事の聞きこみから、何か有益な情報等ありましたか？」

「格別ない。彼にとっても思いもかけないことだったようで。ただ彼は憤っていた」

「でしょうね」

「犯人が破壊したものは、ひとつクレスパンの命だけではないと。では、三幕目は開いていないのだね？」

「むろんそうでしょう。その点は、私の管轄ではない」

警視はうなずく。

「客たちはさぞ混乱したろう。理事は、その点を不思議がっていた」

「何故です？」

「フランチェスカ・クレスパンは、観客を前に、途中やめをしたことがない娘だからと。必ず最後までやり遂げる完璧な芸術家だったと。まあ信奉者の思い入れさ。凶器はどれかね？」

「ありません」

ティムは言った。

「ない？」

「はい」

「ないって？」

「そうです」

「それはどういう意味だね？　ではバレリーナはどうして死んだ？　頭部を強打されたからではないのかね？」

「その通りです。それも、かなりの重量物で」

「うん」

「私はこの一時間、それを探しているんです、この部屋中のすみからすみまで。棚の上、棚に載った箱の中、トランクの中、こちらのデスク、その抽斗。バスルーム、トイレの便器の中、更衣室、衣装ダンスの中。それらしいものはどこにもない」

　ティムは手袋をはめた手で、あちこちを指さす。

「このデスクの上、ペン立てがあり、ペンが刺さり、インク壺（つぼ）があり、インクの吸い取り紙がある。抽斗に便箋（びんせん）があり、封筒もいくつかある。だが、目指すものはないんです」

　警視は無言で、ティムの説明を聞いていた。

「人を一人、殴り殺すほどの物体です。石か金属の、太くて重い棒状のものです、凶器は。だがそんなものはどこにもない。少なくとも、私はそう思うんです、ここにはないと」

「凶器がない？　それはどういう意味だ？」

　警視は訊く。

「こちらへ」

　そして彼は、うやうやしいとも呼べそうな手つきで、棚から竹製のステッキを引き出した。そして床に敷かれたプラスティックのシートの上に横たえる。昔、チャップリンが持っていたような華奢な杖だ。

「疑えるとすればこれですが……」

「小道具かね？」

「そうです、これで殴ったと。しかし、これで人を殺すのは無理です。ただ新しい傷はついているし、クレスパンさんの鮮明な指紋がたくさんついてはいる」

「クレスパンは被害者だ、彼女以外の指紋は？」

ティムは首を横に振る。

「ありません」

「ない？　血痕は？」

「ありません」

「だが殺害の際、出血はあったはずだ」

「ありました」

「血が飛び散ったろう」

ティムはうなずく。

「床には、飛沫痕跡が若干見られます」

「若干だって？」

「それもこすれている。つまり、拭き取られているんですよ。掃除がされています。このデスクの上も、埃がきれいになくなっています」

「埃が？」

「もちろん目的は埃じゃない。指紋と、血の飛沫痕でしょう、隠したかったものは」

警視はうなった。

「それから、凶器と」

「そうです、凶器」

「持ち去ったと？　血のしぶきと自分の指紋を処理して、さらに凶器も持ち去った？」

「はい」

「だが犯人の、ここに入る時、出ていった時の姿を見た者はなく、場所は密室で、何びとも、決して中に入ることはできない」

「その通りです」

お手上げだと言うように、警視はさっと両手を上げ、回れ右をした。そして、うなり声を漏らした。

沈黙し、しばらくその場を歩き廻ってから、彼は言う。

「だがこの殺人は、犯人がこの部屋に入って待っていたんだ、クレスパンが二幕の踊りを終えてここに帰ってくるのを。そうして即座に殺（や）った、そうだろう？」

ティムはうなずかない。

「そうでなくては説明がつかない」

「即座に？」

「ああ、言い争いなどはなかった」

「それは何故です」

「バレリーナは、休息のためにここに戻ってきた。するとどうする？　疲れているんだ、間違いなく椅子に座るだろう、あれだ」

警視は椅子を指さす。

「ソファは？」

「遠い」

ティムは何か言いたげにしたが、口をつぐんだ。

「そして手にしていた鍵は、デスクの上に置く。まずそうだ」

「なるほど」

「しかしそうなっていない。床だ。バレリーナの衣装に、ポケットはない。つまり、まだ椅子にすわる前に撲殺されたんだろう」

「ふーむ」

「ここに入ってくるなり、すぐにやられた。そして鍵は床に落とした。この通り、死体のすぐそばだ。殺害時、衝撃で手から飛んだんだろう」

「名推理ですが、それはないと」

ティムは言う。

「ないって？　何故だ」

「セキュリティのルッジが、クレスパンさんが下の家からここに出勤してくる前に、一度ここに入って調べているんです。バスルーム、更衣室も、このワードロウブの中も」

「なんだと……」

「部屋には誰もいなかったと。部屋を調べたのち、彼は廊下に出てすわり、以降はずっとあのドアを見張っていたと」

衝撃とともに、警視は立ち尽くした。

「凶器はどこにもないと、さっき君はそう言ったかね？」

やっとのように、警視はそう言った。

「言いました」

ティムは応える。

「その説明を」

「では。この竹のステッキが凶器だろうと、みながそう言いますが」

歩き出していた警視は足を停め、ティムを見た。

「君は違うと、思うんだね？」

「違いますね。クレスパンさんは、頭蓋骨が陥没骨折しているんです。ダメージは脳にまで達している。こんな竹の棒一本で、そこまでの被害を人間の頭部に与えることは不可能です。竹の棒で、人の頭骨は砕けない。あり得ないことです」

「そうか」

警視は腕を組み、ため息をひとつ吐いた。

「解釈に、苦しみますね」

「私が苦しんでいるのは、ブンヤどもにどう言うかだ」

「ああ」

言って、ティムはうなずいた。

「ダニー・レイバリーにどう言わせるか」

ダニー・レイバリーというのが、広報だった。今回のような事件は、当然ブンヤが殺到する。彼らに説明するのが、この男の仕事になる。

しかし警視もティムも、この事件の持つ真に困難な謎に、まだ直面してはいなかった。

控え室を歩き廻っていた警視が、たまたま傾いたドアに体を向けた際、ドアの隙間を通して、廊下に立つ娘と目が合った。

「あのう、すいません」

と娘が言うのが聞こえた。ドアが壊れているために、一般との遮断が充分にできない。警視は内心舌打ちして、ドアの隙間に向かった。

「クレスパンさんは、どうなったのでしょうか。私、心配でとても眠れません」

「捜査中の事柄(ことがら)は、口外できないのです」

早足で娘に近づきながら、警視は言った。

「私はクレスパンさんのファンなので、ここに就職したのです」

娘は言い、

「この劇場の方？」

警視は尋ねた。

「はいそうです」

見ると娘の瞼(まぶた)に、涙の痕跡がある。

「こんな時刻だ、もう帰宅された方がよいでしょう」

「ここに、従業員用の仮眠室があります。でも眠れなくて。クレスパンさんに、変わりはないですよね？」

「何か異変があったと、何故あなたは思うのです？」

「警察の方がこんなに大勢いらしています。上のゴードンさんのお部屋には、スタッフのみなさんが集められて、警察の方がお話を聞いているみたいです」

警視はうなずいた。その通りだからだ。隠しようがない。

「あのシートの下は、なんですか？」

娘は、傾いたドアの隙間から指をさす。警視は両手を広げた。

「さあ、もうお帰りください、仮眠室に。明日には事実が公表されるでしょう。それまでは何も話せないのがわれわれの規則なのです」

「クレスパンさんに何かあったら、私はもうこの仕事を続けられません。私にとって、クレスパンさんはすべてです。生きる理由でもあります。私はあの方に憧れることで、今まで生きてきたんです」

娘は言った。

「明日にはすべてが解ります」

「最後の舞台挨拶に、あの方だけが出てこられなかったから、主役なのに。だから何かあったのかと」

この言葉を聞きとがめて、警視は立ち尽くした。

「舞台挨拶？」

「はい」

「最後の？」

「はい。姿をお見せにならなくて。こんなことははじめてなので、何かあったのかと。一幕二幕、三幕四幕、ずっと元気に踊っていらしたのに」

「なに!?」

電撃に打たれた気分になり、警視は立ち尽くした。

「三幕、四幕と？」

「はい」

「踊っていた？　クレスパンさんが？」

「はい」

「君、それは確かかね？」

するとと娘は言葉を失うように無言になり、立ち尽くした。かなりしてから言う。

○４○

「はい。大勢のみなさんが見ていますから」

「確かかね？　それは」

「確かです。私も見ていました。通路の坂のところに立って」

「それは、クレスパンさんだったかね？」

「はい、もちろんです」

「間違いないかね？　誰かほかの人ということは」

「何故ですか？　ありません。かなり舞台に近い位置ですから、顔がよく見えます、私の視力は二十（トゥエンティ）／二十（トゥエンティ）（一・〇）です。もう何年もずっと彼女を観てきています。私がクレスパンさんを見間違えるわけないですから」

「クレスパンが、四幕まで踊っていたと……」

「はい、もちろんです。でも、そのあとの舞台挨拶には出てこられないので……」

「最後まで踊っていた？　クレスパンが」

警視はまた言う。

「はい。素晴らしい踊りでした。今夜のクレスパンさんは、最高でした。今までで、一番の出来でした」

警視は言葉を失い、立ち尽くした。

頭の中を、突風が吹き抜ける。いったい、何が起こっている——？

第二章　白鳥の歌

I

一九七七年の十月、霧雨が舞うニューヨークの夜。マンハッタン、ウォールフェラー・センター五十階にあるデシマルバレエシアターで、近年話題の「スカボロゥの祭り」が公演されていた。これはフランス人作家、マーガレット・サガンが書いた戯曲のバレエ化で、音楽は、高名なアメリカの作曲家、ピエール・オコンネルが書き下ろした。

渡ることをやめたスコットランドの一羽の白鳥キャロルが、湖の岸辺に突如立った大鏡に魅せられ、翼を広げた自分の姿を夜ごと映しているうちに鏡の世界に入り込み、これを抜けてみたら人間の娘になっていた。そして神のお告げを聞く。南のスカボロゥで開かれているお祭りに行きなさい、そうしたら運命の男性に出逢え、幸せになれます、というのだ。

白鳥時代の恋人が必死で留めるのだが、人間社会に憧れていた彼女は言うことをきかず、北の湖をあとにして、南への旅にたつ。故郷の彼は、ぼくはいつまでも待っているからね、と彼女に告げる。

しかしお告げは、実は神に化けた悪魔のささやきで、スカボロゥの祭りとは、年に一度、悪霊たちが集まる祭典なのだった。英国中の悪霊が、スカボロゥに集まってくる。悪魔の祭りは、美しい人間の生贄を必要とする。キャロルは、その生贄に選ばれたのだった。

道中に出会うさまざまな魔物が次々と悪事を仕掛けてくるが、なんとかかいくぐり、あちこちで出遭う親切な街の住人や、気のいい芸人の二人組に助けられ、キャロルは旅を続ける。お城の女王に気に入られ、息子の王子に求婚されたりもするが、懸命に断り、スカボロゥを目指していく。「スカボロゥの祭り」とは、そういうおとぎ話だった。

初演はやはりこのウォールフェラー・センター五十階のデシマルシアターであったが、それはニューヨークに滞在していたマーガレット・サガンが、センターの足もとに広がるセントラルパークを散策していて物語を思いついたという縁による。バレエは当たり、評判になり、ロングランを続けた。「スカボロゥの祭り」は、いつかフランチェスカ・クレスパンの代表作となり、彼女の名声はますます高まった。

七七年のこの夜も、主演の白鳥、キャロルは、依然名声が衰えぬフランチェスカが演じた。相手役の男性ダンサーは、これも欧州で名の通った英国人、ジェレミー・ヒーレィだった。オーケストラはニューヨーク・フィル、指揮者は高名なバーナード・コーエンだった。

十日間公演の最終日、それは十月十一日の肌寒い夜だったのだが、貴賓席から舞台の後半を鑑賞していた英国の演劇評論家、サー・トーマス・ベルジュは、ぎょっとしてオペラグラスを顔から離した。それは悪霊たちとの闘いで力つき、それでもなお、瀕死(ひんし)の舞いを続ける人間キャロルの姿を見ている時だった。

キャロルは、白鳥の時は白い衣装を着る。頭にはティアラを付ける。人間になると、衣装はベージュになり、頭からティアラは消える。今は人間の舞いなので、頭はアップにした黒髪だけが見えている。その下の白い額に、ベルジュは奇妙な赤い染(し)みがあることに気づいたのだ。染みは、観ているうちに大きくなり、しかもかたちを変える。

「スカボロゥの祭り」は、前半と後半に分かれ、それぞれが二幕ずつ、計四幕構成の舞台になっている。プリマのクレスパンがソロで踊る場面は少なく、一幕は白鳥たちの群舞が続き、クレスパンはこの踊りの中央で舞う。ソロになる場も、たいてい舞台の後方にはぐるりと半円形になってすわる群舞の踊り手がいる。

群舞の出来も素晴らしかった。娘たちの無数の両腕が上がり、そして下げられ、機敏に動かされる一糸乱れぬその様子は、優雅な白鳥たちそのもので、魅入られるという言葉がふさわしかった。しかしそうした動きの中にあって、前方のクレスパンが埋没することはなかった。羽ばたくように動かされる彼女の裸の両腕の動き、曲げ伸ばしや上体の前傾は素晴らしく優雅で、同じ肉体を用いているのに、彼女の示すこの優雅さ、白い大鳥の表現にかなう踊り手はいないと心から思えた。

一幕、二幕のクレスパンは素晴らしかった。完璧な動きは非の打ちどころがなく、今宵、彼女はまた伝説を作ろうとしている、ベルジュはそう確信した。ところが休憩をはさんで後半に入り、わずかな異変が起こった。キャロルの四肢から、特有のシャープさ、独特の表情が消えた。疲れたように見えるのだ。そして、ただ体が覚えている動きで、うつろに動作しているように見える。疲労は、終幕に向かうにつれ、徐々に増していくように思われ、踊りから生命感が薄らいだ。

とは言っても、それはごく微細な変化なので、昨日今日のバレエファンなら解らなかったかもしれない。若い頃から五十年もバレエを観続けているベルジュであればこそ、ごく些細な味の違いも感じ取れる。それもこのところの五年、彼はクレスパンの舞台ばかりを観てきた。だから彼女の動きはすべて知っている。微妙な癖も、全体を俯瞰しての彼女の理解、そして舞台いっぱいを使おうとして、足さばきに込める彼女の思い、すべて知っている。彼女は、まごうこともなき天才で、上半身の演技ばかりでなく、ふくらはぎの動きひとつからも、微妙な感情を表現できる。

いったい額のあれは何かと、ベルジュはずっといぶかっていた。しかもそれは、見ているうちにかたちを変える。上下に伸びて棒状になり、それがさらに下に向かって伸びていく。間違いない、とべルジュは思った。どう見てもあれは血だ。髪の間から額に落ちてきて、それがゆるゆると眉(まゆ)に向かって伝い落ちている。間違いない。

見つめ続けるうち、疑念は確信に変わり、評論家は考えた。いったい何が起こっている？　ひょっとして凝(こ)った演出かとも疑ったが、ベルジュは過去にも「スカボロゥの祭り」を観ている。このようなキャロルをこれまでに観たことはない。

満場の観客たちを、一様に驚かせたことがもうひとつあった。バレエ「スカボロゥの祭り」は、この頃二種類のラストを持つようになっている。「スカボロゥの祭り」は、白鳥の命が消える悲劇の結末で知られたが、このラストではあまりに救いがないとして、キャロルが生き延び、また白鳥に戻り、旅の経験を教訓にして、故郷の湖で待つ彼のもとへ帰っていく改定版の終幕が実験的に演じられて、これが予想外の好評を博した。

原作者のサガンはラストの改変を許さなかったが、間もなく彼女が没したので、改定版が解禁となった。サガンには子供がなく、苦情を言う者がなかったのだ。そこで最近は、演出家や踊り手の好みで二種のラストが自由に選ばれ、演じられる。

七七年のウォールフェラー・センターで公演された「スカボロゥの祭り」は、新しいラストを採用していた。主演のクレスパン自身、こちらが好きらしいと噂(うわさ)されていた。だから昨日までの九日間、キャロルは毎日死ぬことなくフィナーレを迎えていた。ところが最終日のこの宵、四幕目の後半、終幕が近づいて、キャロルは目に見えて衰弱していく。今やクレスパンの舞いは、前面で輝く圧倒的な存在ではなくなり、後方の群舞の娘らの踊りと、なんら変わるところがなく思われた。そのまま惰性のような羽ばたきを続けていたが、ついに舞台端に倒れ込んで白鳥に戻らずに息絶えてしまったから、観客たちは唖然とし、騒然となった。聞いていた話と違ったからだ。

劇場を埋めた観客たちの大半が、生き延びるストーリーのファンだったわけではない。が、新聞の寸評等を読んで劇場に来ていたから、夢のあるラストを期待していた。思いがけず、期待を裏切られた気分になったのだ。

すべての演技が終了し、カーテンが閉じられ、時を置いて再び開けば、踊り手たちが舞台に整列している。カーテンコールだ。みなが動きを合わせて観客に一礼し、客が拍手で応え、列の中央が割れて、踊り手たち全員が袖に向けて手を上げ、それは主役のクレスパンを呼ぶ仕草と見えたから、観客は期待した。ところが、彼女が姿を現さないのだった。サー・トーマス・ベルジュはオペラグラスを握りしめ、激しい不安に胸を衝かれた。さっきキャロルの額に見た、血のような染みと関係があるのでは、と怯えたのだ。

バレエ界のフィールドの至宝、フランチェスカ・クレスパンの演技も、妙だった。ベルジュは舞台劇の評論家で、バレエは専門ではないが、クレスパンの舞台は、数限りなく観てきている。キャロルの羽ばたきが弱っていき、ついに力つきて息絶える。それが演技であることはむろん解っている。しかし、何かがそれと違った。クレスパンは、実際に立っていることがむずかしくなり、両の手が上がりきらなくなっているように、評論家の目には見えたのだ。腕が上がらなくては、弱っていることは客に伝わっても、動きが美しくなくなる。これはバレエという芸術なのだから、それではいけない。瀕死であることにも、倒れ伏して死ぬことにも、舞いの一環としての美がなくてはならない。

観客もみないぶかしんで見守るが、代わって相手役の男性ダンサー、ジェレミー・ヒーレィが駆け出してきて、普段以上に大仰に挨拶をし、観客の目を自分に惹きつけて、主役の一人らしい派手な振る舞いで場を持たせた。その様子は明らかに、姿を見せないキャロルの分もカヴァーせんものと、懸命に気を張っていることを客たちにさとらせた。客たちのうちにもまた、玄人に近い常連がいたから、これはクレスパンに何かあったのではと考えていた。

しかし血を見ているベルジュは、彼らより遥かに真剣に、事態を憂慮していた。クレスパンは、実際に弱っていたのではないか。現実に死んだとはまさか考えないが、彼女は激しく疲労して見えた。そう考えたらこの結末も、意識したものではなく、本当に彼女はもうあれ以上、踊れなかったのではないか。

　そう考えてからベルジュは、自分のこんな考えは、思い入れがすぎるだろうかと自問した。気持ちが舞台に入りすぎ、登場人物の一人になってしまっている。歳甲斐もないと、わずかに自嘲した。しかしこれまでに数限りなく観た、あれはクレスパンの動きではなかった。玄人のベルジュには、その微妙な差異が解るのだ。

　しかし劇場からは何のアナウンスもなく、舞台はそのまま幕となり、客席の大天井に煌々と灯が入ったから、ベルジュも光にうながされて立ち、首をかしげながらも拍手をした。そうしながら、客たちに押されるようにして、出口に向かって移動を開始した。

　大勢の客とともにエレヴェーター・ホールに立った時、ベルジュは激しく迷った。劇場を出ず、このまま楽屋を訪れて、クレスパンの様子を見舞おうかと思ったのだ。体調を尋ねたい。彼女に何ごともなく、自分の思いすごしだったのならそれでよい。よい演技を観せてもらった礼をひと言言い、そのまま通路に出たらいい。実際前半の彼女の演技は素晴らしかった。後半になり、それが変化したから自分は驚いたのだ。さらに額の血を見て仰天し、深刻な不安を抱いた。

　あれはほとんど恐怖だった。彼女は今、二十世紀のバレエを一人で背負っている。今世紀、バレエらしいバレエを客に見せられる、彼女は最後の一人なのだ。だからせめて、あの血のことを尋ねたい。あれはいったい何だったのかと。

　だが、少々むずかしかった。クレスパンとは会ったことがあり、一応顔見知りだ。しかし、親しいとはとても言えない。疲労困憊して見えた彼女に、自分の訪問で、さらに負担をかけたくはない。そして、多くのバレエ関係者を知る自分だが、ここはアメリカで、この公演のクルーに知り合いはない。訪ねるのはよくないかもしれない。自分が何者かを連中にさとらせるまでに、かなりの時間がかかるだろう。ここはいったん引き揚げ、すべては明日の新聞を見てからにすべきかもしれない。

ベルジュは、大勢の観客たちに交じってのろのろと大型のエレヴェーターに歩み入り、五十階から長々と下って一階のフロアにおりた。広い箱の中は異様に静かだった。たいていの公演の帰り、客は興奮して何ごとかを声高に語り合っているものだ。しかし今宵のエレヴェーター内はまったく静かで、おそらくみな、何ごとか胸に引っかかるものを持っていた。だが、それをどう言葉にしてよいか解らないでいるのだ。

開け放たれたビルの扉を抜けて表に出ると、急激に湿気を感じた。地上の広場にも歩道にも、白く靄りながら、しきりに冷たい霧雨が舞っていた。風があり、寒さが襟首にしみる。雨で気温が下がり、湿った風は肌に険しく、車道を行き交うタクシーは、ヘッドライトを剣のような長い光線にして交差させ合っている。観客たちは軒下にいるうちにとバッグの折りたたみ傘を探り、カヴァーを取り去って、苦心して伸ばしている。ようやくそれをさすと、雨の中に歩み出る。傘のない者は、地下鉄の駅かタクシーを目指して急ぎ足になり、濡れながら去っていく。みなの吐く息は白く、この雨でいよいよ冬の到来を、ニューヨークっ子たちは感じている。

ベルジュも、黒い折りたたみの傘をバッグの中から掴み出し、カヴァーをはずしてから、苦労して広げた。今夜が雨という天気予報は知っていた。だから傘は用意してきた。傘の下で顔を上げたその時だった、暗い前方に、ベルジュは不思議なものを見た。霧雨で白く煙る夜の帳の中に、踊り手が独りぽつんといた。と見ている間にくるくると回転しながら、ポワントの足運びでタクシーたちの間を抜けていく。時おりヘッドライトを浴びて肩や足を白く光らせながら、広い車道をするすると横切っていく。

車道を渡りきると踊り子は、噴水が寒々と水を噴き上げる池の向こう側の、建物の陰にいったん隠れ、それからずっと遠方にまた姿を見せて、車道を横切っている。渡りきると、セントラルパークの茂みの内に消えた。劇場から出たばかりの客たちは、知らずわずかな歓声を吐息に乗せて漏らし、足を停め、踊り子が消えたあたりをしばらく見つめた。ベルジュもそうした。舞台はまだ続いている？　そう疑った。そうなら彼女が、もう一度舞いながら姿を現すかと期待したのだ。

それは、一風変わったカーテンコールに思われた。さっき舞台には現れなかったキャロルだが、遥か眼下の地上、夜のマンハッタンの霧の内に現れた。

しかし、いかに待ってみても、彼女はもう二度と姿を現さなかった。それで観客たちは、自分が幻を見たと知った。いかになんでも現実離れがしている、みなそう考えた。十月十一日のマンハッタン、霧雨の宵のことだった。

２

劇場内部では、劇場主も、フランチェスカのマネージャーも、相手役の男性ダンサーも、演出家もオーケストラの指揮者も、彼らの生涯最大のパニックの数歩手前にいた。今宵の公演終了と同時に、二十世紀のバレエ文化も、終焉を告げようとしていたのだ。

カーテンコールに姿を現さなかったキャロル役のフランチェスカ・クレスパンだが、踊り終えてのち舞台袖に立っていたマネージャー、ジャック・リーチから自身の控え室のカギを受け取り、早足で舞台裏の通路をすぎ、廊下を通って主役一人に与えられた専用控え室に入るのを大勢のスタッフや、廊下にいたセキュリティが見ている。まだカーテンコールがあるのに、妙だなとみんなが思った。しかし名前と立場があるプリマに意見のできる者などなく、みな黙って見送る以外になかった。

そして彼女は、控え室から、もう二度と出てくることはなかった。公演がはね、観客席を埋めてい

○5○

た二千人のバレエファンたちがすべて劇場を出ていって、劇場を閉める時間になり、それでもフランチェスカが姿を現さないので、演出家や劇場主、相手役の男性ダンサー、楽団の指揮者やマネージャーなど、彼女と親しいスタッフたちが控え室前の廊下に集まった。ドアを叩き、中のフランチェスカに呼びかけた。

「クレスパンさん」

まず劇場主のジム・ゴードンが、ノックしながらスターの名を呼んだ。しばらく時間を置き、待ってみるが返答はない。集まった者たちはみな、顔を見合わせる。彼らは全員無数の公演に関わった経験を持つが、こんなことははじめてだった。

「フランチェスカ、フランチェスカ！」

相手役の男性ダンサーが進み出てドアを叩き、大声で名を呼ぶ。が、同じだった。返答はない。ノブを摑んで回してみる。ロックされていた。フランチェスカが、中からロックしているのだ。

演出家のスコット・ハミルトンが、ドアの前でしゃがんだ。そして床に、顔を近づけている。

「明かりが漏れているな」

とドアの下の隙間を見て言った。室内の照明は点灯されているのだ。

みなもう一度顔を見合わせた。こういうケースで為すべきことは、みな、無数のミステリー映画で心得ている。その場に、一人の女性もいなかったから、それがこの荒っぽい対処の背をより押したかもしれない。

相手役のジェレミー・ヒーレィが、マネージャーのジャック・リーチに目配せをした。ジム・ゴードンの顔は見なかった。ドアを壊す相談相手に、劇場主はふさわしくない。

ジェレミーが即刻行動に移り、ドアに体当たりした。しかし勢いが足りず、頑丈な樫のドアはびくともする様子がない。ドアから一歩離れ、もう少し勢いをつけて、ドアにぶつかった。するとかすかに金属系の破壊音がする。

ジェレミーは、体の大きな演出家に目配せをする。協力を要請しているのだ。スコットは学生時代、ニューヨーク大最後のフットボール選手だった。ＮＹＵのフットボール部は、一九五二年に廃部になっている。

彼はうなずき、ジェレミーがぶつかる際にタイミングを合わせ、勢いをつけた体をドアにぶち当てた。すると板が裂けるような鋭い音がして、ノブのあたりに亀裂が走り、飴色に塗装された古い木製のドアに、白い裂け目が入った。男性ダンサーがさらに続けて体当たりをくれると、ドアは異音をたてながら開き、傾いた。

みながなだれ込む。予想した通り、室内は煌々と明るい。そして、異様に静かだった。

「あっ！」

と劇場主が声を上げた。

「これはいったい、どうしたことだ!?」

部屋の奥に、さっきの舞台と同様の景色があった。白鳥が倒れていたのだ。

ベージュ色のステージ衣装の姿だった。踊り疲れ、力つきた、世界的なプリマバレリーナの姿だった。

「フランチェスカ！」

と男性ダンサーも声をあげた。

「フランチェスカ！」

みな口々に叫びながら、彼女の体に駈け寄っていき、寄せ木細工の床に膝をついた。

演出家のハミルトンだけが、身を折らず、場に立ち尽くした。演出家の彼だけが、現場に不審物を見出していた。バレリーナの横に、大型のトランクがひとつあった。蓋が開いてはいなかった。

彼女の体に触れ馴(な)れているゆえか、男性ダンサーがしゃがみ込み、プリマの露出した背の肌に触れた。そして反射的に、こうひと言言った。

「冷たいぞ」

それでみなダンサーの横にしゃがみ込み、次々に踊り手の背中に手のひらをあてた。そして絶望で顔を曇らせた。最もあって欲しくない事態が、そこにあった。悲劇の可能性が高まった。

ジェレミーは続いて左手を掴み、脈の位置を探って親指を添える。続く彼の言葉を待ちながら、しかしみながある予感を持った。しかしあがったのは、その前に予想外の人物の大声だった。

「おおっ！」

言いながら、マネージャーのジャックが尻餅(しりもち)をついた。

「これはいったい……、何だ？」

彼は踊り手の頭頂部の位置にしゃがんでいた。言いながら彼は、震える人差し指を、彼女の頭頂部の髪に、わずかに触れさせていた。そこには、べっとりと赤黒い血が見えていた。アップにした彼女の髪のかなりの部分が、粘(ねば)り気(け)のある血糊(ちのり)の中にある。

「頭？　頭を怪我(けが)しているのか？」

指揮者のバーナード・コーエンが訊いた。

ジャックはうなずき、血の付着した髪を、指先でわずかに撫(な)でた。

プリマは、白鳥になっている時は白い衣装を着て、頭には小さなティアラを付ける。しかし二幕以降は人間になるので、そうなってからはベージュの衣装を着て、頭には何も付けない。

「うん？」

彼は声を漏らす。指の先に、彼女の血が付かなかったからだ。

「致命傷か？　脈は？　どうだ？」

演出家のスコット・ハミルトンが立ったままジェレミーの方に訊く。すると彼は、首を強く左右に振る。

「ない」

短く応えた。

「ない？」

「ああ。亡くなっている」

一座はどよめいた。

「つまり死んだと？　フランチェスカが？」

ジェレミーはバレリーナの裸の背に触れ、左手に触れ、さらに今、念のために手首の脈を探っていた。そしてもう一度、首を左右に振った。それからほとんど腹這いになり、顔をカーペットにつけるほどに低くして、有名バレリーナの顔を覗き込んでいる。それから彼は、彼女の瞼に右手を伸ばした。

「瞼が、開かないぞ」

ジェレミーは言った。

「それは、どういう意味だ？」

「硬直だ、手首も固い」

「硬直？　硬直が始まっているって？　もうか？　死んでいくらも経っていないのに」

「額に、血が垂れている」

さらに、ジェレミーは言った。

「やはりそうなのか」

マネージャーのジャック・リーチが言った。

「やはり?」

聞きとがめて演出家が訊いた。

「やはりなんだ?　ジャック」

マネージャーの方を向いて訊く。

「舞台袖でこの部屋のカギを彼女に渡した時、額に血がひと筋流れているのを見た気がしたんだ。暗かったから、見間違いかと思ったんだが、やはり血が垂れていたんだ」

「どうしたことだこれは。いったい、何が起こったんだ」

立ち上がりながら劇場主がまた言った。彼は明らかに、自分を見失っている。

「ということは、これだけの重い傷を負いながら、彼女は舞台に出て踊ったと?　そう君は言うのか?　ジャック」

顔面蒼白になりながら、演出家が尋ねる。

マネージャーは顔を伏せてかすかにうなずき、それから横を向いて大声を出す。

「ヘイ、ジェレミー、君は気がつかなかったか?　フランチェスカの額の血に」

「一幕目、二幕目では、彼女の額に血なんてないよ。ぼくははっきり見たからね、彼女の顔」

相手役の踊り手は、やはり大声で、断定的に言った。

「三幕目は!?」

「ぼくの彼女との絡みは、知っているだろう?　一幕目と二幕目ばかりなんだ。ぼくは彼女の故郷の湖での恋人役だから。三幕目では……、気がつかなかったな。彼女と絡みが出るのは四幕目の終幕近くだが、今宵は出番がなかったから。何故って、彼女が倒れこんでしまったからね」

「ああ、そうだったな」

演出家は苦い表情になり、言った。演技者が勝手にストーリーを変えると、演出家は自分が軽んじられた気分になる。

「後半、彼女は大半を一人で踊る。恋人役の絡みはなかったんだ」

その通りだった。ジェレミーは、白鳥時代のキャロルの恋人で、しかし彼は故郷に捨て去られるのだ。キャロルは悪魔にだまされ、人間の娘に姿を変えられ、単身で旅に出る。それから悲劇のラストまで、もっとも悲劇を採用するならだが、彼女は独りで踊る。だが今回は生き延びるストーリーなので、本来ならラストにジェレミーの出番はあるはずだった。

「待て、待て」

演出家は立ち尽くし、両手を上げて言い出す。

「それでは彼女はいつこの事故に遭った？　一幕目、二幕目には、フランチェスカの額に血はなかったんだろう？　ジャック、どうだ？　君は、二幕目の終了時にも、彼女に鍵を渡したろう？　舞台袖で」

マネージャーはうなずく。

「渡した」

「これだな？」

指揮者のコーエンが、バレリーナの体から一ヤードばかり離れた位置にある床の鍵を、靴の先で示した。

「その時に血は？」

「なかった」

「では彼女が悲劇に遭ったのは、二幕目と三幕目との間の、休憩時間中だ、そういうことにならないか？」

「スカボロゥの祭り」はおよそ三時間の舞台だが、一時間半の前半、一時間の後半との間に、およそ三十分間の休憩時間がある。踊り手たちは、その間は控え室に入って体を休める。主役のフランチェスカもそうしていた。その時に悲劇に遭ったのではないか。彼女の場合は個室だ、誰も助けてくれる者はない。

「休憩時間に、フランチェスカはここで、一人きりで休憩中に悲劇に遭った。そうではないか？」

演出家は訊く。

「うむ」

声を出しながら、ジェレミーは何度かうなずいている。

「だが誰に⁉　誰にこんな目に遭わされた？　その時ここには誰も入っていない。フランチェスカは一人きりだ。廊下にはセキュリティもいて、椅子にすわって見張っていた」

一同はみな茫然(ぼうぜん)とした表情をしている。

「それも、致命的なまでの怪我を負うほどの負傷だぞ」

「だから事故だと言っている」

劇場主が強く言った。聞いて、演出家はしばらく黙った。それからまた言いだす。

「ともあれ、その大怪我を彼女は口には出さず、気力を振り絞り、後半の舞台に出た。そして最後まで踊り抜いて、控え室に引き揚げてから……、息絶えた。そうか？　ジェレミー、そうか？　君はどう思う、この考え方は」

「超人的だな、もしそれが事実なら、プロフェッショナルの極致だ」

感に堪えないように言ったのはジェレミーではなく、指揮者のバーナード・コーエンだった。

「見ものが多い後半に、もし彼女が姿を現さなければ、公演はひどいことになったろう、考えるだにおぞましい」

「チケットの払い戻しやらなんやかやで、てんやわんやだな」

劇場主のジムが言った。

「そうだ、彼女は君を救ったのだ」

「もしもそうなら、人間の能力を超えている。強烈な責任感だ」

演出家は言う。

「まるで、聖書世界の出来ごとだぞ、感動を禁じ得んな。彼女はもはや人間を超えたのだ」

「だがそういうことなら、確かに、ぼくに思い当たることがある」

ジェレミーが沈んだ声で言う。

「何だね？」

指揮者が尋ねる。

「前半と後半では、彼女はあきらかに違っていた」

「どのように」

「言葉で言うのはむずかしい、袖で観ていて四幕目の彼女はあきらかに……、そうだ、そう言うしかない、死んでいた。体が冷えていたし、踊りがうつろだった。あれは生身の人間の動きじゃないよ、魂が去った、人形のもののようだった、そんな動きだ」

「抜け殻？」

演出家が言うと、ジェレミーは深くうなずく。

「ああそうだ、抜け殻だ、まったくそんな感じだ。フランチェスカであって、フランチェスカじゃない、何か別のものが、踊っていたんだ」

「死者の踊りか？」

聞いてジェレミーは黙り、それからまた何度かうなずいた。

「死者か、そうだな、死者だな……。あれは死者だったんだ。だからぼくは、かすかな異質感を抱いた」

男性ダンサーは言って、さらに沈んでしまった。

「怪談か。伝説がまたひとつだ。不世出の舞姫らしい最期。こいつはそれだ。フランチェスカ伝説は、こんなふうにして終わるのか？　おい、そうなのか？　そういう運命だったのか……」

それからスコットは声の調子を一段落とし、こう続けた。

「われわれ凡人は、思いもしなかったことだな」

「死者だと？」

ジムが散文的な大声を出した。

「死んだ？　フランチェスカ・クレスパンがもういないって？」

「落ち着けジム」

指揮者が言う。

「世界のバレエ界から、もうクレスパンがいない？　永遠に？　おい、冗談じゃないぞ。もしそうなら、いったいどうなるっていうんだ？　われわれは。今後、この世界は」

「ひどい悲劇だ、ひどい悲劇だな」

指揮者は言った。

「オペラハウスに、十日間も大観衆を集められる踊り手はもう世界中探してもいない。もう、二度と出ないいんじゃないか」

「われわれはみんな彼女におんぶしていた。赤児(あかご)みたいにな、彼女一人の背にしがみついていたんだ」

スコットが言う。

「髭の生(は)えた五人の赤児か、あんまりぞっとせんな」

指揮者が言う。

「はっきりしていることがあるな。もしもこれが殺人だったら、犯人はわれわれじゃないってことだ。われわれはみんな、大ダメージをこうむる」

スコットが言った。

「おい、バレエという文化が終わってしまうぞ、この地上から、消えてしまうんだ、いいのか？」

劇場主がわめく。

「ああ、われわれの食い扶持もな。ハンバーガー屋でも始めるか」

演出家が言い、指揮者が制した。

「ともかくだ、これはいったい……、ああ、悲劇なのはむろん解ってるさ、そいつは確かだ。だがこれは殺人なのか？　それともただの……」

「事故だ！」

劇場主のしわがれた声が降ってきた。彼は大声の出しすぎで、いつも声が嗄れている。

「事故だって？」

「ああ。今演出家も言ったろう、彼女なしではわれわれは干上がる」

「干上がるから事故だって？」

指揮者が苦笑して言う。

演出家は言う。

「母を亡くしたわれわれは孤児院行きか」

「それなのに、いったい誰が殺す。それにこれを見てみろ！」

ジムは床の大型トランクを指差す。それでみな顎を上げて劇場主と、演出家の顔を見、続いて床のトランクも見た。

○ 6 ○

「こいつだ。この大型トランクが滑り落ちてきたんだ、この棚から。そしてフランチェスカの頭に当たった」

言いながらジムは、つま先立って、棚の奥を見ている。

控え室の奥、壁際には、まるで二段式のベッドのように、大きな棚が造られていて、そこに大型の衣装ケースやトランクをいくつも載せられるようになっている。さらには街灯や公園のベンチなど、大道具までが載っている。出し物によっては、これを使って動きの練習をするためだ。演出家が、自分が考えた段取りの説明をすることもある。

「あの脚立を使わなければ、そういうことも起こるだろう」

奥の壁際の脚立を指さして彼は言う。

「なんて危険な、罪深い棚だ！」

マネージャーのジャックが、吐き出すように言った。

「世界一のバレリーナの命を奪うなんてな！」

「どうして滑り落ちる⁉」

指揮者は言う。

「脚立を使わなかったからだって？」

「それで摑むのをしくじったと」

ジャックは言う。

「なんにしてもだ、こんな馬鹿な棚、金輪際必要ないぞ。いったい誰が造ったんだ、取り払ってしまえ！」

劇場主が腹を立てて言う。

「だがどうしてトランクをおろす？　どこにそんな必要が……？」

「着替えが入っていたんだろう。最終日が終わったんだ、ここを出る支度(したく)もあるだろうさ」

指揮者が言う。

「休憩時間にか！」

劇場主のジムがわめいた。

「確かに妙だな。しかし、何か必要があったんだろうさ」

スコットが冷静に言った。

「待て待て。そんな話聞いたこともないぞ！」

劇場主のジムがわめいた。

「そうだな、天井が落ちてきたってわけじゃない。こんなもので人一人が死ぬって？　たかがトランク一個だ、中は服だろう、軽いものだ」

ジェレミーが同意する。

「ジム、君はどっちの意見だ？　事故死か、殺人か」

演出家が問う。

「だが確かにそうだ。この棚全体が落ちたってわけじゃない。これで人が死ぬか？」

指揮者も、事故説には疑問を呈(てい)した。

「だが現に、フランチェスカは息をしていない。中身は服でも、このトランク自体が重いんだ」

ジムが言い、トランクに手を伸ばそうとする。

「触るな！」

演出家が一喝した。

「こっちのテーブルにも、その上の水差しにも、床の鍵にも。私も事故と信じたいが、事件の可能性も残る」

「事件?」

　劇場主が目を剝いて言いだす。

「事件だと?　じゃ君はこれを……」

「ああそうだジム、気に入らんだろうが、殺人事件だ。その可能性をぼくは言っている。そうならあとは警察の仕事になる。犯人になりたくなければ、誰も指紋は遺すな」

「馬鹿な。見たろうスコット、ドアは頑丈で、分厚くて。それがしっかりロックされていた。ネズミだって入るのは無理だ。それを、いつも女の子を高々と持ち上げている筋肉自慢のジェレミーと、もとフットボウラーの君が嬉々としてドアにぶつかり、私の貴重な財産を壊したのだ」

「そいつは悪かったなジム。だがともかく警察だ、その電話で……」

「待て。君はわれわれの女神の体を、科学捜査班の田舎じみた爺いたちに、好きなようにいじらせる気か」

「田舎じみていようが都会派だろうが、検視は必要だ。これが事故死でも、医者の死亡証明は要る」

「じゃあどうするんだジム。そんなことばかり言っていると、君は犯人に見えるぞ」

　指揮者は言う。

「空のトランクが頭に当たって、死亡証明か?　ふん、私は納得できんな」

　ジムはわめく。

「そうならセントトラル・ステイションの荷物預かりは死者の山だ」

「ジム、また言っていることが混乱しているぞ」

　演出家が言った。

「その通りだ、殺人か、事故か、どっちかに決めてくれ」

　指揮者も言う。

「角に金具が付いているぞ。たぶんここから血痕が出る」

劇場主はうわごとのように言う。

「おい、君は起きているのか？　ジム」

「見廻してみろスコット。今この部屋には、君らが壊したドアから入ったわれわれ五人組以外には、誰一人いないんだ。君らがよく言う、これは密室というやつだ」

「私がよく言うって？　私はミステリー作家でも、私立探偵でもない」

「ヘイヘイみんな、何か感じないか？」

その時ジェレミーが、すんすんと鼻をならしながら、声をひそめて言った。

「何だジェレミー、何をだ？」

演出家が訊く。

「何かが香るんだ」

「血の匂いは感じているさ」

うんざりしたように演出家が言う。

「人が一人死んだんだ、不吉な、絶望の匂いだ」

「そうじゃない、かすかに……、ローズマリーの香りがする」

ダンサーは言った。

「ローズマリーだって!?」

劇場主が顔をしかめてわめいた。

「どうでもいい！　そんなものが人を殺すか!?」

「さっき舞台袖でも感じたんだ。フランチェスカとすれ違った時、だが……」

相手役は、素早い身のこなしで、死者のかたわらにもう一度さっとしゃがみ込む。

「もうしない。消えた、彼女の体から」

フランチェスカの右手を持ち上げ、自分の鼻先に彼女の指をかざす。

「手からも。ジム、この部屋にローズマリーの鉢などは？」

「そんなものはない。一度たりともここで見たことはない！」

ジムはわめく。

「ありませんね、ここに造花の薔薇（ばら）がある。キャラリリーと、何かの花の花輪だ。フランチェスカは、本番の時は控え室に花は要らないといつも言っていた。造花を置いて欲しいと」

マネージャーのジャック・リーチが、窓まで歩きながら言う。そこに、造花で造られた大型の花輪が置かれている。

「何故？」

「さあね」

マネージャーは振り返り、両手を広げた。

「訊いてもみなかったな」

「ともかく、これで解ったろう紳士諸君、ここにいるのはわれわれおじさん五人組だけだ。あとは造花と、鼻のきく踊り手によれば何やらの香りだ。犯人なんぞはいない、どこにもな。だからこいつは殺人事件なんかじゃない。ミステリー好きには気の毒したな」

劇場主は言う。

「ヘイヘイ、そいつはまだ解らんぞジム。クロゼット、バスルーム、更衣室、すべてしっかり確認しなくっちゃな。話はそれからだ、結論を出したいのなら。たった今もまだ、犯人がひそんでいないとも限らない」

ジェレミーが言い、バスルームに向かいかける。

「手にハンカチを巻け」

　演出家がすかさず指示した。

「聞いたかみんな。さあいよいよ名探偵さんのお出ましだ。ローズマリーの香りの次は、手にハンカチを巻けジェレミー。最後はきっとこうだ、さあワトソン君、ブランデーを頼むよ、この密室の謎を解こうじゃないか」

「いいね」

「次の劇は決まったなスコット」

「もういい二人とも。不謹慎だぞ。われわれの女神が亡くなったんだ」

　指揮者が言った。

「だからこそ言っているんだバーナード、私はな。われわれの人生を変えかねないほどの悲劇を、面白半分の探偵ごっこにするなと言っている。窓ははめ殺しで、しかもここは……、見ろ、天高い五十階だ」

　劇場主は窓を指差して言う。

「誰一人、ここに入れはしない。鳥も飛んじゃいない。鳥だって入れないんだ、ここには。それでどうして殺人事件なんだ？　この劇場ではこれまで、殺人なんて起こったことはない！」

「どこの殺人現場だって、たいてい死体ははじめてだ」

　スコットは冷静に言う。

「毎週死体が現れる有名殺人現場なんてこの世にはない」

「ああそうだな」

　指揮者はうなずく。

「私は反対してはいないんだぞジム。私だってそう望んでいる。三十年かかって築き上げたささやかな名声に傷をつけたくないのは、私も同じだ」

演出家は言う。

「そうだろう、だったら……」

「だから警察に電話をしないのか？」

劇場主はしばらく黙るが、負けずにこう言う。

「だが人が入れない場所で、どうして殺人が起こる？」

「だからミステリーなんだよジム。ミステリーの殺人事件ってのは、いつもそんなふうにして起こるものなんだ」

「どこに犯人がいる？」

「今から探すぞ！」

ジェレミーが遠くから声をかけてきた。

「気をつけろジェレミー、銃を持っているかもしれない、これ以上死体を増やしたくないんだ。ええい、私も行く！」

「そうだ、この上君まで死ねば、この世から著名バレエダンサーは絶滅だ」

「銃は持っているのか？　ジェレミー」

マネージャーが訊き、

「いや」

ジェレミーとスコットは、揃って首を横に振る。

「だが、調べないわけにはいかないだろう」

二人はハンカチを巻いた指先で、控え室に付属の、すべてのドアを慎重に開いていった。窓際についた通路を入った左折した場所にあるバスルーム、その向かい、手前のトイレ、そして突き当たりの全身が映る鏡のある更衣室。

大部屋に戻ってワードロウブ、その大抽斗も、一応引き出してみた。子供か、小柄な女性なら入れるだろうからだ。調査はたちまち終わった。控え室にはそう部屋数があるわけではない。どこにも生き物はいなかった。異常はまるでない。

念のためにすべてのガラスもチェックして廻った。劇場主の言う通りだった。厚手のガラスははめ殺しで、開閉はできない。そしてここは、地上遥かな五十階のフロアだ。窓の外には、灯(あか)りの乏しいセントラルパークの緑が広がっている。中央の平らな暗がりは、ハーレム・ミア（池）の水面だろう。

「警察に電話だ、ニューヨーク市警察には知り合いもいる。悪いようにはせんさ」

「待てスコット、もっといい考えはないか。犯人は見つからなかったんだぞ」

劇場主が往生際悪く言う。

「たった今の調査ではな。だがプロの連中は何かを見つけるだろうさ」

「これが殺人だというのか君は。もっとよい考えがあるはずだ」

「聞こうじゃないかジム。もしあるのなら」

演出家は動作を停めて問う。

「明日の朝刊のいまいましい見出しが、さっきから目の前をちらついているんだ」

劇場主は別のことを言い、空中に右手で弧を描いていた。

「世界的プリマが殺された劇場、原因不明の死、呪(のろ)われた空中の劇場、劇場主は半狂乱、自殺しかねない、エトセトラエトセトラ……」

「そこまで書くかね」

「解るもんか、大馬鹿ぞろいのブンヤどもだ！　ニューヨーク一のオペラハウスが、今宵からお化け屋敷に早変わりだ」

「死んだのはフランチェスカ・クレスパンなんだぞ、世界一高名なプリマバレリーナだ。その死を秘密にして、あとでバレたらその程度ではすまない。策士ジム・ゴードンの写真は一面ぶち抜きで出るぞ」

「いよいよ自殺だな」

指揮者が言う。

「南極にまで悪名が届く」

マネージャーが言った。

「ハロウィーンで、ドラキュラと人気を競うか？」

言いながら、スコットは受話器を取った。

3

スコットの電話から十分とたたないうちに、ニューヨーク市警のロン・モーガン警部が四人の部下を率い、さらに科捜班をともなってどやどやと入ってきた。犠牲者が高名なフランチェスカ・クレスパンと聞いて、志願者が多かったのだろう。

素早い到着だったので、現場には劇場主のジム・ゴードン、マネージャーのジャック・リーチ、演出家のスコット・ハミルトン、相手役ダンサーのジェレミー・ヒーレィ、指揮者のバーナード・コーエンと、まだ全員が居残っていた。

警部のロン・モーガンは、口ひげを生やした恰幅のよい男で、たっぱもあったから、プリマ起重機と陰口をたたかれるジェレミーや、もとニューヨーク大フットボール選手のスコットと並んでも、体格で引けはとらなかった。

科捜班のスタッフたちはフランチェスカの遺体に殺到し、ロンはスコットたちにバッジを見せ、名前と身分を名乗ってから、

「みなさんは、この高名なバレリーナの公演のスタッフですな？」

と訊いた。

一同は直立不動であったり、苦虫を嚙んだ表情であったり、ポケットに両手を入れてそっぽを向いていたり、腹の内によって態度はさまざまであったが、一様にうなずいて見せた。

「私の顔見知りはというと、こちらのスコット・ハミルトン氏だけだ」

「調子はどうだいロン、面倒をかけるね」

演出家は陽気に話しかけた。

「帰宅して、家族と夕食にしたかっただろうに、申し訳ないね」

「女房はあきらめているさ。それよりみなさんこそ、夜遅くまで足止めして申し訳ないですな、明朝もお仕事では？」

「今宵が千秋楽なんでね、明日はみんな休日のはずだ、事件が今夜だったのは不幸中の幸いだった」

「事故だ」

即刻訂正したのは、劇場主のジムだった。

「事故？」

モーガン警部が聞きとがめた。

「殺人事件などではないと申し上げているんです」

「こちらは？」

スコットに向いて、警部が訊く。

○7○

「この石頭は、当デシマルバレエシアターの劇場主で、ジム・ゴードン氏だ」

「ゴードンさん、ほう、あなたは事故と？」

「さよう、棚からトランクが滑り落ちて、不幸にも彼女の頭に当たった。軽々しくあなた方が殺人殺人と口にされると、エサを見つけたハイエナのようにマスコミどもがすっ飛んでくる。不穏当な表現は、今後はご法度(はっと)に願いたい」

　劇場主は憮然(ぶぜん)とした表情で言い捨てた。

「ティム」

　警部は、さっきからバレリーナのかたわらにしゃがんでいる科捜班のスタッフに声をかけた。ティムは無言で顔を上げる。

「この紳士のご意見はどうだ？　彼女は事故で亡くなったのか？　棚からのトランクの落下で」

　ティムと呼ばれた男は首を横に振り、即座に否定した。

「あり得んね」

「なんだって⁉」

　そう声を上げたのは、劇場主だけではなかった。マネージャーのジャック・リーチもだ。

「このトランクではないって⁉」

「上の階から落ちてきたってのならともかく、この棚からなら落下距離はせいぜい二十インチだ。ところが彼女の傷は頭蓋骨を陥没させて、脳にまでダメージを与えている」

「だから？」

「正確なところは遺体を持ち帰って調べてからにしたいが、たった二十インチほど落ちてきた物体による傷なんかじゃない。この傷は、左側面後方から、およそ五十度の角度で、鈍器によって殴られたものです。明白な撲殺で、事故ではあり得ない」

恐慌が一座を支配した。一同は爆発的にざわつく。みな口々に衝撃を声にして出し、場を歩き廻った。指揮者は両手を高く上げて嘆き、ジャックはその場で身をもんで、倒れ込みそうなくらいに絶望した。

最も腹を立てたのは劇場主だった。

「そいつはとんでもない暴論だ！」

彼はわめきたてた。

「邪推だ！」

「営業妨害か？」

スコットがあおった。

「ああ？　ああそうとも。そんな馬鹿げた、クソったれの、あり得ないことが、どうして起こる！人間には到底できぬ所業だ！」

「どうしてそう思うんです？」

警部が冷静に尋ねる。

「警部、忘れんでください、ここは地上五十階だ」

ジムは窓を指さす。

「鳥だって、ここまで来るのは難行だ。ガラスはといえば、分厚い防弾ガラスがはめ殺しです、開きはしないし、銃弾でも割れない。廊下側のドアは樫の木の、頑丈で分厚いものです。ここにいる二人の大男が同時に、それも何度も何度もぶつかって、ようやく壊したんだ。誰もここに入れはしない、ネズミだってな。だから、殺人はあり得ない！」

警部はしばらく沈黙する。むずかしい表情でいっとき考えたのち、こう言う。

「ふむ、興味深い証言だ」

「おまけに廊下にはセキュリティがすわっていた」

劇場主はわめいた。

「廊下に見張りがいたと？」

警部は目を剝いた。

「そうです」

「彼は？」

「もう帰ったさ。まさかこんなことが起こっているとは思わんからね。しかもやつは、クレスパンがこの部屋に入る前に、ここに入ってひと通り調べてもいるんです。毎日そうするんだ、変質者のファンが入り込んでいることも、ないとはいえんからね」

「なるほど」

警部はうなずく。

「やつは絶対的に信頼のできる男です、私が保証する。やつとは十代の頃からの長いつき合いでね、正直者を絵に描いたような男です。女房は料理自慢のメキシコ人で、チーズケーキ作りが……」

「夫人の話はけっこう。彼の名前は解りますか？」

警部は懐から手帳を出してかまえ、劇場主の饒舌を制した。

「ボブ・ルッジ。マンハッタン・ノース・セキュリティの社員です」

ジムは言った。

「住所は？」

問われて、劇場主は住所を告げた。警部は手帳に書き取り、びりと破ってかたわらの部下に手渡した。

「ダニエル、頼む。すぐに確認してくれないか」

部下はうなずき、部屋を出ていった。

「お話がすべて本当なら、彼が嘘をついているってことだ」

警部は言う。

「あり得んな！」

ジムは言下に言った。

「それこそあり得ん。殺されたってやつは、その手の嘘はつかない。私の信頼を失えば、彼は生活を失うんだ」

だといいが、という顔を警部はした。

「鈍器が、いったいどこにある」

部屋を見廻しながら指揮者が小声で問う。デスクに向かって数歩歩き、言う。

「彼女の命を奪えるような鈍器が。この椅子か？　デスクに付属した」

「持ち上げて、振り回したりはできんな」

演出家がにべもなく言った。

「あっちのソファか？　さらに無理だ」

「棚には公園のベンチとか、街灯があるが……」

「同じく無理だ、キングコング以外にはな」

「さて、そのほかの方々は……？」

警部はそういう会話を無視してみなの方を向き、手帳をかまえながら訊く。

「お名前を」

「私は、このバレエのオーケストラの指揮をしていたバーナード・コーエン」

指揮者が言った。

「ふむ。音楽は門外漢ですが、お名前は聞いています。高名な方だ」

「警部、それからこちらの科捜班の方も」

　バーナードは言い出す。

「ふむ」

　警部は身がまえた。

「あなた方は今、とんでもないことを言われた。今宵ばかりは、この石頭の劇場主の主張に私も同意だ。それはあり得ないのです」

「それとは？」

「こちらは今」

　指揮者は科捜班のティムを右手で示す。

「フランチェスカは、即死したように言われた。私にはそう聞こえた」

「ティム、そうか？」

　警部は念を押した。ティムはうなずき、言う。

「そうです」

「それはあり得ない。フランチェスカは、三幕目も舞台に出て踊っているんだ」

「三幕目も!?」

　ティムが頓狂(とんきょう)な声を出した。

「四幕目もです。数千人の観衆がそれを観ている」

　警部は無言で立ち尽くした。

「私も見た。オーケストラ・ピットの指揮台からは、舞台上のフランチェスカの顔が、すぐそこに見える」

「では四幕目が終わってのちに、クレスパンさんは殺されたんでしょう」

警部は冷静な口調で言った。

「あり得ない。フランチェスカは、二幕目と三幕目の間の、休憩時間に事故に遭ったと思われるんだ。それを示す状況がある」

スコットが言った。

「ティム、クレスパンさんの遺体は、死後どのくらい経っている？」

警部は訊く。

「一時間半だ」

ティムが即答し、恐慌がまた一座を支配する。

「そーら、そういうことだ」

指揮者が大声で言った。

「一時間半だ、その通りだ」

演出家も横から同調した。

「舞台がはねて今は三十分、その前の一時間は第三幕と四幕だ。一時間半前なら、それは休憩時間だよ」

腕時計を見ながら指揮者が言う。

「死体現象も、ぴたりと休憩時間を指し示している」

聞いて、モーガン警部は目を剝いた。

「なんだって⁉」

その場にいる者たちは、してやったりと言いたげな顔をして突っ立っている。

「ティム、そんなことはあり得るか？」

彼はティムに向き直って問う。

「幽霊が踊ったんだな、そういうことならね」

科捜班員は、ニコリともしないで答えた。

「殺されてのち、むっくりと起き上がって、ステージに出たんだ」

聞いて、一座は沈黙した。

「馬鹿な!」

警部が言った。

「どこかが間違っているんだ。怪談なんぞ願い下げだ」

「俺は、間違ってはいないよ」

ティムは言った。

「そいつはあとにしよう。そちらは?」

警部は場の者の名を問う作業に戻る。

「フランチェスカ・クレスパンのマネージャーで、ジャック・リーチと申します」

「ふむ、リーチさん。もう長いですか? クレスパンさんのマネージメントは」

「五年が近いですな」

「今の不思議なお話を聞いて、バレリーナのそばに長くいたあなたに、何か言うことはありますか?」

「彼女なら、奇跡も起こせる。不可能を、たびたび可能にしてきた人だ」

「ふむ。そのお隣の方は? クレスパンさんのお相手役の方ですな?」

「ジェレミー・ヒーレィです」

「英国の方だ」

「そうです。よくご存じだ」

「このバレエがここでかかっていることは、ニューヨークっ子ならみんな知っています。新聞雑誌に多く記事が出ている。内容もおおよそ知っています」

「そうですか」

「ニューヨークっ子はバレエが大好きです。無粋な警察官でさえね。ところで、クレスパンさんも英国の方ですかな？」

「英国もそれなりにね。しかし、彼女はあちこちです。人種的にはスペイン系という噂だが、もともとはドイツ国籍で、頭角を現したのも東ドイツです。しかしフランスでも活動していたと聞いています」

「そうですか。あなたは？」

「私はずっとロンドンです」

「彼女とコンビを組んで、長いのですか？」

「いや、彼女と組んでの公演は、今回が初めてです」

「おおそうですか。では彼女の私生活とか、人となりは……」

「何ひとつ知りませんね」

「これは、みなさんもご同様ですか？」

警部が訊くと、みなうなずいている。

「スコット、君もか？」

「大差はない。伝説はきわめて多い女性だったから、彼女のこれまでについて、私もそれなりに心得てはいるが、そのどこまでが真実か、あるいはすべてが創作か、誰にも解りはしない」

「スターの過去はたいていてい謎めいたものだが……」

「そういうことだ」

演出家はうなずく。

「だが今夜のが一番だ」

「スコット、どんな伝説だ？」

「彼女は、ダッハウだかビルケナウだかの強制収容所で生まれ、育ったと聞く」

「何？　ダッハウ？　収容所？　そこで生まれた？　ナチの？　ビルケナウはポーランドだったな？」

「ダッハウは、ドイツ国内にあった。バイエルン州、ミュンヘンの近郊に造られていた」

「収容所だって……」

警部はさすがに驚いたようだ。

「一家で収容されていたのか？」

「そう聞いた。いや、父親はいなかったらしいが」

「両親は別れていた？」

「そうだ。あるいは、結婚していなかったのかもしれん」

「それで？」

「それ以上は知らない」

「リーチさん、あなたはマネージャーだ。ご本人から何か聞いてはいませんか」

「収容所にハンサムな医師がいたと。名前はメンゲレと言って、彼が何かとフランチェスカの面倒をみて、育ててくれたと」

「ふうん」

「表面上は優しいおじさんで、子供にはお菓子をくれたり、パンをくれたりした」

「なるほど」

「親身になってくれたと。そして収容されているユダヤ人の中に、名のあるダンサーがいて、彼がフランチェスカのたぐいまれな天分を見出して、二歳の頃からずっとバレエを教えてくれたと。彼女は、言葉よりも早く、踊ることを憶(おぼ)えたんだ」

「なるほど、それが今日の彼女を生んだと」

「そうです」

「悲惨な生い立ちか、ナチの収容所育ちとは……。それが彼女のバレエへの思い入れを強くした。並たいていの決意ではなかったろう」

マネージャーはうなずく。

「その教師も、フランチェスカが解放される寸前に殺されたと。そんな環境は察するにあまりあります。特にいたいけな子供には。彼女の子供時代は普通ではない。しかしフランチェスカは、幸運にも殺されずに解放された。一九四五年だったかに」

「その時母親は？」

「母親は、彼女がもの心ついた時にはもういなかったようです。おそらく、ナチに殺されたのでしょう。彼女は収容所に収監されていた囚人たちの思いやりや、そのメンゲレという医師に、育てられたのです」

「その医師はドイツ人ですか？」

「そうです。きわめて才能のある、優秀な人物だったが、ヒトラーの熱心な崇拝者でもあったと」

「ほう。彼の戦後の人生はどのように？」

「メンゲレは、南米に逃亡した。彼は、フランチェスカをことのほか可愛(かわい)がっていて、一緒に連れていこうとした。彼女はまだ小さくて、自分の意志などはなかったから、普通ならそうなるところだっ

○ 8 ○

たでしょう。しかし囚人たちが立ちふさがり、彼女を守った。そして収容所が解放され、混乱しているすきに、収容されていた一人の女性が、彼女を抱えて逃亡したと。だから彼女は、南米には行かずにすんだ、そういう話だった」

「なるほど。クレスパンさんは、ユダヤ人だったのですか？」

ジャックは首を横に振った。

「それは神のみぞ知るです。ただ、ユダヤ教徒には見えなかった。ロマの血を引くという噂はあります、劇的な人生を送ってきた人だ」

「ロマ……」

「あり得ることです。彼女は奔放なところがあった。別にそれがロマゆえとは言わないが、われわれとは、かなり感性が異なっている。バレエに全身全霊、命を懸けていた、情熱の塊のような人で……」

「情熱の塊？　たとえば？」

「これは私の意見ではない、みなが言っていることです。トップに立つためになら、彼女は何でもする人だと」

「なんでもする……、それは俗に言う、恋多きといった……？」

ジャックは控えめにうなずく。

「まあそういったあれも含んで……」

「ふむ。あなた自身は、それに反論がありますか？」

するとジャックは黙り込む。

「強制収容所には、ユダヤ人ばかりではない。ロシア人も、反ナチの活動家も、ロマも、精神障害者も収容されていた。そう、ハンディキャップ、身体に大きな障害を持つ人もだ。要するに戦争遂行に役立たない人間は、ヒトラーにとっては無価値なごくつぶしで、すべて収容したのです。彼はそういう者たちの全員を、いずれ処分するつもりでいた」

指揮者のバーナード・コーエンが言った。彼もユダヤ人だと言われている。

その時、鑑識担当のティムが立ち上がり、モーガンの横にやってきた。警部の耳に口を近づけ、耳打ちする。警部はゆっくりとうなずく。それから、みなに向き直ってこう述べた。

「この部屋を、これから科捜班は念入りに調べなくてはなりません。凶器の特定、血痕の分布、より正確な犠牲者の死亡推定時刻、さまざまなことをですな。この部屋をスタッフに任せてわれわれは移動し、どこか別室でお話を聞かせていただきたい」

言うと、みなは黙った。

「どこか、適当な場所は？　なければ、署までご足労願うことになりますが」

そう言われて、劇場主が渋々のように言った。

「では私の部屋に。応接スペースが付属していますからな、ここより多少はくつろげる」

「この階ですか？」

「一階上になります。こちらに」

ジムは先にたち、壊した扉に向かう。

4

全員で廊下を進み、エレヴェーターでなく、階段を昇った。劇場主の部屋は、昇りきってから左手に進み、エレヴェーター・ホールの手前にあった。来訪者の便を考えて、エレヴェーターのそばにしてあるのだろう。

劇場主はポケットから鍵を取り出してドアに差し込み、開けてから右手手前の壁にあるスウィッチを入れた。広々とした部屋全体が、天井いっぱいの照明器具で煌々と照らされた。右手には十人もかけられそうな数のソファとテーブルが並んでいる。

その向こうの窓際には、彫刻がぐるりをめぐる大仰なデスクがあり、革張りの回転椅子がある。意外なことは、さっきまでいたフランチェスカの控え室に較べて、窓が大きくないことだ。臙脂色の壁紙と、凝った額縁に入った絵がかかっていた。

「これは居心地のよさそうな執務室だ」

警部が感想を言った。ここまでついてきた警察官は、警部が一人だけだった。ジムは言う。

「さあみなさん、どうぞかけて、せいぜい疲れを癒(いや)してください。あいにくもう秘書は帰ってしまってお茶は出せないが、アルコホルならそこのバーにある。自由にやってください」

劇場主が指差す場所に、ちょっとしたバーカウンターと、並んだスツールがある。カウンターには、さまざまな高級酒が並んでいた。

「酒はご遠慮しましょう、仕事中だ」

警部が言い、仕事中でないみなもバーには行かず、勧められるままに、ソファに腰をおろした。腰をおろしてみれば、足が疲れていたことにみな気づいた。

警部は腰をおろさず、ジムのデスクのそばまで歩き、窓ガラスに顔を近づけて、表を見おろしている。

ジムはスコットのそばにやってきて、小声で話す。

「どうしてわれわれが現場を追い払われたか、君は解るか?」

「われわれが現場に新たな指紋を付けたり、現場の事物の配置を変えたりを警戒したか?」

言うと、ジムは鼻で嗤った。

「そうじゃないスコット、フランチェスカを裸にするためだ。今頃彼女は、バレエ界の至宝は、全裸にされて毛穴の一つ一つまで調べられ、写真に撮られている。今まで誰一人として触れられなかった彼女のすべてが、あの場の男たち全員の目に晒されているんだ。やりきれんとは思わんか」

　スコットはうなずき、言う。

「そうだな。しかし、もしも彼女が殺されたのなら、犯人を見つけてやらなくては彼女の気持ちは晴れんだろう。仕方がないさ」

「ふん、殺された時点で充分やりきれん」

　入り口のところに、刑事の一人が追ってきて、姿を現していた。そして警部を呼び、額を寄せ合って何ごとかを熱心に話し込んでいる。さっき、セキュリティのルッジの家に向かった男ではないから、ルッジについて話しているのではなさそうだ。では何を話しているのか。二人の警察官を遠目に見ながら、スコットは想像していた。

「見事な調度品と壁紙。英国貴族の邸宅にお邪魔したようですな」

　ずいぶん長い話し合いだったが、警部が一人になってこちらにやってきながら、劇場主に話しかけた。刑事は階下の現場に帰っていった。

「窓が小さい。これには何かお考えが？」

「ガラス張りのビルが好きではなくてね」

　ジムは応えた。

「建築家にもそう指示したんだ。マンハッタンの、最近の高層ビルはすべてガラス張りに変わろうとしている。あれは味も素っ気もない。ミース・ファン・デル・ローエという建築家がよくない。彼に言わせれば、壁は、厚かろうが薄かろうが、ビルの強度になにひとつ貢献していないのだそうでね。そうかもしれんが、部屋の壁面がすべてガラスでは調度に凝りようがない。名画を買ってきても、かける壁がない。画家の収入も減るだろう。ガラスのビルが、アートを殺すんだ。私はこういうクラシカルな、英国の昔の家のような雰囲気が好きでしてね」

「なるほど」

　警部が言い、劇場主の向かいに腰をおろし、

「タバコを吸っても?」

　と訊いた。

「そのケースに葉巻が入っています。よろしければそれを」

　ジムは言った。

「おう、こいつは恐縮だ」

　ケースの蓋を取りながら、警部は言う。

「私は葉巻の香りが好きでしてね、タバコの煙は、あらゆるアートの残り香を台なしにする」

　ジムが芸術家のようなことを言う。

「賛成だな」

　指揮者が言った。そして彼も、葉巻を一本取った。そして卓上にあるライターで点火し、そのままライターを持って体を回し、警部の葉巻にも火をつけてやった。ひと口吸ってから、モーガン警部は言う。

「歴史的な悲劇だ、それは理解しているつもりです。フランチェスカ・クレスパンさんは、バレエという貴重な文化を支える至宝だった。替えがきかないくらいの貴重な人材だった。そうですな?」

　警部のその言に、みながてんでにうなずいている。

「歴史が変わるでしょうな、今宵を境に。来年、はたしてまだ世界にバレエという文化が存在しているか否か。続いていることを願うが」

バーナード・コーエンが、沈んだ声で言った。

「ミュージカルに押されることになるだろう」

スコットが言った。

「クラシカルなバレエは、もうシンボルを失ったんだ」

「そうならこの街の責任は重大になる」

「ああ、ここはミュージカルの本場だからな」

演出家は応える。

「さて、そうなら犯人を捕まえなくてはなりませんな、なんとしても。それが今われわれに課せられた重大な責務だ」

「あれが殺人ならな」

劇場主が往生際悪く、また小声で言った。

「聞けば、気が重い事件のようだ。まるで怪談話だ。だがそれでもわれわれは、やらなくてはならん。ご協力をお願いしますよ」

みな、またうなずいた。

「まず、クレスパンさんは、いくつだったのですか？　彼女はそもそも何年の生まれです。生まれた場所は解ったが」

「誕生日は、一九四二年の一月十八日だった」

マネージャーのジャックが言った。

「誕生パーティを何度もやったから、憶えています」

「ほう、では今年で……」

「三十五歳になるかな。誰もそう思ってはいなかったが」

○86

スコットが引き取って言った。

「二十代の筋肉と、動きだった、最後の瞬間までな。彼女は普段から鍛えていたし、節制もしていた」

「修行僧のように？」

警部が訊き、すると演出家は、何故か失笑を漏らした。それでもこう続ける。

「タバコは吸わず、酒は常に口を湿す程度だ。夜更かしはせず、朝は早くに起き、ジョギングを欠かしていなかった。毎晩欠かさずにバスタブに浸かって、朝になれば冷水を浴びていたと聞く」

「なるほど、修行僧だ」

「第一線のバレリーナとしての人生を、最大限に延ばそうとしていたんだ。バレエが彼女を、ドイツのあの地獄から救ってくれたんだから」

「この芸術への恩返しに生きていたと？」

スコットはうなずく。

「落ちはじめたら早い。どんなに苦しくても、維持の方が楽なんだ」

「なるほど。通常、バレエというのは何歳くらいまで踊れるものです？」

「四十かな、プリマが踊れるのは」

演出家が言い、指揮者が引き取って続ける。

「しかしさまざまなサポート技術が進歩して、延びる傾向にある。彼女なら六十歳まで踊れたと私は思うね、みなも、私も、それを望んでいた」

「君もか？　スコット」

警部は訊く。

「もちろんだ。ここにいる者はみんなそうだ、心から望んでいた。彼女は特別だった、どんな奇跡だって起こせたろう」

「今宵のように」

指揮者が横合いから言う。

「怪談が起こっているようだが、心の奥底ではわれわれは、案外それを疑問に思っていない。彼女ならやれるだろうとどこかで感じているんだ。強い強い意志を持った女性だった」

「望んでいない者は？　スコット。口にしにくいことだろうが」

「ライヴァルってことか？」

警部は黙ってうなずく。

「確かに捜査には必要だろうな。でも、そいつがいたら、実のところわれわれも大助かりだ。だが……、率直に言って、いないな。彼女は特殊だった。すこぶる特殊だ。技術がある、才能がある、そういう踊り手は世間にいるだろう。しかし彼女は、それだけじゃないんだ。彼女はとんでもないものを身にまとっていた。言うなれば時代の子で、この二十世紀を代表する存在だった」

「彼女が一人いれば、二十世紀がそこに立っている」

バーナード・コーエンが、哲学的な台詞を吐いた。

「そうだ、その通りだ。だってナチの収容所で生まれて、収容所で踊りはじめたんだぜ。周囲にいた者たちは日々ガス室に送られ、次々に消えていく。世話を焼いてくれ、いつも笑って話していた者たちの死と、隣り合わせで彼女は育った。いわば、ヒトラーという狂人が彼女を創りだしたんだ。こんなバレリーナがほかにいるか？」

警部はうなずいた。

「殺されないためには、最高の踊りを見せ続けるしかなかったんだ。みなが仰天するような踊りだ。ある者は歓声とともに喝采し、ある者は衝撃で絶句し、そんな踊りだ。そんな天才児は、ナチだって殺しにくい。そう思わないか？」

「うむ。まるで、千夜一夜の語り部のようだ」

「まさしく。そうやって一日一日を、彼女はかろうじて生き延びた、わずか二歳児がだぞ。二歳の頃からそう心得て、しゃにむに踊ってきたのがフランチェスカ・クレスパンだ。文字通り命がかかっていたんだ。うまい娘ならいくらもいる。だがオーラがまるで違う、まとっている伝説がまるきり違う。彼女の前に出れば、どんな娘だってかすんでしまう、格が全然違うんだから。そのオーラが、夜ごと劇場を満杯にするんだ。観客たちは、歴史を目撃しに来る。彼女は生きた歴史だった。あれこそが伝説というものだ。彼女は夜ごと、それを作っていたんだ。パリで、ロンドンで、ニューヨークで、踊るたびにだ。だって、アドルフ・ヒトラーと直結しているんだぜ、世にバレリーナは多くても、こんな舞姫は二人といない、もう二度と出ることもないだろう」

警部は深くうなずく。

「いいスピーチだスコット、拍手を送ろう」

警部はおごそかに言った。

「それに異議を唱える気なんて私にはない。彼女は突出した舞姫だ、よく理解した。彼女への敬意は、私も充分に持っている。ストイックなのにも同意だ。しかしさっきからみなさんのご意見を聞いていると、まるで宗教のようだ。フランチェスカ・クレスパンさんへのあなた方の思いは、まるで信仰だ」

聞いてもみな、笑うでもなく、小さくうなずいている。

「キリストの復活だ。ゴルゴタの丘で殺されても、生き返ってくるんだろう」

「言われて気づくが、そうかもしれんな。あれほどの女性が、簡単に死ぬとは思えない」

スコットが言った。

「並外れた努力家だったんだろう。だが今宵、そんな女性の身にも、悲劇は起こった。あの絶滅収容所でさえ殺されなかったほどの強靱で、貴重な生命が今宵、露と消えた。わずか三十五年で」

聞いて、指揮者はため息を漏らした。そして言う。

「起きてはならぬ悲劇だな」

「起きてはならぬ悲劇です。今宵世界は、歴史の証人を失った。そうなら、貴重な歴史を殺した不届き者を、われわれはなんとしても捕まえなくてはならない。犯人を追う猟犬の、多少の不遜も許していただきたい」

「ああ、理解するさ」

演出家は言った。

「言いたいことがあるなら、遠慮はいらない。これは殺人事件だ」

警部はうなずき、慎重に言葉を選びながら言う。

「だが君は、その割にさっき、修行僧のようにと言ったら微妙な表情をした。リーチ氏も、恋多きと私が言ったら貝になってしまった。これは修行僧に対するものにしては妙だな」

「収容所を出てのち、彼女は大変な苦労をした。天涯孤独だったんだから」

スコットは言い出す。

「天涯孤独だったのか？」

「文字通りひとりぼっちだ。親はいない、親戚なんて一人もいない、兄弟もない、一人っ子だ。母親はもともとドイツの人ではなかったんだから。だから引き上げてくれる人なんていない。収容所にはいたかもしれんが、みんな死んでしまった」

「孤児院で育ったのか？」

「いや、ソ連だ。モスクワで、彼女は本格的に踊り手になった。北の国でどんなことがあったのか

○ 9 ○

は、誰も知らない。知られていない。しかし共産党一党独裁の国だからね、推して知るべしだ」

「なるほど。ソ連に連れていかれたのか」

「収容所にいたロシア人が親代わりになって、モスクワ郊外に連れ去った。しかし間もなくその人が死んで、彼女は東ベルリンに舞い戻ったんだ。その後、彼女がどうやって東ドイツのバレエ界の第一線にまでのし上がったか、コネなどないんだ、当然バレエの特訓だけでは駄目だったろうさ。そのあたりは、想像にかたくない。西ベルリンあたりには、そのへんのことを書きなぐったゴシップ本が山のようにあると聞く」

「読んだのか？」

「いや」

そのあたりにはあまり言葉を費やさず、スコットは言う。

「収容所を生き延びたのも、メンゲレに気に入られたからかもしれんしな、子供心にも、彼女は本能でそれを悟っていたろう」

「メンゲレ、この男は……？」

「ああ、小説のネタだ。優雅な物腰、俳優顔負けのハンサムな風貌(ふうぼう)、人好きのする話し方、だがその実、その正体はとんでもない悪魔だった。ユダヤ人の子供の命など、モルモットほどにも思ってはいなかった」

「そんな男のそばで、よく生き延びられたものだな」

「それが謎だ。何か理由があったのかもしれんが、今となってはもう知りようもない」

「ふむ」

「どこまで本当か知らんが、やつのやった恐ろしい行為をテーマに、ハリウッドの恐怖映画が十本は作れるだろうな」

「人体実験のたぐいか？」

すると演出家は、声は出さず、うなずく。

「この男が……」

警部が言いかけると、

「変態野郎さ、本物のね」

ジャックが軽蔑するように言った。しかし演出家は冷静に問う。

「君が言いたいことはこうじゃないかロン、この男が、フランチェスカの父親じゃないかと」

警部は少し迷うそぶりを見せたが、うなずいた。

「ああそうだ」

「その可能性はあるさロン、そう信じている好事家は、世間になかなか多い。歴史家、ナチの研究家、マッドサイエンティスト・マニア、ブラブラブラ……」

「官能小説の愛好家もな」

劇場主が横から言った。

「その後南米で、この男は逮捕されたのか？　ナチの重罪者に、時効はなかったはずだ」

「いや、されなかったな、いまだ逃亡中だ」

「どうしてだ？」

「ハンサムだったからかな、南米の情熱的な女たちに匿われて生き延び続けている。今もどこかで健在だろう」

「変態になりたければハンサムに生まれろだな」

ジャックが言った。

「クレスパンさんは、資産家だったか？」

警部が突然話を変えた。

「うん？　何故だ？　そう言っていいだろう、豊かに暮らしていた、有名人だし」

「資産家の援助があった」

指揮者が言う。演出家はかすかにうなずく。警部はそれを目にとめながら続ける。

「イヤリング、そして両手の指にダイヤが光っていた。いつもこんなふうにして踊るものなのか？バレリーナという人たちは」

「両手と耳にダイヤモンドだって⁉」

演出家は驚いて言った。

「そうだ」

「気がつかなかった」

言って彼は、両手を広げた。

「あまりの悲劇に混乱していた……。彼女は舞台では質素だった、妙だな。ジャック、そうじゃなかったか？」

演出家はマネージャーに体を向けて尋ねた。

ジャックもうなずいている。

「質素でした、少なくとも舞台では。クレスパンさんは、踊る時は何も身につけたくないって言ってた。衣装だって脱ぎたいようなこと、言う時もあったな。ジェレミー、君は気づいていたか？　クレスパンさんのダイヤモンド」

「ああ、指輪をしていたな。憶えている。手に指輪の感触があった」

踊り手は答えた。

「バレリーナというのは、そんなふうにみんな指輪をするものなのですか？　踊る時」

警部は問う。

「それは人それぞれだ。しかしフランチェスカは、そうはしていなかったと思う、いつもは」

「それが、指輪にイヤリング、あちこちダイヤだらけだった」

「フランチェスカらしくないな」

演出家は首をかしげた。

「修行僧には、似つかわしくない？」

「ダイヤで飾りたてた修行僧か？」

ジムが笑いながら言う。

「彼女も変わったのか。もう大御所になったのだから」

スコットが言った。

「ちょっと待ってくれ」

ジェレミーが、宙を見つめながら言う。

「今宵はしていた、確かに。だが、昨夜はしていなかったぞ、指輪なんぞ」

彼は言う。

「そうだ、してはいなかった。両手の指は裸だった。何もはまってはいない。憶えている」

「耳は」

するとジェレミーはまた宙を見つめる。

「イヤリングなんて、なかったと思う」

「確かか？」

スコットが訊く。

「ああ」

「おとといは？　その前の日は？」

ジェレミーはもう視線はおろしている。しばらく沈黙し、それから首を横に振る。

「ない」

「なかった？」

ダンサーはまた首をしっかり左右に振り、言う。

「なかった。耳にも、両手の指にも、ダイヤなんてなかった。この公演中ずっとだ」

そして一座は、しばらく沈黙になった。これを破ったのは、モーガン警部だった。

「当公演の間中、高名なクレスパンさんは、手指にも耳にも、ダイヤなんぞつけずに踊っていた。のみならず、普段から踊る際には体に装身具などつける習慣はなかった、そうですな？」

「ないな、ネックレスも、しているのを見たことはない」

演出家が首を左右に振りながら言う。

「それは君の要請なのか？」

警部は訊き、スコットは首を左右に振る。

「違うな。言ったことなんてない、そんな要求なんて。しかし彼女は、ブレスレットも、指輪も、一度もしていたことはなかった」

「それが、殺された夜に限って、ダイヤモンドだらけだった。何故だ？　どうして彼女はそんなことをした？」

演出家は腕を組む。そして言う。

「どうしてだろうな」

「君にも理由は解らないか？」

「皆目」

「解る人は？」

みな、無言で首を横に振っている。

「科捜班の者たちに言わせれば、かなり高価格のものだそうだ」

「どのくらいの？」

「その方面の専門家はうちにはいないので、正確なところはちょっと。しかし手のものも耳のものも、すべてを合計すれば、十万ドルは楽に超えるだろうと」

「十万か」

「もの盗りなら、当然盗んでいるだろう」

劇場主が言う。

「そうだな」

スコットは認めた。

「しかし、それが殺人ではないという証拠にはならんな」

とつぶやく。ジムも、これには格別反論はしなかった。

「このダイヤモンドが、彼女の死に、関係しているか否かだな」

「そうだスコット、それをわれわれも知りたい」

警部が言った。

「みなさんに何かご意見は？」

しかし、みなは沈黙を続ける。

「フランチェスカ・クレスパンさんは、バレリーナとして成功して以来はじめて、ダイヤを身につけてステージに上がった。そしてそんな宵に、殺された」

劇場主が、抗議の顔を上げ、警部は右手をあげて制した。

「少なくとも、命を落とした。関連がないようには、見えませんな」

一同の沈黙は続く。

5

「偉大な芸術家の死に、通俗的な発想は持ち込みたくない。みなさん同様に、私もそう考えております。だがご承知のように、われわれの生きる世界はなかなか退屈なものでね、犯罪の捜査となればさらにそうです。定石的な定規を、一度はあてておく必要がある。もうしばらくのご辛抱をいただけると助かります」

「ああロン、解るよ。だが、そいつはたぶん時間の無駄になるだろうな」

「質問の見当がついたのか？　スコット」

警部は言った。

「ついたさロン。フランチェスカは芸術家であり、世界的なスターだが、同時に女性だ。男関係だろう？」

「うむ」

警部は一度うなずく。

「男性関係のもつれで、彼女に復讐(ふくしゅう)に来る男。彼女の問題ある態度から、彼女に暴力を振るいたい男。それとも、男を争う恋敵の女が、憤然とフランチェスカを訪ねてきて罵倒(ばとう)し、フランチェスカも応酬、派手な罵(のの)り合いの末に、彼女を殺害する……」

するとー座が、わずかに沸いた。

「馬鹿げていますかな？」

警部は、声を漏らした一同に向き直って言った。

「先ほどあなた方、クレスパンさんは、トップに立つためには何でもする女性だと言われた。奔放な女性だったとも言った。私の聞き違いでしたか？」

「言いましたね」

マネージャーが言った。

「だがフランチェスカは、マスコミのいやらしさをとことん理解していて、よくよく気をつけていました。ブンヤ連中がどんな記事を書きたがるか、つまりは大衆がどんな記事を読みたがるか、よく知っていました。男と付き合っても、彼女は相手にどんな要求もしなかったし、決して間違いは起こしませんでした。妻子持ちなど、危なそうな男には近づかなかったし、誰かを気に入っても、ほかにも彼を好きな女がどこかにいるような場合、さっさと身を引きました。男性に、金を出させたりもしなかった」

「金はきれいなものだったな」

スコットも言った。

「男関係のトラブルっていうのは、たいていどっちかが嘘をつくか、浮気をするか、借金するか、結婚を迫るか、あるいは迫られるかだ。金ばかり遣わせて、男の思惑を知りながら女が逃げれば、そりゃ男は怒るさ。彼女は、そういうことはいっさいやらなかった。男と付き合っている間は、彼女は誠実だったし、約束は守ったし、どんな要求もせず、周囲にも、マスコミにも自慢などはしなかった。利用もしなかった。どれほど大物の男でもね。金はたいてい彼女が出し、いっさい恩に着せたりはしなかった。実に淡々としていたな」

「結婚願望はなかったのか？」

スコットはしばらく宙を見ていたが、

と答えた。

「それでも付き合うのか？　男と」

「まあ、男の要求もあるだろうし……」

「あるだろうし？」

「彼女も必要だったんだろう」

「必要？」

「まあ、人間は動物だ。若さや体調の維持、美容上のホルモン分泌の関連性など、彼女には一流の計算があったんだろうな」

「そういうことが、通常できるものなのか？　女性は」

「彼女はできた」

「欲求のたぐいが希薄だったのか」

「ベッドのか？　いやいや、時にすごいという話だった」

「それで問題にならなかったのか」

「男を選んだことと、二股をかけなかったこと、何かあれば金で処理したんだろう。十代の頃から、その手の俗物たちに、東ベルリンでモスクワで、鍛えられていた」

「よくスキャンダルにならなかったものだな、え？　リーチさん」

「いや、そりゃ、たまにはね」

ジャックは言った。

「たまには？」

「男に裸の写真を撮られたとか、そういうのはあった」


「なかったな」

「だが不思議に彼女は、それで駄目になったりはしなかったんだ。やっぱり特殊なんだな」

　スコットが言う。

「なにしろナチの収容所の出身だ。あんな地獄では、それこそなんでもあったろうさ。あらゆる欲望が解放されたろう」

　ジムが言った。

「しかし、収容所は子供時代のことでしょう」

　警部は言う。

「賢かったからな、彼女は。だがいずれにしても、最近はそういうのもなかったな。おとなしいものだった。公演が多く、遊ぶ時間もなかったろうし。何度も言うが、彼女は賢い女性だ、男関係のもつれで殺されるなんてね、そんな愚は犯さないよ」

「ふむ。よく解ったスコット。たいした信頼だな。しかしさっきあなた方、クレスパンさんには、裕福な支援者がいたと言われたように思うが……」

　スコットはうなずく。

「まあ、この世界では、公然の秘密だからな。ぼくが隠しても、いずれは君の耳に入る。警察の捜査ならなおさらだ」

「間違いなくそうなるだろうね」

「だから彼女は金に困ってはいなかった。裕福だったし、このセンターの四十階には、豪勢な住まいもある。ここだけではない、ロンドンにも、パリにも家はある」

「それほどの支援者が？」

「世界有数の金持ちだ。アメリカの富の、かなりの部分を一族で独占しているような……」

「もしかしてそれは、このビルの所有者のことか？」

「ビンゴだロン。一族の現在の総帥、ネイサン・ウォールフェラーが、彼女の支援者だったと言われている。世の中には、まだ一応隠されている情報だが」

「ネイサン・ウォールフェラーなら、私も名を知っている。このウォールフェラー・センターを作ったのも彼だろう？」

「そうだ」

「だが彼は、ずいぶんと高齢だったはずだ」

「九十の手前だったな。それがどうかしたか？」

演出家は笑って問う。

「つまり、世界的バレリーナは、彼の愛人だったと、そういうことか？」

この問いには言葉では答えず、演出家はゆるゆるとうなずいて見せた。

「彼は、バレエという文化全体のパトロンなんだ。彼は真にこの文化を理解し、深く愛していると聞いている」

警部は納得したようだった。

「そういうことなら、確かに彼女は金に困ってはいなかったろうし、ボーイフレンドに要求するものもなかったろうな」

「だから彼女は、バレエというこの文化のすべてを手に入れていたとも言える」

「うん？　どういう意味だ？」

「ウォールフェラー一族は、われわれが思うよりもはるかにこの文化に食い込んでいるし、創ってもいるんだロン。『スカボロゥの祭り』の原作者、サガンは、ウォールフェラーの一族なんだ」

「えっ？　そうなのか？」

「そうだ。ネイサンの弟の妻だったと思う。ウォールフェラー一族は、創始者の遺志で、近親者同士の婚姻を繰り返してきている。つまり資産を血族で囲い込んで、外部に出さないんだ。血のつながっていない者と結婚すると、資産を相続する権利を失う。そういう掟（おきて）になっている」

「ほう」

「つまりサガンも、ウォールフェラーの血縁だったはずだ。サガンも体のどこかが悪かったと思う、子供を作っていない」

「だが一族の中枢の一人で、一族が秘密にしていた情報も、彼女はすべて知っていたというもっぱらの噂だね」

　指揮者が横合いから口を出した。

「ユダヤ民族には、多くの秘密があるんだ。エリート意識が強くてね、しかも団結心が強固だ。民族全体が頭脳集団であろうとしている」

「それは、つまるところ選民意識だ」

　スコットが補足する。

「ユダヤ教の特色だ」

　指揮者はうなずく。

「そうとも言える。これを維持するために、他民族の目からは意味不明の、さまざまな戒律や秘密や、意図不明の儀式を持っている」

　バーナードはユダヤ教徒だから、子供の頃からそうした習慣になじんできているのだろう。

「サガンも、そういうことはよく知っていた。彼女の書いた戯曲は、そうした民族的な戒律を反映したものだとよく言われる」

「戒律だって？　たとえばどんな？」

　警部が訊く。

「そいつは、話し出したらきりがないさ。ユダヤ教徒でない者には、いや、教徒にだって意味不明な、さまざまな宗教上の戒律を、疑うことなく守って、みんなずっとやってきているんだ。それがユダヤ人だ」

「断食とかかね？」

「むろんそれもひとつさ。私のようなゆるい考えの者でも年に一度、厳格な者には八度も断食は巡ってくる。食べ物に関しては、禁は実に多いね。ユダヤ教徒はなかなか窮屈なんだ」

「たとえば？」

演出家が訊く。

「ひづめが二つに割れていて反芻する動物以外の肉は駄目だね、食べてはいけない。だから牛はよいが、豚は駄目だ。魚も、ウロコのない魚は食べてはいけない。だから鰻は駄目だ」

「それはどうしてだ？　科学的根拠はあるのか？」

「そんなことは知らんね。神の教えだ。信者はただ守るのみだ」

「パンが食べられない時期もあったね」

スコットが訊く。

「ペサハだな。発酵食品を口にしてはいけない。パンも、酒も駄目だ。悪友にどんなに誘惑されても、口にするのはご法度だ」

「では何を食べる」

「小麦や酵母の入っていないトウモロコシのパンとか」

「ふむ」

「膨らまないパンだな、あとは米だ」

「日本人のようにか？」

「そうだ。両民族は、案外よく似た習慣を持つ」

「そうなのか？　日本にも戒律が？」

「それはない。われわれだけだ。これは祖先の味わった出エジプトの辛苦を、恵まれた今のわれわれが忘れないためのものだ」

「なるほど」

「ハヌカの時期は、逆に揚げ物を食べなくてはいけない。一週間もドーナツを食べ続ける」

「なんと！」

　劇場主が言う。

「ティーンエイジャーにはニキビのもとだ！」

「私もいっぱいできたさ。そうかと思うと、肉と乳製品を、同時に食べてはいけないという戒律もある。食べたいなら、肉を食べて六時間待ってから、乳製品を食べる。その逆もある。乳製品を食べたら、四時間待たないと、肉を食べてはいけない」

「本当か!?」

「そうかと思えば安息日の禁。金曜日の日没から土曜日の日没までは、電気の製品をいっさい使ってはならない。だから、エレヴェーターを使えない」

「ヘイ！　ニューヨークっ子はどうするんだ!?　五十階の家に帰れないぞ！」

「階段を上がるんだな」

「死んでしまうぞ」

「ユダヤ人のビルには、安息日には必ず各駅停車のエレヴェーターが現れる。乗って、待っていれば、いずれ五十階にたどり着く」

「乗って待っていても動くものか。ボタンを押さないと」

「ボタンを押しては駄目だ。押さなければいいんだ、そうなら電化製品を使用したことにはならない。ほかの宗教の者にボタンを押させればいい。ドアを閉めるボタンも駄目だ。ただ乗るだけならいい」

「人がいなければどうするんだ？　エレヴェーターの中、キリスト教徒がいなくて独りぼっちだったら？」

「ぎっしり満員でも、全員がユダヤ教徒ばかりだったら？」

劇場主も問う。

「待つんだな」

バーナードがすまして言う。

「ひたすら待つ。キリスト教徒か仏教徒が乗ってくるのを」

「過去のユダヤ人が受けた迫害を思えば、そのくらい何でもないな」

「それだけじゃない、安息日には、火も使ってはならないんだ。火を通さない料理だけを食べる」

「火を通さない料理だと？」

「それは料理とは言えんだろう」

「日本食があるぞジム、寿司とか。いや、米も炊くには火を使うか」

「ガスコンロも、電気コンロも駄目か？」

「駄目だなジム。金曜日の昼に作って、置いておいたものならいい」

「冷たくなっているだろう」

「その通りだ、冷たくなっているものならいい。嫌なら、金曜日の夕刻、ガスコンロにごくごく弱火をともしておいて、土曜日になって、それに鍋を載せるのならいいんだ。だからユダヤ人には、ホットプレートが大人気なんだ。これを、金曜日の夕刻からわずかに電気を通しておく。この熱を使って、土曜日は調理をする」

「おお神よ」

「ホットプレートの使用は、インチキにならないのか？」

「許されている」

「ユダヤ人が賢くなるのも解るな。常日頃から戒律の裏をかく訓練ができている」

「ユダヤの成人式は、男は十三歳、女の子は十二歳だからね、成人が早い。そしてこの儀式の前の一年間は、聖典を猛勉強させられるんだ」

「ほう」

「教典はヘブライ語で書かれている。この言語はアラビックに近いんだ。だからジュイッシュは、少なくとも二系統の言語には精通する。これは大きいかな。だがそれだけでは駄目だ。そうして、各自自分なりの法典解釈を完成し、みなの前で披露しなくてはならない。これは頭の訓練になる」

「ユダヤ人は読書家だな」

「聖なる書物を、子供の頃から読まされるから。これはユダヤの民の勤めなんだ。これら書物の知識を頭に入れることによって、ユダヤの民はユダヤ人になるのだから、強制だ」

「聖なる書物か？」

「十歳で『ミシュナ』を読まされる。これは西暦二〇〇年頃にまとめられたと言われる口伝（くでん）律法集だ。十三歳で成人となり『ミツヴァ』を守るとされる。これはユダヤの戒律だ。これを守ることで、ユダヤ民族はユダヤ人になる。十五歳で『タルムード』だ。これは戒律を守る者たちの応用編でね、さまざまな議論が書かれている。トンチ問答みたいなものも多くてね、戒律への、自分なりのさまざまな解答を作るための参考書とでもいうべきもの」

「ユダヤ人種は、ユニークな戒律のストーリーを作る才があるんだ」

「そうだとすれば、これらの書物のおかげだな」

聞いて演出家は考え込む。

「ユニークなストーリー作りや、独創的な論理構築の才がある。あるいは暗号作りだ。ウォールフェラーが大きくなったのは、ナポレオン戦争の時代、勝敗の行方を欧州中に散った一族の間で、暗号を用いて連絡しあったからだろう？　この情報伝達の速さで、株価を操作した」

「ああ、聞いたことがある。一族の一人が英国の株を売り始めて、それでみなはナポレオンが勝ったと思って自分も売り、底を打った株を根こそぎ買い占めた。実はナポレオンは負けていたんだ。だからイギリス株は高騰して、ウォールフェラー一族は一夜にして欧州一の大富豪になった。暗号作りもうまかったんだ、早くから作っていた」

英国人のダンサーが言う。

「ユダヤ人種は長くしいたげられてきたからね。手堅い職業には就けず、卑しいとされた金融業に、活路を見出すほかはなかった。そして、仲間が一致団結しないと、たちまち殺される。団結心を高めるための工夫が、こうしたさまざまな戒律とか、暗号とか、秘密めかした儀式だったんだろう。これらはみな、いわば仲間であることの相互確認だ」

指揮者が言った。

「昔から疑問がある。今のジュイッシュは、みんな白人だな。しかしキリストも、ローマに滅ぼされて世界に散ったイスラエルの民も、もともとは浅黒い肌をして、われわれとは違った人種だったはずだ」

演出家が問う。

「歴史のある時期に、カスピ海と黒海との間にあったカザールの民が大いに混入したと言われる。これには長い長い歴史の秘話がある。きわめて複雑だ。だがともかく、そうした異人種も、ユダヤ教の奥義を極めれば、つまり試験に合格すればユダヤ人だ。彼らとの一体感を作るためにも、一見風変わりな戒律は必要だった」

「到底覚えきれないほどに、多岐にわたる複雑な戒律を持っているんだな、ユダヤの民は。何千年の昔からそうなのか？　それで苦情は出なかったのか？」

　劇場主が訊く。

「出たさ」

　バーナードは笑って言った。

「ほかでもない、それがキリストだ。キリストも、もともとユダヤ教徒だったんだ。親がユダヤ教徒だったから。君たちは、キリストはキリスト教を広めようとして、布教の旅をしたのだと思っているんじゃないか？　ナザレを、ベツレヘムを」

「違うのか？」

「違う。キリストは、ユダヤ教を布教するために歩いていたんだ。彼もユダヤ教を信奉していたから。しかし彼は、次第にこのややこしい戒律群に疑問を持った。この戒律は、詰まるところ、これを守る者だけに、つまりユダヤ教徒だけに救いがあると説くものだ。それはおかしいと彼は語るようになり、神を信じる者たちは、みんな平等に救われると考え方を修正していった」

「そうだな、そうしたものはユダヤの選民意識につながるし、他宗教者への軽蔑心も育てる」

「否定しがたいところだスコット。『タルムード』にも、それらへの言及はある。われわれの本意ではないんだが。ともかくキリストの到達した平等主義は、次第に多くの民に受け入れられて、新しい宗教の誕生になった」

「なるほど」

「しかしこれは、ユダヤ教の指導者たちには、到底受け入れられるものではなかった、キリスト教という新興宗教は。だから彼らは、時の為政者、ローマに密(ひそ)かに訴え出て、異端の危険思想を広めるキリストを、処刑させてしまった。以来、ユダヤ教徒とキリスト教徒とは、深刻な対立を繰り返すようになった」

「裏切り者のユダを、キリスト教徒は永遠に許さない。一方キリストが復活しても、ユダヤ教徒は絶対に救世主と認めない」

モーガン警部が右手を上げて制した。

「宗教論議はそのくらいで。それはまた場所をあらためよう。だがいずれにしても、この場のみなさんのフランチェスカ・クレスパンへの信頼こそは、ほとんど信仰のように見えます、私などには」

「ふむ。そうかね」

演出家は言った。

「そうとも。キリストへの思いもかくやという感じだ。彼女は特殊だ、彼女は特別だ、奇跡を何度も起こしてきた、彼女ならやれる、彼女がやったというなら、どんな奇跡だって私は疑わない、さっきからこんなコメントの連続だ」

バーナードもうなずいている。

「男問題でも失敗はしない、どんな手抜かりも犯さない。少々のスキャンダルになどびくともしない。なにしおうナチの強制収容所でも、命を奪われたりしない」

今度はスコットがうなずいている。モーガン警部は言葉を停めて、しばらく考え込んでいる。やがて顔を上げ、言う。

「クレスパンさんが、二幕と三幕の間の休憩時間に何らかの被害に遭い、頭部に損傷を負ったとする。しかしそれでも彼女は気丈に控え室を出て、舞台に向かった……」

「うん」

演出家がつぶやくように言う。

「この時に君はバレリーナと話したか？」

「いや」

スコットは首を横に振って言う。

「どなたか話された方は？」

警部が一同を見廻しながら問う。全員が首を横に振っている。

「では舞台を終えての袖で、あるいは控え室に引き揚げていく時だ、この時に彼女と言葉を交わされた方は？」

また全員が、ゆるゆると首を左右に振っている。

「いない、いらっしゃらないか……」

警部はしばらく考え込んでから言う。

「疑問がある。さっきみなさん方は、クレスパンさんは、前半と後半の間の休憩時間中に悲劇に遭ったと言われた」

聞きながら、みなうなずいている。

「彼女の額には、傷口から流れくだった血の跡があった」

みなまたうなずく。

「彼女は自分の額のこの血に気づくことなく、舞台に出た。みなさんはそれに気づいていらした？」

「私は気づいた。四幕が終わって、舞台袖で、フランチェスカに控え室の鍵を渡しましたので、その時に」

マネージャーのジャックが言った。

「一度だけ？」

「一度です」

「そのほかの時は？　三幕と四幕の間は、クレスパンさんはどこにいるんですか？」

「袖です」

「その時は？」

「暗いですから」

「だからみなさんも気づかれなかった……。しかし、では舞台上の群舞の踊り手たちはどうです？　彼女たちなら見たはずだ、クレスパンさんの額の血。舞台の上は煌々と明るい」

　演出家がゆっくりとうなずいた。

「見ただろうな。気づいたろう」

「それで彼女らは、騒がないものなのか？　あるいは、誰も訊かないのか？　クレスパンさん、額に血があります、とか、その血はどうしたのですとか」

　演出家は黙って考えていたが言う。

「そんなものか？」

「言わないだろうな。フランチェスカ・クレスパンだ、誰も、そんなことは言えないだろう」

「それは彼女の責任領域だ、みんな、自分の仕事を全(まっと)うすることで必死だ。一日一日が真剣勝負なのだから」

「ふうん」

　言って、警部はため息を吐き、腕を組んだ。

「確かに、われわれはフランチェスカを信仰していたかもしれん」

　指揮者が言いはじめた。

「フランチェスカが公演を行うとなれば、成功することは疑いなかった。成功するか否か、われわれは気をもむ必要なんてなかったんだ。だって成功するに決まっていたから。二十世紀の今、こんなアーチストは彼女だけだろう。彼女はまさしく突出した存在だった」

　モーガン警部はうなずく。

「その通りだ。そういうみなさんなら、彼女が十字架にかかり、絶命して、しかし復活したと聞いても、さしたる抵抗もなさそうだ」

　みな苦笑を唇に浮かべたが、誰も言葉を発せずに黙り、座はしばらく沈黙になった。警部はしばらく葉巻をふかし、それを灰皿の縁に置いて、それからメガネを鼻から取ってレンズを拭いた。それを見ながらスコットが、ようやくこんな言葉を口にした。

「信じるかもしれんな」

6

　セキュリティのボブ・ルッジの住まいまで調べにいったダニエル・カールトン刑事から、報告が入った。彼によればルッジは、フランチェスカ・クレスパンの控え室のドアが見える廊下の角に椅子を出し、公演の間中すわっていたらしい。新聞も、雑誌も読みはしなかった。ただすわって、控え室のドアを見ていたという。公演がある時は、自分はいつもそうするのだと、ルッジは言った。

　三幕目が演じられているおり、彼は一度だけトイレにいったが、それ以外に持ち場を離れたことはない。そして自分が廊下にいて警戒している間、誰一人としてフランチェスカ・クレスパンの控え室に入っていった者はなかったし、出てきた者もない。ドアの前にいき、ノックした者もない。廊下は終始、墓所のようにひっそりとしていた。トイレは自分のすわっていた場所からそう遠くはなかったし、小便だから、五分と消えてはいないだろうと言う。

そのことを、自身の責任にかけて保証できるかとカールトン刑事が問うと、できると彼は語気を強めて即答した。その瞬間、フランチェスカ・クレスパン殺しは、ミステリーになったとカールトン刑事は感じた。彼は言葉を失い、廊下に立ち尽くした。それ以上の質問の言葉が消えた。

さらにルッジは、クレスパンさんが同じビルの四十階の自宅からデシマルシアターの自身の控え室に出勤してくる三十分前に、控え室に入って異状を点検したと証言する。バスルーム、トイレ、更衣室の中もすみずみまで調べた。クロゼットの中も見た。クレスパンほどの世界的著名人になれば、変質者のファンがこっそり入り込んでいないとも限らない。だから公演の前はいつもそうすると彼は言った。しかし、控え室には何者も潜んではおらず、安全だった。

一幕、二幕の間中、そして休憩時間の間中見張っていた。では、休憩時間を終えてクレスパンさんが部屋を出て、三幕目の舞台に向かっていくところも見たかと、カールトン刑事は訊いた。見た、とルッジは即答した。言葉を交わしたのかと問うと、彼女と言葉を交わしたことはこれまで一度もない、と彼は応える。変わった様子はなかったかと問うと、なかったと言う。

前半の踊りを終え、控え室に戻ってくるところも見たかと問うと、見たし、この時も別に変わった様子はなかったと言う。また、一幕目が始まる前から自分は廊下の椅子にすわっていた。私服で部屋に入っていく彼女も見たが、特に変わった様子はなかった。室内で何か異状があれば、彼女は叫び声を上げるだろうから、自分は即刻飛んでいく心づもりで待機していた。しかし、そんな事態はなかった。

ルッジの住まいは、どちらかと言えば低所得者たちが住まいする地区の、そう高級そうではない低層ビルの二階だった。玄関ドアの前は雨のかかりそうな壁のない廊下で、刑事の訪問に応えてルッジはドアの外に出てきたから、二人は廊下の手すりにもたれて会話した。家の中は広くないし、今二人の子供が寝ようとして母親とやっさもっさしているところだから、表で話したいとルッジが言ったのだ。

懐からタバコを出し、ルッジは火をつけた。マッチを擦る彼の指が、わななくように震えるのを、刑事は見た。ひと息大きく吸い、クレスパンの死のショックを、彼は癒しているように見えた。彼にとっても、高名なバレリーナの死は衝撃だったのだ。

「よくこうして、ここで一人でタバコを吸っているんでね」

とルッジは、タバコの煙を冷えた霧雨の中に吹き出しながら言う。

「室内でタバコを吸うと、女房にも子供たちにも、嫌われるんでさあ」

とルッジは言った。

「ああタバコは、育ち盛りの子供の健康にはよくないね」

ダニエルも応じた。

「あんたも、お子さんが？」

ルッジは訊いた。ダニエルは首を横に振った。

「一生、狭い家にともにいてもいいと思えるような気立ての女は、この街にはいなくて」

するとルッジは、暗がりで苦笑したようだった。廊下の天井にともる灯りは暗い。

「普段売春婦か、万引き女か、さもなければ、被害者の金持ち女ばかり相手にしているせいかもしれない」

刑事が言うと、

「そいつはお気の毒だ」

ルッジは言った。

「奥さんは優しい人か？」

刑事は訊いた。

「そいつは尋問ですかい」

ルッジは言う。

「いや」

刑事は言う。

「個人的な興味で」

「どんな優しい女も、暮らして十年もしたら威張って怒鳴り(どな)だす。優しい女とそうでない女の二種類なんていない。女は一種類だ」

「そうなのか？」

「損か得か、一種類だ。だから、女には期待しないことです。子供だ、こいつはいいものですぜ。子供にとっては、親だけが頼りなんだ。親と生きていく世界、それ以外、連中は知らない。世間のなんにも知らない。成人までは親だけが頼りなんだ。だから、そんなこと俺は絶対にしないが、親に殴られても、その親に抱きついてくるんだ。親と離れたら生きていけないから。そんな生き物は、こっちの生きる理由になりますよ」

「ああ……、そうだろうな、解るよ」

「子供を作ることです。そして、そいつを守って生きていくんだ。男の人生ってのは、たったそれだけのものさ」

「なるほどな」

「特に俺みたいなスラムの喧嘩(けんか)野郎は。四の五の考えんこってす。なんでもない繰り返しの中に、生きる理由は潜んでいるんだ。昔は解らなかったが」

「子供か」

「こんなのっぽのビルの林の中で、こんなおんぼろチビビルの二階にいるのも子供のためです。ここならたいした危険がない。間違って転落しても、命は助かるからね」

ルッジはビールを一杯飲んでいると言ったが、彼にとっては夕食の際の適量らしく、泥酔してはいなかったし、言葉は明瞭で、頭脳もしっかりしていた。ダニエルには素面に見えた。

「あんた、達観しているんだな」

刑事は感心して言った。

「どうですかね」

ルッジは言う。

「ただ、昔とは違って真面目にやっている。今の会社のボスと、ジム・ゴードン社長と出会って。家族を支えるために、ドラッグもウイスキーもやらない、ビールはひと缶だけと決めて、早寝して、朝はきちんと起きる、そして公園までの往復を走るんだ。毎朝ね、そう決めてる。体がなまらないように。いざたちの悪いのが来た時、ドジを踏まないように」

「子供のために？」

「そうさ、子供のために」

「そうか」

刑事はちょっと気持ちが沈んだ。このままなら、自分はもう子供は持たないだろうと、この頃はあきらめはじめていたからだ。

「じゃあもうあんた、街の悪いのに何をされても、我慢するんだな。喧嘩はしない」

「しないね。そこいらへんの馬鹿相手に意地を張ってもしょうがない」

「賢明だな」

「犯罪なんぞまっぴらだ。だが、子供のためだったら別だ。人殺しだって何だって、俺はやりますよ。俺なんかに犯罪やらせるとしたら、理由はそれだけだ。それ以外には理由なんてない、誰に、何と言って頼まれたってごめんだ。親爺がブタ箱に入れば、子供がぐれちまう」

「あんたは、フランチェスカ・クレスパンさんをどう思う？」

刑事は訊いた。

「殺されたと聞いて、びっくりしている。そういう人じゃないから」

ルッジは暗い顔になって言う。

「そういう人じゃない？」

「ああ。こんなことが起こるのなら、さっき、あんなにさっさと帰るんじゃなかった。後悔している。俺がいたら、必ず守った」

「そうしたくなるような女性か？」

「それが仕事だ」

「ああ」

「しかし、悪い印象は持っていない。嫌な思いをさせられたことはない。話したことはないが、微笑んでくれたことはある」

「わがままだったり、傲慢な印象は？」

ルッジは首を横に振った。

「仲間内では知らない、たぶんあるんだろう、そういうことを書いた記事も読んだ。だが、俺にはなかった。迷惑をかけられたことはない」

「いい人だったか？」

「普通だった。あんな仕事をしているんだ、派手だが厳しい世界で、忙しいだろう。周囲に気を遣ってばかりはいられない。そういう中で、最低限の誠意は守ってくれていた。仕事で感じる嫌な思いを、それとは関係ない世界の者に感じさせることはなかった。俺にはそれで充分だ。彼女の身の安全を守る仕事の者には」

「だから、殺されるような人じゃないと？」

ルッジはうなずく。

「俺にはそう見えた」

刑事は黙って腕を組んだ。刑事が黙ってしまったせいだろう、ルッジはこう続ける。

「あくまで俺には、ですぜ。あんたは今俺に会って、こんな顔してるしね、こいつは相当のワルだろうと思ってるかもしれん」

「いや、私は……」

「かまわない、昔はさんざんそう言われた、全然気にはならないよ。だが実際の俺はそうじゃない、真面目なんだ。だからクレスパンさんもそんなふうに、仲間内の感想は知らない、嫌な女だって思うのもいたんだろう。だがあくまで俺にとってはね、言ったようなことです。普通の人だった、殺されるべき人じゃゃなかった」

「嫌な女だって思うような者に心当たりは」

ルッジは黙って首を左右に振った。

「俺なんかにゃ解りませんや。彼らの付き合いに深入りしたことなんてないから。公演があったら、椅子を持っていって廊下にすわるだけだ。もしもやくざが来たら、胸倉摑んでぶん殴る、表に放り出す、それだけの仕事だ。だが俺が見る限り、みんな彼女を尊敬していたな。そんな人間はいなかった」

「そうか」

「そうです。だから、彼女を殺したやつはクズ野郎だ、俺はそう思います。あんな才能のある人なんだ、世界中のバレエ好きを引っ張っていた。だから、見つけたら、俺はただじゃおかねぇ」

「どうするんだ？」

「さあねえ」

言ってルッジは両手を広げた。

「俺のメンツを潰したんだ。半殺しにして、ガービッジコンテイナーにぶち込んでやるかな」

「その前に、ここに電話をくれないか」

言って、刑事は名刺を出した。

「はあ、解りました」

受け取り、見つめながら、ルッジは言った。


カールトン刑事がデシマルシアターの現場に戻ってくると、フランチェスカ・クレスパンの遺体はもう運び去られていて、部屋はがらんとしていた。科捜班のスタッフも大半引き揚げている。ジョン・ダンカンという男と、モーガン警部の二人がいて、警部は、ダニエルの顔を見ると、すぐに署に戻れと言う。

「午前零時二十分、署の一階ロビーで新聞各社、合同記者会見をやる。それなら朝刊の一面にぎりぎり間に合うそうだから。新聞各社のために、われわれも夜更かしすることにしたんだ」

と言った。

「あと四十分だ。私の方は今、公演スタッフから聞いた話をざっとクロンに託して、署に走らせた。今頃、広報のダニーと記者会見の草稿を作っているだろう」

「公演のスタッフはどうしたんです？　もう帰宅しましたか？」

「連中なら、まだ上の劇場主の部屋でダべっているだろう」

「まあ、明日は休みでしょうからね、公演は終わったんだ」

「ああ、代わって明日から忙しくなるのは、われわれだ」

デスクで書面を書いていたジョン・ダンカンが声をかけてきた。

「明日どころか、連中はこれから何年もヒマになるかもしれん。フランチェスカ・クレスパンがいなくなったんだ。明後日（あさって）までダべっていることもできる。しかし連中は、各自このビルに公演中は泊まる部屋があるらしいからな、そろそろ自室に引き揚げる頃だろう」

警部は言う。

「そうですか」

ダニエルは言ったが、眠れないかもしれんなと考えた。

「それで、ルッジの方の首尾は」

と警部が訊いてくるから、ダニエルは懐から手帳を出し、さっきまで聞いていた彼の話の内容を、逐一（ちくいち）警部に伝えた。

「ふん、格別新しい内容はないな」

警部は言った。

「ありませんね。ルッジは、公演の間中廊下で見張っていたことと、クレスパンさんが出勤してくる前に控え室に入って、すみずみまで詳細に点検したってこと、言っていました」

「潜んでいる者はいなかった」

「いません」

「劇場主が把握している通りだな」

「そうです」

「信用できそうな男だったか？　ルッジは」

カールトン刑事はしっかりとうなずいた。これまでにダニエルが会い、聴取した事件関係者の中でも、ルッジは最も信頼できる部類だと彼は感じていた。理由を述べるなら、彼の言動にはドラッグや酒の影響が見られなかったこと、そして彼が孤独であることだった。家族以外には、ということだ。

「そう見えましたね」

ダニエルは言った。

「よし。では署にすっ飛んで戻って、その話を広報のダニーに。もし打ち合わせる時間がなければ、君自身がブンヤの前に出て話すんだ」

「私が？」

刑事は言った。

「そうだ、君がだ」

「うまくやれるかな。そういうのはあまり……」

「たいしたことじゃない、問題はそのあとだ。海千山千のブンヤどもの、質問の集中砲火に堪えるんだ」

「鑑識の見解とか、クレスパンさんに多少なりとも殺意を持っていそうな者たちについてなどは……」

「そういうあれこれは、もうダニーが心得ている」

聞いて刑事は黙った。怪談めいた要素まであるややこしい事件で、自分の頭の中を正直に述べるなら、五里霧中と言うべきが正しい。現場を見てもいないダニー・レイバリーが、記者会見が開けるほど事件を理解しているとは、ダニエルには信じられなかった。

ダニーは口はなかなかうまいが、ものごとを深く考えないたちだ。いい加減な性格に加えて喧嘩早い。広報が彼の天職とは、ダニエルは思っていない。もっとも真剣に考えすぎては、ブンヤ連中の相手はつとまらないだろうが。

「心配のようだな」

警部はダニエルの顔色を見て言う。

「だがすべては数時間前に始まったばかりだ。動機を持ちそうな連中の聞き込みもまだだ。たった今なら、神でさえ、記者会見などできまい」

「記者会見……」

「やりたくないものだ、できることなら。だが連中も世間も許してはくれまい。多少のごまかしも必要な場合がある」

「今がそう？」

ダニエルは訊いた。警部はうなずく。

「ならあいつは適任だ」

「だろう？」

警部はわずかに歯を見せた。

「警部は、まだ署には戻られないのですか？」

「こっちでまだやることがある。そうだ、こちらで新事実が出た」

「何です？」

「凶器だ。このデスクの上に、オスカー像を模した鋳物の、つまり鉄製の像が載っていたと、劇場主が思い出した」

「鉄製の？」

「ああ。この事件の凶器には理想的だ」

「確かに。で、どこです？」

「何が、凶器か？」

「はい」

「ない」

「ないって？」

「そうだ。だから、それが凶器と断定はできない」

「どういうことです？」

「持ち去られているんだ、それが事実凶器なら。そして劇場主の記憶が幻でないなら」

ダニエルは黙って立ち尽くした。またひとつ謎が増えたと思い、うんざりした。

「しかし、この部屋で凶器らしいものはそれだけだ」

ダンカン刑事が遠くから言った。

「存在しないというなら、クレスパンの死の説明がつかない」

「事実デスクに載っていたという形跡はないのか？」

ダニエルは同僚に訊いた。

「ない。デスクの上は拭き取られている。血も、埃もだ」

「凶器が持ち去られたのなら、犯人はこの部屋に入っていたということだ」

「入っていなければ、バレリーナを殺せないな」

ダンカンは応じる。

だがどうやって入る？　どうやって出る？　ダニエルは無言で考えていた。

「正面入り口で、署の車が君を待っている、すぐに行け」

警部が命じ、ダニエルはあきらめて手帳をポケットにしまい、エレヴェーターに向かって歩きだした。

7

だが、ダニエルの危惧は当たった。十月十二日早朝のニューヨーク北署のロビーでの記者会見ほど、支離滅裂な馬鹿騒ぎは以降もう二度と経験することがない。

ダニー・レイバリーの会見発表が終わり、続いてダニエルが聴取の報告を終えると、ニューヨーク北署のロビーに集結した記者たちは大いに当惑し、混乱した。

「結局、フランチェスカ・クレスパンは、殺されたんですかい。それとも不審死と呼ぶべきが妥当なんですかい⁉」

急ごしらえの記者席の、パイプチェアにかけた一人の記者が声をあげた。

「今のお二人のお話じゃあ、この点がさっぱり要領を得ないや」

「一面の見出しが見えねぇな！　どう書きゃいいんです？」

この不満はもっともだと、ダニエルも思った。自分が記者でもそう言うだろう。ダニエルが何かを応えようと思っていたら、壇の下の椅子にかけていたダニーが、憤然と壇上に駆け上がってきた。

「見出しくらい自分で決めろ。そんなことまでこっちは面倒みられん！」

と大声で言ったものだから、記者席の不満が爆発した。

「見出しってだけじゃない、記事だってどう書きゃいいか見えないや。窓ははめ殺しで五十階。廊下には見張りがいた、そうですかい？」

「ああそうだ」

「これじゃ犯人は現場に入れんでしょう」

「入れんな」

「それで殺しなんですかい」

「どうやって殺すんだ？」

後方から叫ぶ者がいる。

「こっちは事実を伝えたまでだ。自分で判断しろ！」

ダニーが叫び、それでまた記者席は大騒ぎになった。

「判断できないから訊いてんだ！」

「私らが決めていいんですかい、そいつは助かるなぁ。ついでに犯人も決めて名を書いても？」

記者が大声をあげ、記者団はどっと沸いた。

「事実を伝えるのが私らの役目だ。私は仕事を果たしている。君らもそうだろう、務めを果たせ！」

ダニーは言い、ダニエルに向かっては、口を耳に近づけてきて、

「あとはまかせろ」

と小声で言うので、ダニエルは壇をおり、壁際の椅子にいってかけた。

「聞いた事実をどう料理するかは、君らの才覚だ、私はとやかくは言わない。だが犯人の名前まで書けとは言っていないぞ。もし知っているのなら、こっちに教えろ」

するとまた不平の大声がロビーに渦巻く。ダニーはいらついて叫ぶ。

「ええいうるさいぞ。これじゃ君らも、俺の声が聞こえないだろう。それでいいのか？」

「犯人の名前なんて、そりゃこっちの言うことだ。早く教えてくれませんか」

「さっさと記事書いて、早く眠りたいものなぁ」

別の者が言う。

「おい、君ら、どこのどいつだ！」

ダニーがついに癇癪を起こした。

「名前くらいあるのだろう。発言したいなら、どこの何兵衛と名を名乗り、所属新聞社名くらいは言ってからにするのが最低限の礼儀じゃないのか？　ああ？　好き勝手に吠えていいのなら、犬の集団と同じだ」

「ああそうですかい。今宵はワンちゃんの記者会見だとよ」

誰かが言う。そして笑い声。

「おい、今言ったやつは誰だ、どこの犬コロだ。まず手を上げろ。こっちの許可を待て。こちらがOKしたら発言しろ。でなければさっさと犬小屋に戻って寝ろ！」

それで前方の一人が、おずおずと手を上げた。

「よし、まず名前、そして新聞名を名乗れ」

ダニーは横柄に命じた。

「カーキネン・テイヨ」

「なに？　カーキ？　どこから来た。君はどこの国の人間だ」

「フィンランドです」

「フィンランド？　おい、事件は三時間半前に起こったばかりだ。そんなところまでもうニュースが届いたのか、大西洋を越えて」

「国連のそばにオフィスがあります」

記者は言った。

「新聞名は」

「バレエ・タイムズ」

「バレエ・タイムズ？　聞いたこともない。今宵はえらく大勢だと思ったら、どこぞの学校新聞も来ているのか？　ここは高校の体育館じゃないぞ」

ダニーはわめいた。

「学校新聞じゃない、三十年昔からあるんだ。バレエ好きが読む新聞です。フランチェスカ・クレスパンが死んだんだ、バレエ新聞のライターだって来ていいでしょう。むしろわれわれこそが真っ先に駆けつけるべきだ」

「そうだ、幼稚園のよい子新聞と一緒にするな！」

横の者が叫び、また場内は沸く。

「なんだと？　さっきからの君らの節操のない馬鹿騒ぎを聞けば、誰だってここは託児所かと疑うだろう」

「今度は託児所かよ……」

「次の会見から、ガキは立ち入り禁止にするぞ！」

「よい子の質問は聞かねぇんですかい」

一人の記者が右手を上げている。

「よし、そこの託児所、質問は」

「クレスパンさんが亡くなった部屋は、デシマルシアターの彼女専用の控え室だ、そうですね」

「そうだ。何度も言わせるな」

「廊下側には頑丈な樫のドアがついていて、しかもロックされていた。窓は防弾ガラスではめ殺し。おまけに地上五十階だ。これじゃ誰も中に入れない」

「またそれか！」

ダニーは露骨に舌打ちをした。

「しかしそこがポイントでしょう。われわれは社に戻って、夜中のうちに急いで記事を書かなきゃならないんだ。読者が知りたいことははっきりしている。どうやって殺したかです」

「犯人に訊け。それが解れば解決だろうが。事件はさっき起こったばかりなんだぞ！」

「答えのない記事を読めば、読者はこっちに質問の電話をしてくる、目に見えるんだ。そもそもこれは殺人なんですかい？」

「犯人にかけろとそいつに言え。次の質問！」

「どういうふうに記事を書くかとも、犯人に訊くんですかい」

「誰だ、誰だ今つまらん与太を飛ばしたやつは。俺の言うことがきけないのなら、さっさと犬小屋だ！」

「はい」

別の者が声を出し、手を上げた。

「よし、君、発言していい」

指をさし、ダニーが威張って言う。

「バート・ウィリアムズ、ウォール・ストリート・ジャーナルです」

「ようやくまともな新聞社が来たか。何だ」

「どんな事件だって、事件が起こって捜査のプロが現場を見れば、殺人か事故かくらいは解るでしょう。あれだけの世界的な有名人が死んで、殺人か否かも不明なんて、聞いたことがない」

「きわめて特殊なケースなんだ、これは」

「それとも、事故死と言っても通りそうな状況が、現場にあるんですか？」

「棚からトランクが落ちてきていた」

ダニーが言うと、場内がまたどっと沸いた。

「トランクがね！」

「そいつはたいした凶器だな。金塊でもたっぷり入っていたんですかい」

誰かが言った。

「出ていけ、今言ったやつ、何度言っても解らん馬鹿は、すぐにここから出ていけ！　ダニエル、つまみ出せ！」

ウォール・ストリート・ジャーナルの記者が手を上げてなだめた。

「オフィサー、執行猶予を。次に野次を飛ばしたら即刻犬小屋ということで。トランクには何が入っていたんです？」

「シルヴァーフォックスのコートと、バレリーナの衣類だ」

おおう、というどよめきが湧く。

「毛皮のコートだとよ。そいつは重そうだ」

その声の主に向かって、ダニーが何か悪態を吐こうと身がまえた時、バートが隙を与えずに言った。

「それで科捜班は何と？」

「このトランクじゃないと」

「でしょうなあ！」

言ってみな、頭を掻いている。

「毛皮のコートが凶器じゃあな！」

「では凶器は何です」

ウォール・ストリート・ジャーナルの記者は訊いた。

「オスカー像を模した鋳物の像だ」

ダニーが言った。

「そいつに血痕は付いていましたか？　そして犯人の指紋は」

「ないんだ」

「ない？　血痕が？」

「凶器自体だ、持ち去られている。しかし劇場主が、デスクには鋳物の像が置かれてあった記憶だと言っている」

記者はしばらく沈黙した。

「では犯人は、その部屋の中に入っているってことだ。そうでしょう」

「ま、そう見えるな」

「だが犯人の姿を見た者はない？」

「誰一人ない。廊下のセキュリティも、マネージャーも、演出家も、相手役のダンサーも」

「共演の踊り手たちはどうです」

「ベッドの中だ！」

「考えられないな。通常こんなことは、考えられないでしょう」

「だから特殊なケースだと言っているんだ、さっきからな。解ったろう」

「現場の壁やデスクに指紋のたぐいは」

「まったくない。血痕もほとんどない。きれいに拭き取られている」

「デスクの上を？」

「部屋中だ。床も壁も、何もかもだ。消し去っている」

「いっそ、死体も消し去ってくれりゃよかったんだ。そうしたら記事の書きようもあった」

誰かが言った。

「そうだ。死体が部屋に遺っているから、こんなわけの解らないことになっちまった。三幕四幕、主役は踊ったのに、三幕前に殺された死体が部屋に遺されていた。犯人も余計なことをしてくれたもんだぜ」

「おい、お前ら、何度言ったら解る。ここでは許可なく発言するな。余計なゴタクを並べるのは犬小屋に戻って仲間とやれ。自分が記事書きやすいように人を殺せと、犯人に言うのか？」

「五里霧中はあんたも一緒だろ。あんたがしっかり説明してくれたら記事は書けるんだ。俺らは犯人に要求してんじゃねぇ、あんたに言ってるんだ」

「なんだと？」

「ちゃんと説明してくれよ」

「何度言っても言葉の通じない犬コロは……」

「そいつはあんたも一緒だろ。現場に入っても、何にも解らねぇんだ、英語がしゃべれねぇ警察犬と一緒だ」

「なにい！」

　ついにダニーの脳みそが沸騰した。

「今のやつ誰だ、出てこい！　絞め殺して、ハドソン川にぶち込んでやる！」

　ダニーは鼻息も荒く記者席に飛びおり、声の方に突進した。ダニエルが慌てて椅子から立ち、同僚を追っていって、羽交(はが)い絞めにした。

「落ち着けダニー」

　ダニエルは言った。

「こんな口ぎたない馬鹿野郎どもを前にして、落ち着けるか！」

　ダニエルは、壇の方にダニーを引き戻しながら、記者席に向かって言った。

「君らも口を慎(つつし)め。これ以上暴言を吐くなら、この会見はお開きだぞ！　いいか⁉」

　壇上に戻り、ダニーはしばらく肩で息をしていた。

「深呼吸をしろ、ダニー」

ダニエルがささやくと、彼はしばらくそのようにした。

「ニューヨーク・タイムズです」

言いながら、一人が手を上げている。ダニーは気を取り直し、彼を指さして言う。

「大手だな。名前」

「クリストファー・ケントです」

それでみながいっせいに声の主を見た。

「クリストファー・ケント？　どこかで聞いたような名だな。ケント、君はまともな質問を頼むぞ」

「死亡推定時刻をもう一度お願いします」

ケントは言った。

「八時半から九時の間だと言っている、うちの科捜班はな」

ダニーは鼻息も荒く言う。

「異例ですね。そんなに狭く限定しても？」

「ああ、前半と後半との間の休憩時間だからな」

「当初、捜査陣はそう考えたわけですね。それで、当然クレスパンさんは前半の幕だけ踊って、後半の幕は上がらなかったはずと考えた。そうですね？」

ダニーはうなずき、言う。

「現場に駈けつけ、科捜班から死亡の推定時刻を聞いた人間はまずそう考えた。当然だ」

「ところが、第三幕の幕は上がっていた。しかもクレスパンさんは三幕目を踊っていた。続く四幕目もだ。二千人もの観客が、それを目撃している。それであなた方は驚いた」

「そうだ、仰天した」

「こいつは怪談だ。三幕、四幕を踊っていたのは、本当にクレスパンさんでしたか？」

「指揮者のバーナード・コーエンは、オーケストラ・ピットの指揮台から、クレスパンの顔がすぐ目の前に見えるという。そして、本人に間違いなかったと言っている。ほかにも、マネージャーが舞台袖（そで）で待ちかまえて、クレスパンに控え室の鍵を手渡している、二度。こっちもクレスパンに間違いなかったと言っている」

「ふうん、奇怪千万なことだ。だがまあ別の人間なら、いきなり踊らされても、振りが解らないだろうな」

「そうだ」

「舞台進行の段取りも知らないだろうし。第一、周りの踊り手たちに、プリマの様子がおかしいと思われる」

「相手役の男性ダンサーも、共演の踊り手たちからも、あれはクレスパンではなかった、などという声は出ていない」

「クレスパンさんには姉妹は」

「ない」

「母親は？」

「とうに死んでいる」

「親戚（しんせき）は？　従姉妹（いとこ）とか」

「いっさいない。天涯孤独だ」

「まあ、もしいても、彼女ほどには踊れないだろう」

　隣の者がつぶやく。

「では、死亡は確かですか？　休憩時間中、クレスパンさんが死んだということは」

「彼女の頭部の傷は、生やさしいものではないんだ。頭蓋骨は陥没、ダメージは脳にまでおよんでいる。即死だ」

「即死……」

「そうだ。撲られたあと、彼女に意識が戻った可能性はない」

「そいつは深刻だ。まったくありませんか？　ほんの一パーセントの可能性も？」

「ない。まったく。一パーセントの可能性もない」

「では幽霊ということだ。後半の舞台で舞ったキャロルは、フランチェスカ・クレスパンの亡霊だったということだ。そうじゃないですか？」

「私の趣味じゃないがな、その手の話は。科捜班にも、そう語る者はいる」

「それは本気で？」

「そう語るほかはないということだ、この条件下では。もう二十五年、私はこの署に勤務しているが、こんなケースははじめてだ。まあ生涯一度くらいは、こんな説明不能の、神秘的なケースがあってもいいということなのかもしれん」

「しかし、私らは……」

「ああ、君らには気の毒したな。見出しが見えん、記事の書き方が解らん、そうだな？」

「そうです」

「だが新聞は毎日出る、出続けるんだ、そうだろう」

「そうです」

「明日か明後日(あさって)には、何か新展開があるかもしれん。その時は、見出しも見えるさ」

「それじゃ、もう遅えや」

「文句を言うな。君らもこれで飯を食っているんだ、なんとかしのげ。苦しいのはお互いさまだ」

ダニーは言った。

8

ニューヨーク北署のロビーを埋めて騒いでいた記者たちは、なんとか記事を書きあげたらしく、翌朝マンハッタンの新聞各紙はすべて、歴史的な大ニュースを一面の五段抜きで報じた。テレビ、ラジオもこれに続いたから、十二日午前中から、全米は地獄の釜(かま)の底が抜けたような大騒ぎとなった。

不可解で不幸な悲劇の報は即刻欧州に伝わり、アジアに伝播(でんぱ)し、やがて世界中を混乱に巻き込んだ。最も深い悲しみに沈んだのは、バレエのフィールド以前に、ニューヨークのユダヤ人コミュニティであったかもしれない。突出した力とカリスマ性を持っていたフランチェスカ・クレスパンという絶滅収容所出身の一女性は、いつのまにか、白系ユダヤ人の希望の星になっていた。ニューヨークのユダヤ人街と中東イスラエルでは、不世出の天才をしのぶ各種のセレモニーが行われ、何週間も続いた。

世間の大騒ぎをよそに、ニューヨーク北署の刑事たちは、デシマルシアターの「スカボロゥの祭り」に関係していた大勢の踊り手や舞台の裏方たちに、黙々と聞きこんで歩いていた。一羽の白鳥に扮(ふん)したキャロルの背後で踊った娘らは多かった。男性の踊り手も多くいたが、それら男女の誰一人として、後半のクレスパンは別人だったと証言する者はなかった。休憩後、確かに少し疲れているように見え、前半の精彩が幾分かは減じて感じられた。しかし、クレスパンとは違ったと述べる者はない。

そういうことだから、舞台の上の者たちの証言も、舞台下の指揮者、コーエンや、裏方のジャックらの証言とよく一致した。これらの事実から、後半の踊り手も、フランチェスカ・クレスパンその人であったことを疑うのは、いささか無理に思われた。

ただ女性ダンサーの一人、イレーヌ・シニョレが、興味深いことを刑事に告げた。自分は舞台で一度だけ、フランチェスカと手をつないで踊る場面があるのだが、その時、かすかにローズマリーの香りを感じた、と言ったのである。彼女と離れてのちも、香りはしばらく持続したから、自分の手指に移ったのかもしれない、そうシニョレは話す。

この話を聞いたのはダニエルだったが、事件直後の現場で英国人ダンサーのジェレミーが言ったことと合致するので、彼の印象に長く残った。シニョレは、自分は持っていないが、おそらく石鹸(せっけん)かオイルに添加された香りなのだろうと思ったと言う。しかし彼女以外で、ローズマリーの香りを感じたと証言するダンサーはなかった。クレスパンと手をつなぐ機会があったのがシニョレだけだったからだろう。

以来刑事たちは全員、ローズマリーを聞きこみの項目に加えた。ローズマリーの香料が入った化粧品、オイル、シャンプー等を所持し、使用していた者、住まいにローズマリーの植わった庭や、鉢植えを持つ者が、「スカボロゥの祭り」の関係者にいなかったかが問われた。しかし、該当者はいない。誰もローズマリーの鉢植えなど持ってはいなかったし、庭に植えていた者もない。ローズマリーの香料入りのオイルもシャンプーも、使っている者はなかった。

ウォールフェラー・センターの四十階には、フランチェスカ・クレスパンの住まいがあった。刑事や複数の科捜班スタッフがこの自宅に入り、隅々(すみずみ)までが念入りに調べられたが、バルコニーにも、バスルームにも、ローズマリーの植え込みや鉢はなかった。鏡台前や、戸棚の奥に並んだ無数のオイルやシャンプー類にも、ローズマリーの香料入りはない。

ダニエル・カールトン刑事は、セキュリティのルッジの住まいにもう一度出かけた。事情を話し、ローズマリーの香料について質(ただ)した。ルッジは驚き、そんなこと、自分は考えたこともないと言った。家の中も見せてくれたが、どこにもローズマリーの鉢などはないし、バスルームにも、夫人が使用している化粧品にも、ローズマリーの香料入りはなかった。帰りがけにダニエルは、念のためにアパートの中庭や入り口脇(わき)の植え込みにも踏み込んでみた。奥まで丹念に歩いて廻(まわ)ったが、ローズマリーの木はなかった。

　捜査官たちがそんな地道な作業を続けている間にも、斯界(しかい)の至宝、フランチェスカ・クレスパンの謎(なぞ)の死のダメージは際限なく世に伝播し、巷間(こうかん)の論争を広げていった。騒動が沈静化しない理由は、ダニエルたちの捜査が、解答の欠片(かけら)も見いだせないせいだった。悲劇の情報が世界を覆(おお)いつくし、バレエ愛好家たちの深い悲しみが一段落すると、事件が理不尽で謎だらけであることを、みなが気にしはじめた。クレスパンは三幕の開始前に死んだのに、何故(なぜ)三幕、四幕の舞台にキャロルが現れたのか。しかも、殺人現場は地上五十階の密室だった。誰も入れず、また出ていけたはずはない。さらには、廊下に見張りまでがいた。彼は誰も、何も、見てはいない。加えて言えば、クレスパンはよく自身の行動を律し、誰の恨みもかってはいない。尊敬する者こそあれ、彼女に殺意を抱く者などいるはずがない。

　事件から五日が経過しても、大事件を覆うミステリーは、ロン・モーガン警部が演出家に呼ばれて現場に入った瞬間から、なにひとつ変わってはいなかった。バレエ界の至宝は、誰にどうやって殺されたのか皆目解らず、殺人者はどうやって現場に入り、どのようにして出ていったのかがまるで不明で、前半と後半の間の休憩時間に即死したはずの天才的なダンサーが、どうして後半、三幕、四幕を踊ることができたのかも、説明できる者はなかった。

　ニューヨーク市警の捜査官たちは、十月十一日以来、一貫して途方に暮れたままでいた。新聞記者たちも、彼らの書いた記事を読んだ世間も、普段横柄な捜査のプロたちの力量不足に、あきれる気分でいた。このままではいけないと思ったさまざまな専門家たちが、専門知識を生かして多くのことを言うようになり、最初はおずおずとだったが、新聞雑誌やテレビに彼らの解釈があふれるようになると、刺激されて発言者は増し、その声は次第に大きくなり、社会を充たすようになった。

呼応して、ニューヨークっ子たちのうちの推理好きも、自身の解釈を口にしはじめた。普段はそれほどでもない一般人たちも推理を競い合いはじめ、にわかホームズの声高な論争がマンハッタン島に充ちた。

英国人の高名な演劇評論家、サー・トーマス・ベルジュが、自身の宿泊するホテル・リッツで記者会見を開き、十月十一日の問題の最終公演を、自分は貴賓席で観劇していたと公表した。そして捜査の一助になればと、自分が見た異常について子細に述べた。最近の五年間、自分はフランチェスカ・クレスパンの舞台を鑑賞し続けている。だから彼女の踊りの微細な変化や異常も、決して見逃すことはない。十一日の公演の、前半の彼女は非の打ちどころがなく、まさしく白鳥の歌と呼ぶべき見事な舞台だった。命の炎の燃え尽きる最後の夜、彼女は三十五年の生涯で最も美しい舞いを見せてくれた。

しかし後半三幕目に異変は起こった。オペラグラスで見ていると、彼女の額にひと筋の血が流れて下るのを、自分は見た。そして舞台に倒れ伏す四幕の後半に向かい、踊りが少しずつ精彩を失っていくのが、自分には感じられた。あれはフランチェスカ・クレスパンという不世出の才能だからこそできた動きであって、並みの踊り手なら、立っていることもかなわなかったのではないか。その証拠に、この十日間の公演で、前日までキャロルは死ぬことなくフィナーレを迎え続けていた。ところが最終日のキャロルは終幕で息絶えた。あれはクレスパン自身の体が創(つく)った展開で、もうあれ以上彼女は踊れなかったのではないか。その体力が、彼女に残っていなかったからだ。

四幕目、もう彼女の踊りに意識はなかった。今世紀最高の舞姫は、あの最後の幕の時点ではもう死んでいた、と老人は声を震わせて断言した。

白鳥の歌を歌い終わり、彼女の肉体は、それでもなお、奇跡のパフォーマンスをわれわれに見せて逝ったのだ。生命が失われても、彼女の肉体は容易に動きを止めることはなかった。それが、神に祝福された才覚というものだ。この世での最後の舞台と知ればこそ、彼女の体は粛々と舞台に向かい、フランチェスカの意志とは無関係に、隅々まで憶え抜き、体に染みこんでいる動きを動いたのだ、と評論家は断じた。

評論家はもう八十四歳の高齢で、彼自身の記者発表もまた、白鳥の歌であったかもしれない。彼は自らの最後の生命を燃やして、フランチェスカ・クレスパンという天才への熱い賛辞を語った。それから二ヵ月後に彼は病いに倒れ、一年後に没した。

フランチェスカ・クレスパンを信奉する者は、事件の夜ロン・モーガン警部が会った彼女の側近たちばかりではなかった。その数は、一般が予想するよりもずっと世間に多かった。熱心なファンたちは、事件の顚末を新聞記事で読んでのちは、彼女は頭部に致命的な損傷を負い、医学的には死亡しても、体はステージに向かい、三幕、四幕を、神に支えられて踊ったのだと噂し合った。彼女の生涯こそは、現代の聖なる書物だ、そう彼らは言い、そうした聖人の例は、歴史にまま見ることができると語った。高齢の英国人評論家の証言を引き金としたこのストーリーは、次第に世間に定着した。

騒ぎは暴走し、そうなるとバレエ界がむしろ沈黙するようになった。多くの知識人たちの著作が出版され、大学で教鞭をとる権威筋も、意見表明をするようになった。彼らをゲストに迎えてテレビの特集番組が組まれ、多くの学者や宗教家がさまざまな意見を述べた。ついにはバチカンが声明を出し、パウロ六世がカトリックを代表してステートメントを公表するまでの事態となった。

そういった一連が、ついにナディア・ノームの高名な発言を引き出したといえるかもしれない。事件から三ヵ月がすぎ、年が変わった翌一九七八年一月、アメリカKM大学の脳科学者で、将来のノーベル賞候補と呼び声の高いナディア・ノーム教授の発表した見解ほど、世間に衝撃を与えたものはない。そして彼女のこの見解発表が、世間の騒動に終止符を打つ、止(とど)めの一撃になったことも確かだ。

彼女は、人間の脳が持つ「オートパイロット」という機能について解説し、これに関する自身の長年の研究の成果と、そこから導かれる当事件への解釈について述べた。その内容を以下に要約して語ってみる。

オートパイロットは、しばしば「第六感」という言葉で語られる、人間の脳の想定外の能力についての解釈で、これは多く、反復練習によって徹底的に体になじみ、熟練した行動において現れる。才能あるスポーツマンの無意識的な所作に、この好例を見ることができる。一般人が了解しやすい事例としては、たとえば自動車の運転がある。

運転中、人間は頻繁に気が散る。頭がぼんやりしたり、さまざまな思い出の想起に影響されるなどして、自身が今自動車を運転していることを忘れる場面がしばしばある。しかしこういう際も、人間の体はきちんと合目的な動作をして、深刻な失敗をしでかすことが少ない。さらには運転中、激しい不快体験が想起され、強い怒りに支配されて、われを忘れるほどに興奮することもある。大声をあげ、こぶしを振り廻し、時には激情のあまり涙を流すことさえあり、こういう際は、運転に支障をきたす可能性を通り越し、運転ができる状態ではないから、即刻車を止めるべきと判断され得る事態に見える。

ところがノーム教授の実験においては、こういう状態にある被験者も、運転の動作に関しては、危険なミス操作が現れることはなく、危機回避の能力行使に関しては、むしろ平常時より向上したというのだった。

いささか信じがたい結果なので、この方向では、教授はより状況を細分化し、実験の数を数倍に増やして追究、追認した。しかし彼女の実験室における限りは、実験から導かれる結論を、覆す方向の例が増すことはなかった。

被験者に、むずかしい問い、たとえばややこしい数学の難問や、非常な立腹を呼ぶ問いに答えさせながら自動車の運転をしてもらうと、ハンドルがおぼつかなくなる様子もたまに見えるのだが、車線からはみ出したり、危険運転にいたるケースは少なく、ハンドルが左に大きくそれると、同程度の力で自動的に右に補正し、右にそれても同様に左に補正する様子が観察される。

これは人間の脳に、補正機能がそなわっているゆえのように洞察され、こういう機能が忙しく立ち働いている際も、当人はそんなことは露知らずのていで、集中できない気分で運転を続けている。つまりこの種の感情の発現も、運転という行為にはマイナスに働かない。

これは脳の「前帯状皮質（ぜんたいじょうひしつ）」の働きと言われている。前帯状皮質は血圧や心拍数の調節といった自律的機能のほかに、報酬予測、意思決定、共感や情動といった認知機能に関（かか）わっているとされる。

前帯状皮質には四つの機能があり、脳の前側が「実行」、後ろ側が「評価」、背側が「認知」、腹側が「情動」、の機能をそれぞれを受け持っている。また前帯状皮質は、前頭前皮質と頭頂葉のほか、運動系や前頭眼野（がんや）とも接続しており、刺激のトップダウンとボトムアップの処理や、他の脳領域への制御の割り当ての司令塔となっている。前帯状皮質は学習の初期や、問題解決のような、特別な努力を要する課題に、特に関係していると考えられている。エラー検出、課題の予測、動機づけ、情動反応の調節といった機能が、前帯状皮質由来によるものとする研究結果が多数出ている。

これを敷衍（ふえん）して、人間の脳には、前帯状皮質由来の「自動運転機能」がそなわっているとする理解が現在、学界で支配的になりつつあり、この機能を、研究者は「オートパイロット」と呼びならわしはじめている。

不安発作と妄想に悩む患者を救済するため、帯状回を切除する「ロボトミー」施術が、一九七八年現在、有効なものと認められている。精神外科という発想にも、充分な発展的未来があるものと考えられている。この切除施術を受けた患者からは、「オートパイロット」機能は消滅していることが確かめられ、先述の考え方の正当性が追認されている。

世間において、人知や常識では了解不能のさまざまに神秘的な現象が報告されることがある。通常の観念では理解不能と見えても、「オートパイロット」機能への理解を応用敷衍することにより、しばしば解釈が可能となる。

ブラジルのプロフェッショナル・サッカーの試合、リオ・ブランコ対サンノゼ戦において、サンノゼのマルコ・ヴィニシウスが終了ホイッスルの寸前に決勝ゴールを決め、観衆の熱狂と同時に倒れ込んで医務室に運ばれ、死亡が確認されるという事件が起こった。後日、倒れるより十分程度以前にヴィニシウスの心肺機能は停止しており、シュートを放った時点では、彼は医学的には死亡していたと公表され、騒ぎになり、伝説となった。

これも、肉体は死亡してても、なんとしてもゴールを決めるという一流選手の並はずれた決意が、脳内の前帯状皮質を異様に活性化させ、熟練を極めた肉体に、無意識のプレーを続けさせたという推察は、それほど無理なく洞察される。こうした超常識的な人間の活動の存在は、ギリシア時代から知られており、「自動人間」現象と呼ばれる。

あるいは日本における重大な鉄道事故の際、機関車の運転士が、横転した後続の客車に駆けつけて、乗客の救出活動を行った。周囲に指示を出す彼の様子を複数が目撃しているが、彼はその行為中に倒れ込んで絶命し、のちの検死によって、彼の肉体は事故発生時にすでに死亡していた、という事件の報告が存在している。これもまた、運転士の強い罪悪感と責任感が、死後も無意識のうちに彼の肉体を動かした「自動人間」現象と考えられる。

こうした事件の報告を知る時、昨年十月のデシマルシアターでのバレリーナ、フランチェスカ・クレスパンの不可解な死亡事件もまた、こうした自動人間現象の一例であるという解釈に、それほど大きな無理はなく思われる、とノーム教授は述べた。

この事件は、事故か他殺かの結論はまだ出ていないが、犯罪が絡むものとする推測に同意しても、それ以降への洞察は変化しない。ブラジルのマルコ・ヴィニシウスの例と同様に、熟練の極致にあった専門的なバレエの踊り手クレスパンが、体に染みこんでいた専門的な動きを、死後もしばらく予定通りに演じ続けたという洞察に、自分は脳科学の専門家として、強い誘惑を感じる。

脳科学の専門誌に彼女はこのように述べ、そののち二度、テレビのインタヴューにも応じて、同じ内容を繰り返している。

大衆は、最初は戸惑い、首をかしげる者もいたが、反論できる専門家はいなかったから、この考え方をアメリカ人は次第に受け入れ、この解釈が市民権を得ていった。フランチェスカ・クレスパンの不可解な事件は、これ以外にどう考えても、理解のしようがなかったからだ。

しかし現象面の説明はそれで可能でも、事件は犯罪の様相を呈(てい)している。これがもしも犯罪なら、犯人は誰なのか、凶器の行方は？　また犯人は、どのようにして現場に入り、また出ていったのか、この疑問は解消されない。だがこの解決は、確かに脳科学者の役割ではない。

9

ダニエル・カールトン刑事は、いつもは捜査会議に使用する、二階のB会議室を出て、廊下を下った。下りきって一階ホールのフロアに立つと、

「ダニエル」

と呼ぶ声が背後から聞こえて、振り返った。コーヒーのカップを右手に持ったアッシェンバウワー警視が階段の裏から出てきて、鷹(たか)のような鋭い目でダニエルを見ていた。

「なんのミーティングだったんだ？　クレスパン殺しに関するものか？」

刑事は無言でうなずいた。

「誰もがみな、今それに頭をわずらわされている。専門家の講演を聞いていたのかね？」

「そうです」

「なんの専門家だ？」

「心理学の権威だそうで……」

「有効だったか？」

「たわごとです。二千人の集団幻視だと。先の大戦中にも、ベルギーで似た出来事があったと」

刑事は首を左右に振りながら言う。

「状況がまるで違う。野外の戦場ではない、平時の劇場内です。全員リラックスして音楽と踊りを楽しんでいただけで、誰一人、自分の命の危険など思ってはいない。それに、十六ミリの撮影映像もあるはずです、今日は用意できなかったが。カメラも幻覚を見たというのか……」

聞いて警視は、二度三度とうなずいている。

「まったく、みんなどうかしているぜ」

「アメリカ中がそうだな」

警視も言った。

「誰もが、なんとか事態を説明しようとして、正気を失っているんです。一級の知識人も、子供みたいなおかしなことを言い出している。斯界の権威からホットドッグ屋の親爺(おやじ)まで、国中が、歴史に残るような茶番を演じている」

「五里霧中だからな」

警視はうなずき、同意した。

「くそったれの牛のクソだ！　次は幽霊の専門家あたりでしょう、警察を訪ねてくるのは。さらにお次は水晶玉を持った占い師の婆(ばあ)さんか」

「クレスパンが殺されたのは、五十階のあの控え室だ、こいつは間違いないなダニエル」

右手を上げ、刑事のそれ以上の無駄口を封じながら、警視は言った。

「ああそうです」

刑事は応じ、現場の説明をする。

「バレリーナの死体は移動されてはいない。細かな血のしぶきが現場の床に残っていたんです。それが大部分拭き取られ、血の一部はかすれていた。急いだからだ」

「セントラルパークの鳩(はと)もカラスも登ってはこられないような高みで、窓ガラスははめ殺しで、そういう厳重な密室だった、そうか？」

警視は訊く。

「その通りです」

「誰も入ってきた者はいないし、出ていった者もない」

「それで困っているんです」

「何故それが解るのか。どうしてだ、ダニエル」

「それは見ていた者が……」

「廊下に見張りがいたからだ。そうだな？」

「その通りです。警視もご存知のはずだ」

すると警視は人差し指を一本立て、じっと刑事の顔を見た。そして言う。

「ボブ・ルッジだ」

「え？」

意表を衝(つ)かれて、刑事は絶句した。

「君の言うことがすべて正しいと仮定する。そうなら、疑うべきはルッジだ」

「ルッジを？」

カールトン刑事は立ち尽くした。

「そうだ、違うか？　ほかにはいない」

ダニエルは無言になった。

「彼を追及したか？　厳しく」

「いや」

刑事は首を横に振った。

「誰一人、入ることも出ることもできない密室だ、それもこれ以上はない厳重なものだ。上空遥（はる）かな高みにあり、堅牢（けんろう）な樫のドアが閉まって施錠……」

「はい」

「そういう密室を作ったのは誰だ？」

「作った？」

「それまではなかったのだ。彼がそう言い出すまでは。強固な密室だと保証している者は誰だ？　たった一人の男の口だ。廊下にいて、現場の樫のドアを見張っていて、誰一人近づいてはいないと保証している者だ。このたった一人の男に、密室は支えられている。ほかには誰一人いない」

「………」

「誰も入っていない、殺してのち出ていった者はいないと、このたった一人の男の口が言っているのだ」

警視は言う。

「だが、それでは困るんだ。密室では困る。そうじゃないか？」

「困ります」

「ではルッジだ、追及すべきは。やつが嘘さえ吐けば、この密室は現れるんだ、ごく簡単にな。やつがそう言ったから、現場は密室になったのだ。それまでは、密室などどこにもなかった。いったい何を躊躇している」

ダニエルは無言になった。

「四方八方は強固な壁だ。すべての壁は、突破不能だろう」

刑事はうなずく。

「じゃあ、出口はひとつだ、ルッジの口だ」

しかしこれには、ダニエルはうなずくことができない。

「ほかにあるのか？　ダニエル。可能性は、それしかないじゃないか」

「馬鹿な」

ダニエルはようやく言葉を口にした。

「何故馬鹿だ」

「いや、警視がと言っているんじゃありません」

「密室を作り、支えている者がもう一人でもいれば、私もこれほどは言わない。だが一人きりなんだ、たった一人だけなんだぞ。このたった一人の男の口に、すべての謎が支えられているんだ。そのために、脳科学者や、心理学者や、水晶玉を抱えた占い師までが、今舞台の袖で出番を待っている、違うか？」

「ま、そうですが……」

「一人なら、いくらでも嘘を吐ける。誰もあの部屋に入っちゃいませんぜ、出ていった者もない、この私が見ていたんだから。こんな程度の嘘、誰にだって吐ける」

「そうですが、やつは、私の二十年の捜査官生活で、最も信頼できる部類の男です」

「それは、君の勘というだけだろう」

「そうですが……」

「瞳の澄んだ、正直そうな男が重大事件の犯人だったケースはいくらもある。私のは論理だ、勘じゃない。論理的な帰結なんだ。今回のケースでは、これ以外に答えはない」

ダニエルは下を向き、考え込む。そして、ゆっくりとうなずく。しかし、それは納得したのとは違う。

「ルッジは、別に牧師の息子というわけじゃあるまい」

警視は問う。

「貧民階層の出で、高校時代は喧嘩野郎だったと」

警視はふっと鼻を鳴らした。

「ご立派な過去だ、それで何を迷っているダニエル」

「警視、ではルッジが控え室に入り、高名なバレリーナを殺し、また出てきてドアをロックし、椅子にすわって、自分はずっと動いていないと嘘を吐いたと」

「そんなことができる立場の者は、ほかにいないと言っているんだ」

「動機は何です？」

「動機だって？」

「そうです、殺す理由です。事件後、ルッジの生活が変わったって様子もない。事件前も、今も、静かなものです。ルッジとバレリーナは、血縁者でも知り合いでもない。バレリーナを殺したい者が世界中のどこかにいて、それをルッジに依頼したとしても、ルッジに金が入った形跡はない。なんのために殺すんです？　クレスパンが死んでも、ルッジの会社が評判を落として仕事が減るくらいのもので、なんの益もない」

「それは調べんと解らんだろう」

「すでにそれなりに、調べてはいるんです。クレスパンもです、彼女の伝記が書けそうなほどに情報が入った。あれほど世界的に著名になった一人の女性を、いったい誰が、なんのために殺すんです？

バレエ人気を急落させて、ミュージカルに客を呼びたいブロードウェイの興行主ですか」

「そいつを調べろと言っているんだダニエル」

「控え室のドアを、どうやってロックしたんです？　あのドアは、廊下からは、キーがないとロックできない」

　警視は無言で聞いている。

「合カギを作っておいたとでも？　ルッジは、ノース・セキュリティの社員になってからは、社内で最も模範的なガードマンなんです。駐車違反だってしていない」

「ああそうかね」

「クレスパンもです。そこいらへんのセレブの妻とか、ハリウッドの堕落した連中とは違って、彼女の生活はストイックそのものです。酒ともドラッグとも無縁です。安っぽいスキャンダルなんてない」

「私もそう聞いているさ。だが、だから難航しているんじゃないかね？　この事件の捜査が」

「凶器はどうです？」

「何だって」

「凶器は何ですか？　どこにいったんです」

「オスカー像を模した鉄の像が、デスクにあったんだろう？　撲殺にあつらえたようだと聞いた」

「それでいいんですか？」

「かまわんさ」

「行方不明です」

「撲殺のあと、上着の中にでも隠し持っておいて、あとで棄てたらいい、帰宅の途中ででもな」

「そいつはおかしい」

「どうして。クレスパンの死体が、劇場主や相手役のダンサーや、演出家たちによって発見された時は、やつはもうさっさと帰宅していたんだろう。着衣の内を調べられることはない」

「それはたまたまです。調べられた可能性は充分にあり、ルッジもこれは予想したはずだ。もしも言われるようなことなら」

警視は無言で立ち尽くす。

「やつがホシなら、これは計画殺人でしょう。いくらでももっとましな凶器を準備してこられる。確実に相手の命が奪え、しかも小さくて、隠しやすい凶器です。今回のこれは、手ぶらで来て、たまたま現場にあったものを、とっさに摑んで使っているんです」

「どうしてそれじゃいけない」

「殺す気などなかったのに、行きがかりでカッとしたんです。それで殺した。たいして知り合いでもないルッジに、カッとくるような会話が、クレスパンとの間にできますか？　彼はただのガードマンですよ」

「そんなこと、解らんだろう？」

「あきらかに知り合い同士のケースですよ、これは。知り合いを相手に、バレリーナが予想外のことを言ったから、相手が激怒したんです」

「君の想像だ」

言われ、ダニエルは黙って立ち尽くした。

「気持ちは解るがなダニエル、あまりのんびりはできんぞ。このままじゃ、事件は確実にお宮に入る。そうなれば、ここでの記者会見も、いつぞやのようじゃすまないだろう、われわれはさらに厳しい立場に立たされる。ブンヤの数も、何倍にもなる。世界中から押し寄せるんだからな。連中の質問は厳しいぞ、歴史的な大物が犠牲になった殺人事件の犯人を、北署は間抜けにも逃がそうとしているんだ」

ダニエルは、顔を上げて天井を仰いだ。

「世界中から飛んでくるのは、海千山千の猛者どもだ。覚悟はいいのか？　テレビや、映画のカメラも来る。このロビーにも入りきらないだろう。記者会見の会場は、マジソンスクエア・ガーデンでも借りるか？」

「それじゃあ、ダニー・レイバリーのタイトルマッチだ」

「勝ち目はないだろうな、いかにやつでも。相手は、世界中のマスコミ連合軍だ。われわれニューヨーク北署の赤恥が、世界中に実況中継される。広報の男のノックアウト・シーンとともにな」

「やつには、いいクスリになるだろうが……」

「世間はそう見ない」

警視はぴしゃりと言う。

「レイバリーなんぞ知っちゃいない。みなの関心は、ただニューヨーク北署だ」

「広報が担架で退場、われわれは記者の詰問にしどろもどろ、事件は迷宮入りでオカルト扱いか、完敗だな」

「これ以上に恥ずかしいニュースを、私は寡聞にして知らんな。ジェリー・ルイスのポリス映画でも、もう少し控(ひか)えめだろう」

「せめて犠牲者が、もう少し無名の踊り手ならよかったが……」

「同感だな」

警視は、わずかに白い歯を見せた。

「もう一度、ルッジに会ってきます」

カールトン刑事は言った。

「クロンも連れていけ」

「まず彼のオフィスにいきます。この時間では、彼はどこの現場の仕事に入っているか……」

「ダニエル！」

上から名を呼ぶ声がしたので、刑事は上空を見上げた。階段を上りきったあたりの手すりにもたれて、ロン・モーガン警部が立っていた。

「マット・ラモンズの消息が摑めた。すぐ行ってくれ、クロンと一緒に」

「どこです」

「近い。サウスブロンクスの、ティコティコというライヴハウスだ」

「ライヴハウスに？」

「ああ、今空き時間らしい。急いでくれ」


急行する車の中で、ダニエルはクロンにひとことも話しかけなかった。

マット・ラモンズは、ティコティコの舞台裏の狭い控え室で、一人葉巻をくゆらせていた。警察のバッジを見せながら、ダニエルとクロンがゆっくり入っていくと、マットは驚いたように立ち上がって、葉巻の先の火を、灰皿に押し付けて消した。

手を出してくるから、ダニエルは握手した。苦虫を嚙み潰した表情のまま、クロンもそうした。

「フランチェスカ・クレスパンのことで？」

マットの方で訊いてきた。うなずいてから、

「君は四、五日、姿を消していたようだな」

クロンが訊いた。マットもうなずいている。そして腰をおろしたから、二人もそうした。

「どこへ?」

ダニエルが訊くと、マットは苦笑を浮かべた。

「刑事さんに、高飛びかと言われましたよ。そうじゃない、オンタリオ湖にいって、水べりにぼうっとすわっていたんだ、何日も。腰が抜けましたよ、フランチェスカが死んだと聞いて。しかも殺されたと。信じられない、あんな女性を殺す者なんてない。もう二度と現れない大物だ」

「高飛びではないと?」

「違いますね。仕事があったから、こうして戻ってもきた」

「あんたは役者だろう? ここはライヴハウスのようだが」

ダニエルが言った。

「最近は、演奏だけじゃ客が入らなくてね、司会に加えて、ちょっと漫談をやるんです。昔憶えたネタがあって。こういうのもぼくは、案外嫌いじゃないんだ」

「出番は?」

「あと三十分ある、休憩時間は。充分でしょう、ぼくは犯人じゃないんだから。何が訊きたいんです?」

「バレリーナのクレスパンさんと、つき合っていたんだってな?」

クロンが訊いた。

「まあ、そう言っていいならね」

「そう言っていいなら?」

「あんたたちも、思ってはいないですか？　こんな小さなライヴハウスで漫談やっているような男と、本当に世界的なバレリーナが恋人だったのか？　と」

二人の刑事は、無言で小さくうなずいていた。

「まあつき合っていたとは、お世辞にも言えんでしょうな、あんたたち、どう聞いてきたのか知らんが。月に何度か、彼女が空いた時間に、お相手をさせてもらっていたってところ。厳しい世界のゆえか、彼女は笑いに飢えていてね、何か面白いジョークのネタを考えて、会えば彼女を笑わせてた。彼女がそう要求するもんだから。食事をしたり、彼女が興味を持っている音楽とか、絵画とかを見たあとにね」

「つき合っていたんじゃないと？」

「俺はどっちだっていい、解釈はどうとでもお好きなように。フランチェスカ・クレスパン専用の、ヴィーガン料理人みたいなものさ。実際そういうのがいた。で、お笑い担当がぼくだね」

「専用？」

言うと、マットはうなずく。

「ほかにはいなかったんだね？」

「そう思うね、彼女がそう言っていたし、実際時間がなかったろうから。ほかにいたのはトレーナーだ。笑わないと、体調が悪くなるんだって彼女は言っていた。美容上も有害だと」

「彼女が死んだら……」

「そういう連中は、収入が消えるだろうね、トレーナーに料理人。ぼくの場合は、金をもらっちゃいなかったが。しかしね、気が抜けた。気持ちはあった、彼女は大事な人だった、ぼくはほかに彼女はいなかったし、まあファンだったってだけかもしれないが。彼女も、多少はぼくに気持ちがあったろう」

「そう言っていたか？　彼女は」

クロンが無遠慮に訊く。マットはうなずく。

「言っていた。だから、気持ちがゼロじゃないさ。あんたたち、どう思っているのか知らないが、ぼくが彼女をどうかするなんてね、考えることもできない。もしもフランチェスカが殺されたのなら、犯人を憎むことにかけては、ぼくは誰にも負けはしない」

「ショックだったんだね」

ダニエルが訊いた。

「当然だ。だから湖に行っていた」

「交際はどのくらい？」

「ほんの一年ばかり」

「どうして知り合った？　あんな著名人と」

「ぼくだって、こんな仕事ばかりしているわけじゃない。マクベスをやったんだ、NYシアターで」

「主役を？」

「まさか！　だがいい役だった、執事頭で。そしたら、何を思ったのか、フランチェスカが、手紙をくれたんだ、マネージャーが持ってきてくれた。それで、ランチをした、こっちは彼女が誰だかなんにも知らないままにね。何回か会って、だんだんに親しくなった」

「何者か、解った？」

「ああ」

「天にも昇るようだったか？」

「それほどじゃない。バレエに関しては、ほとんど知識がなかったから」

「君のどこがいいと？」

「顔なんだと。飛び抜けた美男じゃないが、好きな顔なんだと。自分は面食いで、自分より名のある人間には興味が持てないんだと。男でも女でも。自分は、人を育てたいんだと、そう言っていた」

「やらない。バレエ・ダンサーは育てないのか？　君はバレエはやらないんだろう？」

「バレエ・ダンサーには興味がないと」

「君の顔だって？」

「ああ、顔と、体かな。ほかには何にも、まったく興味はなさそうだった」

「君のジョークは」

「ああ、ジョークはあったね、それはそうだ。でもそれはつき合ってから……。それ以外にはぼくの何にも。当然だね、ぼくは金も持っていないし、何も持ってはいない。だがとてもよくしてくれた。多くを学んだ、だから、感謝してもいる」

「どんなことだ？」

「学んだこと？　そんなの、簡単に言えることじゃないさ」

「バレエに関することか？」

　マットは首を左右に振った。

「違う。バレエのことなんか、ぼくには何も解らない」

「バレリーナに対してなら、彼女は教えることがたくさんあったろうに」

「バレリーナは駄目だって言っていた。彼女らはみんな、たいてい癖がついていると。自分にはもう救えないと」

「悪い癖？」

「彼女の価値観では、ね。みんな型に依存しているんだと。そのやり方でも一流にはなれるが、それは同じように型を信奉する評論家の間でというだけで、歴史のトップに立ちたいなら、型を持たないことだと。すべての動きは水のように自然で、なめらかでなければならないと、彼女はそう言っていた。それから、視野を広く持つんだと。フィールドが型の集合体なら、ジャンルの発展は止まり、文化は長くはもたないと」

「俺たちには意味が不明だが、君にはその意味が？」

マットはうなずく。

「ああ、一応解るつもりだよ。舞台に立つ仕事という意味では同じだから。でも、本心を言えば……、あははは、チンプンカンプンだな。やはり、ぼくとは全然格が違っていた。ぼくなんかの彼女でいる人じゃなかったよ、それが正直なところさ。われわれのあの時間が、彼女に浪費だったとは思いたくないが……、ぼくはたいして育たなかったし。むろんこれは、ぼくが悪いんだ、彼女のせいじゃない。彼女は天才だった、あんな踊り手は世界に二人といない。だから、死ぬまで一緒にいられるなんて思ってはいなかったが……、まさかこんなかたちの終演とはね、予想もしなかったな。惜しい命が失われた」

「天才を殺しそうな人間は？」

マットは即座に首を横に振った。そして言う。

「刑事らしい質問だけど、いるわけがない。フランチェスカ・クレスパンを殺して何になるんだ？ あり得ない。みんなが大損失をこうむる」

「大損失を……？　中にはトクをする人間だっていないか？」

するとマットは、首を大きく左右に振った。

「そうは思わない。この島のセントラルパークを見てみろよ。あの公園を破壊して、トクをする者が市民のうちにいると思うかい？　それと同じだ。誰もが切実に必要としていた、程度の差があるだけだ。そういう数少ない公的な存在なんだ、彼女は。殺しては駄目だ」

「ライヴァルの話なんかは、聞いたことはないのか？」

「ライヴァルだって？　いるものか。もうライヴァルなんていないのさ、彼女には。あれほどの存在だ。たとえ近いのがいたとしても、フランチェスカが死ねば、ライヴァルも立つ場所を失う。だってバレエという文化自体が滅ぶんだから」

「ふうん」

刑事二人はうなずいた。

「バレエというフィールド以外でもいい。彼女を嫌って憎んでいた人間についてなんて、聞いたことはないかね？」

「一度もないね」

マットは即座に言った。

10

ダニエル・カールトン刑事が、ティコティコを出てクロンと別れ、一人になって腹に少しばかり夕食を入れてから北署に戻ってくると、刑事部屋にはロン・モーガン警部が一人だけ居残っていた。刑事連中はみんな出払っている。

「おうダニエル、戻ったかい」

警部は言った。

「戻りましたよ」

ダニエルは応じた。

「マットの感触はどうだった」

「クロンから、聞きませんでしたか？」

「聞いたが、君の意見は」

「やつは無関係です」

ダニエルは断じた。

「シロか？」

「そうです」

「マットも、ボブも、シロか？」

「そうです」

「君にいいものを見せよう」

警部は言った。

「なんです」

モーガン警部は抽斗を引き開け、一枚の写真を出して、ダニエルの鼻先に突きつけた。

それはどこかの壁にかかる額の写真だった。

「なんです、これは」

「サウスブロンクスの、ポリフェーモというイタリアンレストランの壁にかかっていたスケッチ画だ。バレリーナ用の衣装が何点か、スケッチされている。スケッチブックに、鉛筆のラフスケッチだな」

ダニエルは写真を持ち上げて、両眼に近づけた。

「誰が描いたと思う？」

「さあね。そんなにうまい絵じゃないように思いますが、それが重要なんですか？」

「とんでもなくな」

「誰です？」

「右下を見ろよ、サインが入っている」

それで、ダニエルは右下を見た。写真は大判ではなかったから、手書きの小さな文字は読みづらい。苦労して筆記体を読んだ。かろうじて、クレスパンと読めた。

「クレスパン？」

「ビンゴだ。これはフランチェスカ・クレスパンの描いたスケッチ画らしい」

「ほう、彼女は絵も描くのですね」

「自分の衣装のデザインの、アイデア・スケッチかな。ちょっとした、万能の天才といったところだな彼女は。女レオナルドだ」

「才能がある人だ。これが？」

「知り合いに、この店の常連がいてな、この絵の存在を教えてくれたんだ。ポリフェーモの親爺は、誰からこの絵を買ったと思う」

言ってから警部は、ダニエルの顔を見た。このもったいぶった態度を、ダニエルは幾分不快に思った。

「誰です」

「君のお気に入りの、ボブ・ルッジだ」

警部は言い、ダニエルは驚いた。

「ボブ？　ルッジだって？」

「やつが、バレリーナと知り合いでも何でもない、会話もしたことはないって話は、これで怪しくなったな」

ダニエルは衝撃を受け、立ち尽くした。

「ルッジが、クレスパンさんのスケッチを持っていて、レストランの親爺に売ったたって?」

「そういうことだ」

「やつは今どこです」

「五階の留置場にいる」

「引っ張ったのですか⁉」

「警視の命でな、君にもすでに話したと、警視は言っていたが」

「聞きましたよ。だが、私は説得されてはいません。警部はされましたか?」

「私が納得したのは、この絵の一件だけだ。当人に直接事情を聞きたかったんだ」

「で、彼は話しましたか」

「ろくにしゃべらん。だから今上にいる」

警部は天井を指さした。

「会ってきます」

ダニエルは即座に言って、エレヴェーターに向かった。

「君には話すのか?」

「警視によりは」

「信用するばかりが能ではないぞダニエル」

警部の声を背後に聞いた。

五階に着き、ボブ・ルッジに面会を申し込んだ。面会のブースで待っていてくれというから、緊急だ、直接、格子越しに話したいんだと言い、房の位置を聞いて、留置場の中に歩み入った。職員が通路を先導してくれるから、彼を追いたてるように、早足で背後を歩いた。

「ルッジ」

雑居房のひとつの前で、ダニエルは収容者の名を呼んだ。二段ベッドの前に立っていた男が、うつ向けていた顔を上げるのが、鉄格子越しに見えた。ダニエルは格子に寄り、職員は戻っていった。

「これは、カールトンさん」

ボブは言った。

「ボブ、どういうことだ、俺はこんなことに賛成してはいない」

「賛成の人間も多いってことでしょう」

格子にわずかに寄ってきながら、彼は静かに言う。

「フランチェスカ・クレスパンとは親しくないという、俺にした話はどうなる？　撤回か？」

ダニエルは開口一番に訊いた。

「するわけもない」

ルッジは言った。

「あんたには、なにひとつ嘘は話していない。クレスパンさんとは赤の他人だ。話したこともない」

ダニエルは、鉄格子越しに、じっとルッジの両眼を見た。ルッジも、目をそらさない。

「信じていいのか？」

刑事は訊いた。

「このまま、ずっと先まで」

「ああもちろんでさあ」

ルッジは応えた。

「後悔はさせないか？」

「あんたがさせない限り」

ルッジは言った。

「あんたがずっと、俺を信じてくれていたのは知っている。だから、あんたを裏切るつもりなんてない。すべて本当のことを話してきた。今もだ」

ダニエルはそれで、ひと呼吸を置いてから、こう言った。

「それでどうしてクレスパンさんの絵を、君が持っていた？　そして、どうしてそれを、サウスブロンクスのレストランに売った？　そんな話、俺には一度もしてくれていない」

「それは訊かれなかったからだ。訊かれたら話した」

「なんだと？」

刑事の神経の、どこかが刺激を受けた。それは、したたかな犯罪者がよくやる言いわけに聞こえたからだ。

「知り合いでもない人の描いた絵を、どうして君が持っていた」

「あれは、控え室のくず籠で拾ったんだ」

「拾った？　くず籠から？」

「俺は、いつも部屋をあらかじめ点検する。バスルームも、抽斗の中も、ゴミ箱の中もだ。どんな危険物が仕掛けられているかもしれないから」

「それは、公演が始まる前の話だな？」

「前ですよ、カールトンさん。クレスパンさんが四十階から上がってきて、あの控え室に入る前だ。そうしたら、ゴミ捨ての中に、あのスケッチを見つけた。たぶん掃除人がまだ入っていなかったか、くず籠の中を見落としたかだ」

「うん」

「掃除人が入っていたら、当然消えていた紙くずだ。引っ張り出してみたら、ダンサーには珍しくもない、鉛筆のいたずら書きなんだろうけど、俺には悪くない絵に思えた。それで、廊下に持って出て、椅子にかけて眺めていた。クレスパンさんに返すべきかとも思ったが、彼女は捨てたんだろうかららな」

「ふむ」

「折りたたんで上着のポケットに入れていたら、忘れてしまって、知らず家に持って帰っていた。あの劇場でセキュリティを担当して、なんとなく彼女のファンになってもいたから、寝室の壁にピンでとめて、毎晩眺めていた。絵の価値なんかが解る俺じゃないが、あのいたずら書きから、彼女の頭の中が覗けるような気がして、楽しかった。門外漢には思いもよらない世界でね、なんだかずいぶん貴重なものに思えてきたんだ」

「ふん」

「ポリフェーモに行ったおり、店主のアントニオにその話をしたら、見せてくれと言う。クレスパンさんのファンだと親爺は言うんでね。何日かあと、食事に寄ったおりにスケッチを持っていって見せたら、二百ドルで売れと熱心に言うんだ。彼氏としては、客寄せにもなると思って計算したんだろうが、別にかまわないと思って売った」

「ちょっと待て。あのスケッチには、クレスパンさんのサインが入っていたぞ。本当に捨てたものか？」

「ああ、ありゃあアントニオのやつが自分で書いたんだ、どこかにあったクレスパンさんのサインの写真に似せて。俺がゴミ箱から見つけた時は、サインなんて入っちゃあいなかった」

「ふうん、そういうことか」

ダニエルは言った。

「嘘は言っていないな」

一応念を押した。ルッジは言う。

「神に誓ってね。だがあれから少し気がとがめてね、後日、マネージャーに会ったおりに、彼に打ち明けた。金を返そうかと言ったら、そんなもの、取っておけと彼は言った。似たようなことは以前にもあった、気にするなと。それで花を買って、控え室のデスクの上に挿しておいた。ささやかな礼のつもりだった。ま、そんなようなことです。マネージャーに訊いてもらったらいい、彼もたぶんまだ憶えているでしょうから」

うなずいてから、ダニエルはしばらく考えた。モーガン警部はどう言うか知らないが、信じていい話だと思った。

「俺は信じるよボブ」

「そいつはありがたい。が、一応調べてからにしてください。俺は嘘なんかいっさい吐いちゃあいない、そんな必要もないしな。調べてください」

「俺は信じるけれど、この事件はきわめて特殊だ」

ダニエルは言った。

「いやになるほど特殊だ。あらゆる連中を今、巻き込んで騒ぎを広げている。こんな事件ははじめてだ」

「そりゃあんな歴史的な有名人だから」

「それもそうだけれど、もしもクレスパンさんの死が殺人なら、犯人の影が少しも見えない。現場は厳重な密室で、誰一人入ることも、出ていくこともできない。バレリーナを殺したあと」

「ああ、確かにそうだな」

「そして、解るだろうボブ。そういう不可解な状況を作っているのが君なんだ」

「俺が？」

ルッジは目を剝いた。

「ああそうだ、君だ、君の口だ」

「俺の口だって？」

「そうさボブ、ひとつ間違えば、今回の事件は、容易ならざる事態なんだ。普通の殺人事件じゃない。あの現場の控え室は、いつもなら、犯人が楽々中に入り、高名なバレリーナを殺し、ゆうゆうと出ていけた場所なんだ、君が廊下で頑張ってさえいなければ」

「ああなるほど。そういうことですかい」

はじめて事態を理解したように言い、ルッジはうなずいた。

「捜査陣にとって、君は今、まことに厄介な存在になってしまっている。難攻不落の密室の、君こそが番人なんだ。君さえいなければ……と、みんなが思いはじめている」

「なんてこったい、冗談じゃない、そんなこととは、ちっとも知らなかったぜ！」

「事件は、君の口ひとつであっさり解決する。君が証言を変えてくれさえしたら」

「どう変えりゃいいんです？」

「廊下に出した椅子にかけて見張っている間、一時間だけ抜け出して、どこかで一杯やっていたと」

聞くと、ルッジはからからと笑った。そして言う。

「冗談じゃねえや」

「その一時間に、前半と後半の間の休憩時間が入っていれば申し分ない。そうしたら、その一時間の間に、どこかの人殺しが控え室に入れるんだ。そしてバレリーナを殺し、のうのうと出ても行ける」

「なるほどね、だが、嘘は吐けねぇや。こっちはそういう性分なんだ。取り引きなんざごめんだ」

「そうだな、俺には解っているさ、君はそういう人間だ」

「ああ。だが、いったいどうすりゃいいんだ」

ルッジは言う。

「真実を語り続けてくれボブ。だが言えることは、絵の一件は、これは少々まずかったな。これで北署の捜査官たち、ルッジのやつひょっとして、と思いはじめている。こいつ案外すねに傷があるぞと」

「ああそうですかい。なるほどな、こんな檻の中に入れて、何日か締めあげたら、廊下でずっと見張っていたのは嘘でしたって言うだろうってわけだ」

ダニエルは立ち尽くし、しばらく無言でいたが、ごくわずかに、うなずいた。

「なんとまあ、厄介至極な立場に落ちてしまったもんだ」

ルッジは鉄格子の向こうで、肩を落とした。

「じゃあなんだ、今のカールトンさんのお話じゃあ、俺がずっと廊下で見張っていたのが嘘でしたと言ったところで、俺は息子のところにゃ戻れない。やっぱり嘘だったんだなルッジ、そんならおまえ自身が控え室に入って、クレスパンさんを殴り殺したんだろうと、次はそう言われるのがオチだ」

決して同意はしなかったが、ダニエルは内心ではうなずいていた。署の同僚ども、おそらくはそう来るだろうと予想している。

こいつはたまに見かける、典型的な冤罪の構図だ。まさか自分が関わろうとは、思ってもみなかった。先頭で旗を振るのが、アッシェンバウワー警視というのも面倒な図だ。

「厄介な蟻地獄だな、もがくほど、事態はより悪くなる。より面倒な場所にずり落ちるんだ」

ルッジは言い、そんなところだとダニエルは思った。

「いったい俺は、どうすりゃいいんです」

ルッジは言った。

「何がどうあれ、嘘を吐くのはごめんだ。事態はより悪くなる」

「ああ。取り引きなんぞに、金輪際応じる必要はない」

ダニエルも言った。

「正直な言動を、徹底して通して欲しい」

「ああ、だがそうしたら、ただひたすら、責められ続けるだろうがな。吐け、吐けルッジってな」

ルッジは言う。

「俺がせいぜい君の立場に立ち、擁護する」

ダニエルは言う。だがそれが、はたしてどれほどの効果を生むかな、とも思う。

「俺は今まで、信仰心を持って、この人生を正直に生きてきた。疑いがあるところに信心を、争いがあるところに許しを。あの言葉を信じ、実践してきたつもりだ。だが、その結果がこれか」

鉄格子の内で、彼はつぶやくように言った。

「悲しみがあるところに喜びを。闇があるところに光を。憎しみがあるところに愛を」

ダニエルも続けた。

「絶望があるところには希望を。そうです、あれが俺の一番好きな、聖人の言葉だ」

ルッジは言う。

「俺もだ」

ダニエルも言った。

「あの祈りを、俺もまた、固く信じている。愛されることより、愛する心を。何故なら私たちは、与えることで与えられ、許すことによって許される」

「ああそうです刑事さん。あんたに会えてよかった。これも、信仰のお導きかな。今俺が一番心配しているのは、息子のことだ。いつかも言いましたが」

「そうだな」

ダニエルは応じた。

「真面目(まじめ)にやっていたら、こんなところに入れられることは絶対にないと信じてきた。聖人の教えを、一生懸命守ってきた。世の中、うまくいかねぇな」

「事態をすべてひっくり返す方法は、ひとつきりだ」

刑事は言った。

「なんです」

「真犯人を見つけることだ」

「ああ……」

するとルッジは、がっかりしたように言った。

「心当たりはないか？　ボブ。クレスパンさんを殺しそうな人間だ。休憩時間に、あの控え室に入って」

ボブ・ルッジはため息を吐いた。そして言う。

「見当もつきませんや、俺なんぞには。それに……」

ルッジは言いよどむ。

「それに何だ？」

「入れるわけがねぇ、俺が見張ってたんだ」

聞いてうなずき、ダニエルは無言で腕を組んだ。同感だったからだ。

第三章

ユダヤ人と日本人

I

ダニエル・カールトン刑事は、デカ部屋の前の廊下の端（はし）にある喫煙コーナーで、窓の外の霧雨（きりさめ）を見ていた。タバコを吸いたいとは考えなかったが、このコーナーはソファがあるから好きで、タバコをふかす者の姿が見えないおりは、よく来てすわる。

考えていたのはボブ・ルッジのことだ。やつをどうやって留置場から救（たす）け出すかをだ。起訴されて拘置所に移されてからでは遅い。裁判官や陪審員が相手になり、新証拠の提出が不可欠になる。これまで何度も経験があるが、どんなものを出そうとも、そいつはもう何々の件の際、一緒に審理されたも同然だから、「新」とは呼べないと言われて却下される。事件の捜査から出てくるどのような事実であろうと、事件の内部は関連しているから、ポツンと孤立した事実などない。たいていのものは審理の際に言及されている。新証拠とやらのむずかしさは、もう骨身にしみている。

雑居房にいるルッジは、まさか自分が逮捕されるなど、思ってもいなかったろう。まして殺人の嫌疑をかけられて起訴されるなど、思っていないに相違ない。彼とは気持ちが通じているからこの点はよく解る。彼は今、これは警察のちょっとした思い違いで、ほどなく自分はここから出されると思っている。ルッジはクレスパンとたいした知り合いでもないし、動機もなければ、クレスパンが消えることによる益もない。なんの関係もない平凡な一市民なのだ。逮捕は仰天の災難だったはず。だが信じがたいことに、彼の陥(おちい)っている事態はそう簡単ではない。

ルッジ救出のむずかしさは、それは詰まるところこの事件のむずかしさでもあるのだが、現場の様子があまりに八方ふさがりで、ルッジのところしか突破口がない、少なくともそう見えることだ。ダニエル自身、自分が何度もルッジに会っていなければ、そしてこれが他人の捜査案件なら、確かにルッジのところにしか突破口はないと思ったかもしれない。警視が言うように、廊下にすわっていたルッジの証言が嘘なら、この未聞の難事件は解決なのだ。だから警察はルッジを放すわけにはいかない。北署のメンツがかかるこの重大事案の、ルッジはか細い、唯一の、一縷(いちる)の望みなのだ。

ルッジは解っていないが、ほかに可能性がまったく見当たらないので、殺人課としては、彼を表に出すわけにはいかない。出せばその瞬間から、自分らが五里霧中に陥るのが目に見える。ルッジ一人に、ニューヨーク北署のメンツがかかっているのだ。この点に、ダニエルは憤りを感じる。それを自分らの無能のゆえかとは、誰も考えようともしない。自分らのメンツのために、なりふりかまわず北署は、ルッジという善良な一市民の生活と名誉を犠牲にしようとしているのだ。

ダニエルは思う。ダニエル自身、ハイスクール時代からずっと孤独だったので、ルッジの陥っている性癖に理解がおよぶのだ。やつの孤独癖は、品格低級ゆえに周囲に嫌われた結果ではない。その逆だ。周りの下品ゆえの孤立で、一定量下品に染まって見せることで、周囲の友情を買わなかったがゆえの孤立だ。そして、これがあんまり長く続くから、いつかそれを心地よく感じて出来上がってしまったものだ。なによりもこの点に、ダニエルは共感する。自分が犯罪に手を出さないように、こういう男が、軽々に悪事に手を染める道理がない。ダニエルはそう信じるし、信じたい願望もある。これは自分の信念だ。犯罪に気軽に手を染められるなら、やつは孤独にもならなかった。悪い環境なら、その方が楽だったはずだ。

そんなふうに考えるのは、なにやら自己弁護的でずいぶん嫌だが、そうして守ってきた自分の信念を、今さら低級なものに落としたくない。ルッジのものは——自分もそうだが——彼の生き方そのもので、失えば、生きる理由が消えるほどの重大事だ。そしてダニエルは、同時に自分の捜査官としての能力の乏しさに絶望し始めている。自分に、この事件に決着をつけられる能力があれば、こんな厄介ごとは即刻卒業なのに——。

「ダニエル、ここにいたのか」

呼びかける大声を聞いた。見ればクロンだった。

思考を遮られ、わずかに不快だったから、ダニエルは、こっちに向かって猛然と歩いてくるふうのクロンの大柄な体を見ただけで、何も声を発しないで待った。何か用事がありそうだが、いずれたいしたことではあるまいと思った。するとクロンは、続けてこう言った。

「コロンビア大、医学部だ、ダニエル！」

「ああ？　何だって？」

少しうんざりしながらそう応じた。もうしばらく、一人で考えごとを続けていたかったのだ。

「コロンビア大がどうしたって？」

意味が解らず、ダニエルは繰り返した。そんなものより、眼前の霧雨の方が、価値のあるものに思えている。

「医学部第一講義室で、脳神経外科の教授と、Ｑ＆Ａの講義があるらしい」

「教授と、誰のだ？」

「医学生用の番外講義だ。彼の固有名詞なんて、さして重要じゃない」

「それがどうしたんだ？　それを聴講にいく気か？　どういう風の吹き回しだ？　刑事は辞めて、医者になるのか？」

「おまえもだダニエル、早く立て」

聞いて、ダニエルは苦笑した。

「悪いがクロン、俺はデカを辞める気はないんだ」

「マッテオ・ショストロム」

「何だって？」

「ポーランド系のユダヤ人だ、ナチの絶滅収容所に収容されていたんだが、医大生だったから、収容所でメンゲレの助手をさせられたと。そういう人間が生きていて、見つかったんだ」

「ほう。そいつは貴重だな、アメリカにいたのか」

「人体実験だ。悪名高い、メンゲレの人体実験だ。時おりそいつの手伝いをやらされたんだ、この人物は。そうだ、アメリカにいた」

鼻息も荒く、クロンは言いつのる。

「ああそうかい」

ダニエルは言った。そんなことより、デシマルシアターの密室の方が重要だろうにと思った。

「メンゲレは、ある実験をしていたという。神をも恐れない人体改造だ」

ダニエルはうなずいた。

「よく聞く。そうらしいな。人類の為(な)した、恐るべき背徳の歴史だ。許されるべきではない」

「メンゲレは、どんな人間を作り出そうとしていたと思う、ダニエル」

「ナチの人体実験の話は多く聞く。その手の本もいくつか読んだ、子供時代から何冊もな。今さら何を聞いても……、怒りは湧くが、興奮はしない」

「無痛症だ」

クロンは言った。

「何だって？」

ダニエルは言った。

「無痛症だよダニエル」

「無痛症……」

「そうだ、敵の弾を食らっても、痛みを感じないだろうな、そんな兵隊なら」

そういう説明を聞いても、ダニエルはしばらく無言でいた。思索を届かせるのに面倒を感じたのだ。だからかなりの間何も言わなかったが、次第にその言葉が、自分の頭を去らずにいる不可解事に対する呪文であることに、思いがいたりはじめた。そういう思いはやがて呪いにも似た重みをもち、ついには閃光を発した。

「無痛症だって!?」

叫ぶように言って、ダニエルはソファから飛び上がった。脱いで手に持っていた上着の袖に素早く手を通し、こう言った。

「何を突っ立っているクロン、早くしろ！」

と叫んだ。

「まあそう興奮するなダニエル」

へらへら笑いながら言い、クロンも歩き出した。それから言う。

「ことの重大性に気づいたらしいな、ダニエル」

「気づいた」

短く言った。

自分の思索が突進を始める気配を、ダニエルは感じている。無痛症、無痛症だと？　ダニエルは思う。

聞いたことがある。医学関係の、何かの本で読んだ。痛みを感じない人間になれば、肉体の苦痛とは無縁になる。一見楽になるようだが、これは実は危険なことと記されていた。瀕死の重傷を負っても、死にいたる重い病いを発症しても、痛みがなければ異変に気づけず、ついには命を落としてしまう。痛みとは、生命の危機を知らせる信号なのだ。骨折や脱臼を起こしても当人は気づけないから、高いところから無思慮に飛びおりるなど、粗暴な行動を続け、骨折を繰り返して体を破壊してしまう。

しかしこれが兵隊なら、話は別だ。こういう兵士は無敵だ。小隊や中隊が構成できるほどに数がいれば、ヒトラーは歓喜のあまり踊り出したろう。無痛症の兵士で構成された部隊なら、突撃中に身に敵弾を受けても、足さえ無傷なら突進を続けられる。手が無事なら銃を撃ち続けられる。そんな部隊は、連合軍には不死身に映ったはずだ。

結果命を落としても、戦死は誰の身にも起こる日常だ。そういう前線でなら、戦闘の合間、軍医が絶えず兵士の体を診る。怪我をしていれば、当人には解らなくとも軍医は気づき、処置をする。周囲の目には彼は健常者と変わらず、単に勇猛な兵隊に映るに相違ない。最前線での話なら、彼には長所しか見つからない。戦場に限ればだが、確かに悪いことなど何ひとつない。上層部にとっても、兵士自身にとってもだ。

だからヒトラーは、こういう人間を大量に創り出そうとした。全欧州統一戦線なら、永遠というまでの時間がかかる。無痛症の赤児を、人工的に作り出すことを考えたのではないか。彼らにとって自由に切り刻んでよい、ユダヤ人というモルモットを使ってだ。それができて、赤児が成人したなら、世界最強の軍隊となり得るからだ。

以前、あまり上品でない書物で、ナチスはユダヤ人の娘を使い、ゴリラやオランウータンと人間との、混血生物を作り出そうと実験していたことを読んだ。もしもそのような生物が、人間の娘の子宮から出てきたなら、この類人猿の知性が、人間に若干劣っていたにせよ、さして問題ではない。銃を撃ちながら敵陣に突進することくらいは教え込めるだろう。そうできたなら、これも命知らずの強力な軍隊の創設だ。上層部にとっては、いくら死んでもよい使い捨ての兵士が手に入ることになるからだ。

　しかし無痛症の人間なら、それよりもずっと有益であり、強力だ。知能は健常者と同等で、痛みだけがないのだから。戦争のために生まれた人類、平時ならハンディキャップでも、戦時なら高等人類だ。地獄のようなあの時代、ユダヤ人という人間でない人間が手に入った時代、どんな悪魔的な妄想も許され、非常時のゆえ、実現を目指すことが許された。ドイツはそういう悪夢の時代だった。

　否、今はそんなこと、どうでもよい。問題はそれではない。こういう背徳の実験が、もしも四〇年代の収容所で成功していたなら――、その時生まれたユダヤ人の赤児は今三十代。マンハッタン島の高層階で起こった怪事件の、その赤児こそが有効な解答かもしれないことに、たった今ダニエルは思いいたったのだ。それ以上だ、唯一無二の答えかもしれない。ダニエルは思い、だから興奮した。

　もしもフランチェスカ・クレスパンが無痛症であったなら――、この事件はまったく思いもしなかった角度から、説明が可能になるのだ。クレスパンは頭部を強打され、頭蓋骨を陥没骨折した。だが彼女は無痛症であったため、自分が致命傷を負っても、それに気づかず、動くことができたのだ。

　否、気づいてもよい。それでも死の信号たる激しい痛みが、彼女の行動を止めることはなかったのだ。責任感の強い彼女は、ゆえに控え室を出て舞台に向かい、粛々と後半の舞台をこなすことができた。それが、この不可解な事件の解答だ！

　コロンビア大医学部の第一講義室に入っていくと、席は三分の二くらいが埋まっていて、年配の者はごく少なかった。ほぼすべて学生であるらしい。後方の席は多く空いていたから、刑事二人はそこにかけた。

「無痛症は現在、難病指定が目指されています」

　若く見える男の方が話しかけた。彼の方がどうやら教授らしい。白衣を着ていたからだ。

「そうらしいね。私は戦後、医学の仕事からは離れてしまったもので、充分な知識はないのだが」

　年配に見える男の方が答える。どうやらこちらが、収容所体験者のショストロムらしい。

「時間がかかりそうですが。先天性の無痛症の患者は、治癒の例がほぼない。健常化は絶望的にむずかしいからですが、私自身、このシンドロームの人に何人か会ったことはあります。ある患者は、針が自分の体に刺さっていても痛みを感じない。針が刺さっていることは解るのですが、それにともなう情動反応が存在しないのです。われわれの感じる痛みに近いものは感じているのですが、それを感じると、彼女はくすくす笑い出してしまうのです。そしてとめどなく、くすくすと笑い続けるのです」

「ほう」

「こういう人を、ご覧になったことはありませんか？」

　教授は訊く。

「経験はないな。当時の収容所内部は、それはおぞましい環境で、事情はどうあれ、被験者が笑えるような空気はなかった。かくいう私も、まだ六十前なのだが、見ての通りの老人だ、ポーランドでの異常体験のせいだと思う。ああいう場所は、人間の尊厳を破壊する」

　教授はうなずいて言う。

「そうでしょうな。笑う患者は、痛覚失象徴シンドロームと呼ばれます。この患者は、痛覚刺激に対して、多く笑い転げます。けっして痛いと言わない。

　これは哺乳(ほにゅう)動物の進化の内実や、ヒトの心の問題に深く関与してはいないかと、私は疑っています。この笑いは、これこれこうだから可笑しいといった、理屈に合った反応ではありません。笑いは、『あれは間違い情報ですよ』と、周囲に知らせる、体にそなわった本能的な反射では、と私は考えています。遺伝子を共有する近親者に、『このことに貴重な時間や労力を費やすな、あれは間違い情報なんだから』とそう伝えているんだと思う」

「間違い警報ということは、痛みは、それに近い感覚を感じているということかな、患者は。しかし脳が、痛みと解することを拒否すると」

収容所経験者のショストロムは問う。

「まさにそういうことです。痛みのメッセージは、脳の内部で扁桃体に送られて、次いでほかの辺縁系に、さらに前部帯状回に送られて、痛みに対する情動的な反応を生じさせます。このようにしてわれわれは、その苦痛、つらさに背を押されて、必要な行動を起こします。この方は、その配線のどこかが途切れているということだと思うんです」

「なるほど、確かにメンゲレも、体内のどこかの配線を切断すればよいと考えていた。ではこの点は正しかったわけか」

「私が診たその患者の場合、脳をCTスキャンで調べると、側面にある島皮質と呼ばれる部位の、すぐそばに損傷がありました。島皮質は、内臓や皮膚からの痛覚の信号を受け取っています。この患者の島皮質自体は正常で、ゆえにここまでは信号が来ていた。健常に痛みのシグナルを受け取っていたのですが、痛みには多層性がありますからね、一元的なものと理解されると誤解を生じますが、島皮質から扁桃体への伝達、あるいは辺縁系への配線に、断線があると思われました」

教授は言う。

「なるほど、体内ではなく、脳か。メンゲレも、最終的には脳だろうと考えてはいたが、硬い頭骨の中の脳となると、もうお手上げのていだった。だから体内の神経の切断を考えていた。いったいどこの神経だろうかとね、まあそんな段階だ」

「脳の一部が危険信号を出しているのに、脳の別の部位、帯状回に確認の信号が入らない。そのために、『これは間違い警報だ』という結論が導かれるのです、彼女の脳の中で。そこで彼女は笑い出し、それがとめどもなく続くんです」

「なるほど、興味深い現象だね。戦後の脳科学の進歩は、まことに素晴らしいものがあるね」

「収容所では、脳に関する非倫理的な実験は、ありませんでしたか？」

「私が知る限りはない。それで私が思い出すのは、収容所の中の患者に、脳梗塞を発症して、その後無痛症になったという高齢者がいたことだ」

「うん、まれに、そういうことが起こります」

「だから、いかにもそれらしい高齢者にふんだんな肉食や、酒を大量に飲ませて、人為的に脳梗塞を起こさせてということを、彼は考えていた。だが、結局うまくはいかなかった。脳梗塞は起こらなかったし、そもそも頭蓋骨を開けて、手術をして、また閉じて蘇生させて、といった処置の理論が、当時は不充分だった」

「脳内血管の梗塞や出血が、必ず無痛症を発症させるとは限りません。たまたま起こった例が存在するというにすぎない。脳梗塞を引き金とする無痛症発症のメカニズムは、種々推察はされていますが、現在のところ、まだ正確には解っていません」

「無痛症は遺伝上の問題だと聞いた。ＤＮＡレヴェルのことだと」

「そうです。私が知る例では、パキスタンの三血縁の家系で、六人の少年がすべて無痛症だという症例がありました。その六人以外の血縁で、自分の無痛を利用して、大道芸をしていた者がいましたが、飛び降り自殺をしました。あるいは、やはり彼らの血縁の少年で、舌の一部を噛み切っていたということもあり……」

「無痛症が、決して人に、幸せをもたらさないということだね、それは」

「これらのパキスタン人を調査して、この状態を常染色体劣性遺伝形質として、染色体2q24・3に位置決定をしたという報告があります。この部分はSCN9Aと呼ばれる遺伝子を含んでいて、この遺伝子の塩基配列解析を行ったところ、三つの異なったホモ接合性ナンセンス変異が見つかった。SCN9Aは、ヒトの痛覚に不可欠で、ほかに重複するものがない必要要素といわれます」

「第二次大戦下のあの時代には、まだDNAは発見されていなかった。アメリカ人のワトソンと、イギリスのクリックとウィルキンスのノーベル賞受賞は、あれは一九六二年だったかな」

「そうです」

「驚くべきことだ。DNAの発見も、わずかに十数年前のことなんだ。四〇年代、そんな初歩的なことも知らずに、人間の改造などハナから無理なことだった。なんともおこがましいことだ」

「戦争が、人間に愚かな要求をしたのでしょう」

「心からそう思えれば楽なんだが、すべては戦争のせいだと。遺伝子という設計図によってヒトは成長し、体内の各機能は完成成熟し、同時にエラーとしての病いも起こるのだろう。奇形もそのひとつだ。メンゲレの研究所では、さまざまなことを研究していた。実にさまざまだ。多くは、軍需の要請に応えるのが目的で、しかし、やつの個人的な趣味もあって、さまざまな、中には口に出すのもおぞましいようなものも、確かにあった。だがみんな、今思えば幼稚な手探りだった。幼稚園児の粘土細工だ。一番肝心な、DNAの存在や、原理が解ってもいないのに、人間の体を改造して、戦争遂行に具合のよい個体を創り出そうなど、おこがましいにもほどがある。無痛症というこの病いは、先天的なもので、赤児の時からそれと解るのだね？」

「解ります。未熟児で産まれて、保育器に入った場合などは、汗をかけないので高体温になりやすく、周囲は異常に気づきます」

「無痛症は、汗をかけないのだね？」

「大半の場合そうです。先天性無痛無汗症と呼ばれます。汗腺（かんせん）を支配する交感神経節後線維の欠損、ないし減少のために、エクリン腺（せん）があるにもかかわらず、発汗が生じません」

「なるほどね。汗をかけないとは、さぞ辛（つら）いだろう。また、さぞ多くの怪我を、子供時分からすることだろうね」

「します。多くの患者が、幼少児期から反復する高熱、外傷、骨折、自傷行為、それに時として、精神発育遅延がみられて、養育者たちを悩ませます」

「子供時分、注射で泣かないとか」

「ありますね」

「歯が生（は）えてくる時期になると、歯で舌や唇（くちびる）や、頬（ほお）粘膜を噛み切るということも聞いた」

「そういう自傷行為、大いにあります。熱性の痙攣（けいれん）も、たいがい経験します。逆に、冬には低体温になり、危険です。歯によって舌を傷めたり、指を噛んで怪我をして、それが化膿（かのう）しても痛みを訴えないので重症化します。痛みによる防御がないために、関節の過度な伸展や、屈曲などの無理な体勢もとりやすい。それによって、股関節（こかんせつ）などの外傷性関節脱臼を繰り返したりもします」

「ひどいことだな」

「収容所内では、こういう症例の人を見ることは……？」

「なかったな」

ショストロムは首を横に振った。

「では収容所内で、無痛症の人間を創り出すことに成功はしなかったのですね？」

するとポーランド人は、また首を左右に振った。

「しなかったな。メンゲレの人体改造の実験すべてに、私は関わったわけではないが、私が知る限り、あの研究所がそんな人間を創り出したなんて事実はない」

「まあ、少々の外科手術発想くらいでは無理でしょうね」

「脳内の手術になりそうだね、先ほどの話では。当時の知識では到底手が出せないよ」

「はい」

「今なら、創れるのかね？」

「ＤＮＡの塩基配列をいじらないと無理だけれど、これは今日の技術でもまるで無理です。どこに無痛無汗を創り出す情報配列があるのか、まったく解っていない」

「もしもそれが解れば……」

「解っても、ゴールは遥かな彼方(かなた)です。書き換えたＤＮＡを受精卵に入れて、子宮に戻して、着床を待って、これがまた大変確率が低いのですが、着床に成功して、望む赤児が生まれてきたとしても……」

「それが成人するまでには二十年かかるな」

「戦争が続いていればいいですな。それに、まず間違いなく、重い病いが出ると考えられています、そういういじった個体には。これが、人類がまだ知らない難病になる可能性は高い」

「ふうん、重い病気が出て、しかも、うまく無痛の人間とはなっていないかもしれん」

「そうです。そこでまた最初からやり直してもう一人、とやっていれば、もう研究者は寿命です」

「なるほど、なんとも不毛な行為だな」

それから、会場の学生たちに若干の質問を受けてから、番外講義は終了した。刑事二人は立ち上がり、壇に向かって歩き、階段の下で降壇してくる二人を捕まえて、若干の立ち話をした。警察のバッジを見せてから、ダニエルが質問した。

「無痛症の患者は、幼少期に、必ず言われたような事故を起こしますか？　骨折の繰り返しとか、関節の脱臼とか、高熱性の痙攣とか」

白衣の教授が答えてくれた。

「養育者が無痛無汗症への深い知識があれば防げるでしょう。が、一般人なら、必ずこういう事故を経験します」

「例外はないですね？　骨折や、脱臼騒ぎを一件も起こしていない無痛症患者という例。養育する周囲に、この病いの知識がないのに」

教授は首を左右に振った。

「私が知る限りありませんな」

「収容所の中で、もしもメンゲレが、人工的な無痛症の人間の創造に成功していても、戦争終了時、その人間はまだ女性の子宮の中ですね。生まれてきていないから解らない。実は成功していた可能性というのは……」

これはショストロムの方に尋ねた。

「ないな、そんな可能性は」

もと収容者は答えた。

「解放時、妊娠していた被験者はいなかった、私のいた収容所の研究棟には。それに、当時のわれわれの持つ貧弱な知識で、無痛症の人間の創造など、まるで無理なことでした」

ショストロムはきっぱりと言った。

2

ダニエルは即刻、クレスパンのボーイフレンドだったマットに電話した。クレスパンが汗をかかないということはなかったか、日常生活で、きちんと痛みを感じていたかどうかを尋ねたのだ。汗のことはよく解らないが、痛みは感じていた。むしろ痛がりだったとマットは言った。腰や背中が痛いと頻繁に言い、だからトレーナーのマッサージは欠かせなかったと彼は言う。ダニエルは、がっかりして電話を切った。

　クロンの着眼点は素晴らしかったが、どうやらこの線は違う。ただし、コロンビア大の教授の話では、無痛症は無汗症をともなうのが通常だが、少数の例外もあるということだった。無痛だが、汗がかける患者は存在するということだ。クレスパンがそうで、痛がりは芝居ということを考えた。

　しかし、養育者が無痛症について深い知識があればともかく、そうでなければ無痛症患者は、頻繁な骨折や脱臼、熱性の痙攣を日常とする幼少期を、例外なく送るという。彼女には親がいなかった。そして幼少期は過酷な収容所だ。もし彼女が無痛症なら、こういう悲劇をまぬがれた道理がない。伝説になるほどに高名になったクレスパンが、もしもそんな特徴的な子供時代を送っていたなら、エピソードを血眼で探しているライター連中が、こんな貴重なネタを放っておくとは思えなかった。収容者仲間たちが話すだろうから、幼少期のクレスパンが骨折や脱臼を繰り返していたという話は、世界中の人々の知るところになったろう。これまでそんな話を聞いたことがない。やはりこの線は違う、とダニエルは考える。

　それでも、痛がりは芝居かもしれないと、一縷の望みにすがる思いで、ダニエルは考えた。実際には痛みを感じていない者が、それを世間に隠しておきたいと考えれば、知らず芝居が大げさになって、そばにいる者には痛がりに感じられるのではないか。クレスパンが汗をかいていたという証言があっても、それだけで無痛症ではないという証明にはならない。無痛だが汗はかけるという、彼女は少数の例外かもしれないではないか。

　ご都合主義の願望だが、ダニエルは、デシマルシアターの劇場主、ジム・ゴードンのオフィスに電話した。すると秘書が出て、ゴードンさんはワシントンDCに出張中ですと言う。いつお戻りの予定かと尋ねると、明朝には出社すると言っておいでしたと言う。確かかと問うと、そう信じますが、解りませんと言う。今電話が通じない場所にいて、確認ができません、ゴードンさんには、たまにこういうことがありますと言う。

こういうことというのは、たまに行方不明になるという意味かと問うと、そうではありません。たまに電話が通じなくなるということで、と言う。ゴードンさんの出社は通常何時かと問うと、午前十時だというので、では明日の十時にうかがうと言って、電話を切った。

ルッジの顔を見に留置場に寄った。格子越しの彼の様子は、一見何も変わってはいなかったが、多少憔悴（しょうすい）して見えた。ただでさえ口数の少なかった男が、ますます無口になった。やはり傷ついているると、ダニエルは思った。

タバコは喫（す）いたくないかとダニエルは訊いた。その程度のことなら、自分に便宜がはかれると思ったからだ。それよりずっと重大なことが、何もできずにいる。

いや、とルッジは言った。あんまりそんな気分になれなくて、と彼は言った。ダニエルはうなずいた。

今やっている捜査についてあれこれ説明し、クレスパンさんに、無痛症を思わせる様子はなかったか、汗は普通にかいていたかと尋ねた。

無痛症という聞きなれない言葉に、ルッジは驚いていた。次いでしばらく考えていたが、無痛は自分には解らないが、汗はかいていたように思うと言った。稽古（けいこ）中の舞台の袖にいく機会があって、その時クレスパンさんは、首にタオルを巻いていた。汗をかかないのなら、タオルを巻く必要もないと思うから、と言う。

ほかにどんな捜査をしているのかと問うてくるから、それだけだと言ったら、ルッジは、悟られないように無表情を作るのがありありの様子で、がっかりしたのが解った。プロの犯罪捜査の第一線も、そんな程度のものなのかと思ったようだった。言われるまでもなく、ダニエル自身が失望している。だが、何も思いつかないものは致し方ない。

翌朝十時ジャストにダニエルは、デシマルシアター五十一階のゴードンのオフィスのドアをノックした。秘書の声がして、入ってバッジを見せ、昨夜電話した者だと言って名乗ったら、五十がらみに見える秘書は、みるみる申し訳なさそうな表情になった。そして言う。

「ごめんなさい刑事さん、まだ出社しないんですよ。のみならず、なんの連絡も入りません」

「よくこういうことが?」

刑事は訊いた。

「最近は割合……。気まぐれな人だし、このところの社長は、仕事の意欲を喪失しているようで」

秘書は言う。

ダニエルは抵抗感なくうなずいた。その気分はよく解ったからだ。自身の気分も、およそ似たようなものだった。これも、おそらくはクレスパン殺害事件の悪影響だ。目的意識はしっかり持っているし、意欲もあるつもりだが、やる気を失いそうな虚脱感が絶えず襲う。

「少し待たせてもらっても?」

ダニエルは尋ねた。

「もちろんです、さあどうぞ。今コーヒーをお持ちします」

秘書は気を遣って言ってくれた。

ダニエルは手近な革張りのソファに腰を沈め、葉巻が入っている煙草(たばこ)ケースの蓋(ふた)を取ってしばらく迷った。だが葉巻にはさして誘惑を感じなかったし、ルッジのことを思い出してしまい、そのまま蓋を閉め、両腕を組んで黙って考えた。

自分の能力の凡庸さが悔やまれた。考えても考えても、何も脳裏に浮かばない。五十階の空中密室は、自分の手にはいささか余っている。自分でよく解る。今回の現場単体に限って言うと、ほかのどんな現場も、もう少し状況が複雑だ。だから考えることも、行動すべき目的も生じる。うまくいかないにしても、少なくとも刑事らしい仕事はできる。

ところがデシマルシアター五十階の現場は、シンプルにすぎるのだ。それがダニエルを悩ませる。ただのっぺりとした高い壁のようで、そのあまりのシンプルさゆえに、行為不能だ。こんなものを前にして、いったい何をしろというのか。足場もない、突起も模様もない、ステンレスのようにただつるりとして、高々と突っ立つ。そして壁はこう言うのだ。お前程度の能力の者は、回れ右して家に帰れと。

誰も入れるはずもない閉ざされた空中の密室で、高名なバレリーナが殺された。あり得ない状況だ。こんなものに、いったいどう動け、何をどう捜査しろというのか。誰に会えばいい？　おまけに殺されたバレリーナは、殺されたのち舞台に出て、踊っているという。

コーヒーが目の前の卓に置かれ、ダニエルは礼を言った。コーヒーカップを持ち上げ、すすりながら、それから三十分ばかりを無為にすわってすごした。しかし、ジム・ゴードンは姿を現さない。のみならず、秘書の目の前の電話も鳴らない。ジムに関する、どんな情報も入る気配はなく、コーヒーを飲み干して四十分ばかりが経過する頃、出直すべきかと思いはじめた。このあと、廻るべき先の予定があるわけではないのだが、ここに長々すわっているのも、ニューヨーク北署はお手上げなんだと、周囲に宣伝しているような気がした。それで秘書が、

「コーヒーのおかわり、お持ちしましょうか」

と声をかけてきたので、それを機に立ち上がることにした。

「ありがとう。しかし、それにはおよびません。出直すことにします」

言って秘書のデスクまで歩き、自分の名刺を取り出して渡した。

「ゴードンさんの予定が解ったら、こちらにご連絡ください。会えそうな日に、またうかがいます」

秘書はお詫びの言葉を口にし、申し訳なく思ったか、立ち上がってドアのところまで送ってきてくれた。ダニエルは小さく会釈して、廊下に出た。秘書が、ゆっくりとドアを閉めていた。

このまま帰るのもなんだと思い、しばらくその階の廊下を歩き、壁を見て廻った。絵画でもかかっていないかと思ったが、なかった。

一周してしまったので階段をおり、劇場前にいき、劇場周囲の廊下も歩いてみた。次第に散歩の気分になって、これが捜査だというのも申し訳ない心地がした。

この階も一周するつもりでぶらぶら歩いていったら、絵画はなかったが、石板のレリーフが、壁に埋め込まれているのにぶつかった。ソファが置かれ、ロビーふうに造られた一角だった。興味をひかれて立ち停まり、ダニエルは近寄って見つめた。

よくよく見れば、石板と見せていたのはフェイクで、樹脂製らしい。中東のどこかの遺跡から発掘された貴重なものに似せて造られている。それとも、実際に発掘された石板のコピーなのだろうか。造られたのは最近、おそらくこの劇場が建てられた時だろう。

レリーフの初段には、アブラハム、イサク、ヤコブ、ヨセフ、モーゼ、ダヴィデ、ソロモンと、耳になじみのある旧約聖書の登場人物が列挙されている。ユダヤ教の偉人たちだ。

アブラハムの名前の下には、「私はそなたを祝福する者を祝福し、呪う者を呪う」という神の約束が記されている。

その右には、聖都エルサレムの別名は「シオン（ＺＩＯＮ）」と、飾り文字で宣言されている。石板は左右方向に長く、左から右に向けて読んでいくように意図されている。そうして劇場ロビーの壁る。

文字の余白には、壁画を模したふうの絵画が描かれ、アラビアふうの抽象模様がその隙間を埋める。

面を大きく占める。石板に刻まれた、これはユダヤの叙事詩なのだろうか。

右に向かって歩いていくと、「失われたアーク」の文字が見えてきた。これを説明する文面には、「契約の箱」という文字が見えている。「イスラエル三種の神器」の文字も見えた。ダニエルはユダヤ人ではないが、これらの言葉は、どこかで聞いた覚えがあり、記憶の底にある。

こういうユダヤ教の歴史を劇場の壁に埋めさせたのも、ここを造らせた人物が——、いやそうではない、この巨大な高層ビル全体を造らせたネイサン・ウォールフェラーという米国の大富豪が、ユダヤ人だからだろう。

石板を埋める文字の量は多く、しかも、あきらかに英語でないセンテンスも散見される。読みつくすには時間がかかりそうで、ニューヨーク市民に何を訴えようとしてこれが造られたのか、すぐには不明だった。

しかしユダヤ人が建てた劇場の壁に掲げられているのだから、いずれユダヤ人の民族的な主張なのであろう、そうダニエルは見当をつける。だが、そういう意図の通常のものとは、何かひとつ違って感じられた。それ以上の独自的意図を含ませている予感がする。そうでなければ、ここまで大きい必要はなかろう。そうなら、事情を熟知する人物による、適切な説明を聞きたい心地がした。

「オフィサー！」

という大声が聞こえたので左を見ると、痩せて上背のある男が早足で近づいてきていた。かなり近寄ってから顔を見ると、いつか現場の控え室で見かけた人物だった。音楽関係者で、指揮者であったと思う。クレスパンが出ていたバレエ「スカボロゥの祭り」の、オーケストラを指揮した人物だ。

「バーナード・コーエンです」

指揮者のコーエンだった。

「コーエンさん」

刑事は言った。

「上のオフィスに来たら、たった今カールトンさんが来られたというので、まだ近くにいらっしゃるかと、たぶん現場近くかと……」

「おりましたよ、悩みながらね」

ダニエルは言った。

「フランチェスカ事件の捜査の現状が、少しでもうかがえたらと思って」

彼は言ったが、途端にダニエルの表情が曇ったから、あれこれ配慮の言葉を継ごうとした。

「もちろん話せる範囲でいいのですが。われわれフランチェスカの友人たちは、みんな心配しています。なかなか憂鬱(ゆううつ)から解放されず、自分らにできる協力は、何でもしたいと全員が言っています」

なんでもないもの言いなのだろうが、ダニエルにはプレッシャーかけに聞こえて、首をすくめた。責めにしばらく堪えてから、クレスパンの無痛症の可能性について音楽家に尋ねた。クレスパンが出生したビルケナウの収容所では、無痛症の兵士を作ろうとする研究が、ナチによって行われていた、ということを話した。

「フランチェスカが汗を拭いているところは何度も見ましたよ」

と指揮者は言った。

「ただ無痛症かと問われたら、確かにそんなところはあったな」

と彼は言った。そしてこう続ける。

「彼女が弱音を吐くのを見たことがないし、目の前でつまずいて、激しく倒れ込むところも二度ばかり見たが、すぐに立ち上がり、何ごともなく踊り続けていた。言われてみれば、痛みを全然感じていないように見えましたな」

　と言ってから、またしばらく考え込む。

「伝説が多い女性だった。今日またひとつ、無痛症とやらが加わったか」

　そう言うが、あまり本気にしているふうはない。

　それからダニエルは、自分の捜査の推移を、ざっと話した。指揮者は黙って聞いていたが、

「まことにむずかしい事件ですな」

　とひとこと感想を言った。

「この石板ですが」

　とダニエルは、壁の石板に水を向けた。

「モーゼの十戒にしてはいささか大きいですね」

　すると指揮者は、すぐに言った。

「十戒は、手に持てる程度の大きさです」

　刑事はうなずく。

「だからそうではないが、十戒についても触れられている。石板仕様にしているのも、あきらかに十戒を意識していますよ」

「ネイサン・ウォールフェラーがですか？」

　刑事は尋ねた。

「そうです」

　指揮者は言ってうなずいた。

「十戒の石板について、このあたりに記述があります」

　バーナードは一歩歩いて、石板の「失われたアーク」の説明が書かれたあたりを指で示した。その

すぐ上には、「三種の神器」という文字も見える。神器に関する説明があるのだろう。

「十戒について、何か訴えているのですか？　このメッセージは」

ダニエルは尋ねた。

「いや、そうではないですね」

高名なユダヤ人の指揮者は、即座に首を左右に振る。

「旧約聖書を彩るユダヤ教の歴史と、その謎について、詳細に書かれているんです」

「謎？」

「そうです」

「謎と言われると？」

「ユダヤ民族には、不思議に謎がついて廻るんです。神が選んだ民族なので」

「何故です？　何故神はユダヤ人を選んだ？」

「全人類に福音を与える、パイプ役とするためです」

「ユダヤ人を通じて、人類に福音を？」

「そうです。ここにこんな石板が掲げられているから、フランチェスカのあんな不思議な事件が起こったのかもしれませんな」

「この石板の……」

「これに目をつけられたのは慧眼ですオフィサー。さすがというべきだ」

言われて、ダニエルは啞然とした。そんなつもりなど、毛頭なかったからだ。この石板があの事件と関連があると、このユダヤ人は言いたいのか？

「クレスパンさんの事件に関係があると？」

「おそらく」

指揮者は言う。

「この石板が？」

「もう調べられたんでしょう？」

音楽家は言い、刑事は黙って待った。

「ユダヤ教がです。この石板も、クレスパン事件も、それぞれ結果にすぎない。今回フランチェスカが演じていた『スカボロゥの祭り』も、そしてこれの原形となった『ウサギの冒険』も、旧約聖書を原点にしています。サガンははっきりと意識して、反映していましたね、引用が具体的だ」

「解説していただけると助かります。この石板の主張について。お恥ずかしいことだが、旧約聖書や、ユダヤ教についての私の知識は大変貧弱なものでして、最初のこのアブラハム、イサク、ヤコブという名前の連なりは……」

「私は時にそういう仕事もしています。ご要望とあれば」

「ありがたい、神のお導きだ」

ダニエルは思わず言った。ジョークのつもりはなかった。

「これは家系です。始祖アブラハムの息子がイサク、イサクの息子がヤコブ、ヤコブの息子はヨセフ、とそんなふうに続いていきます」

「なるほど、これはそうした系図の説明……」

「この石板は、なかなか示唆(しさ)に富んでいるんですよオフィサー。この石のメッセージは古代イスラエル王国のユダヤ人、そしてイスラエル人、さらには遠く日本について、訴えているのです」

「日本⁉」

ダニエルは頓狂(とんきょう)な声をあげた。

「日本ですと？　何故」

その唐突さに、ダニエルは仰天した。

「そうです。日本という、われわれアメリカ人から見れば西の果ての海に浮かぶ、あの不思議な島国、その島の民について語っているのです。ユダヤの謎は、不思議なことに日本に向かうのです。この謎を解くキーは、中東でもエジプトでも、ローマでさえない、西の果て、日本にある。日本の、京都だ。この謎が解ける民族は日本人だけだと、この石はそう訴えているのです」

「なんと⁉」

ダニエルは声をあげた。

「日本人でなければ解けないって⁉」

ダニエルの脳裏に、クレスパンが倒れていた現場が何故か浮かんだ。

「信じがたいことでしょうなオフィサー、あなたは、神を信じますか?」

「日曜の礼拝はサボりがちだが、自分ではそのつもりでいます」

「だが創造主がこの地上を創りたもうたと言われると、半信半疑では?」

刑事はまただんまりで待った。

「まして、この人類に福音をもたらすために、神はユダヤ人を伝道役に選んだと言われては……?」

刑事が沈黙を続けるので、指揮者はついに笑った。

「解りますよ。誰しもがそうです。みなが神への信仰心は持っているが、それは一般的な行儀にすぎない。交差点の信号が赤なら停まるというような。本当に神が存在するのなら、その確たる証拠を見せて欲しい、そう言いたいはずだ、どうです?」

「まあ……」

ダニエルは仕方なく、本心を言った。

「それゆえこの石板です。冒頭に書かれている一文がそれです。十八世紀プロイセンの偉人、フリードリッヒ大王もそうで、だから彼は、家臣のうちで最も知恵者と言われたジャン＝バティスト・ド・ボワイエをそばに呼んで、こう尋ねたんです。世に真に神はいるのかと」

「ほう」

「すると、彼はこう答えた、『おられます』と」

「ほう！」

「すると大王は続けてこう問うた。ではその証拠を示してみよ。ボワイエは動じず、『陛下、ユダヤ人です』と答えた」

「ほう」

ダニエルは黙って聞いた。

「ユダヤ人に関する神の約束は、ことごとく成就しております、と」

「ここに書かれています」

「どんな約束ですか」

「石板に沿って話しましょう。見てください。系図なら、こちらの家系図の方がずっと意味がある。ユダヤ教創始者のアブラハムには、二人の妻がいたのです。最初の妻、これはユダヤ人のサラです」

「サラ……」

「はい。しかしサラには、なかなか子供が生まれなかった。そこでサラも勧めて、エジプト人の女奴隷に、アブラハムは子供を産ませたのです。この女性は、名前をハガルといいます」

「ハガル」

「そうです。そしてハガルの産んだ子供の名は、イシュマエルといいます。焦ったサラは、頑張って自分も身ごもり、ついに息子を産みます。この子がイサクなんです。そしてイサクが作った息子がヤコブ、ヤコブの作った子供がヨセフ……、と続いていきます。そしてこれが、ユダヤ教を信じる人々の祖となります」

「なるほど」

「一方、エジプト人のハガルの産んだ息子は、イスラム教を信じる人々の祖となるんです。つまりユダヤ教とイスラム教とは、実は敵対すべき者同士ではない、異母兄弟なんです。アブラハムは、イスラム教の父でもあるんです。だから両宗教が争うなんて馬鹿げている。両者の争いは、宗教戦争ではなく、結局相続争いなんです」

「相続争いか……」

「そうです。突き詰めれば彼らの争いは、どちらの土地から石油が出たかといった、功利的なものです」

「アブラハムは」

「申し上げた通り彼は、全人類の中から、神が選んだ人間です。彼は東のバビロニアにいたのだが、神がすぐに自分の命じる土地にいきなさいと言って、カナンの地にいかせるのです。これが現在のイスラエルですね」

「約束の地……」

「そうです。この時に神がアブラハムに向かい、こう言います。そなたを祝福する者を、私は祝福する。そなたを呪う者を、私は呪う、と。これは神の契約です。こうして、ユダヤ教の歴史が始まるのです」

「ふむ」

「この契約は、のちに歴史的な事実となります。ユダヤ人が入って国政や教育、生産に関与した国は、たちまち大発展します。しかしユダヤ人は多産が重視される教えゆえ、たくさんの子供を作ります。すると先住民に疎まれ、国を追われる。するとその国はたちまちにして没落してしまいます。追われたユダヤ人が次に移住した国が、代わって覇権を取る、こういう繰り返しになるのです。歴史は、神が約束した通りになっています」

「それが祝福か。それらの国は……」

「まずポルトガル。このちっぽけな国が大発展して、世界に冠たる海洋大国になります。続いてその隣国のスペイン。この両国が、東方世界を次々に植民地にして大帝国に成長します。それはこの両国が、当初住民の信教を問わなかったからです。どんな神を信じてもよい一帯だった。より正確には、モスリムは条件をみたせば啓典の民、キリスト教、ユダヤ教の信仰を認めた。それでユダヤ教徒が、大挙してこの半島に移住したのです。ユダヤ教徒は安住の地を持たなかったからです。ところが国が豊かになると、スペインはカトリックを強要し、国内の一大勢力となったユダヤ教徒を迫害しはじめたので、ユダヤ人は、小国オランダに移動します。

するとたちまちオランダが大発展します。海洋に乗り出し、東方に多くの植民地を獲得していきます。アフリカの南端、喜望峰も押さえます。ここは東方への航路の要衝ですから。するとスペイン、ポルトガルはみるみる没落します。しかしオランダにおいても、国が富めば、一大勢力となった異教徒は迫害され、プロテスタントが強制されはじめて、彼らはオランダを脱出して、イギリスに移ります。

イギリスは、当初ユダヤ教をとがめず、教徒たちの活動を許したからです。するとはたして、今度はイギリスが爆発的な大発展を成し、スペイン、ポルトガルの植民地を順次吸収していって、ご承知の通り、陽の沈むことのない大英帝国を出現せしめたのです。ベンジャミン・ディズレーリという、イスラエルの姓を持つ首相も現れ、彼は欧州に広がるロスチャイルドの情報ネットワークを活用してスエズ運河の動静を摑み、フランスを出し抜いてこの要衝の利権を手に入れ、東方の貿易を独占するようになります。これはかつてオランダがやっていた手法で、この時代が英国の絶頂期です。一方、オランダは目に見えて衰退します。

どこにいってもよそ者であったユダヤ人は、新大陸にアメリカが興ると、英国を出てアメリカに向かいます。新大陸では、国民はすべてよそ者ですから、よそ者同士、差別される危険がなかった。以降のアメリカの大発展は、ご承知の通りです。押しも押されもせぬ、世界に冠たる超大国に成長しました。その目ざましい隆盛ぶりは、神の福音の名に、まことにふさわしい」

「なるほど、神の預言の、正確な具現か……」

ダニエルは納得しながら言った。

「そうです。ボワイエは、このことを言ったのです」

「アブラハムの子孫たちによるユダヤ教の発展……、では同時に、イスラムの歴史もまた……」

「その通りですが、イスラム教が花開くのは、もっとずっと時代が下ります。三大宗教は、ユダヤ教を否定してキリスト教、キリスト教を否定してイスラム教、といった経緯をたどります。だから当面は、ユダヤ教の劇的な事件が展開しますね」

「それは紀元前のことですね？」

「三大宗教についてですね？　その通りです。キリストが生まれるのは、もっとずっとあとですから。神は、アブラハムの忠誠心を試します。神は、お前の息子の命を、生贄(いけにえ)として神に差し出しなさいとアブラハムに命じます。それで彼は泣く泣く息子のイサクを連れて、モリヤという山に登り、これは今日のエルサレムですが、岩の上にイサクを横たえ、少年の胸にナイフを突き立てんとして、頭上に大きく、ナイフを振りかぶります。そしてまさに振り下ろさんとしたその瞬間、神が声をかけてきて、これを止めます。そして、もうよい解ったアブラハム、お前の忠誠心はよく理解したので、息子を殺す必要はない、と告げます」

「ああ、聞いたことがある。有名なお話ですね、それは」

ダニエルは、そのことが書かれているらしい箇所を見つめながら言った。岩の上に横たえられた少年の絵があった。

「そうです。そしてアブラハムは代わりに一頭の雄牛を、生贄として神に捧げます。そしてこの子、イサクが成長してヤコブという息子を作り、このヤコブから、古代イスラエル王国の歴史が始まるのです」

「ああそうですか」

「ヤコブは体力に恵まれた男で、神とレスリングをします。熱戦のすえに神を投げ飛ばし、なんと彼は神に勝利します。それで神が彼を祝福し、イスラエルの名を賜ります。『イスラ』は古代ヘブライ語で神を意味します。『エル』は勝つという意味です。『イスラエル』はしたがって、『神に勝つ者』の意です。英雄ヤコブはユダヤ人の国家を建国すると、『イスラエル』と名づけます。古代イスラエル王国は、こうして始まったのです」

「なるほど、そういう歴史ですか」

ダニエルは言った。

「旧約聖書、創世記第三十二章に書かれた物語です。成人したヤコブは、十二人もの息子を儲けます。この十二人がイスラエルの全土に散って、おのおのが管轄地域の部族長となり、国を治めます。これが、いわゆるイスラエルの十二支族です。石板のこのあたりに、そういった説明も書かれています」

バーナードは、石板の一部を手で示した。

「この子供の中に、ヨセフという賢い子供がいたが、彼に嫉妬した兄たちが、彼を井戸に投げ込んだりして、何度も殺しそうになります。そして最後には、彼は奴隷としてエジプトに売られてしまいます。

しかしヨセフは賢く、魅力のある人物だったので、エジプトで頭角を現します。イスラエルから、彼のもとにユダヤ人たちが集まり、エジプトで一大勢力を形成します。彼らは多産で、次第にエジプト人を圧迫しはじめたので、脅威に感じたエジプト人は、彼ら全員をとらえ、奴隷にしてしまいます。こうして、エジプトにおけるユダヤ人の受難の時代が始まるのです。が、それから四百三十年という時代が下り、モーゼという救世主が現れ、百万にも迫るユダヤ人奴隷たちを引き連れて、エジプトを脱出します」

「出エジプト記ですね。そして約束の地に向かったのですね？」

「そうです。そして途中のシナイ山で、神から十戒を授かります。しかし旅の途中、ユダヤ人たちは仲間割れを始めるんですね。モーゼの統率力が、民に疑われたんです。あんたは神の使いだと自称するが、本当に神から依頼されたのかと。

モーゼは、自分が神と通じていることを、みなに証明しなくてはならなくなります。自分に託された神の意志を、みなに見せつけねばなりません。そこで彼は、手に持っていた杖（つえ）を頭上に掲げ、今神の力を見せようと宣言します。すると、振り上げた彼の杖からみるみる新芽がふき、枝が伸び、アーモンドの花をつけます。民は神の起こすこの奇跡を目のあたりにし、恐れおののいてひれ伏し、モーゼにしたがうことを誓います。

エジプトを出たユダヤ人たちは、神が開いてくれた、海が割れてできた道を通るなどして、ようやくカナンの地にたどり着きます。十二支族の下に入り、イスラエル国民となります。

やがてイスラエル王国に、アブラハムの血を引く英雄ダヴィデが現れ、十二の支族をひとつにまとめ、イスラエルを統一国家にします。そして、国を徐々に繁栄に導いていきます。継いでダヴィデの息子、ソロモン王の時代になると、イスラエルは中東の地にあって突出し、空前の繁栄を謳歌（おうか）しはじめるのです。

キング・ソロモンは、丘の上に大神殿を建造します。これがいわゆるソロモン神殿で、今は失われていますが、神殿を支えていた足もとの石の壁が、今世界中から集まったユダヤ人が、額を近づけて祈る有名な『嘆きの壁』です」

石板には、「嘆きの壁」の絵も見えている。

「ああ、『嘆きの壁』は、そういう場所なのですね」

「ソロモン王の時代、イスラエルは空前の繁栄を誇りますが、同時に危険な因子もはらみました」

「何です？」

「ソロモンは、世界中から千人もの妃を娶ります。より正確には七百人の王妃と、三百人のそばめです。その妃たちが、世界中からさまざまな宗教を持ち込み、国内が次第に混乱するようになります」

「なるほど、繁栄の持つ危うさか」

「そうです。そしてソロモン王が没すると、結束が破れて、国は南北に分裂してしまいます。北のイスラエル王国と、南のユダ王国です。イスラエル王国の首都はサマリア、ユダ王国の首都がエルサレムです。そして北のイスラエル王国は、ＢＣ七二二年に、アッシリアに攻め込まれて滅んでしまいます。そして、大きな謎が発生します。さて、問題というのがこれなんです」

「何です？」

「イスラエル王国が滅亡した時、アブラハムの末裔の十支族もアッシリアに連行されますが、その後脱出し、行方不明になっているんです。彼らがどこにいったのか、今にいたるもまったくの謎なのです」

「ほう」

「杳として行方が知れない。そういうことが、この石板には書かれているのです」

「さまよえるサマリア人……」

刑事が、石板の一文を読んだ。

「失われた十支族です。そして最近、そのうちの一支族が、インド北東部のチベットの山中に生息していると噂されています」

「本当ですか」

「イスラエルの調査機関『アミシャブ』が、近く現地に調査に入る予定です。現地ではマナセ族と呼ばれているようです。が、今のところ、真偽のほどは不明です」

「そんなことも書かれていますか？」

「はい。建国の父、モーゼは、国を創ったおりに、『契約の箱』というものを作らせていました。何人かが肩に担いで運べるように、聖なる箱の底面両サイドには、長い棒が付いています。この棒は、決して抜いてはならないと伝えられています」

「何が入っているのですか？」

「イスラエル人にとって、命にも勝る重要な宝物、『三種の神器』です。箱を含め、それらは『ソロモンの秘宝』と呼ばれました」

「呼ばれました？　過去形ですか？」

「これも失われたのです。現在行方不明です。これが世に言う、『失われたアーク』です」

「そうか、これが高名な『失われたアーク』か……。『三種の神器』とは、具体的にどのようなものです？」

「まず、シナイ山でモーゼが神から授かった石板、『十戒』です。ユダヤの十の戒め（いまし）が刻印された石です。これがひとつ。そして『アロンの杖』。これはエジプトからの脱出のおり、モーゼが携えていて、神がアーモンドの花を咲かせたという奇跡の杖です。これでふたつ」

「ふむ」

「最後のひとつは『マナの壺』というものです」

「それは？」

「食べ物が永遠に出てくるという奇跡の壺です。こういう三つの神器がおさめられた箱が『契約の箱』、『ソロモンの秘宝』です。イスラエル人の存在理由です」

「確かに」

「しかしイスラエルの滅亡とともに、この箱は行方不明になります。これが失われたソロモンの宝物で、現在世界中の人々、ユダヤ教徒が中心になって、血眼で探しているものですが、いまだに見つかっていません。ローマが奪ったとも言われ、ローマまで、ウザという人物が運んだという言い伝えも遺っています。しかし、真偽のほどは不明です」

「なるほど。南の王国はどうなったのです？」

「ユダ王国は、ＢＣ五八六年に、新バビロニアによって滅ぼされます。そして国民は、奴隷としてバビロニアに連行されます。これがいわゆる『バビロンの捕囚』という事件です。しかしその四十七年後のＢＣ五三九年、アケメネス朝、キュロス二世が侵入してバビロニアを滅ぼしたから、ユダヤ人奴隷は自由になります」

「ほう、では彼らは国に帰ったのですね？」

「ところがそうはならなかった。彼らも二世三世の時代に入っていて、カナンの地に郷愁はなかったのです。それでユダヤ教の神官たちが先に帰り、民族的な自覚をもたらすために、イスラエルの歴史を説明する書物を編纂した。それが旧約聖書です」

「おお！　そういうことなのですか」

「そうです。それによってみな民族意識に目覚め、帰国し、以降は力を合わせて、こつこつと国を再興していきます。だから神の約束したイスラエル王国は、以降もまだ続くのです。決して滅んだわけではありません。ユダヤの民が世界に四散するのは、まだこの時ではないのです。それから数百年という時が流れ、いよいよイエス・キリストの時代に入ります」

「なるほど、長い長い歴史だ。一大叙事詩ですね」

「そうです。キリストの時代に先だつ遥かに以前、神はユダヤの民に祝福を約束しています」

「あなたを祝福する者を、私は祝福すると」

「そう、それです。と同時に神は、メチア王国を、地上にもたらすと約束してもいるのです」

「メチア」

「メシアとも言う。王たる救世主のことです。ヘブライ語です。キリストはギリシャ語です」

「そうですか」

「王国には三つのものが必要です。王、国土、そして国民です。土地は、すでに約束の地として、神はカナンの地を与えた。国民とは当然ユダヤ人、あとは永遠の王だ。しかし民がもしもこの王を拒絶するなら、神は土地を根こそぎにし、宮殿を完膚（かんぷ）なきまでに打ち壊し、長く笑いものにするであろうと冷酷な預言をします」

「厳しい予告ですね」

「厳しいです。この地に生誕したキリストは、天命にしたがい、ユダヤ教の布教に半生を捧げます。しかし、この宗教の排他的な要素、選民体質に疑問を感じ、すべての民に平等に祝福をと、教えを変えていきます。そのことにユダヤ教徒は猛反発し、キリストを、神が遣わしたメチアと認めなかった」

「なんということだ」

「これは今にいたるもそうです。ユダヤ人たちは、いまだに認めていません。キリストは、神の言葉を預かる預言者ではないと。この頃には、ユダヤ教徒たちの腐敗も始まっていました。そこでキリストは、そういう者たちに議論をふっかけて、論破を繰り返した。彼らに恥をかかせたのです。そこでこういう者たちが、キリストは道徳や風紀を乱す犯罪者だと言いふらしはじめた。キリストを排除すべきだと。こういう主張は広まって、次第に国民の世論を形成したのです。そしてキリストの処刑を、ローマに懇願（こんがん）した」

「キリストの弟子のユダが、密告したのでしたね？」

「彼は銀貨三十枚で、キリストの行動予定を売ったといわれます。それでローマが、先廻りしてキリストを拘束できた。そして国民の訴えを考慮し、キリストを処刑してしまうのです」

「そうだ、ほかならぬユダヤ人が彼を殺したのだ」

「その通り、同族の裏切りです。刑場は、ゴルゴタの丘。裏切りは、実はユダだけではなかったのです。キリストが磔（はりつけ）にされると、十二人の弟子はみんな逃亡し、姿をくらましてしまいました」

「ほう」

「キリストが処刑された丘には、今、聖墳墓教会と呼ばれる教会が建っています。面白いことに、これはのちにローマが建てました。今や世界中のキリスト教徒たちが訪れる、高名な巡礼地だ」

「ローマは、のちにキリスト教を国教と定めたのですね？」

「その通りです。一地方宗教にすぎなかったユダヤ教、そのまた一宗派にすぎなかったキリスト教が、今日のような世界宗教になれたのは、ローマと、伝道師パウロの才覚です。ユダヤ教の伝播には言語の厚い壁があったが、ローマ帝国の占領地は広大で、ある程度言語の統一もあった。そのためにキリスト教は、一気に世界に広まったのです」

「なるほど」

「しかしパウロ以外の伝道師の能力、魅力に差があったので、欧州各地でキリストの教えはまちまちに解釈され、混乱が生じた。だから統一の要（よう）が生じたのです。それで作られたのが新約聖書です」

「ああ、そういうことなのですか」

「そうです。しかしキリストを殺したあと、ローマはまだキリスト教もユダヤ教も認めず、エルサレムの神殿を、完膚なきまでに破壊しつくし、瓦礫（がれき）の山にしてしまいます。以降再び、神殿が再建されることはありませんでした」

「笑いものとなった……」

「そうです。そしてユダ王国は滅亡しました。ユダヤ人たちは父祖の地を追われ、北のイスラエル人のみならず、南のユダヤ人も、国を失ってさすらう定めに陥ったのです。以降一九四八年のイスラエル建国まで、二千年の長きにわたり、ユダヤ人は国を持たない流浪の民として、世界中を放浪することになります」

「それは、救世主キリストをメチアと認めず、殺してしまった罰ですか？」

「その通りです。ユダヤ人二千年の刑罰です」

「なんと厳しい。しかし、致し方のないことでしょうか」

「わが民の、深い、深い罪状です」

「ふむ。で、日本というのは……」

「イスラエルの十支族が祖国を追われたのがＢＣ七二二年、日本の建国は、かの国の歴史書では、ＢＣ六六〇年と言われます。祖国滅亡からおよそ六十年ののちです。十支族が中東を抜け、中国の砂漠の道、シルクロードをたどって日本に到達し、国を興すまでに、なかなかうまく符合する時間です」

「日本人になったと？　ユダヤ人が……」

ダニエルはもう一度驚きの声をあげた。

「国籍は古代イスラエル人です。北の国民たちですから。ユダヤ人とは、南のユダ王国の民のことです。人種的には同じ民族ですが」

しかしダニエルは、この説明には納得しなかった。

「しかし、顔が違うでしょう。ユダヤ人と、極東の日本人とでは」

「いや、キリストを含め、古代イスラエル王国時代のユダヤ人は有色人種です。セム族と呼ばれます。髪は巻いていたが」

「ふむ、似ていると？」

「ビルマのマナセ族は、日本人と同じ顔をしています」

「だが今は白人だ、あなたのように」

「それは今のユダヤ人が、大半はユダヤ教改宗国家、カザール王国の末裔たちだからです。彼らは支配層はテュルク系だがまったくの白人。しかしセム族は全然違う人種です」

「それにしても何故日本に？　イスラエル民族に、日本にいくべき理由が、何かあったのですか？　何かユダヤ人を引きつける魅力が極東に？」

「リーダーたちにはありました」

「どんな？」

「旧約聖書、イザヤ書の預言にこう書かれています。東の果て、陽が昇るところで神の栄光が褒めたたえられると」

「それにしたがったと？　しもじもの民も」

「しもじもの民は違うでしょうね。陸路を東に逃げようと思えば、当時東への最も知られた大通りがシルクロードでした。これをたどっていけば、行き止まりは日本という島になるのです」

「そうか」

「その先はもう大海で、一歩も進めません。多くの民にとっては、ただそういうことでしょう。だからこの島には、西からのあらゆる文化遺産が、ダムの流木のように溜（た）まる。みんな、ただ黙々と東を目指した結果でしょう。西を発(た)っているのですから、行き着く先は東の果てになります」

「特に日本を目指したわけではない？」

「絹の道の先にフィリピンがあれば、フィリピンで国を興したでしょう。文化も、逃亡する民族も、大半は意志を持たぬ流木です」

「なるほど。追っ手から、できるだけ遠ざかろうとしただけ」

「そうです」

「で、日本にその証拠があるのですか？」

「山のようにね」

「本当ですか!?」

「誇張(こちょう)ではありません、これは厳然とした事実なのです。いくらでも挙げられるが、たとえば古代ヘブライ語、つまりアラム語で、ダヴィデやキング・ソロモンなど、偉大なる統率者のことを『My Gdwl(ミ・ガドー)』と呼びます。古代より日本の統率者も『ミカド』と呼ばれます。両単語の発音は共通します。日本のミカドは、別名『スメラ・ミコト』とも呼ばれますが、これはアラム語、古代ヘブライ語の耳で聞くと、『サマリアの大王』と聞こえます」

「サマリアとは」

「古代イスラエル王国の首都です」

「そうでした。つまり、ニューヨーク市長のようなものか」

「そうです。サマリア市長。つまり、西の果てからたどり着いた者たちによって、この言葉も、極東のこの地に持ち込まれたように見えます。サマリアからの流民たちは、異郷で生まれたリーダーを、イスラエル時代のまま『サマリアの大王』と呼んだのでしょう。それを日本の先住民たちが、耳で聞いて憶えたのではないでしょうか。意味は知らぬまま」

「ほかにも？」

「いくらでも。日本のミカドの紋章は、十六弁の菊の花ですが、イスラエルには菊はなく、似たものというと、アーモンドの花です。ユダヤ王家の紋章はアーモンドの十六の花弁で、一見したところ同じです」

「ふうん、偶然では？」

「かもしれません。しかしすべてを偶然と強弁するのは……」

「そうですね、もしもたくさんあるのなら……」

「反論がむずかしいほどに、あきらかにつながったものもあります」

「それは？」

「神話です。日本のスワという神社で、十九世紀まで、祭りのたびに演じられる神事がありました。神社の神官が、桑の皮の紐で少年を柱にくくりつけ、短刀をふるって胸にこれを突き立てようとします。が、その寸前に別の神官が走り寄ってきてこれを止め、少年の命を助けます。こういう寸劇が、近世まで連綿と続けられていました」

「ああ、それはアブラハムとイサク……」

「そうです。まったく同じストーリーです」

「日本にもアブラハムの伝説が？」

「それがないのです。ただ唐突に、このストーリーだけが取り出され、演じられているのです。尋ねても、現在の日本のラビたちは、理由を知りません。ただ昔からこの劇が伝わっているので、意味も解らずにただ演じていたのです、祭りのたびに。そして彼らは、少年の命の代わりに、鹿を七十五頭、神に生贄として捧げます」

「鹿を？」

「スワには羊がいないですから。代わりに鹿が多くいます、近くの森に。だから鹿です。そして神社は、モリヤという名の山に存在しているのです」

「ほう、モリヤ……」

「そうです。旧約の物語そのままの発音です。このスワ神社のご神体は、『ミシャグチ神』と呼ばれる神です。樹や笹や岩や、あらゆるものに降臨する精霊の名前です。これは古代ヘブライ語の、『ミイサクジ』の変化と思われるのです」

「ミイサクジ、どんな意味ですか？」

「イサクに由来する神、という意味です」

「おお。それは……」

「イスラエルとの神話の共通項は、これ以外にも山のようにあります。たとえばアブラハムの妻サラは、ハガルに子供が生まれると、嫉妬して追い出すようにアブラハムに訴えます。アブラハムは悩みますが、食料を与えてハガル母子を荒野に追放します。ハガルは子供を抱えて野をさすらい、とうとうにっちもさっちもいかなくなり、死ぬのを見るのは忍びないと思って、子供を木の下に置いて、その場を去ります。

　日本の歴史の書物『コジキ』にも、ヤガミヒメという女性のエピソードとして、わが子をくるんだ布を木の股に引っ掛け、立ち去るというエピソードが出てきます。

　あるいはヤコブは、美しい妹ラケルと、それほど美しくはない姉レア、二人の姉妹を娶りました。日本の『コジキ』にも、コノハナサクヤヒメという美しい妹と、イワナガヒメという醜い姉、二人を娶る建国の神の話が出てきます。

　それから、オオクニヌシノミコトと呼ばれる神の逸話。彼は意地の悪い兄たちにいじめられ、木の裂け目に挟んで殺そうとしたり、真っ赤に焼けた大岩をイノシシだと偽り、あれを受け止めろと兄たちにけしかけられたりします。旧約聖書に現れる話とよく似ています。これらすべてを、たまたまの偶然だと言い張るのは、少々むずかしいでしょう」

「なるほど」

「これらは、西から来た民が、日本に持ち込んだ物語と見えます。またこのオオクニヌシノミコトの時代に、『国譲り』という大事件があったことが、この書に書かれています」

指揮者は石板の一角を示す。

「このエピソードは、われわれには大変意味深です。オオクニヌシノミコトは、日本のイズモという一地方の王となるのですが、この時代に、ニニギノミコトという勢力が彼の前に現れて、国を譲るようにと要求されます。するとなんとこのオオクニヌシは、いっさい争うことなく、ニニギノミコトに国を譲ってしまうのです」

「ほう」

「これが、西方からはるばる日本に入った古代イスラエル王国の勢力が、日本の統治を開始した事件を語るように読めるのです」

「ふむ、そんなことが……」

「はい。このニニギノミコトがヤコブであるように、この神話では読めるのです。というのは、この神こそが、先に述べた美しい妹と、醜い姉、姉妹ともを娶ったという建国の神だからです」

「ヤコブが？　しかし……」

「そうです。事実ヤコブではありません、時代が違います。彼とコノハナサクヤヒメの作った子供の子孫が、ジンムという名の、日本の初代のミカドです。これがBC六六〇年のことです」

「ふうん」

「イスラエルと日本との深いつながりは、このように両国の神話からもあきらかです。さらに言えば、日本のミカドの一族にも、『三種の神器』というものが伝わります。神器の数も共通しますが、『三種の神器』を持つ民族は、世界中でイスラエルと日本だけなのです」

「ほかの国にはありませんか？」

「隣接のシュメールにも似たものがありますが、これはイスラエルの影響でしょう。ほかにはまったく見当りません」

「ふむ。日本の『三種の神器』とは、具体的にどんなものですか？」

「剣と鏡、それに宝石です」

「それは似ていないですね」

「似ていません。しかし日本の多くの祭りには、『ミコシ』という聖なる乗り物が必ず登場します。これがアークと造りが実によく似ています。聖なる箱の底面に二本の棒が付いていて、これを大勢の人たちが肩に担いで運びます。『アーク』と同じ構造です」

「そうですか」

「われわれが憧れる日本の古代都市はキョウトですが、この美しい古都の祭りに、『ギオン祭り』と呼ばれるものがあります」

「大きな祭りらしいですね。ひと月も続くらしい」

「そうです。この『ギオン』という名称は、ユダ王国の聖都、エルサレムの別名なのです」

「ああそうでしたね」

「はい」

「ここにある、『ＺＩＯＮ』ですね」

「そうです。もっともこの名称は、インド経由とも言われますが。日本の祭りは、古代イスラエル王国の神事が由来と語るものが無数にあります」

「たとえばどのようなものですか？」

「イスラエルにも『シオン祭り』というものがあります。両者は同じく疫病（えきびょう）退散を祈念しますが、イスラエルのものは、ノアの洪水を生き延びたことを祝うものです」

「ふむ」

「そしてキョウトのギオン祭りの中にサキ祭りというものがあり、これが華麗なフロートが古都の市内を巡るメインの祭典ですが、これが行われる日が七月十七日と決まっており、この日はノアの洪水が終わったとされる日なのです」

「ほう！　興味深いことだ」

「ギオン祭りでヤマホコという美しいフロートを引く際に、日本人は『エンヤラヤー』と不思議な声をあげ、互いを励（はげ）まし合います。これはイスラエル人には、神をたたえるアラム語、つまり古代ヘブライ語に聞こえるのです」

「どんな意味です？」

『私は神、ヤーウェをたたえる』と聞こえます。正確には、『アンイ・アハレル・ヤー』とイスラエル人は発音しますが、長い時間で変化したものではと疑えます」

「キョウトの人はそのことを？」

「日本人に意味を訊いてもまったく知りません。彼らにとってはただ景気づけの音で、意味などないと思っています。昔から伝わっているので、ただ耳で憶え、声をあげているだけです」

「なんとも興味深いことだ」

「祭りで日本人は、大勢が力を合わせようとする際、『ヨイショ』とか、『ドッコイショ』などと掛け声を口にします。これもアラム語で、『ヨイショ』は『イエッシュ』、『神よ助けたまえ』といった程度の意味。『ドッコイショ』は『ドケイショ』、『どかすので、神よ助けたまえ』の意味に取れます。

これらも日本人は意味を知らず、ただ憶えて声に出しています。そんなふうに叫ぶものなのだと思っている。昔から連綿と伝わってきた、祭り用の掛け声だからです。彼ら、普段はほとんど使いません」

「ほほう」

「あるいは、日本人はミコシを運ぶ際、『エッサ、ホイサ』と掛け声をかけます。これもまた、アラム語の耳で聞くと、『エッサ』は『救い主』、『ホイサ』は『運ぶ』、そう言っているように聞こえます」

「なんと！」

「イサクの子、ヤコブは神とレスリングをしますね。このレスリングのことを、日本の言葉では『スモウ』といいます。日本には、ご存知でしょう、『スモウ』という格闘技が古代から伝わっています」

「ああ、知っています」

「古代ヘブライ語にも『シュモー』という単語があります」

「やはり格闘技のことですか？」

「いや、古代ヘブライ語では、何故か『名前』の意味なのです」

「名前……」

「しかしこのスモウのすえに、ヤコブは『イスラエル』という名前を神からもらうのですから、意味が間違って伝わったのかもしれません」

「ふむ」

「そしてこの格闘技の中にも、アラム語、つまり古代ヘブライ語を語源としたらしい掛け声が伝統的に遺っています」

「どんな？」

「レフェリーが選手に、『ハッケヨイ』とか、『ノコッタ』とさかんに声をかけます。これも古代ヘブライ語で、『ハッケ』は『投げつけろ』、『ヨイ』は『やっつけろ』、『ノコッタ』は『投げたぞ』、といった意味です」

「ほう」

「スモウは神事です。土俵というリングを清めるために、選手はしきりに塩をリングに撒きます。ある場所を清めるために塩を使うという習慣は、古代イスラエルにもありますす」

「ずいぶん決定的に聞こえますね。では失われたアークは、日本にあるのでは？」

「それはエキサイティングな推察です。アミシャブも考慮しています。何度か調査団を派遣していますが、残念ながら、まだ発見はされていません。モリヤの名を持つ山など、アークの隠し場所として、世界中のユダヤ人を引きつけますけれどもね」

「ふむ。質問があります」

「何でしょう」

「あなたを祝福する者を私は祝福する、呪う者を呪う」

「はい」

「そうでしたね？　神はアブラハムにそう語った」

「そうです」

「では、日本人も祝福されるのですか？」

刑事が訊くと、指揮者はうなずいた。

「その通りです。珍しいことに、日本には、反ユダヤ主義というものが欠片もない。先進国では唯一といってもよい国家であり、民族です。日本にはユダヤ人を迫害したり、国土から追いたてた歴史がないのです。むしろ、何度も助けてくれている」

「スギハラチウネですね」

「彼もです。格別の理由もないのに。日本人は、何故かユダヤ人が好きなのです。建国以来、イスラエル人は日本人と同化してしまっているのでしょう。もはや同一民族なのです。日本島もまた、イスラエル民族の約束の地だったのかもしれない」

「今や日本は、アメリカに次いで、世界第二の経済規模を誇っています」

指揮者はうなずき、言う。

「アラム語と日本語に、発音の共通する単語はたくさん見いだせます。手を叩くことをアラム語で『ハカシャ』、日本語は『拍手』です。水が凍ることをアラム語では『コール』、日本語は『凍る』といいます。涙を流すことをアラム語は『ナハク』、日本語では『泣く』です。困ること、これはアラム語、日本語ともに『コマル』です。『書く』も両言語とも同じ。すわることも両言語ともに『スワル』です。兵士のことを、アラム語は『シャムライ』、日本語は『侍』といいます。アッパレ、ダマレの単語は両言語にあり、『栄誉を得た』、『沈黙しろ』、両言語の意味はまったく同じです」

「ふうん……」

「両言語に発音が共通する単語は三千もあると言われます。日本には、『ジャンケンポン』という子供の遊びがあります。この音も、アラム語を写して聞こえます。『ジャン』は『隠す』、『ケン』は『準備』、『ポン』は『来い』、の意味です」

「ほう!」

「日本の北方地方に、ソーラン節という民謡が伝わりますが、『ヤーレン、ソーラン』という掛け声が入ります。これもギオン祭りの掛け声と同じく、日本人は意味を知りませんが、アラム語を知る者には意味がひそみます。『ヤーレン』は『喜び歌う』の意味。『ソーラン』は『独唱』、つまり『一人で歌う』の意味です。

まだまだありますよ『チョイ』とか、『ヤサエエンヤン』と掛け声が入る民謡も日本にはある。『チョイ』は『行進する』、『ヤサエ・エンヤン』は、『まっすぐ進む』の意味です」

聞きながら、ダニエルは腕を組んだ。

「そういうこともこの石板に？」

「ここに書かれています」

指揮者は、後半の一部分を指さしている。

第四章

十等分主義の王国

I

スコットランド、ヨナ湖に生まれ、おとなになったキャロルには、ヨーゼフという将来を誓い合った恋人がいた。二人は子供の頃からいさかいをすることもなく、仲睦まじく成長し、ヨナ湖でともに暮らしていた。

冬が訪れると、ヨナ湖は湖面の大半が凍ってしまうので白鳥は暮らしにくくなる。気温が下がって、命の危険もある。昔キャロルたちの先祖がそうしていたように、南の凍っていない湖を目指し、みなで編隊を組んで渡り、暖かく暮らすことも仲間同士の寄り合いでいつも議題に出るのだが、もうみな、渡ることは望まなくなっている。外敵に襲われる危険もあるし、なにより中継地の湖や池が、大半消滅したからだ。夫婦者や恋人がいる者は、パートナーと身を寄せ合って夜間は暖を取り、そうやってひと月ほどを堪えればそれでいい。春まで生き延びられれば、一年を生きられる。本当に苦しいのはたったひと月なのだ。長い長い距離を、何週間もかけて渡る苦しさや危険を思えば、その方がむしろ安全だった。

秋が終わりに近づくと、キャロルは毎日得意の歌を歌ってすごした。冬になれば、すべてが凍てつき、雪が舞えば生き物は湖水の周辺から姿を消す。白鳥たちも動くことはできない。ヨーゼフと翼を寄せ合ってじっとしているのも嫌いではないが、冷気で喉を傷めるから、もう歌うことはできない。キャロルには長い退屈な季節だ。

けれど春になれば、楽しいことがいろいろと待っている。暖かくなって湖面から氷が消えたら、気の合った娘同士が集まって群舞を楽しむ。羽ばたき、みなで浮き上がって、いっとき空中のダンスも楽しむ。娘らの息が合い、舞いが美しくなったら、青年たちを呼んで、踊りを見せるのだ。みなが感動し、喝采してくれたら、嬉しくなって、キャロルは歌も歌う。

春がたけなわになれば、湖水の周囲には花も咲き、よい香りが暖かい風に乗って湖面を渡ってきて、みな知らず活動的になる。花の香りに誘われてヨナ湖から飛び立ち、数日の遠出を楽しむカップルも出はじめる。

ヨーゼフはみんなに人気があり、キャロルを置いて、男友達たちと短い旅に出ていくことが多くなった。キャロルは留めるのだが、仲間の男たちが許さない。では君も一緒に行こうとヨーゼフはキャロルを誘うが、ヨーゼフと二人ならともかく、大勢との団体行動は、どうしても気が進まなかった。キャロルは一人か、ヨーゼフと二人きりの行動が好きなのだ。

ある日、一人で湖面を漂っていると、微風に乗って、美しい笛の音が聞こえた。何だろうと思い、キャロルは水中で水をかく足を停めた。すると音楽も停まり、しばらくすると、美しい人間の娘の姿がふいに、木立の間から現れた。ゆっくりと水辺に歩み寄ってくると、石の上に腰をおろし、しばらく湖面を眺めている。キャロルもまた、沖合に浮かんで、じっと彼女の様子を見ていた。そうしていたら彼女は、手に持っていたフルートを唇にあて、静かに吹きはじめた。

美しい音楽が岸辺に生まれて、あたりの色までが変わって感じられた。風に乗って聞こえてくるその調べがあまりに美しく、気に入ってキャロルは、もっとよく聴くため、少しずつ岸に寄っていった。すると人間の娘もキャロルに気づいて、フルートを唇から離し、にっこりと微笑んだ。そして右手をあげ、少し手を振ってきた。

「この曲が好きなの？」

そう訊いてきたので、キャロルは長い首をゆっくりと折って、同意の思いを伝えた。すると娘は、また笛を口にあてて、続きを奏ではじめた。

それはとても静かで、優しい曲で、キャロルはその場にじっと浮かんで聴いていた。離れることができなくなったのだ。しかしその場所は岸から距離があり、そこでも森からの微風が花の香りとともに音楽を運んでくるから、旋律を充分に聞き取ることができる。それ以上に近寄る必要はなくて、危険はなかった。

旋律の美しさは、キャロルに、人間たちの世界の素晴らしさを訴えた。知的で、想像力に富み、美の価値を知る高級な心を感じさせた。それは、白鳥たちの世界にはないものだった。

いつかキャロルは、自分があの人のようにきれいな人間の娘になって、森の小径（こみち）を歩いているところを空想した。キャロルは、人間が暮らす家の中のことを、多少は知っている。暖炉があり、その中ではいつも炎が燃えていて、だから雪の頃でも室内は暖かいのだろう。それは、気持ちがよい世界だろうか、とキャロルは、フルートを聴きながら考える。体を水に浮かべたり、水浴びができなくなっても、つらくはないのだろうかと考えた。

曲が終わると、人間の娘はついと立ち上がり、上体を折って、キャロルに向かって、聴いてくれたお礼を示した。キャロルも心を動かされていたから、上体を伸びあがらせ、両の翼を広げて羽ばたかせ、演奏が素敵だったことを伝えた。

気持ちが伝わったらしく、娘は微笑み、手を振ってからくるりと背中を見せ、森の中に去っていった。その先に、人間たちの住む、別荘らしい小さな家が何軒かあるのを知っていたから、彼女は街からそこにやってきているのだろうと、キャロルは考えた。

翌日も、その翌日も、キャロルは人間の娘の奏でるフルートの曲が聴きたくて、娘のいた岸辺まで、湖面を泳いでいった。けれど、娘が姿を見せることはもう二度となかった。彼女は、仲間が大勢いる、遠い都会に帰ったのだろうか。

人間の街のことを、キャロルは知っている。高い空から見おろしたことが何回かある。高みから見る人間の生活はとても窮屈そうだった。ひしめいて並んだ小さな家々、あんな箱の中で暮らすのは嫌だなと、キャロルは羽ばたきながらいつも考えたものだった。こんなふうに大空に飛び立つことが、生涯許されない生活なんて——、と思った。

けれど先日聴いた音楽は、キャロルの思いを変えた。音楽は、空を飛びまわるのと変わらないほどの自由を、キャロルに感じさせた。人間は、きっと空を飛べないから、あんな調べを創り出せるのだと思った。そのつらさが、音になって羽ばたくのだ。けれど、たとえ生涯が狭い箱の中でも、暖炉の暖かい火を眺めながら毎日あんな音楽が聴けたなら、そしてそばに好きな彼がいたなら、つらい冬も楽しいものになるかもしれない。

それは月光の下で、夢を見ている時に似た思いだった。危険がいっぱいに予想される、怖い空想でもあった。何も知らない人間の世界にたった一人でまぎれ込み、自分は生きていけるだろうか。ヨーゼフはもうそばにいないのだ。寂しさに堪えられるだろうか。ヨーゼフのような、人間の恋人ができるだろうか。人間の男との暮らしは、いったいどんなふうだろう。人間の男は、自分をどんなふうに扱うのだろう。

そして自分にも、あんな笛が吹けるだろうかと考えた。吹けたらどんなにいいだろうと思う。暖かさと音楽と、好きな人がいる暮らしなら、空を飛ぶ楽しみをあきらめ、毎日這うようにして地上で暮らしても、我慢ができるのではないか、そう考えてみた。以前ならそんなこと、思いもしなかった。キャロ鳥の暮らしよりよいものなど、世界にはないと思っていた。あのフルートを聴いて変わった。キャロルにそんなことを考えさせるくらいに音楽の力は大きく、夢だけが持つ心の羽ばたきを教えてくれた。

六時になると、湖面は暗いマントがかぶせられたように、世界は暗くなる。夜のとばり。ヨナ湖の周辺世界は、月がなければ漆黒の闇だ。娘も現れず、音楽も聞こえず、誰もいないことが解っていても、キャロルは娘のいた岸辺のあたりに行くことを繰り返した。暗い雲が行って月が顔を出せば、月光を照り返す波の先に、またあのフルートが聞こえる心地がした。

何日かのち、娘がフルートを吹いていた岸辺に来てみると、周囲の森の少し上の空を金色に輝かせながら、夕陽が落ちていった。湖水の上の空気は冷え、世界は夜のとばりに包まれ、午後の七時になれば、すべてをすっかり闇の底に沈めてしまう。それは行ったことはないが、ヨナ湖の湖底、それも最も深いあたりをいつもキャロルに思わせた。

突然雲が動いて、あたりが明るくなった。月が顔を出したのだ。その時だった。キャロルは、岸に変わったものがあるのを見つけた。平らな、薄い板のようなもの。それがポツンと水べりに立って、月光に照らされていたのだった。

これまで、ただの一度だって見たことがないもの。あれはいったい何だろう？　と思う。恐怖が湧いたから、近づくなんてできない。しばらく沖の水面を行ったり来たりして観察した。

恐ろしい魔物が仕掛けた、白鳥を捕らえる罠かもしれないと考える。空腹の人間は、白鳥を捕らえ、殺して食べてしまうと聞く。

けれど、自分は好奇心が強いから、確かめずに帰ることはできないかもしれない、それは自分の最大の弱点だ、そう彼女は水の上で考える。自分で解っている。あれがもしも罠なら、好奇心に負けて自分は、きっとかかってしまうだろう。

長いこと行ったり来たりを続け、待っても何ごとも起きる気配がなかったので、キャロルは恐る恐る岸のその板に向かい、近づいていった。岸が近くなれば、波が感じられる。ゆっくり、ゆっくり、月の光を乗せた波をかき分けて、キャロルは進んでいく。波の先端に乗った白い光が、彼女が近づけば破片になって砕ける。

　近くなるにつれ、板が、とても大きなものと解った。そばで見ると、なんだか扉のようだ。つまり、どこかに入っていく入り口のように見えるのだ。よく磨かれたドアで、月光を照り返してつるつると光っている。恐怖にあらがってさらに近づけば、ドアよりもずっと大きいことが解ってきた。

　とうとう、キャロルは岸に達してしまった。震えるほど怖いのに、そうしないではいられないのだ。自分は昔からこんなふうだ。人一倍臆病なのに、冒険好き。自分が知らない世界を知りたい、そういう欲求が抑えきれない。とうとう足の裏に、水の底の砂利を踏む感触が来た。それを踏みしめて、キャロルは水から体を浮かせた。途端に体が重くなり、水の上にいる時の、自在な動きは失われた。

　板の前に寄って行き、立ってみた。そして驚き、大きく飛びのいた。そこに白鳥が一羽、いたからだ。けれどすぐにこれは自分だと気づいて、こわごわまた前に行って覗いた。鏡だ。

　何故なのか、岸辺に大きな鏡が立っていたのだ。それもこんな夜更けに。いったいどうして——？

　夜の鏡に、キャロルは全身を映してみた。白い大きな鳥の姿がそこにあり、キャロルはたちまち親しみを覚えた。いつまでも見ていたい感覚が来る。

　これまでに彼女は、友人たちの姿から、自分の姿を類推し、想像してみることはあった。けれど、やはりそんなやり方は充分ではなかったのだ。今はじめて自分の姿かたちを鏡に映して、想像とは違っていたことを知る。自分という存在が周囲に発散する気配、それを自分で知った。

　客観的に見て、それはとても好ましいものだった。自分の周囲にはたくさんの白鳥たちがいる。しかし鏡の中の一羽の白鳥は、そのどれとも違って見えた。なんだかつんと取り澄ましていて、気品があった。自分だけはみなと違う、キャロルはひそかに思った。

自分のうちに、喜びがぐんぐんと湧いてくるのを意識した。それは突風のようで、思い上がりにならないように気をつけながら、キャロルはそれを受けとめた。翼を広げたい欲求。自分ではちっともそう思っていないのに、気づけば両の翼が体から離れかかっている。上体を持ち上げ、首を伸びあがらせ、それからキャロルは両の翼をいっぱいに広げて、一度羽ばたかせてみた。そして、あっと言った。

目の前の鏡の中に、美しい、白い、優雅な鳥がいた。それは大きな翼をいっぱいに広げて、この世のものとも思えないくらいに美しかったのだ。翼を広げたまま、キャロルは一瞬動きを停め、じっと見惚れた。鏡の奥にいるその美しい生き物が、確かに自分自身であるのを、キャロルは右の翼の上げ下げ、両の翼のたたみ方で確かめた。鏡の中にいる鳥も、同じように動く。確かに自分自身であることを確認したら、そのあまりの喜びで、目に少し涙が湧く。ああ、なんて幸せなんだろうと思う。細かく何度も体を動かして、彼女は確認を続けた。そして心から感動し、楽しんだ。こんなに美しい鳥は、この湖にはほかにいないと思った。

翼をたたみ、また広げ、キャロルはそんなふうにしばらく羽ばたかせてから、またすぼめた。そうしてしばらく待ってみて、また広げた。そんな動作を、何度も何度も繰り返した。それは少しも苦ではなく、深い喜びだった。

「翼を鏡に」

そういう声が聞こえて、キャロルは身をすくめた。彼方の森の奥から聞こえてくるようでもあり、背後の湖面を渡って届いてくるようでもあった。

キャロルは背後を振り返り、続いて首を伸ばして森の奥の暗がりを見た。何も見えはしなかった。目を閉じ、しばらく考えた。けれど何の考えも浮かばず、今聞いたばかりの言葉が、ただ頭の中で鳴り、反響をともなって繰り返された。

それは誘惑だ。そして強制だ。自分は命じられている、キャロルは思い、右の翼を恐る恐る鏡面に近づけていった。白い羽の先が、鏡面に接して、途端に強い恐怖が湧き、さっと引っ込める。

瞼を閉じ、呼吸を整え、気持ちを強く持ち直そうとする。すると、また声が聞こえた。

「さあキャロル、勇気を持ちなさい。翼の先を鏡に」

うながされ、キャロルはまた翼の先を鏡に当てた。いや、当てたつもりだった。しかし、鏡面の堅い感覚は来なかった。それは、今キャロルが上がって来たばかりの水面と同じ感触だった。冷たく、柔らかく、羽の先を受け止め、受け入れた。だから翼はすうっと、水に沈むように、鏡面に吸い込まれるのだった。

キャロルはびっくりした。翼の先が、何ものかに引かれる感触がある。体の力を抜いていたら、このまま全身が鏡の中に引き込まれるだろうと予感した。もしそうなったら、と考えたらさらにさわさわと全身が総毛立つ感じがして、キャロルは身を固くした。そして鏡のこちら側に留まろうと、足に懸命に力を込めた。すると、また声がする。

「キャロル、人間の娘になりたくはないの？」

途端に、キャロルの体から力が抜けた。この時はじめて、自分が人間の娘になりたいと強く思っていたことを、キャロルは知った。こんなに強く思っていたなんて、少しも知らなかったとキャロルは思った。

「人間になり、南のスカボロゥの祭りに行きなさい。けっして長い旅ではありません。そうしたら、そこで理想の男の人に出逢(であ)えます。そして幸せになれるのよ」

「本当に？　本当ですか⁉」

キャロルは声を強くして尋ねた。それがもしも本当なら、どんなにいいことだろう。でも、でも

――。

「翼を見てごらん、自分の翼」

声が聞こえた。キャロルは翼を曲げた。すると、鏡を抜けた右の翼が、人間の右手になっているのだった。細い、白い、五本の指が見えた。

「あっ！」

キャロルは叫び声をあげた。

「あなたの右手よ」

声は言う。

「でも、私、一人は怖いです！」

キャロルは叫んだ。すると声はこう言う。

「鏡は、あなた一人しか通れません」

衝撃、キャロルは黙り込む。それからこう言う。

「本当に、幸せになれるの⁉」

キャロルは、もう一度叫ぶ。けれど、もう返答は戻らない。キャロルはショックを感じ、続いて激しい不安にさいなまれた。本当なのだろうか。もしも違ったら――。

地獄だ。

激しい恐怖心から、キャロルは翼を強引に引き抜いていた。それには、かなりの力が必要だった。あっと声をあげ、キャロルはひっくり返っていた。翼を抜く時、かなりの力が必要だったものだから、抜けると同時に後方に、ひっくり返ってしまったのだ。

あわてて確かめたら、右手はもう、白鳥の白い翼に戻っている。ああよかった、と思ったら、強い安堵が来た。その安心は、本当に強力なものだったから、キャロルは強く安堵すると同時に激しく反省して、もう二度とこんな怖いことはしないと誓った。こんなこと、いけないことだ。だから急いで鏡に背を向け、水に駈け込んで、沖に向かって懸命に泳いだ。そしてあとも見ず、湖の中央の小島にある家に向かって帰っていった。

ばさばさ、と大きな羽ばたき音が身近でした。そして目の前に、大きな白鳥が三羽、乱暴に舞いおりてきて、前方に大きな白波をたてた。

「キャロル！」

と自分の名を呼ぶ大声を聞いた。聞き覚えのある声だったから顔を上げて見ると、三羽のうちの一羽が、キャロルを振り返って、こちらに向かって泳ぎ寄ってきた。ヨーゼフだった。

「キャロル、今帰ったよ」

ヨーゼフは言った。

「ああよかったヨーゼフ、怖い思いをしたのよ、もう離れないで」

キャロルは言って、恋人に必死で抱きついた。

「ヨーゼフ、また明日な。今度は南だ！」

叫ぶ友人たちの声がした。

「解った」

ヨーゼフが答えている。

「また出かけるの？」

キャロルは恋人に訊いた。

「うん」

ヨーゼフは答えるので、やめてとキャロルは言った。

「一人にしないでよ」

「でも、友人は大事だ、もう約束してしまったことだから」

ヨーゼフは、ちょっと不機嫌そうに言った。

「旅の空は素晴らしいんだ。空も雲も、地上の緑も素晴らしいんだ。でもすぐ帰るよ」

「駄目よ！」

キャロルが泣くと、馬鹿だなあとヨーゼフは言って、なぐさめてくれた。

「離れないで」

「大丈夫だよ」

ヨーゼフは、さして考えたふうでもなく応える。

「旅はぼくの生きがいなんだ、取り上げないで」

と言う。そしてもう一度、

「大丈夫だよ」

と言った。

大丈夫じゃない、キャロルは思う。ヨーゼフは何も知らないのだ、そして友人たちとの冒険に夢中になっている。そう思うと、少しだけ気持ちが離れた。しっかり自分を抱いておいて欲しいのに、とキャロルは思う。

2

眠れない夜をすごし、翌朝夜明けに、南の湖に友達二羽と旅に出るヨーゼフを、キャロルは見送った。ヨーゼフは相変わらず何も考えていないらしくて、男友達たちとはしゃいでいた。

ヨーゼフに文句はないのだけれど、彼はキャロルとの暮らしだけでは退屈するらしくて、男の友人たちと、冒険の計画を立てたがる。冒険は、自分も嫌いではない。それに、退屈しているのは自分だとキャロルはいつも思うのだ。ヨーゼフの言うことにはいつも新しさがない。生きることについて、何も考えようとしないからだ。美しいものに対しても、通り一遍の感想しか口にしない。だから生活に飽きて、仲間たちとの冒険を求める結果になる。自分は、そんな彼に教えられることが少ない。それは順番が違う、キャロルはいつも思う。仲間より、まず私ではないのか。このままでは、ヨーゼフと一緒になっても、彼はどのくらい自分という妻のもとにいるだろうか。大勢の男友達と楽しくやることの方が好きな人なのだ。

鬱々とした気分で一日をすごしながら、昨夜鏡が立っていた岸辺に、キャロルは行ってみた。けれど、何もなかった。鏡は、もうなくなってしまった。自分は、人間の娘になれるチャンスを永遠に逸してしまったと思い、そう考えたら悲しかった。

中の島の岸辺で、首をうしろに曲げて羽の中に頭を埋め、なかば夢うつつの気分で、キャロルは考えてみる。もし昨晩、鏡の中にすっかり入ってしまっていたら、自分は今頃人間になっていたろうか。そうしたら、もう白鳥には戻れなかったのだろうか。否も応もなく、その瞬間から自分は冒険に巻き込まれ、ひどい目に遭ったり、命を落としたりするだろうか。そうなっても、後悔しないで死んでいけるだろうか。

陽が没しはじめて、キャロルはいたたまれなくなり、またあの鏡が立っていた岸辺に向かって、一人泳いでいった。

陽はすっかり落ちたが、今宵は雲がなく、月光がさえざえと明るかった。だからかなり遠くの水面も、彼方の岸辺も、離れた水の上からでも様子が見える。岸辺の砂利の上に、鏡はなかった。ああやはりもう、鏡は二度と現れないのかと思う。千載一遇の機会を、自分は逸してしまったのだ。

風がなく、波がない湖面を暗い気分で漂い、午後の七時になった。その時、遠い岸辺に、ぼうと鏡が現れるのが見えた。それでキャロルは、あの鏡は、午後の七時になったら現れるのだと知った。もしもそうだったら、チャンスはこれからもずっとある。今夜も、明日の夜も、明後日の夜も、七時にさえなれば。

　けれど鏡が現れても、キャロルはなかなかそばに寄る勇気が出なかった。沖合の水の上を、迷いながら、いつまでもいつまでも漂っていた。

　長いことそうしていて、でもどうしても家に帰る気分になれず、我慢ができなくて、とうとうキャロルは鏡に向かって泳ぎ寄っていった。鏡面を抜けた自分の右の翼、それが白くて、細くて、美しい娘の手に変わっていたところを、キャロルははっきりと憶えている。どうしても忘れられない。あれをまた見たいという思いに強くとらわれている。あれを、また今宵も見ることができるなら――。

　正面から鏡に向かうと、白い白鳥がゆっくりと寄ってくるのが見える。その姿もキャロルは美しいと感じて、誇らしかった。やがて二つの足の裏に水底の小石を感じて、キャロルはそれを踏みしめた。体は水の上に出して、キャロルは二本の足で歩いて、鏡に寄っていった。もう二度目なので、昨夜のような強い恐怖はない。

　鏡の前に立ち、しばらく白鳥の姿を見つめてから、キャロルはまた翼を広げ、右の翼の先を、鏡の表面に近寄せてみた。わずかな逡巡。それから思い切って差し込む。そして今宵はもっと奥深くにまでぐいぐいと押し込んだ。そうしておいて、少し曲げてみる。すると鏡の向こう側に、また美しい人間の右手と、細い腕が見えた。なんて綺麗なのだろう、そうキャロルは思い、しばらくの間見惚れていた。

　美しいかたち。月光のもとでも白く、肌理（きめ）の細かな肌。人間の娘の腕。それを見ていたらさらに勇気が湧いて、キャロルはもっと深くに体を差し入れていき、鏡面に寄りかかるような姿勢になった。すると、華奢な白い肩が少し、鏡の向こう側に見えた。

体には、何の異常も感じない。痛みも、圧迫感もない。もっと入れてみたい、そんな誘惑が来る。そんな思いとキャロルはしばらくあらがい、けれど不安がまさって、ぐいと強引に体を抜いた。すると白い、白鳥の体が無事に戻ってきて、ほっとする。と同時に、残念だという思いも、かすかにやってきた。私はこのまま、生涯鳥のまま。体をすっかり抜いてから、それで鏡の前でしばらくしゃがみ込んだ。そのままじっとして、考え続けた。自分は、これからどうするのがよいのか——。

ついと立ち上がり、回れ右をして湖水に飛び込み、逃げるように中央に泳ぎ出た。でもまだ家には帰らず、ぐずぐずと水面にいた。鏡の見える位置を行ったり来たりしながら、ずっと岸の鏡を見つめていた。いつまであれは、あそこにあるのだろうと思った。陽が昇っている時刻、鏡はなかった。ということは、夜が明けるまで、あそこにあるのだろうか——。

じっと見つめ続けていたら、それから一時間ほどして、鏡の姿がふいに掻き消えた。ということは、八時までだ。どうやら一時間だけ、鏡はあそこにあるらしい。

湖の中央にある小島の家に帰り、眠れないまま、キャロルは考え続けた。悩み続けながら、でも人間の娘になりたい思いは、日に日に募っていくのが解る。何日か前までは、そうでもなかった。でも今は、抑えきれないほどに強くなっている。

それは最初の夜の、あの声のせいだ。南のスカボロゥの祭りに行きなさい。そうしたら理想の男性に出逢え、幸せになれます——。あの言葉が激しく気になっているためだ。強く心を動かされ、記憶から消し去ることができない。たぶんヨーゼフの態度に、不信を抱いているせいだ。だから、彼には自分を強く抱いていて欲しいのに。どこへも行くなと、しっかり命じて欲しいのに。自分の方でしょっちゅういなくなる。自分という彼女より、男友達の方が気になっている。彼がしっかりさえしていてくれたら、自分の心がこんなにふらつくことはないのに。

翌朝、寝不足の頭で、キャロルはまだ迷い続ける。でも昨夜までとは、どこか違う気分も感じた。

今宵も陽が暮れ、午後の七時になれば、あの岸辺にきっと鏡が立つ。そして今宵は、もうそれを通り抜けてみたいのだ。陽が昇るにつれ、次第にそういう思いが勝る。ひと晩がすぎ、自分でも意外なことに、自分の心に勇気が育っている。陽が高くなるにつれ、勇気は決意に変わっていく。それがどんどん強くなる。

中央に泳ぎ出て、水の上でゆっくりと回転した。周囲ひとめぐりの視界、それをしっかりと脳裏に焼きつける。お別れになるかもしれない。この懐かしい場所、森と湖。あの鏡を抜けて旅に出ても、自分はまた帰ってくることができるだろうか。

それはできる、キャロルは思う。自分さえそう強く決意していたなら、帰ってくることはできるだろう。決まっている。でも、戻っても、また白鳥に戻れるか否かは解らない。自分を人間に変えてくれた、神の胸ひとつだ。残念だけれど、自分にその力はないのだから。もしも戻れなければ、ヨーゼフともこれきりになる。

日没が近づき、キャロルは心を決めて、ヨーゼフと一緒に旅に出ていった彼の友人のガールフレンドに会いにいき、伝言を頼んだ。自分の姿がもしもこの湖から消えていたら、旅に行ったと思って欲しい。でも冬になる前にきっと帰ってくるから、待っていて欲しいと伝えて、と言った。どこに行くのと訊くから、南の方とだけ言った。一人で？　と問うから、そうだと答えた。彼女は不思議そうな顔をしたが、お願いねと言っておき、それで急いで離れた。

小島の岸に戻り、渡りに出る前のように、じっとして体力を蓄え、一人静かに日没を待った。女の子たちに詮索されたくなかったから、みんなから遠ざかり、誰もいない葦の群生に入って時をすごした。

やがて陽が傾き、黄金色の夕暮れ時がすぎ、あたりがみるみる暗くなると、もう見つかる心配はないと思って葦から出て、広い岸辺の岩の陰で、じっとしていた。陽が落ちきると、岩の陰から出てもかまわないことを知り、水に浮かんで待った。今宵は黒い雲が厚く、月も星も出てはおらず、湖面は漆黒の闇に包まれたからだ。誰にも見られる心配はなく、だからキャロルはおおっぴらに水面に浮かんでいられた。

七時が近づくと、ゆっくりと泳ぎ出し、鏡が現れる岸辺に向かって静かに泳いでいった。沖で、七時になるのを待っていると、暗がりでよく見えないのだが、砂利の浜に、鏡が現れたらしいことが解ったので、キャロルはそっと近づいて、いつものように水音を立てないように岸に上がった。

鏡の前に立ち、また翼を広げ、羽ばたかせた。その様子は、今宵はシルエットだったが、やはり堂々として美しく、キャロルの自尊心を高めた。キャロルは嬉しくて、その気分をしっかりと胸に受け止めながら、しばらく時をすごした。自信と優越感が自分に勇気を出させると、もう解ったからだ。

ひとしきりそうしてのち、鏡に寄っていき、また右の翼を鏡面に差し入れた。今宵は躊躇せず、続いて左の翼も入れた。そしてそのまま、飛び込むように勢いをつけて、頭から鏡の中に入っていった。

何かが自分を引っ張っていると感じた。鏡への没入に、抵抗感は少しもなく、何ものかの力に引かれるようにして、キャロルの上体は鏡の中に入った。そのまま全身を、鏡の向こう側の世界に押し入れ、すると驚いたことに、倒れ込むようにして、向こう側の砂利に翼の先をついていた。え、と思う。抵抗感がまるでなく、あまりにあっけなかったからだ。続いて体全体が地面にくずおれ、打撲の痛みを感じた。

もっと何か起こるかと怖れていたが、何でもなかった。ごくごく短い距離を、自分は動いただけ。でもそれは、行為全体がまるで未経験の出来事だった。これまでにこんな恐怖を、こんな痛みを、キャロルは感じたことがない。体にも、精神にも。

何が自分に起こったのだろうと思う。不思議なことは、いきなり全身に冷気を感じたことだ。凍えるほどに冷たい何かが、いきなり自分の全身を叩きはじめて、あっと声をあげた。

この感覚は知っている。雨だ。でも、こんなふうに体を直接叩かれた経験はない。体が痛い。我慢できないほどではないけれど、雨粒に叩かれて、ひどく痛いのだ。

のろのろと上体を起こし、またあっと声をあげる。二つの翼が消えていたからだ。手を上げてみると、先端に五本の指を持った、何ものにも守られていない、むき出しの腕が二本、自分の体に付いていた。

雨に叩かれて、肩も痛い。触れてみれば、これもむき出しだ。視線を落とすと、ふたつの太もも。むき出しの足。むき出しの、二本の娘の足。ああ、私の足だ、と思う。急いで体を抱いてみる。驚いた。裸なのだった。ふたつの乳房もむき出しで、これも雨に叩かれ続けている。頭に触ったら、長い髪がある。それが胸の上にまで垂れ、乳房を少し隠してくれている。

けれど、それでもすべてむき出しだ。何ひとつ着ていない、何ものにも守られていない。キャロルはこれまで、何回か人間たちを見ている。こんななりをした人は、一人もいなかった。常に彼らの体を覆う色の付いた布は、自分たちの羽毛のような、生まれついてのものなのかと思っていた。そうではなかった。あれは自分たちで用意し、身を守るべくまとっているのだ。

今やキャロルは、無防備の肌が、雨粒に打たれ続けている。だから全身が冷えて痛い。今自分は鏡を抜け、白鳥から人間になったばかり。だから身を守るものは何も持っていない。裸は当然だ。

羽毛で守られていないむき出しの体。なんて不安なものなのだろう。人間なのに、こんな姿で森を歩いて、はたして許されるものなのだろうか。ほかの人間に見られたら、咎められないものか。解らない。さっきまで白鳥だった自分には、そんなこと、少しも解りはしない。

激しい恐怖を感じてしまって、キャロルは動くことができず、その場にうずくまって、長いことじっとしていた。人間になってしまった今なのに、あらためて激しい迷いが生じてしまって、その場を動けなくなったのだ。ここなら、鏡のそばなら、まだ白鳥に戻る道がある。ここから動いてしまえば、もう帰り道がなくなる。そう考えたら怖くなり、激しく心細くなって、長い間泣いてしまった。

涙を流しきったら気分が落ち着いて、ゆるり、ゆるりと、二本の足で立ち上がってみる。少し感じる膝や、足首の痛み、でも大丈夫、これなら堪えられる。足もとの砂地が、ぐうっと、驚くほどの眼下になったので、びっくり仰天した。地上にいる時、こんな高さから地面を見たことはなかった。

ゆっくりと歩き出してみる。膝だけでなく、足全体が痛い。冷えているせいか。足の裏も痛い。これは、むき出しだからだ。さらに、あんまりのっぽなもので、まっすぐに立つのがむずかしい。体をまっすぐにしたまま進んでいくのはさらに大変で、バランスがとても取りづらい。ああ、なんだかつらいなと思う。人間は、こんな大変な思いで、いつも移動しているのかと思う。自分などに果たして務まるものかと、激しく不安になる。

どうしようと思い、くるりと回れ右してみた。さっきまで自分が暮らしていた湖が見える。水面全体に雨が注いでいるから、無数の水の輪が広がっているだろう。闇夜なのでほとんど見えないが、音と気配で解る。けれど、自分の故郷たるそこに、何故なのかもう帰る気が湧かないのだった。私はもう人間だ。そして水から上がってしまった。あの水面に、さっきまでのように上手に浮かんでいられる自信がない。だから水面は、ひどくよそよそしくて、寒々とした場所に感じられた。

はっと気づく。驚いた。鏡がないのだった。消えている。ショックだった。白鳥に戻る通路が消えた。自分はもう戻れない、白鳥には戻れない。自分はもう人間の娘。白い羽毛に守られた体も、空を飛べる二枚の翼も、失ってしまった。もしかしたら永遠に。

寒くてたまらず、ぶるぶると全身が震えた。人間とは、なんと弱い生き物なのだろう。もう冬は行ったが、夜はまだ冷える。そして今宵は雨。雨粒に叩かれ続けていると、体が芯から冷えて、命が遠ざかる予感が湧く。全身を羽毛に守られた白鳥の体の、なんとありがたかったことだろう。

これからどうしようと思う。湖の中央の家で、何度も空想していた通りの状況になってしまった。自分はもう一人の人間の娘で、そして人間の世界に知り合いなど一人もいない。助けてくれる人はない。それなのに、こんなふうに裸だ。どこかに身を隠さなくてはならないけれど、どこに？　人間の世界のこと、自分は何も知らない。そう考えたら、泣き出しそうになる。

とにかく森の奥まで行ってみようと思う。木々の間には、一筋の小道が通っている。それは空から見て知っている。道は、人間たちの集落に続いていた。集落まで行けば家が何軒かある。自分も今は人間なのだから、助けてもらえるかもしれない。人間が、仲間と助け合う、優しい生き物であることを願う。

足もとの草を踏みしめ、掻き分けながら、人間になったキャロルは、恐る恐る進んでいき、森に入った。すると、雨粒の落下がすっと減って、体は楽になる。そして、思わずあっと言った。むせ返るような、ローズマリーの香りを感じたからだ。

進むにつれて雨の音が大きくなる。音量は果てしなく増していき、森全体を揺するほどになり、そして、ローズマリーの香りもまた、強くなった。ローズマリーの森。暗くて周囲はよく見えないが、きっと足もとに、ローズマリーの木があるのだろう。それが雨に濡れて、強い香りを放っている。

雨の音は、雨粒以上に耳を叩くようで、この騒音は、雨粒が無数の木の葉を打つ音だ。ひとつひとつの音はかすかなのに、無限と思えるほどの葉を叩けば、こんなにまで恐ろしい、夜を圧するほどの轟音（ごうおん）になる。そして弱い自分を怖がらせ、怯えさせる。知らなかった。この世界、キャロルの知らないことばかりだ。

身を隠す布切れの一枚くらい、落ちていないかと探した。こんな裸身ではあまりに無防備で、危険だ。気をつけないと、木の枝一本で肌が深く傷ついてしまう。人間はとても弱い生き物。鳥ならば危険から飛び去れるが、翼のない人間では、ましてこんな非力な娘では、逃げ去ることもむずかしい。でも自分は今、何も持ってはいない。こんな無価値の人間でも、誰かが襲うのだろうかと疑う。

随分歩いたと思う。体は芯まで冷え、もう限界だった。音は変わらないが、ローズマリーの香りは消えた。月がないから、前がほとんど見えない。それも変わらない。森から、何か怖いものが飛び出すのではと怯えが湧く。使い馴れていない足が疲れ、膝が震えはじめて、もう歩けない。とうとうその場にしゃがみ込んでしまった。

草の上に両手をつき、木々を伝って手の甲に落ちる雨粒を感じていた。雨は肩にも、背中にも、足にも、むき出しのお尻にも、容赦なく落ちる。人間として生きていくのは、こんなにも大変なことなのだ。これでは衣服とか、家とか、焚き火とか、守るものがなければ簡単に死んでしまう。

後悔が湧いた。人間になんてなるのじゃなかった。楽しくなんてちっともない。美しい体験も、心躍る出来事も、全然訪れそうもない。白鳥のままでいれば、悩みなんてなく、毎日暖かく、幸せだった。あんな日々に少しも感謝せず、無謀にも人間に憧れた。人になってまだ一時間も経たないのに、もう強い後悔の念にさいなまれ、悲しくなった。

その時だった、聴き覚えのある音を聴いた。それは、世界を充たす絶望的な雨音の底にひそむ救いだった。ごくごくかすかだったのだけれど、懐かしく、暖かく感じて、キャロルは聞き逃さなかった。それは、神が差し伸べてくれる手だと感じ、じっと聴き惚れた。思い出した。静かで美しい、あれはフルートの調べだ。

草に手をつき、裸の背を雨に打たせながら、キャロルはじっと聴いていた。そうしていれば、冷えきった体に、わずかながらだが、力が戻ってくる。それが溜まるのを待っていた。そしてその力のすべてを使い、奮い立たせ、音楽に向かって身を起こした。手近の枝にすがり、キャロルは立った。それから、一歩右足を出した。そしてそのまま少しずつ、少しずつ、歩を運んでいった。ともかく前へ、と考えた。何もしなければ、ここで死んでしまう。

ゆるゆると、それでもかなり進んだ。その時、前方の冷えた黒い枝のすき間に、かすかな、オレンジ色の明かりが滲んだ。人間の家。とうとう、人が住む家の一軒に、自分はたどり着いたのだ。そしてフルートの調べは、あの明かりから、聞こえてくるようだった。

光に向かうと、キャロルははっとした。つらい雨がまた強くなった。そうではなく、森を抜けたのだ。全身を打ちはじめた雨の冷たさ。痛さ。しかし、耳はふっと楽になる。雨が作る騒音が消滅した。

森から歩み出て、キャロルは草原に一人、立ち尽くした。遮るものは周囲に何ひとつなく、足もとの、くるぶしを埋める程度の丈の草ばかりだった。森を揺する雨の音が消え、フルートの調べが大きくなった。はっきりと聞こえるようになった。

それに励まされ、寒さに震え続ける体を抱いて、キャロルは必死で草を踏み、歩いていった。フルートの調べが漏れてくる、その家に向かって一直線に歩いた。

窓の下に立った。窓のガラスに寄ると、雨粒が伝うガラスの向こうには、白いカーテンがあった。閉まっていたがわずかな隙間があり、そこから、フルートを吹いている娘の姿が見えた。明るい、茶色の服を着て、椅子にかけていた。部屋の奥には暖炉があり、小さな炎が燃えている。電気灯がともり、とても暖かそうだった。それを見ていると、視界が霞む。気が遠くなる。体力が、もう限界だ。足が震え、膝が萎えて、立っていられない。

何も考えることができなくて、右手を上げ、爪でこつこつとガラスを叩いた。警戒心も何も、思う余裕はない。頭も、考えることをしない。しばらくは何も起きなかった。雨の音が大きいからだ。もう一度、もう一度と、キャロルは打ち続けた。するとふいに音がやみ、娘が唇からフルートを離すのが見えた。そしてついと立ち上がり、こちらに向かって歩いてきた。

ガラスのすぐ向こうに、娘の顔がやってきた。指先でカーテンをかき分け、鼻を、ガラスに触れるほどに近づけた。ガラスがなければ、キャロルは手で彼女の頬にさわれたろう。やはり彼女だった。岸辺でフルートを吹いていた彼女。間違いなかった。そして彼女は、全身を雨に濡らしているキャロルの体を見た。視線をおろし、髪が貼り付いている乳房も見た。そして息を吞んでしまい、叫び声を上げようとしてだろう、口を開けた。けれど叫び声は漏れず、急いで窓辺を離れた。玄関に向かおうとしてだろうか、駆けだすのが見えた。

右手、少し離れた位置にあるドアが勢いよく開いて、娘が雨の中に飛び出してきた。そしてキャロルに駆け寄ってくる。キャロルの裸の体が後方から抱かれ、肩をしっかりと抱きしめられたから、キャロルは立っていられた。それはまさに、キャロルがくずおれようとした瞬間だったからだ。

「どうしたの⁉　一人？」

娘は叫ぶように訊いてきた。

その言葉は理解できる。だからキャロルは朦朧となりながらも、急いでうなずいた。

「何故？　いったいどうしたの？」

娘は訊く。けれど、説明する元気などない。説明ができる状況でもない。しても、とても信じてはもらえないだろう。

「入って。体が冷たいわ。とにかく暖まりましょう。病気になっちゃう。裸ね、何があったの？　服、脱がされた？　誰かに暴行されたの？」

その意味は解らず、キャロルはきょとんとした。肩を抱かれ、引きずられるように、家の中に導かれた。玄関を入ると、夢のような暖かさに、意識が遠のいてしまい、その場に膝をついてしまった。そして意識を失った。

3

キャロルは夢を見ていた。

目の前を、白いウサギが駈けていく。ぴょんぴょんと跳ねて、大きな茶色の岩が作る角を右に曲がった。追って曲がると、その先はむせかえるような緑の匂いだった。ひしめくようにして立つ木々が空間を埋めて繁り、隙間を探るようにしておのおのが伸ばした枝には、無数の葉がこんもりと付いている。葉の数があんまり多く、上空の陽を遮るから、森の中が薄暗く感じられた。

地面は、草の絨毯（じゅうたん）のようだ。背の高い草、低い草、それらの間に、細い小道がずっと先まで伸びて、道の左右には、愛らしい小さな花々が咲いている。白い花、紫の花、黄色い花、縞模様の花弁を持った花もある。

花はそれぞれが違った、独自の香りを持っているらしくて、先を走るウサギの小さな体が巻き上げる風にあおられ、渦を巻きながら、さまざまな香りが鼻腔にやってくる。それは、キャロルもうしろを走っているからだ。ウサギを追って走っている。ああ、とようやく気づいた。自分は走っていたのだ。だから、花の香りが次々に変化する。

なんていろいろな香り、花の匂いって、こんなにいろいろな種類があるんだ。駈けながら、キャロルは感心する。知らなかった。森って、なんて豊かな世界なのだろう。もっとゆっくり歩いて、花の香りをひとつひとつ嗅ぎたいのに。でも今は急がなくっちゃ、ウサギを追わなくちゃいけないんだから。そう信じて、キャロルは夢中で走っていく。ウサギを追うようにと、私は命じられたのだから。

誰に？　解らない、きっと神様にだ。

どしんと、何かがいきなり、右腕と脇腹にぶつかった。キャロルは左にはじかれて、小道をはずれ

て草原に駆け込みそうになった。頑張って体勢を立て直す。そうしたら、

「あら、ごめんあそばせ！」

と言う女の子の声が、すぐ身近で聞こえた。見るとフレアスカートを穿いた女の子がすぐ横を走っている。小さな水玉が散った赤いスカート。金色の髪をうしろで束ねて、後方になびかせている。

「あら、あなたって、裸ね！」

キャロルを見て、女の子は驚いたように言った。

「裸はいけないわよ、危険よ。洋服を着なくっちゃ！」

彼女は叫ぶように言う。

「ええそうしたいわ。だけど、持っていないのよ！」

キャロルも、走りながら叫び返した。

ああ、これは夢ね、叫びながら、キャロルは考えた。だって、少しも胸が苦しくないのだもの。現実なら、こんなに走りながら何か叫んだら、きっとすごく苦しいだろうと思うのだ。それがこんなに楽だ。それは、これが現実でないからだ、そうキャロルは理解した。

「ねえ、どこへ行く気？」

赤い水玉スカートの女の子が訊いてきた。

「解らない。ウサギについて行くのよ」

キャロルは答えた。

「あなたお名前は？」

キャロルが訊くと、

「アリス」

女の子は応えた。

「ねぇアリス、あのウサギ、どこに行くの？」

キャロルは続けて尋ねた。

「あれは、ジャンプする時間に向かっているの。ほら、時計を見ているでしょう？」

アリスは教えてくれた。確かにそうだった。駈けながらウサギは、チョッキのポケットから懐中時計を取り出し、文字盤を見ている。見ているのは時計じゃない、時間だ。あれは時間を確かめているのだ。

「どうして時間を見るの？」

「私たちのと時間が違うのよ。だからああして時々確かめないと、別の世界に行っちゃうのよ」

「別の世界に？」

意味が解らず、キャロルは訊いた。

「あの人たち、深夜も正午もないのよ。だから時間が違うの」

「え？　どういう意味？」

意味が解らず、キャロルは確かめようと思って、そう叫んだ。その瞬間だった。ふわっと体が浮いた。足もとから地面が消えたのだ。

「あ、七時になっちゃった！」

アリスという名の少女が叫ぶ声が聞こえた。

「なに、なんのこと？　意味が解らないよ！」

キャロルは叫んだ。

「ここでお別れなのよ私たち。きっと洋服探してね、裸は駄目よ」

アリスの声が聞こえたが、その声がすごい勢いで上昇していく。遥かな高みになり、そして消えた。

周囲を見ると、土の壁がすごい勢いで上昇している。キャロルは驚き、えっ、どうしてと思った。が、すぐに解った。壁が上昇しているのではない。キャロル自身が落下しているのだ、それもすごい勢いで。体から重さがなくなっている。手足を動かしてみたら、ふわふわと無重量。あっ、解ったと思う。自分は、地面に開いた穴に落ちたのだ。大きくて、深い深い穴。どうしてそれが解るのかというと、落下がまだまだ続いているからだ。延々と続いて、全然終わる気配がない。底に着かない。

周りに、きらきら光るものがたくさんあることに気づいた。一緒に落ちている。木の葉かな、とキャロルは思った。よく見たら違う。それは懐中時計なのだった。さっき前を走っていくウサギが、チョッキのポケットから取り出して見ていた懐中時計。

たくさんの懐中時計が、きらきらと光りながら、キャロルと一緒に穴の底に向かって落下している。薄いから、ひらりひらりと左右に揺れて、ゆっくりと落ちている。でもよく見たら、それら懐中時計たちの二本の針は、みんなすごい勢いでぐるぐると回っているのだった。さっきの女の子が言った言葉がそれで解る。私たちの時間とこれは違う。別の時間が流れている。さっきウサギが見ていた懐中時計も、こんなに早く針が回っていたのだろうか。

背中が木の葉に当たった。次は腰、次は脇腹、何度も当たる。あっ、これは枝だと思う。枝に何度も何度も当たって、とうとうキャロルは、どすんとどこかに落ちた。それは穴の底にある、厚く積もった草の上だった。

立ち上がって草からおりると、周囲は遥かな高みまでそそり立つ断崖絶壁だった。ああ、ここは穴の底だ、とキャロルは知った。褐色の岩肌が、はるかな頭上までそそり立っている。ずっとずっと頭上、ようやく視線が届くかというくらいの高みに、繁っている木々の葉が望めた。

崖の中途にも、わずかに緑。垂直な崖に、張り付くようにして生えている背の低い木々、その足もとに生えている草。細長いテーブルのように、ごく狭い平らな場所があるのだ。そこに、懸命に張り付くようにして、植物が生きている。

緑は、キャロルの立つ地面にもあった。足もとはかなりの面積を持つ、平らな広場だったのだけれど、背の低い草が広場一面を埋めているのだ。ぎっしりと、すきまなく地面を埋めて繋っていて、だから勢いよく裸足で歩き廻っても、足の裏がちっとも痛くない。そんな地面に、キャロルは独り、ぽつねんと立っていた。

「キャロル、あなた、とってもきれいな体をしているのね」

と女の人の声が聞こえた。驚いて上空を見上げた。声は、空から降って来たように思えたからだ。けれど声の主の姿はどこにも見えず、だからキャロルは、視線をぐるぐると廻しながら、崖のあちこちも探してみた。けれど、声の主の姿はどこにもない。

キャロルは視線をすっかりおろし、自分の体を見た。

やはり裸だった。相変わらず彼女は、人間たちが普段しているように、布を身にまとってはいなかった。何ひとつ身につけてはおらず、無防備のままだったけれど、世界にはもう雨も降ってはおらず、風も吹いてはいず、柔らかな陽射しがあたり一面に射して、だから少しも寒くはなくて、もう体は震えていなかった。

「そんなにきれいな体をしているのなら、あなたは服を着る必要なんて、ちっともないわね」

女の声が、また言った。そうなのだろうか、これでいいのかな、とキャロルは心の中で思った。

「こんな日には、壁に収まった化石たちも、あなたみたいに陽射しを、そして風を浴びるべきね」

すると岩の壁に、ぱらぱらと小石が剝がれて落ちはじめる場所があった。そして大きな変わった魚が、岩肌から空中に泳ぎ出してきた。魚が出て行った場所には、大きな穴が開いた。そうして魚は、しばらく空中を遊泳していたが、たちまちにょきにょきと手足を生やし、それを伸ばして足で、地面に立った。

「シーラカンスだよ」

と変わったかたちの、幾分かグロテスクな印象の魚は、自己紹介をするように言った。顔が緑色だった。

「知っているかい？　ぼくの名前」

彼は、キャロルに尋ねた。

「知らないわ、ごめんなさい」

と言ってキャロルは、謝った。

「いいんだ」

とシーラカンスは陽気に言った。

「ちっともかまわない。だって君はまだ、人間になって間がないんだろう？　学校で教わってないだろうからね」

「ええ」

キャロルは言った。

「学校、まだ行っていないわ。行かなければいけないのかな」

シーラカンスは踊りはじめていたのだが、つと足を停め、動きを停止させてから、キャロルの方に向いた。

「行かなければいけないかって？」

「うん。だって私は、この世界のこと、なんにも知らないんだもの」

「きっと君はこう考えているんだろう？　学校に行かなければ遅れてしまう。無教養な人間としてこの世界を生きていかなくてはならないから、みんなに馬鹿にされて、素敵な男性にも相手にされないって」

キャロルは黙っていたが、実はすっかりその通りのことを考えていた。どうして解るのだろうと思った。

「行かなくてもいいさ、学校なんて、くだらない！」

シーラカンスは声を荒くして、断言した。

「だって人間たちなんて、みんなみんな、なんにも知らないんだよ。間違いばかり憶えて、世界を知ったつもりでいるんだ」

「そうなの？」

「そうさ。進化論って知っているかい？　……知るわけはないよね」

キャロルは首を左右に振っていた。

「人間はね、猿から少しずつ進化して、背が高くなり、賢くなって、人間になったんだって、そう信じている。学校でそう教えられているから。それを覚えて、テストでいい点取って、偉くなったつもりでいるんだ」

「ふうん」

「恐竜もね、こんなちっちゃいトカゲから次第に大きくなって、山みたいに巨大になって、それから、空を飛びたいってみんなで毎日毎日考えて、体に色とりどりの羽を生やして、両手を翼に変えて、最初は翼を広げて高い木から飛んで、ただ滑空していたんだけど、やがて羽ばたくことを憶えて、自分で空高く飛び上がれるようになったんだって。くだらないね。さあみんな、出てきていいよ！」

手足を生やしたシーラカンスが大声で言うと、あちこちで岩の表面がちょっとずつ崩れはじめ、何かの生き物が岩の中から出てこようとして、もがいているのが見えた。それでキャロルがしっかりと岩肌を見てみたら、岩肌の表面にはたくさんの、そしてさまざまな種類の生き物のかたちが、浮かんでいたのだった。

「これは化石っていうんだ」

シーラカンスは、やや得意そうに言った。

「そしてここは化石の谷（フォッシル・ヴァレー）。みんな、すごく苦しそうな姿勢をしているだろう？」

シーラカンスは、岩を指さしながら説明する。

「これは始祖鳥だよ、鳥なんだ。世界で一番最初に生まれた鳥なんだって、人間たちはそう信じてる。それも、恐竜から進化したんだってさ。そして、これがさらにまた少しずつ進化して、いろいろな種類の鳥になったんだって、そんなおかしなこと、学校で教わって信じているんだ」

「私も、鳥だったんだよ」

キャロルは言った。

「それがね、鏡を抜けて人間になったの」

「ああそうかい、それは大変だったね。鳥になる前の恐竜はね、みんなみんな、ぼくらと同じ海の中にいた魚の仲間だったんだって。それがね、一部が肺を得て、水から陸に上がって、最初は両棲類、続いて爬虫類に進化したんだってさ。そして鳥になった。あり得ると思うかい？　そんなこと」

キャロルは解らなかった。

「ほら、この化石を見て。君の仲間の始祖鳥は、こんなに窮屈な格好をしている。首をうしろに折り曲げて、翼を不自然に広げて、翼の骨が折れているんだよ」

「まあ、可哀想！」

「人間はね、生き物は、死んだらみんな自然に化石になるって思っている」

「それも、学校で教えられるからね!?」

キャロルは大声を出した。

「そうさ！」

シーラカンスは驚いて言う。

「君は賢いね。学んだんだね。その通り、学校で教えることは嘘っぱちさ。生き物は、死んでも自然に化石になんて、絶対にならないんだ。魚も、鯨も、死んで海の底に横たわったら、別の魚や、微生物が肉を食べてしまう。白い骨だけになっても、骨を食べる生き物が別にちゃんといるんだ。だから死骸は全然残らない。すっかり消えてしまう。化石になんて、絶対にならないんだ」

「じゃどうして？」

岩壁からぴょんと飛びおりてきた、キャロルくらいの大きさをした恐竜があとを引き取って言う。背中にたくさんのとげが生えて、その間に薄い半透明な膜が張り、これが東洋の扇のようなかたちをしていた。

「これらの化石は、みんなみんな天変地異で、不慮の災害死をした生き物たちなんだ。土砂や石ころに押しつぶされてね、突然の死。だからみんな、こんなに苦しそうな格好をしているんだよ」

「そうなの？」

キャロルは驚いて訊き返した。

「うんそうだよ。そしてすべての生き物は、決して進化なんてしない。多少の変化をするだけさ」

シーラカンスが横から言った。

「だってぼくらシーラカンスは、四億年昔の地層から化石になって出てくる連中も、今深い海で生きているぼくらも、すっかり同じなんだもの。全然進化なんてしていないよ」

「そうなの？」

キャロルは少し驚いて尋ねた。

「そうだよ。実は世界中で生きている色とりどりの鳥たちも、同じなんだ。生まれた時から今の姿をしていて、未来永劫変わることはない。だって今が最高に美しい景色なんだから。変える必要なんてないよ。神がこんな美しい調和の風景を創ったんだ」

「ふうん」

聞いて、キャロルは納得した。白鳥だった時、湖の上で、自分も何度かそう思った覚えがある。なんてきれいな景色だろうと。

シーラカンスは言う。

「人間がね、勝手に、進化論なんて小説を思いついただけなんだ。自分が世界で一番賢いってうぬぼれてね。そんなの嘘っぱちなんだ。世界中にあふれている無数の動物たち、みんなみんな、最初から今のかたちに生まれているんだよ。そしてそのまま、全然進化なんてしないで、同じかたちのままで何億年も生きてきているんだ。だって今が完成形なんだもの。君もそう思うでしょ？」

「ええ」

キャロルは言った。

「そして世界に適応できなくなれば、進化なんてしないで、ただ死に絶えるだけさ」

「その通り、ぼくもこのままで変化なんてしない。するつもりもない。ぼくらはぼくらのままなんだ。生きられなくなったら滅ぶだけさ」

背中に扇をつけた恐竜が同意して言った。

「大きい恐竜も、小さいトカゲみたいな恐竜も、ぼくらみたいな中くらいのものも、みんなみんなずっとこのままの姿で、進化なんてしないんだよ」

「みんな、神様が創ったの？」

キャロルは訊いた。

「ああ、きっとそうだよ」

中型の恐竜は言った。

「空を飛ぶ鳥、大きいのも、すごく小さいのも、目が覚めるくらい色鮮やかで色とりどり、赤いの、青いの、黄色いの……」

「みんなで、この世界の美の風景を作っているね」

シーラカンスが続けて言う。キャロルはうなずく。自分も白鳥だった時、この世界に美しさで貢献していると、ひそかに自負していた。

「地上を走り廻る獣、大きなものも、ごく小さなものも、強いものも、弱いものも、きれいなもの、そうでもないもの、水の中にいる魚、大きなもの、小さなもの、水中に獣の仲間もいるね、その連中も、みんなみんな、造物主が創り出して、この地上にバランスを考えながら配置して、ずっとそのまなんだよ。決して変わってなんていないんだ。だってここは、神の園なんだもの」

恐竜も、うなずいてから言う。

「進化なんてしない。多少変化するくらいだ。だって、今のままですごくきれいなんだもの。完璧で、眺めていればうっとりするよ。これは芸術だよ、絵画だよ、完璧なバランスでできている、改良の必要なんてない。だから、全然変える理由はない」

いつの間にか始祖鳥も、岩から這い出て立っていた。そして見る間に長い手足が伸び、踊りはじめた。

すると次々に、さまざまな生き物たちが岩肌から這い出てきて、踊りに加わった。その数がどんどん増えて、広場を埋めるほどになった。みなが、ぐるぐる廻りながら踊りはじめた。キャロルは、じっと立ち尽くしたまま、それを見つめていた。その様子は、確かに色とりどりで、絵のように美しかった。

4

ふと目が開いた。ああ、おかしな夢を見ていたと思った。長い長い、今まで見たこともないような、変わった、込み入った、でもすこぶるリアルな夢だった。

キャロルは右の翼を伸ばして、体の脇にある水面を確かめようとした。けれど水の冷たさも、強く弾いたら水滴になって跳ねる特有の感触も、ちっとも戻ってこなかった。代わりにさらさらとした、乾いた布の手触りがあり、強く翼を動かすと、鋭い摩擦音が戻った。

え、と思った途端、どっと思い出したことがあって、恐怖で飛び起きた。上体を起こすと乳房が揺れる感覚があり、裸のお尻が布の上に乗っている気配を感じた。

真っ暗ではなかった。青い色に支配された暗い空間がある。ここは？　と思い、右の翼を顔の前で広げて見ようとした。羽毛のような柔らかい掛け物の下になっていたから、急いで抜き出した。すると、五本の細い指の付いた、人間の手が鼻先にある。自分は人間になっている、と思った。一番信じられない、夢以上に夢かと思う現実は、そのまま続いている。これは夢ではなかった。

「起きた？」

と甲高い、それでいて柔らかい思いやりに充ちた、人間の娘の声がした。声の方を見ると、窓辺の長椅子の上で、むっくりと起き上がる細い影がある。昨夜自分を助けてくれた人だ。そして自分は今、彼女の家にいる。信じがたいことを、今すっかり思い出す。

「もう夜明けよ」

「夜明け？」

「うん、よく眠っていたわね。どう体は、何も異常はない？」

彼女は二本の足をゆっくりと掛け物の外に出し、膝を揃えている。キャロルは知らず、こめかみを押さえた。

「少し、ここが痛い……」

「頭痛ね、裸で長いこと雨に打たれたから、風邪をひいたかもしれないわね。待って、今薬探してくる」

娘は気軽な調子で立ち上がり、部屋を横切り、ドアを開けて、廊下に出ていったが、まもなくお湯の入ったカップを持って戻ってきた。お湯であることは、少し湯気が出ているから解る。そしてまず窓辺に歩み寄り、小さな黄色いランプを点灯した。ほんの小さな明かりだったが、目が闇に馴れていたから、それで清潔そうな部屋の中がすっかり見渡せた。

「雨、まだ降ってる」

彼女は表を見て言い、それから体を回して、キャロルの寝床の方に寄ってきた。

「このお湯で、このお薬呑んで。すぐによくなるわよ」

カップと、白くて丸い、小さな玉を渡された。キャロルは自分のものになって間もない手のひらでそれを受けた。

キャロルはまずお湯を飲んでみた。温かくてそれだけですっかり心地がよくなった。

「ああ、気持ちがよくなった」

そう言うと、

「では次はそのお薬。呑んで。よくきくのよ」

彼女は言う。キャロルは怖くて少し迷ったが、これほどの親切を無にはできないから、丸薬を思い切ってお湯で呑み下した。

「はい、それでいいわ。熱はないかな」

言って娘はキャロルの額に手を伸ばして触れた。

「微熱ね、横になって」

言って、彼女はキャロルの体を押して、寝床に倒した。そして柔らかい掛け物を体にかけてくれた。それはとても心地がよくて、人間たちはこうやって眠っているのかと知った。それはとても気持ちがよい感触で、白鳥だった頃に人間の家を見て、空想していた通りだった。

「あなたお名前は？」

娘は訊いてきた。

「キャロル」

とキャロルは即座に答えた。その名前がすぐに脳裏にやってきたから、迷わずに口にしたのだ。

「私はエルザ」

娘は言った。

「ねえ、訊いていい？　どうして裸でいたの？」

エルザはさらに訊いてきて、キャロルは黙った。その問いにだけは、答えようがなかったからだ。言っても、とても信じてはもらえないだろうし、頭のおかしな子と思われるのは面倒だと思った。上手な嘘を、とも考えるのだが、頭の調子がよくなくて、とてもすぐには思いつけない。

「乱暴されたの？」

と訊かれるから、首を左右に振った。

「どうして私の家に？」

エルザは、今度は答えられる質問をしてきた。けれどこれも、話せば先で、内容の辻褄が合わなくなるだろう。

「笛の音を聴いて、惹かれて……」

「私のフルート？」

エルザは訊き、キャロルはこくりとうなずいた。

「吹いているのが私だって……？」

「湖のほとりで、以前にあなたが吹いていたの聴いていたから」

キャロルは言った。このことは告げたいと思っていたからだ。

「え？　あれを聴いていたの？」

言われてキャロルはうなずく。そして、

「すごく好きだったから」

と言った。これらはすべて本当のことだ。

「どこで聴いていたのかしら。いつも誰もいないの、確かめてから吹いてるのに」

つぶやくようにエルザは言った。

「ねぇ、どこで？」

娘は訊き、答えないわけにはいかなく思えたので、

「湖の上で」

と正直に言った。

すると娘は途端に目を丸くし、その表情はとても魅力的だった。その顔つきがみるみる崩れて、彼女は噴き出した。続いて笑い転げた。笑うと、彼女の頬に、深いえくぼが浮く。そして白い歯並び。

「湖の上には、白鳥しかいなかったわよ」

笑いで言葉を濁しながら、彼女はようやくのようにそう言った。どう応じてよいか解らなかったから、キャロルもつられて微笑みながら、黙っていた。その白鳥が私だったのよと喉まで出かかったが、言えなかった。

「もう寝ましょう」

と彼女は言い、下の紐を引いて、小さな明かりを消した。すると、部屋の中が前のような青一色になった。けれどさっきより明るい。さっきよりも夜が明けている。部屋の様子を見るのに、もうランプの光も要らないほどだった。人間になってはじめて見る夜明けだと思う。

「トイレは大丈夫？」

エルザは訊いてきた。

「うん」

とキャロルは答えた。

「安心して眠って。今この家、私一人だから」

長椅子に横になりながら、エルザは告げた。

「そこ、つらくない？」

キャロルは訊いた。自分はこんな居心地のよい寝床にいて、申し訳なくてたまらなかったからだ。

「替わりましょうか」

「いいのよ、気にしないで。あなたは微熱。私はここが好きで、一人の時も、よくこのソファで眠るのよ」

エルザは答えた。

キャロルは申し訳なくてたまらず、エルザのさっきの質問に答えたいと思った。だから、こんなふうに言った。

「私、服を持っていなくて……」

「明日、探しましょう。体つきも同じくらいだから、きっと私のが合うわよ」

と言った。

なんだか余計に申し訳ない気分になってしまい、

「ありがとう、ごめんなさい」

とキャロルは謝った。


その朝少し遅めに、キャロルは目が開いた。エルザが部屋のドアを開ける音を聞いたからだ。

「起こしちゃった？　ごめんなさい」

彼女は言う。

「調子はどう？」

「もういいよ、大丈夫」

キャロルは答えた。

「そう？」

言いながら彼女はキャロルに寄ってきて、額に手を置いた。

「本当だ、もう熱はないわね」

と言った。

「あなた、とても強いのね。起きられる？　洋服探しましょう」

「本当？」

言って、キャロルは掛け物を撥ね除けて上体を起こし、右足を先に床におろした。

「ウワォ！」

エルザが驚いて声をあげた。

「あなた大胆なのね！　とても素敵よ、でも、そんなことしちゃ駄目」

「どうして？」

「女の子はね、他人に体を見せちゃいけないのよ」

「どうして？」

「あなた、旧約聖書から抜けてきた人みたいね。恥ずかしくないの？」

キャロルは黙った。質問の意味が解らなかったからだ。

「特に男の人の前では、そんなことしちゃ駄目よ」

キャロルは黙ったままでいた。

「どうしてって訊く？　うーん、そうね？　赤ちゃんができちゃう、だから。ま、いいわ、恥ずかしくないなら。ああそうよね、恥ずかしがる理由なんてないわ。あなたはとても綺麗な体をしているから。ミケランジェロの絵みたいよね、確かに隠す必要なんてちっともないかも。そんなの、つまらない人間の知恵よね。こちらにきて。ついてきて。暖房してるから、寒くないわよ」

廊下を歩いて、狭くて細長い部屋にエルザは入ったので、裸のキャロルもついて入った。

「はい、下着。私のお古で悪いけど、あげるわ。これがブラジャー、大きさは合うと思う」

渡されてキャロルがまごまごしているので、

「着け方解らないの？　こうするの」

エルザが背後に廻り、ホックをとめてくれた。

「そして、これ穿いて。よく洗ってあるから清潔よ」

ショーツも穿いた。

「どうキャロル、着け心地は」

キャロルは二、三歩歩いてみてから言う。

「窮屈。脱ぎたい」

「おう駄目よ、脱いじゃ！　次はブラウス。そしてスカートね」

いろいろ見せられると、キャロルはどうしても白いものを選びたがった。白鳥時代の記憶が抜けない、白が気分が落ち着くのだ。

「あなた、これからどうするの。何か予定はあるの？」

と訊かれるので、キャロルはうなずく。そして、

「スカボロゥに行きたい」

と言った。

「スカボロゥへ？　どうして」

とさらに訊かれるから、春のお祭りがあって、とだけ答えた。

「スカボロゥへ？　何をしに？　スカボロゥはここからずっと南。遠いわよ、長い旅になる、女の子一人で、危険よ、勧められないわね。どうしてスカボロゥ？　知り合いがいるの？　ご両親とか」

「神様に行けと言われた」

キャロルは仕方なく言った。

「神様に？　はあ……、では仕方ないわね」

エルザは言う。

「あなた、本当に変わってるわ」

「はい」

素直に答えると、エルザは笑った。

「でもそれなら、白は勧められないわ。お洒落（しゃれ）だけど、汚れが目立つ。表はまだ肌寒いし、こっちの茶色や、グレーにしておく方がいい。あなたにはかえってお洒落よ、シックで。ではとりあえずこれを着て。朝食にしましょう、作っておいた。こっちに来て」

エルザは言う。

朝食を食べながら、エルザはいろいろと尋ねてきた。

「旅をするなら、旅籠(はたご)に泊まらなくっちゃ。だって夜、表では眠れないでしょう?」

そうだろうか、とキャロルは考えていた。

「そのためにはお金が要る。あなた、もちろん持ってはいないわよね。少しあげましょう、でも私もそんなにお金持ちじゃないから……。困ったわね、どうするつもり?」

キャロルは黙った。

「……と訊いても、無理よね。いいわ、私が途中までついて行ってあげる。私はエジンバラまで行くから、親の家があるのよ。途中まで一緒に行きましょう、スカボロゥなら通り道のはず。旅のやり方について、いろいろと教えてあげるわ」

エルザは言う。

「ありがとう」

とキャロルは言った。

5

朝食を終わり、二人でお茶を飲みながら三十分ばかり休んで、それから二人で家を出た。エルザは今朝エジンバラに向かって発つつもりでいたから、小さめのトランクに、もう荷物は作り終えていた。それを持ちましょうかとキャロルが問うと、

「いいのよ」

とエルザは言い、

「あなたはこれを持って」

と言って、パッチワーク作りの布の袋を差し出した。そして古い下着や着替えを手当たり次第に入れてくれ、

「はい、あげる、下着類。飽きたら捨ててね」

と言った。

「それからこれ、帽子。外は陽射しがある。これをかぶっている方がいい。日焼けしたら大変」

言って、自分も似たような小さな帽子をかぶって、顔の両端に下がったリボンを顎で結んだ。

「あなたもこうして」

というから、キャロルも同じようにした。

家を出て、ところどころに花が咲いている気持ちのよい小道を二人で抜けて歩いていくと、街道に出た。そうしたら、確かに陽射しが頬に当たった。

人間の肌は剝きだしだから、こんなふうにいろいろなものを身に着けて、覆わなければいけないのだと知った。

「エジンバラまで駅馬車があるのよ。でもここからの馬車は、途中のクイーンズフェリーまでしか行かないから、乗り換えるの」

エルザは言う。

「駅馬車の溜まりまでは、ちょっと遠いのよ。大丈夫？　歩ける？」

「うん」

とキャロルは即座に答えたが、エルザは心配そうに言う。

「少しふらつくみたいね、熱はない？」

言ってまた、帽子の下の額に手を当ててくる。

「ないわね」

彼女は言う。でもキャロルには解っている。これは熱のせいではなく、人間式の歩行にまだ馴れていないせいなのだ。

しばらく歩いた頃、背後から一頭立ての馬車が近づいてくるひづめの音がした。

「ヘーイ、エルザ」

と気安く名を呼ぶ男の声がした。そして二人の横で、馬車は停止した。

「おはよう！　どこに行くんだい？　そっちの綺麗なお嬢さんもおはよう！」

彼は帽子を取ってお辞儀をしてきた。黒い清潔そうな上着を着ているが、下は真っ赤な、派手なズボンを穿いていた。

「帰るのよ、エジンバラに」

エルザは笑って答えている。親しいらしい。

「親戚の人かい？　なんだか顔つきも似ているね」

彼は言った。

「違うわ、お友達のキャロルよ」

エルザは言って紹介し、ご近所のお屋敷の馭者さんよ、とキャロルにも告げた。キャロルはちょっと頭を下げ、

「おはようございます」

と言った。彼の真似をして帽子を取ろうとしたら、エルザに制された。

「いいのよ、レディはそのままで」

エルザは言った。

「おお、なんて礼儀正しいお嬢さんなんだ、きっとお育ちがいいんだね」

　駆者は言った。

「でもあっしなんかに、そんな丁寧な口きかなくてもいいんだよ。バーンハートさんのお宅の、ただの使用人だ。乗っていかないかい？　お二方。クイーンズフェリーまでなら行けるぜ。うちの旦那さま、今日と明日休暇をくださったんだ、なんて親切なお方なんだろうね、ありがたいこった」

　彼は大声で話す。

「やったわキャロル、乗せてもらいましょう！」

　エルザは飛び上がって喜んでいる。

「さあ乗った乗った！」

　言って彼はうしろを向き、後方のドアを開けてくれた。

「キャロルはスカボロゥまで行くのよ。スカボロゥまで送ってあげて」

　乗り込みながら、エルザは言う。

「やあ、そいつは無理だ。スカボロゥは遠い、一頭立てのこいつだけじゃ無理だよ」

　駆者は言った。

「さあ出発だ、お嬢さん方、つかまって！」

　馬車は走り出した。

「あっしの名前はカールだ、お嬢さん」

　馬を操りながら、駆者はキャロルに言う。

「キャロルさん、スカボロゥまで行きなさるんかい？」

「はい」

　キャロルは答えた。

「スカボロゥまで何をしに？」

また問われてしまい、キャロルは黙ってしまう。それは説明がむずかしいのだ。

「スカボロゥのお祭りを観にいくのよ、キャロルは」

かわってエルザが答えた。

「お祭りだって？　一人で？　誰か知り合いが、スカボロゥにいるのかい？」

「いないみたいよ」

「そいつはよくないお嬢さん、あんたみたいな若い子が、危険だ。悪いこた言わない、一人旅はおやめなさい」

カールは言った。

「街道には、ロクでもない男がごろごろしている」

「では誰か、安心で頼れる人、紹介してあげて」

「スカボロゥまで同行できる人かい？　すまないが、そういうのはいねぇなあ、知り合いには」

彼は言う。

「あら残念」

エルザは言った。

それからカールは、スカボロゥについて、自分が知っている限りのことを次々に口にした。少しでもキャロルの役に立てばと思っているらしかった。

それが一段落すると、このあたりの景色のよい場所、おいしいレストラン、お土産として聞こえた名産品とか、うまい葡萄酒の銘柄についてなどを口にした。そしてこのあたりでできるスコッチがいかにうまいかをとうとうと述べた。黙って聞いていたが、全然興味がないことだったので、キャロルは何も反応できなかった。エルザも同様のようだった。

カールはしゃべり疲れたか、それとも話題が尽きたらしく、沈黙した。けれど彼はどうやらだんまりが苦手な男らしくて、今度は大声で歌を歌いはじめた。土地に伝わる古い民謡らしかった。いつも一人で馬車を走らせる時は、こんなふうに彼は歌を歌っているらしい。うしろに人がいれば、大声で会話をするのだ。

毎日歌っていると見え、髪を風になびかせながらのカールの声はなかなかの美声だった。聞いていると、歌詞が、どこか耳に覚えがあるのだった。白鳥だった時代、飛来したどこかの街で聞いたのか、それとも湖畔にピクニックに来た人たちが歌っていたのを聞いたか、したのだろう。

何度も何度も繰り返して歌うので、キャロルは憶えてしまった。それで小さく一緒に歌っていたら、お嬢さん上手だね、いい声だ、もっと大きな声でとカールがうながすから、ちょっと本気になって一緒に歌った。歌ってみたらなんだかとても簡単で、聞かせどころではハーモニーにして響かせることさえできるのだった。

自分も控えめに参加していたエルザだったが、終わると拍手をして、キャロルをほめたたえた。

「あなた、とても上手ね、才能があるわ」

と、手を握ってきて言った。

「あんた、森の妖精かなんかかい？　天性の美声を持っているんだな。それで名前がキャロル（歌の意）なんだな」

それでカールは楽しくなったか、自分が知っている限りの歌を次々に歌って聞かせてくれた。それをしばらく聞くだけで、キャロルはすべての歌に合わせることができるのだった。自分でも知らなかった自らの能力を、キャロルはそれで知った。

そんなふうにしてすごすクイーンズフェリーまでの道行は、キャロルには楽しかった。お昼になると、カールは馬車を流れのそばに止めて土手の草原におり、二人を呼んだ。ここは彼のお気に入りの場所らしかった。

昨夜の雨が嘘のように上がって、空はところどころに雲を浮かべて晴れ渡り、鮮やかな色の青空が広がっている。風が渡ってくるが、少しも寒くなくて、気持ちのよい日だった。空を見上げながらキャロルは、あの空を仲間たちと翼を並べて飛んだ日のことを思い出していた。もう今の自分には翼はない。あんなふうにまた飛べる日が、戻ってくるだろうか。懐かしくはあるが、つらさはない。今は人間の日々を楽しみたいと思った。

「どうしたんだいお嬢さん、そんなに一生懸命空を見上げて」

カールは言った。見ると彼は、もう草の土手に腰をおろしている。

「ううん、別に。きれいな空だなって思って」

キャロルは答えた。

「ここはお気に入りの場所なんだ、流れがきれいで、あたりには一面に花が咲いているだろう?」

「本当ね」

キャロルは、空からの眺めも美しいが、地上にいたら、香りを嗅ぎ、花を身近に見つめて、もっといろいろ体験できるのだなと知った。

「お嬢さん方に、ここを見せたかったんだ」

カールは言う。

「ランチにしましょう。サンドウィッチ作ってきたのよ」

大声で言いながら、エルザが土手を下ってきた。

「あっしにはこれがあるんだ」

カールは上着の横のポケットから紙包みを出して広げ、蒸したジャガイモを取り出して見せた。

「あらいいわね、でもこっちのもひとつ食べて。たくさん作ってきたのよ」

とエルザは言った。

「ありがとう、あとでよばれるよ」

カールは言って、ジャガイモの皮をむいている。

「粗末なランチでも、こんなきれいなお嬢さん方と一緒なら、ジャガイモもキャビアさ」

彼は言った。

「お上手ね」

言いながら、エルザはサンドウィッチをひとつ、キャロルに手渡してきた。

「ありがとう」

キャロルは言った。

食事の間中、花の香りと背後の植物の匂い、にぎやかな鳥のさえずりが聞こえて、ああこれが人間の生活ってものなのね、とキャロルは思い、感動した。たまに強い風が吹いてきて、キャロルは帽子を押さえた。リボンが付いているから、飛ぶ心配はちっともなかったのだが。故郷の湖に残してきたボーイフレンドのことをキャロルは思い出した。が、会いたいとは感じなかった。しばらくはこんなふうに、日々をすごしていきたいと思った。

でもあと少ししたら、エルザとはお別れになる。せっかく友達になったのに。明日か、明後日か、それはまだ解らないが、そうなればキャロルは独りだ。独りぼっちになった時のことを考えたら、激しい不安が襲う。誰も助けてくれる人がいない毎日。悪い人に出会うのだろうか。

けれど、スカボロゥを見たいと思う。それまでは独りでも頑張りたいと思うのだ。理想の男性と出逢える、その言葉がしっかりと脳裏にあって、忘れることができない。あの言葉がなければ、こんな危険を冒してまで頑張る気には、到底なれないだろう。

人間世界の楽しいランチを終えて、またカールの馬車に乗り、クイーンズフェリーを目指した。途中景色のよい場所にかかると、馬車を停めており、景色を楽しんだ。滝があったし、花でいっぱいの森もあった。そういうところには、鳥もたくさんいる。食べられる野生の果物がなっている場所もあり、そういう場所は甘い匂いに充ちて、楽園そのものだった。カールはそういう場所を実によく知っていて、二人に教えてくれた。地上の喜びを知って、キャロルはその都度深く感動した。空から見おろしながら、地べたにへばりついて、虫みたいに這いずる暮らしは嫌だと仲間たちと話したものだが、あの時には想像できなかった喜びが地上にはある。

クイーンズフェリーの街に入ったのは、もう日暮れ時が近かった。集落の石造りの家々にはもう電気灯が黄色くともり始めている。電気灯は、まだ一般には普及していない。お金持ちだけが買えるのだ。そんなことをさっきエルザとカールが話していた。しかしこの街の家々の窓には、電気灯らしい明かりがたくさんある。豊かな人々が暮らしているのだろう。

エルザとカールが知っている旅籠に向かった。旅籠の裏庭に馬車を止めて、馬にかいばや塩水をやる作業を、二人は手伝った。それから表に廻り、エルザとキャロルは二人でひとつの部屋を、カールは使用人用の狭い部屋を取った。ささやかな荷物と帽子を置いて表に出、商店が並ぶ道をしばらく歩いたら、にぎやかな音楽が聞こえてきた。石敷きの広場に赤々とかがり火が燃えていて、大勢の男女が音楽に合わせてフォークダンスを踊っていた。珍しくて、キャロルは立ちどまって眺めた。

「面白い？」

エルザが訊いてくるから、

「素敵ね」

キャロルは答えた。見るものすべてが珍しいのだが、台の上で楽器を奏でる男たちとか、踊りながらくるくる回り、大きく広がる娘たちのスカートが華やかで、目を引くのだ。

「私たちも踊りましょう！」

エルザが言って手を引くので、キャロルもその輪に加わった。すると遠くで見ていた若い男が駈け寄ってきて、キャロルの手を取り、相手をしてくれた。エルザにも若者が現れた。けれどカールは入れず、隣の輪に行くようにとみなに言われている。残念そうに両手を広げ、彼は隣の輪に移っていった。

「どうしてなの？」

とキャロルがエルザに尋ねた。

「女の子、いたのに」

実際カールは、遠くに立っていた女の子を誘って、隣の輪に入っていく。

「この輪は、十人しか駄目なの」

とエルザが教えてくれた。

「参加する人の数が増えて、十人になったらそれでおしまい。十一人目からは別の輪を探すの」

「どうして？」

とキャロルが訊くと、

「十はとても大事な数字だから。数は、十ずつで一つの単位になっていて、十に達したら、位がひとつ上がるの。人数も、日数も、私たちの世界の仕組みは、みんなそんなふうに定められているのよ」

エルザは言い、ふうん、とキャロルは言った。

「一ヵ月は十日。十ヵ月で一年。十年で年号が変わるの。そして年号十個で、世紀が変わるの」

「そうなの」

「これは絶対に守らなくてはいけないことなのよ。この世界の、とても大切な決まりごとなの」

「ふうん、そうなんだ」

よく解らないまま、キャロルはうなずいた。

「街もそう。街が十個でひとつの地方、地方が十個でひとつの県、県が十集まれば、ひとつの国なの」

「ふうん」

「これは十進法っていうのよ。これを守らないと、厳しく罰せられるの。よく憶えておいてねキャロル、とても大切なことだから。この世界のすべては、この法則で進行しているのよ。あらゆるものが、十ずつの単位で束ねられているの」

「そう」

キャロルは答えた。よく憶えておかなくっちゃ、と思った。

「お嬢さん、見ない顔だね」

一曲踊るたび、相手の男性が隣にずれて替わっていくのだが、今隣から移ってきた若者が、そう言って、キャロルに話しかけてきた。

「うん」

キャロルは答えた。

「この街の子じゃないね」

「違うよ」

「とても上手だね、フォークダンス、よく踊っているのかい？」

彼は尋ねてきた。

「今夜がはじめて」

キャロルが言うと、彼はびっくりした。

「はじめてだって？」

「うん、この曲聞いたのも今がはじめて」

「それでこんなに踊れるのかい？　ステップがとても上手だ。君は天性の踊り手なんだね？」

「本当に？」

キャロルはびっくりしたが、とても嬉しかった。

踊っているのは楽しかった。キャロルから見ると、確かにみんなの動きは平凡なのだった。決まったステップを繰り返すばかりで、誰一人、動きを工夫しようとしない。男性の手を離してくるりと回転する時、みんなはゆるゆると一回転するばかりだが、キャロルはくるりくるりと、二回転ができるのだった。体がそんな動きを欲している感覚があったので、キャロルはそのタイミングが来たらためしにやってみた。

すると、みんなが目を丸くするのだった。

「ウワォ、すごいのねキャロル！」

隣で踊っているエルザが言い、男性たち何人かが拍手をしてくれた。キャロルはちょっと得意になった。男性たちは、そのタイミングが来ると、もう一度、もう一度と声を合わせて促してきたから、くるりくるりと、また二回転してみせた。すると今度は歓声が上がり、前の時より大きな拍手が来た。

「すごいね君！」

キャロルのお相手になった若者が目の前で、叫ぶように言ってくれた。白い歯を見せ、笑っているその目には、あきらかにキャロルに対する尊敬の気持ちが浮いていた。

「体がぴたりと安定しているよ！」

キャロルは嬉しかったが、なんだか不思議な気分がした。何故ならそんなこと、キャロルにはいとも簡単なことだったからだ。ほかの女の子たち、どうしてやらないのだろうと思った。必要なら、三回転だってできる。でもみんな何故なのか、ゆるゆると平凡に動いてステップし、ゆっくりと一回だけ回って、それで満足しているのだった。

踊り終わると、目の前になっていた若者が、

「君はぼくらと全然違っているね」

と感想を言った。

「生まれつきなのかな、きっとそうなんだろうな、天性の踊り手だ、動きがとても美しい。ぼくらのダンスはただの余興、村祭りのお遊びだけれど、君はプロフェッショナルだ。これで身を立てるべきだ」

キャロルは微笑み、首をかしげた。そうなのかな、と思ったのだ。自分ではよく解らない。でも、もっと動ける、もっと動きなさいと、誰かに命じられる心地がするのだ。

ひとつの輪で踊っていた十人が、全員楽団の前の大テーブルに連れていかれた。テーブルの周りに立っていたら、白いひげを生やしたおじさんが、大きなパイを持ってきて、テーブルにパタンと置いていった。

年長の女性が、置かれていたナイフを取り上げて、じゃあこれで、各自少しずつ切って、みんなで食べましょうと言った。率先してナイフをあてがって切りかけたら、やはり年長の男性が、ちょっと待って、と声をかけて彼女の手を停めた。

女性が不審そうに彼を見て、何？　と訊いた。彼は言う。

「それじゃ不公平がおきるぜ。十人分を均等に分ける方がいいよ、そのナイフで十等分、そうして食べるんだ」

「ああそうだな、それなら公平でいい」

別の男性が言う。

「それが理想ね」

最初に発言した女性が、あとを引き取って言った。

「でも誰かできる？」

みんなを見渡して問う。

「このパイ、十等分に」

言われて、みんな黙ってしまった。十等分なんて、誰にもできないことだからだ。とてもむずかしいのだ。

エルザが目の前のパイを見つめながら、考え考え言う。

「こんなふうに真ん中をまっすぐ縦に切って、そうしたらふたつになるわね。次はその真ん中を左から右に向けてまっすぐ切って、そうしたら……」

「四つね」

年長の女性が言う。続けてエルザが、

「その真ん中をそれぞれ切ったら……」

「八つよ。私たちは十人、足りないわね」

年長の女性は言う。

「その真ん中をまた切ったらどうかな……」

「そうしたら十六、今度は多すぎる」

「ああそうか……」

エルザは言って天を仰ぎ、あきらめた。

「駄目ね」

「十等分って、絶対に無理なのよ。どう頑張っても。だから、少しずつ切りましょう」

「待って」

自分の右手を目の前に掲げ、じっと見つめていたキャロルが言った。

右手を見つめると、白鳥時代の白い翼が見えるのだ。白鳥時代、キャロルはよく仲のよい鳥たち十羽で集まった。輪舞の時も、舞い上がる時も、いつも十羽で息を合わせたものだ。十羽で水面をぐるぐる回る時は、右の羽を差し出して中心で合わせ、みんなの切っ先を中心点にして、これを動かさないように気をつけて輪を描いた。

「私、できるかも」

キャロルは思い切って言った。

「できるの？　キャロル」

エルザが心配そうに、小声で訊いた。

「うん、できる、きっと」

キャロルは自信を持って言った。

「このパイを、まず半分にする……」

キャロルは年かさの女性からナイフを受け取り、まずパイを真二つにした。

「この片側を、五等分にできたらいいのでしょ？」

「うんそうね、五かける二で十。できるの？」

年かさの女性が言った。

「やってみる」

キャロルは言った。

真上からパイを見おろすと、五つの白い羽がその上に重なって浮かんだ。みんなの羽の間に、キャロルはナイフを走らせた。上から一本、二本、三本、四本だ。パイから上体を離すと、パイは見事に五つに等分されていた。

わあっと歓声が上がった。男性たちが寄ってきてキャロルを取り囲み、おのおのが右手を上げてキャロルの肩を叩いた。

「すごいね、君は天才だ！」

みんなが口々に言った。

「本当にすごいな、いったいどうやるんだ⁉」

「天才だ、天才だ！」

「え、そんなことないよ、でもありがとう」

キャロルは唖然として言った。実際に首をかしげてしまった。このくらいのことで、どうしてみんな、そんなに驚くのだろう。

年かさの女性が、キャロルが切ったナイフの線を反対側にも延長して走らせ、パイを見事に十等分にした。そして、

「さあ食べましょう」

と言った。

騒ぎを聞きつけて、別の輪の者たちも集まってきた。そして十片に均等に分けられたパイを見て、歓声をあげた。

「なんてすごいんだ、どうやったの？」

みなが口々に訊き、キャロルは次第に怖くなってきた。こんなことで、どうしてみんなそこまで騒ぐのだろう。

「こんなことができる人間は、国中にいない。絶対に必要なことなのに、誰にもできないんだ。君はこの国の女王になれるよ」

聞いてキャロルは噴き出した。こんなことで女王になれたら誰も苦労はしない。毎日パイを切っていれば、いずれ世界は自分のものになってしまう。軍隊も、兵器もいらない。

ぼくらのパイも切ってと要求されるので、隣のグループに移動して、パイを十等分してあげた。

「見事だねキャロル、あんたはなんてすごい才能を持っているんだ」

と言う男性の声がしたから見ると、カールだった。

「あんたは天に選ばれた人だ。あんたと友達になれたこと、あっしは誇りに思うよ」

と彼は言った。そしてそばにあったグラスふたつに葡萄酒をついで、ひとつを手渡してきた。

「あんたの天才に乾杯だ！」

彼は言って、グラスを持ち上げた。

「待って！」

エルザも寄ってきて、自分のグラスに葡萄酒を注ぐ。そして彼女もグラスを持ち上げて、

「乾杯、キャロル！」

と大声で言った。

6

その夜、二人はシャワーを使って体を洗った。バスタブがあったので、これにお湯を張って入りたいとキャロルは言ったのだが、やめた方がいいとエルザに留められた。このへんのお水はよくないとエルザは言うのだった。浸かると、肌が荒れることがあるという。それで、シャワーだけにした。

電気灯を消した部屋のベッドの中で、隣に寝たエルザが訊いてくる。

「ねえキャロル、どうしてあなた、あんなことができるの？」

キャロルはまた驚いて、エルザの方に体を向けた。

「あんなことって、パイの十等分のこと？」

「そうよ、すごいわ。本当にすごいことよ」

エルザは興奮して問う。

「解らない。やってみたらできたのよ」

とだけ答えた。

キャロルには、今になって気づくことがあるのだ。白鳥が翼の先を一生懸命長く伸ばすと、そうした時の翼の先端が、ちょうど半円の五分の一の角度になっているのだということを。白鳥時代には考えもしなかったが、要はそういうことなのだ。理由は、水面上をぐるぐる回る輪舞の際、十羽で輪になって行うからだ。

自分はその時の仲間たちの翼の先を、視界にしっかりと思い浮かべることができ、だから五分の一に切れる。翼に沿って切れば五分の一になるのだ。群舞の練習はいつも真剣だったから、その画が脳裏に焼き付いている。それだけのことなのだけれど、こんなことはエルザには言えないし、言っても信じてはもらえない。

「ねえエルザ」

今度はキャロルが尋ねる。

「あのくらいのことで、どうしてみんなあんなに騒ぐの？　私のことを天才だって。なんでもないことなのに」

「できる人にとってはなんでもないことなのよね。でもそういう人のことを、天才って言うんだわ」

「私、天才なんかじゃないよ」

キャロルは言った。

「ご謙遜」

エルザが言うから笑った。

「謙遜で言ってるんじゃないわよ」

「でもあなたの踊りは天才」

そっちのことなら、少しはそうかもと思う。白鳥時代も自分は、仲間より踊りが上手だった。天才かどうかは知らないけれど、多少は才能があると思う。

「歌も上手。これらは天賦のものよ。歌ったり、踊ったりのために生まれてきた人、それがあなた。もしかして、森の妖精なんじゃない？　あなたは人間じゃないよ。何かで間違って、私たちの世界に来たの。私、解るよ、同じ女の子だもの」

暗がりの中で、キャロルは知らずうなずいている。

「あなたは雨の夜、裸で、森の中から現れたのよ。どうして裸で？　と訊いても解らないって。やっぱり普通じゃない、ちっとも恥ずかしがらないし。あなたは人間じゃない。不思議な力を持った、森の妖精なのよ」

この指摘には、けっこう本当のことが含まれている。自分は人間ではなく、白鳥だった。白鳥同士ならごく普通の能力でも、人間の集団に入れば、天才と言われる特殊技能になる、これはきっとそういうことなのだろう。人間たちの生活習慣の中にも、踊りは頻繁に現れる。白鳥の頃よりも多いくらいだ。

「でも、パイを十等分したら天才？」

口にしてみたら、可笑(おか)しくなってからからと笑ってしまう。これは本当に冗談のようだ。その程度のことなら、大勢の人間の中には、できる人がほかにも大勢いるだろう。

「私たち、子供の時から、学校の先生にそう言われて育ったのよ。いろいろなもの、十のグループに均等に分けること、それとも、何かを十人に等しく分配することの大事さ。必要なことよね、でもとてもむずかしい。特に丸いものを十人分に分割すること、これができる人がいたら天才だって。神から使命を与えられた人なんだって、先生がいつも言ってた、私たちに。だからみんなあなたを特別な人だって思うのよ、そう思うようにしつけられてきたんだもの」

「ふうん」

おかしな話だなと思った。

「でもできる人はほかにもいるよ」

「いない」

エルザは断言した。

「私は見たことない、今まで、けっこう長く生きてきたけど。私自身もできない」

「やらないからよ」

キャロルは言った。

「やってみたら簡単よ」

「ううん」

言って、エルザは首を左右に振った。

「十等分って、とっても、とっても大事なことなの。でも一番むずかしいこと。誰一人できない」

「そんなに大切？」

「私たちの生きていく基本だもの。十進法は、生活の原理。なくなったら、誰一人生きていけない」

「なくなったら死んじゃうの？」

冗談のつもりで、キャロルは訊いた。

「だって、カレンダーも時間もなくなったら、生きていけないじゃない？　お金の制度だってなくなっちゃう。お金だけじゃない、いろんな計算もできなくなる。仕事だってできないし、友達と待ち合わせもできないよ」

聞いて、キャロルは黙った。そんなふうには、考えていなかった。

「だから、そんな大事なことだから、みんな誰も手を出さないの、緊張しちゃって」

「先生に言われたからね？」

キャロルは、昨夜見た夢を思い出しながら訊いた。あの夢の中で、シーラカンスが自分に言った。人間はみんな学校というたいして必要でもないものに行かされて、そこで先生たちに、毎日間違ったことを教えられて、それをしっかり憶えていると。

エルザの言うことは、間違いってわけではないけど、みんなをそんなに緊張させるのは間違っている、とキャロルは思った。大事なことには違いないけれど、それならなおのこと、怯えさせてはいけない。大事なことには親しまなくてはいけないのだ。悪い人とは親しくしてはいけないけれど、大事な人とは親しく、仲良くしなくてはいけないのと一緒だ。

「とにかく、この国に、あなたみたいなことができる人はいない。だからあなたはきっとみんなに尊敬される。そして、偉い人になれるわよ、きっと出世できる」

「女の子が出世？」

キャロルはまた笑った。

「そうね、女の子が出世してもしようがないかな。優れた男の人に出逢って、結婚して、子供産む方がいいわね。最近は強い女の人が出てきて、男の人に頼らないで生きていくんだって、そんなこと言う子もいるけど……」

「そう？　あなたはそれ、賛成しないの？」

キャロルは尋ねた。

「しない」

エルザは即座に言った。

「そんなの無理よ。キャロル、あなたは？」

「私も。独りでは生きられない。理想の男の人に出逢いたい」

と答えた。

「スカボロゥに行くの、そのため？」

図星を指されて、キャロルは黙ってしまった。

暗い中で、エルザがにやにやしているのが解った。

「そうだと思ったんだ、あんなにスカボロゥに行くって、あなたがはっきり言い張るから。きっとそうだと思った。誰かが紹介してくれるの？」

「ううん。神様に言われた」

「いい男の人に出逢えるって？」

「うん」

「ふうん、じゃ、私も行こうかな」

「え？」

キャロルはぎくりとした。

「そしてその男の人、私が獲っちゃうの」

「え」

「冗談よ」

暗い中で、キャロルはほっと胸をなでおろした。

「私はエジンバラで約束あるもの、無理。でもそれなら、どんなに危険でも、行く気になるよね、解るわ」

「うーん」

迷いながら、キャロルは返事をした。揺るぎのない決心とまでは、言えないかもしれない。激しく不安だし、心細くてたまらない。できたら、エルザにも一緒に来て欲しい。でもエルザは美人だし、性格もいいし、いざとなったら強敵になるだろうなと思う。エルザのことは好きだから、争いたくない。まして男の人のことでなんて、絶対に嫌だ。そうなら、やはり一人で行こうと思う。

「明日、カールとはお別れね」

キャロルは言った。

「うん、彼は明日の朝には、エドラに帰るでしょうね、彼も仕事があるもの」

それでキャロルは、人間たちがあのあたり一帯をエドラと呼んでいることを知った。

「あの人いい人だね、会えてよかった」

キャロルは本心から言った。

「エルザ、あなたとも。会えてとっても感謝している。あなたがいなければ、雨の中で、私は死んでいたかも」

「そうね、もう雨の中、裸で歩かないでね」

エルザは笑いながら言った。

「あなた、本当に変わってるわ。もう寝ましょう」

エルザは言った。

翌朝、部屋をノックする者がいるからエルザが入り口のところに出たら、カールだった。旅籠のコックが、キャロルに会いたいと言っているのだと言う。だからエルザはしたくのために残して、キャロルが一人でカールについていった。

厨房（ちゅうぼう）に入ると、数人のコックたちが濡れたテーブルの上に、たくさんのスイカや果物を並べていて、コックの一人が、スイカをひとつ、へたの付いた上部をこちらに見せながら、これを十等分にしてくれないかしらと言った。君は、そんなことができる人だって聞いたから、という。どうやら昨夜のフォークダンス会場でキャロルのしたことが、噂になっているらしかった。

スイカを真上から見下ろしながら、キャロルが十等分にしてみせると、コックたちは歓声をあげ、仲間と肩を叩き合っていた。これを今からお客さんに出したり、カフェで売ったりするから、ここのスイカをみんな十等分に切ってくれたら、三人の宿泊代をタダにするよと言った。

エルザやカールのためになることだと思い、それで時間はかかったがキャロルがそのようにすると、三人の宿泊代が無料になった上に、スイカが添えられた朝食を、三人で楽しむことができた。

食事を終え、帽子をかぶって街に出て、見物のために通りを散歩していたら、カフェやレストランの前でキャロルは、声をかけられたり、あちこち拍手で迎えられたりした。そして一軒のピザ屋の前で、お駄賃を払うから、うちのピザを何枚か十等分して欲しいと依頼された。店内に案内されると、円形の大テーブルがいくつも並んでいて、それらのテーブルはみんな、ぐるりに椅子が十脚置かれていた。

ケーキ屋の前に行くと、親父(おやじ)が飛び出してきて、やあ天才を見つけたぞと叫んだ。そして、お駄賃出すから、お嬢さん、うちのケーキを十等分して欲しいんだけど、と乞われた。クイーンズフェリーの街では、小型のケーキはいつも四等分だけして売っているのだけど、大型のケーキはどうしても十等分する必要があり、店員の切り方が下手で、どの子がやっても、お客さんから苦情をもらうのだという。

家具を造っている工場の前では、丸テーブルのぐるりに十個の模様のしるしをつける必要があると言われ、これも依頼された。ここのお駄賃が一番高かった。こんなふうにしてランチの時間までの労働で、キャロルはスカボロゥの街までの旅費を得た。エルザもカールも、キャロルが無一文だと知っていたので、とても喜んでくれた。

「よかった、これでちょっと安心ね」

　エルザは言う。

「ああ、無一文なんて危険だ」

　カールも真顔で言うのだった。

7

　クイーンズフェリーの馬車溜まりに行き、エジンバラ行きの馬車を探した。じきに見つかったし、間もなく出るというから、二人は急いで乗り込んだ。すでに三人の同行者がいて、進行方向を向いた座席に、三人が並んですわっていた。一人の母親と、二人の子供で、男の子と女の子だった。

「じゃああっしはこれでエドラに帰るよ」

　カールは、馬車の窓の下に来て、キャロルに言った。

「お別れなのねカール、さみしいわ」

　キャロルは言って、カールの手を両手で握った。

「とっても楽しかった、いろいろなこと教えてくれてありがとう」

　キャロルは言った。

「ああ、こちらこそさキャロル、あんたと知り合えてよかった、エドラに来たら、また寄ってくれよ。バーンハートさんのお宅といや、あのあたりで人に訊いたらすぐに解るからね、誰でも知っている」

「ええ解ったわ。私もあのあたりの出身なのよ」

「え？　そうなのかい？」

カールは驚いた顔になる。

「でも一度も見かけたことないな」

彼は言うが、それは当然だ。人間になったのは最近なのだから。

「あんたみたいな目立つ子を……」

「だからまた帰ってくる。そうしたらまた会いましょう！」

キャロルは言った。

「また歌を聞かせてくれるかい？」

カールは言った。

「もちろんよ、楽しみにしているわ」

「エルザには、またすぐに会えるな」

「ええ、十日もしたら、またエドラに行くつもり。フルートの練習しなくっちゃ」

「ああ、あんたのフルートも最高だ。じゃあ待ってる」

駅者が前方の椅子に上がってくる気配。車体が大きく、揺れるから解るのだ。それを見て、カールがゆっくりと後ずさり、馬車から遠ざかった。

「さあ出発だ、みなさん、用意はいいかい？」

駅者がうしろを向いて訊いてくる。馬車は天蓋付きなので、駅者の顔は見えない。

「ええ、いいわよ！」

エルザが大声で答えると、駅者はひと鞭を馬にくれて、馬車は走り出した。せいぜいしりぞき、酒場の石積みの壁にくっつくほどにさがったカールが手を上げて振った。エルザとキャロルも窓に顔を寄せて、手を振った。

「さようなら」

とキャロルは大声を出した。窓の外で、カールの姿が後方に移動していく。帽子を押さえながらキャロルが身を乗り出すと、彼方で彼は次第に小さくなっていく。

「ああ、行っちゃったわ」

キャロルが席に復して言った。

「これからは二人ね、エジンバラまでの道行よ」

エルザが言う。

「あなたたち、エジンバラに行くのね」

向かいにすわる母親がそう言って、声をかけてきた。

キャロルはうなずき、エルザは、

「はいそうです」

と答えた。

「私もエジンバラ、お仲間ね、どうぞよろしく」

言うので、二人はそろって頭を下げた。

「私はマーガレット、この子たち、お兄ちゃんはジョン、妹はリンダ、ご挨拶なさい」

母親に言われて、兄妹は、こんにちはと言って、頭を下げた。

「私たち、フリントリッジの家に戻るの」

母親が言った。

可愛い子たちだ、キャロルは一瞬思ったのだが、その気分はだんだんに薄れていった。二人のうちの特に男の子の方が、一瞬たりともじっとしていないのだ。母の膝の上に乗ったり下りたり、さらには逆さになったりする。そして床に手をついていっとき逆立ちを楽しんだり、泥の付いた靴で、どんとこちらのドレスの胸もとに倒れかかってきたりするので、エルザが怒りで眉をひそめるようになった。

「駄目よジョン」

母親のマーガレットは声をかけ、足を捕らえて一応叱るのだが、どうにも厳しさが足りず、ほんのわずかでも、男の子の乱暴な動きに規制を与える気配がない。男の子は長いこと逆立ちしたままもがき、足をばたつかせて、しっかり気を張っていないと、女たち誰かの顎を蹴り上げかねなかった。馬車は右に左に揺れるから、それは当然というものだ。こんな乗り物の中で、逆立ちして動かずにいられる人間がいたら天才だ。

母親のマーガレットは、目の前のレディのドレスを汚しかねないというのに、真剣に怒る気配が乏しい。それどころか、なんとはなく、若い娘ら二人に向かい、勝ち誇ったような気配さえ感じさせるのだった。キャロルはその理由が少しも解らないのだが、どうやら子供を産んでいる、それも二人も、という思いが母親の勝利感になっているようで、それで、子供を注意する勢いが、それほど真剣でない。キャロルは解らないが、そんなあれこれが、エルザを真剣にいらだたせて、表情から笑みを消してしまっている。

「墓の下に眠る時」

と男の子は、逆立ちしたまま歌い出した。エルザが身を寄せてきて、

「本当に墓の下に押し込んでやりたいわ」

とキャロルにささやいた。

「人は安らぎを得る。死の闇が迫りくることもなく、病の怯えも、二度と襲いくることはない」

となんだか、ひどく大人びた歌詞を床の近くで歌っている。すると母親が、一緒に歌いはじめた。

「思い出す、谷のうぐいすも、尾根のひばりも、あちらこちらで楽しげに鳴き、はこべもツルバラ

も、競い合って咲く。貴婦人の肩を飾るレースのように。わが谷は緑なりき。それが私の誇り、富を生む鉱山より、金銀の鉱脈より、私の誇り」

子供は逆立ちして、女たちの顎を蹴りそうになりながら歌い、母親もそれに合わせて歌って、妹も幼い声で加わった。

「石にすわり、瞳を閉じれば、私の思いは、ゆるやかに戻っていく。あの美しい谷に。私を育てたあの自然に」

すると、美しい澄んだ声が、この歌詞に絡んできた。最初はただハミングだけだったが、

「空は澄みわたり、雲の流れは速く、それを映す水は澄んで、私の心を洗う」

ときれいな言葉が続いた。エルザが顔を上げると、それは隣のキャロルが歌っているのだった。澄んだ、美しい声で、時に旋律はハーモニーになって、狭い馬車の中によく響いた。

「あら素敵ね」

母親が、歌を停めてキャロルに言った。男の子も、母親のスカートの前に頭をのぞかせて、びっくりしたようにキャロルを見ていた。

「あなた、この歌を知っているの？」

驚いたように母親は訊いた。

「いいえ」

キャロルは言った。

「街の人以外は知らないはず。知らないのに、あなたは歌えるの？」

母親は目を丸くする。

「はい、なんだか懐かしい気がして。どこかで聞いていたのだと思います」

キャロルは言った。

「そんなはずないわ」

マーガレットが言った。

「フリントリッジ以外では歌われていないもの。私たち、フリントリッジの教会で教わったの。私の一番好きな歌、知っているすべての歌の中で。あなた、フリントリッジに来たことは？」

キャロルはいっとき首をかしげて考えた。すると感心に、腕白なジョンもおとなしくなってじっとキャロルの顔を見ている。

「ないです」

キャロルは答えた。本当は、心当たりがないではなかった。どこかの街の上空で聞いた心地もする。あれがフリントリッジだったのか。けれど街の名前を知らないから、そうか否か解らない。

「大人っぽいきれいな声ね、まだ若いみたいなのに、よくそんな声が出せるのね。それに、和音のセンスが抜群よ」

「キャロルはどんな歌にでも、自在にハーモニーがつけられるの」

エルザが横から言った。

「生まれついての才能なのよ。専門の学校に行ったり、先生についたりしたこともないのにね」

「本当に？」

母親は目を丸くした。

「そうなら、あなたは普通の人じゃないわね」

「白鳥みたいだね！」

腕白ジョンがいきなり言ったから、キャロルはびっくりした。子供にはきっと、本能的に解ることがあるのだと、キャロルは思った。

「キャロルはすごいのよ、パイの十等分もできるの」

エルザは自慢するように続ける。

「パイの十等分ですって？　本当に？　どんな機械を使うの？」

「どんな機械も使わずによ」

エルザは意趣返しでもするような勢いで母親に言い募る。母親はかなり驚いて、絶句してしまった。しばらく何も言えずにいたが、

「もしもそれが本当なら、あなたは神に選ばれた人ね」

とつぶやくように言った。

「あなたは、女王さまに呼ばれるわよ」

マーガレットは言った。

「女王さま？」

エルザは驚いて問う。

「そんな人、探してるって聞いたの、ジュビリーの王様」

「ジュビリー？」

「私の故郷。音楽の才能があって、パイが十片に切れる人」

「キャロル、あなたのことね」

言って、エルザが笑った。

エジンバラは、高台になっている岩の崖の下に馬車溜まりがあって、そこに着いた。たくさんの馬車が溜まっていて、これらはまた別の街に向かって出発していくらしかった。

乗合馬車をおり、二人の子供を連れたマーガレットに別れを告げると、エルザに手を引かれて、キャロルはスカボロゥに向かう馬車を探しに、広い馬車溜まりを歩いた。エルザはこの街の勝手を知ってはいるらしいのだが、南に向かったことがないらしくて、どの馬車に乗ればよいかは知らなかっ

た。

何人かの馭者に次々に尋ねて廻り、ついにはキャロルを待たせて、たき火をしている男たちの集団に向かっていき、彼らと話しはじめた。ずいぶん長いこと話していたが、やがて戻って来て言う。

「シドンの港に行く馬車があるそう。そこからなら、スカボロゥへ行く帆船が出るそうよ。それに乗っていけば、通常一日でスカボロゥに着けるそうよ、行きましょう」

言われてキャロルは手提げの袋を肩にかけて、続いた。

「もう料金は払っておいた」

エルザは言い、キャロルは恐縮した。

「悪いわエルザ、ありがとう」

「いいのよキャロル、私ができることはこれでおしまい。あとは一人でやるのよ」

「うん」

「頑張って。どんな困難にも負けないで」

「うん、頑張る」

たき火の前で、キャロルはひげを生やした男を紹介された。

「やあお嬢さん、スカボロゥに行きなさるかね」

彼は言った。

「はい」

「それでシドンの港に?」

「はい」

「じゃあ行こう、そろそろ馬車を出すよ」

彼は言った。

それで彼の馬車まで、キャロルとエルザは並んで歩いていった。

「じゃ、そろそろお別れねキャロル、私のお家はここから歩いていけるのよ」

「いろいろありがとうエルザ、あなたに会えてよかった」

「本当にそうよ」

エルザは笑って言う。

「私に会わなければ、裸のあなたは狼の餌食よ、その前に凍死しなければだけど」

「本当にありがとうエルザ。あなたは命の恩人」

「そうね、あなたが心配よ」

今度はキャロルが笑って言う。

「きっとそうだと思う。解るわ」

「あなたって能天気ね、遠いスカボロゥなんてよして、ここに私と一緒にいましょう、楽しいわよ、……って言ってもきくようなあなたじゃないわね」

キャロルは無言でいた。

「いいわ、あなたは才能がある。これが失われることを惜しむ神が、きっとあなたを助けるわね、それを信じましょう」

「へえ、神さまがかい、そんなにすごい才能かい？」

駁者が振り返って問う。

「ええそうよ。あなたもきっと驚くわ、知ったらね」

エルザは言った。

「こいつだ、わしの馬車は。さあ乗った」

駁者が言い、キャロルが振り返ると、エルザは両手を広げていた。キャロルはその腕の間に抱きついて、かたくハグをした。すると、いきなり涙があふれた。

「元気で、きっといつかはエドラに帰ってきて」

「ええ」

「約束よ。素敵な彼を見つけたらね」

「見つかるかなあ」

「一緒に来て、彼と。そしたら私、獲っちゃうから」

「いやよ」

「冗談よ。じゃあ元気で」

エルザは体を離した。それでキャロルは、涙を拭きながら馬車に乗った。

進行方向に向いて椅子にすわり、窓から顔を出すと、下にエルザがいて、投げキスをしていた。キャロルも真似た。するとその後方に、トランクを抱えて懸命に走ってくる青年の二人組が見えた。

「待ってくれー、乗るよ！」

一人が叫んだ。

「シドンの港行きだぜ、いいかね？」

「ああそいつだ。船に乗るんだ！」

彼は叫んだ。そして二人は馬車にすがりつくと、大きく車体を傾けながら、乱暴な仕草で乗り込んできた。

「やあ先客がいた、あんたもシドンに？　お嬢さん」

荒い息を吐きながら問う。

「はい」

キャロルは応えた。

「もしかして船に乗るのかい？」

「はいそのつもり」

「どこ行きの船？」

「スカボロゥ」

「おい、こいつは奇遇だ。ぼくらもだぜ！」

「旅のお仲間ができたな」

馬車の扉を閉めながら、もう一人が言った。

「エルザ、旅のお仲間ができたわ」

キャロルは窓の下のエルザに報告した。

「あんたたち、私の大事なシスターを守ってね」

エルザが青年二人に呼びかけた。

「ああ引き受けたぜ姉さん」

男たちが調子よく応えている。

「出発だ！」

馭者が叫んで二頭の馬に鞭を入れ、馬車は走り出した。

立ちつくして手を振るエルザの笑顔が、小さくなりはじめる。

「姉さーん、元気でな。あんたの妹は引き受けたぜ」

「無事にスカボロゥまで送り届けるぜ。安心して仕事に精を出しててくれ」

彼らも窓から顔を出し、てんでに叫んだ。

「きれいなお姉さんだな」

一人の方が気やすく訊いてきたから、キャロルは笑ってうなずいた。

「あんた、スカボロゥは祭りに？」

「ええ」

キャロルは言った。

「あんた、歌い手？」

キャロルは首を横に振った。

「じゃ踊り手かい？」

また首を左右に振ると、不審気な顔をする。

「へえ、そう見えるのにな。俺たちは舞台に上がるんだ」

「へえ、そうなの」

キャロルは驚いて言った。

「コメディアンなんだ。アコーディオンも弾くんだぜ」

「祭りに来たなら、聴いてくれ」

二人がそう言うから、

「はい」

と応えた。これはありがたい道案内人ができた、とキャロルは思っていた。

「よろしくお嬢さん」

手を出して来るから握手をした。

「よろしくお願いします」

「うん、ところで名前は？」

「キャロル」

「キャロルかい、またいかにも歌を歌いそうな名前だな。俺たちは、ジェスロとハービィ」

「よろしくジェスロ」

キャロルは言った。

「俺たちも、いかにもコメディアンて名前だろ？」

ハービィが問う。

8

着いてみると、シドンの港はごった返していた。ひしめくようにして立ち往生している馬車の群れの後方、少し割り込むようにして、キャロルたちの馬車は停車した。

「波止場の馬車溜まりまで、とっても行けそうもないやな、時間がかかるよ。しかし船は見えてる、ここでいいかい？」

駁者は、うしろを向いて三人の乗客に訊いてくる。

「ああ上等だぜ兄弟。あんたもいいだろ、キャロル」

問われてキャロルはうなずいた。

「よし、行こう！」

コメディアンの二人組は馬車の扉を開け、トランクを抱えて飛びおりる。下の者がもう一人のトランクを受け取り、続いて仲間を待ち受ける。

そして二人がキャロルの布の袋を受け取ってから、二人揃って手を差し伸べ、両脇からキャロルの体を支えて、安全におろしてくれた。

「ありがとう」

キャロルは礼を言った。

「あの船だぜ、行こう」

一人が前方の帆船を指さし、キャロルの手を引く。船は見えてはいるが、まだまだ距離はある。

波止場はごった返していた。大きな筒状の袋を肩に載せた大柄の船乗りや、女性たちに先導された大勢の子供ら、そしてよろよろと歩くお年寄りたちをかき分けて、三人は彼方の中型帆船に向かってゆっくりと進んでいった。広い波止場は、お金持ちらしい清潔な身なりの貴婦人たちと、汚れたなりの労働者や十代の男の子たちの集団、あきらかに二組に分かれている。そして両者は決して混ざり合おうとはしない。

金持ち集団の中は脂粉や高級そうな香水の匂いに充ち、貧乏人の集団は垢染みた臭気と、汗の臭い(におい)を発している。三人は、香水の香りを抜けて、貧困の臭いに合流し、そのただ中を船に向かっていった。

ふたつの集団の中央あたりに、緑のとんがり屋根を持つ小さな建物があり、次第にそれが近づいてくる。どうやらそこが、乗船ティケットの販売所だった。コメディアンたちがスカボロゥまでの乗船券を買うので、キャロルはお金を渡して、一緒に買ってもらった。

「俺らは安い船底の大船室に乗るんだけど、あんたもそれでいいのかい?」

と訊かれるから、キャロルはうなずいた。そして、かまわないと答えた。お金が乏しいのだから、高い券など買えるはずがない。乗れるだけありがたいのだ。

コメディアンたちは乗り馴れているらしくて、貧し気な人々の集団にぐいぐい分け入り、かき分けながら窓口に近づき、乗船券を買ってくれた。乗船券を受け取り、キャロルはあらためて周囲を見渡した。ひしめくこの汚れた身なりの人たちが、たぶん船底のお仲間になる人たちに相違なかった。けれどキャロルは、少しも気にならなかった。お金持ちの人間、貧しい人間、その区別がキャロルには解らない。だから、お金持ちになりたいという思いはまるで湧かない。

二人組に手を引かれて進んで行くと、人混みはやがて長い行列に変わり、三人はその最後尾についた。もう目的の船はかなり近くなった。人々の列の先を見ると、先頭の人たちは、船べりにかけられた長いタラップを昇っている。乗船が始まっているのだ。

「あなたたち船、乗り馴れているの？」

キャロルはジェスロとハービィに尋ねた。

「ああ、こんなちっちゃい頃から乗っているぜ」

ジェスロが体の前で、両手の平を少し離して示した。

「それじゃあ猫だ」

相棒が言った。

「小さすぎらあ、赤子だってもっとある。人間の子なら、このくらいはないとな」

彼は自分の腿のあたりに右手の平を置いて、子供の背たけを示した。

「俺は特別小さかったんだ。親父がジャガイモを売る、テンビン秤に乗って遊んだくらいだからな」

「おまえは親指トムか。そんなちっこいのは船にゃ乗れねぇよ」

「なんでだ」

「船がちょいと揺れたら、排水口から海に流れていっちまうからな、するするっとな」

「今日も揺れるぜ」

前に並んでいた男が、いきなりうしろを向いてこちらに言った。

「なんだって？」

「沖がしけてるらしいんだ。このあたりはまだ川で、入江の奥だからいいんだけどな」

「本当かい」

「見ろよこの雲行き、嵐になるかもしれねぇぜ」

彼は空を指差した。確かに、気づかないうちに雲が多くなっていて、その雲がゆっくりと動いている。上空には風があるのだろう。

「乗船しても、今日は船ん中で一泊になるかもしんねぇな。覚悟しておくこった」

「港から動かないのかい？」

「そういうこった」

「船底で一泊か、やれやれだな」

ジェスロが言い、

「ネズミがいないことを祈るぜ」

ハービィも言った。

「そいつは無理な相談だ、家が近いなら帰った方がいいぜ。一泊して出直してこいよ」

「そうはいかない、遠いんだ」

ハービィが言った。

「おまけに十年は帰らねぇと大見得切って故郷を出てきた」

「それが一日で帰ってりゃあ世話ねぇな」

「ああ、孫子(まごこ)の代まで笑いものだ」

行列に堪え、タラップを昇り、船内の階段を延々と下って、平底船室に入った。前を進んでいた人々がするのを真似て、靴を下駄箱に入れて、薄い敷物が敷かれた船底の広間の真ん中まで進んで落ち着いた。けれど落ち着いてのち、一時間経っても二時間経っても、船はゆるく上下するばかりで、いっこうに動き出す気配がない。さっき波止場にいた男が言っていた通りだった。

やがて鐘を持った船員が、のろのろした歩き方で廻ってきて、紳士淑女のみなさん、と言った。急いでいる人がいたら悪いんだけどな、今夜はこのまま様子を見て、明日の朝、明るくなってから出発する、と宣言した。腹が減った人は、この先のコーナーでふかしたジャガイモを売るからな、買って腹の足しにしてくれと言った。

「俺は、今日にも女房が出産するんだ、スカボロゥの病院で」

と大声を出した男がいた。

「女房が俺を待ってるんだ！」

「赤子も待ってくれるさ」

船員は言った。

「腹の中でか」

男は言い返した。

「あんまり居心地よさそうじゃねぇ」

「落ち着け兄弟、早く行っても、あんたにできることあねぇよ」

客の一人が言った。

「赤子は生まれてしばらく経ってからの方が可愛いぜ」

別の男が言った。

「そうだ、生まれたての赤子は怖いぜ。今夜はおとなしく寝ろよ」

船員も言い残し、去っていった。

「やっぱりこんなところでごろ寝か」

ジェスロがぼやいた。

「喜ぶのはノミばかりだ、ひと晩かけてたっぷり血が吸える。こんなに大勢人間がいりゃよ、今夜は大盤ぶるまいのディナーパーティだな」

「贅沢(ぜいたく)言うな兄弟。道端よりは遥かにましだし、それにこんな美人と一緒だ。天国だぜ」

言いながらにハービィはゆるゆると身を横たえた。そのまましばらくだんまりになったが、格別やることもないし、あんまり退屈だから、二人も客たちも、みな飽きてきた。

「ああ退屈だぜ。おい兄弟、あんたコメディアンだろう。歌のひとつも歌ってくれよ」

と言って、近くの客が持っていたウクレレを手渡してきた。

「よしきた」

ハービィが言って、ウクレレをガチャガチャとかき鳴らし、船乗りの歌を歌った。へんてこな歌詞で、長いこと市場でカボチャを売っていたのだが、飽きてきたので、遠い南の海にヤシの実を穫りにいくという、もの好きな男を歌ったコメディソングだった。

すると相棒が立ち上がり、歌に合わせて大げさに体を動かし、おかしなダンスを披露しはじめたから、平底船室に居合わせた者たちはやんやの喝采となり、手拍子(てびょうし)が起こった。踊り自慢らしい男が立ち上がり、手を打ちながらダンスに加わったから、騒ぎはますます大きくなり、一人二人と男が立ち、踊り手が増えていく。平底船室に、ダンスの輪ができた。

そうなるとキャロルも我慢ができなくて、立ち上がり、踊りの輪に加わった。するとおお、という別種のざわめきが起こって踊りが停まる。みなキャロルの鮮やかな動きに驚いたのだ。コメディアンの二人組は特に目を見張り、

「あんた誰だ？　有名な踊り手かい？」

とジェスロが訊いた。キャロルは笑って答えず、ただ踊り続けた。答えたくても、何も言うことがなかったからだ。人間としての体験など、まだほんの少ししかない。

「歌って、さっきの歌」

とキャロルはハービィに要求した。

おおそうだったと思い出したように彼が再びウクレレをかき鳴らしはじめ、歌い出した。しかしそ

れは猫に追いかけられて困るアヒルを歌った、全然別の歌だった。

「おい、そいつじゃねぇぞ兄弟、ヤシの実の歌だ！」

客の一人が指摘した。

それでハービィは、さっきのヤシの実探しの歌を歌い出した。

「そうだ、そいつだ」

ジェスロも言う。

するとキャロルが、これにいきなりコーラスをつけたから、みな驚いてダンスを停めた。朗々と響くキャロルの歌声があまりにきれいだったから、度肝を抜かれたのだ。

キャロルも驚いて立ち尽くした。

「どうしたの？　みんな」

彼女が言うから、みな、はっとわれに返ってまた踊り出す。みながキャロルの均整の取れた美しい体を見ている。しかもその動きは鋭く鮮やかで、どうしてもみなの視線を集めてしまう。

「困ったな。あんたが歌っても、踊っても、ダンスが停まっちまうぜ」

ジェスロが大声で言った。

「すわっていようか」

「それだけは駄目だ」

言ってからジェスロは、

「いったいどこの女神（ディーヴァ）だい？　あんた、どこから来た？」

言いながら、もそもそと自分の荷物を探っていたが、アコーディオンを取り出し、鳴らしながら演奏に加わったので、広間の歌声や歓声はさらに盛り上がり、大勢の声が音量を上げながら、壁や天井で跳ね返ってこだまするから、広い平底船室は、音楽会場のようになった。

「あんた天才だぜキャロル」

曲が終わるとジェスロが言った。

「この国にあんたみたいな天才がいたとはな、ちっとも知らなかったぜ」

「まったくだ」

ハービィも言った。

「俺たちと組まないかキャロル。バンドを組んで、国中を巡ろう。いやこの国ばかりじゃない、世界を廻るんだ、すみずみまでな。三人でひと財産が作れるぜ」

二人は言いつのる。しかしそんな声も、みんなの拍手でかき消されてしまう。興奮した観衆たちが駆け寄ってきてキャロルの肩を叩き、口々にほめたたえ、そしてあんたに会えてよかったよ、と言ったからだ。

「いい考えだが兄弟、バンドの名前はどうする」

ジェスロが問う。

「そうさな、ディーヴァと偉大なセイラーマンはどうだ」

「偉大なセイラーマンがこんな船底にいるのかよ！」

近くの客がはやした。

「偉大な船乗りなら船長室だぜ」

「今に大もうけして船を買うさ。そして遠くインド洋まで旅するんだ、それなら文句はあるまい。あんたも連れてってやるぜ」

「インドで何をするんだ」

「決まってるだろう、海べりに白いお城を建てて、贅沢な暮らしをするんだ」

「美しいインド娘侍らせてか？」

「このディーヴァが一人いたら充分だ」

ジェスロが答えた時、カランカランとどこかで、たぶん階上で鐘の音が聞こえた。続いて二人の船員がよろよろと階段を下ってきた。一人は小テーブルを提げ、鐘を小脇に抱えていた。もう一人は何枚も重ねたパイを載せた平らな盆を持っている。

「おーい手伝ってくれ！」

パイを持っている方が叫んだ。

「もしもパイが食いたけりゃあだがな！」

それであわててジェスロとハービィが飛んでいった。テーブルの一方を持ち、ハービィは鐘を持ってやった。

「いったいどうした風の吹き廻しだ、誰も頼んじゃいないぜ、パイなんて」

ハービィが尋ねた。

「船長のおごりだ」

テーブルを提げて船室の中央までそろそろと進みながら、船員は言った。

「結構な踊りと歌、聞かせてもらったからな」

「そいじゃあパイはこのディーヴァのもんだ」

パイの盆の片方を持ってやっていた男が言った。

「おい、うちの娘をデブにする気か？」

ジェスロが抗議した。

「あんた、こんなにたくさん食べられるのかい？」

別の男が訊き、キャロルは笑って首を横に振った。

「食べられるわけないだろう、うちのディーヴァは牛じゃないんだ」

言ってハービィは、手に持っていた鐘をカランカランと鳴らして大声を出した。

「おーいみんな、パイだぞ」

船員がハービィから鐘を引ったくった。

「勝手に鳴らすな。船員組合の決めた厳密なルールがあるんだ」

「だって飯だぞ。ほかにいつ鳴らすんだ」

「パイは自由に食べたらいい、ただし、これらを十等分にできたらな」

船員は言ってポケットからナイフを取り出し、パイの横に置いた。

「そいつはねぇよ大将、パイを目の前に置いて、お預けかい」

ジェスロが不平を言う。

「そいつも船員組合の厳密なルールかい」

「ああそうだ」

「難儀なルールだな、俺は腹が減ってるんだぞ」

「お預けとは言ってない、細かく切らないと、みなで食べられないだろう」

「そりゃそうだが、そいつが十片てんじゃあ無理ってもんだ」

「誰にも切れねぇよ」

ハービィも言った。

「国中に切れるやつなんてない」

「私切れるわ」

キャロルが言った。そしてみなが息を呑んで黙った目の前で、ナイフを摑んで持った。そしてみなの視線が集中する中で、重ねたパイの上にのしかかるようにして、すべてをまとめて、見事に十片に切り分けた。

みなが歓声を上げてキャロルに駈け寄り、またしても肩を叩いてほめそやした。そして口々に天才だ、ディーヴァだとほめたたえた。

9

暗がりで、キャロルはふと目を開いた。明かりが消えて、みんな眠っている。

あれから夜っぴて騒ぎ、男たちは誰かが持っていたウイスキーをみなで廻し飲みしていたから、男連中はみな酔って泥のように眠っている。見れば、三人バンドのお仲間になったらしいジェスロとハービィも口を開けてだらしない顔で眠っている。面白い顔をしていて、こうして見ていると、これ自体、二人の舞台芸のようだ。

船は大きく揺れ続けている。出航している？　とキャロルは思った。揺れながら、船が前に進んでいるのもなんとなく解る。海の荒れがおさまったと船長が判断したのか。そうならその判断は間違っている。この揺れはひどい。相当の荒波だ。しかし、いつまでも港にじっとしてもいられないと思ったのか。このくらいのしけなら乗り切れると船長が判断したのだろう。

「おい、こいつはどうした。出航してるぞ」

ささやくような男の声がした。どうやら昨日、赤子が生まれるんだと騒いでいた男のようだった。

「感心なこった、嵐でも突き進むか」

「そうじゃやねえ、港に泊まっていると、金がかかるんだよ」

仲間が教えた。

「港の使用料は高いんだ」

「遭難して船がぶっ壊れりゃ、もっとかかるがな」

「おい寝てろ」

別の男の声がする。

「こいつはかなりのしけだ、船はもう沖にいる。くっちゃべってないで横になってないと酔うぞ」

仲間に諭されて、男はまた横になっている。

「げーげー吐いてちゃ、赤子どころじゃねぇ」

男たちの会話を聞きながら、しかしキャロルは、荒れている海を見たくなって、ゆっくりと起き上がった。荒れ狂う海のただ中、という風景を想像したら興奮を覚えた。鳥でいた時代、見る機会はなかった。嵐に遭いかけたことはあるが、強風にあおられながら飛び続けることは許されず、グループのリーダーに命じられて森におり、木陰に入って嵐がおさまるのをみなで待った。けれど荒れ狂う海というものがどんな様子なのか、自分の目で見てみたいという願望は、以来ずっと体の中で持続している。

起き上がり、靴を履き、揺れてあちこちから盛大な軋み音を上げ続ける船内を、姿勢を低くして進んでいった。階段にかかると、転げ落ちないように気をつけながら、しっかりと手すりを掴んで、そろそろと段をあがる。港で乗船した時の扉をすぎ、甲板への出入り口が頭上に近づくと、強風のうなる音がどんどん大きくなる。甲板に打ちつける波や、飛び散る水しぶきの激しい音。強い恐怖心が湧くが、ぞくぞくするような刺激も受けてしまい、キャロルは心が躍るのも感じた。

恐怖に震えながら、キャロルはハッチを開け、恐る恐る甲板に顔を出した。波の飛沫と雨。それがキャロルの顔を襲う。雨は激しくないが、風は強烈だ。ハッチを開けたままでいるのはよくないと思う。船内に水が入る。キャロルは急いで甲板に出て、ハッチを閉めた。

すると、立っていられないほどの猛烈な風だった。どこかを掴んでいないと、風に飛ばされてしまう。風は定期的に突風になり、キャロルの髪をすべて舞い上げる。両手で押さえても、なんの効果もない。昨夜帽子を脱ぎ、袋に入れて眠った。そして袋ごと、帽子を船底に置いてきてしまった。

天高く持ち上がり、大きく沈み込み、絶えず大きく動き続ける甲板に、とても立っていられず、ゆるゆると膝をついてしまう。その拍子に横を見て、とうとう大声で悲鳴を上げてしまった。巨大な丘が、キャビンの向こう側に黒々とそびえ立ったからだ。一瞬、これが何であるのか解らなかった。巨大な丘の瞬間、巨大な丘は、みるみる沈んでいく。するとキャロルがいる甲板は天高くに持ち上がるのだ。次

強風に巻き上げられそうな髪を押さえ、キャロルはすわり込んで悲鳴を上げ続けた。濡れた板の上、キャロルの体は絶えず前後左右、滑り出しそうになる。滑り出したら、きっと海に転落するまで停まらないだろう。震えが起きそうな恐怖。さっきのあれは、丘ではない。海水なのだ。魔物のような巨大な水の塊が、山になって船の横にあった。あんなものを見たのは生まれてはじめてだ。水があんなに巨大な塊になるなんて知らなかった。想像さえ、したことはなかった。

天高く、次の瞬間には谷のように低く、絶えず大きく上下する海が怖くてたまらず、知らず泣いてしまいそうな気分に襲われる。けれどキャロルは、何故なのか、強い喜びも同時に感じていた。ぞくぞくするような喜び、自分を滅ぼそうとする魔物の眼前に、自分は今生贄として差し出されている、そう考えたら、強い恐怖で涙が湧く。けれど同時に、説明のできない不思議な興奮にも襲われるのだ。

何度も何度も、悲鳴と大声を上げてみる。恐怖を訴える言葉も口に出したい。けれどそれは、あらん限りの大声でなければ、自分の声も聞こえないだろう。そのくらい風の音が強い。絶えず吠え続ける海のうなりも大きい。けれどキャロルは同時に、強い悦びも感じるのだ。この気分は説明ができない。

何度目かに悲鳴を上げたあと、おやと思い、耳を澄ました。自分の声がやんだあとにも、耳を聾する風、そして遠く水平線からやってくる海原の低い咆哮の底に、かすかに女の高い声がひそんでいる

ように感じられたのだ。何だろうとまた耳を澄ます。錯覚だろうかと疑う。

ばん、と水の塊が背中を打ち、甲板に投げ出された。痛み。そののち、はっとわれに返ると、甲板の板の上に打ち伏していた。自分の体の横で海水がさあっと流れて去り、それに乗って、体は何フィートかつるつると滑った。

板の間に両手を突っ張り、何とか体を止めた。その時、喉を絞って泣き叫ぶ、女の声が聞こえた。人間の声？　動物ではなく人間？　それがずいぶんと意外だった。

意外なほどに近くだった。上体を起こし、顔を上げ、瞼のあたりに打ちつける雨粒に堪えながら、声の主を探した。きょろきょろと頭を巡らせると、小さな子供を抱え、白く煙る波の飛沫の中に立っている女の姿が見えた。

泣き叫んでいる。そして今、叫びながら倒れ込んだ。甲板の傾きと、突風に堪えきれなかった。しかし倒れ込んでも、子供はしっかりと抱きかかえ、離そうとはしない。

危ない！　と思った。船室に入れないと、このままでは親子ともども海に落ちてしまう。

母親はゆっくりと立ち上がる。けれど足もとがふらつき、水で滑り、また倒れ込んでしまった。その体に、波が覆いかぶさる。腕の中の子供が怯えて泣き出す。

「危ない！」

キャロルは叫んだ。

「船室に入って。海に落ちるわ！」

叫びながら、キャロルは急いで立った。そして風がやんだごくわずかな時間を見つけて、親子に向かって駈けだした。滑る甲板に気をつけて走り、ようやく、子供を抱えて立ち尽くす母親の体に取りついた。

「中に入って。ここは駄目よ！　危ない！」

と叫ぶキャロルの声にかぶせて、母親はこう泣き叫んだ。

「ジョンがーっ！」

「えっ」

驚く。その声に、わずかな聞き覚えがあったからだ。思わず顔を見ると、びしょ濡れの上にしかめられてはいるが、それは、クイーンズフェリーからの馬車で一緒だったマーガレットだ。

「マーガレット⁉」

キャロルは叫んだが、その声に反応するだけの心の余裕は、母親にはない。

「ジョンが、ジョンがっ！」

と叫びたて、キャロルの手を払って駈け出そうとする。キャロルは力いっぱい羽交い絞めにして、必死にとどめた。

「ジョンが海にーっ！」

母親がまた言った。自分の耳もとに母親の口があったから、今度はよく聞こえた。

「え、ジョンが？」

瞬間キャロルの記憶が巻き戻され、エジンバラまでの馬車の中の体験が眼前によみがえった。自分の鼻先にある男の子の靴。馬車の中で終始逆立ちして騒いでいたあの腕白小僧だ。あの子が海に落ちた——？

「波にさらわれた、私の息子が！」

マーガレットはまた泣き叫ぶ。そして前方の海原を指さす。そこには風に翻弄され、ゆるく上下を続ける恐ろしい海がある。

船尾の手すり越し、巨人の胸のように大きく上下する海面の中途に、よく見れば小さな黒い点が見えている。

子供の頭？　あの小さな黒点が？　キャロルは夢中で考える。あれがジョン？　今海に落ちたばかりのジョンなの？　しかし黒点は、ゆっくりと遠ざかりつつある。

「助けて、助けて！　私の息子、助けて、ねぇあなた、助けて、お願い！」

マーガレットは泣き叫ぶ。そうしている間にも、黒い点は次第に遠くなっていく。

無理だ、キャロルはすぐに考えた。海が静かな日ならばともかく、こんな嵐の日、到底人間にできることはない。

けれど、と無我夢中の思いでキャロルは考える。躊躇している間にも、子供の頭は遠くなる。今なら場所が解る。見えているからだ。一度見失ってしまえば、そしてこの広い広い海原、もう二度と探し出せなくなる。それははっきりしている。こんな嵐なのだ。

「無理だな、あきらめろ！」

男の大声が背後でした。

「こんな嵐だ、とても無理だ。運がなかったと思ってあきらめろ。助ける方法なんてない！　飛び込めば死ぬ」

男も、嵐に負けじと大声で叫んだ。見れば、髭面の大男だ。

「どうしてこんな嵐の中、子供を甲板に出した!?」

男は大声でなじった。

「子供が勝手に飛び出したのよ！」

「飛び出させるなと言ってるんだ、母親なら。あ、何をする、君、待て！」

男が大声を出す。キャロルが海に向かって走り出したからだ。

「待て、待て、どうする気だ、死にたいのか！」

突風の中、キャロルは速度を上げていく。そして船尾の手すりを飛び越え、巨人の胸もとのように大きく上下する海に向かってダイヴした。

キャロルの頭の中には、白鳥時代の記憶ばかりがあった。水なんて少しも怖くない。陸の上よりずっと、私は水に馴染んでいる。どんなに大きな波だって平気だ。そしていざとなれば――、とそう考えたが、危険に遭遇した際、飛び立って大空に逃げるための翼はもうない、そしてあれは人間の子供だ、人間は水の中では生きられない、もう水を飲んで死んでいるかも知れないではないか、そうなら助けても無駄だ。そんなふうに思い出したのは、体が空中に浮かんでからだった。

みるみる海面が近づき、全身が海中深くに入り、一瞬轟音が消えた静寂の水中を猛然と突進して、轟音に充ちた水上に再び浮かんだ時、キャロルは急坂の中途にぽつんといた。それで、無我夢中で坂を泳ぎあがった。そういう坂自体が、ゆるゆると持ち上がっていく。重く垂れこめた頭上の黒い空が、ぐんぐん近づく。

坂を上がりきり、風に白く砕けている頂きを越えて、キャロルは今度は坂を泳ぎ下る。この坂をふたつ越えれば子供のいる波のはず、キャロルは夢中で考える。さっきそのことをしっかりと見ておいた。そして今すぐに飛び込まなくては、もうあの子供に追いつけなくなる、とそう考えたのだ。それであと先を考えず、走り出してしまった。

必死で泳ぎ続けて、丘に似た波の山をふたつ越えた。ふたつ目の坂を下る際、前方の山を見た。そこに子供の頭が見えるはずだった。そして、愕然とした。いない!?　そこに、子供の頭は見えなかった。

絶望が全身を駈け抜け、その時になってようやく、恐ろしい吠え声を上げている大海原の轟音に気づき、全身が縮み上がった。死ぬのだと気づいた。これで自分はもう死ぬことになると思い、激しい後悔の念が湧いた。山のような波が頭上に盛り上がれば、周囲は夜のような暗がりになる。ひどい絶望。ああ駄目だ、と思う。自分には何もできない。体力が続かない。水面にわずかに顔を出し、はあはあとあえいだ。もう体力が限界を迎えている。肺が痛い。たったこれだけ泳いだだけなのに。人間はなんてもろい生き物だろう。こんな程度の力しかない自分に、こんな無茶など、まるで無理だった。ああ飛び込むのじゃなかった、キャロルは思った。

その時海面が持ち上がり、底に浮かんでいたキャロルの体も上昇する。日陰から出てあたりが明るくなり、それで、あわててきょろきょろと周囲を見廻した。恐ろしい海、恐ろしい吠え声を上げながら上下している雄大な丘のような水塊。ふと、われに返った。絶望的な現実は相変わらず続いている。夢ではなかった。自分はまだこの信じがたい困難さのただ中にいて、水にもてあそばれて死のうとしている。けれど、信じがたいがまだ生きている。ともかく、この水の山をもうひとつ越えよう。それで子供が見つからなければ、もうあきらめよう。

疲労で動かなくなった手足をなんとか動かし、キャロルは泳ぎはじめた。でもいたにしても、それからどうしよう。もう船には戻れない。遥かな彼方に去ってしまった。陸に向かうしかない。子供を抱えて、陸に向かって泳ぐのだ。陸の方向は解るが、できるだろうか。自分にその体力は残っているだろうか。

へとへとになりながら、大波の頂きに泳ぎあがった。頂きから隣の波を見ると、

「いた！」

声を上げてしまった。波の裾(すそ)、ほぼ谷間に、子供の頭が小さく、黒く見えた。底に落ちていた。でも、まだ生きているだろうか。

湧いた気力を奮い立たせ、子供に向かい、懸命に大波の坂を、キャロルは泳ぎ下った。

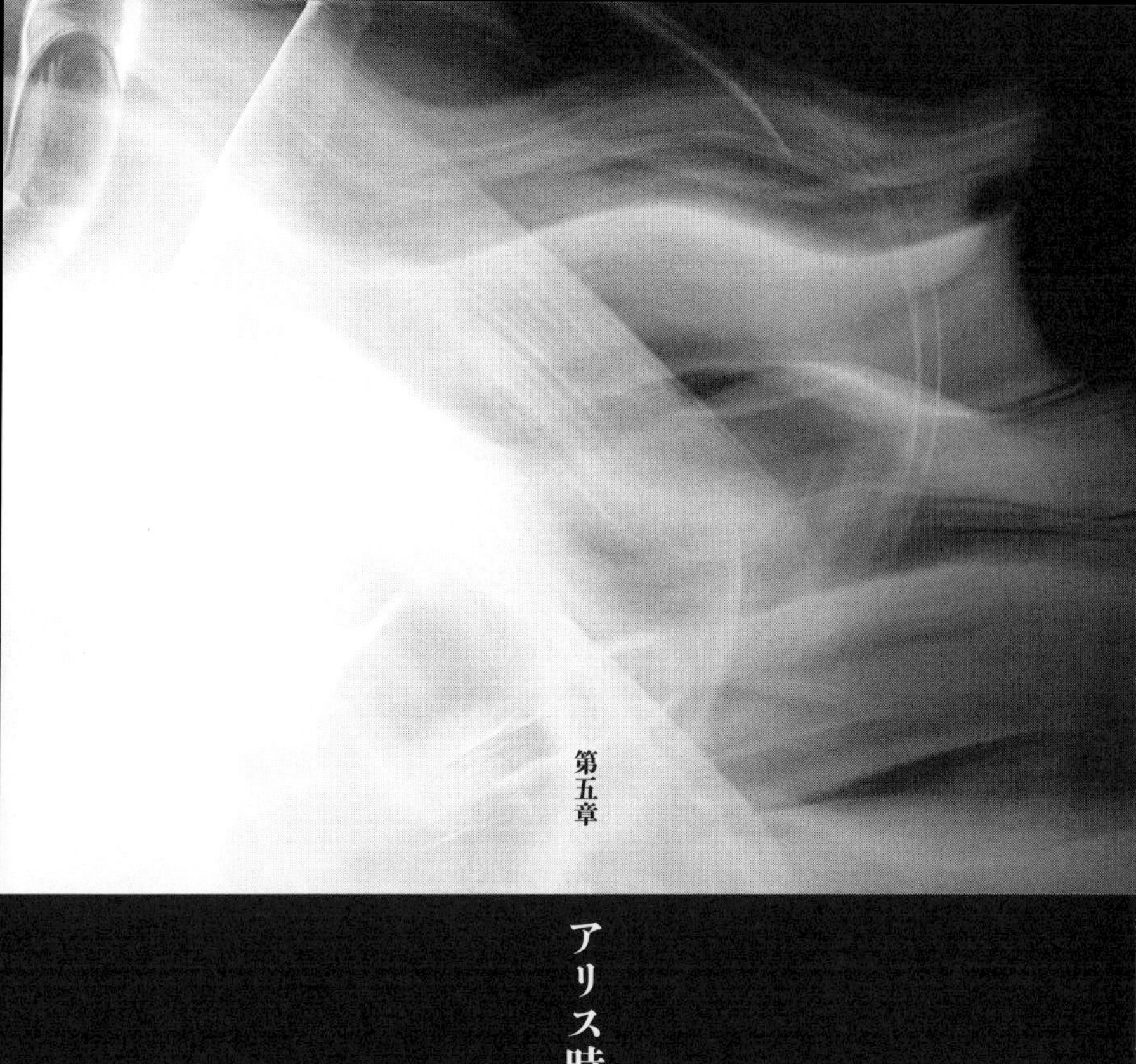

第五章 アリス時間

3 1 6

I

シネマコンプレックスを出ると、御手洗潔は無言でずんずんと石段を下り、その勢いで石敷きの車道を横切って、湖のほとりに立った。そして水面を見つめながら、そのままぶらぶらと歩いていく。シネマコンプレックスは、リラ湖のほとりに建っている。そして彼は、リラ湖が好きなのだ。この街に着いたその日から好きだと、いつだったか私に語ったことがある。考えごとをする時、彼はよくこの水のほとりを一人で歩いていた。

彼の頭の中に、たった今仕入れたばかりの不思議な物語があることはあきらかだった。難問を得ると、彼はいつも歩きたがった。今彼がこうして無言で歩いているのは、彼の脳がたった今、申し分のない刺激を受けたからだ。

私たちは今、映画「フランチェスカ・クレスパンの奇跡」を観終ったところだった。一九七七年にニューヨークで起こった実話の映画化で、この映画を観るべきだと強引に誘ったのは私だった。不世出の天才バレリーナ、フランチェスカ・クレスパンがニューヨークの高層ビルの五十階に入ったデシマルシアターの控え室で撲殺された。しかし彼女は、医学的に死んだあとも舞台に出て踊り続けた——、今や多くが知る伝説化した事件を、忠実に映像化したものだった。

映画は、舞台で踊るクレスパンの姿に加えて、原作者、マーガレット・サガンがバレエ化のストーリーの下敷きにした自作のファンタジー小説も映像化している。それゆえ映画はファンタジー趣味だが、サガンが紡ぎ出したファンタジー以上のファンタジーとなったのが、死んだのちも終幕まで踊り続けた不世出の舞姫という実話だった。

これがファンに記憶され、語り継がれた。衝撃はファンばかりでなく他ジャンルの文化人、さらには一般人にもおよび、時の経過とともに伝説となり、無数の書物やドキュメンタリー映像が作られ、ついにはこうしてハリウッド映画にもなった。アメリカ産の映画は私たちのいる国、スウェーデンにもやってきて、これに私は友人の潔を強引に誘ったというわけだった。

季節は春の三月だったが、ストックホルムはまだ肌寒く、潔も私もコートを着ていた。潔は両手をポケットに入れて長いこと水べりを歩き、私は彼の思索の邪魔をしないように、無言で後方を続いた。彼とのつき合いが長くなり、私はこうしたルールを心得るようになった。やがて潔が足を停(と)め、私の方を振り向いてこう言った。

「さあ観たぜハインリッヒ。次のリクエストは何だい」

「賢明な君のことだキヨシ、解(わか)っていると思うが」

私は応(こた)えた。

潔はまた前を向く。そして一見無関係なことを言った。

「ストックホルムは北の街だ。春はまだ遠いな。日本でならこの時期、品種によっては桜が咲くのさ。極東のあの国には、もう春が訪れている。ああそうだハインリッヒ、そうむずかしい推理じゃないね。でも何故(なぜ)ぼくなんだ？　ぼくはこんなに遠くにいるんだぜ」

「バーナード・コーエンという指揮者が登場していたろう？　『スカボロゥの祭り』の指揮者だ」

「ああいたね」

「ジュイッシュの彼が、こう言ったそうなんだ、この事件の謎は、日本人にしか解けないと」

するとは驚いてまた私を見た。


「日本人に？」

「距離は関係ない、君にしかできない仕事だ」

「それでぼくを映画館に？」

「ああそうさ」

私はうなずく。

「日本人になら解けるって？　何故だ？」

「理由は知らないが、二十年前に、高名な音楽家はそう言ったそうだよ。君なら、理由が解るんじゃないかい？」

私が言うと、潔は首を左右に振った。

「解らない」

潔は言った。

「ほう」

「二十年の昔か」

「正確に、二十年が経っている」

私は言った。

「もう遥か昔の出来ごとだ。事件が伝説化するのに充分な時間がすぎている」

「その通りだね。あらゆるものが風化している」

潔は言った。

「目撃の記憶も、体験談も」

「多くの関係者が亡くなった」

私が言った。

「そうか」

潔は言って、少し空を見ていた。

「それらの人たちのうちに、解決を願う人がいたなら、さぞ悔しかったろう」

私はうなずいた。

「だが今、すべてはもうあの映画の中にしかないよ」

潔は水面に目を落として言う。その様子は、彼らの悔しさに共感するようだった。

「あれがすべてだな」

私も同意した。

「だがミステリーは風化しないよキヨシ、ますます人を惹きつけている。解いてくれる才能を、待ち続けているんだ、二十年間も。長い長い、永遠の夜のような時間の内に、彼らはたたずんできた」

「君は、この事件に詳しいのかい？」

潔が訊き、私はうなずいた。

「一般よりは。ひと通り調べたからね」

「風化は、重要なキーも紛失させるのさ。たとえば……」

「待って」

私は右手を上げて潔を制した。そしてその手をぐるりと回し、やってきたタクシーを停めた。

「乗ってくれないかキヨシ」

停まったタクシーを指差して、私は言った。

「どうして？」

「君の話を聞くにふさわしい場所に行こう」

そして潔に続いて後部座席に乗り込むと、

「王立芸術劇場に頼むよ」

と運転手に命じた。

「ものごとにはふさわしい場所がある。ダーウィンの進化論について考えたいなら英国の森か、ガラパゴス諸島だ。万有引力の法則について語りたいなら……」

「リンゴの木の下かい？」

私は深くうなずいた。

「フランチェスカ・クレスパンの謎について、ミタライ・キヨシの謎解きを聞きたいなら……」

「謎解きなんてまだ無理だ」

潔はさえぎって言った。

「ぼくはまだ何も知らない、謎を今知ったばかりだ。さっきの映画の制作者同様、何も知らない」

「制作者が？」

「彼も迷っているよ。クレスパンは殺されたあとにむっくりと起き上がって三幕めのステージに向かい、踊ったのか。それとも控え室に肉体は横たわり続け、霊がステージに立ったのか」

「うん、解釈が百出したから。ほかに、無痛症という仮説もある」

「無痛症だって？」

潔は目を丸くした。

「ああ。第二次世界大戦当時ヒトラーは、無痛症の兵隊を作りたがっていた、人工的にだ。だからメンゲレに、研究するように指示している」

「なるほど。無痛症なら軍には好都合だね。被弾しても、致命傷でない限り、敵陣に突撃を続けるだろう」

「そうだ、治療はあとでゆっくりやればいい」

「しかし無痛症は、幼児期に脱臼（だっきゅう）や骨折を多く体験する。ほかにも舌を噛（か）んで化膿（かのう）させたり、さらに無痛症は多く無汗症を併発するから、頻繁に高熱を出したりして、たいていの親が手を焼くんだ。クレスパンにもそうした過去が？」

　私は首を大きく横に振った。

「ない。そもそも収容所育ちだからね彼女は。親はいないんだ。収容所時代にそんなエピソードはない」

「ではまず違うと思っていい」

「そうか。着いたぜ、おりよう」

　私は言って、運転手にコインを握らせ、さっさとタクシーをおりた。

　王立芸術劇場の前は、大階段だった。まだ春が遠いせいで、階段に人けはない。私は後続の潔に顎（あご）をしゃくっておいて、先に立って階段を駈（か）けあがった。

　最初の階段を上がりきると、そこはちょっとした広場になっている。ここを突っ切るとまた階段があり、これを上がると劇場の正門前だ。中途の広場にはベンチが散在し、中央には噴水の池があって、この水面手前に、バレリーナの像が建っているのだ。ポワントで立ち、右手を上に、左手を水平に上げたポーズを取っている。

　彼女の背後の水面には、ごくわずかなさざ波が立っていた。風はないのだが、噴水の落下のせいだ。雨が注ぐようにして、これが水面を騒がせる。私は首筋に寒さを感じて、知らずコートの襟を立て、友が追いついてくるのを待った。

　潔は相変わらずコートのポケットに両手を入れ、こつこつと歩いて池に寄ってきた。

「こんなところにいたね」

彼は言った。

「そうさ、クレスパンだ。さあ始めてくれ」

池の周囲の手すりに腰を持たせかけて、私は言った。

「何をだ？」

「キヨシ、君はこの事件を知っていたのかい？　フランチェスカ・クレスパンの奇跡だ。死して、なお舞台に立った舞姫の話を」

「知らなかった」

「どう思った？」

「不思議な事件だ。詩があるね。魅力がある」

潔は素直に言った。

「匂（にお）い立つようだろう？　魅力が。芳醇（ほうじゅん）な、琥珀（こはく）の色の香り」

「ああ、はじめて封を切ったブランデーのようにね」

「世間で、ちょっと見ることのない貴重さ。ミステリーのあまき香りだ。ではキヨシ、挑戦したくないかね」

「それならクレスパンの遺体の頭の傷を見せてくれ。こんな銅像じゃなく。サー・トーマス・ベルジュが観客席から観たというクレスパンの額の血についても知りたい。さらには密室だったという控え室をじっくりと見たい。取り分け床の隅々（すみずみ）をね」

「抜け穴がないかって？」

「寄せ木細工だって話だったね、すべてのつなぎ目を見たいね、埃（ほこり）の付き方、擦過痕（さっかこん）を。それからすべての窓と窓枠だ。はめ殺しだということだが、それがどの程度の厳密さを持っているものか」

「君が特別の目を持っているのはよく知っている、世界中の誰よりもね。だがそれはニューヨーク市警の科学捜査班が徹底してやった。連中だってプロだ、君が思うほどの間抜けじゃない」

「ああ、だといいね」

「キヨシ、ぼくは君を批判する気なんてない。君を尊敬することにかけても、誰にも負けない」

「待ってくれ、ぼくも批判しているんじゃない。これは美しい事件だ。ミンクを首に巻いて立つ貴婦人だ。アングロサクソンらしい端正な美貌で、ミステリーを愛する者を魅了する」

「うむ」

「一幅の名画だ。絵画を愛する者なら、抵抗はむずかしい。だが、そもそもクレスパンの頭の傷はどの程度なんだ？　どんな種類の傷なんだろう。脳に直接損傷を与えるほどの深度を持っていたのか」

「そう聞いている」

「脳のどの部分へのダメージなんだ、ブロードマンの脳地図の第何野なのだろう。身体機能を失わせたのか。それとも、それこそ無痛症なら立ち上がれる程度のダメージか」

「関係者に、君は会うべきだなキヨシ。だが多くは故人になり、生き残った者も、遥か彼方の街に暮らしている。君は脳のオートパイロット機能の存在は信じるかい？」

「それはむろん信じるさ」

　潔は応えた。

「ナディア・ノームの自動人間学説はどうだい」

「興味深いね、一部の高能力者には、確かにそんな現象も起こり得るだろう。だがこのケースでは無理だ」

「どうして？」

「長すぎる。自動人間と呼ぶ現象は、現れてもせいぜい五分だ。たとえ全能の神の助けを借りても、十分以上にはならない。どんなに能力が卓越した筋肉の持ち主であっても、死にあらがえる時間はごく短い」

「そうなのかい？」

「せいぜい点数を甘くしての話だぜ。そもそも常識的には起こらない出来ごとだ」

「ではクレスパンの三幕、四幕は無理だということか。彼女は一時間も踊り続けている」

「そうだ、論外だ。それを可能にするには、脳の受けたダメージがゼロでないとね」

「そいつは無理だな。だがぼくに専門知識はないし」

「だから大西洋を隔てて（へだ）あれこれ言っていても仕様がないのさ。傷を見ないうちは何も言えない」

「ああ。だが、見られても二十年もの時の彼方だ。遺体も風化している」

潔はうなずく。

「ナディア・ノームも……」

「うん？」

「彼女の栄光も、尻すぼみ（しり）になったね、一時はノーベル賞最有力候補とまで言われていた」

「否定的な意見が、最近は多くなっているね」

「どうなんだい君は、この事件は。興味のほどは」

訊くと潔は苦笑した。

「ここにぼんやり立っているのが苦しいほどさ」

「解いてみたいかい？　謎を。未だ（いま）誰も解けないんだ」

「その手の問いに対するぼくの応えはいつだってイエスだ。彼女も、ニューヨークに向かいなさいとつぶやいているようだ」

潔は銅製の踊り手を指差した。

「材料をすべて見せて欲しいね。そうしたら、今まで誰もが見逃していた解答を、必ず引き出してみせるよ」

「ああ、君ならできるさキヨシ。だから映画に誘ったんだ」

「だがすべては海の彼方、時の彼方だ。おまけにぼくは仕事が山積みで忙しく、休暇をくれなんて言うのは気が引ける」

「そうかな」

「二十年昔の事件を調べたいから、しばらくニューヨークに行かせてくれって言うのかい。君が学部長ならOKをくれるかな。彼の回答は解りきっている。さて、映画鑑賞を終えたばかりの今、言えることはそのくらいだ。どこかで温かいものでも飲まないか？　ここは冷えるぜ」

潔は言った。私はうなずき、身を起こす。

「だがハインリッヒ、法の女神が事件を解いて欲しいなら、遠からず、何かが起こるよ。決してこれだけではすまない」

潔は自信ありげに言う。

「二十年も経っているのに？」

「そうとも。ぼくの経験では常にそうだ。だがほんの小さなさざ波かもしれないし、まったく無関係に見える些末事かもしれない。間違いなく世間は見逃すだろう。でもぼくらには、もう区別がつくはずだ。風化しかかっていても、今日キーを手に入れたんだから。今後ぼくらは、新聞に、ネット世界に、目を皿のようにして注視しているべきだ」

潔は言った。

2

午後三時三十分、サードアヴェニューのフェデラルバンクに、目出し帽の男たち四人がなだれ込んできた。中の二人がテラーマンのカウンターに全速で駆け寄り、さっと飛び上がり、ガラスのボードを乗り越えて、テラーマンや事務員が作業をしている内部に躍り込むと、マシンガンを天井に向けて放った。轟音とともに、天井の漆喰が大量に砕け散って、欠片が小さな滝のように落下した。床と事務員のデスクに、もうもうたる埃とともに白い山ができて、女子行員が悲鳴をあげる。

「悲鳴はナシだ！」

オフィスに躍り込んできた覆面男の一人が、威圧的に叫ぶ。

「今度悲鳴をあげたら、あんたの顔面に、こいつをぶち込んで頭を吹っ飛ばす」

そう宣言しておき、また天井に向けて数秒マシンガンをぶっ放した。仲間もまた、壁と天井のコーナーに向けてマシンガンを撃つ。そこに、監視カメラが見えていたからだ。

「両手を上に上げて立っていろ。カウンターにくっついているおまえら、さがれ！」

マシンガンの銃口を向けた。

「素早く動け。大怪我をしたくなかったらな。秒の勝負だ。おまえらの命がまだ続くか、ここで終わるかは、自分らの動きの迅速さにかかっている。肝に銘じろ！」

みな、大急ぎで椅子ごと後方にさがった。

「さがったら、立て！　すぐだ！」

それでみな、弾かれたように立った。

「立ったらカウンターから離れろ。急いでさがるんだ！　手は高く上げたままだぞ。足もとに非常ボタンがあることなんざ、こっちはとっくにお見通しだ。押そうなんぞと思うな。押せば死ぬ！」

行員は怯えた顔をした。事情に通じた相手だと理解した。

「言う通りにしたら、命は取らない、今夜も、家族とテレビが観られるぞ。それともたった今、その床に、血にまみれて横たわるか、おまえら次第だ。

よし、次は入り口のシャッターを全部おろせ。今日はもう店終いだ。この時間だ、ちょっとばかし早いが、問題ない。おろしたら、自動ドアのガラス戸もすべてロックだ、そこからできるだろう。急げ！　一瞬の躊躇もするな。ごくわずかな戸惑いが、おまえらの生と死を分ける！」

銀行員たちは男の迫力に押され、あわてるような動きで命令にしたがった。その様子に、多少いらつきながらも男は、満足しているらしかった。その証拠に、トリガーガードに置いた指を、引き金の上に移動させずにいる。

一緒にカウンターを乗り越えてきた相棒が、マシンガンをかまえて壁ぎわに突進した。そこに制服のセキュリティが一人いたからだ。セキュリティから銃を取りあげ、リーダー格の男に向けて突き飛ばした。

「仲間はいるのか？」

リーダー格がセキュリティに訊いた。彼は首を横に振る。

「よし、おまえはそこで腹這いになれ、俺の目が届く場所で」

続いて彼は、カウンターの向こう側に視線を移し、大声になる。

「そこにいる客たち、次はおまえらだ。おまえらも全員、床に腹這いになれ。ぴくりとも動くな、そのままで死体になりたくなければな！」

すると外に立つ仲間も復唱する。

「聞こえたろう、腹這いだ！」

大声を出す。オフィス側に入ったリーダー格の男が続ける。

「しばらくの辛抱だ、じき終わる。みな殺しは俺の趣味じゃねえ。だが逆らえば容赦はしねぇ、ここを血のプールにするぞ。それが嫌なら、死んだようにおとなしくしてろ、私語も禁止だ。よし、トランクだ、寄越せ!」

カウンターの外にいる仲間二人に、リーダー格が命じた。やはり目出し帽をかぶった外のフロアに立つ仲間が、キャスターの付いたグレーのトランクを二つ、持ち上げてガラスの上に載せ、内部に手渡してきた。男はそれを順次受け取り、ひとつは床に、ひとつは手近なデスクの上に、乱暴に載せた。留め金をはずし、蓋を開く。勢いよく開いた蓋の背がデスクを打ち、派手な音をたてた。

「紙幣を詰めろ、すぐにだ! 今この支店に五百万ドルばかりあることは承知している。急いでこのトランク二つに詰めろ、五百万全部だ。急げ!」

壁の小型金庫が開けられ、札束が出され、数人の行員によって運ばれてきて、どさどさとトランクの中に入れられる。

「走れ! じいさまのダンスの時間じゃねぇぞ!」

言われて行員たちは駆け足になり、紙幣を運ぶ。

「すいません、支店長です、あの……」

目出し帽のリーダー格に向かい、おずおずと話しかける男がいる。

「何だ支店長」

男は応じる。

「あのう、紙幣なんですが……」

リーダー格は右手をぐいと突き出し、支店長に手のひらを向ける。

「おっと、俺らは素人じゃねぇ。言いたいことは解っている。紙幣の大半は、ここではなく、地下の金庫にある、そう言いたいんだろう⁉」

「はいそうです」

「地下に見張りは」

「いません」

「それで？　何が言いたい」

「地下金庫は、私でないと開けられません」

「ではおまえも行け。そのエレヴェーターでおりろ」

そしてリーダー格は、床に置いたもうひとつのトランクを立て、支店長に向けて足で押した。キャスターの付いたトランクはそれでゆるゆると進んで、支店長の足にぶつかった。

「入らなけりゃ、残りはこいつだ」

黒いキャンバス製のバッグも放る。

「こいつが見張りにつく。外にいるもう一人も一緒に行く」

オフィス内に入っている仲間を示した。すると外のフロアにいた男が、カウンターの端に付いていた小扉を開け、ゆっくりと入ってくる。小型のマシンガンを、油断なくかまえている。

「俺たちのマシンガンは、すべて、弾丸がフル装塡だ、たっぷりあるぞ。おまえらが三十回生き返っても、楽に殺せる量がある。動きに厳重注意しろ、ちょっとでもしくじれば、たちまちミンチだぞ」

そして睨みつけ、言う。

「解ったか？　支店長」

「解りました」

「お互い、厄介な仕事は早くに終わらせよう。十五分時間をやる。遅れたらミンチだ。金さえもらえば、俺らはおとなしく出ていく、誰も殺さねぇ、解ったか？」

３３０

支店長は猛烈な勢いでうなずいている。しかしおずおずと言う。

「地下金庫の札はすべて新札です……」

「それがどうした」

「そちらさまのために申し上げています。まだ世間にまったく流通していません。一階のものは流通していますが、地下のものはおやめになった方が……」

「内国歳入庁（IRS）か？　おまえの問題じゃない、洗浄の心配までしてくれなくていい。言われた通りにやれ！」

それで目出し帽の男たち二人にうながされ、支店長はエレヴェーターの中に消えていった。

「ここにある金はそれだけか」

一階のスタッフに問う。

「はいそうです」

女子事務員が応える。トランクの中には、七分通り札束が入った。ちらとそれに目を走らせたが、男はそのことには文句は言わなかった。慎重にマシンガンを腰にかまえたまま、ゆっくりと蓋を閉め、留め金をかけた。

「よし。おまえらも、仕事が終わったのなら、床に腹這いになれ。さっさとやれ。全員だ！」

大声で命じた。

「そのまま死んでいろ、ぴくりとも動くな」

そして、事態は動かなくなった。男はしゃべらなくなり、油断なくかまえたマシンガンをゆっくりと左右に巡らせて、行内を威嚇しているばかりで、沈黙が空間を支配した。

十分ばかりが経過し、ちんとエレヴェーター到着の音がして、ドアが開いた。地下に行っていた仲間二人が、トランクを引っ張ってエレヴェーターから出てきて、リーダー格の男に寄ってきた。

三人は何ごとか小声で会話し合う。リーダーはうなずき、小さなバッグを出してテーブルに置く。

「よしおまえら、携帯電話をこの中に入れろ。外のおまえらもだ。携帯を出して床に置け。マシンガンを持っている男に向けて、床を滑らせろ」

そして中の行員たちの携帯を集め終わると、バッグを外の仲間に向けて放り出した。それで外に立つ目出し帽が、床の携帯を拾ってすべてバッグに入れた。

中にいる男の一人が、アイアンカッターを持ってデスクを巡り歩き、電話や、ファックスマシンのワイヤーを切断して廻った。終わると、カウンターの下にかがんで、足踏み式の非常ボタンも破壊した。

リーダー格はそれを確認してから、自分もゆっくりとトランクを引きずって、カウンター端の小扉に向かって歩き出す。そして行員に命じる。

「おいあっちだ、左の入り口の自動ドアのロックをはずせ。そしてシャッターを半分だけ上げろ、半分だけだぞ。だがいいか、こいつが肝要だ、よく聞け。今から三十分だけ、じっとしていろ。通報はするな。この命令を破ったら、俺たちはおまえら行員全員の住まいのリストを持っている。仲間が家に行って、おまえらの家族を全員殺す、女房も子供も、一人残らずだ。解ったな？　俺らの組織は大きい、侮るなよ。三十分おとなしくしていろ、あとは自由だ。どうせこれは、おまえらの金じゃない」

そして開いた出入り口から、目出し帽を脱いで表に出ていった。脱いだ顔を、行員には見せなかった。

「よし四時だ」

一人が腕時計を見て言った。

「完璧だ」

いかつい体つきの男四人が、がらがらと音をたてながら、キャスターの付いたトランクを引っ張って往来を駆けていくのは、それなりに人目を引いた。音も大きい。立ち停まり、こちらを見る者もいる。

「おい、どうした、道ががらんとしていやがるぜ」

もう一人が、左右を見廻しながら言う。

「話が違う。こいつは無理だぞ、いったい何が起こった」

メンバー全員の顔色が変わっていた。

「抱(かか)えて走るか」

「やめておけ、目立つ、あまり走るな。FDRはすぐだ」

歩行者用の信号をいらいらしながら待ち、歩道を駆けて渡った。

「くそったれ、どっかの馬鹿(ばか)がドジを踏んだか！」

リーダー格が青い顔で言う。

がらがらと騒々しいトランクを引いて大通りを二つばかり越えた時だ。前方にポリスカーが止まっているのが見えた。

通報で駆けつけた警官ではないようだった。動きが隙(すき)だらけで、緩慢だったからだ。しかし男たちの挙動には興味を抱いたとみえ、職務質問をする気になったらしかった。二人の男性警官と、一人の女性警官が、彼らの進む道の前方にゆっくりと歩いてきて、立ちふさがる気配を見せた。

「くそっ、どういうことだ！」

リーダー格の男がひと声毒づくと、赤信号のため、速度を落としながらゆっくりと目の前を横切るバスのボディに隠れながら、だっと右方向に走り出した。トランクは放り出した。

残された男たちはいっとき棒立ちになり、躊躇し、バスがすぎると急いで回れ右して逃走を始めた。途端に警官は色めきたち、こちらに向かって全力で走り出した。

「停まれ！」

警官の一人が叫び、銃を抜いて天に向けて威嚇射撃をした。それで男たちは、トランクを放り出して全力疾走になった。トランクを持っていては逃げ切れないと踏んだのだ。

「どいて、みんな道を空けてくれ！」

銃をかまえ、叫びながら警官が走り、通行人は驚いて立ち停まり、続いてみな、左右に散って逃げはじめた。

一人の警官が棄(す)てられたトランクに走り寄り、金具を開けて中身を見た。大量の紙幣に驚き、重大事件と見た彼は、前方を逃げる男の足を狙(ねら)って撃った。命中し、男はもんどりうって歩道に転倒する。

前方にいた警官は、驚いて後方の仲間を見る。

「大金だ、何万ドルもあるぞ。銀行強盗だ！」

彼は答え、それで警官たちは全員銃を抜き、前方を逃げる男たちの足を狙いはじめた。たちまち発砲し、もう一人の男の足に命中させ、転倒させた。

一人はまだ無傷で、全速力で逃げていく。一人の警官が走り続け、執拗(しつよう)に追った。走りながら前方の通行人に向かい、警告の大声を出す。

「道を空けて！　みんな道を空けて！　射撃する！」

それで前方から歩いてきていた通行人は、また急いで左右に割れる。右側の者は車道に出、左側の者たちは、ビルの壁に貼(は)りついた。その中央を、銀行を襲った男は全力で走り抜けていく。しかし数ブロック行くうちに、ゆるゆると減速した。息が続かなくなったのだ。立ち停まり、ゆっくりと身を折る。そしてこう叫んだ。

「撃つな！　オフィサー、撃つな！」

「よし、両手を頭に。ひざまずけ！」

駈け寄りながら警官は、大声で叫ぶ。彼も息を切らせているが、追いつき、男の肩に取りつくと、あえぎながら男の両手を背後にねじって手錠をかけた。

うしろから追いついてきた警官が、歩速をゆるめながら、首をかしげた。そして、

「いったいなんだ？　こいつら」

とつぶやいた。

3

午後四時十三分、ニューヨーク、海に近いマンハッタン・イースト地区の高層ビル、三階の屋根部分に造られたバルコニーで、吊りベルト付きのデニムのズボンを穿き、上半身ほぼ裸の男が一人、顔には緑色の化粧をして、ラッパ型の拡声器で何ごとか叫んだ。

ビルはマンハッタン島では標準的な六十階高層建築だが、三階で段差を持っている。三階屋根部分はバルコニーになっていて、男はそこに立ち、下界に向かって何ごとかわめきはじめたのだ。

手すりから上体を乗り出し、ラッパ型の拡声器を口にあて、何やら高尚な哲学を披露し、続いて国際政治や安全保障を論じ、国内に戻って内政の無策や司法の堕落を嘆いて、アメリカという夢の終焉をとなえはじめた。アメリカという自由の灯台はもう倒れた。今後世界は、共産主義という言論統制の暗がりに向かう。

そういうことをひとしきりわめいてから、ここはもう駄目だ、こんなくだらない社会に自分は生き飽きた、今から飛びおりて死ぬから、下を歩く人たちは注意して欲しいと宣言した。自分の死は崇高

なもので、誰かを巻き込んで、三流新聞のネタにはなりたくない、だからそこを空けてくれと下の歩道を指差してわめく。

最初は誰も相手にしないふうで、歩道の人たちはさっさと行きすぎていたが、飛びおりて死ぬと言い出したので、通行人が足を停めはじめた。するとそれが呼び水になって、見上げる人数が増していく。ありふれた酔っ払いのたわごとが、人死のショウに変わった。それでみな、中央を空けて歩道に立ち、ドーナツ状の人だかりを作った。

人だかりで歩道はダムのように通行がせき止められるから、通りかかる人はみなやむなく立ち停まる。そして周囲に事情を尋ね、それから上空を見上げて男の主張を聞き、興味を惹かれる者は、去らなくなる。そういう人たちで人数は増していき、ダムはどんどん大きくなる。

男の話は、このところみなが興味を持っているテーマで、だから多少引きがある。足を停めた人々はみな上空を見上げ、男の言い分を聞く。すると時が経つにつれ、男の言い分に共感する者も出て、そういう者はうなずき、拍手を送る。けれど、落ちてこられたら大変だから、歩道の真ん中は空けている。するとドーナツ状の集団はどんどん膨らんで歩道に乗り切らなくなり、車道にはみ出していって、歩道際の一車線をふさぎはじめた。車線をやってきた車は、集団の手前で減速し、いったん停止し、ウインカーを出して左が空くのを待っている。車線を左に移動したら、人垣の横をゆっくりとすぎていくのだが、バルコニーを見上げながら進むので、速度が上がらない。しばし停まって、見物していく運転者もいる。そうなると、車道も渋滞気味になった。

話に興が乗ってくると、男はバルコニーから身を乗り出し、飛びおりそうな気配も見せる。歩道を埋めた群衆の内の女性から、すると悲鳴があがる。男たちも、やめろと制止の大声をあげる。すると男は反応を楽しむように上体を空中に乗り出し、続いて片足も空中に出してぶらぶらさせる。すると女性たちはますます喉を絞って悲鳴をあげ、男は喜び、いっときからからと笑う。

陽気なその様子から見れば、とても飛びおりそうではない。見物人は視線をおろし、首をかしげ、やつはいったい何がしたいのだと周囲に問う。これは、死ぬ気などないのではないか。単に騒ぎを起こして楽しむ、それが目的の愉快犯だ。しかし安心はできない。ドラッグで酩酊しているのかもしれない。そうなら恐怖心が麻痺しているから、げらげら笑って死ぬことだってあり得る。

男は四階の窓からバルコニーに出てきたふうだ。そうなら、警察が四階にあがり、窓からバルコニーに出て、男を取り押さえるべきだと観衆の一人が言い出した。

「警官の姿を見たら、かえって飛びおりるぞ」

そばの者が反論した。

「いや、そりゃ駄目なんだ」

別の一人が上を見上げたまま言う。

「自分はあのビルの窓からずっと見ていた」

と広い車道をはさんだ向かいのビルを指差す。

「あのフェデラルバンクの上か？」

「そうだ。窓がふさいであるんだ。あいつがふさいだ。しっかりボルト留めまでしているみたいだ。そうならもう破れない。ボードは鉄板みたいだから」

「ボルト留め⁉」

「鉄板だって？」

言って、みな少しざわつく。そこまでして、という思いにかられたのだ。鉄板まで用意して？　どうしてそんなことまでする、という声が起こる。通常、自殺者がそこまでするものなのか。

「それじゃあ弾丸も通さないな」

「あいつは本気だ、もう死ぬ以外にないんだ」

向かいから見ていた男が言う。

あの男はふざけているが、決意は冗談ではない。自分が出てきた窓をふさいでボルト留めだから、男自身もうビル内に戻れない。戻る気がないのだ。そうならもう手すりを乗り越え、こっちに飛びおりる以外、彼に脱出口はない。

目的は何だ？　誰かが上空に向かって大声を出す。このクソみたいな世界におさらばしたいだけだ、男が叫び返してくる。ただ死にたいだけの男がここまで騒ぐか？　下の者たちは考えはじめる。普通そんなことはない。そうなら、この茶番に何か意味があるのだ、あいつにとって。しかし、いったいどんな意味が——？

誰かが通報したか、パトカーが来た。二台ばかりが歩道の際に止まり、どやどやと警官がおりてくる。歩道の群衆を左右に分けて、男が飛びおりた場合を想定して、スペースを広くする。そうしておいて、ビルに入っていった。見ているとバルコニー左右の窓が開く。ふさがれている窓の左右だ。上体を乗り出して男に何ごとか話しかけている。思いとどまるように説得しているのだろう。男の背後になる三つの窓はふさがれているから、その左右の窓から話すしかない。

警察には、こうした騒動の際に、犯人と対話するプロフェッショナルがいると聞く。今まさにそういう者が、彼に話しかけているのであろう。口調は冷静で、態度は落ち着いている。うかれているふうのバルコニーの男と好対照だ。しかし彼は拡声器を持っていないので、説得の内容は聞こえない。それが道にひしめく者たちを欲求不満にする。聞こえないぞ、と大声を出す者も出る。

背後を向いて警官に対し、男は何ごとか言い返しはじめる。これは相変わらず拡声器を使うから、内容がよく聞こえる。歩道のみな、聞き耳を立てる。

一貫してふざけた口調だが、内容が繰り返しになっている。しばらく待て、すぐにすむと言っている。これを何度も何度も繰り返す。そうしておいて、唐突にラッパ型のスピーカーを口から離して足もとに置き、ダンスを始めた。近頃よく見かける、パントマイムふうの動きを取り入れた巧みな踊りで、素人芸には見えなかった。充分に金が取れそうなレヴェルで、それでこの男はいったい何者だと、みなますます思いはじめる。プロのダンサーか？

ワオ、ワオゥ！　と背後から奇声が聞こえたのでみなが振り返ると、車道に巨大なウサギがいたからみなぎょっとした。巨大なウサギが長い耳をぱたぱたと折ったり、伸ばしたりしながら、ぴょんぴょんと飛び跳ねていた。飛び跳ねながら、歓声をあげているのだ。

奇声をあげながらもウサギも、男の話を聞いていたが、時におうー、と叫んで右の拳を真っすぐに突き上げる。それは同意のジェスチャーだった。男の話が、動物実験をすぐにやめろという話になったからだ。するとバルコニーの男もウサギに合わせ、おうーっと叫びながら拳を突き上げている。

テラスの男は、化粧品の実験が最も許しがたいと言った。化粧水や乳液を開発すると、それをウサギの目に垂らして、失明するか否かを見るのだ。何故ウサギか、それはウサギが、目を閉じることがほぼできないから、実験に便利なのだと言った。するとウサギは狂喜乱舞して、車道を駆け廻る。よくぞ言ってくれたと喜んでいる。

観客たちは、バルコニーばかりでなく、今や背後の車道にも視線を配りながら、にやにやする。げらげら笑い出す者も出る。拍手も湧く。男は動物実験の悲惨さを語り続ける。捨てられた犬たちは、ヤケドの薬の実験に使われる。腹や背中をバーナーで焼かれ、薬を塗られて、回復の様子をデータに取られる。こういう実験には、人に尻尾を振る、よくなれた犬から順に連れていかれ、悲惨な拷問を受けるのだ。牙を剝いて唸る犬は、面倒だから後廻しだ。

天にラッパを向けて、男は叫び続ける。

「こんな国は狂っているぞ。そうじゃないか？　正義はもはや消えた。マネーの論理だけだ。植民地を作り、奴隷を使う怠惰を知ってからだ。そして国民の大半は、中学時代から覚えるドラッグで、脳が壊れている。人間本来の感情が麻痺したのだ。ウサギや犬ばかりじゃないぞ、無数の動物たち、いや動物じゃない、今や、誘拐された何万という子供たち、幼い、無垢な子供らも、むごい拷問を受け、日々殺されている、金持ちのために、悪魔のドラッグを脳から採るためだ。

　俺は暴露するぜ。これで大勢の金持ちたちを敵に廻すだろうが、かまいやしない。俺は命を賭けているんだ、こいつには、大統領も関わっている。顧客リストには、有名人、ハリウッド・セレブどもの名前も満載だ。あふれ返っている。腐った政治屋どもも、当然何もしようとはしない。誘拐された罪のない子供を、救済しようとはしない。おまえら、いったいなんのために政治家になった⁉　堕落したマスコミも同じだ、おまえら、毎日何を書いている？　こうした事実を少しも報道しないで、なにがマスコミだ！　金持ちに買われ、政治家とぐるになって、悪魔どもの所業を覆い隠しているのだ！」

　するとウサギは、今や喜びにわれを忘れ、車道から歩道へとぐるぐる駆け巡る。歩道に飛び乗り、その場でしばらく飛び跳ね、くると回れ右してだっと車道に駆けおり、人垣のぐるりを全速力で走る。見物人の視線は、ウサギを追って動く。直立した体をゆるゆると回し、ウサギの動きを体ごと追う者もいる。

　立ち停まればウサギは、歓声とともに拳を天に突き上げ、万歳をする。そしてゆっくりと逆立ちをし、そのままふらふらと、しばらく歩いたりもする。こちらもかなりの達人と思われ、そんなおりには見物人はせいぜい拍手をする。

　しかししばしの大騒ぎのあと、興奮に飽きたのか、ウサギがみなにつと背を向けた。見物人の群れをあとに、ふらふらと歩道を歩き出した。サードアヴェニューを南に向かっていく。すれ違う人たちは、驚いてウサギを見ている。どこかのモールか、レストランの宣伝かと思うのだが、ウサギは手ぶらで、体の前後に広告の看板を下げてもいないし、プラカードも手にしてはいない。

そのまま三ブロックも行った頃だ。電子音に似た拡声された女性の声が聞こえはじめた。ややヒステリックな金属音だが、それでも興奮はしていない。ごく日常的な口調で、こんなアナウンスを繰り返す。

「この車は間もなく爆発します。車から離れてください」

そしてビービーと、しばらく警告の電子音が鳴る。鳴り終われば、また女の声に戻る。

「この車は間もなく爆発します。車から離れてください」

淡々と述べ、続いてまた、ビービーとしばらく警告電子音が鳴る。終わるとまた言葉になる。

「この車は間もなく爆発します。車から離れてください」

そして警告音。

見れば前方歩道脇に、郵便配達車に似た、四角い白いヴァン型車が止まっている。

周囲の人々はパニックになっている。駆け出して遠ざかる者もいる。何も考えずに歩道を進み、すたすたと車に近づく通行人の、肩を摑んで押しとどめ、真剣に諭す者もいる。

女性たちはみな駆け出して遠ざかる。ビルの角を曲がると、角から顔を出し、こわごわ白いヴァンを見つめている。

ウサギも立ち停まり、歩道から白いヴァンを見た。ヴァンが止まっている場所の、歩道をはさんだ位置のビルは、窓に白いボードがのぞいて、これがゆらゆらする。ヴァンが爆発した時にそなえて、室内側からガラス片のガードをしようとしているのだ。そういう窓を、ウサギはじっと見ている。

そばのビル裏口から、大勢の勤め人たちが避難のために駆け出してくる。そしてサードアヴェニューの歩道を駆けて、車からできる限り遠ざかろうとしている。裸足の女性もいる。

パトカーが来る。ヘルメットをかぶり、爆発よけの厚手の盾を持った警官たちが、ばらばらと歩道におりてくる。赤色と白の縞模様が描かれた踏切の遮断機に似たバーを歩道に置き、人をヴァンに近づけないようにする。白いヴァンの反対側でも、別の警官たちが同じ作業をしている。

イースト四十九番ストリートのビルのテラスでは、緑の顔をした男が、相変わらず演説を続けている。その合間には踊る。気がすむまで踊ると、また床から拡声器を取りあげ、今度は経済問題を論じはじめた。間違いだらけの課税について、一席ぶつ。

「間もなく増税になる、結果、失業者が増すだろう。果てしなく増し、都市部では治安が悪化する。そこに警察の予算が削られる。売国奴のワンワールド主義者が警察機構を解体する。悪徳警官が黒人を殺し、白人警官が諸悪の根源だと主張し、それはまあ一面真実だが、そんなことだから、治安と秩序は取り返しがたい混乱に陥る。クソったれどもが金持ちの家を襲っても、グローサリィストアを襲っても、防ぐ者たちがいなくなる。家具も食い物も、店から持ち去り放題。

おい、これは何だ？　そうだ、革命だ。そして革命が起こるのだ、この自由主義の国でも。世界政府主義のグローバリストどもは、あきらかにこれを目指している。アメリカに革命を起こすのだ。

この島には、グローバル金融商品だけが東西に、南北に、縦横に動いていくのだ。もうすでにそうだろう？　何故増税か。え？　どうしてだ、金持ちが税金を払わないからだ。くそったれのケイマン諸島、タックスヘイブン、デラウェアだ。

連邦所得税だ！　ＦＲＢだ。こいつがクソだ、一〇年代からあるんだぞ。潰せ。どうしてアメリカ政府が、自国のカネを刷っちゃいかんのだ。大統領も、この金がなきゃ、ホワイトハウスに入れない。選挙に勝てないからだ。

大統領を操って、金持ちはどんどん肥え太る。遊んでいても、連中の財布ばかりに果てしなく利息の金が流れ込む。酒を飲み、ベッドで女とやっている間に、やつらの金庫はどんどん金で膨らんでいくんだ。

貧乏人は毎日働き続け、ますます貧乏になり、ブタの貯金箱の乏しい金を減らし、家を失う。家族を失い、健康も失う。公園で眠る連中に売れる商品は、ぎりぎりの命の糧、パンか？　そうじゃない。ドラッグだ！　ドラッグだけが売れる。アメリカ人は、それで老人から若者まで免疫力を失う。ただの風邪で、ばたばた死んでいくのだ。風邪で肺が潰れ、呼吸ができず、苦しんで、苦しんで、のたうち廻って死んでいく。市民はみな、政府になんとかしてくれと乞い願い、政府が助成金を出せば、たちまちまた共産主義だ。

　こいつはやり病いよりたちが悪い。病いと一緒にみるみる言論統制が蔓延し、監視カメラは通りを埋めつくし、共産政府に都合のよいゴミ情報ばかりがメディアに垂れ流されて、国民はみるみる馬鹿になる。結局ワンワールド共産主義者ばかりが儲かるんだ。やつらは賢い。メディアを完全に買いつくし、首輪をつけて飼いならしているのだ。

　国境が破壊され、人・物・金がアメリカから出ていき、もの造り産業は国から消え、ただ金融商品と、マネーロンダリングと、子供の誘拐が横行するばかりのスラムになる。成長した娘らは金持ちどもに売り飛ばされ、一％の超金持ちどもは、五十％どころではない、やがてこの国の富の七十％を独占するようになり、紙幣の印刷権は決して手放さず、大統領も政治家も軍も警察も司法も、ウォルマートのチラシみたいに大量印刷したこの数字の紙で、飼い犬のように支配される。

　この国の道徳のすべてを、愛だの思いやりだの、正義ぶったいっさいがっさいを金で買い、この一％が、このペテンですべてを奴隷にしてしまうのだ。アメリカを売り、共産主義者の奴隷にする重罪者は捕まらず、裁かれもせず、正直にブタ箱に入る者は、万引き野郎と、ドラッグ・ディーラーたちばかりだ！」

　立て板に水でわめき立てながら、男はバルコニーを右往左往しはじめ、あちこちで身をかがめ、何やら作業を始めた。あたふた動き廻りながらも、男はわめき続ける。

「この国は死んだ。マンハッタン島は死んだ、見ろ、今や天を衝くバカ高い墓石ばかりの、ここはどん底の共同墓地だ。その昔、西インド会社がレナペ族に支払った二十四ドルの値打ちも、もうありゃしねぇ！」

そうだ、という声が一部の観衆からあがった。男の言うことは、一部の人間には説得力を持っている。男は地上の彼を指差し、言う。

「そうだ、あんたは賢い、解るやつには解っているんだ。クオーター・コインほどの価値もないぜ。クソったれの共同墓場では、共産主義だけがハバをきかせ、ぐんぐん成長する。その勢いはすごいぜ。どんなふうかって？　見たいか？　よし見せよう、こんなふうにだ！」

男が言うと、男の横に巨大な赤い、丸いものが姿を現した。歩道の聴衆はぎょっとした。それが、みるみる増体していく。

「見ろ。これだ、これが共産主義だ。間もなくわれわれを徹底支配する怪物の姿だ」

赤い物体、それは地球のような球体をしていた。それがみなの目が見上げる上空で、みるみる大きくなる。すでに男の背丈を超えた。しかしそれで停まることはない。ますます増体する。どんどん体積を増して、男の背丈の倍ほどにもなった。しかしそれでも停まらない。今やバルコニーにおさまりきらなくなり、手すりに載り、半分以上が観衆が見上げている頭上にはみ出した。

「風船だぞ！」

聴衆の一人が叫んだ。

その通りだった。風船は、ゆっくりと空中に浮かんでいく。風船の下にはロープが下がり、ロープもゆっくりと上昇を始めた。

すると、度肝を抜く出来ごとが起こった。男の体も一緒に浮かんだのだ。風船のすぐ下、どうやら足を載せるステップがロープに付いていて、これに立ち、ロープにすがって、男は空中に上昇していく。

「アドバルーンだ!」

聴衆の誰かが言い、喝采か立腹か、気分は不明だが、見物人はともかく大声をあげる。最近は見なくなったアドバルーンが、突如バルコニーに現れ、それが今やしずしずと、音もなく、青空に向かって上がっていく。高層ビルの壁面に沿い、ゆるゆると大空に向かっていく。

男の姿も空中に上昇する。彼は笑い、眼下の観客に向かって上機嫌で手を振る。拡声器はもうない。彼はただ笑い、下の者に気前よく愛嬌を振りまき、すると歓声をあげ、手を振り返す者も、観客の中から出た。

巨大な風船は、速度を増しながら上昇を続け、間もなく高層ビルの壁面を離れた。それ以上の高みに達したからだ。見ていると男の体は、もはや小指の先のように小さくなった。そしてイースト川からの風にあおられ、セントラルパークの方角に向かっていく。そしてマンハッタン島上空の、紺碧の空に溶けていく。

「なんだったんだこりゃあ!」

男の姿が小さくなると、観衆の一人があっけにとられて叫んでいる。

「飛びおりるんじゃなかったのか」

聞いて周囲の者たちもうなずき、笑った。

「まあ、ズボンに血が付かなくてよかったぜ」

誰かが言った。

拍子抜けがしたが、とりあえずよかったと、みなが安堵の表情を浮かべた。人が死ぬ様子も、頭蓋骨が砕ける音も、飛び散る血も、眼前にせずにすんだ。

警官たちの顔も、窓から引っ込む。その瞬間だった。どーんという爆発音が、彼方から聞こえた。

警官は、ぎょっとしたように、再び顔を出した。上体を乗り出し、音のした方角を見ている。

歩道を埋めていた観客たちもみな、音がした方向を見た。すると、彼らの立つサードアヴェニューの歩道から遥か南方に、ゆっくりとオレンジ色の火の玉が上昇するのが見えた。車のドアらしいものが、くるくると空中を舞っている。続いて激しい悲鳴、女たちのたてる声。男たちの大声も風に乗って漂ってくる。何ごとか叫びたてる声。子供の泣き声。駆けおりてきた警官たちが、急いでパトカーのドアを閉め、タイヤを鳴らし発進させる。爆発音の方角に向かう。

たった今まで緑の男を見ていた見物の集団が、みるみる崩れる。みな早足で歩き出し、爆発の現場に向かう。先頭の何人かは駆け出す。

サイレンを鳴らしながら、パトカーが何台か、連なってサードアヴェニューを南下していく。

こちらのショウは終わったらしいが、別の場所で、また別のショウが始まっている？　これがニューヨークか、多くの者はそう考える。そしてそれ以上は考えない。何ブロックか南。どうやらサードアヴェニュー沿いで何か起こっている。だから今まで緑の顔の男のショウを見ていた者たちの全員が、サードアヴェニューの歩道を早足になっている。爆発音がした現場に向かっていく。

テラスのショウはいったい何だったのかと、たった今まで不満に思っていたのだが、それどころではなくなった。爆発だと？　いったいなんの爆発だ？　今度は何が始まる？　マンハッタン・イーストで何が起こっているのか。ひょっとして、革命主義者たちの暴動か？　マンハッタンで、革命が起きようとしている？　緑の男のさっきの主張に知らず影響を受け、多くがそう考えた。共産主義革命——？

緑の男がアドバルーンで去っていった方向の反対側、ビルから東のイースト川に向かう、イースト四十九番ストリートの歩道で、見物人の背後にいたウサギが戻ってきて、道ばたでボールを用いたお手玉をやっていた。三つのボールをジャッグルする。終わると、次はピンだ。ボウリングピンに似た小型のピンを三本持ち、これでジャッグルを開始する。見事な手つきだ。子供たちがやってきてウサギのぐるりに人垣を作り、歓声をあげて見学している。

親の手を引き、歩道を駈けて向かってくる子供もいる。サードアヴェニューでは、パトカーの警報音が鳴り響いて戦場のようだが、何ブロックか離れたここは無縁だ。芸の間にはさむウサギのおどけた動きや、パントマイムに似た軽業(かるわざ)に、子供らが歓声をあげている。

4

イースト川に沿って南北に走る、FDRハイウェイの右側にクレーン車が止まり、看板撤去の作業をしている。「Rabbit carries pizza」と書かれた古い看板を地面におろしているのだ。

文字の下には、ピザの入った八角形のボール紙の箱を抱え、草原の小径(こみち)を走っている一匹のウサギが描かれている。しかし絵はもうずいぶん色あせ、看板全体が白く退色している。

ピザの入った平たいボール箱を右手で胸に抱えているが、左手にはチョッキのポケットから取り出した懐中時計を持ち、真剣な表情で時間を見ている。時計の右上には「三十分以内にお届け！」の文字が見える。草原の向こうには水面が見え、その向こうには林立する高層ビルが見えるから、これはどうやらセントラルパーク内の草原らしい。ウサギは、その遊歩道を走っているのだ。

しかしラビット・ピザなどという名前を近頃聞かないので、もう倒産したか、閉店した店なのだろう。だからハイウェイ沿いのこんな大看板も不要になったのだ。

クレーンでウサギの看板を吊り上(つりあ)げ、FDRの並木と、コンクリート塀の間にそろそろとおろし、慎重に塀に立てかける作業をしながら、男二人がこんな会話を交(か)わしている。

「ヘイ、ピザはどうした。まだ来ないのか」

「アリスのレストランか、来ねぇな。もう時間だ、四時九分アリス……」

腕時計を見ながらつぶやく。

「どうなっている。何か連絡を受けてるか？」

問われた男は首を左右に振る。

「いや」

憮然とした顔でそう応えておいて、彼は看板から離れて斜面をくだり、ぽんと車道に飛びおりた。さらに縁石脇を歩いてトラックのドアを開け、運転席に上がり、油圧を操作してクレーンを縮めた。さらにゆっくりとたたみ、さらに荷台に接するほどに下げておいてから、運転席を出て荷台に移り、たたまれたクレーンに、しっかりと留め金をかけた。それから草の土手に飛びおりて上方に向けてあがっていって、仲間が待つ看板の手前に戻って、腰をおろした。

待っていたもう一人の男もその横に腰をおろし、二人は並んでイースト川を行く船を見ていた。

そこへ、看板の裏面のボルトをはずしていた男二人も広告塔をおりてきて、二人の横に立った。

「ピザは」

仲間を見おろしながら、二人に訊いた。

「さあな」

クレーンをたたんだリーダー格の男が、無愛想に応えた。

「おおかたウサギが、どこかで道草食ってるんだろうぜ」

軽口を叩きながら、しかし男たちの顔にはわずかな笑みもない。

「冗談じゃねぇぞ」

一人が低い声で言った。

「そんな道草、高くつく」

それからしばらく、四人は無言で川面を見ていたが、クレーンの男が立ち上がった。そして短く言う。

「十四分アリス、時間だ。行くぞ」

そして二人はクレーンカーに、あとの二人は後続のトラックの運転席におさまった。

「俺たち、これに乗ってもいいんですかい」

うしろのトラックの者が、前のクレーン車に向けて大声をあげた。

「ああ、かまわねぇ」

リーダー格が、うしろを向いて応じた。

「看板は」

うしろのトラックの男がさらに訊く。

「知るか。うっちゃっとけ！」

リーダー格が命じた。

二台の大型車が走り出し、去ると、あとにはコンクリートの塀に立てかけられたラビット・ピザの大型看板が、ぽつねんと残った。

五時十分、クレーン車がアッパーノースでＦＤＲから一二五番通りに折れ、パークアヴェニューとの角にさしかかった時、白い救急車が二台を追い抜いてクレーンカーの前に停車した。ドアが開き、白衣の男二人が運転席から出てきて後部のドアを開き、担架の載ったキャリアーを引き出している。おろし終わると、一人が小走りになって、クレーン車の運転席の下にやってきた。

クレーン車の窓を開け、運転手が早口で言う。

「手違いだ」

彼は言った。

「何だって？」

白衣の男が耳に手を当てて問う。

「必要ない、怪我人は出なかった」

すると白衣の男は呆然と立ち尽くし、何か言いたそうにする。

「救急車なんぞ、いらねぇってこった！」

言いおいてクレーン車の男はアクセルを踏み、ハンドルを切り、さっさと左の車線に出ていく。

狐につままれた表情の救急隊員が、あとに残された。二人はいっとき白布の載るキャリアーの横に立ち尽くしたが、すぐに気を取り直し、黙々とキャリアーを押して、救急車の後部ドアに向けて戻っていく。

5

一人だけ逃げおおせたリーダー格の男は、路地伝いに歩いて現場から遠ざかり、ゴミの散乱する路地の奥のガービッジコンテイナーの陰に腰をおろした。体力の回復と、日没を待つためだ。

その間、じっくりと考えた。世界で何が起こっているのかをだ。綿密な計画にきしみが出ている。どうしてこういうことが起こったのか。あり得ないことだ。

乱暴な仕事ではあったが、計画通りにこなせば、それほどむずかしい作戦ではなかった。砂漠での戦闘に較べれば、むしろ楽なものになるはずだった。仲間はどうか知らないが、自分はあらゆる可能性を想定していた。だからああした判断ができたのだが。それにしても、気分は愉快ではない。それも猛烈にだ。これ以上ないほどにうまくいっていた。とてつもない額の金を、手中にしていたのだ。

それが一瞬で消えた。

立ち上がり、コンテイナーの蓋を開けて、着るものはないかと探った。自分のいでたちは銀行員には憶えられている。このままはまずい。印象を変えなくてはならない。底の底まで探っていたら、ぼろぼろになったコートが一着見つかった。オイルやら何やらが付いて、まだらに汚れていたが、これでよかろう。破れてはいない。引っ張り出して、今の黒い上着の上に羽織った。油汚れの臭いが不快だったが、気分はこれでかなり落ち着いた。そうしてからコンテイナーの横の段ボール箱に腰をおろして日暮れを待った。

仲間はパクられたが、警官たちは、もう一人仲間がいたことを見ている。連中がたとえ近眼ぞろいだったとしても、自分のことは気づいている。服装も見ているかもしれない。パクられた仲間が、そうそうすぐには自分のことをゲロらないと思うが、銀行員が賊の頭数を言う。パクった襲撃犯の頭数がひとつ足りないことにすぐ気づく。そうなら、この島には今非常線が張られている。

街が暗くなってくると、路地を出て、西に向けて延々と歩いた。前方や周囲に、ポリスカーや警官の姿を注意深く探した。あれだけ派手な銀行襲撃をやったのだ。今頃警察はてんやわんやの大騒ぎのはずだ。厳重な非常線が張られていないはずもない。周辺の署から手の空いた連中が洗いざらいマンハッタン島に動員され、今島中が検問だらけだろう。道路も、地下鉄もだ。

だからバスにもタクシーにも、地下鉄にも、乗るわけにはいかない。のんびりバスなどに乗っていた日には、警官がバスを停めて入ってくれば袋のネズミだ。まだピストルは持っているが、たいした役には立たない。乗客を人質にしても、こっちには足がないから逃げ切るのは無理だ。

ただし、連中はこう考えるはずだ。この逃亡した銀行強盗野郎は、マンハッタン島から出ようとするに違いない。いつまでものんびり、この狭い島の中に潜伏する気などはあるまいと。その意味で、勝機はある。連中の非常線の重心は、マンハッタン島から出るすべての橋の上、島から出る地下鉄の路線、バス路線になるはずだ。地上の道路にも張られるだろうが、脱出ルート以外はおそらく手薄になる。目立たない路地伝いに北上するなら、連中の網をかいくぐれるのではないか。

往来が見えるブラック・ビーンズ・カフェのカウンター席につき、表の様子を見ながら時を待った。警官たちの姿を遠くに見て、即刻バスに隠れて逃亡したのだから、自分は正確な人相風体を警察官に見られてはいない、が、楽観はできない。だから街に今非常線が張られているか否かを、慎重に見極めていたのだ。

一時間ばかりそこにいて、この周辺はどうやら手薄に見えたので、店を出て、ハーレム方向に向かう路地を、北に向かった。どうやら無事で、十ブロックほど北に向かえた。しかしたちまち行く手に、警官隊の姿を見た。あわててビルの角に隠れ、連中の視線をかわして、隣の路地に移ってみた。しかしそこにも、警官たちの姿があった。大通りならよいかと期待したが、こちらも同様で、ポリスカーが道をふさぎ、一車線だけを残して検問しているから、渋滞が始まっている。

こいつは予想以上だと思った。案の定、州中の警察官が島に集められている。ミッドタウン中央に、東西を遮断する非常線のラインができているふうだ。こいつを抜けるには、やつらがあきらめて署に帰るまで、辛抱強くどこかで待つ必要がある。その時間が一日になるか、三日になるか、それともっと長いか、まるで不明だ。

道のビル壁に身を接するようにして、用心深く何ブロックか歩くと、前方を、フラッシュライトを点灯させて持った警察官の二人連れが、こちらに向かって歩いてくるのが見えた。ご丁寧に犬まで連れている。彼は舌打ちして即刻右手に折れ、路地に入った。このまま北上するか、再びガービッジコンテイナーの陰にでも身を隠すかと思案したのだが、路地のずっと先にポリスカーが止まって道をふさいでいるのが見え、その手前には警官たちの小さな集団ができていて、そのうちの何人かはフラッシュライトを手に持ち、巡回に出ようとしているふうだった。

こいつはまずいなと思い、道に戻って、やってきていた警官と反対方向、東側に逃げるかとも考えたが、もう遅い。今から道に戻ると、今度は犬を連れた連中の視界に入る。駈け出せば撃たれるだろう。万事休すか、これはガービッジコンテイナーの中に入るしかないかと思っていたら、前方左側に、ホームレスたちのねぐらができているのが見えた。ブルーシートの上に段ボールをいくつか、壁に沿って連ねて置いたり、小型のテントを半分がとこ建てて、汚い毛布を、道にはみ出させていた。おそらく、十数人の集落だ。

男はつかつかテントに寄っていって、テントの端をめくり上げ、勝手に中に入り込んだ。寝ていた男が驚いて身を起こし、怒声をあげようと目を剝くのが暗がりで見えた。

「兄弟、驚かせてすまねぇ。ちょいと寝かせてくれ、ひどく疲れてるんだ。あんたの睡眠の邪魔はしねぇ、賃料は払うぜ」

「もう邪魔してるぜ」

ホームレスの男は言った。

「すまねぇ」

言って男はポケットから十ドル札を出し、男に渡した。

「十ドルぽっちじゃあ、今日日（きょうび）なんにも買えねぇな」

彼は酒やけした、きしる声で言った。それでさらにもう一枚十ドル札を出して、手渡した。

「もう一枚奮発しな。あんた、俺の眠りを邪魔したんだぜ」

言うからさらに一枚渡す。すると男は得心したらしく、また横になった。

「ホテル並みの賃料だな」

男が言うと、

「じゃあそっちへ行け、遠慮なく」

とホームレスは無愛想に言った。

「いや、俺はこういうテントが無性に好きなんだ。トレーラー暮らしが長くってなあ」

男は言った。

「表の方がよく眠れる。あんたはそういう経験はないかい」

「トレーラーってことか？」

「そうだ、いいもんだぜ」

「運転免許がねぇよ」

ホームレスは言った。

「ああそいじゃあな、仕方ねぇ。だが海辺りや、湖のほとりで眠るのはいいもんだぜ」

「そうしてりゃよかったじゃねぇか。なんでやめたんだ、そんなにいいものなら、ずっとやってりゃよかったんだ」

ホームレスに言われて、男はうなずいた。

「確かに。馬鹿やったな、ずっとあの生活、続けてりゃよかったぜ」

彼はなかば本気の声でつぶやいた。

「ありゃあ、充分にいい暮らしだったんだ。この島の金持ちたちと、変わらない贅沢してたかもしれない。ちっとも気づかなかったぜ、やってる時はな。なんでやめたくなったのか……」

男も言いながら横になった。そして汚い毛布を胸にかけた。

「なんでだい」

興味が湧いたと見えて、ホームレスが訊いてきた。

「ドラッグかな……、もっとたっぷりやりたくなったか……。いいやそうじゃねぇな、俺にちょっとしたリーダー向きの性格があったのがまずかった。人望ってやつだ、そいつがいけなかった。あんなもの、百害あって一利なしだぜ」

「そうかい、だがそんなもん、たいしたもんでもあるまい」

言われて、気分を害したか、男はちょっと黙った。が、やがて気を取り直した。

「そうだな、たいしたもんでもなかった、しょせんは落ちこぼれの中のエリートで、くだらねぇな」

「そのリーダーシップとやらで、人を使ってたのか」

「ああ。いっとき使ってたな、ハーレムで、おっぱいクラブをやっていた」

「おっぱいクラブ？　なんだそりゃ」

「おっぱいの大きい女が、テーブルの上で踊るんだ。そいつを下から見ながら、アル中親爺が酒を飲むって小さい店だ」

笑うかと思ったが、ホームレスは笑わず、天井を見ながらいっとき黙っていた。そして言う。

「何年も行ってねぇな、そんなとこ。きれいな子がいたかい」

「おばさんばっかよ。だが世の中よくしたものでな、そういう女が好きな男もいるんだ。だから時には儲かったぜ。金曜や土曜の夜とか、ハロウィーンの夜にゃな。酔っ払いどもが運んでくるしわくちゃの金で、テーブルの上に山ができたぜ」

「けっこうなことだな」

「あんた、資金洗浄って解るかい」

「いいや」

「組織が大金をかすめ取るような仕事をした時だ、そういう金は使えないんだ。ナンバーが知られているからだ。下手に使や、内国歳入庁がすっ飛んでくる」

「大金？　十万ドルとかか」

「もっとでかい金だ。そういう金はいっさい使えねぇんだ」

「ああそうかい、偽札じゃないんだろう？」

「本物だ、だがいっさい使えない」

「不自由なこったな。俺にゃ縁のない話だが」

「だがあったらって思うだろ？」

「そうさな、だが何に使う？　やっぱりハンバーガー食って、このテントに戻ってくるだろうぜ」

「ああ、これはいいテントだ。だがマフィアはそうは思わねぇ、派手に使いたいんだ。だからそういう金をおおっぴらに使えるように、もう世間に流通した金に取っ替えるんだ、洗いざらいな。そういうのに、俺の店が利用された。以来、やばい連中と深い縁ができちまった」

「へえ、で、そういう連中、儲けさしてくれたかい」

「多少はな。さっきまでけっこう持ってたが、今は文無しよ」

その時、表で話し声がした。警官のものらしいフラッシュライトの光が、テントの上を走った。

「兄弟、身内だと言ってくれ！」

侵入者は素早く、小声で言った。

「兄貴だとか、弟だとかな。百ドル払う」

そして手もとの泥を指先につけて素早く頬に塗り、毛布をかぶった。同時に、テントの端がめくられて、フラッシュライトのまばゆい光が顔を照らしてきた。

「ヘイヘイ、なんでぇ」

男は大声を出した。

「紳士諸君、君ら、ホームレスか？」

警官はしゃがみ込み、訊いてきた。

「世にもくだらねえ質問だな。家があるように見えるか？　なんでぇ、なんの用だ」

警官は、横を向いて寝たふりの侵入者の顔も照らす。そして言う。

「彼はあんたの何だ？　配偶者(パートナー)か、兄弟か」

「従兄弟(いとこ)のエディだぜ。もう長く相棒だ。それがどうしたんだ」

「ふん」

警官は言った。

「気をつけろ、このあたり、銀行強盗がうろついてる。不審者がいたら知らせてくれ」

「解ったよ」

ホームレスが応えると、警官はテントの端を落として立ち上がった。仲間とひと言ふた言話してから、足音をたてて遠ざかっていく。

「助かったぜ」

侵入者は言って上体をわずかに起こした。

「百ドル」

テントの持ち主はすかさず言った。

「こっちもやばい橋だったぜ」

「ああ解ったぜ兄弟、俺は金離れがいい男だ」

侵入者はコートの下の上着のポケットを探って、十ドル札を十枚出して渡した。

「俺は言った約束は必ず守るんだ」

「あんた銀行強盗かい」

「俺は違う。俺の知り合いがやったらしくてな、間違えられて追われたんだ」

「さっき文無しだと言わなかったか？」

「それが最後だ。あとは小銭ばっかりだ。だから兄弟、あと一日ばかし、俺の面倒みてくれないか、俺の全財産をあげたんだ」

「どうやって。警察が捜してるのがもしあんたなら、逃げられるもんじゃねぇぜ」

「あんたが匿まってくれたら逃げられる」

「どうだかな。やつらの目と鼻の先だぞ。警察に行って、人違いだって話したらどうだ」

「それで信用してくれるってのか」

　ホームレスは黙った。そして言う。

「まあそうだな、厄介は避けられまい」

「俺も多少は前もあるしな、とっても無理だ」

「どうやってあんたの面倒をみるんだ？　厄介はごめんだぜ」

「簡単だ、パンを持ってきてくれ、できたらスープも。それだけだ」

「明日そこの公園で、炊き出しがある。あんたも行けばいい」

「遠慮しとくぜ。そこら中ポリスだらけだ。ここにじっとしている。持ってきてくれないか」

「解った」

「恩に着る。が、言っとくが、ポリ公にたれ込んでも銭にはならないぜ。俺はそんな大物じゃない。おっぱいクラブのあとは、ケチなドラッグ売買だ。そんなやつにポリスは金は払わない」

「そんなことはしねえよ。あんたは一応友達だ。だがそんなこと、いつまでやる」

「このあたりからポリスが引き揚げるまでだ。たいしてかかりゃしねぇよ、せいぜい一日か二日だ。よし兄弟、そうと決まったら、ひと眠りしようぜ」

　侵入者は言った。

第六章

鉄のカーテンの向こう側

360

I

王立芸術劇場の小ホールで、中学生のバレリーナたちが発表会をやったのだが、「スカボロゥの祭り」をやったグループが、子供バレエスクールの教師、アグネタ・カーリンに引率されてロビーに出てくると、待ちかまえていた私は、両手を広げて彼女ら一人一人をハグし、たたえた。それは彼女らにとって、ちょっとした凱旋(がいせん)だったからだ。

「君たち、素晴らしい出来だったよ。君らはこの街の誇りだ、将来の世界的バレリーナ集団だ。君らの友達で、ぼくも鼻が高かったぞ」

私は言った。

ロビーにはほかのバレリーナ・グループや、その父兄たちもいたので、かなりごった返していた。彼らもまた、似たようなことを言われているのだろう。

「どう？　よかった？　ハインリッヒ」

引率の女性教師が私に訊いた。

「素晴らしかったさ。君の教え方のたまものだアグネタ」

私は、教師にも遠慮なく賛辞を贈った。

彼女は微笑み、

「ありがとう、ハインリッヒ」

と言った。

「いつも高い評価をくれるのは、あなただけよ」

彼女は言う。

「そうかい？　そいつは意外だな」

私はせいぜい意外な顔を作って見せた。

「バレエの教師って大変なのよ」

彼女は言う。

「どうして？」

「何故って、親御さんたちがたいていバレリーナだもの。中には、名のある人もいるの」

「ふうん」

「そういう人は厳しいわよ」

「ハインリッヒおじさん、私たち、本当によかった？」

主役をやった子が、声をかけてきた。

「ああ！　特に君のキャロルは最高だったぞ！　いつか、ニューヨーク公演だな」

「本当？」

「もちろんさ。国の名誉を担ってね。待ち遠しいよ」

「だったらご褒美」

小さなプリマは要求した。

「え？　ご褒美かい？」

するとと子供ら軍団は、ご褒美、ご褒美、と声を合わせて合唱した。

「あら駄目よ、こちらのご迷惑よ」

アグネタは制した。

「いやいや。まあダイヤの指輪一カラット以上、なんてのでなければな、お安い御用だ」

私は気前よく言った。

「あら駄目よ、一カラットは最低ライン」

思いもしなかった方向から反論の声があがり、私は立ち尽くした。女教師が言ったのだ。

「ああ、待ってくれ、つまり……」

懸命に私は言った。

「君の意見は解るのだが、その費用の一部を住まいに廻すなりした方が、その……、合理的ではとぼくは考えるんだ。だって、指輪に住むことはできないからね」

しかしアグネタは引き下がらない。

「婚約という儀式は永遠のもの、もらった指輪は、永遠に女の指に輝くのよ。でも新婚時のアパートに、死ぬまで住む夫婦はいないわ」

なるほどと一瞬思ったものの、それで簡単に敗走はできない。

「ぼくの友人のうちには、少なくとも三組、新婚時代の家にまだ暮らしている」

私はむなしい抵抗を試みた。

「それは例外よ。親も一緒にお住まいの、豪邸の話でしょう。私たちの場合、せいぜい駅前のアパートだわ」

「君たち、アイスクリームにしてもらってはどうだい」

横合いから出てきた一人の男が、思わぬ助け舟を出した。すると子供は歓声をあげて同意し、今度はアイスクリーム、アイスクリームとはやしたてるのだった。

「キヨシ！」

その男の顔を見ると、なんと潔だった。

「いったいどうしたんだいキヨシ、こんなところに。君、子供のバレエに興味があったのかい？」

「親友の闘いの、旗色が悪いのを見かねてね」

潔は早口の小声で言い、私は、

「援軍の登場だ」

と言って、頭を下げた。

「『スカボロゥの祭り』だったからね。ストーリーを頭に入れておきたかったんだ。君たち、とってもよかったぜ。このおじさんが、今からアイスクリームを奢ってくれるよ、君たちの熱演へのご褒美だ」

するとと子供らの大歓声。

「あら、そんなこと、勝手に決めていただいては……」

アグネタが不平を言った。

「婚約指輪のカラット数に関する議論を続けていた方が？　さあハインリッヒ、早く行きたまえ、子供らが待ちかねている」

「解った。アグネタ行こう、指輪の話はまたいずれ」

私は言った。

「では君たち、また今度。次の公演を楽しみにしているよ」

闖入者は、去っていく子供らに手を振った。子供らもご機嫌で振り返している。

「君はどうするんだ？　キヨシ」

私は尋ねた。

「そりゃ、帰るさ。今はアイスクリームの気分じゃなくて」

「君がこんな子供のバレエに足を運ぶなんてね、ひょっとしてまさか……、君が言う第二の事件を、法の女神が起こしたなんていうのじゃあるまいな」

するると潔は、しばし複雑な表情をした。

「そんな話は今度にしないか、今はワーテルローだぞ」

「君は、われわれ二人の間のぼくの地位を、不当に低く見ている」

「おやそうかね」

「クレスパンの事件以上に重要なものは、今のぼくにはないんだ」

「ああハインリッヒ、正直に言うほかはなさそうだから言うが、申し分のない第二の事件が起こった、こんな見事な症例は、ちょっと記憶にないくらいだ」

「なに！」

私は短く言い、上着の内ポケットをもどかしく探って、苦労して大型の財布を抜き出した。顔色が変わったのが、自分で解った。

二つ折りのそれを開いて、紙幣を急いで二、三枚抜き出し、憮然とした表情でたたずむ自分の婚約者の手に握らせた。

「これで子供らにアイスクリームを。ぼくはちょっと重大な仕事ができてしまった」

「仕事ですって？」

案の定、彼女は険しい声を出した。しかしおかまいなしに私は潔の方を向いて、

「さあ行こうキヨシ、そばに流行りのカフェができたんだ」

とせかせか誘った。

「アメリカ発の例の見馴れたやつだが、なにかまわんだろう、そこで詳しく話を聞かせてくれ」

するとと潔は怖い顔になり、

「よせハインリッヒ、ここはアイスクリームが安全だ」

と短く言った。

「世界的ベストセラーを書く以上に、重要な仕事があるって君は言うのか？」

私は反論した。

「男の理屈だな、理解する女はいないぜ」

「明日また会おう！」

と私は、大声で婚約者に別れを告げた。

アグネタはくると背を向け、てんでに騒いでいる子供らを叱りながらすたすたとロビーを出ていく。あきらかに気分を害している。

「後悔するぞハインリッヒ」

潔は言うが、

「ベストセラーの印税が入れば、女はうはうはさ」

私は楽観的に言って、先に立った。


青銅製のバレリーナを右手に見ながら劇場前の石段を下り、通りを横切ると、真新しいカフェのチェーン店ができている。ドアを入ってすぐ、往来が見渡せる席に潔をすわらせておいて、私はいそいそとカウンターへ行って、紙コップ入りのアメリカンコーヒーを買って戻ってきた。

「さあキヨシ、始めてくれないか」

コーヒーをテーブルに置きながら、興奮して私は宣言した。

「その前に、ショートメイルのひとつも入れておいた方がよくないか？　君らには歳の差があるんだ」

　潔は、見るからに暗い顔で言った。

「君は、なんてバレリーナを育てる天才教師なのだろうってか？　さっきさんざん言ったぜ」

「そうだったか？　指輪のカラット数についての議論しか聞こえなかったが」

　ともかく私は携帯電話を取りあげ、いそいそとショートメイルを打った。

「さあ打ったぞ」

　そう私が言うと、それを待っていた潔は、用意していた印刷物を数枚、私の目の前に置いた。

「これは？」

「昨日のニューヨークタイムズと、デイリーサンだよ」

　潔は言って、私の買ってきたコーヒーをひと口飲んだ。私は即座に、その英文記事の黙読を開始した。ずいぶん長いこと記事のプリントアウトを読み、また最初に返って記事を読み返し、とそんなことを数回繰り返した。

「珍にして、妙な記事だな」

　得心が行くまで読んでから、私は言った。

「こんな新聞記事を読んだのははじめてだ、ライターも戸惑っている」

「そうかい？」

「ああ、ぼくもライターなので解るよ。こんなおかしな報告、新聞に書いてもいいのかなという戸惑いが感じられる。三つの事件が起こっているんだな、それも同日、ほぼ同時刻、同地域、マンハッタン島南のごく近くで起こっている。ひとつは大事件だ、五百万ドルの銀行強盗だが、犯人はすぐに捕まっている」

「ああ、銀行を出てすぐの道路でだ。巡回中の警察官に行き合い、逃げ出したから追われて捕まっている」

「そうだね」

「おかしいと思わないか？」

「なんで？」

訊くと、潔は笑った。私の疑問は当然のものだったはずだ。

「悪は栄えない、万事これでいいと思うが」

潔はうなずき、言う。

「あんまりドジすぎないか？　銀行を出たところの道で逮捕だ、銀行の目の前だぜ」

「だがそういうこともあるんじゃゃ……、君は成功させたいのか？」

「これでいいさ、コメディなら。普通、逃走用の自動車の一台くらいは用意するだろう、五百万ドルのかかった計画犯罪なんだぜ」

「うーん、しかしニューヨークの道は渋滞するだろうし……」

「ではバイクだ」

「そうだなあ……」

私は悩んで言った。

「君も銀行強盗をやるならこんなふうに？」

「うーん……、まあぼくはやらないからな」

言うと、潔はうなずいている。

「カーチェイスなんて好きじゃないんだ。そういうのは、結局道に札束を撒き散らして逮捕だ」

「あるね、空一面に札が舞うシーン」

「タクシーをひろうつもりだったんじゃないか？」

「五百万ドル入りのトランクをいくつも抱えて、うろうろタクシーを探すのか？　Tシャツの万引き犯じゃないんだぞ」

「ちょっと間抜けだな……」

「これじゃ子供の犯罪だ。通常、事前に計画くらい立てるだろう。犯人たちは、銀行の中では充分手ぎわがよかったんだ」

「みたいだね。金を奪う手ぎわまではよく考え、練習していた。だが金を手に入れてあとのことまでは……」

「考えなかったのか。あとはタクシーをひろえばよかろうと話し合ったのか？　大金を引きずって走っていれば、犯罪の多いニューヨーク、警察官のパトロールと出くわすくらいの予想はつく。どんなシロウトでも、こういう巡回警官の想定くらいしないか？」

「想定してどうするんだ？　逃げ切れるように、オリンピック選手でも雇うのか？」

「百メートルを十秒フラットで走れるような選手を銀行強盗に雇えば、逃げ切れると」

「そうだな」

「トランクを引きずってか」

潔はばかばかしくなったのか、ちょっと言葉を停めた。しばらく考えてから言う。

「ぼくらも、もうつき合いが長くなったねハインリッヒ・シュタインオルト。君も、それなりに刑事事件に遭遇したと思うが、それで思いつくことはそのくらいかい？」

「まあ、ぼくは銀行強盗には適性がないから」

「向いてなさそうだな」

「で、これが、女神がもうひとつ起こしてくれた事件かい？」

私は記事を指差して訊き、潔はうなずいた。

「君はそう思わないらしいがね」

「誰が思うんだ？　バレリーナがどこにいる？」

「いないな」

「いないだろう？」

「そのバレリーナも死んで、しかし間もなく起き上がって踊り続けてくれたら解るって？」

「まあそこまでは言わないが……」

「世の中はそう解りやすくはできていない」

「君は、しかし、では君はこれが、この行き当たりばったりの、あまり頭のよさそうではない銀行強盗とか、ビルのテラスで演説するダンサー崩れとか……」

「ヴァン型車の爆発もある」

「そうだ、ヴァン型車の爆発。おつむの弱い銀行強盗、演説癖（ぐせ）のある自殺願望の男、これらがひょっとして、不世出の天才舞姫、フランチェスカ・クレスパンの世紀のミステリーと関連があるって言うのかい？」

　私が訊くと潔はうなずく。

「政治と汚職みたいにね」

「何をどうひっくり返してみても天と地ほどに無関係だ。近頃君は、脳の研究に没頭して、刑事事件から離れていたろう？」

「離れていたね」

「失礼ながら、目が曇ったんじゃないか。それとも勘が狂ったか。いったいどういう見方をしたら、両者が結びつくんだ？」

37〇

「確かに一見無関係だ」

「百回見たって無関係だ。てんでんばらばらもいいところだぜ。だいたい自殺願望の男と、おつむの弱い銀行強盗と、爆発する車だ、この三件のハプニング自体が結びつかない、この三件、まるで無関係だろう、君はこの三件も、結びついているって？」

「象の鼻や足だ。丸い柱や蛇に見えても、同じものだ」

「どうして？」

私は目を剝く。

「自殺願望の男は、顔に緑色の顔料を塗っていた」

「それが？」

「『スカボロゥの祭り』にも出てきた」

「それで？　それだけで言っているかい？」

「むろん違う。君はこの銀行強盗が、知能が低いと決めつけているが、はたしてそうかな」

「五百万ドル盗んでうろうろタクシーを探すような連中が、知能が高いって？　君だってこの行き当たりばったりの連中を、天才的な知能犯だとは言わないだろう？」

「ところがどうして、とてつもない知能犯だと思うね」

「なんだって？　とてつもない知能犯が銀行の玄関先であっさり逮捕？　冗談言っているのか？　またぼくをからかっているんだろう？」

「大真面目（おおまじめ）さ。近年記憶がないくらい真面目に言っている。この強盗は、本来なら間違いなく大成功していたと思うね」

私は反射的に笑い出した。

「君のいつもの言い方だが、今回はだまされないぞ、この行き当たりばったりの三流泥棒が……」

「ハインリッヒ、どうしてそう決めつける？」

「強盗を捕まえてから手錠を買いにいくような警官が、三流じゃないって？」

「あまりに巧妙な計画は、ひとつ間違えば、見え方が三流以下の三流になってしまうのさ」

「どこが巧妙な計画だい、さっきの中学生たちの方が、遥かに知能犯だぜ。時にもっと巧妙な計画を立てる」

「そうだな、今頃は、アイスクリームに舌鼓を打っている」

「まあアイスクリームと五百万ドルは、同列には論じられないだろうが……」

「行き当たりばったりなら、さっきの中学生も似たようなものさ。いいかいハインリッヒ、こう考えるんだ」

　潔は身を乗り出す。

「うん、どう考える？」

　ハインリッヒは興味津々に応じる。

「この銀行強盗が、低能集団の演じるどたばたに見えるのは、銀行を出て、金を持って逃げている際に警官に出くわしたからだ、そうだろう？」

「そうだ」

　私はうなずく。

「だから簡単に逮捕だ。そうなった理由は、金をせしめて銀行を逃げ出して、逮捕されたそのあとに、自殺願望の男がアドバルーンでバルコニーを離陸し、その後すぐにヴァン型車が爆発しているからだ」

「はあ……？　意味が解らない、それがどうしたんだ？」

「これがもし、大勢の見物人が人垣を作って緑の男を見守り、警察官がやってきて彼を説得し、そうした衆目のただ中を男はアドバルーンで離陸し、その直後にヴァン型車が爆発、まさにその時、強盗たちが銀行から五百万ドルを持って出てきたとしたらどうだい？」

「うん……？」

言われて、少し時間が必要だったが、私はたちまちあっと言った。各出来事をずらして組み合わせる——、そんな発想を、私は持ってはいなかった。

「解ったかい？」

潔は言った。

「この三つの事件は、すべてサードアヴェニューのフェデラルバンク周辺で起こっているんだ。破天荒な事件に、あたり一帯は大騒ぎだ、おかしな男が風船につかまって大空高くに舞い上がり、ポリスカーは爆発したヴァン型車に向かって走り、大勢の見物人は、パニックを起こしててんでに走り廻っている。さらには巨大なウサギまで現れて、踊ったり、走り廻ったり、ピンをジャッグルして、子供らの喝采を受けているんだ、この世の終わりのような大騒ぎだな。トランクを引いて走る男らがいても、さして注目はされなかったろう」

友人に言われて、私は放心した。今ようやく、この一連の出来事が示す深い意味に気がついたのだ。

黙り込んでしまった私を見つめて、キヨシは訊いてきた。

「どうだい？　とてつもない知能犯だと思わないかい？」

私はそれでもしばらく口がきけずにいたが、ずいぶんして、ようやくこんなふうに言った。

「そういうことか。このドタバタお茶会の冒険は、そういう理由か……」

潔はうなずいている。

「そうさ」

「一連のとんでもない出来ごとは、銀行強盗の逃走から、みなの目をそらすための画策か」

「そう思うね」

私はため息を吐いて、しばらく口がきけずにいたが、

「確かに、これなら成功したか……。ふうん……、そして、とてつもない知能犯の計画だな……、君の言う通りだ」

潔はすると唇に薄い笑いを浮かべ、

「解ったかい？」

と小声で言った。

「人間の脳ってやつは、最初に入った情報を真実だと思い込む癖があるんだ。クレスパン事件をはじめとしてすべてのミステリーは、この癖が創りだす。無痛症だって？　オートパイロット？　集団幻視？　すべて第一情報に事態をすり寄せるための四苦八苦さ」

私は衝撃を受けてしまって素直になっており、

「ああ、そうなのか？」

と言い、従順にうなずいた。

「だが、だが待てよキヨシ、君の言う通りだとしてみよう。仮に君の言う通りだとして……、いや、いやそうじゃないな。仮にじゃないな、これはすっかり君の言う通りだ、ぼくは打ちひしがれたよ。いつもながら、君はすごいな、本当に驚いたよ」

するど潔はからからと笑った。

「すごいのはぼくじゃない。それにハインリッヒ、これはまだほんの入り口だ。ここでそんなに驚いていては、メインの謎が解けた時には卒倒だぜ」

「そうだな、君の言う通りだな」

そして意気消沈したようになって、私はしばらく沈黙した。ずいぶんして、気を取り直して言う。

「だが、だがキヨシ」

「何だい」

潔はもの思いに沈んでいるらしくて、もの憂いふうの横顔を見せながら言った。

「どうしてずれたんだ。これだけ巧妙に計算されていた計画が、どうしてずれるんだ？」

「そのことを、今考えているんだ。これがもしもアクシデントなら、いったいいかなる理由が考えられるだろう」

「うん」

「関わっている人間たちは数多いが、連中全員に、きちんと口で伝えればいい、それだけのことだ」

「そうだ」

「だがずれている、つまり口で伝えなかったからだ」

「うん」

「何故伝えなかったのか？　そこには纏綿した事情が隠れているに相違ない」

「はあ……、そうだな」

「はっきりしていることは、それこそがキーだということだ」

「キー？　クレスパンのミステリーのかい？」

「すべてのだ、そここそが核心なのだから」

「君の言う、女神がくれたキーかい？　これが」

「まさしく。ひとつひとつは完璧な計画だ。きちんと組み合わされれば精密機械だ。だがずれたら、おつむの弱い人間たちのドタバタお茶会だ」

「おのおのが別動隊なのかな、全然顔見知りじゃなくて」

私は言った。

「考えられるね」

潔はうなずき、応じる。

「理由は捕まった際の対処だ、各部隊、顔見知りでなければ、ほかの部隊が逮捕されることはない。なんの面識もない連中、全然別所で勝手に生活してきた連中が、それぞれ言いつけられた行動をしているんだ、全体で何が起こるのかを知らなかったかもしれない」

「誰かの指令を受けているんだろうか」

「間違いなくそうだ。この司令官もまた、おそらくみなと面識はない」

「いったいどんな連中なんだ？　どんな司令官だ？　クレスパンのあの不思議な事件も、同じ指令のもとにあったのかな」

「軍隊経験者かもしれないな」

潔はつぶやく。

「みながばらばらなら、こちらとしてはたどりようもない。ぼくらはささやかな、市井の人間だ」

「そんなことを言っていたら、世界的なベストセラーは出せないぜハインリッヒ」

「え？　だがともかく、この事件は徹底して謎だな、死してなお踊り続けたフランチェスカ・クレスパンに始まり、何から何まで、いっさいが謎だ」

「そう思うかい？」

「巨大組織なのかな、市井のぼくらの歯が、はたして立つのだろうか」

「だがヒントはある」

「どこに？」

「この記事の中さ。この記事のすごいところはね、正確な時刻が書かれていることだ。銀行内に監視カメラがあったんだ、犯人たちが見逃したものがあるらしい。そして町中にも、最近は監視カメラが多い」

「うん、確かに時刻が画面に表示されるね」

「そういうことだね。銀行強盗団が行内になだれ込んできたのは、三時三十分だとある」

「そうだね」

「これはぴたりと三十分だ、不思議だね」

「うん」

「銀行のシャッターを半分開けさせて、銀行をあとにしたのがまた、何故なのか四時ちょうどだ。まるでテレビ番組だな。ジャストオンタイム、三十分ちょうどで仕事を終えている」

「そうだね」

「このことは、計画が、分単位で細かく出来上がっていたことを示す。まさしく時計のように」

「精密機械だね」

「そうだ。しかし、自殺願望の男がアドバルーンでテラスを離陸したのは四時三十九分、こちらは半端な時刻だね」

「ああ」

「そしてヴァン型車の爆発だ、これは四時四十八分、これも少々半端だ。これは何故なんだろうな。理由があることだろうか」

「うーん」

「まるで銀行強盗とこれらは、別々の計画のように見える」

「うん、……やはり別々なのかな」

「それはない。そしてこのことが、クレスパン事件のミステリーともどう関連するんだろうか」

「うーん」

私には唸ることしかできない。

「爆発が四時四十八分なら、強盗連中も、四時四十八分に銀行を出ることにしていたのか？」

潔が言う。

「ああ、そうだね」

「分のこんな半端な数字に、意味があるとは思われない」

「ないよね」

「仲間が覚えておくためには、もっと切りのよい時刻である方がいい」

「そうだな、しかしそれは、そんなことは、事件と無関係では……」

すると潔は、頭を左右に振った。

「違うね、関連すると思う」

彼はきっぱりと言った。

「そうなのかい？」

「逆なら解る。爆発が四時ジャスト。強盗の銀行脱出が四十八分なら、そういうことは現場で起こり得るだろう」

「うーん、そうか」

「関連するさ、そうでなくてはキーとは呼ばない」

潔は言った。

「ちょっと待ってくれキヨシ、ではクレスパンのあの事件も、分単位で計画されたものだったのか？」

すると潔は天井を仰いだ。しばらくそうしていてから言う。

「そいつはまだ解らない。あるいはそうなのかもしれない。もしもあれが計画的な犯罪なら」

「計画的な犯罪……」

「だがそうは見えないんだ。天才的なバレリーナが命を失い、そのあと彼女の霊が踊り続けても、利益を上げる人間がどこかにいるかい？　五百万ドルが儲かる人間なんていないんだ」

「だね」

　考え考え、私は言った。

「じゃあ何故だろう……」

「さあね、そしてハインリッヒ、さっき自分にできることはないと言ったね？」

「ああ。あんまりすごくなってきたから、怖気をふるったよ。私のような素人の出番はない。銀行強盗の適性もないみたいだしな」

「ところが、ここからは君の出番なんだ」

「え？」

「銀行を襲う必要はない。君はドイツ語ができる、そうだろう？」

「スウェーデン語よりましかもね」

「ロシア語も解るだろう？」

「こっちは会話と、ゴシップ誌を読むくらいなら」

「充分だ。その語学力を生かして、ソ連時代と東ドイツ時代のフランチェスカ・クレスパンの人生を、可能な限り調べてくれないか。収容所時代のエピソードも知りたい。彼女の親に関しても、解ることはすべて心得たい」

「それは……、取材旅行に行かなくっちゃならないな」

「君は素人じゃない。プロの君にはお手のものだろう？　鉄のカーテン時代に較べたらうんと楽だ

「ああ。だが大変な仕事だな。東ドイツとソ連だぜ、これまでのジャーナリスト人生で、最大級の難事業になる」

「世界的ベストセラーなら、むずかしいのは当然だ」

　潔は言う。

「いよいよ君が実力を示す時がきたんだぜ」

「社会主義圏での彼女の人生に、クレスパン事件の謎を解くヒントがあるって？」

「その通り、あとはそれだ」

「君が推理を構築する材料を集めるんだね」

「いや、キーだ、そこにもきっと埋まっている。とても大きなキーだ」

「大きなキー……」

「それがなきゃ、解けないくらいのね」

「君のお眼鏡にかなうかは疑問だけれど、もしもそういうことなら、力の限り頑張るよ」

「頼むよ、君にしかできない仕事だ」

「君を満足させられたなら、ぼくとしても嬉しいものね」

「もしもそうできたなら……」

　潔は言う。

「うん、そうできたら？」

「いよいよニューヨークさ」

　潔は言った。

2

それから一週間ばかりのち、私はストックホルム大の潔の教授準備室に、国際電話を入れた。

「ハロー、キヨシ」

と声をかけると、

「やあハインリッヒ、待ちかねたよ。どうやら調子はよさそうだね」

と遠い潔の声が言った。

「解るかい？　悪くない、今ベルリンの東側だよ。いろいろと解った、フランチェスカ・クレスパンの伝記くらいなら、すぐ書けそうだよ」

私が言うと、

「いいね」

と彼は言う。

「フランチェスカのお母さんと、ダッハウの収容所で一緒だったという人物の娘さんと会えた。ご本人はもう亡くなっているんだ」

「ほう、その彼はフランチェスカとも会えたって？」

「彼女だ。いや、アリシア・クレスパンは当時一人だった。夫も、娘も、一緒にはいなかったそうだ、ダッハウでは」

「アリシアという名前だったんだね、天才バレリーナのお母さんは」

「そうだ、彼女ももとは踊り手だったらしいが、職業にしてはいなかったらしい」

「では職業は？」

「ない。妻だね、グーテレ・モーゼスという人物の」

「姓が違うね」

「収容時、旧姓に戻っていた。収容所に来た時点で離婚していたのか、それとも死に別れたか。ともかく、グーテレ・モーゼスはフランクフルトの知事を務めたこともある、なかなかの有名人でね、有力な人物だったらしい。彼の先祖は、フランクフルトのユダヤ・ゲットーで、代々古銭や家具、骨董、絵画を売って生計を立てていた家系で、ユダヤ人としては、よくあるケースだね」

「うん」

「グーテレの祖父が、ヘッセン領主のヴィルヘルム選帝侯を古銭商売の上客とすることに成功して、そのルートから政界へのコネをつかんで、かなりの財産を作って、金持ちのユダヤ人仲間と、地方銀行を設立したらしい。そしてグーテレの代になると、知事選に立候補できるほどの立場を得ていた」

「なるほど」

「当選して以降は、仲間の政治家たちに資金を用立てることもするようになって、土地では有力者にのし上がっていた。そして、旅興行の一団として土地に来た、スペイン系のアリシアを見初めて、妻にしていたということらしい。ずいぶん美人だったというからね」

「旅興行の一団？」

「ロマの楽団だね」

「なるほど」

「だからお母さんは、ユダヤ人ではなかったかもしれない」

「いや、イベリア半島は、ユダヤ人が多く住んでいた土地だから、それは解らない」

「そうなのか？」

「スペイン、ポルトガルは、モスリムの時代が長く、彼らにはユダヤ排斥の気風は乏しかったから、古代ローマに故地を追われたユダヤ人が、大量に流れ込んでいたんだ。彼女のもと夫は、ドイツの政界人たちに、選挙資金や活動資金を用立てていたんだね？」

「ヒトラーが最も嫌うタイプのユダヤ人だな。ドイツ政界に影響力があった。国の中枢に巣食って、ドイツ人の富を収奪していたとみなされた。だからアリシアが拘束され、ダッハウに収容された時点で、もうグーテレの姿はそばになかったらしい。収容所での彼を見た者はいないというから、おそらく、もうどこかで殺されていたんだろう。アリシア自身そう言っていたというしね」

「ふむ。それから？」

「ダッハウに、ある日ハンサムな医師が現れて、三十前の女性たちを何人か連れ去ったということだった。その中に、アリシアもいたという話だ。そしてアリシア・クレスパンは、以降もう二度と、ダッハウに戻っては来なかった」

「アウシュヴィッツで生涯を終えたということか」

「おそらく」

「そのハンサムな医師が、メンゲレか」

「その通り。彼女はメンゲレのいたアウシュヴィッツに移されたんだ。そして、アウシュヴィッツ時代のアリシアを見知っているという人物の子孫にも会えた」

「たいした手腕だ、ハインリッヒ」

「いや、これらはもうドイツでは知られた人物なんだ。収容所内の天才バレリーナを知る人物として、何度か書籍やマスコミに登場している。だから、会うのは造作もないことだった。いささかしゃべり馴れている感じはしたが、嘘を吐いているふうはなかった」

「うん」

「お腹が大きかったそうだ。彼女が知り合った時点で、アリシアはもう妊娠していたらしい。そういうことから、メンゲレが父親かと疑われる。そして彼は、愛人にすべく、好みの女の子をピックして連れ去ったと言う人もいるが、たぶんそうではないだろう」

「ふむ」

「もっとよくない。特殊な人間を創り出す実験のために、彼は妊娠できる年齢の女性を必要としたのだと思う。いかに特殊な人工生物でも、それがヒト種なら、人間の女性の子宮は必要だ。そして四三年には収容所内に彼の研究所が造られる」

「考えられるね、ぼくも以前にポーランドで、その種の実験に関わったという高齢の研究者に会ったことがある」

「当時ユダヤ人は、人間以下のモルモットとして扱われたからね。生かすも殺すも、ドイツ人実験者の思いのままだった。メンゲレ自身、モルモットという言葉を使っていたと聞いた」

「ヒトラーからの指令もあったんだろう」

「そう思うね」

「特殊な人間とは、無痛症の人間ということかな？」

　潔が訊いた。

「その点は、解らなかった。メンゲレの実験の目的については、知っている人はいないだろうとみな言っていた」

「アリシアが出産したフランチェスカは、無痛症ではなかった。これはほぼ確かだ。出産は収容所内だね？」

「そうだね。アリシアはずっとフランチェスカを抱いて、乳を与えて、懸命に育てていたという」

「子供を取りあげられたりはしなかったんだね？」

「していない。収容されている女性たちも協力して、みなで離乳食を作ったりして、フランチェスカの面倒をみたらしい。やっと歩きはじめた頃、母親が踊りはじめたら、真似して踊りはじめて、それがとても上手だったから、収容者のうちに男性のプロのバレエダンサーがいて、彼が指導を始めて、フランチェスカはそれをよく吸収して、みるみる天分を発揮したらしい。幼い頃から上手に踊るようになった」

「うん」

「このあたりは、世間にもうよく知られていることだね。フランチェスカの伝記としてね、何度も活字になっている」

「うん」

「だがフランチェスカが二歳の頃、母親のアリシアがいなくなった」

「いなくなった？」

「ナチの男たちに連れていかれて、フランチェスカのもとに帰ってこなくなったんだ。たぶん何らかの事情があって、処刑されたんだろうと言われている」

「二歳の子の母親を？　ひどいことだな」

「収容所内の何らかの秘密を知ってしまったか、生かしておいては具合の悪い事情が生じたんだろう。自分の都合で妊娠させておいて、勝手なものだ」

「あるいは、さらなる人体実験を受けたか」

「うん」

「その結果、不運にして死亡した。あるいは動けなくなり、死亡が待たれたか。フランチェスカは、母親を探しただろう」

「探していたという話だな。幼子には理解ができない状況だ。不憫だな。戦争とはいえ、ひどいことをするものだ。

　フランチェスカは独りぼっちになってしまって、見かねてリュドミーラ・アドロワというやはり収容されていたロシア人女性が、彼女の面倒を親身になってみるようになったという。収容所におけるフランチェスカの、彼女が親代わりになったということだね」

「ロシア人女性か」

「モスクワの人だったらしい」

「親代わりの人が、自由主義圏の人だったら、フランチェスカのその後の運命は、まるで変わっていたろうな」

「そうだね。ベルリン解放は、ソ連赤軍が一番乗りだったからね、そういう情報は、アウシュヴィッツ解放時には収容者たちの耳にも入っていたらしいから、ロシア人は立場がよかったらしくて、このリュドミーラという人には、みなが一目置いていたらしい。彼女はバレエにも造詣が深い人物だったらしいし」

「それで彼女は、フランチェスカを手もとに置いたんだね」

「そう思う。子供の持つ価値が解ったんだ。フランチェスカを指導したダンサーも、ロシア人だったらしい。すなわち、天才バレリーナの素質を開花させたのは、ロシア人だったんだ」

「そうか」

「ドイツの敗色が濃厚になり、刑務官たるナチたちの姿が消えた時、メンゲレが収容棟に入ってきて、幼いフランチェスカを連れ去ろうとしたらしい」

「彼女はいくつだったんだい？」

「三歳だ。しかしリュドミーラがしっかりと子供を抱きかかえて、決して渡さなかったらしい。収容者たちも大勢メンゲレの前に立ちふさがって、メンゲレは、あきらめて出ていったという話だ。ドイツが優勢だった頃なら、考えられないことだな」

「メンゲレは、その後南米に逃げたのだったね」

「そうだ。彼、ヨーゼフ・メンゲレについても調べた。アルゼンチンに逃亡した。そして中絶手術医として、しばらくブエノスアイレスに住んでいた。一九五四年に妻と離婚、弟カールの未亡人と結婚、六〇年からはブラジル、チリ、そして南米各国を転々として、イスラエルのモサドの追跡から逃れ続けた。以降、パラグアイとブラジルを行き来して暮らしたが、一九七九年、サンパウロ州ベルティオガの海岸で、海水浴中に脳卒中を起こして溺死（できし）した。六十七歳だった」

「ふむ、溺死か」

「逃げおおせたということになるかな。逮捕され、法廷に出ることはついになかったんだから。ブエノスアイレスやサンパウロに潜伏している情報を、モサドは何度か摑んで、逮捕寸前にまでいったんだが、そのたび、うまく逃げられている。アイヒマンというもとナチの大物の逮捕を優先するため、しばらく彼には手を出せずにいたらしくてね、そういう幸運にも助けられている」

「メンゲレが逮捕されたら、近くにいるアイヒマンが逃げるということかい？」

「そういうことだね、モサドの気配に気づかれる。アイヒマンの方が大物だ。あるいは、メンゲレがハンサムなので、現地の女たちに助けられたと言う人もいる」

「つまりメンゲレは、三歳のフランチェスカ・クレスパンを、南米に連れていこうとした？」

「そうなるね。この行動は謎だ、子供連れでは身軽でなくなる。フランチェスカをわが子と思ってのことか。または子供を産ませたアリシアに、愛情があってのことか」

「それともフランチェスカをそばに置いて、成長のプロセスを見続けたい事情が、彼にあったのかもしれない」

　潔は言った。

「え？　どういうことだ？」

「実験はまだ続いていたということだ。もしもフランチェスカが、メンゲレの人体実験の結果生まれた特殊な人間であったとしたならね、観察するべきテーマが、子供の体にあったのかもしれない」

「子供の体の機能のことかな？」

「それが健全に発育するか否か、執刀医なら気になったろう、何らかの作為を施した人体ならね」

「うん」

「彼女はこれから少女になり、おとなの女になっていく」

「女性としての各機能の獲得も、きちんとあるものか」

「そうだ」

「そう聞くと……、こんなことを考えてしまうな。フランチェスカ・クレスパンという踊り手の並外れた能力には、メンゲレの実験による人為的な操作が、関わっていたのだろうか」

「つまりメンゲレによって、フランチェスカの能力が高められていたかと？」

「そうだ、彼と、ナチの科学によって」

潔はしばし沈黙し、それから言った。

「何とも言えないな。そうなると、もうＳＦ小説の領域だ」

「そうだな」

「そして、親代わりのリュドミーラ・アドロワさんが、フランチェスカを連れ去ったのかい？」

「連合軍がアウシュヴィッツを解放すると、リュドミーラが三歳の娘をモスクワに連れ去った。収容所内での母親は、フランチェスカの終生の母親になったんだ。彼女らは二人で、モスクワのアパートに暮らしたという。そしてフランチェスカは、やがて地もとのバレエ団に入って、踊っていたという話だ。アドロワさんが昔、子供の頃ここにいたらしいので、娘の才能を伸ばすために入団させたんだ。ぼくはこれからモスクワに飛んで、そのあたりのことを調べるよ」

「アドロワさんは、まだ存命なのかな」

「いや、亡くなっている。もし生きていたら、フランチェスカは亡命の決心など、簡単にはつかなかったかもしれないな」

「そうだね」

「もう先が長くない育ての母を置いて、海外逃亡はできないだろう。恩があるからね。なにしろ絶滅収容所の出生なんだ、リュドミーラとしても命がけだったはずだ。だからフランチェスカの人生は、そういったさまざまな要素に、微妙に影響されているね。ユダヤ人か否か、社会主義圏か自由主義圏か、社会主義圏で自分を育ててくれた母親の生死……」

「そうだね、だが共産圏でなければ、バレリーナとして、あそこまでの成長はなかったかもしれないな」

潔は言った。

「ま、そうかもしれないな。バレエという芸術に懸ける気合いが違うからね、共産圏と自由主義圏とでは……。さて、ではまた何日か、待っていてくれるかい？」

「OK、待っている」

潔が言うので、私は電話を切った。

3

「ハロー、キヨシ」

と私は言った。また一週間ばかりが経って、二度目の電話だった。潔はやはり教授準備室にいた。

「元気かい？」

と私は訊いた。

「これ以上の元気はイメージできないな。君も調子がよさそうだねハインリッヒ」

と訊くから、

「今、サンクトペテルブルグのレストランだよ。いろいろと解った。フランチェスカ・クレスパンの波乱の人生について」

私は応えた。

「やはり波乱しているんだね」

「立志伝中の人だ、これ以上は考えられないくらいの波乱だね」

「予想通りということだね」

「まあ、そう言ってもいいが、やはり、男と女とでは違うものだ。男女は、おそらく別の生き物なんだろうな」

私は言った。

「ふむ」

「幼いフランチェスカを連れてモスクワに戻ってきたリュドミーラは、ニコリスカヤ通りの古いアパートに住んだ。これは以前に住んでいた場所の近所で、繁華街なんだ。リュドミーラは、ここから貿易商の夫についてベルリンに行き、拘束されたんだ。便利な場所なんだが、未亡人には少し高価だったらしくて、彼女は古い知人たちを頼って、じきにサンクトペテルブルグに移ったんだ。当時はレニングラード、運河のそば、ヴォズネセンスキー橋の近くだ」

言うと、

「ああ、あのあたりはいいね、行ったことがある。ヴォズネセンスキー橋は、『罪と罰』に登場する橋だ」

潔は言った。

「その通り。環境のいいところでね、けっこう緑もある。少し距離はあるが、繁華街までも歩いていける」

「夫はどうなったんだ？」

「消息不明だ。おそらく、殺されたんだろう。ユダヤ人だったというからね」

「リュドミーラは？」

「ユダヤ人か否かかい？　不明だね。サンクトペテルブルグで、リュドミーラはアパートのそばのパン屋に勤めて、近所にある託児所兼バレエ学校に、フランチェスカを毎日連れていって預けたそうだ。だからフランチェスカは、お母さんが働いている時間、ずっとこのバレエクラブにいた」

「踊っていた」

「踊ったり、遊んだりだな、その頃なら。ここでの彼女は、ベラとロシア名で呼ばれていた。ベラ・アドロワだね。そしてベラが七つになり、レニングラードのバレエ学校に入った」

「うん」

「ここで彼女はいよいよ頭角を現して、付近の子供バレエ大会で軒並み優勝し始めた。バレエ学校ではずっとトップだった。それでバレエ学校の教師たちから、モスクワの国立モスクワ音楽劇場バレエ団に入るのがよいと勧められた。ベラなら充分にその資格がある。もちろん学校としては、最大限の評価とともに、推薦すると言ってくれた」

「ふうん」

「そこでリュドミーラはベラを連れてモスクワに出て、国立モスクワ音楽劇場バレエ団の試験を受けた。ベラは難なくパスしたから、また親子でモスクワに舞い戻ることになった。住まいも、バレエ団の練習所があるクレムリン宮殿そばの質素なアパートにして、リュドミーラは、そこからほど近いデパートの地下で、食料品を売る売り子として働くことになった。

ベラはそこでも次第に頭角を現して、団を代表するソリスト候補の集団に入るようになった。ここでのトップグループということは、国のトップグループということなんだ。リュドミーラも喜び、ずいぶんと張り切っていたようだね。フランチェスカの未来も、いよいよ拓けはじめたんだ。というのも、国立モスクワ音楽劇場バレエ団のトップになれば、家族まで生活を保証されるんだ。お母さんとしては、必死にもなる。安定した生活が、母娘に待っていると思われたんだよ」

「なるほど」

「ところが少し前から、リュドミーラの人生が暗転を始めた」

「暗転？　どんなふうに？」

「母のリュドミーラが、デパートの食料品売り場担当の部長と、恋愛したんだ」

「リュドミーラも、まだ若かったんだね」

「どうかな、若いとは言えない。もう五十にはなっていた。しかし彼女は力があり、真面目で、担当する部署の主任にもなっていた。もっともこの出世にも、彼の引き立てがあったらしいが」

「それが暗転？」

「そしてこの男が、ベラ親子のアパートに頻繁に顔を出すようになって、娘のベラがだんだん邪魔になったんだ。それで男が付近のアパートを借りて、ベラはそこに一人で住まわせられるようになった。ベラは、以降独りぼっちになったんだ」

「まあもともとは、血がつながってはいない母娘だからね、彼女としては、自分が優先かな」

「リュドミーラに、そういう意識があったものかどうかは解らないが……」

「もともとベラは、天涯孤独だったんだろう？」

「そうだ、それがここにきて、さらに孤独になった」

「お母さんの恋愛は続いたのかな？」

「続いた。それから三年ばかりね。女心は不思議だね、あれほどに娘がすべてだった彼女が、みるみる豹変して、男が優先になってしまった。男にべったりになり、ベラの世話をしなくなり、だからベラは、身の廻りのことをすべて自分一人でやるほかなくなった。まあ食費、生活費は、男が出してくれたようだけれども」

「ふむ。しかし、それも理屈ではある」

「理屈？　どうして」

「娘が生活費を作りそうだったから母は必死になったが、男が生活費をくれるというなら、力を入れるのはそっちでもいいわけだ」

「うーん……、そういうことなのか……」

「それで悲劇が起こったのかい？」

「悲劇が起こったんだ。娘のベラは順調に成長して、国立モスクワ音楽劇場バレエ団を代表する踊り手に育ちつつあったんだが……」

「うん」

「リュドミーラが、殺されたんだ」

「なんだって!?　どうして？　誰に？」

「恋人だろうね。上司の、デパート食料品売り場担当の部長だ。彼が、職場から姿を消した。だから、やったのはこの男だろうということになった」

「ふうん」

「この男は、別段可もなく不可もないような標準的な労働者で、問題のある人物とは思われていなかった。リュドミーラの方は、優秀ではあるが、非常に気の強い女性で、女性の友達は一人もいなかったというからね、おそらく男女間のもつれがあったんだろう。二人の口論する声を何度も聞いたという、アパートの住人の証言もある」

「どういう殺され方だい？」

「アパートの四階のバルコニーから落下した」

「それは自室かな？」

「自室のバルコニーだ、頭を強く打った。男に落とされたんだろうということになっている。男は、モスクワの人間で、間もなくモスクワ川に死体が浮いた。泥酔してふらついていたところを目撃されてもいる。おそらく、泥酔して、川に落ちたんだ。ロシアでは実によくあることでね、冬、ウォッカでへべれけの男がよくモスクワ川に落ちて死ぬ」

「せっかくアウシュヴィッツを生き延びたのに……」

「そうさ、平和な故郷で、つき合った男に殺された。そしてベラ・アドロワ、つまりフランチェスカ・クレスパンは、この時にはもう、十九歳の美しい娘に育っていた。名実ともに、国立モスクワ音楽劇場バレエ団を背負(しょ)って立(た)つ存在になっていたそうだよ」

「うん」

「だが、それが災(わざわ)いしたかもしれない。ベラはスターになり、男性ファンからの手紙が殺到するようになっていた。そして母親の恋人のこの部長が、根っからの酒飲みでね」

「一般的なロシア男か」

「そう、普通だが。酔っぱらっては成長したベラに、何かとちょっかいを出すようになったらしい。おそらく、生活費を出しているんだぞという思いもあったんだろう。それゆえ、ベラとリュドミーラとの仲が険悪になったという噂(うわさ)もある。しかし、どうかな、まさかベラが、こんな酔っ払いの中年男を受け入れたはずもない。恩のある母親の恋人の、気を引いたりはしないだろう」

「しないだろうね」

「何かあったとしたら、それは男の無理じいだ。しかし事件後、ベラは警察に連れていかれて、不愉快な質問をさんざんされたらしい。重要参考人というわけだ。迷惑な話さ。ベラはこの男を、内心蛇蝎のごとく嫌っていたというのに」

「嫌ったろうね」

「国立モスクワ音楽劇場バレエ団は、国内のみならず、東ドイツや今のカザフスタン、ベラルーシなどに、たびたび巡業公演に出かける団だったが、成長したベラは、次第にプリマとして踊る機会が増えて、こうした公演にも同行することが多くなった。この時期の国立モスクワ音楽劇場バレエ団には、ベラ・アドロワと、エヴゲーニア・ジハレーワという二人の傑出した女の子がいて、ライヴァルとして、互いにプリマの座を競っていたそうだよ」

「ふむ」

「しかし実力は伯仲していても、二人の家系には雲泥の差があった。ベラには父親もなく、母親は一介のデパートの売り子だ。しかも恋愛のもつれで殺されたばかりであり、ベラ自身、重要参考人として警察に呼ばれて尋問もされている。母と娘と男の、三角関係を噂する者もいた。邪推だけれども。一方、エヴゲーニアの父親は共産党の幹部で、母親も共産党員であり、国家に忠誠を誓っていた。ソ連時代のことだからね、これでは到底勝負にならない」

「そうだね」

「ソ連時代、国立モスクワ劇場バレエ団のソリストともなれば、国家予算によって養われることになる。だから、この審査は厳密で、母親や祖母も審査の対象になる。当時のソ連には、太っている女性が多かった。もしもお母さん、おばあちゃんが肥満していたら、当人がどんなに痩せていて、うまく踊れても、審査に落ちたといわれる。国家予算で養われているプリマが、いよいよ国の名誉を担おうというような大事な時期になって、まるまると太りはじめたら、国家予算が無駄になるからね。とても厳しいんだ」

「なるほどね」

「エヴゲーニアは、さいわい母も祖母も痩せていたらしくてね、問題なく彼女が合格して、ベラが落とされた」

「ショックだね」

「彼女の受けた衝撃は、それはひどいものだったらしい。この頃のベラ、つまりフランチェスカ・クレスパンを知る人によれば、自殺でもしかねないように見えたという。無理もない、ベラはこれを目指してひたすら踊ってきたんだ。二歳の収容所時代から、ただの一日も休まず」

「そうだね」

「やり遂げる自信もあったはずだ。ところが今、彼女はすべてを失ったんだ。母親も、バレエも、生活も、名誉も。むろんバレエを失ったわけではないが、国を代表する踊り手になることが彼女の目標だったんだからね、これでもう、その夢は断たれた。最上位に駈けあがって君臨することは、かなわぬ夢になったんだ」

「ソ連にいてはね」

「そう、ソ連にいてはだ。実際、踊りはベラの方が上だったという人は多い。表現力にしても、芸術性にしてもだ。体形や美人度も、ベラの方が上だという人は多い。事実それから十数年を経(へ)て、フランチェスカ・クレスパンは世界の頂点に立ったが、エヴゲーニアは、それほど名が知られてはいない、西側のわれわれには無名だ。しかし彼女は、表情が愛らしかったんだ、可愛(かわい)い風貌(ふうぼう)で。フランチェスカは美人型で、少々冷たい印象があった」

「なるほど、厳しい人生を送ってきたから」

「そうだ、決意の量も、質も、エヴゲーニアとは違う、これは表情にも表れていた。どん底に落ち、独りぼっちになったフランチェスカは、考え抜いた。そして、自分にはもう未来はないと思い詰めたんだ」

「どうしてそうなるんだ？」

「彼女は若かったんだよ。この時まだ十九だからね。まだ世間を知らない、視野も、きっと狭かったんだろう。コネ社会の共産圏の現実は、たぶんそんなふうに、彼女の目には映った。だから生き方を、環境を、すっかり変えなくてはならない、そう彼女は考えた。そこで彼女は、国立モスクワ音楽劇場バレエ団をきっぱり退団して逃亡、自分にファンレターをくれ続けている東ベルリンのファンを頼って、東ドイツに移住したんだ」

「国境を越えたんだね」

「そうだ。そして彼と会い、恋仲になり、結婚した」

「結婚したって？」

潔は驚いた声を出した。

「男に要求されたら、彼女としては断るすべはなかったろう。ほかに頼れる人は、もうこの世にはいないんだから。男にしたがうほかはなかったんだ。それで東ベルリンのベルナウアー通りの、質素なアパートに夫婦で暮らした」

「うん」

「ところがこの時代の東ドイツは地獄だった。悪化する経済状況の中で、東ドイツ人たちはあえいでいたんだ。街には安酒場がひしめき、酔っぱらいとこそ泥の天国で、ソ連の方が遥かにましだった。おそらくベラは、こういうことを知らずに、この地に来たんだと思う、夢を抱いて。世の中のことを、まだ何も知らない小娘だったから」

「そんな場所で、バレエを続けられるのか?」

「無理だ」

「うん?」

「彼女はもう、バレエはやめるつもりでいたんだ」

「なんだって?」

「二歳の時から一日も休まずに踊ってきて、疲れたのかもしれない。私程度の実力の者でも、それはよく解るよ。いかに力があっても、バレエという競争世界には、つらいことも多かったろう。バレエが駄目なら、自分にはもう望む未来なんてないと思い詰めた。彼女は生きる希望をなくしていたんだ」

「なんてことだ」

「相談する相手ももうおらず、何でも自分一人で決定しなくてはならない。だから、彼女はそのように決定したんだ、自分一人の力で」

「止める人はいなかったのか」

「孤独だったからね、親も兄弟も、親戚もない。それを許さなかった母親も、もう死んでしまった」

「バレエは、あのひどい収容所を思い出させたろうしね」

「うん。だからバレエをいっさい思い出さないように、外国に移住したんだ。だが来てみれば……」

「ゴミ溜めか」

「そうだ。バレエをやめると決意していた証拠に、彼女はこのアパートで、子供を産んだ」

「出産したって!?」

潔は驚いた声を出した。

「ひどい貧困の中で、子供を作ったんだ。バレエを続けたい気があるなら、そんなことはしなかったろう。そして子供とともに、平凡な一女性として生涯を生きようと、決意をしたんじゃないかと思う」

「ふうん」

「なんだか、悪い方向に、悪い方向にと動いていくみたいだね、当時のベラ・アドロワは。人間、最悪の時はこんなものだろう」

「そうだね」

「そして生まれたこの子が、一九六二年生まれのロスメリン。ロスメリン・ヨーゼフという子供なんだ。そして夫はフランツ・ヨーゼフ。だからフランチェスカは、ベラ・ヨーゼフというドイツ人になった。そしてロスメリン・ヨーゼフの母にもなったんだ」

「男の子かい？」

「女の子だね。このロスメリンという名の由来は、質素なアパートのキッチンの小窓から狭い裏庭が見えて、ここにロスメリンの花が咲いていたからだそうだ」

「ロスメリンの花……？」

「薄い紫色の、小さな花らしいね、よくは知らないが。これがひと株の灌木(かんぼく)全体を、覆(おお)うように咲く」

「ふうん、しかしフランチェスカ・クレスパンに、子供がいるという話は聞かないな」

「うん聞かない」

「秘密にしているのかな？」

「そうじゃない、熱心なファンにはけっこう知られている。この子は死んだらしいんだ」

「死んだ……」

「病死だという。この頃の彼女は、あまりに貧しかったんだ。東ベルリンは敗戦後長く混乱して、生活物資も食料も欠乏していた。薬なんて買えはしなかったんだ。彼女には不幸がつきまとうね。だが、それはもう少し先だ、子供の死は」

「ふうん」

「人生に絶望して、激しく悩んでいたベラだけれども……」

「ちょっと待ってくれ、子育てに燃えてはいたんだろう？」

「夫のフランツという男が、完全なダメ人間だったらしいんだ。郵便局で働いていたらしいが、すぐにクビになり、酔っ払いで、働かない男で、いつも不良仲間とつるんで、ドラッグに手を出して、次第に頭もおかしくなり、口うるさいだけの説教男だ」

「そういう男が、よく他人に説教ができるね」

「屁理屈（へりくつ）のストーリーは、どのようにでも作れるからね。金がなく、やむなくベラが働きに出て、そうしたらこのフランツが、踊ったらいいだろうと言ったんだ。君の腕前なら、もっといい収入になると」

「自分も働けば、もっといい収入になるぜ」

「そう思うね。そしてベラを、土地のバレエ団を観に連れていった」

「ほう、そうしたら？」

「ベラは驚いていたらしい。彼女には、水準がとても低く思えたんだ。こんなところ、自分が踊る場所じゃないと、実のところ彼女は、そう思ったらしいんだ」

「モスクワの方が、水準が高かったんだね」

「はたしてどんなバレエを見せたものかね、それは知らないが、かなりの差があるように、ベラの目には映ったらしい。そこで彼女は、また悩むようになった。こんなところでも入団するべきなのか、もっと自分に合ったましな道はないのか」

「うん」

「バレエの休息が一年半にもなって、彼女自身の体も、うずきはじめていたんじゃないかな。全然踊らない一年半なんてね、生まれてはじめてのことだったろうし、次第に踊りたい気分も勝ってきた。あそこまで道を究めた人なら、きっとそんなものなんだろう。バレエの女神も、決してやめることを許さないんだ」

「うん、そんなものだろうね」

「しかし彼女は、このコネ社会の共産圏で踊ることは、もう二度とご免だったんだ。こりごりだったんだろう。気持ちはよく解るよ」

「うん、それで？」

「時は、ベルリンに壁が築かれたばかりの頃だ。壁一枚向こうの西ベルリンは、自由世界に向かって開いた唯一の門だったんだ。自由を求める多くの者が、西ベルリンに脱出することを夢見ていた時代だ。それで、壁沿いのあちこちに、西側に脱出するトンネルを掘る、若者たちのグループができていた。それで彼女は、このグループに接近して、脱出の相談をした」

「赤子を連れてかい？　その頃はまだ子供がいたんだろう？　それは危険だ、無理だ」

「どのグループにもそう言われた。越境者は、容赦なく銃殺された時代だ。命がけだったんだからね。女性というだけでもむずかしいのに、まして赤子を連れていては不可能だ。何度もそう諭されて、彼女はこの脱出計画をいったんあきらめた」

「当然だ。彼女は、西側に知り合いなんていないだろう？」

「いない」

「赤子を抱えて、独りぼっちで西ベルリンに出るのか」

「彼女は自信があったんだろうね、自分の腕なら、必ず自由世界のバレエ団に入ることができ、そしてそこで、必ずトップにのし上がってみせるという」

「うん」

「ところがだ、彼女はいきなり東ドイツの秘密警察に逮捕された。そして、トンネルを掘っている集団の名前と、工事場所を教えるように責められた。しかし、彼女はもちろん口を割らなかった。警察は、子供を盾にして、口を割るように強要した。拷問もされたらしい」

「よく助かったね」

「ある有力なノーメンクラツーラが、手を廻して彼女を助けてくれたんだ」

「ノーメンクラツーラ？」

「財閥だ。ボニファーツという天然ガスの会長だったが、彼が政府に顔がきいたんだ」

「子供は無事だったのかい？」

「無事だったが、以降病気がちになり、高熱を出して、結局死んだ」

「そうか」

「ボニファーツの会長はバレエ好きで、ソ連時代のベラ・アドロワのことを知っていたんだ。そしてベラに、ブリュンヒルデ・バレエ団に入る気はないかと持ちかけた。自分が推薦できると言ったんだ。君ほどの才能が、ぶらぶらして腕を錆びさせてはいけない、どんな援助でもすると言った」

「ふん」

「ブリュンヒルデというのは、東ベルリンにあっては、当時一、二のバレエ団だったからね、国際公演もできる実力と、名声をあわせ持つ集団だった。この時のベラの気持ちは、これは推測になるけれど、充分に気持ちが動いたろう。頭のいい彼女のことで、トンネルが駄目となった今、脱出作戦は変更だと考えていたはずだから」

「西側への脱出に、別の作戦を取ろうと考えたと？」

「そう思うね。それなら、この話は渡りに船だった。ブリュンヒルデ・バレエ団に入って、海外公演を目指すのがよいということだ。このバレエ団でトップに立てば、いつか自由主義圏への公演にも行ける機会が訪れる。そうしたら劇場から逃げて、その国に亡命ができるだろう」

「そうだね」

「思い立ったら行動が早い彼女のことで、愛想が尽きていたフランツと離婚した」

「彼は離婚を許してくれたんだね」

「そのあたりのいきさつは、正確には解らない。が、ひどいこともあったと聞いている」

「ひどいこと？」

「フランツがアルコホルや薬物で頭が壊れていて、妻を秘密警察に売ったとも言われている。いくばくかの金で」

「まさかね」

「いや、当時の世情なら、あり得るだろう。どうせ妻は自分を捨てようとしていたんだから」

「ふむ」

「一方彼女は、夫にもう心底愛想が尽きていた。フランツは、母親の酔っ払いの恋人を思い出させるところもあったからね、その頃には拒絶反応さ」

「うん……」

「それで、天然ガスの会長のコネで、ブリュンヒルデ・バレエ団に入団した。彼女の実力なら、それは造作もないことだったろう。そして彼女に強い関心を示していたボニファーツの会長の、愛人になった」

「ほう、よく決心ができたね」

「考え抜いた末のことだろうね。自由主義圏への脱出のために、またバレエ世界に戻り、連日の猛練習に身を投じた。亡命のためには、ブリュンヒルデのトップに立たなくてはならない。乳飲み子がいなくなった今、そのための猛練習の時間を作ることも可能になった。西ベルリンとか、パリに公演旅行に出て、劇場の裏口から逃走するのも、幼な子がいては無理だし、東ベルリンに子供を置いて公演に出れば、子供が人質だ。必ず子のもとに帰ってこなくてはならない。そういうこともなくなった」

「うん」

「どうしても子供が欲しいなら、新しい男を見つけて、また作ればいい、酔っ払いのダメ男のタネじゃなくてね、もっと優秀な男の」

「まだ若いからね……。しかしベラ・アドロワは、よくそこまで西側脱出の意志を持続できたね」

「というと？」

「彼女は西側に暮らしたことはない。親戚もいない、そうだね？」

「そうだ」

「西側に脱出したい人は、たいてい西に別れた家族や恋人がいて、西側の情報が大量に入っているんだ。幼い時分から東にいては、東こそが理想郷という洗脳教育を徹底して刷り込まれる。まして彼女は天涯孤独、東にも西にも親戚なんてない。それなのに、そこまで強固に西側への脱出の意志を持続できたとはね、驚きだ」

「そうかな。秘密警察に逮捕され、拷問されたんだぜ。そして母は殺されている。プリマの地位も不当に奪われた、心底嫌になるだろう」

「それはわれわれ自由主義圏の者の発想だ。向こうしか知らなければ、生き馬の目を抜く厳しい人の世は、そんなものだと思うだろう」

「そうかなあ」

「アウシュヴィッツで育っているんだぜ。西側世界は、依然あんな地獄だと思い込まされているさ」

「…………」

「収容所なら、秘密警察や肉親の死などは日常のことだ、西では今もあんな世界が続いていると。絶滅収容所と比較すれば、モスクワや東ドイツは、それでも充分明るい世界さ」

「そうかなあ」

「今の感覚なら、越境もたいしたことはなく思えるが、当時は殺されたんだぜ。東側世界しか知らない天涯孤独な若い娘が、越境を命と引き換えてもいいとまで思えたかな」

「うーん、そこは見解の相違だなキヨシ。ともかく彼女は越境し、亡命した。あとは、世間に知られている通りだ。ベラ・ヨーゼフ、いや離婚した今、ベラ・アドロワだが、彼女は計画した通りに猛練習してブリュンヒルデを代表するプリマの地位を得た。計画通りだ」

「うん」

「ブリュンヒルデは、海外公演になかなかベラを連れていきたがらなかった。それでボニファーツの会長を頼って、何度か海外旅行に行くことも画策したが、かなわなかった」

「パトロンを頼っての亡命も試みた」

「そうだね、だが無理だった。しかしブリュンヒルデ・バレエ団での彼女の人気が高くなり、連れていかざるを得なくなった。それでもしばらくは厳重な監視がついていたが、だんだんに信用を得て監視がいなくなり、一九七二年のロンドン公演で、彼女はついに亡命を果たした。そして名前を、ベラ・アドロワからフランチェスカ・クレスパンに戻して、西側のバレリーナとして踊りはじめた」

「ずいぶん名前が増えたな」

「そうだね。憶えるのが大変だ」

「あとは順風満帆だったか……」

「彼女は、決めたことは必ずやり遂げる人だ。亡命を決めたから、きっちりとやり遂げた。そしてこの判断は正しかったろう？」

「はて、ハインリッヒ、必ずしもそうは言えないんじゃないか？」

「どうして？　モスクワで、控えのプリマとして踊っていた方がよかったかい？」

「彼女は殺されたんだぜハインリッヒ、ニューヨークで。忘れないでくれ」

「ああそうか、そうだったな。東にいたら、殺されはしなかったか……」

「いずれにせよ、波乱の人生だな。そして、確かに男とは違う種類の波乱だ」

「うん」

「この経過のどこかに無理があったんだ。それもひどい無理だ。それが、彼女の死の理由になった。これは確かなことだ」

「確かなこと？　君は、自信があるんだね？」

「ある」

潔は断言した。

「それを、われわれは見つけなくてはならないんだ」

「今のところ、見えないな、そんなもの。ぼくの目には」

「隠されているね、だが、必ずある」

「どんな種類のものか……」

「そいつは解らない」

「彼女は異様なまでの努力家だし、冷徹な実行者だ。自分に厳しい人なんだよ。自分にも、そしておそらく他人にも」

「そのようだね。感謝は感謝を呼ぶ。厳しさは、厳しさを呼ぶんだ」

「ああ、そうだな、確かに……。では君は、彼女の他人への厳しさが、自分に戻ってきたと？」

「まだ解らない。それで、天然ガスの親父はどうしたんだ？」

「まあ、彼女を追いかけてマンハッタンに現れたなんて話は聞かないからね、あきらめたんだろう。かなりの高齢だったようだし、間もなく没したんじゃないか？」

「コネ社会が嫌いという割には、人材を活用するんだな」

「彼女の立場では、仕方がなかったんじゃないかな。鉄のカーテンの向こう側で、彼女はこういうかたちで成長したんだ」

「ふん、完全平等という嘘八百が、結局一部特権者の活用を推奨する社会を作ったというわけだ」

「そういう解釈も、あながち誤りではない。完全平等なんてね、あり得ないことさ。そいつが理由かい？」

「まだ解らないさ」

潔は言い、しばらく考えていたが、こんなふうに言う。

「自由主義圏に逃げ込んで、こちらでは、男関係はどうだったんだろうね」

「まあ彼女は、そっちの腕も、ずいぶん磨かれていたらしいから」

「うん」

「なかなかのものだったらしいね。なにしろ舞台はニューヨークに移るんだ」

「まあのどかなサンクトペテルブルグや、東ベルリンとはいささか違ったろうな」

「世界中からひと癖ある連中が集まって、そいつらが、東京の朝の電車みたいにひしめいているんだ」

「推して知るべしか」

「いろいろと情報は入るが、ガセも多そうでね、まだ述べる段階にはない。それを調べるにはもう少し時間が必要だ。いいかな」

「いいとも。だがもう少しペースを上げてくれないと、こっちは忘れてしまうぜ」

潔は言う。

「解った、ではまただ、数日後の第三便を待ってくれ」

言って、私は電話を切った。

4

「ハロー、キヨシ」

私はまた言った。急ぐようなことを先日言ったが、ずいぶん日数が経っている。

「待ちかねたよハインリッヒ、ずいぶん時間が経ったね。十日以上じゃないか？　第三便の待機時間は短いと確か宣言していたように思うが、これまでで一番長いぜ」

案の定潔は不平を言った。しかしそれは私には嬉しいことだった。潔がまだ興味を持続してくれていることの証しだからだ。

「申し訳ない。あまりにひどい情報をあれこれ聞きこんだものでね、裏取りに手間取った。国際金融機関の連中の腹の中は、真っ黒なんだな。ぼくの理解はおよばない。金が儲かればそれでいいのか。民がいかに大勢死のうと、レイプされようと、拷問で苦しもうと、関知はしないんだ」

「国際金融機関？　何を聞きこんだのか知らないが……」

潔は言いかけたが、私は畳みかけた。

「君は解るかい？　キヨシ、連中の非人情な発想の理由が」

するとと潔は言う。

「金は、大量に集合すると、より増えようとして意志を持つのさ。金持ち連中なんて、その哀れな奴隷さ」

「キヨシ、それは本当の話か？」

「本当だ。純度九十九％のウラニウム」

「確かに、金は増やさないと目減りするからな。それにしても、真面目に働くのが嫌になるような話さ。立ち直るのに、ブランデーがかなり必要だったぜ」

「つまり酒場にいた時間なのか？　ぼくが待っていた時間は」

潔は言う。

「いや、決してそういうわけじゃないが……」

「ヒトラーはユダヤ人殲滅の施設を造る金を、アメリカのユダヤ人に借りた」

潔は言った。

「そうらしいな。罪のない人々ばかりを殺した」

「そしてこういうナチへの投資で大儲けした奴らがいるのさ」

「道徳の頂に立つ者の、それがいつわらざる姿か」

「イソップだね。あまり子供向きではないが」

「連中は、大戦争している双方に金を貸して、大儲けしながら常に高みの見物だ、特等席でね。死ぬのは何も知らぬ若者ばかり」

「日本が開国した当時、幕府を支援したのはフランス、革命側の薩長を支援したのはイギリスだが、実はこの二国、パリのウォールフェラー家と、ロンドンのウォールフェラー家だった。その前にペリーが横浜に来て日本を開国させるが、ペリーはニューヨークのウォールフェラー家の使いだった」

聞いて私は少し笑った。

「なんと」

「連中の持っている金は、そのくらい、とてつもない額になっていた。十九世紀から、とっくにグローバル化しているんだ。ジェイコブ・シフというウォールフェラー系の金貸しが自伝に書いているが、自分が一番儲けたのは、日露戦争用に日本が用意した公債だったそうだよ。日本政府はこの時の借金を、東京オリンピックの頃まで律儀に返し続けた」

「解った。ところでキヨシ、まさか、フランチェスカ・クレスパンの事件を忘れてはいないだろうね」

「なんとか憶えちゃいるがね、雑務が多くて。今どこだい」

「キーウだ」

「キーウ？」

「ウクライナだよ、ロシア語ではキエフ」

「鉄のカーテンをくぐったか」

「今となってはそうだが、クレムリンがそう思っているかどうかは疑問だな。大変なことが解った。ここは地獄の釜（かま）の蓋の上だ。そう思わないか？」

「地政学上の、陸のチョークポイントだね」

「チョークポイント？」

「君が乗っているその釜の中には、何が入っているか知っているかい？」

「いや」

「第三次世界大戦だ」

「ああ」

　私は絶望的な声を出した。

「眩暈がするよ。だが確かにそうだ、決して比喩でも、誇張でもない。永久に、釜の中におとなしくおさまっていて欲しいものだ」

「そう願うね」

「陰湿でとてつもない策謀が無数に渦巻いている。今度の事件に直接的な関連はないと思うが、これらのことは、世間に知らしめなくてはならない。ジャーナリストとしては使命に燃えるね。大変に有益で、貴重な情報なんだ」

「どうしてキーウに？」

「ある人物を追ってきた」

「地政学は、こちらの大学でも講座を持っている研究者がいる。聴講もした。地政学上の発火ポイントは、地球儀の上に十ヵ所ばかりしかないらしいね」

「そうらしいね、中でもウクライナは……」

「最大の発火点だ」

潔は断言した。

「ジブラルタル、英仏海峡、マラッカ海峡、台湾海峡、スエズ、パナマ、南沙や朝鮮半島、日本もいささか危険だな」

「それらの中でもここが一番だな。まさかとは思うが、二十一世紀も近い今、大戦争の可能性がある。戦争をあおる画策は、こうしている今も、日々進行中だ。芝居が始まる前の裏方たちみたいに、工作員が忙しく立ち働いている。こんな露骨なことが本当にあるんだと、ここに来てはじめて知ったよ」

「戦争屋か。そしてそこは、戦争の大通りだ」

「戦争は儲かるからね。戦闘機も、タンクも、爆撃機もミサイルも、ワンミリオン以下の兵器なんてありはしない。みんな十ミリオン、百ミリオン、もしもどこかの国がどこかを侵攻したら、それらがホットドッグ以上の勢いで売れていく。まるでグローサリィストアのチラシみたいに、右から左に風に飛んでいくんだ」

「ああ、そこはカザール王国だからね」

「カザール？」

「知らないのかい？」

「知らない」

「七世紀に興った王国だよ、こんな話まですれば長くなる。歴史は一筋縄ではいかない、特にそのあたりの説明は」

「簡単に。重要かもしれないんで」

私は急いで言った。

「西からキリスト教国家、南からイスラム教国家が攻めのぼってきた。滅亡の危機に直面したカザールの王は、改宗を決意した」

「ああ、同じ宗派の国なら攻めないから……」

「しかしキリスト教、イスラム教、どちらに改宗しても、どちらかは敵になって攻められる。そこで、両宗教のルーツであるユダヤ教に、自分を含めて国民の全員を改宗させた」

「そうか。名案だな」

「ユダヤ教なら、双方ともに苦情は出ない。両宗教ともに、ユダヤ教が発展した新教だ。ユダヤ人というのは人種ではない、ユダヤ教の信者のことだからね。それで歴史上にも珍しい、中東のセム族とは縁もゆかりもない、白人たちだけのユダヤ教国家が誕生した。今、世界中に大量にいる白人のユダヤ人たちは、このカザール王国民の末裔(まつえい)だと言われている」

「そうか、そういうことか!」

「学問的には異論もあるんだけれどね、でも大筋はこれでいいと、多くの研究者が考えている」

「君もか?」

「そうだ」

「王国の民は、それで命拾いをしたんだね?」

「そうなんだが、のちの十三世紀に、東から来たタタール人に滅ぼされて、国民は世界に四散した」

「結局駄目だったか」

「そうだ」

「タタール人?」

「モンゴル人のことだよ」

「白人は今、英語ではコケイジャンと呼ばれるが、これはコーカサス地方の人たちの意味だね」

「その通り、そのあたりの人たちのことだね」

「われわれのふるさとか」

「そうなるね」

「そうした白人の代名詞が、今やユダヤ人か。そしてそのカザール王国が……」

「ウクライナの一部さ」

「なるほど」

私は、納得して言った。

「歴史がぼくを、この地に呼び寄せたか。勉強になるね、ウクライナとは、もともとは田舎者(いなかもの)の意味なんだろう?」

「ロシア人が勝手にそう呼んだらしいね。しかしもとはロシア文明発祥の地で、キエフルーシと呼ばれる民が、北に向かってロシア人になった。ロシアの語源はルーシなんだ」

「そうか、ルーシなんだな。それを田舎者とは恐れ入る」

「かつてのロシアの精鋭、コサック兵も、ウクライナ人だ」

「よく知っているんだなキヨシ」

「大学にいれば詳しくなるんだよ。最近の教授たちは、国際政治と地政学にえらく詳しい。連中の趣味だね」

「コサックね、しかしその連中の祖先は、人工的な新生ユダヤ人か。確かにこの国にはさまざまな人種がいるぜ。そう聞けば、確かに納得だ。ユダヤ系にロシア系……」

「かつてヒトラーが、世界最高の人種だと主張したアーリア人も、もとはカスピ海のほとりに発生した遊牧民族だと言われる。戦争上手な連中だ。うちの大学の教授連中も、そうなんだろうな」

「アーリア人か、それでよく解る」

「何が」

「ウクライナ人たち、いい連中も多いんだが、どうしたわけか、ここにはナチスが多い」

「本当かい？」

「ネオナチだ。まだ少数派だ。だが危険な兆候だ。そこにこれを助長する援助者が現れて……」

「ウォールフェラーかい？」

「そうだ、軍資金を提供している。それに米民主党の一部。今にウクライナの軍全体に伝播(でんぱ)するかもね」

「ほう」

「まさか、ないとは思うよ。でも、予断を許さない。まったくお笑いだ。低級民族ユダヤを殲滅だ、と叫ぶ軍隊組織に、ユダヤ人が金を出しているんだ」

「ネオナチはユダヤを嫌いではないだろう？」

「そうかい？」

「うん」

「ともかくアメリカ大統領も、連中の金で選挙を勝って、ホワイトハウスに入っているんだからね、やつらの言いなりさ。こういうことが何百年も続いている。国際金融資本は、だからここでもやりたい放題だ、意見できる者なんていやしない。金も儲け放題なら、戦争も起こし放題だ」

「ヒトラーの怒りが解るかな？」

「一部は、それは解らんでもないさ。だがアウシュヴィッツは駄目だ。ユダヤ人の全員が悪いわけじゃない」

「その通りだハインリッヒ」

「ネオナチに金をやって、養って、ロシア人を暴行させて、いったいどんな得がある？

ロシアに軍事介入させるためだ。こうすればロシア軍が、自国民を保護するためと言って入ってくる。先のソ連崩壊で、ウクライナは独立したんだが、ロシアはまだあきらめてはいない。自国に編入したがっているんだ、このままではウクライナは、NATOに入りかねないから。そうなったらもう手が出せないし、モスクワの大きな脅威になる。距離がごく近いんだから」

「で、ハインリッヒ、解ったのはそういうことかい？」

「キーウで、さかんに軍本部と接触している男がいる。彼を見にきたんだ。西側のジャーナリスト連中の間で、ひそかな噂になっていたから。白人だが、アシュケナージだろう。ユダヤ人だ。金のかかった身なりをして、時計も、スーツケースも、ブランドの最高級品だ。最高級の酒を飲んで、いつも美人を連れている。当人、ハンサムだからな。いつも札束を持ち歩いて、これをレストランのテーブルに、まさか積みはしないが、テーブルの下で渡していた。何度か見た」

「で、彼を追った？」

「ああずっと観察していたし、あらゆるつてを動員して、彼の素性を調べつくした。そしたら……」

「うん、そうしたら？」

「そうしたら、キヨシ、大当たりだ。彼はジェイソン・エプスタインという名で、超がつく大物だ。マンハッタンとフロリダと、テルアビブに豪邸があり、ヴァージニアに所有している島があり、ネイサン・ウォールフェラーの孫で、きわめて優秀な男らしい。ハーバードを出て、ニューヨークの名門高校の、発生生物学の教師をしていた時期がある。同時に投資家で、こちらの腕も一流らしい」

「ふうん」

「だが真に重要なのはこれだ。そして亡命したフランチェスカ・クレスパンを、短時間でスターにしたのが彼らしい」

「ほう。ドイツで彼の名を？」

「小耳にはさんだ。アメリカの、いや欧州など西側世界の、あらゆる組織に彼は顔がきくんだ。金融業や、製造業、ＩＴ企業や政界ばかりではない、医学界にも、製薬会社にも、芸能界にも、映画界にも、バレエやクラシック音楽、オペラの世界にも顔がきく。だから亡命ロシア人のバレリーナを、業界トップに押し上げるのなど、造作もないことだったろう、その子に才能があるならね。なにしろ唸るほどの金があり、顔がきき、頭脳も優秀だ」

「どこでクレスパンと会ったんだろう」

「ニューヨークだ。ロンドンの劇場で踊っていた彼女を、マンハッタンに呼び寄せたんだ。そして豪壮な住まいを与え、踊り手として活躍できる最高の環境を用意した」

「つき合ったのかな？」

「島に呼び、ヨットに呼び、地中海をクルーズして、恋仲になった」

「あまり知られていない話だな」

「厳重に秘密にしていたのさ」

「彼女は、ジェイソンを踏み台にしてスターになったのか」

「ずいぶん身もふたもない言い方だが、まあそういう言い方もできるだろう。でなくては、いかに天才的バレリーナでも、あれほどの短時間で世界の頂上に飛び上がるのは、無理だったろう」

「しかし彼女は、ネイサン・ウォールフェラーが、パトロンという話だったね」

「ああ、最終的にはそうなっている。大勢の男たちとつき合ったあげくにね。ジェイソンも名うてのプレイボーイだから、ほかの女性たちで忙しかったろうし、国際謀略家としての黒い仕事も多いから……」

「国際謀略家でプレイボーイかい？」

「そうだ。だからこれは、あれだな、彼は、あれだよ……」

「誰だい」

「007号だ。課報部員と言った方が当たっている」

「シークレット・エイジェントかい？」

「次の話を聞けば、君も納得するぜキヨシ。こちらで、退役したモサドの諜報部員という老人に会った」

「今度は本物かい」

「さして大物ではなかったらしいが、落ちぶれて、不遇をかこっていた。実は昔の顔見知りなんだが、偶然この街で再会した。もとは優秀だったと、当人は言っているが、そいつはどうかな。

　だが情報通なのは確かだった。彼の話では、ジェイソンが今やっている仕事は、さっき述べた通り、ウクライナで戦争を起こさせることだが、こんなのはほんの片手間で、もっと重大な仕事は、生物兵器の開発らしい」

「そいつは厄介だな、炭疽菌とか？」

「いやそっちじゃない。それは一撃必殺で、深刻な猛毒だ。そうではなく、スペイン風邪のたぐいだ」

「風邪のコロナ・ウイルスを遺伝子操作」

「それだ。もっとゆるい毒だ。だが影響力はこちらの方がずっと大きい。そして地球規模の経済をスローダウンさせて、建設業とか製薬業界、エネルギー業界、その勢力図に影響を与えて、軍需産業や株価を、連中が好ましい方向に誘導する」

「ワクチン産業も、儲かるからね。なにしろ全人類に打つんだから、莫大な収益だ」

「ボストンに、その種の研究所がある」

「あるね」

「ここに経済及び倫理的な圧力を前もってかけておいて、コロナ・ウイルス変異株の研究を持ちかける。するとここは悲鳴をあげて、今はできないと断ってくる」

「うん……」

「するとそういう場合、この手の依頼を引き受ける研究所が某国にあるんだ。ここもアメリカのウォールフェラーが出資しているから、二番目はまずそこになる。ここに専用実験棟を増築させて、変異株を持ち込む。研究を始めさせるんだ。この工事を請け負うのが、やはりウォールフェラーの息がかかったフランスの医療建設、ヴェロニックだが、ここに手を廻して、厳重な密閉ラボの一部に穴をあけておいてね、ウイルスが漏洩するように仕掛けておく」

「なるほど」

「かの国ならあり得ることだ、で通る。研究所の前を通る動線の先には、食材の市場があり、蝙蝠、蛇、鳥、ワニ、センザンコウ、そのほかさまざまな小動物が檻の中にいる。そしてそのさらに先には、競技場があるんだ」

「オリンピックかい？」

「まさか！　そこまでの規模じゃないが、ここに世界中から軍人を集めて、軍人大運動会を催す。屈強な軍人に感染させ、各国に持ち帰らせて、流行を起こす」

「ふうん」

「しかし感染源は、動物市場になるだろう。こういう計画を立てて、それに沿って、今ジェイソンは動いているというんだ。こういう複雑な組織構造は、どうやらマネーロンダリングにも使えるらしい。何通りものメリットが、連中にはある。007の作者も思いつかないような大規模計画だな、びっくりしたよ。今着々とやっているというんだから、早く世界中に知らしめるべきじゃないかな」

「関係組織も解っているのなら、今度のウイルスの流行は、回避できるだろう。しかしジェイソンは、何ヵ国語もしゃべるのかい？」

「しゃべるらしい。四ヵ国語が流暢らしいよ」

「ほう、それはたいしたものだ」

「英語、ドイツ語、中国語にヘブライ語だね。連中はこんなことまでやっている、調べていて、嫌になったよ。彼らにも、信仰があるのだろう。彼らの神は、こんなことを許されるのか？」

「ヤハウェか。しかしそういうことなら、話は簡単じゃない」

「どういうことだ？」

「ロシアの指導者が考えることが、それで見えてくるんだ」

潔は言う。

「ロシアは、先の大戦時、二千五百万人ものロシア国民を殺されたんだ。誰に？　ナチスにだ。ウクライナ軍がもし今後ナチスと化すなら、ロシアのウクライナ侵攻は、第二次大戦時の苦杯への復讐となるんだ」

「なるほど。邪悪なナチスへの報復。ロシアの連中なら、そういう理屈になるな」

「しかし聖戦と言うなら、もっと恐ろしいことが考えられる」

「なんだい」

「チェルノブイリだ」

「ああ」

「ロシア上層は、あれを偶発的な事故ではなく、ロシアへの攻撃だとみている」

「誰による？」

「イルミナティという者が多い、そうならドイツ人かもしれないが、どうかな。聖書に預言されているから」

「第二次大戦の尾を引いている？　預言されているのか」

「ヨハネの黙示録、八章十、十一節の解釈だね。ここに書かれている苦ヨモギの名が、チェルノブイリだ」

「なに？　本当なのか⁉」

「だからロシアは、侵攻となれば、まずチェルノブイリに突撃して、これを占拠すると考えられる。そしてその証拠を探すだろう。もしも……」

「キヨシ、ちょっと待ってくれ。どうして君はそれを知っている？　実は彼もそれを言っていた。ロシアには以前からその計画があると。だが、原発を調べて、それでどうするんだ」

「証拠があれば、報復する、同じ核で。つまりロシア側も、戦術核使用が正当化される」

「馬鹿な！　なんてことを！　それはヨーロッパの終焉だ。ポーランドや、そのほかの国に被害が出れば、NATOも核で報復するぞ、モスクワに」

「それが第三次大戦だ」

「そんな理屈が通るのなら、日本はどうだ？　日本も核で報復していいことになる」

「なるね、だからアメリカは、日本に核武装をさせない。ともかくこうなると、ジェイソン007の思惑も超えると思うね」

「当然だ。信じがたい悪夢だ。人間はなんて愚かなんだ！　グローバル謀略家どもの、姑息で愚かしい策動が、世界を消滅させるんだ。ああ、なんてことだ。その黙示録には、どう描かれているんだ？」

　私は、あえぐような声で訊いた。

「世界の終わりの光景は」

「第三の御使が、ラッパを吹き鳴らした。すると、松明のように燃えている大きな星が、空から落ちてきた。そしてそれは、川の三分の一とその水源との上に落ちた。この星の名は『チェルノブイリ（苦ヨモギ）』と言い、水の三分の一が『苦ヨモギ』のように苦くなった。水が苦くなったので、そのために多くの人が死んだ」

「なんという預言だ。神はそんな宣告を、選ばれた者に預けたのか」

　私は嘆息し、しばらく黙り込んだ。ずいぶんしてからようやく言った。

「キヨシ、ぼくはどうしたらいい」

「郵便局に行くんだ」

「はあ⁉」

　思わず私は頓狂な声を出した。

「今何て言った？　キヨシ、もう一度」

「郵便局だよハインリッヒ」

「ここのか？」

「旧東ベルリンのだ」

「ベルリン？　また戻れと？」

「そうだハインリッヒ、必要なんだ、とても重要な局面が見えてきた。一九六〇年代、東ベルリンから出された手紙のうち、鉄のカーテンの向こうに向けたものは、どう処理されたのか、調べて欲しいんだ」

「鉄のカーテンの向こうと言っても広い、国によるだろうが……」

「そうだね、当時の東ベルリンはどう対処していたのか」

「チェルノブイリが登場し、いよいよ劇的な展開が待つかと思ったら、郵便局に行けと？」

「そうだ、００７号の調査はもう終わったのだろう？」

「まあ、それはそうだが……」

「そうか、東京オリンピックか！」

潔は大声を出した。

「なんだって？」

「東京オリンピックが一九六四年に東京で開催されているんだ、ハインリッヒ」

「それが？」

「鉄のカーテンをおおっぴらにくぐれるチャンスが、ちょうど訪れているんだ」

私は、しばらく沈黙した。意味が解らなかったからだ。

「きっとここには何かある。ヤハウェの配剤だ」

たっぷり思案してから、私は言った。

「君の言わんとしていることの、意味が不明だ」

「今言えることはね、神の使いが吹くラッパの音が聞こえてきたということだ。では次なる報を待っているよハインリッヒ」

「郵便局調査のか？」

「そうさ」

潔は言う。

「子供のお使いだな」

私は言った。

5

「キヨシ、ぼくだ、今ベルリンだよ」

私はいきなり言った。

「待ちかねたよ」

潔は遠方で言う。

「郵便局に行ってきた」

私が言うと、

「うん、どうだった」

彼はせき込むように言い、メモを見ながら私は説明を始めた。

「世界の郵便制度には、万国国際条約という規約があって、配達料金がおおよそ統一されている。そのほかにも、配達にかけられる日数とか、受付を拒否できる郵送物の条件も、公的に取り決められている。五年に一度世界会議があって、ここで取り決めを行い、施行してみて、五年ごとに必要な修正を加えている」

「うん。自由主義圏、共産圏にかかわらず、世界中のどの国にも、配達は可能なのかい？」

「基本的にはそうなのだが、さすがに戦争中の国には配達ができない」

「そうだね」

「交戦中でなくとも、それに準じるような事態にある国への郵便は、やはり引き受けが停止される。そして、正常な状態に戻るまで、引き受け停止は続く。この判断はすべて、その国の郵便当局の権限になる」

「配達先が、交戦中に準じる事態の国か、そうでないかの判断も、国によって異なるはずだね」

潔は言う。

「その通り」

「今弾丸や砲弾が飛び交っていなくても、目下わが国と交戦中に準じる事態だと、その国が判断すればそれまでだね」

「東西に分割されている国の赤い側ともなると、判断が厳しいものになる。そういう判断もあり得るね、君の推察通りだと思う」

私は言った。

「世界中の大半の国が今は平時だと認識していても、自由主義圏の敵視政策に遭って孤立しているような国なら、そして受けている制裁内容によっては、今は交戦中、またはそれに準じる事態と判断するかもしれない。腹いせの意味もあって」

「その通りだね。確かに東ドイツの、それもベルリンの壁建設直後は、国情的に、感情的に、この判断に厳しいものがあった。その通りだね」

「やはりね。で、当時、六〇年代だね、どんな国への郵便物が、引き受け停止になっていた？」

「イラン、ソマリア、ナミビア、アラブ首長国連邦、イスラエル、オマーン、そんなところだったな」

「そういう国に向かって書かれた手紙は、どう処理したんだ？　東ベルリンの当局は」

「小包等はむろん受付カウンターで断るが、投函(とうかん)された封書は、配達不適正郵便に振り分けられて一ヵ所に集められ、しばらくは集配場のすみの籠(かご)に入れられている」

「ふむ」

「一定期間をすぎたら、差出人に戻されることになる」

「フィンランドのサンタクロース様、といった手紙のことだね？」

「子供からかい？　そいつはむずかしいな。しかし散文的なことだが、それらは一定の時間をすぎたら、基本的に差出人の住所に戻される」

「夢がないな」

「ないね」

「差出人の住所が書かれていなければ？」

「籠の中でしばらく時を過ごしてのち、焼却される」

「手紙が籠に入れられている期間は？」

「一週間から二週間らしい」

「その後、戻されるか、焼かれる」

「うん」

「どうして一定期間、籠に入れられているんだ？」

「配達の手段を模索するという気持ちが、当初はあったんだろう、国際郵便の事業局に。しかし東ベルリンの郵便当局において、六〇年代、こういう手紙が何らかの救済処置を受け、目的地に届いたという記録はないそうだ」

「つまり国際郵便の事業局は、何もしなかった？」

「そうなるね」

「国際郵便の事業局に、これら配達不適正郵便物のリストが届くなりといった手当は？」

「当時はなかった。今日ならネットもあるだろうが、当時はね、簡便な手段も存在しなかったから」

「第二次大戦のナチのしこりが、ヨーロッパ人に残っていた」

「そんなところだろうな」

私は同意した。

「では当時の配達不適正郵便物群の、記録も残っていない」

「ないね」

「ははあ、お手上げか」

潔は言う。

「残念だね。しかしキヨシ、あまり残念そうではないね」

「予想していたからね。ところでハインリッヒ、ロスメリン・ヨーゼフの死亡届は存在していたかい」

「ロスメリン？　ああ娘か。それは調べた。存在していた」

「そうか。では葬式はしたんだね？」

「葬式は……、どうかな、執り行ってはいないと思うね。当時の東ベルリンは、前にも説明したと思うが、ひどい混乱のただ中にあった。壁の建設直後は、死人もおびただしく出た」

「西側への脱出者かい？」

「それも多かった」

私はうなずいた。

「彼らは容赦なく射殺された。秘密警察に逮捕され、尋問され、拷問され、殺される者もいた。また街頭で、路地裏で、人知れずギャングに殺される市井の者たちも多かったし、ギャング同士の抗争もあった。当時は治安が劣悪だったんだ」

「うん」

「こういう犠牲者たちは多くが貧しい階層でね、葬式の費用なんてない。到底きちんと葬式等は出されていないだろう」

「友人、知人、家族たちが火葬場に運んでおしまいかい?」

「それさえもしていない。それは恵まれたケースだ。身元不明者の共同墓地に運んで、大穴に放り込まれるだけさ。友人たちが郊外の原っぱや、山裾(やますそ)に運んで、穴を掘って埋めるケースもあったし、枯れ木を燃やして、遺体を焼くこともあった」

「それをお役所が追跡して、記録に取って、登録簿を作成したのかな?」

「多少はやっただろうな。だが大半は、家族が役所に届け出て、お役所はそれをそのまま信用して書き取り、個人登録簿を作ったのさ」

「なるほど。敗戦直後と同じか」

「壁が造られて、また戦後のどさくさが復活さ」

「ヒトラーの遺産か」

「そんなところだね」

キヨシのかすかな舌打ちが聞こえた。

「戦争は罪深いな。新世紀も近いんだ、われわれは古代ローマの住人じゃない。もう今更、あんな罪深い、くだらない殺し合いは避けるべきだ」

「われわれはさんざん愚かな経験を積んだ。人類は進歩して、教訓を得て、叡智を深めた。今後は、まさかもうあんな、前時代的な戦争はしないさ。また同じ過ちを犯すなら、人類なんて猿と同じだ」

私は言った。

「猿でないと信じたいねハインリッヒ、しかし、ジェイソン・エプスタインがまた暗躍していたんだろう？」

「ああ……」

私は失望の声をあげた。確かにそうだ、忘れていた。

「そんな男もいたね。さあて、どうしたものかな、あんなやつ……」

「叡智を深めた万物の霊長としては、無意味な大量殺戮は、今後はなんとしても回避しなくてはならない。われわれの手腕が問われている。猿と違うところを見せなくっちゃね」

潔の皮肉に打ちのめされ、私はしばらく沈思黙考した。しかし悔しいことには、何も思いつくことがない。

「で、どうすればいいんだ？　ぼくらは。叡智を深めたらしいぼくは、今何をすべきだと君は思う？　告白すれば、進歩したはずのぼくの耳には、君の言うラッパが、まだちっとも聞こえない。難聴になったのかな」

「ジェイソンを逮捕するべきだな」

潔が、聖人の宣告のようなおごそかな声を出したから、それで私は、またたっぷり三十秒は沈黙することになった。

「前時代的な殺戮の愚を避けたいなら、間違いなくそれが最良だろう？」

「戦争を回避か……」

私は言った。

「そうさハインリッヒ。ジェイソンの見え透いた画策にのってはいけない」

「だがキヨシ……」

「彼だけじゃない、大金持ちたちの繰り出すどんな策謀にも、絶対に引っかかってはいけない。見抜いて、避けるんだ。それが、数限りない世界大戦の体験から学んだわれわれの叡智であり、進歩だ」

「逮捕か……」

「そうだ」

「だが……、やはりそいつは無理だ。やつは法律の抜け穴をよく知っている。これまでもさんざん危ない橋を渡ってきたが、ただの一度も捕まってはいない。到底尻尾を出すような族じゃない。隠すべきところをきちんと隠している」

「弱音を吐いている時じゃないぜハインリッヒ、人類の存続がかかっているんだ」

言われて、思わず私は失笑を漏らしてしまった。

「そうだが……」

「無理かい？」

「ああ」

「では別の方向から、彼を捕らえる以外にないな」

潔は言った。

「別の方向から……？」

私はため息を吐いた。それも到底できることとは思えなかったからだ。

「どうかな、やつは切れ者だ、とても尻尾を出すとは思えない……」

「そうならまた世界大戦だぞハインリッヒ、やつの計画は着々と進行しているんだろう？」

「キヨシ、ぼくは今回の仕事で、ヒトラーへの理解が変わったよ。やつは、人が言うほどの狂人ではなかったのかもしれない。いや、悪人は悪人だが、もっと上手がいる」

「ジェイソン・エプスタインも、評判が悪い男ではなかったかな？　そんな噂を聞いているが」

潔が言った。

「うん、どうやらそうだった。女癖が悪くて、若い娘をいろいろだまして、警察沙汰にもなって、ネイサンに愛想をつかされて、勘当されたという噂もある。資金ルートを遮断されたという説もあってね。有能だが、一族の持てあまし者らしいな」

「うん」

「だがこの方向からも無理だ。警察はさんざん追ったらしいがね、女性問題を。しかし、捕らえきれなかった」

「彼は自信家だと」

「間違いない、君のようなタイプだ」

「周囲が長く無能に思えれば、次第に軽く見て、いつか尻尾を出すさ。そろそろその時期だ。ニューヨークでは、彼はどこに住んでいる？」

潔は訊いた。

「マンハッタンだ」

「マンハッタン？　まさかウォールフェラー・センターのタワー内ではあるまいね」

「ウォールフェラー・センターだよ、四十五階だ」

「なんだって？」

言って、潔は黙った。考え込んでしまったらしい。

「どうしたんだ？」

「神のラッパらしいものが聞こえた」

「……………」

「ウォールフェラー・センターと、テルアビブに家があるって？　それで、ストーリーが見えたぜ」

潔は意味深なことを言った。

「ふふん、思ったほど利口じゃない」

「神のラッパね。キヨシそれは、カザールの人工的な改宗者の耳にも聞こえてくるものなのかな。というのは、ウクライナの地にこんな民話が伝わっていたんだ。病いにおかされ、親から受け継いだ財産も使いつくし、家族や友人にも去られて、息も絶え絶えに衰弱した一人の男が、道ばたに倒れていた。これでいよいよ自分は死ぬのだなと彼は悟り、起き上がってレンガ塀にもたれ、死の迎えを待っていた。すると街の教会の鐘が七時を告げ、その時、目の前に不思議な扉が立った。そのドアには、十字架が貼りついていた。

扉の向こうから、自分の名を呼ぶ声が聞こえる気がして、男はよろよろとレンガ塀から離れ、地面を這っていって扉を開け、最後のひと頑張りとばかりに、全力を振り絞って扉の中に入った。

すると彼は、まばゆい光に包まれて、体中にみるみる力がみなぎり、気づけば立ち上がっていた。すべての病いが癒えていて、男は、スーパーパワーを得ていたのだ。

スーパーマンに生まれ変わった男は、市民を助け、悪人を次々に滅ぼし、民衆の英雄になっていく。そしてついに滅びかかった祖国を救い、立て直すと、そんな話だ。

これはユダヤ教徒に生まれ変わって生き延びた、カザール王国とその民の歴史を語っているんだろうな」

「それだ」

私の話が終わると、潔のつぶやく声が聞こえた。

「なんだい？」

「七時なんだね？」

「ああ」

「神のラッパだ、ハインリッヒ」

潔は言った。

「なんだって」

「今鳴り渡ったぞ、君には聞こえないか？」

「まったく」

「これが何を示すか解るかい？　ハインリッヒ」

「いや」

「マンハッタンに向かう時が来たということだ、さあ、準備はいいかい？」

潔は意気揚々と言う。

「ただし、一週間時間をくれないか。ちょっと中東で調べものをしたい。それをすませてから、ぼくはニューヨークに向かうよ」

「中東？　調べもの？　どこに行くんだ？」

「シリアだよ。古い友人が今いるらしいから、彼に会う。それからマンハッタンだ、空港で合流しよう」

「誰だいそりゃあ」

「映画監督なんだ」

「映画監督だって？　今度は映画監督？　まったく突拍子もないことばかり言う男だな君は」

「そうかい？」

「郵便局の次はシリアかい？　そして映画監督かい？　またどうして……」

「すべては自然な流れなんだ。会ってから説明するよ」

潔は言う。

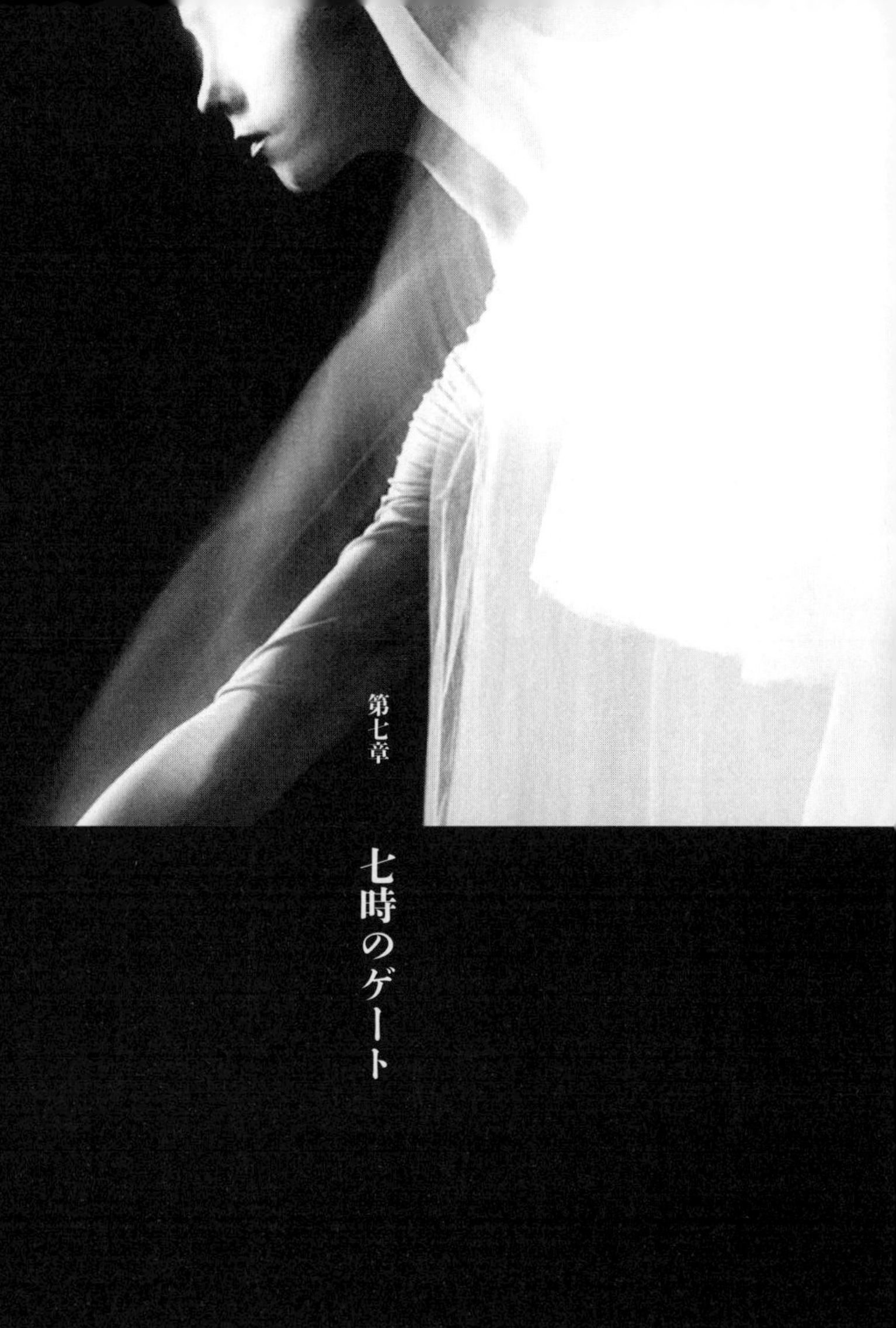

第七章

七時のゲート

I

ニューヨークのＪＦＫ空港に、潔（きよし）は中東から、私はベルリンからそれぞれ飛来して空港のレストランで待ち合わせ、電話を介さない会話を久々に楽しんだ。ずいぶん陽に焼けた潔は、旧社会主義圏での私の奮闘の労をねぎらってくれ、私は多少の自慢話を許してもらった。

旅の収穫は大きかったかと問われるので、予想以上だったと答えた。フランチェスカ・クレスパンの人生に関してばかりではない。欧州を中心とした国際政治の枠組み、とりわけ戦争発生のメカニズムについて多く気づかされ、考えさせられることが多かった、この構造は十九世紀から変わっておらず、常に欧州が発火点だ。この様子は、今後も当分変わらないだろうと私は説明した。潔は特に反論はせず、ただうなずいていた。

「さて、そろそろ行こう、時間がないんだ」

潔が言うので、私たちは店を出た。

「早くやっつけて、ストックホルムに帰ろう」

彼は言う。

トランクを引いて駅まで並んで歩き、地下鉄でマンハッタンに向かった。長い旅で私は出費がかさんでいたし、潔も、資料の書物を買い込みすぎたとかで、互いに懐がさみしかったもので、タクシーは遠慮したのだ。

　ニューヨーク北署には私が連絡を入れておいたから、広報課のマイク・ムラトフが玄関まで迎えに出てくれていた。互いに名乗り合い、握手を交わしたら、

「二十年前の、フランチェスカ・クレスパン事件の現場をご覧になりたいとか？」

　とムラトフは訊いてきた。その言い方は、自由の女神とか、エンパイアステートビルを見物にきた観光客に対するようで、いくぶんか心外だった。いささかの実績を持つ専門家として、私は彼らを助けにきたつもりでいた。ウォールフェラー・センター五十階のバレリーナ殺害現場をぞろぞろ歩き廻った挙げ句、記念写真など撮り、ありがとうございましたと言って帰るつもりはない。

「こちらにどうぞ」

　とムラトフは言って先に立ち、廊下を進むから、われわれは黙ってついていった。

「ゲスト用のロッカーがあります。どうぞトランクなどそちらに置かれて、身軽になってください」

　広報は言う。そもそも広報がわれわれの相手をするというのも、妙な話だ。もと継続捜査班の担当刑事などはいないのだろうか。

　ムラトフは言う。

「最近クレスパンの映画が公開されましてね、入りがよいらしくて、世界中から、映画ファンや、バレエファンが来られます。多くは雑誌に記事を書かれたり、テレビのドキュメンタリー番組を制作なさる方です」

「映画製作者はどうです？」

「ああ、そいつが一番の難物で……」

　北署の広報はため息を吐く。

「クレスパンの映画がどうやら成功したらしくてですね、ハリウッドで今、クレスパンやバレエ映画の制作ブームが起こりはじめているらしい。困ったことです」

「どうして困るんです?」

潔は訊く。

「実際の現場を、撮影に使いたいらしくてですな、著名な監督が、現場でバレリーナのオーディションまでやりたいと言い出して……、いやはや、もっかそういう連絡を受けています」

「それは、広報の出番ですね」

「劇場が断ってくれたらよかったんだが、うちは別にかまわないと言うんで、われわれの仕事が増えました」

「オーディションはいつです?」

「それが明日だと」

「明日!?」

私は驚いて大声を出した。

「ずいぶん急ですな」

「ともあれそういうメディア関係のみなさん、やってくれれば開口一番、必ずこうおっしゃる」

「ウォールフェラー・センターの殺害現場を見たいと?」

「さようです、撮影させろと。劇場の舞台とね」

「それで広報の出番となりましたか」

「観光会社にお願いしたいところですがね、なかなか彼らも忙しいらしくて……」

そこで私は、抗議の意味を込めて、こう言った。

「われわれは観光客ではありません。確かに映画は拝見しましたが、物見遊山で来たわけではないの担当する決まりになっております」

「ただ、スウェーデンの大使館からご連絡をいただいて、そのようなケースでは、われわれの部署が
するとムラトフは、急いで言った。

「おう、あなた方のことを言ったのではありません」

です」


「スウェーデンの大使に連絡を頼んだのかい？」

潔が驚いて私に尋ねた。

「たまたま知り合いだったものでね。駐米大使に、昨年インタヴューをしたことがあったから」

「大使からじきじきにお電話をいただいて、何ごとかと思いましたよ。国際問題でも起こったかと」

「大使は何と？」

潔は訊いた。

「スウェーデンの高名な探偵さんが来られると。きっとあなた方を助けられるはずだと」

「ミスター・ミタライの名前を、ご存じでしたか？」

私が訊くと、ムラトフは困った顔をした。

「いや。しかしなにぶん……、お解りでしょう、私などは、この狭い島の中しか知らない田舎者です。ここで生まれて育って、島の外に出たことなど、エレメンタリーのフィールドトリップくらいしかありません。世界に関する知識など、いたって貧弱なものなのです」

「海外旅行は？」

潔が訊いた。

「海外ですか。ハワイに三度ほど」

「ハワイは、海外ではありませんな」

潔が言った。

「ああ、あそこはアメリカでしたな」

　ムラトフは思い出したように言った。

「ミスター・ミタライは、日本での仕事の方が長いのです。今や世界中に知られるようになった『占星術殺人』の解決者として、ご存じではないですか？」

　私が言うと、ムラトフは目を見開き、

「おーう、おう、おう！」

　と言った。

「それなら知っていますとも。おう、あのミタライさんか、存じておりますとも。高名なあの方が、われわれの事件に興味を持っていらしていただいた？　そうですか、それは大変光栄だ」

「担当の捜査官の方などはいらっしゃいませんか」

　私は尋ねた。

「なにしろ二十年も昔の事件です。もう担当した刑事は大半神に召されたか、定年退職です」

「もと継続捜査班などは？」

「そういう者はおりません」

「お見かけしたところ、あなたはお若い。クレスパン事件のことなど、ご存じではないでしょう」

「事件が起こった当時は、警察にはいませんでした。しかし、この事件は有名ですから、細部まで知ってはいます。しかし、それほどに高名な探偵さんがいらしたということでしたら、ダニエル・カールトン警部がお相手に適任でしょう。彼は当時、捜査を直接担当していました」

「ほう」

「彼が唯一です。あいにく今出かけておりますが、間もなく帰署の予定です。ゲストルームで、コーヒーなどいかがです？　あと三十分程度でお会いいただけるでしょう」

トランクを大型ロッカーにしまい、ゲストルームに案内されると、窓のそばにテーブルがある、なかなか居心地のよい部屋で、テーブルはいくつもあるのだが、使っている人はおらず、われわれだけだった。

窓のそばにすわって待っていると、ムラトフが、奥のコーヒー・メイカーでアメリカンコーヒーを紙コップに注ぎ入れ、運んできてくれた。

「これはいい部屋だ。スターバックスに開業させても、人気店になりそうですな」

と潔が言った。

「スターバックスNY北署店ですな。眺めがいいでしょう？　そういうことを言う者もいたんだが、なにぶん警察はお堅いので」

「世界中の警察署の玄関には喫茶店があるというのも悪くないですな」

「いいですな」

ムラトフは同意した。

「ムラトフさんのお名前は、ロシア系ですね」

私が尋ねると、ムラトフはうなずく。

「祖父の代の移民です。当時は、ロシア系の移民が多い時代で」

「ロシアにいづらくなった若者だったのではないですか？」

ムラトフはもう一度うなずく。

「理由は、トロツキズムだ」

するとムラトフは、ゆっくりとまたうなずいた。

「よくご存じですな。当時の若者の、はやりだったのでしょう。スターリン主義と対立して、逮捕され、拷問されて、両腕を折られたそうです。それで祖国を捨てて、南米を経由して、この国に来た。しかし、スターリンは悪くないんだと、祖父は口癖のように言っていたそうです。晩年は、どうして自分はあの頃、トロツキズムなんかにかぶれたんだろうと、よく言っていたらしい」

「ひどい時代があったようですね」

そう私も言った。そしてここに来る前に、モスクワ、サンクトペテルブルグ、ベルリンなどを、フランチェスカ・クレスパンの足取りを追いかけて巡っていたのだと説明した。

「ほう」

と言い、マイク・ムラトフの顔色が変わったので、私は潔に説明したような取材情報を、ニューヨーク北署の広報課職員にも語った。

「実に興味深いことです」

聞き終わると、ムラトフは言った。

「そんな人生を送ってきたのですね、クレスパンさんは。モスクワで、ベルリンで。彼女が、ライヴァルのエヴゲーニア・ジハレーワさんにもしもモスクワで勝利していれば、彼女はマンハッタンに来ることはなかった、そうなりますね？」

「そうです」

私が言うとマイク・ムラトフはうなずき、しばらく黙ったまま、祖父と同郷の、あまり幸福とは言えなかった有名人に、思いを馳せているようだった。

「アウシュヴィッツで踊りを覚え、絶滅収容所をかろうじて生き延びて、今もモスクワで、踊り続けていたか……」

彼がそうつぶやいた時に、彼の上着のどこかにある携帯電話が鳴った。

「失礼、ちょっと電話してきますので」

言って彼は立ち上がり、そそくさとゲストルームを出ていった。

「ロシアは、寒々としていた」

ムラトフを目で追いながら、私は言った。

「遠くの山は白くて、朝の電車に乗る人たちの吐く息は白かった。あの国の厳しい共産革命の突風は、とりわけその非人情さは、あの国の寒さと、きっと関係がある」

「寒い国から帰ってきたジャーナリストの前に、ロシア人の青年が現れて、二度と現れぬ、ロシアの舞姫の事件を語るか」

潔もつぶやいた。そこへ、ムラトフが戻ってきた。

「警部の帰署が遅れるそうです」

「ではウォールフェラー・センター五十階の現場へ先に」

間髪を入れずに潔が言った。

マイク・ムラトフは、一見渋々（しぶしぶ）のような調子でゆっくりとうなずき、

「そうしますか」

と言った。

「時間は貴重ですからな」

潔が言い、

「では私は事件資料を取ってきましょう」

ムラトフが言った。

2

私たちは、北署を出て、交差点でタクシーを拾った。

「すいません、署の車が出払っていまして」

とマイク・ムラトフは、タクシーに乗り込みながら謝った。そして、

「ウォールフェラー・センターに」

とタクシーの運転手に伝えた。

ムラトフは、どこかプロの警察官らしくない謙虚さと、素人っぽい雰囲気を持っていた。それを私は好ましく思った。

「四月一日に、サードアヴェニューのフェデラルバンクの襲撃事件がありましたね」

潔が、隣にすわったムラトフに話しかけた。

「ありました」

彼は言って、うなずいている。

「あの事件の捜査は……」

「やっておりますよ」

「何か解ったことはありますか？」

「聞いてはおりませんが、なにしろ金も戻ったし、怪我(けが)をした者もおりませんからね。被害がないというのでは……」

「士気があがりませんか？　逮捕された者たちは、何かしゃべりましたか」

「何も。金を渡されて、ことが終われば成功報酬を上乗せと、そういう話だったらしい。しかしあん

な首尾ではね、成功報酬を支払う者はない。盗んだ金を持って銀行を出たら、玄関先でご用です」

「ちょっとおめでたいですな」

「おめでたいです」

「誰が、成功報酬を払うんです？」

「さあね。しかしジャンキーたちはよくそんな作り話をします。架空の人物を作り出すのです」

「なるほど」

「マンハッタンではよくあんな事件が？」

私が訊いた。

「ありますね」

ムラトフは言った。

「ドラッグに頭をやられた、冒険心ばかり旺盛な若者が山のようにいますから。おかしな事件だらけです」

「アドバルーンに乗って、空に逃げた男もいましたね」

私は重ねて訊く。

「ああいました」

ムラトフはうなずく。

「あの男を、知っていると言っていましたか？　銀行強盗は」

「どうしてです？」

ムラトフは私の顔を見て、不思議そうに問う。

「全然別の事件です」

私はうなずき、黙った。

タクシーは、ウォールフェラー・センターの玄関先に到着した。ここは天空のバレエ・シアター、「デシマルシアター」の玄関口も兼ねているから、格調高い雰囲気にしつらえられている。真鍮製のサッシと、カットのある厚ガラスが塡まった重厚なドアがずらりと並び、その左右には、回転式のドアもある。

扉を入れば、凝った幾何学模様を見せる大理石の床が、よく磨かれて広がり、広々としたロビーがわれわれを出迎える。真鍮製の移動式ポールが、ロビーのすみにいくつもまとめられているが、その頭同士には、黄金のロープが渡っている。これは観客が大勢この床を埋めたような際、エレヴェーターへの行列を作らせるための備品だ。

右手には、エレヴェーターの大型扉が並び、その手前にはそれぞれ、劇場のスタッフがおさまるチケット・チェックのボックスが立っている。マイク・ムラトフはそのひとつに近づいていってバッジを見せ、何ごとか話している。了解はすぐに取れたようで、彼はわれわれを手招きして、エレヴェーターの方角に向かっていく。

小型車なら二台は乗れそうな大型のエレヴェーターに収まると、ムラトフは50と書かれたボタンを押している。このエレヴェーターは劇場専用なので、ボタンはそれひとつしかない。あっさりしたものだ。われわれは、広間にぽつねんと三人だけ入り込んだようで、いくぶんか手持無沙汰の感覚を味わった。

「広いですな」

私は言った。

「ヴァイオリンの独奏コンサートなら、ここでも開けそうだ」

「可能でしょうな」

ムラトフは同意して言う。

五十階でおりると、そこもまたロビーで、赤い絨毯が敷かれている。ムラトフは先に立ってここをつかつかと横断し、デシマルシアターと書かれた下の大型の扉を押して、深閑とした無人の劇場内にわれわれを導いた。

実に立派な劇場で、歩み入り、舞台に向かって通路の坂を下っていくと、二階席の載った天井が切れて、五階建てのビルが左右にそそり立つような大空間になった。高みから舞台を見おろす、赤いカーテンのついたボックス席が、上空に何層も折り重なって見える。

延々とスロープを下り、階段もおりて舞台下に立つと、舞台手前には、楕円形のプールのようなオーケストラピットがある。今は空だが、公演の時は、演奏家たちがここを埋める。われわれも潔は、オーケストラピットの観客席側の壁に沿って歩き、中央あたりまで進んでいく。われわれも黙ってついていった。

「指揮者の台はあれですか」

縁から中を覗き込んで潔は訊く。

「ここから指揮者、バーナード・コーエンは、フランチェスカの顔を見たのですね？」

両者の位置関係や、距離を知りたくて、彼はこの位置まで来たらしい。

「そうです」

ムラトフが言った。

「なるほどごく近い。踊り手が舞台の手前まで来れば、指揮者と向かい合う。距離もわずかだ、これなら顔もよく見えるでしょう」

「フランチェスカ当人であるか否か、すぐに解ります。彼女の知り合いなら」

ムラトフは言い、潔はうなずいた。

「舞台上に上がりたいですな」

潔が言うので、ムラトフはまた背中を見せ、壁際の通路に向けて戻っていく。潔はそのすぐうしろについた。

舞台下の端に、舞台袖に向かって上がれる狭い階段がある。われわれは一列になってこれを上がった。

するとそこは舞台袖の暗がりで、緞帳と釣り合う重さの、大きな金属の重しがついた太いロープが幾本も見えている。もっか上演中か、それとも近い舞台のための大道具や、一部布をかぶせられた、なにやら巨大な物体が端に置かれている。

「クレスパンさんが、専用控え室の扉の鍵をマネージャーから受け取ったのは、ここですか？」

潔は尋ねた。

「いや、おそらく向こう側の袖です。しかしまあ、こちらかもしれません。こちらからも行けますから、控え室に向かう通路には。ちょっとその点は聞いていません」

ムラトフはうなずきながら言う。

潔もうなずいて、舞台の上にそろそろと歩み出ていく。

「おや、この舞台は、わずかに傾斜していますね」

潔は言った。

「そうです。よくお解りだ。ごくわずかですが、斜面になっています。オーケストラピットの側が低いのです」

「どうしてです？」

私は訊いた。

「踊り手たちのジャンプを、高く見せるためです」

「なるほど」

私は言った。

「パリのオペラ座の舞台も、そうなっていると聞きます」

彼は言った。

潔は舞台中央まで出ていき、観客席を向き、振り返って背後を見、また歩き出し、立ち停まって少し戻る。行きつ戻りつし、オーケストラピットの縁まで前進し、下を覗き、それからくるりと回れ右して背景のホリゾントの前まで戻り、そんなふうに心ゆくまで歩き廻って舞台を体感している。しかしなにぶん広いから時間がかかる。

舞台背後のスクリーンのそばまでもう一度戻るから、私たちも彼の近くに歩み寄った。驚いたことに、背景のスクリーンは、何重にも重なって、何枚も下がっているのだった。しかもスクリーン同士には、かなりの距離がある。つまり舞台は、奥行きもまた、非常に深いのだった。

「ずいぶん広いのですね」

私は驚いて言った。

「広いです」

ムラトフは言う。

「オーケストラや大合唱隊が舞台に乗ることもありますし……、舞台の左右に、もうひとつずつ舞台が造れるのです。そういうふうに舞台を造ることもあります」

「ほう」

「大きなバレエ・シアターは、どこもそうなっているようです」

劇場のガイドのように彼は説明する。そして、

「こちらにいらしてみてください、面白いものをお見せします」

言ってムラトフは、幾重にも下がるスクリーンの、最後のものの背後に入っていく。すると壁際

に、さらにもう一枚、スクリーンが下がっているのだった。

「こちらに」

彼は言って私たちをそばに導き、その最終スクリーンの端を、ちょっと手前に引っ張り、隙間を作って、私たちに見せてくれた。

するとそこにあった壁は、予想外なことに巨大なガラス板で、上方は、三階の高みにまでも達しているようだった。

「マンハッタン島の高層ビル群が、ここから一望のもとです。夜景など、実に見事なものですよ」

「ほう」

私は感嘆の声をあげた。

「これは、一枚ガラスですか？」

「いや、上に桟がありますが、観客席からは一枚ガラスに見えます。舞台によっては、この雄大な眺めを、舞台装置に組み込むこともあります。とりわけ夜景などをね」

「なるほど、それで五十階に舞台を造ったのですね」

「たぶんそうでしょう。こんなに高層階にある劇場は、世界中でここだけですから」

「でしょうな」

潔が言った。

「ほかでは聞いたことがない」

「そんな舞台を是非観てみたいものだ。ここならではのものでしょうな」

私も言った。

「先進のマンハッタン文化を象徴しているのでしょう、この劇場は。二十世紀の機械文明が明けるまで、到底造れなかった劇場です」

ムラトフは、今度はウォールフェラー・センターの広報のようなことを言った。

「十九世紀までは、超高層のビルなどどこにもないですからな」

「そうです。では、こちらはもうよろしいでしょうか。事件の現場に向かいましょう」

彼は言い、私たちはすぐにうなずく。そして私たちはまた舞台に戻ってこれを横一文字に横断し、反対側の袖まで行った。クレスパンが、マネージャーから控え室の鍵を受け取ったとされる側の舞台袖だ。

「こちらです」

ムラトフは先に立って袖の空間もさっさと横切り、奥に向かっていく。するとそこにはさらに左方向に向かう通廊の狭い口があった。ムラトフはさっさとこれに入っていく。私たちも続いた。

それは、壁の上方にガス灯ふうの意匠の古風なランプが点々と並んだトンネルだった。一列になったそれに照らされても足もとは暗く、寂しげな細い通廊だ。しばらく歩き、これを抜けると、ようやく明るさが戻り、足もとが赤い絨毯になった。

「控え室はもう近いですか？」

潔が訊く。

「このすぐ先です」

「ここは、さっきの劇場入り口のあるロビーからつながっているのですか？」

「ロビー……」

ムラトフは思案する。

「大型のエレヴェーターからおりた場所です。あそこからも来ることができますか？」

「できません」

ムラトフは断言した。

45○

「こちらに入る扉もなく、つながっている道も存在しません。つまり、客たちは絶対にここには入れないのです」

「なるほど。ファンたちが押し寄せてきても困りますからね」

私が言った。

「その通りです」

彼は言い、トイレのドアを示した。

「このトイレは、セキュリティや、裏方たちが使用します」

「脇役の踊り手たちも？」

「そうです」

「では彼ら『スカボロゥの祭り』を支える関係者たちは、どのようにしてここに来るのです？」

潔が訊いている。

「それは専用のエレヴェーターがあります。今お見せします」

言いながら、ムラトフはさらに歩いていく。

「しかしそのエレヴェーターは、四十九階までの住人も使うものでは？」

潔は訊く。

「その通りです。一応五十階以上の階行きの専用エレヴェーターなのですが、これに住人が乗るのを止められません」

「では住人はここまで来られますか？」

「いえ、五十階以上の階に来るためには、専用のパスポートが必要です」

「それは？」

「カードです。関係者はこれを持たされます。このカードを、エレヴェーターの箱の中にあるセンサーにかざさないと、箱は動きません」

「階段は？」

「階段も、四十九階が終点になっています。壁があり、扉はあるのですが、常時鍵がかかっています」

「その鍵は誰が？」

「劇場主のゴードンさんだけが持ちます」

「なるほど、厳重ですね」

私も言った。

「このカードがあれば、四十階や、どの階からでも五十階以上行きの専用エレヴェーターに乗れます。コールボタンの脇にセンサーがありますから」

ムラトフは言う。

「どの階にも箱を呼べるのですね？」

「そうです」

「しかし鍵も、カードも、コピーされる危険がありますね。階段室の扉は壊される危険がある」

潔はなおも問う。

「これが五十階以上の階への専用エレヴェーターです」

言ってムラトフは、ふたつのエレヴェーター扉をわれわれに示した。ふたつの扉は並んでいる。

「そしてここに、ボブ・ルッジというセキュリティが、椅子（いす）を置いてすわり、見張りをしていました」

「ふむ、ここですか」

「そうです。彼はいつもいました、ここに、クレスパンさんの公演がある時は。今言われた危険に対する、最終的な番人が彼でした。ああ失礼！」

ムラトフは右手を上げた。

「最終はこれでした」

彼はふたつの鍵を、急いでわれわれに示した。

「クレスパンさんの控え室の、ドアの鍵です。ともあれ、ルッジは屈強な男でね、彼がここまで昇ってきた怪しい人物は、絶対に通さないという最後から二番目の砦(とりで)になっていました」

「信用できる人物だったのですね？」

私が訊くと、ムラトフはうなずく。

「劇場主のジム・ゴードンさんの古い知り合いで、少年時代からよく知っているそうです。劇場主は、絶対的に彼を信用していました」

「ほう」

「しかしその問いこそが、最終的に、非常に重要な問題となりました」

「真(まこと)に信用できる人物かどうか？」

「そうです」

「と、言われると？」

解ってはいたが、私があえて訊いた。

「ご存じでしょう、現場が厳重な密室だったからです。天空高い密室で、窓ガラスはすべてはめ殺しです。劇場観客席との関係も、エレヴェーターも、今説明申し上げた通りです。そして廊下からのあの扉は、施錠されていました。だから、世紀の舞姫を殺せる者など、どこにもいない」

「ふむ」

私はうなずいた。

「いてもここまでは来られないし、もし来ても、この椅子にすわった強もてのボブ・ルッジの前を通過できない」

「なるほど」

「通過できても、ドアは施錠されている」

潔が言った。ムラトフは深くうなずき、

「そう。だから、あり得ないのです。フランチェスカ・クレスパンさんが、殺される道理がない。いったい誰にできます？」

「その通りですな」

私は言って、うなずいた。

「しかし、クレスパンさんは死んだ。撲殺されたのです。これは厳然たる事実です」

ムラトフは言う。

「そうですな」

「そうなると、です、今申し上げた説明の、どこかに穴があることになる。はてどこなのだろう」

「ないですな」

私が言い、

「ボブ・ルッジだ」

潔が私の後方から言った。するとムラトフは大きくうなずく。

「その通りです。彼が嘘を吐いているか、彼自身があの控え室に入ってクレスパンさんを殺せば、このミステリーは成立する。密室の扉は破れるのです」

「うーん」

私は唸った。

「その鍵を、こっそりコピーしておけばね」

潔が言う。

「そうです。残るたったひとつの可能性がそれ、この椅子にすわっていた男だったわけです。ほかに考えられますか？　あれば、教えてください」

ムラトフは、潔の方を向いて訊いた。潔は何も言わなかった。

「世界中の頭脳自慢の方々が、何人もわれわれの前に来られました。しかし誰一人、この問いには答えられなかった。だから、ルッジは逮捕されたんです」

彼は言った。

3

ムラトフはずんずん歩いて、通廊の突き当たりまで私たちを連れていった。そして、

「さあ、いよいよお待ちかねの現場です」

と言った。

「世紀のミステリーのね」

彼の右手が示す先には、木製の扉があった。それは飴色をしていて、よく磨かれて艶があり、厚く、重そうだった。

ムラトフは持っていた小型カバンを床に置き、ポケットから鍵を出して、扉についた鍵穴に差し入れた。鍵穴は、上下方向にふたつ並んでいた。

「事件当時、鍵穴はひとつだけだったんですがね、あの事件以降、ふたつに増えました。しかしそれでどれだけ防犯性が増したかは、疑問ですがね」

彼は言い、別の鍵を下のホールに差し込んだ。

「利用者が煩雑になっただけかもしれません」

「五十階以上行きのエレヴェーター、五十階以上のフロアに行けるパスポートとしてのカード、廊下にすわるボブ・ルッジ、そして最後が鍵だ、そうですな？」

潔は問う。

「そうです」

ムラトフは言って、うなずいた。

「鍵と、頑丈な樫の扉です」

「金庫に入るようだな」

思わず私はつぶやいた。

「札束になった気分だ」

潔は扉の前にしゃがんで、ドアの下端の隙間を見ていた。

「扉の下には隙間がありますね、けっこうな幅があり、床板に頬をつければ、多少は中を覗けそうだ」

「その通りです。事件当時は、中からのロックは、つまみを四分の一回転させるだけでした。だから外からワイヤーを使って、ロックすることもできるのではないかと」

「密室ものの基本だ」

私は言った。

「しかしそうした可能性は、廊下で見張っていたルッジを追い込むだけでね。誰にも怪しまれずにそれをやれるのは彼だけだ。ともあれそれもあって、つまみ式でない鍵がもうひとつ、つけられたんです」

「なるほど」

うなずきながら潔が立ち上がり、

「ではここはよろしいですか？　室内に入りましょう」

ムラトフは言って、扉を押し開けた。

「広いな。部屋の様子は、当時と変わっていますか？」

室内に踏み込み、四方を眺め廻しながら、潔が訊いた。

「基本的に、変わっていませんな」

ムラトフが答える。

「絨毯がありませんね」

「当時もありませんでした」

ムラトフが言う。

「床は寄せ木細工、事件以降、張り替えたりは？」

「していません。これは、ステージに近い条件にしてあるんです。この部屋を使えるのは主役の踊り手で、彼女はここで練習をするでしょうからね」

「なるほど、それでこんなふうに広く造ってあるのですね」

「そうです。群舞と合わせることもあるし、若干の楽団も入ることがあります」

「ピアノがありませんね」

潔が言った。

「物置にアップライトがあります。今はしまわれていますが、必要なら運び入れます」

「事件当時は？」

「この状態です」

聞いて、潔は無言でうなずいている。もう一度部屋を見廻し、また言う。

「鏡がないですな」

「そうだな」

私も同意した。

「自身の動きの点検には、鏡が必要です」

「ここにはありません。こちらの通路を入った、一番奥の部屋にあります。更衣室になっていますが、そちらで、自分の姿を映すことはできます」

「なるほど。そこはあとで、じっくりと拝見させていただきたい」

「どうぞ。今はものが入れられていて少々手狭だが、本来は充分なスペースがあります」

「至れり尽くせりですね」

ムラトフはうなずく。

「さすがに、世界トップの劇場だ」

私が言った。

「入り口ドアのところから見て、左手前に、立派な事務机がある。回転椅子つきだ。正面の壁には造り付けのワードロウブ、たくさんの抽斗(ひきだし)、収納のドア群。これらに、バレリーナの私品とか、衣装がおさまるのでしょうな」

潔が訊き、

「そうです」

とムラトフが応(こた)えた。

「当時と違う点は？」

「この頭上に大きな棚が造り付けられていました。そしてベンチやら街灯やら立ち木などの大道具、帽子、靴、舞台用のあれこれがおさまって、カーテンで隠せるようになっていたようです」

「取り去られたんですな」

「そうです、危険だということで。事件時、クレスパンさんの大型のトランクが入っていたんだけれど、すべり落ちてクレスパンさんの頭に当たったのでは、ということが当初言われました」

「うん？　つまりトランクは……」

「床にありました、発見時は。中身はバレリーナの毛皮のコートです」

「トランクの角に血がついていた？」

「ありません。だから結局否定されたのですが、女性が重いものを上げおろしするのは危ないということで、取りはずされました」

「手が届かないでしょう」

「台に乗ってやっていたので、よけいに危険です、不安定ですから」

「歴史的な大物がやることではないですな、リスクと引き合わない。それらのがらくたは、今は？」

「一部は更衣室、あとは廊下にある物置です」

「彼女の頭の傷の程度は？」

潔が訊く。

「深刻です。頭骨の陥没骨折がありました」

「脳の一部をくずしていますか？」

「それはないようです」

「写真は？」

「今ここにはありませんが……」

「位置はどこです？　頭部の」

「ここです、頭頂部。やや左寄りです」

言ってムラトフは、自分の頭を使って場所を手で示した。

「ブロードマン脳地図の四野か六野、運動野だ」

潔は言った。

「運動野だって？」

私が言った。

「意図的な運動を起こす部位だ。バレエなどできないね」

聞いて、私は沈黙した。

「前方から殴っていますか？　それともうしろから？」

「前からです」

「前!?」

私と潔が揃って大声をあげた。これは、私にとってはまったく意外だった。では高名なバレリーナは、犯人たる暴漢が、鉄製の像という恐ろしい凶器を自分の眼前で振り上げたのに、逃げなかったということか。

「では犯人は、クレスパンさんの顔見知りということになりますか？」

私が訊いた。するとムラトフはまずうなずき、続いて自身の言をわずかに修正した。

「科捜班の見解では、後方からではないと断言します。しかし、かといって真正面でもない。彼女が横を向いている時です、犯人に対して左の横顔を見せている時、犯人は鉄製の像で彼女の頭頂部を強打した。右手を使っている、そういう入力だと、彼らは結論づけています」

「すると、凶器を振りかぶる犯人の姿は、クレスパンさんには見えていた？　視界に入っていたと？」

４６０

私は訊いた。

「可能性はあるでしょう」

ムラトフはうなずき、言う。

「しかし男の動きは非常に素早く、彼女が前方の何かに気を取られ、無我夢中になっているようなおりであるなら、あるいは気づけなかった、目に入らなかったかもしれません、左側面のことなので」

「そうなら、信頼していた人物だな」

潔が言った。

「まさかそんなことをするとは、彼女が思いもしなかった人間。味方だと、あるいは身内だと信じていた男。そして、クレスパンさんの敵は二人だったということだ。前方の人物とは口論なりして、彼女は興奮していた。その時もう一人の男が彼女の左側にいて、素早く動いた。そして彼のこういう動きは、彼女には想定外だった、そういう可能性が導かれる」

ムラトフは深くひとつうなずき、言う。

「かもしれませんな」

「彼女が前方の者と行っていた口論、その内容が、横の男を激高させた。しかし彼女自身は、これをそれほどのものとは思っていなかった」

「ああ……」

ムラトフは言う。

「自分が殺されるほどのものとはね。棚以外、ほかに変わっている場所は？」

潔が話題を変えた。

「当日は公演中でしたから、こちらの窓際に、造花による大型の花輪がひとつ、立っていました。クレスパンさんは、自身の公演中、造花の花輪を贈られるのを好んだそうです。本物の花でなく」

「ほう、何故(なぜ)です？」

「解りません。現場の写真をいくつか持ってきましたので、今お見せしましょう」

ムラトフはカバン上部のチャックを開き、紙焼き写真を入れるためのファイルを一冊抜き出し、開きながら、潔に示した。

横から私も覗き込むと、この部屋内部の写真が無数におさまっている。なるほど窓際に、大型の花輪が立っている。

「床に、鍵だ」

潔が言った。

「そうです。床に鍵が落ちていました。このあたりです。遺体のすぐそばです」

ムラトフは言う。

「デスクの上に置かれているものも変わっているが、とりわけ凶器と目される、オスカー像を模(も)した鉄製の像。これがなくなっており、結局出てきません。今にいたるも、失われたままです」

「デスクの上にあったのは確かですね？」

潔は訊く。

「多くの者の証言があります。当日ここに入った清掃員も証言しています」

「その像は重いものですね？」

「かなり重かったという証言が多数あります。そんなもので頭を殴られたら、これはひとたまりもないでしょう。この点からも、犯人は男と思われます」

潔はうなずく。

「デスクの上、像が置かれていたあたりに、埃(ほこり)でできる円形の痕跡(こんせき)とか、そうしたものはありませんでした。拭(ふ)き取(と)られているんです。血しぶきが散ったのかもしれません」

潔はうなずく。

「あるいは犯人がそう思って慎重を期したか。床も同様です。そのために、血のカスレがありました、床には。デスクにはありません。仕事ぶりはそれほど丁寧ではなく、したがって犯人は、急いでいたと思われます」

「急いだ？　何故急ぐのでしょう」

聞きとがめて潔が言い、ムラトフは意外そうな顔をした。

「急いではいけませんか？」

「ここには外部の者は入れないのです。だから誰も、ここに犯人が侵入して仕事をしているとは思っていない。廊下に見張りまでいるんです。そして鉄製の像での暴行のあと、バレリーナは控え室を出て、部屋をロックして舞台に行くんです。犯人たちはこの控え室に残った。つまり長い時間、外部の者はここに入れない。そうなら別に急ぐ必要はないでしょう」

「ああそうか」

「誰も部屋に入ってはきません」

「確かに。その通りですね」

ムラトフは言い、私もうなずいた。

「さらに、もしもこの控え室のどこかに、絶対に見つからない隠し部屋のたぐい、つまり犯人たちの隠れ場所があったとしたら、もっと急ぐ必要はなくなる。時間はたっぷりあるんです。何故急いだのか」

「うーん」

ムラトフは言って、うなずいた。

「部屋の清掃も、ゆっくりやれますね」

「そうです」

潔はうなずく。

「しかし犯人は、あきらかに急いでいた、そういう痕跡がある。何故なのかなあ……」

「さらに言えば、凶器が奇妙ですね」

潔は言う。

「と言うと？」

「奇妙さは二重三重です。その一。犯人は、たまたまここにあった鉄の像をとっさに手に取って、犯行に用いているんです」

「たまたま？　とっさに……？」

「そう、これはとっさにでしょう。だって、オスカー像を模しているのなら、大きいのではありませんか？」

「確かに、大きいという証言です。高さは十五インチ（約三十八センチ）はあったとみな言います」

「馬鹿げている！」

潔は声を荒らげた。

「十五インチもの凶器。太さもある。着衣下に隠せば上着もふくらむ。捨てれば目立つ。どうしてそんなものを使うのか。計画的な殺人なら、もっと便利な、小さな殺人用の凶器はいくらもある。もしも隠し持って逃げるとなったら、犯人はどうするつもりだったのか。大勢の中に入れば、犯人じゃない顔なんて、到底できませんよ」

「確かに」

「つまり犯人たちは、殺すつもりなどなく、ここに来たんです。手ぶらでね」

「幾重にも守られた、厳重な密室の中に？」

「そうです」

「幾重ものガードをくぐって？」

「その通り」

「いったい何のためです？」

ムラトフは訊く。

「それは、話し合うためでしょうね」

「何についてです？」

潔は笑って、両手を広げた。

「それはまだ解りません。しかし彼は、クレスパンさんの予想外の態度に仰天し、激高して殺害してしまった」

「うーん、そうなのかな……」

「そんなものを凶器に使うのは、激しく興奮してしまい、つまりかっときて、とっさに、前後の見境なく、手近のものを摑んだ、という以外にはないでしょう」

「なるほど、そうですな、計画性などなく……」

「まったくありませんね」

「ふーん」

「しかし出てこないのですか？　凶器」

「出ませんね」

「二十年間も。おかしな話だ。トイレにも流せない。この部屋にあった大道具の群れからも発見されないのですね？」

「ありません」

「ではその鉄の像が凶器ではなかった……」

横合いから私が口をはさんだ。

「その可能性は検討してもいいのだけれどハインリッヒ、それは本来的におかしな話だぜ」

潔は言う。

「どうして？」

「何故持ち去るんだ？」

「……そうか」

「クレスパン殺しの直前までこのデスクの上にあったんだ。それがなくなっている」

「ああそうだな……」

「凶器でもないのに、どうしてそんなかさばるものを持ち去る必要があるんだ？」

「そうだな」

「置いておいてもいいんだ、指紋だけ拭いてね、それが現場に遺っても、犯人の特定にはつながらない。だってもともとここにあったものなんだから。普通そうするぜ。どうして持ち去るんだ？　これが謎その二だ」

「興奮して、何が何だかよく解らなくなったんじゃないか？　持ち去らなきゃいけないと、犯人は思い込んでしまった。だって、被害者の血がついている」

「いいねハインリッヒ、それが正解とぼくも思う。するとこれは重要なキーの一本だぜ」

「というと？」

「つまり、持って帰れる人間だったということだ」

「持って帰れる……？」

これはムラトフが、驚いて言った。

「どういう意味です？」

「そうだ、どういう意味だ？」

私も訊いた。潔は言う。

「だってわれわれが名前を知っている関係者なら、到底不可能なことだぜ。劇場主、マネージャー、指揮者に、共演の踊り手たち……、彼らはみんな、揃って不可能だ。十五インチもの高さのオスカー像なんて持っていたら、当然それは何だとみなに問われるだろう。上着の下に入れていたら、そのふくらみは何だとなる」

「なるな」

私も言った。

「そこいらへんに捨てていたら、もう出ている」

「……そうだな。だから凶器でもないのに、そんなものを持ち去りはしない……と」

「凶器でも持ち去らないさハインリッヒ、こんな厄介なもの。つまりこれは、極論したらだ、こんなとんでもないことになるんだ」

「どんな⁉」

私は驚いて訊く。

「この犯人は、誰にも会わずにここから自分の家に帰れる道を持っていた、ということさ。凶器を持ってね」

聞いて私は笑い出した。つられて、ムラトフも笑う。

「それが謎その三か？」

笑いながら、私は訊いた。

「ああ」

潔は言って、右手を上げる。しかし顔がそっぽを向いているので、どうやら上の空だ。

「そんなことがあるわけないだろう？　四次元の道か？」

私は言った。

「そうだな……」

言って潔は、少しも笑わずにゆっくりとうつむき、しばらく真剣に思案している。そして、

「だから瞬間的に……、空間移動だな」

とつぶやいた。

「そうだなあ」

と私は、なんとはなく、楽しい気分で言った。

「それしかないなキヨシ。そんな超能力を持つ犯人なら、そりゃあ便利だな、何だってできるぜ」

すると潔は顔を上げて応じる。その表情は、少しも笑っていない。

「ところがハインリッヒ、これは事実なんだ。この犯人は、本当にそういうことができる人間なのさ」

「いいね！」

私は本当に楽しくなってきて言った。

「魔法使いだ。それなら頭蓋骨（ずがいこつ）が陥没骨折したバレリーナを一時的に生き返らせて、舞台に出して踊らせることもできるな」

するとと潔は、

「そうなんだ！」

と大声を出した。

「ハインリッヒ、君はいいことを言うね」

潔はどう見ても真剣な表情で言い、私はまたしても噴き出した。

「それは厳然たる真実だ」

「解った解ったキヨシ、ジョークはそのくらいにして、そろそろ別の話をしないか」

私が提案すると、潔はさっと体をひるがえす。そしてこう言うのだった。

「では失礼して、ぼくはしばらく、この部屋の細部を虫眼鏡で点検させてもらうとしよう」

そう宣言すると、潔は上着のポケットから大型の虫眼鏡を取り出し、はめ殺しの窓の方に向かって、すたすた歩いていった。

「虫眼鏡でね」

私は言った。

じっと見ていると潔は、厚ガラスをぐいぐいと左手で押してから、桟と壁、桟とガラスの接点のあたりを丹念に調べはじめた。埃の乗り具合、絡み具合を見ているのだろう。そうしながら、窓に沿ってゆるゆると歩く。

ムラトフを見ると、表情から笑いを消し、気味が悪いものを見るように、潔の仕事ぶりを見ている。すっかり言葉を失ってしまったというふうだ。

4

それからの潔の虫眼鏡での調査は、一時間以上かかった。窓枠の細部の観察が終わると、床に腹這いになり、壁との境目、寄せ木細工の接合部分、そういうすべてを、ずるずると這いずり廻りながら、念入りに見ているふうだった。さらに抽斗の奥、抽斗を抜き出してのちの木枠のひとつひとつも観察していた。

クレスパン殺害の現場がすむと、調査はトイレに移り、さらに浴室に移り、それがすむとその奥の、今は物置と化している更衣室にかかった。面白いことは、現場を最も重要視しているのではないらしいことだった。それ以外の部屋も、現場以上の熱心さで見ている。

更衣室もそれなりの広さがあるのだが、今は段ボールの箱や、これに入りきらないさまざまなものが山積みになっているので、手狭な印象だった。潔はそれらの荷物を、位置を動かしたり、いったん脇に寄せたりしながら、また床と壁の境目、板張り床の合わせ目に沿って体を移動させながら、隙間のすべてに目を光らせていった。

「事件当時はこの荷物は」

潔はムラトフに尋ねた。

「ありませんでした」

彼は応えた。

「現場の部屋の棚に載っていましたから」

更衣室には、地上五十階の空中に面したガラス窓はなかったが、大きな姿見、すなわち鏡が壁に固定されていた。潔はこれの周囲、太い木枠との境目、そして木枠と壁紙が貼られた壁との境目には、格別入念に、観察の視線を注いだ。

更衣室が終わると潔は、上着やズボンについた埃をはたき落とし、大型の虫眼鏡を、大事そうに上着のポケットにしまい込んだ。どうやら調査は終了したらしい。

調査が長い時間を要したもので、気づけば部屋はわずかに薄暗くなっている。私たち三人組は、潔を先頭にして更衣室を出、事件現場の部屋に戻ったのだが、大型の窓から見えるセントラルパークの緑も、ハーレム・ミアの水面も、黄昏時の暗色に沈みはじめている。その上空、西の空の裾は、いくぶんか夕陽の色に染まった。窓あたりに立って、潔はしばらくそれを眺めるふうなので、ムラトフが

４７○

入り口の扉の方に歩いていって、部屋の灯りをつけた。

「いかがでしたか？　調査の結果は」

戻りながらムラトフが、潔に話しかけた。

しかし潔は上の空で、その言が思索に届いていないふうだったので、私が潔に近づき、その肩を叩いてこう言った。

「キヨシ、調査の結果は満足のいくものだったかい？　こちらがそうお尋ねだ」

もう長年のつき合いで、私は潔のさまざまな癖とか、常人と違う傾向を心得ている。彼はある調査を終えると、その成果をしばらく頭の中で整理、吟味するらしくて、けっこうな時間、他人の声が耳に入っていかない。それに加えて、自分の意見を述べるおりはとうとうとして揺るぎがなく、まことに饒舌なのだが、自分に対して発せられる質問のたぐいがやや苦手で、脳が反応しないところがある。講義中の学生の質問ならば予期しているからよいらしいが、今のように刑事事件の調査等の場合は、他人が質問してくるなど、はなから予想していないふしがある。

「うん？　うん、なんだい」

潔はようやくわれに返り、私の方を振り返ってそう訊いた。

「調査の結果は……」

私がもう一度問いかけると、

「ああ、いいね、申し分のない結果が得られたよ」

と快活に言った。

「それは、君の予想が確かめられたと？」

「まあそう言ってもいいね。しかし、なにぶんもう長い時間が経っている。この点は予想以上だった」

「長い時間が経つと、何が違う？」

「埃が熱帯雨林さ。地表を隠す」

「ふうん……」

　私はしばらく、その表現の意味不明性について考えた。

「そろそろカールトン警部が戻ってくる時刻です」

　ムラトフが言った。

「警部は以前から、今宵の夕食は、サウスブロンクスのポリフェーモだと公言しておりました。そういう場合、警部は予定を変えません」

「ポリフェーモがよい理由があったのでしょう」

　潔は言った。

「イタリアンレストランです。どうでしょう、もしよろしければわれわれも店に行って、警部のお気に入りのテーブルで、彼を待つというのは」

「いいね！」

　潔は即刻反応した。

「とてもいい考えだ、多少空腹になってきました。そうするとしましょう」

　彼は言った。

　われわれがポリフェーモの店内に入っていくと、ダニエル・カールトン警部はもう来ていて、テーブル席で店の親爺と談笑していた。白布がかかったそのテーブルにわれわれが近づいていくと、二人は気づいて笑顔になり、店主はさっと警部と別れて、厨房の方に歩み去った。代わりに警部が立ち上がった。

カールトン警部は、どちらかといえば若い印象の男で、髪がたっぷりある。鬢のあたりに白いものが混じってはいるが、年寄り組には入らないだろうというのが私の感想だった。笑みを浮かべたまま私や潔と握手を交わし、

「ニューヨークにようこそ」

と言った。

「遠い北欧からおいででしたな、長旅で、お疲れでしょう。どうぞおかけください」

と言う。

「いや、飛行機は揺れず、疲れませんでした」

椅子を引いてすわりながら、潔は応えている。

「だから今もウォールフェラー・センターの現場で、ひと仕事してきたところです」

「おお、クレスパン事件の現場をご覧になられましたか」

警部は問う。

「どんな感想を持たれました？」

「警部は、事件当時は、直接のご担当だったのでしたね？」

潔は訊く。

「そうです。事件発生から二時間で現場に入りましたし、ボブ・ルッジとも、ただちに会いました」

警部は言った。

「あれから長い時間が経って、私も歳を取った。多くの証拠を、新鮮な状態でたっぷり目にしたはずだが、しかし私の無力でね、事件は当時のままで何も進展していない。じっと床にすわり込んだままだ」

「しかし警部に出世なされた」

「デカ部屋の椅子にすわっていれば、誰にでも起こる平凡なできごとです。もうフランチェスカ・クレスパン事件の初動を知る者は、刑事部屋では私だけだ」

「ではクレスパン事件の生き字引だ」

「そうなりますな。頼りない字引だが、何なりとお尋ねを」

「そんな方に、さっきＪＦＫに着いたばかりの者が言えることなど何もありません」

「スウェーデンの大使が、じきじきに電話してきたと聞きましたよ、さっき彼に。非常に有能な方がそちらに行くと。それが事実なら、あなたはわれわれの希望だ」

「大使が、たまたまこのハインリッヒの知り合いだったからです。でも明日の夕刻には、多くをお伝えできる予定です」

「明日？　明日の夕刻とは、また何故です」

「昨日まで中東を巡っていました、それで幾日か日にちを浪費してしまって……、明後日にはここを去らなければならない。それしか休暇がもらえなかったんです、学長から。彼は有名な吝嗇家でしてね、それでみな困っています。どの学部の教授たちも、酒場に集まれば学長の悪口です」

「私も加わりたいものだ。明後日まで、たった三日とは。それでは到底……、まさか……、あなたは世界中に名が知られているお方らしいが、いくらあなたでも、まさか明後日までにこの二十年越しの難事件を解決するとは、言われませんでしょう」

　言われて、潔は深刻な顔になった。

「それで困っているんです。三日後にはストックホルムに戻らないと、大学が深刻な混乱に陥ります」

「こちらもです。私は二十年、この事件を追っています。あれから数限りない事件に関わった。しかしどんな事件に没頭していても、クレスパン事件が頭を離れたことは、ほんの片時もないのです。だがこの十年、捜査は髪の毛ほどの進展もない。まるで歯が立たんのです。それをわずか三日間であなたは……？」

「別に今から調査を始めるわけではありません警部。彼などはこの数ヵ月、この件の調査で、ロシアからドイツ、ウクライナを全力で駈け巡ってきたんです、不世出の舞姫の足取りを追って」

「収穫はありましたか？」

「あとでムラトフさんから聞いてください、得た情報は、大半をさっき彼に伝えました。ぼくもまたスウェーデンで手に入る限りの情報をあさり、事件を考え続け、中東を駈けまわって調査をし、準備をしました」

「中東を？　どうりで陽に焼けていらっしゃる。しかし、どうして中東なんです？」

「シリアとイスラエルです」

「ご努力は理解しましたが、それでも三日間というのはね、いささか……。しかし、ま、眼前のできることを、やるほかはないか」

「そうしましょう。では注文だ、続きはそのあとで」

先ほどの親爺が近づいてきているのを視界のすみに見て、潔は言った。

「ここのお勧めは？」

潔は訊く。

「いろいろあるが、パスタはペスカトーレがうまい」

警部は言う。

「ではそれだ」

無造作に、潔は言う。

「ぼくはボンゴレ・ビアンコがいいな」

私は言った。

「ボンゴレ・ロッソ」

　ムラトフも急いで加わる。

「豚肉と、きのこの中華ふう蒸しがいいな、あれがこの頃気に入っているんだ」

　警部は言った。

「実にうまくてね。それからシーザーサラダを四人前だ、みなでシェアしようじゃないか。オレンジとチーズのピザも頼むよ。私は大食漢でね、間もなく太るだろう」

「間違いないね」

　懸命にメモを取りながら、親爺がつぶやく。そののち彼が丸い背中を見せると、自分の未来を見るように彼を視線で追いながら、

「幸い、太らないでと口うるさい女房もいないからね」

　と付け加えた。

「太ろうが痩せようが、他人の指図は受けんさ」

「いいですな。自由主義圏の国民らしい生活態度です」

　感心するように潔が言った。

「しかし彼は、もうすぐ東ドイツやソ連のお仲間入りです」

　潔が私を指さして言った。

「口うるさい監視者を、家に入れるんです」

「結婚なさる？」

　警部が驚いたようにまなこを開いて私に尋ねた。それは私の風貌が、若さを失って見えるからに相違ない。到底結婚式を控えた男には見えまい。自分で解っている。

「この歳になって、神が気まぐれを起こしてくれたらしく……」

　私は渋々言った。

「いやいや、けっこうなことだシュタインオルトさん。マンハッタンなんて、神も見捨てたような僻地にいてはいけません、ここはエデンの園などではない。なあマイク」

　警部は同志を求めて言った。

「ドラッグと銃のソドムです警部」

「私が訊いているのはなマイク、太るなと目を光らせる女性警官を、君が受け入れる予定があるのかということだ」

「ああ」

　ムラトフは力なく言う。

「そういうことですか」

「理解したかね？　マイク、そういうことだ。で、答えは」

　上司の質問に、しかし彼は非情に沈黙を続ける。

「おい、まさか君も東側陣営に……」

　警部の顔から笑みが消える。

「クリスマスまでに式をと、ガールフレンドにせっつかれていまして……」

　ムラトフはやむなく応え、すると警部は一瞬口をあんぐりと開き、憮然としていたが、あきらめて、

「やれやれ、世界の赤化は止まらんね」

　とぼやいた。

「赤い蜜の味か。自由の灯台、合衆国も風前の灯だな。孤立の急坂を転がり落ちるか」

「今日はお仕事で、この時刻まで？」

潔が暗い話題を変えるべく訊いた。

「それとも、赤い蜜など求めて？」

警部は首を左右に振った。

「ここ十年、そんなつまらんことをした記憶はないな。リチャード・ルッジの出演したオペラがＮＹＵの劇場であったんです。親代わりを約束しているんでね、観劇してきたんです。そしてロビーで感想を言って、励ましてもきた。彼がロビーに出てきたから」

「リチャード・ルッジ？」

「ボブ・ルッジの一人息子です、今ヴァージニアの州立刑務所にいる」

「ああ」

潔は言ってうなずき、

「冤罪被害者の息子ですか」

「ああ、一人息子でね、とてもいい子なんだ。キンダーからずっと知っている」

「親代わりで、面倒をみてこられたんですね」

訊かれて、警部は言葉は発せずに、ただうなずいた。

「歌がうまくて、母親譲りなんだ。母親が昔クラブで歌っていたことがあったから。短い期間だったんだが、人気があった。彼女にピアノを教わって、ＮＹＵの音楽学科に合格した。母親の夢だったらしいから、母のためにやっていた。しかしその母親も、彼が高校時代に癌で亡くなってね」

聞いて、潔は険しい表情を浮かべ、

「なんということだ」

とつぶやいた。

「だが彼は、声楽をやめる気はない。神も、時にひどいことをなさる。それで発表会が今もたまにあってね、私も音楽は好きな方なので、老後の楽しみが増えたということです。警察官にはめずらしいでしょう？」

「そうですか？」

潔は問う。

「ものがオペラなんでね。別の州の警官たちと懇親会をやって、このことを話せば笑われます。オペラ好きの警察官など、天然記念物だとね」

「何を聴けば、みな満足するんです？」

すると警部は、しばし沈黙して考えていたが、こう言う。

「見当もつかんね」

「今日の出し物もオペラでしたか？」

「そうです」

「ものは何です？」

「『椿姫（つばきひめ）』です」

「主役とか？」

「まさか。召使いの役で、脇です。しかし悪くないできだった。合唱をやっていたんだが、今回昇格したので、いずれもっといい役をやるでしょう。声はいいし、素質はあるんだから」

言って警部は笑い、

「親ばかかな」

と言った。

妻はないが、子供はいるわけだと私は思った。

「さあ、食事としましょう。今宵はニューヨーク北署のおごりです」

料理が向かってきたので警部は言い、私たちは素直に礼を言った。

「この店には、フランチェスカ・クレスパンの描いた、衣装のデザイン画があるという話でしたね」

潔が訊き、食べながら警部は、自分の背後、頭上の壁を指さした。

「これです」

「やはりね」

潔はうなずいた。

「そうだろうと思い、さっきから見ていました。衣装が、パターンを脱して新鮮だ」

「だから私はいつもこの席にすわる。懺悔（ざんげ）の意味を込めてね」

「才能の光だな。ただの手慰みでも、あまり見たことのない造形。まだ世の中にない形態です」

警部の感傷には関心がないというように潔は言い、警部はうなずく。

「踊っても、話しても、絵を描いても、才能の痕跡は現れるのでしょうな。われわれ凡人には理解がおよばないことだが、想像はつく。それが才能だ。きっと神が、ぽんとくれるのでしょうなイメージを。あなたも、長く天才の評価を浴びてきた方のようだから、きっと解るのでしょう」

「これを、ボブ・ルッジがあの店主に売ったのでしたね」

潔は訊いた。

「そうです。彼はバレリーナの控え室の、ゴミ箱から拾ったと言った、しかし誰もそれを信じなかった。クレスパンさんと、会話したこともない赤の他人が、彼女が殺された日、ずっと廊下にいて侵入者を見張っていたというのに、控え室内のゴミ箱からスケッチを拾ったと？　誰一人信じようとはしなかった」

聞いて、私たちはうなずいた。

「そういう不審が増幅されてね、廊下で見張っている間、控え室になんて入ったこともないし、扉に近づいてもいないと主張しても、いつか誰も信じなくなった」

「高名なバレリーナと実は知り合いで、殺意に発展するような確執も持つ、深い間柄だったと？」

私が訊いた。警部はうなずき、言う。

「そういう痕跡は、発見されませんでしたがね」

「だがみな、信じた」

潔は言う。

「現場は、これまで見たこともないような厳重な密室だった。地上五十階、窓ははめ殺し、客席から入ってくる通路はなく、階段もエレヴェーターも、五十階には決して行きつかない。ボブしかいないんだ、近くには。もしもボブが違うなら、われわれ北署のメンツは丸つぶれです」

「ああ」

私はうなずく。

「冤罪ならもっと潰れますがね」

潔が小声でつぶやいている。

「そのボブが、われわれの知らないところでこんな怪しげな行為をしていたんだ、われわれは飛びついた」

「うん」

無理もない、私はうなずいた。

「しかもやつは、若い頃スラムの喧嘩野郎だったんです。ティーンエイジャーの頃は、チンピラ仲間の腕自慢だった。腕っぷしで、やつには誰もかなわなかった。そして案外女にももてたらしい。寡黙で、信仰心を持つ男だったから」

「ドラッグの前歴はなかったのでしたね」

　潔が訊いた。

「それはそうだが、クスリを一度もやったことがないなんて高校生は、この島にゃいませんよ、捕まってないってだけだ。息子のリチャードみたいに、ボブが真面目な勉強家で、ＮＹＵの出身だったりすればよかったんだが」

「強力な密室を、彼一人が支えていた……」

　私が言った。

「その通り」

　警部は深くうなずいた。

「だから破るには、彼一人を落とせばよかった」

「落ちましたか？」

「いや」

　言って警部は、首を左右に振った。

「こんな奇妙奇天烈な事件に、いつの間にやらニューヨーク北署のメンツがかかった。しかしどうやって解決したらいいのか、署の誰にも解りゃしない。しかも犠牲者は、歴史的な著名人です。誰かを逮捕しないでは、世間の声が鎮まらない」

　警部は、顔の前でフォークを振りながら言う。

「世間で繰り返し聞く話です警部」

　潔が引き取って言う。

「アメリカでも、スウェーデンでも、日本でも。ほかに道はない、世間のブーイングの声が大きくてかなわない、誰かを逮捕しなくては、警察署はたまらない。しかし、冤罪で二十年も獄につながれる者は、もっとたまらないでしょう」

「ルッジのことですか？」

「そうです」

潔はうなずく。

「彼は冤罪だと？」

「そうです」

潔はきっぱりとうなずいた。

「あなたもそうお考えなんでしょう？　カールトン警部」

潔が訊くと、警部はあいまいな表情をして、顎をまるで痙攣の発作のように、ごく小さく動かした。

「でなければ、何年もこの席にすわり続けたりはされない」

潔が言うと、警部は言う。

「十九年です。もう十九年も、私はこの席にすわっている、刑事生活の大半です。この店に来れば、足が自然にここに向く。この絵の前のテーブルに。いつもたいてい一人だが、今宵はめずらしく四人もすわっているな。こんなことははじめてだ。

この絵さえ出てこなければ、ルッジの逮捕はなんとか回避できた。この絵のおかげで、署内の空気が一変したんです。一挙に、ルッジ逮捕に傾いた。私は必死に事態を押しとどめようとしたが、かなわなかった。ことの深刻さに私が気づく前に、ルッジはもう留置場の中にいた。別の者が彼を署に引っ張っていたんだ。

私はすぐに留置場に飛んでいった、鉄格子の前に。やつはあきらめたような顔をして、格子のそばに突っ立っていた。すべてにうんざりしていてね、訳知り顔の馬鹿がやることは、いつでもこんな調子だと、そう言いたげだった。

自分に何かできることはないかと訊いたが、やつは何も要求しなかった。煙草(たばこ)さえ、欲しがらなかった。彼はもうやめようとしているところだったんです。だんだん歳を喰(く)ってきて、腕自慢のやくざ者が来たおりに、ドジを踏まないようにと、毎日体を鍛(きた)えていた。そんなおりに、煙草は一番の大敵だからね、やめるつもりだったんだと、あとでそう聞いた。

自分に何かやらせろと言ったら、ただ息子のことを言った。息子が心配だと、親父(おやじ)がブタ箱だと息子がぐれちまうと。ここから出してくれとはひと言も言わなかった。あとでそのことを、私はよく思い出した。そして知った。やつは私を嫌ってはいなかったし、私の信仰心も知っていた。だがなにより、警察官としての私の能力も知っていたんだ。檻(おり)から出してやれるような力は、私にはないとね。

そのことが私を、最も打ちのめした。そんな人間、警察官をやっていてもいいのかと、それから何度も思った。やめるかと数限りなく思ったが、ほかに向いた仕事もないしね。だが当初は、まさかなと、私は思っていたんだ。ルッジの留置など、一時的な処置と私は楽観していた。しかし以降二十年間、彼は表に出てくることはなかった。

むろん私は、一生懸命にやったんだ。言い訳する気はないが、ぶらぶら遊んでいたわけじゃない。だができたことといえば、やつの息子の野球大会や、フットボールの試合に行くことくらいでね。演劇発表会にも出かけていったよ。おかげで私の日曜日はきれいさっぱり消えていったが、世間並みに結婚していたら、世の中の親父はどうせやっていることだからと自分に言い聞かせた。フィールドトリップにまでついていって、息子がぐれないように目を光らせた」

「おかげでぐれなかったんでしょう？」

潔が尋ねた。

「まあそうだが。毎日のように警察官の親父が貼りついていたら、それはぐれようもない」

「大きな功績ですよ」

「ルッジは感謝していたが、私ができたのはそれぐらいのことさ。別に警察官でなくたってやれたことだ、だって肝心の事件の方はさっぱりなんだから。

もちろん事件も追い続けたよ。何度も何度も現場を洗いなおして、しかし容疑者なんて浮かびはしないし、密室は難攻不落で、まるで歯が立たない。この二十年、最も悔しかったのは、こういう自分の無力です。自分が何をすればいいのかも、仕舞いには解らなくなった。

ああしかし、もちろん言い訳です。努力はしたが、見当違いの方角のものばかりだ。力不足は確かで、そのことに言い訳はしないし、認めなくてはならない。自分が日曜日を全部つぶしたところで、檻の中に消えたルッジの二十年が帳消しになりはしない。だが今、ヨーロッパから、あなた方が飛んでこられた。助けてくれるという。あなたが見事事件を解決して、ルッジを檻から出してくれたら、私は何でもします、約束する。どんなことでも。どんなに感謝するか、表現の言葉などはない」

「先ほどあなたは、わずか三日ではと言われた」

「そうだ、いかにあなた方でも、たった三日では到底無理だ」

「しかしやり遂げなくてはならないんです。三日しか時間がなくても。もうぼくは当分ニューヨークには来られない、勤め人の悲しさでね」

「ああ」

そう落胆の声を出して、警部は椅子に腰を落とし、背もたれに倒れかかった。

潔は訊いた。

「無理だと思うのですか?」

「私はもう二十年も、この難攻不落の謎と、向き合ってきたんですよ。それをたった三日で……」

「三日ではありませんせん警部。何も心得ず、現場で適当に何かを見つけようと思って、おっとり刀でやってきたわけじゃない。二十年昔の現場に白紙の頭でやってきても、できることなんてありはしません。今日の調査も確認です。来たのは、めどがついたからです」

するとと警部は目を見開く。

「なんと。本当ですか？　めどがついたと？」

「そうです。ぼくはやれると確信しています」

すると警部は、乾いた笑い声をたてた。

「それができたら奇跡だ。それはしかし、犯人が誰であるかが解らなくてはね」

すると潔はちょっと鼻を鳴らして、天井を見た。この店の天井は、寄せ木細工のめずらしい意匠を持っている。めずらしいそのデザインを眺めながら、潔は言う。

「犯人などはもう、とうに解っています」

警部はぎょっとしたような顔をしたが、私もまた、椅子から飛び上がりそうになった。

「キヨシ、今何て言った！」

私は訊いた。

「犯人の名前なんて当然知っている。今ここで口にしてもいい。だがこの事件は変わっていて、問題はそこじゃないんだ。彼がどうやったかを説明し、さらに証明することが、一番むずかしいんだ」

「あ、ああ、そうか？」

私は言った。

「ああ、あんまり変わっているからね。現象が」

「しかし名前を知ることも大事だ」

「そうです。キリストが生き返ったと聞く以上の驚きだ。誰ですいったい」

警部も問う。

「名前ですか？」

潔は訊き返す。

「そうです、名前だ」

「名前はあなた方の方がよくご存じでしょう、ジェイソン・エプスタイン。現場の五階下に住んでいます」

「ジェイソン⁉」

警部は驚いて立ち上がった。私もびっくりして腰を浮かせた。

「ジェイソンだって？　あのジェイソン？」

「そうさ、ハインリッヒ」

「エプスタイン？　あの、投資家の？」

警部は問う。

「あの007か！」

「そうさハインリッヒ、フランチェスカを育て上げたプロデューサーでもある。肩書きなんて何でもいい」

「ウクライナで、中国で、戦争屋として暗躍していた男が、マンハッタンではバレリーナ殺し？」

「そうだね」

「馬鹿げている！　彼はもっと巨大な陰謀のために働く人間だ」

「その通り。だから、さしもの冷徹な彼も、われを失う何かがあったんだろう。確かにこれは、彼らしくない。冷静さの喪失だ。単純な殺人など、ランクがひとつ下がる仕事だ」

「世界を支配する、ウォールフェラー家の一員……」

「そうです、頭脳はあるが、その落ちこぼれかな」

「ジェイソン・エプスタイン……。彼は、この事件から何万光年もかけ離れた場所にいる人間です」

「階段五階分の距離です」

「確信はあるのか？　キヨシ」

私はほとんど大声をあげた。

「むろんだ」

「しかしエプスタイン氏は、劇場に近づいてさえいない。遥か離れた場所にいた……」

「はずだ」

潔は、あとを続けて言った。

「確認してはいないでしょう？　彼の住まいは同じビルですよ」

「確かに彼は評判の悪い一面がある。やつに法の裁きをと息巻く捜査官もいた、かつては」

「ではいよいよチャンス到来です」

「それは無理だ」

「何故です？」

「彼は天才的に頭が切れる男です。生物学にも、経済学にも、法律にも深く通じている、容易に尻尾は出さないでしょう。まして今回のことは……、これはあまりにも無理だ」

「どうしてです？」

「どうやって、クレスパンさんに手を出すんです？　彼女は金庫のような密室の中だ」

「証拠がいるぞ、逮捕には」

私も言った。

「それも明白な証拠だ。悪い評判がたくさんあるというだけでは無理だ。公判が持たない」

「その通りですミタライさん。彼は、有能な弁護士をいくらでも雇えます、その財力がある。弁護士のドリーム・チームが作れる、必要なら何組でも」

警部も言いつのる。

「明白で、強力な証拠だよ、必要なものは」

私もまた言った。

「見つけなくてはいけないね、それを。ドリーム・チームも歯が立たないような強いものを」

潔は言う。

「そうだ」

「だから、これから現場に彼を呼んできて欲しいのです」

聞いて、警部は唖然(あぜん)とした。

「なんと！　なんと言われました？」

「彼を現場に呼ぶんです」

「いつ……」

「今です」

警部はどんぐりまなこを見開いた。

「そんな、来るわけがない！」

「どうしてです？　たった五階分、階を上がるだけですよ、簡単です」

「あなたを逮捕したいから、ちょっとデシマルシアターの主役の控え室に来て欲しいと？　逮捕状を見せろというでしょう。ないと言ったら、では行かないと言われます」

「そうだよキヨシ、逮捕には逮捕状が要るんだ。ぼくは世界的に有名なキヨシ・ミタライだぞジェイソン、と言ったたって無理だよ」

「彼はエレヴェーターのパスポート・カードも持っていません。われわれは調べたんです。確かに以前は持っていた。しかしもう返納しています。また異様に用心深い男です。逮捕されようとしているのを知って、おとなしく来るような人間じゃない。そしてわれわれは、逮捕状を取れない。こんな証拠状況で、逮捕状を出す裁判官はいない、そうなら、容疑者に強制はできないんです。ここは共産国家ではない」

「時間がないんです。そんなものは要らない。キヨシ・ミタライだのの宣言も要らない。彼は来ますよ、必ず来ます」

潔は断言した。

「そんなことができたら魔法だ！」

警部はわめくように言った。

「自信があるのか？　キヨシ」

「あるさ。こう言うんだ、彼に」

「どう言うんですか⁉」

警部は激しく身を乗り出す。

「あと一時間で七時になる、そうだろう？　ハインリッヒ」

「そうだな」

腕時計を見ながら、私は言った。

「七時に、密室の隠し扉が開くから、是非お見せしたいというんです」

「密室の隠し扉⁉」

私と警部が、声を揃えて言った。

「そんなものがあったのか？　さっき。君は見つけたのか？」

「今は隠れてるさ」

49

潔は言った。

「見えないよ。四次元の扉です。密室の、秘密の扉が開くんです。そうしたら、彼は入れます」

「彼しか入れないのか？」

「ユダヤ人しか入れない。七時に開くんです。ウクライナやユダヤや、さまざまな言い伝えが、それを示しています」

「現場に扉があるのか？」

「ああ、隠された、秘密の扉さ」

「それが七時に開くと？」

「間違いない。それを見せたいと言うんです、彼に」

「どうして彼に？」

「彼はフランチェスカのプロデューサーだ」

「どこに通じているんだそれ」

私は訊いた。

「彼の家だよ」

潔はあっさり言い、警部は噴き出した。

「馬鹿な！　そんなスペースはありませんよ、このビルに」

警部は言う。

「壁の厚さ、床の厚さ、そういうことは過去何度も調べました。秘密の通路を隠せるスペースなど、どこにもないんです。壁も床も、さして厚みはない」

「四次元の道を通れば大丈夫」

「おいキヨシ、頭大丈夫か？」

私は訊いた。

「そうしたら来ると？　あと一時間で隠し扉が開くから、ちょっと見にきませんかと」

警部も問う。

「好奇心の強い彼のことだ、必ず来ます。保証しますよ」

「家にいればいいがね」

「いますよ、調べてある」

潔は言いきった。

5

そういうことなら、今署にいるはずのゲイリー・モスを連れてエプスタイン邸に行こうとカールトン警部は言った。万にひとつ、捕り物にでもなった場合のために。

「それがいいでしょうな」

と潔は言ったが、

「でも捕り物にはなりませんよ」

とも言った。どうしてですと問われ、

「彼は抵抗するような人間ではないですから」

と言った。

「エプスタイン氏に会い、五十階のクレスパン事件の現場に来て欲しいと言えばよいのですな？　スウェーデンの高名な大学教授が、あなたにお会いしたいと言って、五十階の現場でお待ちだと」

「そうです」

「理由を訊かれたら、午後の七時に、現場にある隠し扉が開くから、あなたにお見せしたいと言われているると」

「そうです、それでけっこうです」

潔は言う。

「扉がどこにあったのかと問われたら？」

「来れば解りますと」

「何故七時に開くのかと、もしも問われたら？」

「ウクライナに、七時に開いた扉に入って、変身して国を救う英雄になったという民話があると、それを発見したからと。ついでに、『スカボロゥの祭り』の白鳥もまた、七時に湖畔に立った鏡を抜けたからと、そう言っていただけたらいいです」

潔は言ったが、聞いて私は、思わず眉をひそめた。嫌な予感を抱いたからだ。

「キヨシ、それで本当に大丈夫なのか？　扉は見つけたのか」

「開けば解るだろう」

「…………」

しかし潔は能天気に、

「大丈夫だよハインリッヒ」

と言った。

「解りました、ではエプスタイン氏に会ってきましょう」

カールトン警部は言った。

「もしも彼が尻尾を出してくれるなら、喜ぶ者は多い」

強い不安を強いて意識下に押し込め、私は口をつぐんだ。何がどう不安なのかと問われても、説明はむずかしい。しかし心のざわめきは強く、私の友人は、非常にまずい事態に向かって突進しているような心地が去らない。

私と潔、そして広報のムラトフがウォールフェラー・センター五十階の現場に戻ってくると、ちょっとした驚きが待っていた。事務机が向かって左端の壁際に移動され、デスクが置かれてあったあたりには、パイプチェアが二列、ぎっしりと置かれている。

椅子の位置を調整している若者に向かって、ムラトフが尋ねた。

「君、この椅子は?」

「明日、ここでバレリーナのオーディションをやるそうなので」

彼は答えた。

「映画のかい?」

「はあそうです、『フランチェスカのすべて』のためのオーディションです」

もう一人いた若者が答えた。

「そうだったね、監督は、えーと……」

「エルヴィン・トフラー」

という声がして、更衣室やトイレがある方角の通路から、車椅子に乗った銀髪の男が出てきた。車椅子を押している人間の姿はなく、椅子は無音で前進するので、どうやら電動らしかった。

二列になった椅子の、前列中央に、一脚だけ意匠の異なるカンヴァス・チェアがあり、ムラトフは近寄っていって、背もたれのカンヴァス地の裏側を見ている。私も寄っていって、首を伸ばしてそれを見た。トフラーと書かれた文字が見えた。監督専用の椅子らしい。

車椅子の男は潔に近寄っていって、握手の手を差し出している。

「ミタライさん?」

「そうです」

「ジム・ゴードンです」

「おお、劇場主の方ですね」

潔は言った。すると劇場主は笑い、私の方にも近づいてくる。私も彼と握手した。

「まあ人は、そのように言う。北欧からいらしたんでしたな、北署から聞いております。高名な方のお越しだ」

ゴードン氏は言った。潔は首を横に振っている。

「あなたほどではありません」

「私?」

「犠牲者の次に有名です」

「そいつは知らなかったが、いろいろと悪行がたたってね、今はご覧の通りの車椅子暮らしだ」

「慈善事業によく出資なさったと聞いています」

「まあ人並みにね。しかしそいつは昔のことだ。今後失礼があるかもしれんが、ご容赦を願いますよ」

劇場主は言う。

「なにしろ劇場関係者も、警察関係も、礼儀知らずが揃っております」

「ご心配なく。その点ではぼくも、他人を責める資格はない」

潔は応えている。そうだなと私は思った。

「ではお互い、遠慮なくやるとしましょう」

ゴードン氏は言った。

「失礼します」

言って、若い男は廊下に出ていった。

「あなたも、明日は審査を？」

潔は劇場主に訊く。

言われて見ると、パイプチェアの前列の端には、車椅子が一台入りそうなスペースが空けてある。

「フランチェスカを探すという話なんでね」

険しい顔を作り、彼は深くうなずいた。

「あれから二十年だが、フランチェスカの顔は、今もありありと思い浮かべることができる。踊りもね。そういう話なら、私以上の者はおらんでしょう」

劇場主は言った。

「私の劇場の舞台に上がった、最高の踊り手だ。だから彼女に似た踊り手を探し出せと言われるなら、それはたやすいことだ。しかしとても、彼女に迫る踊り手には、出会えないでしょうがね」

潔は、聞いてうなずいている。

「いかに世界が広かろうとも、そんな者はいない」

その言に、私たちは一様にうなずく。

「まあそこまで高い期待はしていません。だが、明日は楽しみにしている。あなた方も審査を？」

すると潔は首を横に振る。

「ぼくの友人は参加するかもしれません。しかしぼくは審査には加わりません」

「何故ですかな？」

「バレエのことを知らないからです。彼は、婚約者がバレリーナです」

言われて私は、ようやくストックホルムに置いてきたアグネタの顔を思い出した。こういう時に思い出す彼女の顔は、たいてい唇を尖らせて不平を言う際の表情ばかりなのは、いったいどうしたわけだろう。

バレエなど私も門外漢だが、乞われるならば、確かに動きの巧拙くらいは判定できるだろう。アグネタに連れられ、バレエの舞台は何度も見ている。アグネタの解説つきでだ。ただし子供や学生のものが多く、名のある踊り手のものはない。だが高名な映画監督が、私のような市井の者に、フランチェスカ役のバレリーナの選出に加わってくれと言うとは思われなかった。

潔は訊く。

「明日はどんな人が来るのですか？　審査員として」

「それは、生前のフランチェスカを知る者は全員でしょう」

「ほう。それはそうそうたるメンバーになりそうですね」

潔が言うと、劇場主は苦しげな顔をして、首を左右に振った。

「たいした数にはならない。その生き残りだから。時代の流れでね、体が動かなくなったが、私などは生きているだけ幸運な方だろう」

「サー・トーマス・ベルジュという評論家の方がおられましたね」

「死んだ。彼は早かった。事件の翌年くらいだったかな」

「バレリーナが倒れている現場に入られたのは、演出家、指揮者、マネージャー、そして相手役の男性ダンサーでしたね」

「それに私だ。演出家のスコット・ハミルトンが亡くなった。あれは衝撃だった。自殺だったな。優秀な男だったが、挫折を抱えた。彼が生きていれば、映画製作もスムーズだったろう、やり手だし、ユーモアがあり、カリスマ性もあった。舞台劇の名作をいくつも遺した。実に惜しい男を亡くしたものだ。この二十年の時の推移は大きい。もうああいう顔ぶれは、二度と揃わない。神に召された者が多いからな」

「ほかに亡くなった方は？」

「ニューヨーク・バレエ振興財団理事の、ビル・シュワルツ氏が亡くなった。フランチェスカを育てた人物の一人だ。最後まで、犯人を知りたがっていた。バレエ文化を殺した族だからな、許せなかったんだろう。生きていれば、明日は必ず来たろう」

「でしょうな」

私が言った。

「北署の、リチャード・アッシェンバウワー警視も亡くなった。フランチェスカの事件捜査の、中心人物だったが」

「現場に入られた方は」

「指揮者のバーナード・コーエン氏は健在だな、だが彼は多忙だろうから、明日は来られないのではと思う」

「マネージャーは」

「ジャックは、この街でエイジェント業をやっていると聞いたから、来るでしょう。踊り手のジェレミー・ヒーレィはイギリスだから、来られないでしょうな」

「一人か、あなたを入れて二人ですね」

潔は問う。

「そうだな」

目を閉じ、ゴードン氏はうなずく。

「ゴードンさん、『フランチェスカ・クレスパンの奇跡』は？」

潔は、パイプチェアのひとつに腰をおろしながら訊く。

「むろん観ました」

劇場主は応えた。

「試写会で一度。劇場で三度です」

「ほう」

「甘いような、ほろ苦いような、なんとも言えない映画だ。感傷的に……、いや、正直に言えば、私には到底直視に堪えない、つらい映画でしたな。フランチェスカは、私にはアイドルだった、彼女が元気でいた時代は、この劇場の、ということは私自身の、最も華の時代だった。われわれの今立つこの部屋が、世界の中心だったのです。世界中のバレエ関係者が、そして力のある踊り手が、この劇場を目標としながら懸命に踊っていたんです、世界の各地でね」

「まったくその通りです」

感に堪えないように、ムラトフが言った。

「誰もが、ここを目指していた」

若い彼は言葉を継ぎ、

「モスクワで、キーウで、サンクトペテルブルグでね」

と私も、思わず口をはさんだ。ある感傷に堪えながらだ。私はこれまで、とりたててバレエのファンではなかった。しかし今は違う。二度と現れない、世紀の、そして不幸な舞姫の死にいたる足取りを追い、骨の冷えるロシアを、ベルリンの東側を、陰謀が渦巻くウクライナを、飛び廻り、歩き廻ってきたところだ。彼女の死は、いつか身内の終焉を聞くような気分になっていた。

「あんな時代は、もう二度と戻らんね」

劇場主は言う。

「彼女が思いがけずここで死んで、私の凋落も始まった。それは、バレエ文化そのものが死んだからだ」

　ジム・ゴードンは、ここで顔を上げた。青白かった彼の顔が、紅潮していた。

「フランチェスカ・クレスパンがいないんだ、いったい何をかける？　こんな大げさな劇場に。五階席まで客で埋めてくれる踊り手はもう二度と現れず、私の自慢のこの劇場も、もう世界の中心ではなくなった。それからの劇場は、急坂を滑るようでね、あの地獄のようだった夜、血に染まって倒れているフランチェスカのかたわらに、まだ元気だった自分の足で立って、はっきりと予想したことではあったが……」

　車椅子の上で顎を上げ、白髪の劇場主はじっと天井を見つめた。そして言う。

「私の人生は、以降はまるでコニーアイランドのローラーコースターだ。天高く持ち上がるかと思うと、一瞬のちには奈落の底にまっしぐらだ、どーんとな」

　潔も、ムラトフもうなずいている。

「浮き沈みの激しい人生になった。アルコールの量も増えて、今はこのざまだ。体が悪くなって、あちこちに癌ができて、今は車椅子だ。しかし、あの子ほどじゃなかったな、あの子は、あの年、三十五だったか、六だったか……」

「五です」

　潔が言った。

「五か、三十五。ああ、ピークだったな！」

　感に堪えないように、彼は言った。

「あの頃の彼女は無敵だった、誰一人、誰がやってこようと、到底彼女にはかなわなかった。技術と、能動性と、エネルギーにおいてだ。実際彼女のあのエネルギーは、謎だった。彼女は、エネルギーの塊だったんだ。どこからあんな力が湧いて出るのか。舞台の上で、あの娘は変幻自在だったな。

何でもできるように見えた。

いったい誰が、この世に生きる誰が、あれほどに盛りにある彼女が、命を落とすと予想できただろう。人間ではないように見えた踊り手が、ある夜突然滅ぶなんてな。誰一人、意識のすみをかすめもしなかった。芸術の女神が、そんなことは絶対に許されまいと確信していた。彼女はバレエの神の化身で、誰一人彼女に手など出せず、百歳までだって、自在に踊り続けるだろうと信じ込んでいた。むろん私もだ、だがそれは、所詮夢だった。ひと言の挨拶もなく、彼女はかき消えた。瞬時にだ。それまでの彼女が幻だったとでも言うように。

私の夢は潰えて、何の前触れも、心の準備もなく潰えて、はいご苦労さん、お帰りはこちら、だ。まるでテレビ出演だな。

アルコールの量は際限なく増えて、ある日倒れて、まったく体が動かなくなった。あの瞬間を、私は今もはっきりと憶えているが、私という操り人形を動かす糸が全部切れたようでね、ぐずぐずと床に倒れ込んでしまって、激しい吐き気。頭痛。以降は、もうぴくりとも動けない。

救急車がやってきて、病院行きは早い方だったと思う。女房が気づいてくれたから。だからこの通り、言葉はすっかり戻った。昔と変わらぬおしゃべり爺だ。が、下半身は回復しなかった。やがて足を切断して、車椅子の住人。まあろくなことをしてこなかった身だからな、仕方がない、誰も恨みはしないが」

劇場主は、かすれて時おり意味が不明になる言葉で、饒舌にしゃべった。あまりに饒舌なので、驚いて立ち尽くすほどだった。この人はどうしてこんなによくしゃべるのか、堰を切ったように、というあの表現がぴたりだった。これほどに溜まっているのは、普段クレスパンのことを話す相手がいないからだろうかと、私は想像した。

「事件の謎について、考えることはありましたか？」

潔が訊いた。

「数限りなくね」

劇場主は即座に応じた。

「繰り返し繰り返し、千回も考えた。だが解りはしない。私自身、フランチェスカの遺体を真直(まっすぐ)に見たんだ。彼女は立ち尽くす私の足もとにいて、ぴくりとも動きはしなかった。しかし冷たくなったその様子は、今舞台から引き揚げてきたばかりだと私に確信させた。どんなに冷たくなっても、彼女は踊り手なんだ、バレエの化身なんだ。

だから、一度殺されても、立ち上がって舞台に行き、踊り続けて、今帰ってきたところなんだと、私は確信した。だから、訊かれたら、今もそう言うだけだ。その気配があったんだ。彼女は普通じゃない、人間じゃないんだ。殺されても立ち上がるさ、そして残った舞台を、最後までまっとうするんだ。彼女はそういう人間だ。やりかけた仕事を、途中で放り出すような娘ではなかった。何があろうと、最後までやり遂げるんだよ。決して途中で放り出したり、逃げたりはしない」

「ほう」

ムラトフが感動して声をあげた。

「ああそうさ、私は自信を持っている。迷いなんてない。彼女は普通じゃないんだ。なかば以上、神的な存在なんだ。あれはだから、聖書的な出来事なんだよ、人間社会の退屈な物差しなんぞ、軽々に当ててはいけない。そんなことするから解らなくなるんだ。その挙げ句に、謎だ謎だと大騒ぎする。神を信じるなら、世の中にひとつくらいこんなこともあるさ」

「なるほど」

ムラトフが言う。

「ああそうさ、ああいうこともあるんだ。私は確信している。文明の最先端のこの島に、ルカ伝か、マタイ伝か知らんが、もう一章後世に伝えられるべき神の逸話が現れたんだ。きっと誰かが書くだろうけれどな、どうやら私じゃなさそうだが。

キリストは十字架の上でこと切れて、三日目に復活したじゃないか。知っているだろう？　だったらこのくらいのこと、なんで信じないのか。私には解らんね。彼女も復活して、生命を得たのさ、彼女の場合、わずかに一時間ほどだったけれどね」

熱に浮かされたように語る車椅子の男の力説に、知らず私はほだされた。そして、次第に彼の主張を信じた。そうだ、彼女は悪魔の作り出したあのひどい収容所で出生し、育ち、そして鉄のカーテンを越えて自由世界に飛び出した奇跡の踊り手なのだ、ぬるま湯のような人生を、のほほんと生きてきた人ではない。このくらいの奇跡、起こしたって不思議ではないではないか。私自身、次第にそう考えた。彼の熱意に巻き込まれていたのだ。神を信じる心が、思索の背を押す。そうだ、舞姫はよみがえったのだ、私はいつかそう確信しはじめた。

「間もなくここに、ジェイソン・エプスタイン氏が来るそうです」

ほとんど無意識に、私は言った。

「ん？　ジェイソン？　誰ですそれは」

劇場主は言った。これほどの信仰心を持つ人物にならば、私はジェイソン・エプスタインの顔を見て欲しいと考えた。彼なら、潔が主張するエプスタイン氏への嫌疑も、事実か否か、判定ができるのではと考えたのだ。いや、これほどに自身の栄光と事件とを引き換えにしたような人物なら、真犯人かもしれないという男の顔を、見る権利があるだろうと考えた。

「あの事件の真犯人かもしれない男です。容疑者です」

私は言った。するとしかし、私の予想に反して彼は、顔をしかめて首を左右に振った。

「いや、見たくない、そんな者の顔は！」

強い言葉で彼は、言下に言ったのだった。

「真犯人かもしれない？　冗談ではない。そんな男を間近にしたら、私は何をするか解らんよ。私の仕事を、私の夢を、すべてぶち壊した人間だ。永遠に、私の前から隠して欲しい、名前も教えんで欲しい。そんな者に、絶対に会いたくはない。冗談ではない、この世で最も見たくないものだ！」

劇場主は吐き捨てるように言った。

「それに、私は帰らなくてはならない。女房がうるさいからね、夜更かしは厳禁、命取りだと毎日言われている。家に帰ってクスリと、女房の作る健康食とを食べなくてはならない、ハイ、エミリー、来たかね」

見ると、薄く開けた扉の陰に、一人の若い女性が立っていた。それから、こつこつと小さくノックをした。どうやら、ドアが開いていたらしい。

「よろしいですか？」

彼女は、たぶんわれわれに尋ねた。

「ああいいとも、今帰るところだ」

劇場主は応えた。すると彼女は、私たちに会釈をしながらそろそろと部屋に入ってきて、劇場主の車椅子のところまで歩き、背後に立った。

「ではみなさん、ごきげんよう」

車椅子を押されながら、彼は言った。

「その容疑者に会ったなら、伝えておいてください、私の伝言を。地獄に落ちろとね」

そう言い残し、劇場主は女性に押され、廊下に消えていった。押すのは、バッテリーの電力を節約するためなのだろう。

6

「明日ここに来れば、当時の関係者全員に会えるかもしれないと思ったが……」

と潔は、劇場主の姿が消えると言った。

「会える人はごく一部だ。そんなに多くが故人になっていたんだね」

「時間の流れだね」

私は言った。

「時の流れは冷酷だ。容赦なんてない。二十年という時間は、多くの人たちを、記憶の彼方(かなた)に流し去ったのさ」

「生き残った人たちも、指揮者のバーナード・コーエンは演奏会で多忙、ジェレミー・ヒーレィは大西洋の彼方」

ムラトフが言った。

「ビル・シュワルツ理事も、アッシェンバウワー警視も、評論家のトーマス・ベルジュも亡くなった。明日ここに来られる人は、マネージャーだけだな」

潔が言う。

「バレリーナの死自体、もはや歴史なんだ」

私は言った。

「二十年もあれば、新しい才能が育つ。今は、世代交代の季節だね。明日のオーディションも、クレスパンに代わる新しい才能を見つけようとするものなんだろうけれど、さてそれはどうかな……。クレスパンのまとうオーラは、技術だけじゃなかったから」

潔は腕時計を見た。

「七時まで、あと十分」

「来るかな、ジェイソン・エプスタインは」

私は言った。

「来ますかね」

ムラトフも問う。

「来るさ」

潔はなおも強気な発言をしたが、声は以前よりも小さくなった。私の目には、彼はいくらか自信を失いつつあるように見えた。

こんこん、とノックの音が聞こえた。

「どうぞ！」

と潔とムラトフが、声を揃えて言った。

ゆっくりとドアが開くと、目を丸く見開いたような表情の、ダニエル・カールトン警部の顔が覗いた。無言で、おずおずと部屋に入ってくる。私には、緊張の一瞬だった。

後方に、体格のよい若者がしたがっていた。これが、警部の言っていたゲイリー・モスであろう。続いて、遠目にだがウクライナで何回か顔を見た男が入ってきた。見るからに仕立てのよいスーツを着て、左の手首にオメガが見える。男性雑誌で、たびたび見かけた高級品だ。髪をきれいに撫(な)でつけ、チタン製らしい、きゃしゃな鼻眼鏡(はなめがね)を光らせていた。

「これはこれは、待ちかねた人物のお出ましだ」

潔が言って近寄り、なれなれしく握手を求めた。

渋々のようにその手を握り、無言のまま、お次はというように、私の方を向いた。キーウでの彼は、横の美女の手前か笑みを絶やさなかったが、今宵の彼はむっつりとして、皮肉屋ふうに唇の端を少し持ち上げ、ドアノブでも摑むように私の手を握った。瞬間、私はわずかに警戒感を抱いた。彼もまた、ウクライナでの私を見憶えているのではと不安を抱いたからだ。しかしそんな気配はまるでなく、彼は私の背後の空間を見つめながら、私の手を握った。

鼻先にする彼は、掛け値なくいい男だった。華やかな気配をたたえ、美男俳優といった風情だった。これなら、女性はいくらでも手に入るだろう。ウクライナでお見かけしました、と私はつい言いそうになったが、口をつぐみ、

「ハインリッヒ・シュタインオルトです。お会いできて光栄です」

とだけ言った。実際投資家の彼は実業家筋には有名人で、私のようなジャーナリストにとっては一種のスターだったからだ。これほど身近に会える機会はなかなかない。

「シュタインオルトさん、ふむ」

と彼は、意外にも私の名前を反芻した。この地では、めずらしい名前だったからだろう。

「北署、広報のマイク・ムラトフです」

ムラトフも名乗っている。これも、めずらしい種類の名だと思うが、ジェイソンは、こちらには無言だった。

「北署、ゲイリー・モスです」

刑事が私に言い、握手の手を差し出すので、私は握った。モスは続いて潔の方にも行き、名乗っている。

「みなさん、大西洋を越えてこられましたか？　この歴史的な部屋に」

ジェイソンが、スピーチを始めるような口調で言った。

「バレエという文化が、息絶えた場所です」

潔が言う。

「何者かの無思慮な振る舞いによってね」

すると高名な投資家の左の眉が、ぴくりと上がるのが見えた。そして左の目が、ちらと潔を見た。

「こちらはキヨシ・ミタライさんと言って、スウェーデンの警察史上、最高の探偵さんでいらっしゃる」

カールトン警部が、大げさな言い方をした。すると高名な投資家は、しゃくるように顎を上げておいて言う。

「おう、あなたが！」

すると警部は目をむいた。

「これはこれは。ミタライさんをご存じでしたか」

するとジェイソンは、はじめて皮肉な笑みを顔面いっぱいに浮かべ、うなずいた。そうして言う。

「いささかね」

「あなたのお耳にも届いていたとは！　これは驚きだ」

警部が言い、両手をさっとズボンのポケットに入れながら、ジェイソンは潔から遠ざかる方向に歩き出した。そうしながら言う。

「聞いていますとも。まれに見る、自己宣伝の巧(たく)みな人物だとね」

潔はこの嫌みを聞いてか聞かずか、しばらくぼんやりしている。が、はっと気づいたように、

「これは、身にあまる評価だ」

と言った。

「おう、悪く取らないでくださいよ」

言いながらジェイソンは、ズボンの膝(ひざ)をわずかに持ち上げ、パイプチェアのひとつに腰をおろし

た。

「世に名を知られている人物は、たいていそうでね。かくいう私も、お仲間かもしれん」

「あなたをよく知る人物たちの一部は、そう言いたがるかもしれませんね」

「ああ、私は賛成せんがね」

ジェイソンは言った。

「今宵も、多忙な私を呼び出して、何か重要なものを見せるという。ありもしない秘密の扉とやらをね」

「自己宣伝にはよい機会ですからな」

潔は言う。

「マンハッタン中のマスコミを呼んでおくべきでしたな」

潔は皮肉を言った。するとジェイソンは愛想（あいそう）よく答える。

「いいね！　なんなら私が呼ぼうか？　個人的な顔見知りも数多い、三十分もかけずに、みな駈けつけるだろう。しかし、君の名誉のためにやめておこう」

ジェイソンは、一種の威厳（いげん）を漂わせるように、もったいぶった口調で言った。

「連中も、伝統ある紙面に、コミック誌めいた見出しは気が進まんだろうしね」

思いつく限りの皮肉をジェイソンが口にしている間、潔は肘（ひじ）を曲げたまま両腕を回し、真剣な顔で腕の体操をしていた。

「隠し扉かね？　いいね、私は是非見たいものだ。あと一分で開くのかい？」

左手首のオメガを見ながら、ジェイソンは問う。

潔は放心しているふうだったが、はっとわれに返り、言う。

「開くはずです」

「いったいどこにある扉かね？　どの部屋かな？　是非案内してもらおうじゃないか」

ジェイソンは上機嫌の体で言う。

「しかし出現しなければ、即刻失礼させてもらうよ。これでなかなか忙しくてね」

陽気に続ける。

「私はこの建物の四十五階にも住まいがある、またこの劇場に出資もしている。だから数限りなくこの部屋に入った。しかし扉といえば、廊下を隔てるあの扉、レストルームの扉、バスルームの扉、更衣室への扉、これですべてだ。隠し扉というからには、むろんこれら以外だろうね？」

虚空を見つめながら潔はうなずく。そして言う。

「あるはずです」

ジェイソンは怪訝な表情を浮かべる。私はというと、胸に押し寄せつつある絶望的なまでの不安と闘っていた。

「君、ミタライ君。もしかして君は、その隠し扉とやらの場所を、知らないのではないかね？」

ジェイソンが、容赦なく訊いた。すると潔はみるみる自信をなくし、頭を掻いた。これは知らないのだなと、私は思った。

「いやあ……」

潔はすると悄然と首を垂れ、それからぼそぼそと言う。

「ま、実はそうなんですがね、理論上、あるはずなんです。そしてこれは、午後七時に開くはずなんです」

「さあ七時だ」

オメガを見ていたジェイソンは言い、勢いよく立ち上がった。そして両手を広げて、ぐるりと一回転する。

「見せてもらおうじゃないか、その理論上を。私は名探偵ではないから、見たところ、何の変化も見えないがね。スウェーデン警察史上最高の名探偵氏には、おそらく見えているのだろう。さあその右手を上げて、遠慮なく私に示してくれたまえ、どこだ？」

そして窓に寄り、ガラスを押したり叩いたりしながら、嫌みたっぷりに壁に沿って歩く。

「いつも通りの見馴れた部屋だがね、私の目には」

警察官たちも、揃って部屋を見廻している。

「隠し扉があるとしたなら、それはこの部屋ではない。ここでは目立ちすぎます」

潔が言い、

「同感だね」

高名な投資家は、皮肉たっぷりに言う。

「この部屋では目立つ」

そして先を歩く潔についていく。私も、ムラトフも、モスもカールトン警部も、そのうしろに続く。

潔は左に折れ、まずはトイレのドアを開けて中に半身を入れ、壁や天井を見上げている。それから壁をどんどんと叩く。

何も変化はないと見て、次に向かいの浴室の扉を開けた。タイルの室内に入り、同じように天井を見上げ、壁を凝視する。変化が見られないので、ぺちぺちと叩いて廻る。続いて体重をかけ、押してもみる。しかし、彼が期待するような現象は現れない。

「さあどうしたね、名探偵君」

「おかしいな……」

潔は言って、首をかしげた。そして焦ったような早足になり、通路に戻ると、突き当たりまで急ぐ。そしてここにある扉を急いで開く。

そこは壁際に箱が積まれた、一見物置のような部屋だった。しかし、これは更衣室なのだ。

あたふたと室内に歩み込むと、潔は焦ったように歩(あゆみ)を運びながら、壁をどんどんと叩いている。しかし、何ひとつ変わった様子は見られない。

立ちどまり、じっと天井を見上げ、それから潔は大型の姿見の前に立った。

「白鳥が通り抜けて人間になったのは、こんな大鏡だったたね」

背後からジェイソンが、からかうように言った。

潔は鏡をぺちぺちと叩き、それからあちこちを押してもみる。さらには、右肩で鏡面に軽くぶつかった。投資家は驚いたように言う。

「おや？　ちっとも通り抜けないね、君の体は」

笑みを消し、いったん真剣な表情になった。

「残念だねぇ。白鳥になって出直してくるかね」

投資家の軽口の中、潔は鏡の枠を摑み、がたがたと揺すっている。

「おいおい、壊さないでくれよ。そいつは高いんだ」

ジェイソンは言う。彼が、名探偵気取りの北欧人の挫折によって、気分が際限なく上向いていくのが横で見て取れた。北署の警察官たちは、だんまりを決め込んだまま、この風変わりなショウを見物している。

潔は大鏡の枠から手を放し、ついに頭を抱えた。

「ああ、いったいどうしたことだ！」

言いながら、その場にゆるゆるとしゃがみ込んだ。友人のそうした、いささかの敗北ぶりは、私には見ていられなかった。

「キヨシ」

私はそっと話しかけた。友人の私にできることはないだろうかと考えながらだ。

「少し冷静になって、最初から考えなおしてみてはどうだろう」

「そうだ名探偵君、こういう時は冷静になるのが一番だ」

私の言を引き継いで、投資家は上機嫌で言う。見ると彼は、腹の底から湧いてくる笑いを、懸命に噛み殺しているのがありありの様子だ。こんな楽しい出来ごとに遭遇したのは、ここ数年ないことだ、とでも言いたげだった。

「友人の言こそは金言だ。焦っても、よいことなどは何ひとつないよ。ここはメンツを忘れ、冷静になるんだ。そして事態をひとつひとつ点検し、最初からとらえなおすんだ」

彼は機嫌よく助言する。

「考えなおしても、意味なんてない」

言いながら、潔はよろよろと立ち上がった。

「これ以外に解答はないし、ここ以外にふさわしい場所はない」

そしてもう一度鏡面に手を当てて押す。

「ここでなくてはならないんだ。ここは行き止まりの部屋だ。これ以上、もう部屋なんてないんだから！」

わめくように言い、再び大鏡の枠を摑み、揺すりたてる。

「おいおい壊さないでくれ」

ジェイソンはまた言う。

「キヨシ」

見ていられず、私は言った。だが、続く言葉は思いつけない。

　ジェイソンがわずかに歩いて潔の背後に立ち、柔らかくその両肩を摑み、彼を鏡面の枠から引きはがした。

「君、ここが行き止まりなのは解るが、これ以上無理をしても、得るものなどはなさそうだよ。劇場の備品を壊して、法外な修理代を請求されるだけだ」

　言われて潔は、頭を木製の枠にごつんとぶつけた。

「大学の教員の、ひと月分の給料なんて、簡単に吹き飛んでしまうよ」

「ああおかしいな、いつもの調子が出ないんだ」

　潔は嘆くように言った。

「ハインリッヒ、君の言う通りだ。ぼくは脳科学の研究に精を出しすぎて、探偵のやり方を忘れてしまったらしい」

「誰にも挫折はある。気を落とすことはないさ」

　ジェイソンは、優しく潔に話しかけた。

「すでに敗色は濃厚だ。こういう時は、引き際が肝心だ。君は充分によくやったよ」

　彼はそう慰めた。

「ああ、ぼくはもう駄目だ！」

　潔は言って、頭を抱えた。

「ひどい失敗だ。自信を持っていたのに」

「残念だね」

　投資家は言った。

「扉なんてないのかな……」

「どうやらなさそうだ。君の思い違いだ」

投資家はきっぱりと言った。

「ではあの物語は何なんだ。複数の物語が、みな同じことを言っているのに」

「さあてね」

投資家は言って、わざとらしく腕を組む。

「もはや引退の時が来た」

潔は言った。

「探偵仕事なんてたたんで、横浜に帰るかな……」

すると投資家は言う。

「おう、いい考えだね！」

一方、私は衝撃を受けていた。

「私は賛成だね。最も心休まる場所に帰り、しばらく休息するといい。君の頭が元気を取り戻すまで」

潔の口から出た場所が、ストックホルムでなく、横浜であることに、私は人知れずショックを受けていた。ストックホルムには、潔が好きだと言った川や、森や、料理があるのだ。潔が静養する場所は、そこではないのか。

「ああ、頭が痛い」

潔は言い、こめかみを押さえた。

「それはよくないね、長旅で君は疲れている。ホテルに行って休むといい。一杯飲みたいならば奢ろうじゃないか。静かなよい店も知っている」

「ハインリッヒ、ホテルに行こうか。大学の仕事もあるんだ」

私の方を向き、潔は言う。

「ああそうだね、それがいい。最も心落ち着く場所で、最も向いた仕事をやるんだ、それが一番だ。思うに、君は探偵の仕事には向いていない」

実業家は言う。

「ああ」

潔はまた頭を抱えた。

「君は、思いつきで突進しすぎるのだ。裏打ちがされていない」

「ああそうだ、ぼくは、思いつきで突進するんだ……」

潔はつぶやく。

「そうだ、突進するんだ、もう少し慎重さが必要だ。学生相手の講義などいいね、私もやっていたからよく解る。君にはそれが向いている。これ以上探偵など続ければ、無数の不名誉や挫折が、君に降りかかるだろう」

ジェイソンは言い、ゆっくりと潔のそばを離れた。

「探偵君、君、自閉症と言われたことは？」

「ああ、自閉症……」

「君の様子には、あきらかなその特徴が見て取れる。君は人とのコミュニケーションに、明白な限界性が見受けられる」

「ぼくは自閉症……」

「そうだ、君は他人とのスムーズなコミュニケーションが苦手なんだ」

「ぼくは、他人とのコミュニケーションが苦手……」

「そうだ。さて警部、どうしますか？」

問われて警部は言葉に窮した。頼みの名探偵がこんな調子では、もうこれ以上為(な)すことはない。無言で立ち尽くしている。

「では私はこれで、そろそろおいとまさせていただこう。明日のここでのオーディションに、審査員として加わって欲しいという要請があるからね、映画会社と監督から」

ジェイソンが言った。

「オーディションに参加なさるんですか？」

カールトン警部が、驚いたように言った。

「お断りするつもりだったが、せっかくの監督からの要請だ、参加させてもらうとしよう」

「オーディションは何時からですか」

ムラトフが訊いた。

「午後の二時からだ。夕食にはベントーが出ると聞いているが、私は自宅に戻って食事を摂らせてもらう。ところで名探偵君、知り合ったのも何かの縁だ。せっかくニューヨークまで来たのだから、君も審査員に参加してはどうかね？　監督には私から口添えをしようじゃないか」

するとすっかり意気消沈している潔は、うつむいたまま首を力なく左右に振っている。

「いや、ぼくには到底そんな力はない。ぼくの友人が参加するでしょう」

「ぼくかい？」

私は言った。

「ああ、君はバレリーナの動きに目が肥えている」

「では私が口添えしよう。すっかり自信を失ったようだね名探偵君、しかしあまり気を落とさないように、失敗は誰にでもある。それでは諸君、私はこれで失礼させてもらうよ」

言って高名な投資家は、出口に向けて歩み去っていった。

7

それからの潔は自殺でもしかねないほどに落ち込んでいて、声もかけにくかった。会話もはずまないからムラトフが紹介してくれた付近の低価格のホテルに早々にチェックインし、それぞれの部屋に入って休むことにしたが、テレビをながめているうちに、私はすぐに眠ってしまった。

翌朝、一緒に朝食に行こうと潔の部屋をノックすると留守で、彼は早々とどこかに出かけているらしかった。そこで私は一人で朝食をとり、ホテルを出てぶらぶらとセントラルパークまで歩いた。道路ぎわの緑地から、ハーレム・ミアの水面を求めて歩み入り、水面を見つけたらこれに沿ってぐるりと一周した。ベンチを見つけたので腰をおろし、事件についてじっくりと考えた。

歩きながら、私は終始空しい気分と闘った。今日これからが、もしも二十年来の大事件の謎解きになるのであれば、どんなにか心が躍るだろう。だが潔は、いつもの調子を落としている。私の目からは、あのジェイソン・エプスタインと出会ってから、彼は日頃のペースを失ったように思える。われわれはもう明日にはスウェーデンに帰らなくてはならない。そうなら時間がないから、今日には事件を解決する必要がある。しかし彼のあの調子では、到底そんな運びにはならない。では今日これからの時間は何になるのか、そう考えると私にはすべてが空しく思われ、やりきれない気分が勝った。

池の畔のカフェに入り、ランチのため、サンドウイッチとコーヒーをオーダーした。食事を待つ間、脳裏に浮かぶのはまた、頼みとする親友の昨夜のあのていたらくだ。潔は時々ああしたおかしな言動をするが、そういう時はたいてい何らかの理由がある。研究が大詰めを迎えていて頭がパニックになっている時とか、何かに気を取られて万事が上の空になっているおりなどだ。だが昨夜は、そんな状況下にはなかった。

コーヒーを飲みながら水面を見つめれば、私の気分は際限なく沈んでいく。友人は今どこにいて、何をしているのか。意味のある動きをしていればいいがと願う。はるばる大西洋を越え、どうやら私は、友人の失態を見にこの大都会に来たらしい。

孤独なランチを終え、何回か溜息をついてから、私は立ち上がった。そろそろ時間が迫ったからだ。店を出て私は、オーディションの会場にあてられているデシマルシアターの主役控え室に向かった。

控え室前の廊下には、椅子が何脚か並べられている。会場に入っていくと、内部のパイプチェアの群れも、三列に増えている。そして大型のデスクは消えていた。

映画雑誌やテレビ番組などで、何度か顔を見たことがある高名なエルヴィン・トフラー監督が、昨夜会ったジェイソン・エプスタインと、最前列の椅子の前で立ち話をしていた。助監督らしい男が二人ばかり、寄っていって談笑に加わっては抜けている。映画監督は、たっぷりした銀髪を長めにして整え、黒縁の眼鏡をかけていた。私は初対面だった。

白い歯を見せていたエプスタイン氏が、私を見つけて、

「これは、シュタインオルトさん」

と声をかけてきた。

「高名な映画監督をご紹介しましょう」

と言って、私をトフラー監督に引き合わせてくれた。

古い友人だと潔が言っていたトフラー監督も、たった今までの談笑の気配を引きずって、上機嫌で私に握手の手を伸ばしてくれた。

「これはこれは。スウェーデンでのキヨシの活躍を筆にされている方ですな？」

監督は私を見て、訊いてくる。

「映画になりそうなエキサイティングな事件はありますか？」

「数限りなくね」

私は答えた。

「東京の占星術殺人以上のものが？」

監督は問う。

「ああ、あれか！」

私は言った。

「確かにあれは風変わりだ。しかし北欧には、もっとオカルティックなものがありますよ」

「ほう、そいつはいい。北の冷えた空気の下でなら最高だ」

「白夜の薄明のもとで展開するのです」

「もう出版を？」

「いやまだです。しかしこの事件だって、東京のあれに負けてはいないでしょう」

私は自分の足もとを指さして言った。すると監督はうなずき、

「フランチェスカ・クレスパン事件も魅力的で、惹かれているところです。推移を見守っているんです」

と言った。

「経過によっては、この映画のストーリーに取り入れますか？」

私が訊くと、監督はあいまいな表情をして、

「脚本家に、まだ書くなと言っています、この事件の決着までは」

と言った。

「連中は書きたがっているがね」

「今日はどう過ごされていましたか？　シュタインオルトさん」

エプスタイン氏が私に訊いてきた。

「セントラルパークの散策をしていました。ハーレム・ミアの周囲を一周して……」

「スウェーデン一のご相棒と一緒に？」

「いや、今朝は一人です」

私は言った。

「それは賢明でしたな」

高名な投資家は微笑みながら言った。

「名探偵のあの落ち込みようでは、池のはたに連れ出したら飛び込みかねませんよ」

私はしぶしぶとだが、その辛辣なジョークにうなずいた。確かに友人の様子は、昨夜からそんなふうだ。返す言葉は浮かびそうもない。

「あの方は精神的に不安定だ、あまり目を離さないことをお勧めしますね」

言いながらエプスタイン氏は、パイプチェアのひとつに腰をおろす。私はうなずくほかはない。

「ではかけますか」

監督はみなに提案した。

そこへ広報課のマイク・ムラトフ、殺人課のダニエル・カールトン警部、ゲイリー・モス刑事といった、北署のめんめんがどやどやと姿を現したので、私が立って彼らを監督に紹介した。監督と握手をかわしたのちも、彼らは前列の椅子にすわるつもりはなく、黙々と最後列の椅子に向かうから、私も彼らの後方に付いて後列に向かった。警察官たちは、確かに審査に加わるわけではない。

続いて、女性に背後を押させた車椅子のジム・ゴードンが現れた。彼の椅子がエプスタイン氏の前を横切るので、私ははらはらしたが、監督とはすでに顔見知りと見えてふたことみこと言葉を交わし、エプスタイン氏とは反対側の端に車椅子を入れたから、私はほっとした。女性は、その隣の椅子にかけた。

最前列には、バレエの演出家とか脚本家と見える人物、助監督など、トフラー監督のお仲間らしい人物が次々に腰をおろし、埋めていった。女性も数人交じっている。しかし私としては、格別彼らを紹介して欲しいとは考えない。

続いて、オーディションを受けるバレリーナたちの登場だった。みんなボアの付いたコートを着ている。その下は踊りのための衣装なのだろうか、エアコンディショナーはきいているが、その衣装で椅子にかけて待つのは寒いからだ。

バレリーナたちは四人だった。これに、大型のバッグを右手に提げたマネージャーか、コーチかの付き添いが一人ずつ付いているから、計八人ほどになる。全員が女性だ。一人二十分程度の踊りと、監督との面談が予定されていて、各自開始の時間が伝えられているから、後半の娘たちは、何時間かのちに現れるのだろう。最終的には、十数人のオーディションになると聞いた。この十数人は、むしろんこの段階ですでに厳選された定評のある踊り手たちだ。

監督が立ち上がり、更衣室を案内すると言っている。女性たちを案内していきかけると、助監督らしい男が追っていって話しかけた。すると監督は、私たちの方に向かって手を上げて振っている。それで私は立ち上がって彼に寄っていった。

「シュタインオルトさん、私は警察官にお願いしようと思ったのだが……」

トフラー監督は私に言う。

「もしもかまわなければ、バレリーナたちに、トイレやシャワールーム、そして更衣室を案内してあげてもらえませんか。あなたはもうこの劇場に詳しいと聞いた。まだ衣装を着ていない人もいるかもしれない。私はまだ打ち合わせがあるので」

私は快く引き受けて、

「みなさん、こちらです、どうぞ」

と言って、先に立った。

まず手前のシャワールームと、トイレを見せた。怪しい者がひそんでいないか、格別疑ったわけではない。が、ドアを開けて中に入り、私は一応内部にぐるりと視線を這わせた。続いて女性マネージャーたちも、中に半身を入れ、真剣な目で眺めている。

「そして、こちらが更衣室です」

私は言い、通路に出て、奥の部屋に女性たちの一群を案内した。

彼女らは、オーディション前で緊張しているのか、私についてきながら、まったくの無言だった。質問もない。

更衣室内でも、昨夜に続いて私は奥まで歩み入り、置かれた荷物の向こう側とか、陰に上体を入れてしっかりと点検した。誰も隠れてはいなかった。段ボール箱は、粘着テープできっちりと封がしてある。私はその封の密着状況も確かめた。

娘らはその間、鏡の前に直立し、両手を横に伸ばしたり、くるりと回ったりする。その動きには軸のブレがまったくなく、さすがに私らとは違うと感心する。コートを脱ぐと、娘らは四人とも、予想通りすでにバレリーナのいで立ちだった。

一人が鏡の前で踊ると、娘らは、必ず順番を待って自分も踊る。付き人たちが、彼女らの動きの邪魔にならないようにすみやかに通路に出るので、私も一緒に出て、みなが終わるのを待った。

やがて彼女らが出てきたので、私は引率するような格好で、椅子が並ぶ部屋まで戻った。助監督らしい男が迎えてくれ、彼女らを導いて、真ん中の列の椅子にすわるように指示した。彼女らは静かに、その場所に入っていって腰をおろしている。

そして助監督は、私にはクリップボードを手渡してきた。Ｂ４サイズの板に白い紙が一枚、上方のクリップで留められていて、バレリーナの名前がずらりと並んでいた。その横に採点の数字を書き入れる空欄があり、さらに横には、その理由を文章で説明する欄がある。私はボードに目を落とし、そうした内容を確認した。

「採点は十点満点でお願いします。小数点以下も、必要ならどうぞ」

助監督らしい若者は、そう私に告げる。見れば、最前列の審査員たちはすでに全員、この採点用紙が留められたボードを手にしている。

「横の説明欄は、もしも必要でしたら、ご記入ください」

「解りました」

私が言うと、彼はボールペンを手渡してきた。

「最前列に出た方が？」

私は尋ねた。

「いや、こちらでもかまいません。どこでもお好きな席で」

彼は言う。

「バレリーナたちは、この順番で？」

私はペンの尻を上から下まで滑らせながら、上下に連なった踊り手の名前を示した。

「はい、そうなります。もしも順番が変われば、そのようにこちらでアナウンスします」

言われてうなずき、私は警察官たちがかけている後列の椅子に向かった。いざという際に彼らが飛び出す邪魔をしないように、私は彼らの膝の前を通って、奥の席に入った。

見ていると、前方の審査員たちの頭数は増していく。加えて、前方のパフォーマンス用のスペースには濃いグレーの衝立が運び込まれてきた。これが窓を隠し、更衣室に向かう通路の入り口前にも立てられた。終わるとライトが二脚運び込まれてきて左右に立てられ、点灯されて左右から照らされたから、ステージ・スペースは煌々と、表の日なたのように明るくなった。バレリーナたちはみな白い衣装を着ているから、確かにこれなら手足の動きがよく見えるだろう。

背後の衝立に加え、不思議な木枠が運び込まれてきて、手前に置かれた。さらに縦に長い黒い木箱が二つ運び込まれ、背後の左右に立てられて、即席のステージがたちまち出来上がった。

監督が右手を真っすぐ上方に上げるのが見えた。すると、

「シンディ・トンプソン」

という甲高い肉声が聞こえた。見ると衣装を着た娘が一人、すでに衝立の前に立っていて、右手を前方に、足を後方に振り上げた。すると音楽が始まり、彼女は舞いはじめた。「スカボロゥの祭り」の見せ場の踊りらしかったが、長々としたオーケストラの前奏曲も、主催者の挨拶もなく、いきなりの開始なので私はその唐突感に驚いた。

気づかなかったが、入り口扉の脇に、音響の機材が運び込まれていて、縦方向に長い木箱は、どうやらスピーカーだった。機材の背後のドアの前には、関係者以外の者の侵入を防ぐためと、オーディション参加者が当人であることをチェックするためであろう、若い男性スタッフが二人立っている。

パフォーマンスは、現時点でのジャンルの最高峰を見せるものだった。いかに素人の私であっても、始まればすぐに、それが解った。ストックホルムの芸術劇場で何度も見てきたような、スチューデントたちの雑で稚拙な動きとは全然違う。軸は動かず、足は、靴の裏に吸盤でも付いているかのように、床におろされればぴたりと吸い付いて動かず、ポワントの安定ぶりも、十数回も続いていく驚異の連続回転技も、機械のように正確だったから、私は目を見張った。

回転を終えるとさっと屈んで素早く木枠をくぐり、立ち上がってぴんと背筋を伸ばし、右手を上げて静止するポーズも、シューズが床に貼り付くようで、あんまり見事だったから、私は啞然とした。

ふらつく気配などまったくなく、しかしそれは当然ではあろう。そんなレヴェルの娘は、ここには来ていないのだ。

私は思わず歓声を上げ、手を叩きそうになる衝動を懸命にこらえた。最初の踊り手からしてこの調子では、そしてこのあと続く娘らがみんなこの水準では、私などの素人には到底採点などできはしない。みんな十点満点と書き込んで、すごすごとホテルに引き揚げるほかはないと思った。

これまでに見たバレリーナたちの動きのうち、今日のこれは最高のものだ。とりわけ十数回にも及ぶ連続の回転は、到底生身の人間の動きとは思われず、よく目が回らないものだ、終わってポーズを決める時に、よくふらつかずに立っていられるものだと目を見張った。いったいどんな練習をどれほど積み、どんな人生観を持って日を送れば、これほどの動きを自分のものにできるのか。到底自分と同じ生物とは思われず、このような感想は、完全に素人のものと自覚はするが、そんな発想が止められない。

気づけば音楽も終わり、踊り手は監督の前の椅子にかけて、スタッフの質問に答えていた。出身地、出身国、学校などを訊かれ、これまでにこなした役柄とか、どんな劇場に出たか、好きな役柄、苦手な役柄、誰の教えを受け、何歳から踊ってきたか、目標は何であるか、英語は得意か、などを訊かれていた。フランチェスカ・クレスパンのパフォーマンスを見たことはあるか、自分の踊りとの類似性、相性はどうか、また踊りを撮影されることに抵抗はあるか、なども尋ねられている。

すべてが終わると、審査員たちは立ち上がり、監督のそばに集まって話しはじめた。年配の女性の姿も目立つ。会話の内容は全然聞こえてこないが、彼らの表情は真剣で、どうやら審査に加わっているバレエの専門家の意見を聞き、質問したり、自分の考えを述べたりしているようだ。かなり長時間話している。挑戦者一人一人にこんなに時間をかけるものなのかと思い、これなら終了までにかなりの時間がかかりそうだと私は考えた。深夜になるかもしれない。

車椅子に乗った劇場主は、自分のスペースから動かずにいる。代わりに介助の女性が立ち、審査員の輪に入って真剣な表情で話を聞いている。自分の考えは述べない。おそらくあとで、ゴードン氏に報告するための参加だ。

ジェイソン・エプスタイン氏も立たない。腕組みをしたまま、黙考している。だから、私も立たなかった。呼ばれれば行くしかないが、行っても話すことはない。いや大したものですな、と言うくらいが関の山だ。前方で行われている会合は、どうやら普段ともに仕事をする、気心の知れた映画製作者たちの会話と見える。私はバレエも、映画も素人だ。そんな外部の人間に、用はないことだ。

彼らの話し合いを時々視野の端に見ながら、私は採点欄に十点と書こうとして、思い直して九・九と書いた。減点の〇・一が何ゆえかと問われると、笑顔が多少欲しかったということだ。バレエのパフォーマンス中、踊り手は笑顔を見せるべきだと言い切る自信はないのだが、また遠いステージなら、踊り手がスマイルしているか否かなど見えはしない。しかしこれは映画なのだし、子供の踊りなら、以前にアグネタが笑顔のことを口にしたのを思い出したからだ。

話し合いが終わった。散開し、みな早足で歩いて、それぞれの椅子に帰っていく。そして二人目のパフォーマンスが始まった。採点表に見る順番通りだった。オーディションは滞りなく進んでいる。

次の踊り手も動きは完全で、一番手の女性と、まったく同水準の動きと、私は感じた。再び感心してしまい、私はまたしても採点不能状態に陥った。今度の踊り手も非常に真剣な挑戦態度で、笑顔はない。両者のわずかな動きの違いは個性で、このバレエに対する解釈の相違だった。どちらも間違いなく素晴らしい動きだった。

あの木枠は、そうか鏡か、と私はようやく気づいた。夜七時に白鳥のキャロルがくぐり抜け、人間の娘に変身する、湖のほとりに現れた大型ミラーなのだ。

終わり、監督とのQ＆Aになった。これには、私は格別の感慨がない。聞いても、特に感想はない。バレリーナの生活を知らないからだ。ここまでの技術を獲得するまでには、尋常の努力ではなく、徹底した修練が必要で、みんな三歳から踊りはじめている。それでも遅いくらいだと彼女は語った。そうだろうと思う。そういうことは、私などにも見当がつく。そう言われると、フランチェスカは収容所で二歳から踊りはじめたと聞く。だが、たとえ二歳から踊ったにせよ、絶滅収容所内という強烈な圧迫環境は、もう誰も経験することはできない。その意味では、戦後に生まれた誰も、フランチェスカにはなれないということだ。

Q&Aが終わり、審査員たちがまた立ち上がり、監督の周囲に集まる。ミーティングが始まり、また長々と続く。私にまた気づきが訪れた。ジェイソン・エプスタイン氏が何故立ち上がらないか、ジム・ゴードンが何故所定の場所を動かないでいるのかについてだ。今度は、介助の女性も、椅子から立たない。その理由は、踊り手としては優れているが、外見や風貌、発する気配が、彼らが忘れようとしても忘れられないでいるフランチェスカ・クレスパンとはまったく違うからだ。だから彼らは落ち着いている。監督のもとに行く気分が湧かないのだ。

つまり興奮していない。フランチェスカが現れた！　とは感じていないのだ。フランチェスカだ、いたぞ！　とそう思えば彼らは立ち上がる。興奮して監督のもとに駈けつけるだろう。

今映画関係者たちが語っている内容は、おそらくは世界最高水準の踊り手たちの技量についてだ。どの娘が最も優れた動きを持つ踊り手か。つまりはバレリーナたちのコンテスト、バレエのチャンピオンの選考になっている。今日のこれは、実のところそうではないだろう。技術に加えて、どの踊り手がフランチェスカの再来か、これを期待するオーディションのはずだ。どの娘が一番うまいかなどに、劇場主もエプスタイン氏も興味はないのだ。だから動かない。

思えば私も、そうなのだった。二人ばかり踊り手を見て、私はそのことをやっと思い出した。見事な踊り手たちだ、それは間違いないが、フランチェスカ再来をイメージするから、どこか本気の興味が湧かない気分がある。フランチェスカを求めてここまでやってきた。マンハッタン・バレエコンテストのチャンピオンではない。いかにうまくても、クレスパンと似ても似つかない娘なら、やはりそれほど興味がないのだ。私はバレエという専門世界の人間ではない。

助監督らしい若者が二列目にやってきて、挑戦者に声をかけている。三人目の娘が立ち上がり、左手の衝立の裏に入っていく。更衣室に向かうのだろう。付き添いの女性もついて行く。

横にいるムラトフに、私は声をかけてみた。ひとことだけ、いかがです？　と感想を尋ねたのだ。

「いや、見事なものですな」

と彼は言った。

「世界の頂点が集まっています。どの踊り手も、減点できるところなどない。審査は大変でしょう」

彼も、どうやらバレリーナの技術選考大会と思っている。

「無料で観られてラッキーだと思っていますが、しかし同時に、審査員でなくてよかったと……」

「しかしこれは、フランチェスカ・クレスパンの再来を探すものですよね？」

私は訊いてみた。すると彼は、

「あ、そうですか」

と驚いたように言う。

「つまり、彼女と顔が似ている人を探しているんですか？」

「クレスパンさんの伝記映画ですからね。似ていなくても映画は作れるでしょうが、似ているに越したことはないのじゃないでしょうか」

「ああそうですか。ふうん」

と彼は言い、うなずいている。

その横のダニエル・カールトン警部が、何だというように身を乗り出してきている。ムラトフが説

明する。すると警部はうなずき、

「そうですな、フランチェスカ・クレスパンに、風貌や雰囲気が似ている女性。そういう理想的な踊り手が見つかるといいですな」

と言った。

「いましたか？」

私は訊いた。

「いや、みんなとても上手だが、似てはいませんね」

警部も言い、私はうなずいた。やはりみなそう思っているのだ。

私はじっと考えた。警部の言に賛成だが、少し異論はある。映画のためには、そんな踊り手がいたら理想的だろう。しかしそんな踊り手がもしいたなら、それはフランチェスカ・クレスパンのエピゴーネンだ。この映画にはいいだろうが、そのあとの活動が続くのだろうか。

踊り手自身が強烈な個性を発揮できなければ、この熾烈な競争世界、生きていけないのではないか。フランチェスカ・クレスパンのカーボン・コピーのような踊り手がもしいたにしても、それは技術のレヴェルも含めてということだが、そういう奇跡のような存在が珍重され、評価もされて生きていけるというケースは——。

「しいて言えばあの三番目ではないですか？　彼女はとても美人ですから」

ムラトフが言うので、私は思索を破られた。彼は右手を上げて示している。視線を上げて見れば、三番目の娘が衝立の背後に立っていた。見れば確かに、顔立ちの整った娘だ。

監督を囲んでの話し合いが終わり、審査員たちは席に戻っていく。そして三人目の踊り手が名前を言って、踊りはじめた。

三人目も、実力派のバレリーナのようだった。しかし外見の綺麗さは、これまでの挑戦者のうち、一番であるように感じられた。スタイルも完璧で、そう思って見るせいでもないだろうが、スマイルの気配もあるように私には感じられて、好ましく思った。

音響機材の向こう側、見張りに立っているスタッフが、くるりと背中を見せて、ドアを細目に開けた。ノックの音を聞いたのだろう。細く開けた隙間から、ノックの主と話しているのだ。ドアを閉めて、またこちらを向いた。挑戦者のパフォーマンスを邪魔しないように、しばらく廊下で待っていて欲しいと言ったのか。

どうやら私の推察は当たり、パフォーマンスが終わり、踊り手が監督の前の椅子にかけてスタッフとのQ&Aを始めると、やはりコート姿の若い女性と、付き人の年配女性がするりと扉から入ってきて、スタッフに誘導されて、二列目の席に、私たちがいるのと反対側から入ってきた。パフォーマンスがすんだ最初の二人は、まだ帰らずに二列目の椅子にすわって見ている。

四番目の挑戦者が二列目の椅子の、最も左側に出てきた。そして付き人とともに、左手の衝立の背後に入り、どうやら更衣室に行くらしい。コートを脱ぐことと、演技前の準備運動などするつもりなのだろう。それを見ながら私は、採点のボードを取り出して、三人目の挑戦者に十点満点と書き込んだ。

Q&Aが終わり、挑戦者はまたコートを着るために更衣室に向かい、審査員たちが立ち上がり、監督の前でミーティングが始まった。すると入り口のドアが開いて、二組、四人の女性たちが会場に入ってくる。スタッフに導かれ、二列目の椅子の列に入ってくる。私は右を向いて彼女たちの風貌を見たが、フランチェスカに顔だちの似た女性は、ここにもいないように感じた。

後方から、私は審査員たちの話し合いを見ていた。今度もまた、エプスタイン氏も、劇場主の付き人の女性も立たない。顔立ちは最も整った踊り手のように感じたが、それでもフランチェスカとは違うという判断なのだろうか。それとも、そうであれどうであれ、選考ミーティングに参加はしないと、エプスタイン氏は決めているのか。

パイプチェアにかけている人物で、トイレに立つ人も出はじめた。たいていの人は入り口のドアを出て、外の廊下沿いにあるトイレに行く。ドア脇のスタッフがそれを見ていて、彼が帰ってくるまで、再開のゴーは出さない。

ともあれそんなふうにして、オーディションは予定通りに進んでいく。次の踊り手も、その次の踊り手も、技術的には完全だった。非の打ち所がないと私の目からは見えたが、いかに最高水準の踊り手たちであっても、こう続けて同じ演技を見ていれば、ごくわずかにだが、巧拙に似たものが存在する気がしてきた。早い動きに入る直前の息つぎ、むずかしい連続技に入る寸前の、気合いを入れるような停止感がなく、手も足も滑らかに動いて、こんなの何でもないと言っているように、心が準備する気配をこちらに悟らせない。水準が高い女性たちの世界にも、そういうわずかな違いは存在していた。そのような気配が、解るようになったとは到底言えないが、少しだけ感じられるようになった。ほんの少しも踊ることができない者が、そんなことを言うのはまことにおこがましいのだが。

時が経つのは速い。衝立で隠された窓外は、暗くなってきた。腕時計を見ればもう七時を廻っており、夕食の時間になっている。大した仕事をしているわけではないのだが、私は多少の疲労を感じた。

しかしまだ終わってはいない。審査は十人という大半をこなしたが、リストを見ればまだあと二人残っている。

8

日本食レストラン「ティーイズム」はもともとワシントンDCの店だが、マンハッタンに進出して評判となり、一部の東洋好きにはブームのようになっている。料理は細部にまで日本産のお茶の香りがにじみ、東洋の気配をよく伝えてくるし、医学者たちは、ヴィタミンや、普段摂取しづらい亜鉛や食物繊維を多く含んで、アメリカ人に多い糖質や脂肪の摂取過多を避けられると保証する。

前方のステージ・スペースを煌々と照らしていた明かりが落とされ、光度に目が馴(な)れていた私たちには妙に薄暗く感じられる会場に、ベントーの木箱が積み上げられたワゴンがゆっくりと入ってきた。並んだ椅子の左右の端にワゴンは着き、数個重なった箱が端の一人に手渡され、ひとつ取って横に送るようにと言われた。蓋を取ってみると、プラスティックの蓋付きの、紙製容器に入ったグリーン・ティーも見える。

清潔な木箱に美しくレイアウトされた日本食を膝に置き、箸を用いて夕食を摂れば、頭に浮かぶのは潔のことだ。自分の体が日本食を欲すると言う潔に、ストックホルムでもよく日本食に付き合わされるから、私は箸の扱いには熟達している。おそらく北欧にあって、最も箸が上手に操れるスウェーデン人であろうと思うし、その自信もある。しかしアメリカに来れば、私程度には箸を使えるアメリカ人が多くて、なかなかに驚かされる。特に西海岸に多い。

潔は、会場に姿を現す様子がない。どうやら今日は姿を見せないつもりのようだ。今どこで何をしているのか。そう考えたら私自身もまた、いったい今何をしているのかと疑う。あと二人ばかりパフォーマンスを見て、採点表に数字を書き込めば、私の仕事は終了となる。何ごとも起こらず、今夜はホテルで眠り、明日にはJFK空港からスカンジナビア航空でストックホルムに戻る。いったい何をしに来たのか。バレリーナ選抜大会の審査のためか。

潔との付き合いが長くなり、今や私は日本人並みの日本食イーターで、ニューヨークのベントー・ディナーは、付いてきたグリーン・ティーも含めて、スウェーデンのものより味は上のように思われる。その意味では私は満足したが、ベントーに満足してもしようがない。そんなことのために私は大西洋を越えたのではない。フランチェスカ・クレスパン事件を解決するために来たのだ。それができなくては、本も書けないし、真の満足感などはない。

会場を見渡せば、潔同様ジェイソン・エプスタイン氏の姿もない。昨夜宣言していた通り、彼は五階下にある自宅に戻り、食事を摂っているのであろう。彼は大金持ちだから、当然家には料理人がいる。ニューヨーク一と定評のあるティーイズムのベントーを食べないのはもったいないように思うが、それは庶民の発想で、彼なら自宅の料理人に命じ、東京でも食べられないような最上級の日本食を作らせることもできるのであろう。私のような下々には、空想もできないような上層の世界だ。

だがいずれにしても私は、マンハッタンへの旅が、エキサイティングなものになるだろうと期待していた。だがこの平板さ、定型の観光旅行以上に退屈なこの滞在の印象は、いったいどうしたことか。セントラルパークを歩き、日本食を食べ、のんきにバレエを観ているのだ。ストックホルム公園のアイスクリーム売りでも、ニューヨーク観光に来ればこのくらいはする。これなら北のロシアや、旧東ドイツへの旅の方がずっと刺激的だった。ストックホルムでアグネタとすごしているのと変わらない。そしてこれからホテルのベッドで眠りにつくまでの何時間かが、エキサイティングなものになるという予感はとんとない。

みなが食べ終わったと見て、助監督の若者が、空のワゴンを押して、容器を回収に来た。戻す際、四人分の木箱を重ねながら、

「うまかったですな」

とムラトフが私に言った。彼もまた、話題がバレエやベントーの方角に向いて、事件の解決などはとうに頭から出ていっている。

ベントーの木箱は再びワゴンに積み上げられ、助監督に押されて廊下に去っていく。その様子を、私は後方から見ていた。

二列目の席に、これから踊るバレリーナたち二人と、付き添いの女性が二人、計四人が椅子にかけて待機している。私はなんとなくその四人に視線を向けてみた。強い興味があったわけではないのだが、若干目を引く要素があった。というのは、付き添いの女性が二人ではなく、一瞬三人に見えたからだ。踊り手と見える二人の女性たちの一人が、あまり若くないように見えたのだ。

とはいっても、年配者というほどではない。終始うつむきがちのその女性も、体つきは他の踊り手同様に細っそりとして、若々しい印象だった。ただ珍しいことに、その女性は眼鏡をかけていた。それも黒縁の眼鏡だ。よく見れば淡いブルーが入っているから、サングラスらしい。眼鏡をかけたバレリーナというものを私は見たことがなかったので、ちょっとだけ目を引かれたのだ。けれど、たぶん踊る際にははずすのだろう。

入り口のドアが開き、エプスタイン氏が自宅から戻ってきた。ぐるりとひと渡り会場を見廻してのち、もといた席に復した。監督をちらと見たのだが、スタッフたちと膝を突き合わせるようにして議論しているから、そばに行くのを遠慮したのだろう。劇場主は、ずっと膝に置いた書物を読みふけっている。

「シュタインオルトさん」

その時いきなり声をかけられ、私は驚いて声の方を見た。すると中年の女性が椅子にかけたゲイリー・モスの横に立ち、私の方を見ていた。後方には、挑戦者らしい若い娘がしたがってきている。

「すいません、お仕事中なら、お邪魔をします」

彼女は言った。

「いいえ、何もしていません」

私は言った。

「更衣室はこの衝立の奥ですか？　スタッフの方たち、みんな準備があるか、持ち場を離れられないそうで、あなたに訊いて欲しいと」

「ああ」

私は言って、立ち上がった。そして警察官たちの膝の前を歩き、彼女の目の前に出た。

「ご案内しますよ」

言って先に立った。

衝立の裏に入り、通路を歩いて、まずトイレの前に立った。通路の窓からは、すっかり陽の落ちたマンハッタンと、明かりのない暗いセントラルパークの緑が見える。

「こちらがトイレです」

言って私は、今度も一歩踏み込んで、壁から天井を点検した。当然のことだが、誰もひそんではいない。トイレの狭い空間は、ドアを開けたらすべてが見渡せるから、人がいればすぐ解る。

「そしてこちらがシャワールーム」

言って私は、向かいのシャワールームの扉も開けた。こちらもそれほど広い空間ではないから、それですべてが見渡せる。誰もひそんではいない。

付き人の女性も、なんとはなく、シャワールームに一歩踏み込んで中を見ている。

「更衣室はこちらです」

私は通路に戻って突き当たりまで歩き、更衣室の扉を開けた。明かりはすでにともっている。私はつかつかと部屋の奥まで踏み込んでいって、段ボール箱の向こう側をまたのぞき込んだ。昼に見た時のままだ。誰もひそんではいないし、何ひとつ変わった様子はない。

女性二人もついて入ってきた。彼女らは荷物の陰などには興味を示さず、ただ大鏡を見つめた。踊り手の娘は、コートのボタンをひとつ、ふたつとはずしながら、

「ちょっと動いても？」

と私に訊いた。

「ああもちろんですよ、どうぞ」

と言って私は、邪魔しないように通路に出た。踊り手はコートを脱ぎ、付き添いの女性に渡している。受け取って、彼女はそれを丁寧に畳む。私は通路に出て、大型ガラスの窓の前に立って、セントラルパークの暗がりを見ていた。

するると付き添いの女性が通路に出てきて、

「シーナは、呼ばれるまで動きたいようです、いいでしょうか？」

と訊いた。

「ああ、いいですよ。では私は席に戻っています」

言って私は彼女に背を向け、通路を歩いて衝立の背後を抜け、煌々と明るくなっている会場に戻って自分の席に復した。

「更衣室で、みんな練習をしているのですか？」

ムラトフが私に尋ねた。私はうなずき、

「鏡がありますからね」

と言った。

「体を温める必要もあるでしょうしね」

ムラトフも言う。私はうなずく。

監督はまだ仲間とミーティングを続けている。ふと見ると、衝立の陰に、さっき更衣室に案内した踊り手の娘がきていて、待機している。その背後には、付き添いの女性の姿もある。再開一番手の彼女らは、もう準備が整ったようだ。

トフラー監督が立ち上がって半回転し、こちらを向いた。彼と話していたスタッフたちは、それで早足になって席に戻っていく。

「夕食も終わりましたので、オーディションを再開します」

監督は宣言した。

「一緒にいらしたご友人が、まだトイレから戻ってこないということはありますか？　というのは、セキュリティのために、入り口のドアはロックしますので。よろしいですか？」

監督は尋ね、反応がないので、

「では閉めます」

と言って、入り口のドア脇に立つスタッフにキューを送った。彼は背中を見せて、ドアをロックした。

続くキューは衝立の陰のバレリーナに送られ、彼女はしずしずと中央スペースに入ってきた。

「シーナ・クラウト」

と彼女は名前を言い、踊りはじめた。すると音楽が始まる。高名なバーナード・コーエンが、「スカボロゥの祭り」のために書いた管弦楽だ。

最初は小走りで中央に、わずかに停止したあとまた駆け出し、右端で停まってポーズ、身をひるがえし、反対方向に向けて駆け戻り、左端で停まってポーズ、これを何回か繰り返す。

また駆け出すが、今度はステップを変えて、スキップふうの足の運びで右端に行き、ポーズ。またスキップで左端へ、そしてポーズ。左右の端への移動を繰り返し、ステージの端では必ず停止してポーズ。続いて左手を上方からゆっくりとおろしながら、片足を後方に引いて停め、特有の静止ポーズを見せる。

続いて中央に進み、両手を左右に水平に伸ばしたままで回転。続いて、ゆっくりと回転しながら踊り、何度もジャンプする。このあたりは、たぶん群舞のパートであったと記憶している。

踊りながらジャンプし、左右に両手を水平に広げ、優雅な羽ばたきの仕草。そして両手を上にあげて、頭上で輪を作り、ゆっくりと回転を続けながら、片足を振り上げてジャンプ、優雅に舞って、またジャンプ、そして停止してポーズ。そして小走りになり、ステージを何度も周回したのち、直立して羽ばたきながらゆっくりと後ずさる。

羽ばたく白鳥の、肩から肘にかけての筋肉の、優雅でなめらかな動き。停止して羽ばたけば、上半身がぴんと伸び、微動もしない。女性の細い体が雄弁に、孤独な鳥の戸惑いや悲しみ、希望を表現してこちらに伝えてくる。同時にその上品さと美しさには、こちらを見惚れさせる力が宿り、やはりすごいものだと思う。これがバレエか。無言のこれが、芸術というもののすごみだ。

彼女の動きは充分に見事であった。彼女一人のみの踊りを見ていたら、私は間違いなく打たれて声を失ったろう。しかし大勢の同じ動きを次から次と見較べるせいで、回転と足上げの際に、彼女のごく微細な揺らぎが、私の目にも見えるようになった。あるいはこれは、彼女の緊張のゆえか。

輪を作った頭上の両手をゆっくりと、優雅におろしながら、片手をあげて回転、また回転。この時は片足を折り曲げている。

そして最後に、いよいよ十数回の連続回転技に入っていく。彼女もこれを見事に決める。そしてさっとうずくまり、木枠を抜けてもう一度うずくまり、すっくと立ってポーズ。

見応えのある動作の切れと、優雅でなめらかな体の動きを見せて、彼女も立派にやり遂げた。

スタッフが椅子を持ってきて監督の前に置き、彼女はすたすたと歩いてきてこれにすわる。この時にはじめて私は、彼女を生身の人間だと感じて、どこか気分がほっとする。すわってしばらくは息が切れていて、彼女はなめらかに話せない。それを覆い隠すように、当分笑い顔を続ける。これも私を安堵させる。ああ彼女も精霊などではない、われわれと同じ普通の人間だと胸を撫でおろすのだ。

質問が終わり、同時に映像関係者がさっと席を立ち、早足で歩いてきて、監督の周囲に集まる。踊り手は、コートを着るために、付き人が待つ更衣室の方角に向かう。

一方監督の前で始まった議論は、妙に白熱した口調が飛び交っているふうだ。理由は解らないが、どこかで洞察できる心地もした。今の彼女もとてもよかったのだが、何かが足りない気分も残る。それが、私が審査員として向上したせいとは思わない。同じ動きを見続けて、あらが見えるようになったとも思わない。終日椅子にすわり続け、鑑賞を続けての、単なる疲労かもしれない。足りない要素があるような気がしているのだが、それはたぶんに感覚的なもので、シーナが前の挑戦者たちに劣っていたり、変わったところがあるわけではない。彼女の罪ではない。以前と変わっている何かがあるとすれば、それは私だ。

審査員が解散し、急ぎ足で席に戻っていき、いよいよ最後の挑戦者の番になった。私は腰を上げ、椅子にすわり直した。最後だからだ。最後まで手を抜かず、きちんとやり遂げなくてはならない。そして、おや、と思った。最後の一人は、あの黒縁眼鏡の女性で、しかも彼女は、その眼鏡をかけたままで立っていたからだ。

しかも彼女は、名前を言わず、そのままつつとスペースに走り出てきた。どうしたのだ？　と私は思った。緊張のあまり、まず名乗るというルールを忘れたのだろうか。しかし誰も何も言わない。

小走りでスペースを横断し、右端で停まってポーズ。そして反転、反対側に向けて駈け出し、左端で停まってポーズ、また反転し、走り出して右端へ。そして静止のポーズ。

次はステップを変え、スキップふうの足の運びで右から左、左から右へと移動を繰り返し、やはりステージの端で停止して、ポーズをとる。左手を上方からゆっくりとおろしながら、片足を後方に引いて停め、優雅なポーズを決めて見せる。

続いてステージ中央まで進んできて、両手を左右いっぱいに伸ばしたままで回転。回転を終えると、またゆっくりと回転しながら踊り、何度もジャンプする。群舞のパートを一人でこなしているのだ。

踊りながらジャンプし、両手を水平に広げて、優雅なお辞儀に似た仕草。そして両手を上にあげて、頭上で輪を作り、ゆっくりと回転を続けながら、片足を振り上げてジャンプ。優雅に舞って見せて、またジャンプ、そして停止してポーズ。そしてまた小走りになり、羽ばたきながらステージを何度も周回する。自らがこの水面で、最も美しい白鳥であることを誇りとともにアピールする、このあたりも見せ場だ。

そしていよいよ最後に入る。連続の回転技だ。思えばこの時、私は本能的に悪い予感を抱いたのだ。この踊り手は、これまでの娘らと何かが違っている。何かが足りない。それは熱気かもしれない、目標に向かう意欲かもしれない。たった今まで続けていたはずの反復練習の持つ、安定の感覚かもしれない。

一回転、そして二回転めで、彼女の足がもつれた。床のわずかな上を飛ぶような動作で、彼女は回転しながら、もんどりうって床に叩き付けられたのだ。おおっとどよめきが起こる。私もまた声を上げた。

無理な姿勢で肩を打ちつけ、そのダメージで、彼女は起き上がることができない。入り口脇にいるスタッフが驚き、音楽を止めた。眼鏡が飛んでステージに転がるわずかな音が、聞こえるようになった。その時だった。奇跡が起こった。左手の衝立の陰から、一人のバレリーナが躍り出て来たのだ。私ももみなも、あっと言った。

その娘の踊りは、目が覚めるようだった。これまでの娘たちの動きとは、まるで違っていた。回転が、倍も速いのだ。

奇跡以外に言葉がない。なにか、とてつもないことが起こった。

「フランチェスカ！」

誰かが叫んだ。声は、それひとつではなかった。車椅子の劇場主、そして誰かもう一人の声だ。続いて爆発的などよめきが湧く。どよめきはさらに湧いて大きくなる。さらにさらに大きくなる。同時に、轟然と、空間を揺すりたてるような拍手。パイプチェアにかけた者たちが弾かれるように立ち上がる。みな次々に立っていって、瞬時に総立ちになった。そして拍手。気づけば、私も立っていた。

何が起こった!? 私は思っていた。いったい何が起こっている!?

時空の裂け目だ、と思う。どこかに開いた時空の裂け目から、一九七七年のフランチェスカ・クレスパンが飛び出してきた。そしてこの部屋に飛び込んできたのだ。

どこから来たんだ？ どこから入ってきた？ 混乱した頭で私は思った。大声でそう叫びたかった。

若いフランチェスカは、これまで誰も観たことがないような連続回転技を決め、小さくうずくまり、木枠を抜けておいて、跳び上がるようにさっと立ち上がる。そして片足を後方に振り上げ、両手は頭上に、そして胸をいっぱいに反り返らせる、これまでにまず誰も観た記憶がない、鮮やかな静止のポーズを決めた。

わあっと、天井が揺れるほどの歓声が上がった。

突風だ、と私は思っていた。一陣の突風が部屋に吹き込んできた。

「フランチェスカ！」

「フランチェスカ！」

みなが拍手をし、喉を限りに叫んでいた。

「奇跡が起こった！」

隣でムラトフも大声を出していた。

「フランチェスカが戻ってきた！」

みな椅子にじっとしていられず、立ち上がり、前方に殺到した。

倒れ込んでいた女性がゆるゆると身を起こしている。それを囲む。

劇場主ともう一人の男が、人を分けて彼女に近づき、顔を覗き込もうとした。しかし車椅子は近づけない。

「フランチェスカ」

とこちらの女性に対しても、男は言った。

「生きていたのか？　どうやって、どうしてだ？」

叫ぶようにそう言う声が、私の耳にも聞こえた。大勢の声の渦中だったのに、たぶんそのくらいに彼の声は大きかったのだ。

「どうしてだ、どうやって生きていた？　どこで？　ぼくだ、バーナード・コーエンだよ！」

彼は叫ぶように言う。

バーナード・コーエンだって？　と私は思った。来ていたのか⁉

「あれから二十年だ、お互い歳を取った、いや、君はまだ若いが、私はね。君を思い出さない日は、一日としてなかった」

「コーエンさん、違うのよ」

しかし誰かが差し出す眼鏡を顔に戻しながら、最後の踊り手が言った。

「何が」

高名な音楽家がそう訊いた時、返答を聞こうとして、場は水を打ったように一瞬で鎮まり返った。

バレリーナの呼吸音が、ありありと聞こえた。

「アーニャ・ゼルキンと申します、先生はじめまして」

「何だって？　アーニャ……、では、違うのか？」

「ではこれは誰だ!?」

後方から叫んだのは劇場主だった。

「彼女こそはフランチェスカだ！　生き写しだぞ！　あの夜ここに、あのあたりに倒れていたフランチェスカと、瓜二つだ。バレエもだ、踊りも生き写しだ、動きにもまるで遜色がない。まったく遜色がないぞ！　ではこれは誰だ!?　誰なんだいったい!?」

車椅子の上で、右手を振り廻しながら、白髪の劇場主はわめく。

ステージ・スペースに押し寄せた人々は、最後に現れた娘をも取り囲んでいる。人間離れした動きを見せた娘は、しかしひと言も口をきかないでいる。

「ロスメリンです。ロスメリン・ゼルキン。私の……、いえ、フランチェスカの娘です」

つぶやく口調で、アーニャが言った。

「フランチェスカの……、娘……？」

やはりつぶやく声で言うのは、ダニエル・カールトン警部だった。見れば、放心したような表情を、彼はしている。

「フランチェスカの娘……、と……、それからあなた、ゼルキンさんですか？　あなた方は、いや娘さんは、どうやってここに来たのです？　何故？　いや、それより、どこから来たのです？　いったいどこからこの部屋に入った？　そんな入り口はなかったはず。玄関の扉はロックされている、トイレや更衣室はさっき点検したはずだ。誰もいなかったはず……、そうではないですか？」

警部は毒気を抜かれたような口調で続ける。続けながら、私を目で探している。

「いませんよ、誰一人、隠れちゃいなかった。私がしっかり見ました！」

人波の中から、私が大声を出して答えた。

「私は罪深いことをしました」

女性の声が聞こえた。アーニャだ。

「それで、私は、悩み続けました、ずっと長いこと。できれば逃げ出したかった。ずっと遠くに逃げて、じっと押し黙っていようと、何も言わず。もしもそれが許されるものなら……」

じっと沈黙し、耳をそばだてて、私たちは聞いていた。ひとことも聞き漏らすまいとしたのだが、しかしたとえ聞こえても、その言葉の意味は、私たちには少しも解らなかった。

「けれど、神は許されませんでした。夫が亡くなって、私は決心しました、心を決めて、ここに来たのです。フランチェスカを殺した人の名前と、ことの真相をすっかりお話しするために」

その時だった。

「彼を逃がすな！」

という大声が、会場に響き渡った。

「ミスタ・モス、ドアだ！」

その声にうながされ、若い刑事が入り口ドアに突進した。

「キヨシ！」

次は、私が叫ぶ番だった。

昨夜以来姿を見せていない潔が、衝立の陰から姿を現し、入り口のドアを指差しながら立っていた。

視線をひるがえしてドアを見ると、ドアの手前にジェイソン・エプスタイン氏がいて、スタッフの若者二人とモス刑事に、体を取り押さえられていた。

さすがに洒落者（しゃれもの）の彼は、醜くもがくようなことはしない。余裕のある表情で、やれやれというように両手を広げ、立っている。

「応援を呼ぶ」

カールトン警部が言い、上着のポケットをまさぐっている。

「キヨシ！　どこから入ってきた？　ぼくはさっき、厳重に点検したぞ！」

叫ぶと彼は、一見まるで無関係なことを言う。

「何か香らないか？　ハインリッヒ」

それで私は、鼻腔に神経を集中した。そして確かに、と思った。何かの香り、植物の香りがする。

「ローズマリーか……」

つぶやくと、潔はうなずいている。そして言う。

「七時に開く扉さ。言ったろう？　昨夜」

「そうだったな……」

私は言った。

「そこから入ってきた。扉は、ローズマリーの香りとともに開くんだ」

「だが、開かなかったじゃないか昨夜は。今夜は開いたって？」

「それは、ぼくらの時間だったからだ。彼らは、別の時間で暮らしている」

と彼もまた、謎のような言葉を吐く。

「アリス時間だ」

「アリス時間だって？」

「それに、開いたら彼は来ないからね」

言って潔は、エプスタイン氏を指さしている。

それで私がエプスタイン氏を見ると、彼は今は憮然とした表情になって立っている。

第八章

白鳥の回廊

548

I

一九六三年、バレエ好きの富豪に見初められ、愛人になることを決意し、東ドイツのブリュンヒルデ・バレエ団に推薦してもらって入団し、フランチェスカは踊りはじめた。そして、越境の計画を立て直す。

フランチェスカは、当然のように、まもなく団で有望株として認められた。ブリュンヒルデ・バレエ団は、世界的な名声を持っていた。ここでトップに立てば、西側諸国に公演ツアーに出る機会が得られると思われた。そうなれば、公演中に必ず亡命のチャンスがある。

そうなると、一番の問題は娘のロスメリンだった。本格的に踊りはじめるにも、西側に脱出、亡命するにしても、東ドイツに乳飲み子を抱えたままでは無理だった。娘の養育に時間を取られるし、西側への公演旅行に出れば、東ベルリンに置いた娘は人質だった。必ず帰って来なくてはならない。

日夜考えあぐねたフランチェスカは、イスラエルのテルアビブにいるはずの双子の姉、アーニャ・ゼルキンに手紙を出した。会って話したい、翌年四月の第一週、東ベルリンのウンターデンリンデン劇場の楽屋に来てもらうわけにはいかないかと、テルアビブに向けて手紙を発した。一九六四年のことだ。

フランチェスカは、自分に双子の姉がいることを聞き知っていた。が、それだけで、記憶にはない。二人とも、アウシュヴィッツ収容所で生まれていたのだが、アーニャはトレブリンカに移されていた。以来、連絡を取ったこともない。

何故なのかリュドミーラはこの秘密を知っていて、フランチェスカに教えてくれた。もしもロスメリンをアーニャに預けられるなら、姉と自分とは多分顔も似ているのであろうから、ロスメリンも違和感を抱かないかもしれないと考えた。

しかしフランチェスカが発したこの手紙は、東側のことで、配達不適正郵便に分類され、要処分書簡のグループに入れられて、局の籠に投げ込まれた。

ところが幸運なことに、局の棚の籠にしばらく入っていたこの手紙に、たまたま目を留めたユダヤ人がいた。シュテファン・シェーンベルクという名の郵便局員だったが、彼もアウシュヴィッツの出身で、バレリーナ、フランチェスカ・クレスパンの名前を知っていた。

そこで彼はこの手紙をひそかに持ち出し、何とかしてやろうと考えた。彼にも届ける手段はなかったのだが、たまたまこの年には、そのチャンスが存在した。一九六四年、彼はフランチェスカの手紙を持って東京に行った。というのは彼は、才能のある棒高跳びの選手で、東西統一ドイツの代表として、東京オリンピックに参加したからだ。

彼は代々木の選手村でイスラエル選手団に接触し、これは高名な東ドイツのバレリーナが書いた手紙なのだが、東側からでは届かない。テルアビブに住むらしい彼女の姉に届けてやってもらえないかと、選手団の団長に託した。団長は、フランチェスカの名は知らなかったが、ユダヤ人同胞のことで、了承した。

こうした経過で、フランチェスカの手紙は、一九六五年の一月、アーニャ・ゼルキンの暮らすアパートに、奇跡的に届けられた。アーニャはこの年二十三歳、夫と二人、小学校の教師をしていた。二十歳の時に結婚したのだが、先天的な不妊の病があり、子供ができなかった。

手紙を読んだアーニャは驚き、彼女もまた双子の妹の存在を聞き知っていたので、万難を排し、なんとか東ベルリンに行こうと決意を固めた。まもなく春休みに入る。二週間くらいの休みが取れるから、この期間を使って東ベルリンに行こうと考えた。

夫のエーリッヒに相談し、二人でイスラエル欧州協会に出向き、東ベルリンの小学校と親善交流のイヴェントを立ち上げ、テルアビブから十人ほどの教え子たちを引率して、夫と二人、特例として鉄のカーテンをくぐることができた。

姉もまた、妹に会ってみたいという思いは以前から強かった。一九六五年四月三日の夜、教え子たちの世話は夫に託し、悲劇の姉妹は東ベルリンのウンターデンリンデン劇場の楽屋で落ち合うことができた。二人は再会を、ユダヤの神に感謝した。予想していた通り、二人の風貌は、顔も体つきも瓜二つで、いかに予想していたとはいえ、この点に二人は驚いた。

フランチェスカはこれまでのいきさつを綿々と語り、自分はいずれ東ドイツのバレエ界で頂上に立つつもり、そして西側への訪問公演を実現する。死に物狂いの努力をして、自分は必ずこれを実現する。今のこの国の踊り手たちなら、充分にその自信はある。そうしたら亡命して、真っ先にイスラエルに向かう。それまでわが子を預かっていてもらえないものだろうか。養育費は必ず送るし、もしも送れなければ、子供を受け取った時、まとめて支払うと言った。

この子がいては、この計画はあまりに冒険にすぎるし、練習に没頭もできない。今お世話になっている男性にも迷惑がかかる、トップに立つため、自分はなんとしても身軽になりたい、と妹は訴えた。こんなことを頼めるのは、西側にいる、しかも血を分けたあなた以外にない、とフランチェスカは涙ながらに訴えた。

いつまで？　とアーニャは尋ねた。五年くらい、とまずフランチェスカは答えた。それから、ロスメリンは今三歳、少なくともこの子が十歳になるまでに、自分は必ずやり遂げる。命に代えてもやり遂げる。成算はある、とフランチェスカは自信に充ちて、もう一度断言した。

彼女はパスポートを出してきて、ページを繰ってこちらに示した。そこに、ロスメリンの写真があった。フランチェスカは、三歳児のロスメリンのパスポートをすでに取っていたのだ。これを持って、ロスメリンを連れていって。あなたなら、彼女の母親で通るから、とフランチェスカは言う。アーニャは激しく迷った。厄介ごとを抱え込むのは嫌だったのだ。夫がどう言うかもわからない。が、結局断ることはできず、幼いロスメリンの手を引いて、アーニャは夫たちが待つホテルに戻った。そして交流企画を無事務め上げて、ロスメリンをイスラエルに連れ帰った。

テルアビブの街でロスメリンは成長し、キンダーガーテンに入り、次いで小学校に上がった。優秀な子で、成績もよく、性格も可愛く、さらに血筋なのか、バレエでも頭角を現したので、地もとオロットのバレエ・スクールにも入れた。心配していた夫のエーリッヒも、ロスメリンを気に入り、可愛がってくれた。欲しいのに子供ができない夫婦だったから、ロスメリンを得たおかげで、二人は幸福になった。

ロスメリンはバレエ・スクールでも一番の生徒になり、地もとのバレエ大会で優勝しはじめた。娘がステージ狭しと踊るのを見ると、何故なのか母のアーニャも不思議に血が騒ぎ、娘に教わって踊りはじめ、するとなかなか自分も踊れることに気づいて、そろそろ普及しはじめたヴィデオデッキを購入し、娘のために応接間をレッスン場に改装し、大型の鏡を入れた。

アーニャは真っ先にフランチェスカ・クレスパンのヴィデオを手に入れた。これで母親の練習場もできたから、彼女もヴィデオを観ながら猛然と個人練習を開始し、地もとのもとバレリーナに相談したら、友人価格でのレッスンを了承してくれたので、親子で競い合ってバレエに精を出した。

母娘はいわばライヴァルになったのだが、考えてみればそれも自然で、二人は実の親子ではないのだった。テルアビブの、そのまた郊外のオロットという小さな町の親子にすぎず、フランチェスカとは較ぶべくもないが、オロットではロスメリンは、もはやライヴァルがいないほどのバレエの名手となった。アーニャの方は、人前で踊ることは一度もしなかった。


一方フランチェスカは、宣言した通り東ドイツでスターとなり、海外公演に出られる資格を獲得した。が、国が亡命を恐れるのか、なかなかその機会は与えられず、与えられても監視が付いての隣国西ドイツ公演にすぎず、脱出はむずかしかった。しかし一九七二年八月、ついにロンドン公演が実現し、この際には監視が手薄だったので、フランチェスカはすかさず脱走、無事に亡命をはたした。この時、約束した通りロスメリンは十歳になっていた。

しかしロンドンでのフランチェスカは、西側マスコミの寵児となり、四六時中取り巻きに囲まれ、一人になる時がなかった。東側からの刺客の魔の手から守るという名目もあったから、フランチェスカとしても勝手はできない。事実当分の間は東側の諜報機関が自分の行動を監視してもいると思い、暗殺説まで飛び交っていたから、周囲の迷惑を恐れ、フランチェスカはおとなしくしていた。記者会見での発言もまた、MI6がらみで厳しく制限され、自由に喋れない。これでは東側にいる時と変わらないとフランチェスカは不満に思った。

それゆえ、すべては手紙になった。フランチェスカは、アーニャへの手紙は毎日書いた。来る日も来る日も書き、その中には必ず、愛娘ロスメリンへのメッセージを入れた。早く会いたい、会いたいとフランチェスカは言いつのり、この強い気持ちがあるからこそ、ここまで頑張れたのだと彼女は書いた。アーニャにはこれまでの養育の礼を言い、どうか娘の写真を送って欲しいと訴え、まとまった金額を送金した。姉は承知し、ロスメリンの写真をたくさん送った。

娘への送金のためもあり、フランチェスカは西側で猛然と活動を始め、スターへの階段を駈けあがるにつれて、送金の額は一桁、二桁と違ってきて、ロスメリンはそのお金で私立の名門校に入学できた。ここはバレエでも名をはせている学校で、その意味で、姉のアーニャは立派に義務を果たしていた。

しかしフランチェスカの立場は、次第にむずかしくなっていた。エイジェントは彼女に、子供の存在を公表することを厳禁した。エイジェントにとって彼女は金の卵を生む鵞鳥だったから、彼女の神秘性を強調し、維持するため、独身でいさせたがった。実際彼女はそれだけの存在になった。歴史的な天才舞姫と称され、ある意味でフランチェスカは、東独時代以上に籠の鳥になった。

一方姉のアーニャも、わが子になったロスメリンに、どうしても実母フランチェスカのことを話せずにいた。フランチェスカが送ってくるロスメリンへの手紙も、見せることができずにいた。ロスメリンに、と言って送ってくる無数のプレゼントも、納屋の大箱の中に放り込んでそのままだった。

それというのもロスメリンは性格のよい子に育ち、成績は抜群で、兵役のあとは、イスラエル一の大学への進学を教師たちに勧められていた。バレエの才も飛び抜けていて、神童の誉れが日に日に高くなり、そのために母親のアーニャも尊敬されて、父母会でも各種の重要な役職を依頼されていた。今更ロスメリンを産んだのは自分ではないと告白するのは、堪えがたい屈辱に思われた。

それに、彼女を混乱させたくなかった。どうしたことか彼女は、三歳の時の東ベルリンでのことを、少しも憶えていなかった。ここで不用意なショックを与え、成績を落としたり、優等生の座を滑り落ちたりさせたくなかった。

夫のエーリッヒも、それには賛成した。彼は次第に妻以上にロスメリンを溺愛するようになり、自慢にもしていた。今や彼は、彼女なしの生活は考えられないようで、何がどうあろうと、どうしてもロスメリンを手放したくないと彼はある夜真顔で告白した。彼の瞼には、薄く涙が浮いた。彼女を手もとに置くためには、自分は何でもすると言った。今ロスメリンなしの日常を想像したら、あまりにも味けなく、退屈で、到底堪えられないと実感しているらしい。

その気持ちはアーニャも同じだった。今ロスメリンがいなくなったらと考えると、確実に精神がおかしくなる心地がした。今もしもロスメリンが死んだら、自分も一緒に死ぬと考えた。あの子なしでは、もう生きて行けない。ロスメリンの母親であることの誇りが、今の自分の生きる理由になっている。

自分はこれを恐れていたのだ。ロスメリンは、今や魔力を発散しているように思われた。ロスメリンの魅力、愛らしさは、少し異様なほどだった。育ての母となった自分は、今どうしてもこの娘を、妹に返したくないと感じるのだ。

ロスメリンが十三歳になった一九七五年、アメリカの大富豪ウォールフェラーの血筋で、やはり富豪のジェイソン・エプスタインが、テルアビブの南、海べりのヤッファの街に豪邸を建設し、邸内に食事のできる小劇場も造ったといって、地もとの音楽家や著名人が交代で招待されるようになり、地もとで名をはせていたロスメリンの番になった。アーニャとエーリッヒのゼルキン夫妻も邸宅に招待され、晩餐の席でロスメリンがバレエを踊って見せて、夫婦はジェイソン・エプスタインと懇意になった。

ジェイソン・エプスタインは、年の内の半分近くをヤッファの隠れ家ですごしていた。やってくれば、滞在中に一度は必ずロスメリンとゼルキン夫妻を食事に呼んでくれ、ロスメリンのパフォーマンスを観たがった。ロスメリンの踊りの伴奏のために、一流の楽団を呼んでくれることもあった。

エプスタインは、ロスメリンのまれな才能を認めていた。そして人柄もいたく気に入ってくれ、才能を伸ばしたがっていた。高名なバレリーナの公演がイスラエルであれば、高価なチケットを送ってくれ、エルサレムで著名なバレリーナの個人レッスンを設定してもくれた。どんな援助も惜しまないと約束してくれ、アメリカに招待しようとも言った。

エプスタインと親しくなるにつれて、アーニャ・ゼルキンは、次第にある衝動を抑えきれなくなった。エプスタインは、財界の実力者で、政界にも知人が多く、アメリカの歴代大統領たちとも懇意だった。彼自身が大富豪で、アメリカのマスコミにも、芸能界にも、隠然たる影響力を持っている。また一時、ニューヨークの名門高等学校の発生生物学の教師も務めていて、インテリでもある。また外見もよくて、著名な映画監督の友人の勧めで、映画に出た経歴もあった。

女性好きな雰囲気もあり、自身プレイボーイで鳴らしてもいたから、評判のよくない一面もあった。しかしアーニャにとっては、自分が今抱く悩みの相談に乗ってもらうには、これ以上ない相手だった。アメリカ人の彼は、スーパーパワーの持ち主なのだ。ジェイソンは、ニューヨークで、フランチェスカともつき合いがあると、どこかのゴシップ雑誌で読んだ。深い仲に違いないという邪推も聞いた。フランチェスカを、短期間であそこまでのスターにしたのは、陰でジェイソンの大きな政治力も働いたといわれる。

ジェイソンは、ロスメリンの才能に惹かれているようだったが、自分にもなかなか興味を持っているとアーニャは感じた。邸宅にたびたび呼んでくれるのは、自分の魅力もあると思っており、これがうぬぼれとは思えなかった。ただし自分の魅力は、顔があのバレエ界のスーパースターと同じであることと、無関係ではないだろうと思った。もしもそうなら、ゴシップ誌の言う通り、ジェイソンは、フランチェスカのことが好きなのでは、つまり二人はつき合っているのでは、と考えた。もしもそうなら、これは自分にとっても悪いことではない、そうアーニャは計算した。

ある日のお昼前、テルアビブの街の繁華街で、アーニャはジェイソンとばったり出会った。

「おや、これはこれは」

とジェイソン・エプスタインは言った。

一方アーニャは、息が苦しいほどに緊張した。こうなることを、実のところ百回も空想していたからだ。いよいよこの時が来た、そう考えると、呼吸がむずかしいほどの緊張に襲われた。

「エプスタインさん、ようやくお会いできました」

アーニャは思わず言ってしまった。彼は、ちょっと意外そうな表情をした。無理もない、彼は考えてもいなかったろうから。

「私、ご相談したいことがあって」

胸にあった言葉は、するりと出てしまう。

卑劣なたくらみ、という言葉が脳裏に浮かんだ。だが、どうしてもそうしないではいられない、アーニャはもうすっかり思い詰めていた。

背後にあったカフェのアウトサイドのテーブルに、彼に誘われるままにすわり、二人だけで向かい合った。二人ともサングラスをかけていたから、周囲に気づかれることはない。フランチェスカがこちら側に亡命してきたので、アーニャは表ではサングラスを外せなかった。室内にいる時や雨の日は、必ず伊達眼鏡をするようにしていた。

アーニャはソーダを頼み、エプスタインはコロナビールに、ハンバーガーとサラダを頼んでいた。

店の者が去ると、テーブルの向こうでエプスタインは身を乗り出し、アーニャの顔を覗き込む仕草をした。おどけたふうを崩さなかったが、彼としてはたぶん、あることが、ずっと気になっているのだ。今までは夫がいたから話せなかった。今日は二人きりなので、チャンスと見て、これを話題にするつもりなのだろう、とアーニャは思っていたが、実は彼女こそ、今日は千載一遇のチャンスと考えていた。

「誰かに似ていると言われたことは？」

案の定、エプスタインは訊いてきた。そう訊かれた時のふるまいを、アーニャはすでに何回も考えていた。だから彼女は、少し微笑んで、ゆっくりとうなずいておき、そして、

「エプスタインさん」

と言った。

「ジェイソンと」

彼は、予想した言葉を言った。これはおそらく、ありがたいことだった。

「ジェイソン、あなたがおっしゃりたいのは、あの東ドイツ出身のバレリーナのことではありませんか？」

するとジェイソンはやはりうなずいた。

「そうなら……、お考えの通りですわ」

アーニャは言った。

エプスタインは慎重になってか、言葉を継がなかった。すべてはアーニャの次の言葉を聞いてから、と考えているようだった。

「フランチェスカ・クレスパンですわね」

アーニャは念を押す。そして相手の同意を待たず、

「妹ですわ」

と結論から言った。

案の定、エプスタインは驚いて目を見張った。

「姉妹……」

とつぶやいた。

「双子のね」

アーニャは言った。

「眼鏡を取りましょうか?」

アーニャが訊き、ジェイソンはおずおずとうなずく。

アーニャは眼鏡を取って、顔を見せた。ジェイソンはじっと見つめ、そして目を見張った。アーニ
ヤはまた眼鏡を顔に戻した。眼鏡なしの顔を見せたのは、これがはじめてだった。

ジェイソンはため息らしいものをひとつ吐いてから、

「こいつは驚きだ」

と言った。

「ハノイを攻めると、リンドンに聞いた時以上の驚きだ」

と続けた。

「ヴィエトナム戦争のことですわね」

アーニャは、教養人であることを示すために言った。

「フランチェスカが目の前にいるようにしか思われない」

アーニャは黙って微笑んで見せた。せいぜい魅力的に見えるように、顔の角度も計算した。

「これを知っているのは？」

「誰も。いえ、夫だけですね」

「ふむ」

言ってジェイソンはうなずいた。

「フランチェスカと親しいんですね？」

アーニャは訊いた。深い仲だろうと予想している。

「会ったことはある」

ジェイソンは慎重に言った。

「あなたは？」

「一度きり。東ベルリンで。ロスメリンを受け取ったんです」

「どこで？」

「ウンターデンリンデン劇場の楽屋です」

「なんと！」

ジェイソンは絶句した。そして、じっと考え込んだ。一方アーニャの方は、もう考えることはなかった。考え抜き、すべてを決めている。そして、隠しごとをする気もない。彼にしたい頼みごとのためには、いっさいを隠さない方がよい。彼ほどの力を持つ者には、隠しごとを暴くぐらいはお手のものだ。そして露見すれば、頼みごとは、結局拒絶されるだろう。彼の信頼を維持することが大事なのだ。

「では、ロスメリンは……」

「はい。妹の子です」

ジェイソンは、一見落ち着いていたが、内心では仰天しているようだった。

「フランチェスカ・クレスパンの子。どうりで……」

感に堪えないように言った。

「はい、才能があります。大きな才能です」

「大きな才能だ」

ジェイソンも同意した。

「とても大きな才能だ」

繰り返し、そう言ってから彼は腕を組み、考え込んでしまった。

彼は、アーニャとクレスパンがどこかでつながっているのでは、ということくらいは考えていたろう。たぶん血縁でもあるのだろうと。しかし、まさかロスメリンがクレスパンの子供とまでは、考えていなかったに相違ない。予想を上回る話なので、大きな衝撃を受けている。

「ふむ」

言って彼は、ひとつ深い息を吐いていた。そして訊いた。

「ぼくに何か相談があると、そう言いましたか?」

答えようとアーニャが身がまえた時、コロナビールやハンバーガーが来たので、会話は中断された。

店員が奥に去っていくと、ジェイソンはもう一度訊いた。

「何か相談が?」

アーニャもソーダに口をつける前に、身を乗り出した。ジェイソンには、興奮して見えたかもしれない。

「フランチェスカは、勝手だと思うんです」

アーニャは思い切った言葉を言った。

「勝手?」

「はい。子供ができたらイスラエルから私を呼びつけて、私も夫も一介の小学校教員です、私たちのような一般人が、鉄のカーテンをくぐるのがどんなに大変だったか。あなたならお解りと思います。政治の世界にも精通していらっしゃるから」

「ふむ」

ジェイソンはうなずく。

「そうして無事に亡命ができたら、今度は子供を返せと言うんです。それはあんまりです。あの子の才能は、それは母親譲りかもしれませんが、私たちが苦しい生活費をやりくりして、あの子を町一番のバレエ・スクールに通わせたり、よい学校に入れたりして、死にもの狂いで頑張ったせいもあるんです。それを、私はもう何年も毎日続けたんです。フランチェスカと一緒にいたら、とてもここまでは来られませんでした」

「うん」

ジェイソンはまたうなずく。

「妹は、今でこそ養育費を送ってくるのですが、預かってこの街に帰ってから七年間というもの、全然養育費を送ってはきませんでした。東側からだから、送れなかったんでしょうけれど、それで私たちがどれほどお金の工面に苦労をしたか」

ジェイソンは、何も言わずにうなずいている。

「そうして十年あまり、今あの子も、私たちによくなついてくれて、実の親だと思ってくれていま す。私も同じです、あの子は、私の娘です。誰にも渡したくない、あの子なしでは、私はもう生きてはいけません。あの子がいなくなれば、私は死んだも同然です。今更子供なしの女になって、どこに顔を出すのでしょうか。どこに行けばいいんでしょう。生活がなくなります。どこに行っても、あら今日はロスメリンはと訊かれます」

「訊かれるでしょうな」

「そもそもフランチェスカには、もう名声があるんです、これ以上ない名声。その名声は、子供がいてはいけないものなんです。彼女はエイジェントに口止めされているんです、子供のことを公言するのは。これ以上、どうして子供まで必要なんでしょうか。あの人はわがままです。スターの名声も、子供も欲しいなんて、贅沢です。どっちかにするべきです。そうじゃありませんか？　私の言うこと、おかしいでしょうか」

「さてね、妥当な発想かもしれない」

「今あの人は、そんなにバレエの才能がある子なら、そばに置いて、自分が面倒を見るべきだと言います。でもニューヨークに連れていって、どうするっていうんでしょう。母親だって名乗らないで、別のアパートに置いて、養育係を雇うに決まっています。それではロスメリンが可愛そうです。親がいなくなるんですよ」

「ふむ、そうでしょうな」

「私がいるべきなんです、あの子のそばには。フランチェスカは、子供はあきらめるべきなんです。だって、あの人には重大な仕事がある。それに、亡命してきたのに、テルアビブにちっとも来られないじゃないですか。約束が違います。フランチェスカ・クレスパンには子供などいないことが、みんなの望みなんです。彼女の大勢の取り巻きや、エイジェントだけではなくて、世界中のバレエ・ファンのです。あの女は勝手よ！」

　そう言い切ったら、悔しくて、知らず涙が出た。

　ジェイソンは何も言わず、しばらく沈黙になり、アーニャも、これ以上はもう何も言う気になれずに沈黙した。

「で、ぼくに何をしろと」

　ジェイソンは訊いた。

「あなたは、何でもできるお方です、ジェイソン、そうではありませんか？」

　すると彼は苦笑した。だがその表情は、アーニャの期待を肯定していた。

「世界中のあらゆる方面に、圧倒的な影響力をお持ちです。戦争を起こすことだって、止めることだってできる。それに……」

「それに？」

「フランチェスカと、親しくていらっしゃるのでは……？」

訊くとジェイソンは、あきらかに慎重になったふうで、しばらく黙考している。それから言う。

「ま、そう言ってもいいかな。つまりあなたは、フランチェスカに、ロスメリンをあきらめさせろと？」

ずばりと言われ、アーニャは、ゆっくりゆっくりと、頭を垂れていった。それは、肯定していたのだ。

「そうなんだね？」

ジェイソンは、念を押してきた。

「そのためになら私は、何でもします」

アーニャはきっぱりと言った。

「私ができることなら、何でも」

「何でも？」

ジェイソンは、言葉尻をとらえた。

「はい」

ジェイソンは、ひとつ深い息を吐いていた。吐き終わると、彼の薄い唇に、一瞬にんまりとした笑みが浮かんだのを、アーニャは見逃さなかった。

やはり、とアーニャは思った。彼はそういう人なのだ。何でもとは、ただひとつの行為を指している、彼は今そう理解した。アーニャとしても、それは充分承知の上での発言だった。

「確かに、ぼくなら、その大仕事ができるかもしれんな」

彼はゆっくりと言った。

「いや、世界中で、ぼくにしかできないことかもしれん」

「はい」

とアーニャは言ったのだが、その発言は聞こえないようにした。はいとは、言いたくなかったのだ。夫や、フランチェスカの気持ちを思えば、ひどい悪事を行うのだから。

アーニャは何も話したくなくなり、かわりにジェイソンばかりの発言になった。

「北ヴィエトナムを、南に併合する以上に難しい仕事だ」

ジェイソンは言い、少し笑い声をたてた。

「確かに、フランチェスカは欲張りだ、ホーチミン以上かな。彼女が何を要求するか、テーブルに山のように積んだ札束か、この先十年間、世界中の主だったバレエの主役を、すべて踊らせろという契約書か。はたまた……」

聞いて、アーニャの気分は沈んだ。今のフランチェスカなら、確かにこの程度のことでも、莫大な金が絡むだろう。ロスメリンは、あのスター自身がお腹を痛めて産んだ子なのだ、それをあきらめるように要求する。そのためには、ロスメリンは、自分が百回生まれ変わって稼いでも、到底稼ぎきれないくらいの額のお金が必要になる。今の彼女には、堂々とそれを要求するだけの立場と、実力がある。そうなら、こんなことを頼めるのは、やはりジェイソン・エプスタインしかいない。

「まずいことにはロスメリンが、将来世界のバレエ界を背負って立てるかもしれないということだ、母親のあとを継いで。あの子は、そんな天才に育つかもしれない。そうなら、世界はあの子の肩にかかっている。そのためにはフランチェスカの娘、ロスメリン・クレスパンが……」

「ロスメリン・ゼルキンです」

アーニャは訂正した。

「フランチェスカは必要じゃありません。あの子に必要なのは私です。世界のロスメリンにできるのは私です。その自信があります」

「ふむ。あなたは今日は、時間がありますか？」

ジェイソンのその問いは、予期していた。

「それは、あります」

アーニャは低く答えた。

「何時までです」

「夕食の支度にかかる、五時までなら……」

言うと、心臓が高鳴った。ジェイソンは、やはり自分の体に興味があるのだ。それはたぶん、自分の体が、妹のフランチェスカと同じなのかどうかを確かめたいという思いだろう。この種の支配欲のある男は、そういうたぐいのことに興味があるのだと、以前何かの書物で読んだことがある。

その点には、正直に言えばアーニャも、興味がある。フランチェスカの体の様子がどんなものなのか。あの、世界の頂上を極めるほどに鍛え上げた体の、女としての様子はどんなものなのか。女の機能はどうなのか、知りたいとずっと思っている。

こういうことに興味を抱く種類の男の性癖を、自分は知って利用すべきなのだ、そう、アーニャは考えている。フランチェスカにロスメリンをあきらめさせるには、どう考えても、これ以外に方法はない。自分などがいくら説得しても、彼女が聞くはずもない。大物の力を借りなくてはならない。彼女も逆らえないほどの実力者の。そして、どうしてもやらなくてはならない。なんとしても、やり遂げなくてはならないのだ。

ジェイソンは、たっぷりとティップを含ませた紙幣をテーブルに置き、コップを重しにしておいて立ち上がった。手を伸ばし、アーニャの右手を取った。アーニャは逃げず、力を込めて握り返した。

これで、契約は完了だ。


これはただの不倫ではない。世界の頂上に影響力を持つジェイソン・エプスタインという人物に、男の魅力を感じてはいる。彼の風貌の渋い整い方にも、心が動いている。だから、この仕事は楽でもあった。自分に嘘をついて、ひどい無理はしていない。しかし、快楽が目的ではない。はっきりとした、価値ある目的がある。それを、自分はどうしても実現させなくてはならない。それは、母親としての目標だ。今や、夫を失ってもいいとさえアーニャは思いつめている。あらゆるものを犠牲にしても、それは達成しなくてはならないことだ。

だから豪勢な寝室に入り、彼に服を脱がされはじめると、彼の手を摑んで停め、アーニャは確認した。


「約束してくださいますか？　ジェイソン」

何をと訊くように、彼はアーニャの目を見た。

「妹に、あきらめさせてくださると」

すると彼は、もう興奮の気分にあるせいか、

「ああ、約束する」

と急いで言った。

「あなたなら、おできになる」

裸にされながら、アーニャは言った。

「それができるのは、あなただけ」

行為にかかると、アーニャは、得ている気分以上にあえぐようにした。女の印象で、自分が妹に負

けるのは嫌だった。一卵性の双生児にもかかわらず、女性としての価値に大きな差が生じていたら、それは自分の努力不足のせいに思われるからだ。

ことがすべて終わって、並んで仰向けになった時、到底我慢ができず、アーニャは訊いた。

「ねえ、私は、どうだった？」

「どうって？」

ジェイソンは訊く。

「私とフランチェスカ、同じだった？」

「同じって？」

「感触、形状、エトセトラ、エトセトラ……」

「アーニャ」

「いいのよジェイソン、私は何も思いません。あなたは実力者で、男性として魅力がある。女なら惹かれるのは当然。ねぇ、フランチェスカは感じた？」

「君がそう訊くなら、あえて言うけど、ぼくは彼女について、すべてを知っている。体も、考え方も。だからこそ、約束したんだ、君のために。彼女はぼくの言うことならきく。逆らえないだけの貸しもある。お金も、政治力もつぎ込んだ。彼女は、ぼくの言いつけにはしたがうさ、逆らえはしない」

聞いて、アーニャは演技でなく、心の底からの歓びとともに、横のジェイソンに抱きついた。

「嬉しい。それでこそあなたよ、強いあなた」

「そしてもうひとつ」

抱きつかれながら、ジェイソンは言う。見ると、彼は人差し指を立てていた。

「君の方がよかったよ」

「え？　ほんとに？」

　思わず言った。

「もちろんさ、柔らかくて、よく感じて。フランチェスカのは、乾いていて硬いんだ、すべてがね、あの体はバレエのための機械。ベッドでは、全然よくないよ」

　それは、最も欲しい答えだった。今度は無言で、アーニャは抱きついた。何か言いそうになる唇を、激しい歓びとともに、しっかりと結んだ。同じハグでも、歓びはこちらの方が大きかった。

2

「ゼルキンさんと一緒に、ここで待っていてくれませんか」

　潔はせかせかした口調でムラトフに命じた。

　ジェイソン・エプスタインは、警部の連絡で駈けつけた屈強な刑事たちに、すでに連れ去られていた。

「いいですが、あなたはどちらに？」

　ムラトフは訊く。

「説明はあとで。事情がいささか纏綿（てんめん）しているんです」

　潔は言った。

「麻の乱れのように？」

　私が訊いた。

「それ以上だハインリッヒ、説明には時間がかかる。だが、君はぼくと一緒に。モス刑事、カールトン警部も。加えて今は時間がない、謎解きは道々。ちょっとした冒険になりますから、体力に自信がないなら警部、広報と交代して、ここにいてください」

「どこに行くんです？」

カールトン警部が訊く。

「アスレチック・ジムです。ゼルキンさん、三十分で戻ります」

潔がバレリーナの母娘に声をかけた。彼女たちはうなずく。

「事件の謎が知れるものならどこへでも。広報は柄じゃない、これは私の生涯をかけた仕事だ」

「ではこちらへ」

潔は言う。

「三十分？　可能なんだろうなキヨシ」

私が訊いた。

「いやでも三十分で戻ってくることになるんだ、厳密に時間が決まっているんだから。ジャパニーズ・コクテツみたいにね」

「いったいどこに行くんだ？　われわれは」

「鏡を抜けて、未知の国さ」

潔が言い、私は反応の言葉に詰まった。

「もう三十分の時間しか残されていないんだ。だから、急ごう！」

潔は、帰り支度をして、ぞろぞろと入り口の扉を通過しつつある映画関係者や、バレリーナたちを追い抜き、かき分けながら言う。

廊下に出ると、すたすたと急ぎ足で人を追い抜き、潔はエレヴェーターに向かう。ボタンを押しておいて、警部を振り返る。

「警部、ジムには？」

「一応週に一度から二度は通っています。四百メートルを一分以内に走れと言われれば無理だが、それ以外なら……」

警部は答えている。

「けっこう。走る必要はありません」

「しかし、なんともせわしないことだな」

「苦情の筋はストックホルムの学長の方に。今夜中にすべてかたづけなくてはならないんです。明日の夜は、われわれはもうこの街にはいないのですから」

「そうでしたな」

エレヴェーターがやってくると、先頭に立って乗り込みながら、潔は続ける。

「留置場に向かったエプスタイン氏だが、厄介はこれからだ。到底一筋縄ではいかないでしょう」

40のボタンを押しながら言う。

「今頃弁護士軍団が一ダースも、足なみを揃えてこちらに向かっているでしょうな」

警部は言い、ゲイリー・モスも横に立ってうなずいている。

「しかし彼のものが殺人事件なら、幸い公訴時効はない」

警部は言って、潔の顔を見る。

「今からのあなたの説明にかかっています。二十年前のエプスタイン氏の罪状は、殺人ですか？　それともマンスローター？」

「大丈夫、殺人です」

潔は請け合った。

「もしそうなら、喜ぶ者たちは、同僚の内にもいる」

「シャンペンを買ってもいいと伝えてください」

潔は言った。

「一番値の張るやつをね。二十年の懸案の解決だ」

しかし私は潔の顔を見て、おずおずと言った。私には、到底そう簡単には思われないのだ。

「キヨシ、凶器もなく、動機も不明で、目撃者だって……」

「いるさ。今上で広報と待っている」

彼は天井を指さした。

「ゼルキンさんか？　アーニャ・ゼルキン？」

「凶器も、今見せるよ」

潔は自信たっぷりに言う。

「凶器を？」

「凶器が遺(のこ)っているって？　どこです？」

警部も言った。

「じきに解ります」

「じきに？」

「メンゲレは、無痛症の兵隊は作れなかった」

潔は無関係の話を始めた。

「しかし双子の製造には、彼は成功したふしがある。成功と言っても、十回のトライで十回成功というレヴェルではない、おそらく十回に一度か二度というくらいの確率で、成功した可能性があります。戦後の彼は、南米に逃亡した。しばらく産婦人科医をしていた。そのことではないが、その後、彼の周囲に多くの双生児が誕生しています」

「本当ですか？」

「本当です。ただし、メンゲレの仕業だという証拠はないが。ドイツ時代、彼が受精卵をふたつにカットする方法を発見していた可能性はある」

「では、アーニャ・ゼルキンと、フランチェスカ・クレスパンは……」

私が言うと潔は、ゆっくりとうなずく。

「その人体実験の、第一号なのか？」

「ダッハウにあと一組、ほかの収容所にあと二組、双生児がいたそうだ。いずれも、メンゲレの監視下で生まれている。だから……」

「可能性があるのか！」

私は思わず強い声を出した。潔は言う。

「だから彼は、フランチェスカを南米に伴って、無事成長するか否かを見守りたかった」

「そうか！　なるほど！」

私は大声を出した。

「あくまで可能性だよハインリッヒ。だが今ぼくらの懸案はそれじゃない」

「しかしやはり滅んだのだ。神は許されなかった」

警部が打たれたように言う。

「そうかもしれませんね警部」

「互いが殺し合ったと？　彼の作品同士が。そうですか？」

警部が訊き、潔はかすかにうなずく。しかし、言葉は何も口にしない。

「戦争が長引いていれば、双生児はもっと数が増えたかもしれない。メンゲレにも時間がなかったんだ」

「確かに、双生児の量産も、戦争には有益だな……」

警部がつぶやく。

「兵隊の数が増えますからな」

無口なゲイリー・モスがぽつんと言った。

「その赤子が成人するまで、戦争が続いていりゃあな」

カールトン警部がまたつぶやく。

「気が長いこったぜ。ヒトラーはよぼよぼの爺いだ」

「ボケて、自分が戦争をしていたことを忘れなきゃあいいですな」

潔も言う。

「認知症……、病は万人に平等に訪れる」

私が言った。

「しかしもし百歳まで彼にボケが出なければ、研究所で実験は続いて……」

「ドイツ国内は双生児だらけだな」

笑いながら潔は言う。

「住民票も、スーツも万年筆も、椅子も机も、帽子も鬘も、ドイツ産の国民向け商品は、すべてふたつずつ生産しなくっちゃな！」

「あり得る未来だ」

私が言った。

「戦後のヨーロッパは、このドイツ問題をどう処理したろうな。ＷＨＯも。世紀の難問だったところだ」

「そもそも双子作りが、難易度は一番低いんだ。当時の技術でも、成功した可能性はある」

潔は言う。

「ナチの背徳の科学が創り出した双生児か。一人は天才に育ったが、もう一方に殺されたと……、そういうことですか？　存在するはずのなかった双子だが、やがて一人に戻った……、神の摂理と」

警部が問う。

「そういう理解もできますな」

潔はシニカルな表情でうなずく。

「そのストーリーは、教訓を含んで魅力的だ、抗いがたい、聖なるイソップ。神が許されない存在は、いずれは滅ぶ。人間の愚かな欲望は、塵となり、土に還るのだ」

エレヴェーターのドアが開く。潔が先頭に立っておりていく。

「どこです、ここは」

見廻しながら続き、警部が訊く。

「四十階、フランチェスカ・クレスパンの屋敷です」

言って潔はすたすたと廊下を歩き、見事な彫刻を施したドアの前までわれわれを導いた。そして鍵を出し、ノブの下の鍵穴に差し込む。

「その鍵は、どこから？」

「クレスパンさんが生前、ゼルキンさんに送って来たんです。娘のロスメリンに渡して欲しいと。彼女にとっても自宅の鍵だからと。いつでも自由に、この玄関の鍵を使って家に入って欲しいと」

「なるほど。親心だな」

感心したように、警部は言う。

「何時でもかまわない、自分はいつだって待っているからと」

「ああ解りますな、その気持ちは。その日のことをフランチェスカが、どれほどに待ちこがれ、憧れていたか。あんなに辛い人生を送って来た女性だ」

「われわれも入りましょう警部、感傷は中で。その通りです。この家に娘のロスメリンを迎えて、一緒に暮らしたい彼女の思いは、何ものとも比較ができないほどに強かった。誰に意見されようと、涙で懇願されようと、たとえ銃で脅されても、妥協する気など毛ほどもなかった。文字通り命を懸けていたんです」

「そうだろうな、解るよ、私にはよく解る」

カールトン警部が、感に堪えないように言う。

「監獄にいるルッジの代わりに、私は長いこと父親をやって来た。リチャードの相談に乗るたび、自分の背中側にいるルッジの熱い思いを感じた。ああそりゃ、何度も感じましたよ、数えきれないほどに。そのたび私は、身が震えるような心地がしたもんだ。ああいう思い、誰にも解るもんじゃないだろうが……、だから私にゃ解ります、解りますとも。親とはそういうものだ！」

警部は、深い部分から湧いてくるような声で言った。

「こちらへどうぞ、申し訳ないが、時間がないんです、どうぞ急いで」

言って潔は先に立つ。

「これがリヴィング、そしてこっちは寝室か」

「内覧会は、明日以降にゆっくり、警部。今は超特急で頼みます。でないとわれわれは、今夜は表で野宿だ」

「野宿だって？」

私は言う。

「その通り。外気はまだ冷たい、風邪を引くぜ」

潔は言って、すたすたと長い廊下の突き当たりに向かった。

「ここが更衣室だ」

言って、彼はドアを開け、壁のスウィッチを入れた。すると煌々と明かりがともり、覚えのある光景が、私たちの眼前に現れた。大きな鏡のある空間。デシマルシアターの更衣室にそっくりだった。

「こっちだ」

潔は言い、つかつかと大鏡の前まで歩き、木枠の下部を摑んで、ぐいと手前に引いた。

「おおっ」

と私は声を上げた。それは私ばかりではない。警部も、モス刑事も、揃って声を上げた。大鏡の裾が持ち上がり、上辺を支点にして、あおり戸のようにひらく。

さっと夜風が吹き込んで来た。外気だ。そして何かの植物の匂い。表に出られる？　私は考えた。本当なのか？　地上四十階の表に——？

「さあついてきて」

潔は言い、右足を上げて、鏡の下に一歩を踏み込んだ。見ていると左足も上がり、彼の体は消えてしまう。

「キヨシ！」

私は思わず名を呼んだ。潔の体が、異次元の世界にでも去ってしまった気がしたのだ。

3

「さあみなさん、どうぞこちらへ」

表から潔の声がする。そこで私と警部が身をかがめ、鏡の下に上体を入れて、向こう側を見た。

そこには、ドア一枚分くらいの、縦に長い穴が開いていた。そこに、ほっそりした体つきの潔が立っていて、吹き込む風に髪の毛を少し揺らしているのが見えた。

「早く出てくるんだハインリッヒ、まごまごしないでくれ」

言って、潔の白い手がこちらに伸びてくる。その手を握り、私は引かれるままに、鏡のはまっていた壁をまたいで、潔の立つ場所にと抜けた。

「やあ、君も鏡を抜けたぞハインリッヒ、これで君も人間だ」

おかしなことを、潔は言った。

そこは幅一ヤード半ほどの、ごく狭い隙間だった。想像していたような危険な場所ではない。石の壁と壁に挟まれた狭い空間で、冷えた夜風がさっと頰を打ち、私は首をすくめた。

しかし夜風は、意外によい香りがした。植物の匂いが含まれていたのだ。地上四十階に、これは意外だった。

「警部、モス刑事も。時間がないんだ、早くこちら側に出てきてください、急いで」

すぐに二人の頭がのぞき、潔に手を引かれて、こちら側の敷石の上に立った。

「いいぞ、みんな鏡を抜けた。四羽の白鳥が、四人の人間になったのです。いささか色気には欠けるが、いよいよこれから冒険の旅の始まりだ」

潔は言う。いったい何を言っているのだ？　私は怪訝に思った。冗談らしいのだが、意味が解らない。

「驚いたな。外にこんな場所があるとは」

カールトン警部がつぶやく。その横を、潔は歩いていく。

「路地を抜けて、こちら側に出てきてください。表に回廊があるんだ。しかし気をつけて。絶対に押さないで。ごく細い道だから、落ちたら命はない、地上百五十ヤードだからね」

そろそろとした歩みで抜けていくと、そこはいよいよビルの外壁だった。上下左右には無数の窓がある。さっと視界がひらけ、前方には長方形の奇妙な島のように、雄大なセントラルパークの暗い緑があった。

「幅七十インチばかりのテラスがあるんです。回廊だ。壁の石をしっかりと摑んでください。上部にくぼみがある。指が引っかかるようになっていますからね、そうすれば安全だ」

潔は回廊を左に折れて私たちを待ち、そんなふうにガイドした。

「こんなところに出られるようになっていたのか！」

警部は嘆息し、前方眼下に広がるセントラルパークの広大な緑を眺めた。

「絶景だな、まるで地の果ての、秘境にでもやってきたようだ」

「窓から見るのと全然違いますな」

モス刑事も言った。

「ああ、遮るものが何もなくて、端から端まで眺められる、なんと巨大な緑だ。未開のジャングルのようだな。これほどに眺めのよいテラスが窓の外にあったとは、まったく驚きだ」

「三日月か」

潔がつぶやく。見れば、ビルのすき間に三日月がある。

「驚くべき仕掛けです、だがみんな知らない」

潔は言う。

「どうしてみんな気がつかないのか」

「鏡の扉がロックされているからです。だからあれが扉だなんて、誰にも解らない」

「だがさっきは開いた」

警部が言う。

「呪文でも言うのか……？」

「違います。あとで説明します。こちらに向けて、ゆっくりと歩いて」

壁に貼りついて、われわれ四人は並んでいた。みんな公園に半身を向けていたが、言われてゆるゆると壁を向き、続いてそろそろと歩み出して、慎重に左方向に進む。

「ほら足もとを見てください。テラスに少し膨らみがある、そして水が溜まっている。ここには雨水が流れているから。そして膨らみには雨水が溜まっていて、これは湖です。この石にほら、『ヨナ湖』と名前が彫られている。この壁面の回廊は、サガンのあのファンタジーの舞台をなぞるかたちで、造られているんです」

なるほど、とこの時にいたって私は、ようやく状況を理解した。友人の軽口の意味もだ。これは、いわば白鳥のための回廊なのだ。

「これがヨナ湖……」

「なんて小さな湖だ」

「なるほどミニチュアになっているんだ。しかし、いったい誰が造ったんです？　こんなミニチュアの空中庭園」

警部が訊く。

「ビルを造らせた者、つまりウォールフェラーの総帥です」

潔は言う。

「ああ、彼か。彼は巨大なバレエ文化全体のパトロンだというから……。高層ビルの窓の外に、現在のバレエ世界の到達点を語る、こんなひそかなプロムナードを造っていた。このビルに、こんな秘密の仕掛けがあるとはな！　ちっとも知らなかったぜ」

「サガンがストーリーの着想を得た、セントラルパークを見おろす側に、回廊は造られているんだね」

私が言うと、

「人目を避けるためさ」

　潔は言った。

「時々この道に出てきて散歩をすれば、もしも隣りに無数のビルの窓があったら、大勢の人目を引くからね」

「ああそうか」

「夕刻以降にしか出られないようにできてはいるが、いつかは噂になる。さあこちらへ。今からこの壁面を登ります」

　こともなげに、潔は言った。

「なんと！」

　警部が怯えたような声を出した。聞いた途端、私も眼前が暗転する心地がして、身がすくんだ。内心に激しい恐怖が湧き、怯えで足が少し震えて、部屋に引き返そうと本気で考えた。高層ビルの外壁を這いのぼるなど、そんな途方もない大冒険、私のような素人にできる道理がない。

「ロッククライミングか。こいつは、年寄りにはホネだ」

　警部が言ったので、何かうまい同意の言葉を続けようと私も内心で焦ったのだが、間髪を入れずに潔が言った。

「心配しないで。実はそれほど大変ではない、一階分だけだからです。上にはまたテラスがある。各階に休憩できる張り出しがあるんです。そして壁面の石の上部には、指が入るくぼみがあり、だから梯子のようなものでね、馴れればそれほど怖くはない」

　潔は言う。が、そうは言っても、これが命がけの大冒険であることに変わりはない。無思慮についてきたことを私は後悔した。一階分登ればそれで無罪放免となるわけではあるまい。その後も延々と登るのだ。

「今日は雨も降っておらず、強い風もない。だから、むずかしくはない。やってみせます、こうやるんです、見ていて」

言って、潔は壁を上がりはじめた。

待ってくれ潔、と私は悲鳴が喉まで出かかった。すると今度はモス刑事が、それをさえぎるように大声を出す。

「鏡の扉は？」

「自然に閉まります。放っておいていい」

壁面から下を向いて、潔が言った。見ると、潔は右手で石にぶら下がり、左手をだらりと下げている。私はぞっとした。あんな芸当、私にはとても無理だ。私は猿ではないのだ。

「いいよ、続いて上がってきて」

上方から、潔が冷酷にうながす。私は尻ごみし、警察官に先を譲ろうとした。しかし警部が右手を上げ、どうぞどうぞと私をうながす。それも道理だ。道が狭くて、位置を交代はできない。

泣きたい気持ちに瞬間襲われたが、ベストセラーを書くためだぞ、と自分を叱咤した。ええいままよと覚悟を決め、壁の石に手を伸ばした。

冷えた石の感触、造られたくぼみに、指は予想以上に深く入る。靴のつま先を差し入れてみると、足かけ用の隙間も案外深くて、予想よりは体が安定しそうだ。これは、案外やれるかもしれないぞと、わずかな自信が湧く。

なるほど、始めてみれば、心配したほどの恐怖ではない。手掛かりはしっかりとあるし、靴を差し入れるスペースも充分深い。もう少し減量し、体を軽くしておくべきだったと後悔は湧くが、梯子を登るのと同じで、なんとかやれそうだ。ただし、鼻先の壁面だけを見ているならだが。下を見れば、繊細な私の精神がどうなるかは不明だ。

「シュタインオルトさん、どんな感じです？」

靴の下から警部が大声で訊いてくる。

「楽しくはないが、思ったほどではないです。ただし、下を見るのは勧められません」

私は言った。

「下を見てみたまえハインリッヒ」

すると潔の声が降ってくる。

「何を積まれてもごめんだ！」

私は即座に断った。

「平気さ、この梯子の下にはテラスがあるんだ」

潔は言う。そうか、地上の歩道は見えないんだなと私は気づく。が、それで気分がすっかり楽になったわけではない。

わずかに一階分の登りなので、確かにそれほどの大冒険ではない。じきに体の横に上階の回廊がやってきた。それが次第に靴の位置にまで下がると、指を掛けるくぼみのある壁石も、上の回廊に私を乗せるために、右上方へと順次位置を変えて登っていく。実に親切な造りになっている。もっともこういう造りになっていなければ、私などの素人にはとても無理だったろう。

「ヨナの森にようこそ」

上がりきると、私の右手に手を添えながら、潔が話しかけてきた。潔が指さしている壁面に、『ヨナの森』と彫られた文字がある。もっともそれをきちんと見ることができたのは、私の体がすっかり回廊の上に乗って、安定してからだ。

私に続いてそろそろと、警部が上がってきた。私も潔も少し右手に動き、警部が立つ場所を作った。

「この回廊には、こんなふうに灌木が繁茂している」

潔は言う。

「何の木かな」

私は訊く。

「知らないな、ともかく小さな森が造られているんだ」

最後にモス刑事が上がって来たので、われわれはまた回廊上に並び、セントラルパークからやってくる新鮮な空気で深呼吸をして精神を休め、恐怖心に馴れることをもくろんだ。

「さあいいですか？　みなさん。次の階に向かいますよ。腕の運動などして、筋肉をほぐしてください。次の梯子はここだ、少し位置がずれて、ここもやはり下にはこのテラスが来る。下を見ても怖くないようにね。壁をたった一階分上がるだけだから、それほどの冒険じゃない、では……」

言って潔がまた登りはじめる。

見ていると、また恐怖心が湧いてしまうが、さっきよりは量が減った。ごくわずかだが、馴れたのだ。潔が今言った通り、これがとてつもない大冒険というわけではなさそうだ。潔の体がかなり上方になったから、私も壁面に取りつき、登りはじめる。登りながら、自分も案外若いなと自負する。あと十歳も歳を喰っていたら、こんな冒険は無理だったろう。

次の階に着く。指のかかる壁の石が、今度はゆっくりと左上方に動いていって、私をテラス上まで導いてくれた。すると、

「ここはエドラだ、ハインリッヒ」

という潔の声が聞こえた。壁面の石に彫り込まれた『エドラ』の文字を指で示しながら、潔が迎えてくれる。潔はもう二度目だから馴れているらしい。

「キャロルを助けてくれた、フルートの娘が住んでいた別荘地の名前だね」

足もとが安定してから、私も言う。

「憶えているよ。雨の中に裸でたたずむキャロルを助けてくれた、親切な女性だ」

「そうだ」

潔は言った。

「セントラルパークの眺めが、ますますよくなってくるな」

そばに登ってきて、警部がまた感嘆する。公園の眺めがよほど気に入ったようだ。私と潔は少し左に寄る。

「視界が上昇しましたからね」

私が言った。

「子供の頃読んだ、冒険ＳＦ小説を思い出すな」

警部は言う。

「地球空洞説とかね、ぼくも今思い出していましたよ」

私は言った。

「そうそう」

警部はうなずき、同意する。

「あれもこんな冒険だった」

「時間がない、さらに登りますよ」

散文的な調子で言い、潔がまた梯子の壁の下部に取りついて、登りはじめた。

「みなさん、もう馴れたでしょ？」

問いながら、すいすい登っていく。この男には、いったい恐怖心というものはないのかと私は疑う。日本人は、やはりわれわれとは違う。

そんな言葉を聞いても、今はもう、それほどの恐怖は湧かなかった。臆病な私も、このロッククライミングに、さすがに馴れたのだろう。

しかし潔のように、すいすいとは上がれない。そろそろとまた一階分の距離を登っていくと、指のかかる石は、今度は右上方にと続いていく。

無事回廊におり立つと、迎えてくれた潔は、今度は、

「ウサギの森だよ」

と言った。

これも憶えている。キャロルの夢に出てくる場所だ。裸のキャロルの先を駆けていく、懐中時計を持った白いウサギ。ウサギの持っていた懐中時計は、キャロルの暮らす世界とは全然違う時間の進み方をしていた。まったく別の速度で流れていく別種の時を測るための、それは機械だったのだ。

作者のサガンが、このファンタジーには深い意味が込められているのだと、そう主張するような不思議な寸劇だったから、私はこの場面をよく憶えている。

「ああずいぶん上がりましたな、セントラルパークの見え方がまた違った」

そばに上がってきて、警部がまた言う。彼はよほどセントラルパークが好きなのだなと思う。

「こんな背の高い箱の上方に上がるには、本来はこんな苦労をするものなんだな」

聞いて私はうなずき、

「蟻やゴキブリたちは、こうやって上がっていますよね」

としようもないことを言ってみた。すると警部は予想外に深くうなずき、

「確かに」

と言った。

「われわれ人間、エレヴェーターを使いますからね、高さに対する実感がない」

私は言った。すると潔がすかさず言う。

「さあ、もっと実感を深めようじゃないかハインリッヒ、これでようやく道なかばだ」

「なんだって？　まだ半分か！」

うんざりして、私は言った。

「まだだ、この上の階で半分だ。さあゴキブリに負けないように先を急ごう！」

言って、潔はまた壁の梯子に取りついている。

夜が更けてきたせいか、風が少し冷たくなった。登りながら、私は外気温の変化を感じていた。高い場所にいるせいか、地上の歩道にいる時とは風の気配が違う。

「ここは化石の谷だよハインリッヒ」

左方向に上がって回廊にたどり着くと、待っていた潔が言った。

「ああ、化石の谷」

私は言った。シーラカンスや、さまざまな古代生物が崖の岩の中から這い出てきて、踊りの輪を作る場所だ。

「見てごらんよ」

潔はしゃがんで、指先で示す。

「ほら、これはフズリナだ。こっちは、おそらくアンモナイトだぜ、全身がないから解りにくいが、おそらくそうだ。本物の化石が浮きだした石が壁に使われているんだ」

潔は言う。

「本物の化石を使っているのか、また凝っているんだな」

私は感想を言った。

「これも、ウォールフェラー総帥の指示なんだろうか」

「疑いの余地はないね。警部、いかがです？　疲れましたか？」

ゆっくりと上がってきた警部に、立ち上がりながら潔は訊く。

「なんのこれしき。二十年間のもやもやが晴れると思えば、ものの数ではありません」

カールトン警部は力強く言い切る。

「素晴らしい！」

潔は言う。

そしてまた壁の梯子に取りつき、馴れた仕草でするすると登りはじめる。しばらく待ってから、私も続いた。

登り切り、右方向に上がっていって回廊にたどり着くと、

「シドンだよ」

と言いながら、潔は私を迎えた。壁にも、『シドン』と彫られた文字が見える。キャロルが船に乗った、港のある街だ。

言ってから潔は、左手を上げて壁の切れ目を指差す。

「ほら、ここに路地がある」

われわれは少しそっちに寄った。

「クレスパンの家の路地と同じです。この路地は、ジェイソン・エプスタインの邸宅の、鏡の間に通じているんです」

「ああ」

警部は言った。

「つまり彼もまた、この散歩道が使えるんですな」

「その通りです警部。ジェイソンは、ウォールフェラー一族だから」

潔は言う。

「ということは、フランチェスカ・クレスパンも……？」

私が問うと、潔はゆっくりとうなずいている。

「莫大な資産が使える一族に、彼女を迎え入れると？」

重ねて訊くと、

「四十階の屋敷を与えたということは、総帥にも、ジェイソンにも、その意思があったということだろうな」

「これは驚いたな。ウォールフェラーの一族は近親結婚を繰り返し、金を囲い込んで、できるだけ外に出さないようにしていた。しかし彼女のまれな才能を思えば、血縁のまったくない者でも、一族に加える資格はあるという判断なのでしょうな」

警部が言う。潔はひとつうなずいてから答える。

「しかし、おそらくはそれが、フランチェスカ・クレスパン殺害の、動機の一部分になっていると思うのです」

すると息を呑んだようになり、警部の言葉が消えた。彼はしばらく思索を巡らせている。

「なるほど」

ずいぶんたってからやっと言って、警部はうなずく。

「では先を急ぎましょう、みなさん、われわれは予定よりやや遅れている」

それから上の階には、もう地名の彫られた文字はなく、ただ『海』という文字が回廊の壁にあった。そして最後に、『スカボロゥ』の文字がわれわれを迎えた。

「みなさん、お疲れさま。到着です」

潔は、全員が回廊の上に乗るのを待って言う。

「終着駅のスカボロゥです」

「ああ、寿命が縮まったが、どうやら無事到着ですか。もう一度やれなんて、言わんでくださいよ」

警部が言う。

「また四十階に戻る必要があるなら、エレヴェーターにしてくれよキヨシ」

私も言った。

「制限時間になんとか間に合った。しかしスカボロゥではまだひと仕事あるんだ。こちらへ」

潔は回廊を進んでいく。そして回廊に作られた灌木の繁みの前でしゃがんだ。

「みなさん姿勢を低くして。この木をかき分けたここに、小さな箱が埋まっているんだ。この植物、みんなでこんなふうに分けていて」

潔が命じるので、われわれはてんでに手を伸ばし、灌木の枝を左右に分けて、下の土が見えるようにした。見ると灌木の根もとに、確かに金属の小箱が埋まっているらしく、その蓋が見えた。

「この蓋を開きます」

言って潔は蓋を持ち上げる。

箱の中がぱっと明るくなった。ゲイリー・モスが、ペンライトを点灯して、照らしたのだ。

「カラだな」

警部がつぶやく。箱の中は空っぽだった。

すると潔が、光の下に右手を伸ばした。ゆっくりと手を開くと、そこには古風な、鋳物製らしい鍵が載っていた。

「鑑識には悪いが、ぼくが持っていたからです。この鍵がここに、おさまっていました」

「何の鍵です？」

警部が問う。

「デシマルシアター主役控え室の、更衣室への鍵です。そして、ここを見てください」

潔がまた別の場所の灌木をかき分ける。

するとそこに、灌木の根もとの地面から、わずかに覗く物体がある。

「モスさん、ここを照らして」

潔が命じる。刑事がそのようにした。

黒ずんだそれは、しかし光に照らされても何であるのか解らなかった。

「何です？」

カールトン警部が訊く。

「オスカー像です、凶器ですよ」

「オスカー像だって！」

警部が大声を出し、右手を伸ばした。像に触れようとしたのだが、手を止めた。そして訊く。

「まだ壁登りはありますか？」

「ありません」

潔は応じた。それで警部は物体にハンカチをかぶせ、顔のあたりを摑もうとして、思いとどまった。

「鑑識にまかせるとしよう」

警部は言う。

「しかし見つからないわけだ」

「二十年間も、こんなところにあったのか」

私も言った。

「二十年も昔のものだが、土中に温存されていたのなら、反応のいくつかは期待できるかもしれん」

「行きましょう、あと数分しかない」

立ち上がりながら、潔が言う。

それから彼は回廊をゆっくりと進んで、間もなく現れた路地に、体を横にして入れた。われわれも同じようにして続いた。われわれの頭越しの前方に、最後尾に立つゲイリー・モスが、ペンライトの細い光を照射した。そこは落下の危険がない、うっとりとするような安全な暗がりで、われわれは知らず安堵する。

左手、石の壁のどこかに、潔がさっきの鍵を差し込んでいる。一回転させてから抜くと、下部をぐいと押す。するとかすかな軋み音がして、壁が室内側に開いていく。身をかがめて潔がまず右足を入れ、ゆっくりと中に入っていった。

立ち尽くして待っていると、ぱっと明かりがともり、光芒が路地に漏れてきた。暗がりに目が馴れていた私たちだから、それはまばゆいほどの光量に感じられた。

「入って」

潔の声がした。

身をかがめ、まず私が室内に入った。するとそこは、とても目を開けていられないほどの、まばゆい世界だった。

眉の上に手をかざし、瞼を閉じ加減にしてしばらく待つ。次第に目が馴れてくると、そこは壁際に段ボール箱がいくつも積まれた、見覚えのある更衣室の空間だった。

続いてカールトン警部、そしてモス刑事。みな眩しさに、ほとんど目を開けられない。眉のあたりに手をかざしたまま、しばらく眩しさに堪えている。

「ああ、長い旅の終わりだ、どうやら人間世界に戻ってきた」

警部が安堵の声を出す。しかしその言が、少しも大袈裟には聞こえない。みなてんでにうなずいている。

「安全で、居心地のよい、文明世界だな」

するとゲイリー・モスがこう続けた。

「そうですね、忘れていました。まだ存在していたか、よかった」

そしてペンライトを消した。

潔は立ち尽くしていて、鼻のあたりに右手の指を持っていっている。

「みなさん、こうして、自分の指の匂いを嗅いでみてください」

それでみなゆるゆると手を持ち上げ、言われた通りにした。

「ああ！」

と声を上げたのは警部だった。

「強い植物の香りだ。これは……？」

「ローズマリーです」

潔が言った。

「箱や、凶器が埋まっていた繁み、あそこに植わっていた植物は、ローズマリーなんです」

彼は言った。

「外の道を通ってここに入ってくる者は、最後に鍵を取り出そうとしてローズマリーの繁みを探るから、指に必ずこの匂いがつくんです」

「殺人事件の夜、みなが感じたという植物の香りは、これか」

うなずいてから、警部が言った。

「この香りの証言があったから、あなたは外部から現場に侵入した者の存在を知り得たのですな？」

潔はうなずいてから言う。

「フランチェスカ・クレスパンには、軽い植物アレルギーがあったのではないかと思う」

「何故です？」

「造花の花輪です。彼女は、公演時のお祝いの花輪は、必ず造花にして欲しいと要求した」

「ああなるほど。そうでしたな」

「もしそうなら、その存在は、フランチェスカ以外の人間でなくてはならない」

「ああそうか。確かに」

警部は納得する。

4

潔を先頭にして、われわれがさっきのオーディション会場に入って行くと、そこで待っていた車椅子のジム・ゴードン、彼の秘書らしき女性、音楽家のバーナード・コーエン、タレント・エイジェンシーの社長で、フランチェスカのもとマネージャーのジャック・リーチ、映画監督のエルヴィン・トフラー、そして北署広報のマイク・ムラトフなどが、揃って目を丸くした。

「これは驚いた。いったいどこから？」

とジャックが訊いた。

「秘密の回廊からね」

とカールトン警部が低い声で答えた。

バレリーナの親子、アーニャ・ゼルキンとロスメリン・ゼルキンは、平静な顔のままでいる。彼女らは、すでにこのビルの秘密の回廊の存在を知っているからだ。

さっきまで、熱気と緊張に充ち充ちていたオーディションの会場は、今は異様なほどにひっそりとして、空気が冷えている。照明や衝立や、音響用機器、加えてパイプチェアの大半が運び去られたからだ。デシマルシアターの主役控え室は、静寂に沈んでいる。

彼らは、スタッフに残してもらったパイプチェアを円形に並べ、そこにすわって、じっと私たちを待っていたのだ。見ればあと四つ、余分がある。私たちの分だ。私たちはゆっくりと、それに向かって歩いていった。

「警部、どうしたんです？」

とムラトフが訊いた。私たちの様子が、ただならぬ気配だったのだろうか。死と隣り合わせの冒険行動で、精神も肉体も疲れきり、顔つきも変わって見えたかもしれない。

私自身、平穏で安定的な人間社会に戻ってきて、疲労が一挙に噴き出た感があり、口を開くのが億劫だった。私たちは、用意されていた椅子にゆっくりと腰をおろしたのだけれども、その様子には、おそらく強い疲労が感じられたろう。実際私たち四人のうちで、にぎやかに喋りたい気分の者はいなかった。

「秘密の回廊はないと、以前に言われませんでしたか？」

音楽家が、上体を乗り出して警部に訊いた。

「このビルの壁や床の厚さをよくよく調べたが、通路が隠せるほどの厚さはないと、確かそう言われたように記憶するが」

「そうです」

カールトン警部が言った。

「床や壁の中じゃない、外にあったのです」

「外？　外壁ですか？」

「そうです」

「だがまさか、ビルの外壁をよじ登ってきたのじゃないでしょうな」

音楽家が訊く。

「そのまさかでね」

警部は言葉少なに言う。

「信じられん。みなさん、ロッククライミングのエキスパートですか？」

映画監督が訊いた。

「山なんか、登ったこともないな」

誰もが言いたがらないようなので、私が言った。

「ど素人もいいところでね」

警部が言う。

「それでよくやれましたな」

ジャック・リーチが問う。

「ここに無事すわっていられるのが不思議でね」

私が言った。

「だが、どこから入ったんです。秘密の入り口が、どこかにあるのですか？」

「更衣室の鏡です。あれがドアになっている」

私が説明した。

「『スカボロゥの祭り』に書かれている通りで、われわれは今、鏡を抜けてきたんです」

「昨夜さんざん調べませんでしたか？　鏡は壁にしっかりと固定されていて、全然動かなかった。びくともしませんでしたよ」

広報のムラトフが言う。

「時間で開くらしいんだ、時計仕掛けでね。どうやらこのビルは、そういう仕掛けを隠していたんだ」

警部が答える。

「時間で？　何時です？」

「何時ですか」

警部が潔に訊く。

「午後の七時です。七時から八時までの、一時間だけ開く」

潔が答えた。

「サガンの物語に書かれている通りです。七時に、白鳥は鏡を通り抜けられた。人間も同じです。そしてこれは作に書かれてはいないが、鏡の扉は八時に閉じて、通り抜け不能になる」

「七時から八時？　一時間？」

バーナード・コーエンが、怪訝そうにつぶやく。

「だからわれわれはさっき急いだんです。八時に遅れたら、われわれは閉め出されて、地上百五十ヤードで一昼夜をすごさなくてはいけなくなる」

「八時だって？　八時なんて、さっきとうにすぎていなかったか？」

車椅子のジム・ゴードンが、しわがれ声で、わめくように言う。

「しかしミタライさん、あなたは昨夜七時にここにきて、念入りに調べませんでしたか？　ジェイソン・エプスタインもいた。更衣室の鏡も調べましたよね？　開かなかったじゃないですか」

ムラトフが訊いた。

「あれはジェイソンの手前、お芝居をしたんです。開かないのは解っていました。だって時間が違っていますから」

「開かないのが解っていて……」

「間違えている振りをしたんです。そうなら、そのように間違うことを想定、期待しているジェイソンは必ず来る。そして今日の審査にも参加する。すると逮捕が容易になる」

「なるほど、君はそこまで考えていたのか」

感心して私が言った。

「では他人とのスムーズなコミュニケーションが苦手だなんて……」

「一度も感じたことはないね」

「七時で時間が違う？　しかし、あなたは今七時と……」

「それはわれわれの時間です。彼ら、ウォールフェラー一族は、もうひとつの時間を持っているんです」

「もうひとつの時間だって⁉」

劇場主のジム・ゴードンと、バーナード・コーエンが声を揃えてわめいた。二人とも顔をしかめていた。特にジムは、ノルウェー民話の鬼のような顔になっている。

「そう、ウォールフェラー一族は、時間をふたつ持っているんです。隠密行動が大好きな、秘密結社らしいやり口だ」

潔が説明する。

「私はジュイッシュだが、しかしそんな話は聞いたことがない」

「彼ら一族はパズル好きでね、挑発が趣味だ。頭脳に自信を持っているエリート連中にありがちなことでね」

「鼻持ちならないって言いたいのかい？」

「一般を見下している者たちのやり口だ。しかし、ぼくには助かった」

「君のような人間の存在を想定していなかったわけだ」

「いたるところにヒントをばらまいているんです。どうせ解るわけがないとたかをくっているのだろうが、さてどうかな。『スカボロゥの祭り』の内容にも無数のヒントがばらまかれている。しかし、最も露骨なものはこれだ。ゴードンさん、あなたの劇場の名前は……」

「デシマルシアター？」

「そうです、これは誰が名づけたんです？」

「私じゃない」

「それは解っています」

「最初からついていた。それを私が譲り受けたんだ。相場より安かったから」

「名前を変えないことを条件に？」

「ああそうだ」

「おかしな名前だと思いませんでしたか？」

「思ったさ。デシマル……、十進法なんてね」

「ウォールフェラー一族は、十二進法を信じていなかったんです。彼らは十進法のみを社会の重要原理と考えていた。時間のみを十二進法にするなんてね、不合理の極みだと、そう思っていたんです」

「なんだと、では……」

「うん」

「もしかして、時間も十進法で？」

「正解。ウォールフェラー家の者は、十進法で進む時間で生活していたのです。そしてこれを『アリス時間』と呼んでいた。これがそうです」

潔は、内ポケットから一枚の紙を取り出した。しわを伸ばし、みなの鼻先に掲げて示す。それはふたつの円が重なり、それに数字が書かれた図形だった。

「ざっと書いてみたものだけれど、内側の円が、今われわれが使っている十二進法の時計、外の円が、ウォールフェラー家の用いている十進法の時計です」

みな、興味津々でその図形に見入った。

「彼らが『アリス時間』と呼んでいた十進法の時間は、われわれの十二時間を、十に分割するんです。すると、時間が遅くなるほど、両者のずれは大きくなる」

「遅くなるほど……？」

「一時あたりではそう違わないが、九時には大きく違う」

「そうか」

「今問題にしている午後の七時とは、アリス時間の七時のことです。十二進法の時計ではこれが何時になるのかというと……、ざっくりした計算だが、夜の八時二十四分だ。鏡の扉は、夜の八時二十四分に開くのです」

みな声もなく、この奇妙な説明を聞いた。

「閉まる時刻はアリス時間八時。これはわれわれの時計では、午後九時三十六分です」

「八時二十四分、だから昨夜、七時にはまだ開かなかったのか、鏡の扉は」

ムラトフが言う。

「そうです」

潔は言う。

「八時二十四分に開き、九時三十六分に閉まる？」

ジム・ゴードンが問う。

「だから、七時に開演した『スカボロゥの祭り』の、休憩時間にかかります。あれは、八時半から三十分間、休憩があった」

「あの夜、正確には八時三十八分に、前半の幕がおりたんだ」

ジムが言う。

「そうですか。そうならその少し前に、フランチェスカ殺しの犯人は、この部屋に入って、休憩に戻ってくるフランチェスカを待つことができたんです」

「おう……」

といったひそかなどよめきが、一座を支配した。

「そういうことか……」

指揮者が言った。

「このビルには、そんなメカニズムが仕込まれていたのですね。落成時から、そういう秘密を隠していた。ビル全体がまるで時計のようだ」

「家とは人間がすむ機械である、高名なあの建築家の言葉を思い出しますね」

潔が言う。

「ル・コルビュジエか」

私が言った。

「時間で開く鏡の扉を持つ部屋は、三部屋だけですか？」

警部が訊く。

「おそらくね。しかしそちらで調べてください」

「十進法の時間、アリス時間ですか？　それをウォールフェラー一族が使用していたのは、どんな理由からです？　秘密を共有して、メンバーたちが団結するためですか？　それとも宗教の奥義？　しかしタルムードでも、私は読んだことがない」

コーエンが訊く。

「それらのどれでもないですね」

潔は即座に言った。

「ウォールフェラー一族が莫大な富を摑んだ原点は、ナポレオン戦争ですね？　欧州中に散った兄弟が、各国からロンドンの初代ネイサンに逐一情報を入れていた。ナポレオンが勝ったと思い、暴落した株を即座に買い占めて、高騰した株によってロンドンの初代ネイサンは、天文学的な利益を得た」

「ああ、実はナポレオンは負けていた」

「この時に兄弟は、情報のやり取りに暗号を使ったと言われる」

「聞いています。暗号……、つまりアリス時間は、暗号だと？」

音楽家が訊き、潔はうなずく。

「麻薬の受け渡しや、資金洗浄のための待ち合わせ時刻などが、もし漏れても安全だ、そういう利点はある。だが、さらに一歩を進めた意味合いが、これにはあるんです」

「というと？」

「たとえばフェデラルバンクの襲撃です。現金強奪はうまくいったが、逃走ができず、この計画は失敗した。それは風船男の上昇、ヴァン型自動車の爆発、そしておそらく逃走用の車の待機、これらと、ギャングたちが仕事を終えて銀行を出る時刻がずれたためです。だからギャングたちは目立ってしまい、逃げられなかった」

「そうだったね」

これは私が言った。この事件の裏面の事情は、私が最も正確に理解していると思ったからだ。

「これは銀行襲撃のチームと、彼らの逃走を覆い隠す役割のチームとの、行動の時間がずれていたためです」

潔は、二つの円を重ねて描いた、さっきの図面を示しながら説明する。

「この事件において、アドバルーンの離陸は四時三十九分でした。ヴァン型自動車の爆発は四時四十八分。ところが銀行強盗が現金を奪って銀行を出たのは四時ちょうどだった。これでは風船男の離陸の三十九分も前、ヴァン型車爆発の四十八分も前です。銀行の前の道路では何も起こっておらず、人も集まっていないから、現金入りのトランクを引いて走るギャングたちは目立ってしまって、パトロール警官に捕まった」

「そのとおりだ」

カールトン警部が言う。

「この時間のずれには、実は明白な理由があるんです。風船男やヴァン型自動車手配のチームは、アリス時間を使っていた。しかし銀行強盗のチームは、われわれの通常時間を使っていたためなんです。だから時間がずれてしまった」

「なるほど」

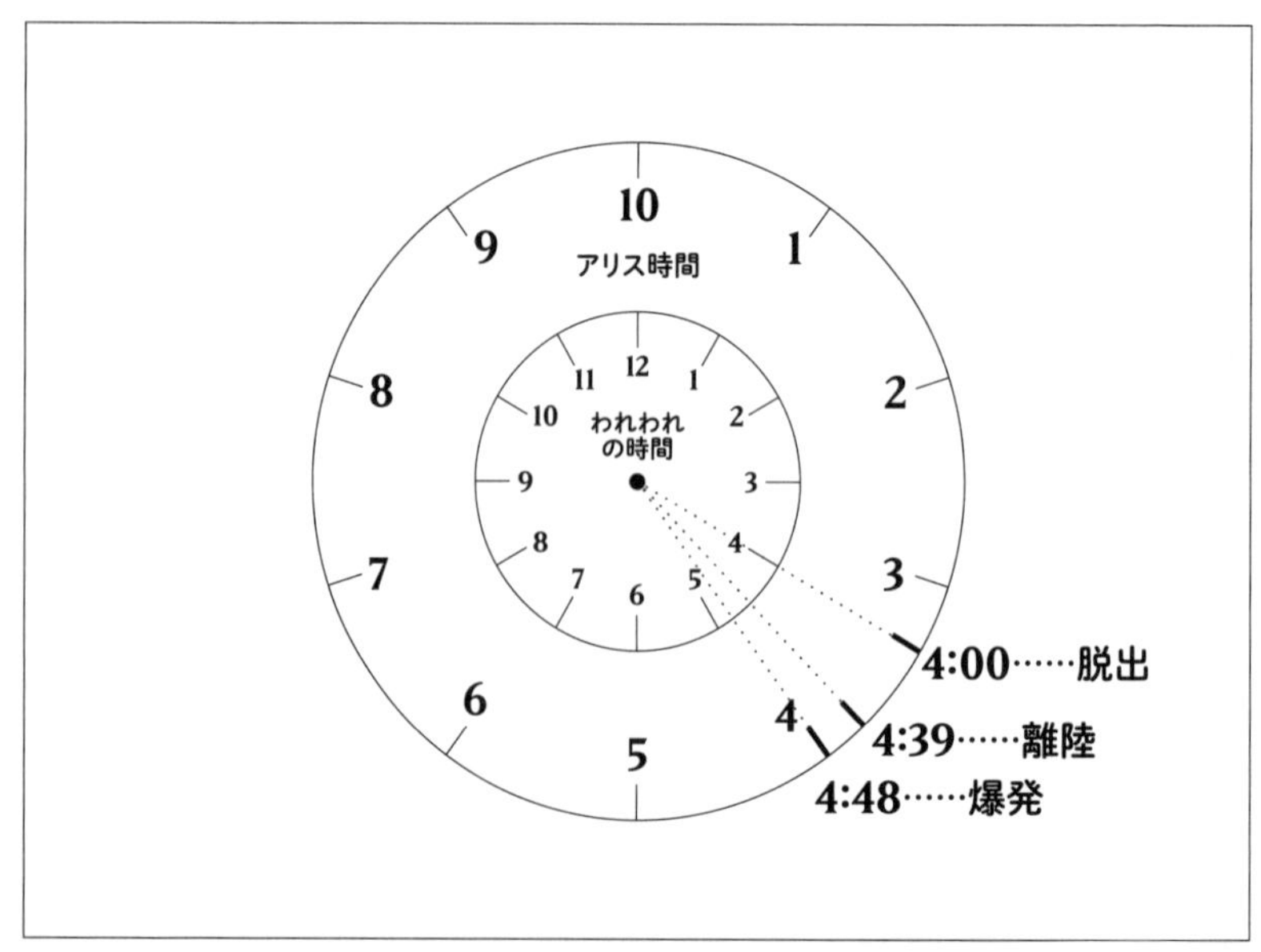

「銀行チームもアリス時間を使えば、脱出の時間は四時四十八分となる。アリス時間四時は、われわれの時間では四時四十八分なんです。すると風船男の離陸の九分後で、ヴァン型車爆発と同時です。銀行前の道路は大騒動で、野次馬は歩道を走り廻り、ポリスカーはサイレンを鳴らして爆発現場に急行していた。これならギャングたちは目立たず、逃走は成功したでしょう」

「ああそういうことですか、これはそういう計画だったのですね」

ムラトフが感心したように言った。

「なんとまあ、巧妙な計画だ」

「この時間のずれはどういう理由からでしょう。銀行強盗がアリス時間を知らないから、アリス時間でたてられた計画を、通常時間のものと勘違いして行動したからだ。しかし、これはあり得ることなんです。こういう犯罪に使う者は、前科者やならず者を雇う。彼らがアリス時間を知らないのは想定の範囲のはず。彼らを手配し、彼らに計画を伝達伝授した者が、ウォールフェラー家の、アリス時間の慣習を知らなかったからだ」

「ふむ、そうだね」

私が言った。このあたりのことは、今や私にはよく理解ができる。

「これはとても大きな問題だ。誰にとって？　ジェイソンにとってだ。つまりジェイソンの配下集団に参入している伝達係のこの人物は、ＦＢＩのスパイかもしれないんだ」

「ふうん、そうか、そうだね」

「ジェイソンの非合法の仕事内容を探っていたんだ。こんなふうに、スパイをあぶりだす道具としても、アリス時間は使える」

「なるほど」

「ではこのスパイはどうなりましたか」

カールトン警部が訊いた。

「処刑されたでしょう。銀行襲撃事件直後の、身もと不明者不審死体を調べてみてください。この人物の殺害をジェイソンが命じているなら、彼をこの件の謀殺容疑でも追い込める」

「ふうん」

言って、われわれは感心し、てんでにうなずいた。

「つまりこの一件で、ジェイソンは大金の獲得に失敗しているんだね？　人件費を差し引いて、少なくとも数百万という金を、彼は摑みそこなったんだ。これは痛手だね」

私が言うと、潔は首をわずかに横に振った。

「そいつはどうかな。この銀行襲撃の一件は、ジェイソンによる、ウォールフェラー総帥への警告とも取れるからだ」

「警告だって？」

「うん。総帥は、孫のジェイソンの行動が危険に思えてきて、彼への資金ルートを絶ったと言われていた。そこでジェイソンは、フェデラルバンクの襲撃を画策した。そのようなことをすると、こういう行動をせざるを得なくなるよと、彼は総帥を脅したんだ」

「そうか！」

「以降総帥は反省して、ジェイソンに、資金供与のルートを再開したと考えられる」

「やり手ですな」

ムラトフが言った。

「実にやり手です」

潔は言って、うなずく。

「なんとまあ込み入った事件だ」

ゲイリー・モスが、嘆息するように言った。

「さて、ここまでの説明に質問がないようでしたら、いよいよわれわれの最大の懸案、フランチェスカ・クレスパン殺しの説明に入ります」

と潔が言って、われわれの顔をひと渡り、ぐるりと見廻した。

しかしみな懸命に考え込んでいて、声がない。おそらくみな、事件の込み入った説明に追いつくので手いっぱいで、質問にまで頭が廻らないのだ。フェデラルバンクの襲撃事件についてなど、みなほぼ知識がなかったろう。風船男やヴァン型車の爆発など、今はじめて聞くという人もいたに相違ない。

多少疲れたか、潔は言葉を止め、天井を眺めている。同時に、みなの質問を待ってもいるのだ。ずいぶん経ち、視線をおろしてきて、彼はこんなふうに言う。

「質問は、ないですか？」

誰の声も上がらないので、ついにこう言った。

「では、最後の説明だ。フランチェスカ・クレスパン殺害の一部始終について」

するとみなの顔に、さっと緊張が走る。二十年間、マンハッタン北署を苦しめ続けた謎が、いよいよ明かされる時が来たのだ。

潔はゆっくりと、アーニャ・ゼルキンに顔を向ける。

「これは、あなたの方でご説明をお願いできますか？」

すると彼女は、怯えたようにぴくんと顔を上げた。

5

そう言われても彼女は、俯いたまま、しばらく何も言葉を発しなかった。ずいぶんしてから言う。

「解りました。そうするために、私はここまで来たのですから、それは私の役割です」

アーニャはきっぱりと言った。言いながら、彼女はかたわらの娘の顔は一度も見ない。潔は黙ってうなずき、言葉は何も発しなかった。

「この子を東ベルリンの、ウンターデンリンデン劇場の楽屋で預かってきてから、私はこの子の育成に全力を上げました。脇目も振らず、ほかの何ごとにも頭が行かないくらいに。

妹は、この子をしばらく預かっていて欲しいと言い、どのくらいと訊くと、五年くらいと言いました。亡命したらすぐに迎えにいくし、養育費は必ず送ると言いました。でも十年経っても、十二年経っても、妹は迎えには来ませんでした。必ず送ると言っていた養育費も、亡命するまで、一シェケルも送ってはきません。私たち夫婦はしがない小学校教員で、生活は楽ではありません。学校が休みに入ったら、私はグローサリィストアのレジ打ちの仕事をしたり、家庭教師をしたりして資金を作り、この子のバレエに、最高の教師をつけました。

そもそも私は、ロスメリンを預かることには同意しましたが、亡命を果たしたら返すとは、ひとことも約束していません。東ベルリンで会ったフランチェスカは、それはひどいありさまでした。やつれて、骨と皮のような体つきだったし、肌はくすんで黒ずみ、目の周りには暗い隈があり、髪には艶がなくて、亡霊のようでした。経済的に困窮し、ろくにものを食べていないようで、とても子供の養育ができる状態には見えませんでした。一見して、この子は自分が育てなくては死んでしまうと思い、だから同意したんです。そう思わなければ、私は預かることを断ったでしょう。子供の命を助けるために、私は引き取ったのです。

育ててみたら、この子は、それはすごい子でした。たぐいまれな資質を持っていました。頭が良くて、記憶力が抜群で、運動神経もよくて、芸術に関して、さまざまな能力がありました。走っても、踊っても、絵を描いても、いつもクラスで一番でした。

私も、子供の頃から体操をやっていましたし、バレエの知識はなかったけれど、教えられることはいろいろとありました。

もうみなさん、ご存知かもしれませんが、学校でのこの子の人気はすごくて、いつもクラス一の人気者でした。性格もよくて、負けん気は強いのだけれど、誰も傷つけることはありませんでした。すごく魅力があって、それは私たち親にとってもそうです。夫は猫可愛がりするようになって、もうこの子がいないと自分は生きていけないと言い出しました。それは、私だって同じです」

「ママ、そのへんのことはもういいよ」

とロスメリンが小声で母親に言った。

「ママは自慢したいわけじゃないのよ、でもあなたをどんなに誇りに思っていたか、そのことを言わせて。ともかくこの子は頭角を現して、国を代表する踊り手の一人になりました」

「今彼女は三十五？」

映画監督が尋ねた。

「はいそうです」

母親は言った。

「ちょうどフランチェスカが亡くなった歳だ、これは奇跡だな」

指揮者が言った。

「彼女が戻ってきたようにしか見えない」

「はい。神のご意志だと思います。すべてが用意されていたことのように、私には思えます。亡命してからの妹は、ドイツ時代以上にバレエ界やマスコミの寵児になって、四六時中の監視下で、イスラエルに来ることができなくなりました。そして彼女は、母親であることを口止めされたんです。バレエ界の頂点に昇り詰めて、それはジェイソンの政治力のおかげですが、もちろん彼女の力もあって、バレエ界のカリスマになって、ジャンルをしょって立つようになったから、孤高の独り者というイメージが要求されたんです。まるで俗世界を超越した、女神のような存在に、周囲がまつり上げたんです。女神には、夫はいないんでしょうから。ファンにはそう見えたんでしょうけれども、でも私にはとてもそんな……、女神のように慈愛に充ちた人ではありませんでしたけれども」

「というと……」

伝記映画を作ろうとしているからか、監督が口をはさんだ。フランチェスカの人となりを、できる限り知りたいのだ。

「狂気のような、競争意識の塊です。勝つためには何でもするというような……。競争相手を怪我させたりはしないでしょうけど、とても柔らかい思いやりの感情とか、他人のために力を使うような、そんな優しいところは、私には感じられませんでした。周囲にいる男も女も、ただ自分のために利用する、そんな意識の人です」

「ふむ」

言って、監督はうなずく。

「娘の写真を送ってくれと言い、いくら送ってももっともっとと言います。満足するということがありません。これを娘にあげて欲しいと言って、いろいろなものを送ってきたり、手紙や写真を送ってきたりしました。でももう娘は成長して、趣味が違うし、イスラエルには全然来る様子がありません。娘に会いたいのなら、イスラエルに来ればいい。ニューヨークに娘を連れてきて、自分に返して欲しいとばかり言います。何度も何度もそう言いつのります。

それで私は、娘に訊きました。フランチェスカのところに行きたいかと。でも娘は不安がります。今から新しいお母さん、とても無理だと言いました。それは当然です。あの人はバレエの公演で毎日忙しく、とてもロスメリンの面倒なんてみられるはずがありません。性格もきついし、料理だってほとんどできないみたいだし、娘の食事とか、身の周りの面倒を見てくれる家政婦を、お金で雇ってつけるに決まっているし、もしかしたら、住まいも別にするかもしれません。娘の存在を秘密にしなくてはいけない人なんですから。

そんな生活、娘にいいわけがありません。まあ娘ももうおとななのだから、独立すべきかもしれませんが。名前が知られて、力をつけてきたら、男の子が寄ってこなくなりました。だから今も独りなんです。これからも、ずっと独りかもしれません。

フランチェスカは、ただペットみたいにロスメリンをそばに置きたいんです。手紙に何度も書いてきました。手をつないで好きなあのレストランに行きたい、娘もきっとあの味を気に入るはず。そんなこと、どうして解るんでしょう。あのカフェに行きたい。お気に入りのあの劇場や、映画館に連れていきたい。そしてあの街角で立ち停まり、ロスメリンをぎゅっと抱きしめたい。海が見えるあの埠頭で、娘をぎゅっと抱きたい。部屋に帰ってきたらソファの上で、ベッドの中でも、いつもいつもぎゅっと抱いていたいと。それではまるで愛犬です。そんなことのために、子供を返せと言うんです。

まるで少女のような妄想です。相手のことを全然考えずに言っています。ロスメリンにはもう自分の世界があります。おとななんですから。バレエのレッスンもあるし、それは自分が教えるとあの人は言うかもしれないけれど、絵を描いたり、文章を書いたりもしたい子なんです。自分の時間が必要な子、付かず離れず、それが大事。そんな兼ね合いをよく知っている親は私なんです。私だけです。私以外の女性に、ロスメリンの母親が務まるとは、私には到底思えません。この子は才能があって、ケアはそれなりにむずかしいんです。

妹には、もうバレエ界における大きな成功があるんです。これ以上は考えられないくらいの成功。世界的な有名人でしょう。そしてその成功は、子供がいてはいけない種類のもの。それなら、子供はあきらめるべきです。子供は私、妹はバレエ界の成功、これでバランスが取れると思うんです。私には何もないんですから。貧しくて、無名の、つましい生活。子供だけが唯一の楽しみなんです。妹には、子供以外のすべてがあるんです。あの人はもう何もかも手に入れています。どうしてこれで満足してはくれないんでしょうか。あの人は、欲が深すぎると思います。この上、子供までよこせなんて。

それで私は、ずいぶん悩んだ挙句、テルアビブに別荘を造って、一年のうちの半分をここで暮らすことにしたというジェイソン・エプスタインさんに、妹の説得を依頼することにしたんです。妹を短時間であそこまでの地位に押し上げたのは彼なんです。それに彼は、妹とつき合っているというのがゴシップ誌の噂でしたし。彼はフランチェスカに、豪壮な家を与えて、それだけじゃなくて、別荘も、ヨットも与えたと言われています。だから彼女は、彼の言うことには逆らえないと思いました。

エプスタインさんは、私のお話を聞いて、納得してくれました。フランチェスカ・クレスパンは、孤高のカリスマ、子供がいない方がいい人だ。彼女は世界のトップ・バレリーナだから。君は、こつこつとロスメリンをここまで育て上げた人で、市井で堅実に生きる人だ。フランチェスカは仕事の大成功、君は才能のある子供の養育者、それでバランスが取れる。そもそも東ベルリンで、フランチェスカが君に手紙を書き、娘を預けようと発想したこと自体、神の差配に思える。だから神も裁判所も、それで恨みっこなしと言うはずだ、そう彼は言いました。

フランチェスカの説得は、自分ならできる、と彼は言いました。自分以外の誰にもできないだろうと。彼女には多くの貸しがある。お金も、政治力もたっぷり使った。莫大というまでのものを。だから彼女は、自分の言うことには逆らえないと。私もそう思いました。

それで一九七七年のあの運命の日、呼ばれるままに私は、マンハッタンに飛来しました。娘は学校がありましたから、一人です。エプスタインさんのお宅に泊めてもらったから、ここデシマルシアターで、フランチェスカ・クレスパン主演の『スカボロゥの祭り』をやっていることを知りました。そして私はエプスタインさんに導かれ、八時二十四分にエプスタインさんのお宅を出て、白鳥の回廊を伝って壁を上がり、鏡の間の更衣室からこの控え室に入って、妹が前半のステージを終えて、戻ってくるのを待ちました。

家を出る時エプスタインさんは、ちょっとした冒険になるけど大丈夫かと訊きました。君が無理そうなら、家に戻るからねと言いました。しかしこの会見は秘密にする方がいい、そうなら人に見られないルートを通るべきだからと。確かにびっくりしたし、冒険だったけれど、それほどむずかしくは感じませんでした。私は子供の頃から体操をやっていたし、壁を上がるのは一階分ずつだし、それに四十五階から五十階まで、わずかに五階分でしたから。

当時この部屋にはデスクがあり、付属の回転椅子があり、それにエプスタインさんがすわりました。それからソファがあって、これに私はすわり、妹が帰ってくるのを待ちました。エプスタインさんはフランチェスカと、この控え室でよくそんな会い方をしていたようです。秘密の話をする時は特に。二人とも、人目を引きやすい人ですからね。

エプスタインさんとフランチェスカがつき合っていることは、公的には厳重な秘密でしたから、エプスタインさんがフランチェスカの家に忍んでいくのも、この秘密の道を使うようでした。電話も盗聴されていると言っていましたし、そうなら直接会うのが一番です。

フランチェスカはすぐに帰ってきました。部屋に入って来るなりフランチェスカは、私たちの姿を見て、びっくりしたように、立ち尽くしました。そして開口一番に、

『あなた、どうして約束を守ってくれないの⁉』

と私をなじりました。久しぶりね、とか、元気だった？　などの挨拶はひと言もありません。だからこの会見は、最初から、波乱含みでした。気持ちの通い合うような気配など、いっさいありません。聞いて、私もかちんときました。

『約束を守ってくれないのは、あなたも同じじゃない！』

と私は立ちあがって言いました。

『何がよ』

と彼女は問いました。

『あなたは五年後に、ロスメリンを迎えにくると言った、でも十年経っても、ちっとも迎えにこないじゃない』

『私は行きたかった。けどどうしても行けなかった。そのこと、言ったじゃない、行けないことも起こり得るって』

『聞いてないわ。あなたは養育費も送ってくると言った。でも五年間、一シェケルさえ、送ってはこなかった。貧しい私たちが、最高の環境をロスメリンに用意するのがどんなに大変だったか、あなたにも解るでしょう』

『だからロスメリンを返せないって言うの？　それとこれとは別の話でしょう』

フランチェスカが激しく体を反転させると、耳のダイヤが光りました。彼女は本能的に、私が来ることを知っていたのではと思います。子供を養う財力を見せつけるように、指に耳に、高価そうなダイヤが光っていました。

『私の言わんとすることは、あなたも解っているはず。あなたにはバレエの大きな成功がある。そしてエイジェントから、子供がいることを秘密にするように言われているはず。あなたは子供がいない踊り手なのよ』

『エイジェントは説得するつもり』

『無理ね、これはエイジェントの考えじゃない。彼らはファンの声を代弁しているだけなのよ。ファンがそう言っているのよ、バレエという文化を支える世界中の無数の、声なきファンたちが。あなたはもうそういう存在なのよ。個人のわがままは通らないのよ』

『わがままですって？』

『それに私たち夫婦だって、無理を言ってトラブルを起こすつもりなんてこれっぽっちもなかった、五年前は。あなたが約束通り五年で、イスラエルに引き取りにきてくれたら、私たちもすんなり渡せたと思う。ウンターデンリンデンのあの夜から何年経った？　もう十二年になるのよ。ロスメリンは私たち夫婦の娘として、私たちの心に深く根を張った。もう今更引き剝がせない』

『勝手を言わないで。あの子は私が産んだ、私の子よ。解ってるでしょう、返してよ。この事実は変えられない』

『育てたのは私』

『だからそれは言ったじゃない。私は行きたかったけど、どうしても行かせてもらえなかった』

『だからそれは、無理だという現実を示しているのよ』

『え？』

『あなたは、子供を引き取って育てることは許されない存在だということを示しているの。解らないの？　あなたの属する世界が、子供はあきらめなさいと、あなたに語っているのよ。あなたはもうそういう大きな存在……』

『冗談ではないわ。そんな存在、ある日誰かがぽんとくれたものじゃない。毎日毎日、一日十時間、一日も欠かさず踊り続けた私が摑んだもの。食事だって、お腹いっぱい食べたことなんてない、太るから。毎日早朝に起きて、冷水を浴びて、ジョギングして、トレーニングして、踊り続けて、少しだけ食事して、男と会うこともしない、世間流の楽しみなんて何もない、ただただ踊り続けたのよ、十年も、二十年も』

『そのこと自体は、立派だと思う』

『そうじゃない！　何故そんなことができたと思うの？　ロスメリンよ、娘をこの手に抱きたいと願うからじゃない！　ただただその目的のために、会えるその日を夢見て、来る日も来る日も頑張ったのよ。ほかのことなんて、何も考えてはいなかった』

　一瞬、静寂が、部屋を支配しました。妹の迫力に押されて、私も、言葉を失ったからです。

『世界トップのバレリーナですって？　それが何？　あれだけ頑張った。それはなれるでしょう、あれだけやったんだものね、ただそう感じるだけ。私には無よ。すべては無。何も思わない。何も感じない。勝利感も、達成感も意味なんてない。誰のために感じればいいの？　私には誰もいないのよ。家族なんてない。

　私にはもう何もない、バレエしかない。私にとってバレエ、それは私の体がここにあるっていうのと同じ、手があって、足があって、それがどうしたのという感じ。あれだけ毎日練習したのだもの、手や足が勝手にうまく踊るでしょう。

　大きな劇場で踊って、すごい拍手を浴びて、この上のない評価とか、素晴らしい栄光があるんでしょう、うらやましいって、みんなそう言うけど、ただの社交辞令、私は何も感じない、感じなくなった。無よ。ただ無があるだけ。一人の部屋に帰り、一人のベッドに入り、ただ機械のように眠るだけ。朝になり、決まった時間に勝手に体が目覚め、また冷水を浴びて、ジョギングに出て、トレーニングして、また踊り出す。体が憶えていて、勝手にやるのよ、だから、ただ無なの。私には無。これに何を感じろというの？　生まれてからずっとそうしてきた、私はただの機械なのよ、毎日そうする機械なの。そんなふうにしか動いたことがない。ほかの動きなんて知らない。工場に、そんな機械があるでしょう。壊れて捨てられるまで、同じ動きを繰り返すだけ。

それ以外の、人間らしい動きを私に教えてくれたのはあの子なのよ。ロスメリン、あの子が、私に人間らしい感情、女らしい喜びがこの世にあることを、教えてくれた。あの子以外には、私には何の意味もない日々、意味のない人生。私は花も駄目で、花がたくさんある部屋に長くいると、体調が悪くなる。だから、私は女ではないのかもと、長いこと本気で疑っていた。

でもロスメリンが、私に花以上にあまい香りをくれたのよ。彼女の髪の毛とか、幼い体の匂いが、花のようにあまい香りを私にもたらした。いくら嗅いでも、何も不調は起きないし、だから、私はここまで頑張れた。自分が女だって解った。何の楽しみもない毎日でも、あの子の髪の匂いを思い出せば、喜んで死に物狂いになれたのよ。機械にも、怪物にも、なることができた。それが全然嫌じゃなかった。

不幸な女だと思うでしょう。そうよ、不幸だと自分でも思う。でもそれがどうしたの？　私にはもう感情なんてない。不幸でもいっこう平気よ、人がなんて言おうと、私は全然気になんてならない。だってみんな、私ほどには踊れないじゃない。そんな人たちが私に何を言おうと、どう言って罵ろうと、それらはむしろ喜び。ロスメリンさえいれば。あの子を抱いてさえいれば、私は何でもできる、どんなことにでも堪えられる。どんな悪魔も、私に放ってかまわないわ。私は闘ってみせる。ロスメリンさえそばにいれば、私は強いの。

ロスメリンがいなければ、私は死体も同じ。今の機械みたいな生活を、このまま死ぬまで一人で続けるのかと思うと、もう堪えられない。生きてはいけない。死を選ぶほかはない。あの子をこの手に取り戻すためなら、私何でもする、本当に何でもするわよ』

そして妹は、壁に立てかけられていた細い竹製のステッキを取りに行き、それをいらいらしたようにいじりはじめました。それはチャップリンのバレエをやった時の小道具で、日本の竹で作った、チャップリンが愛用した本物と瓜二つなのだと、あとで聞きました。

これは到底一筋縄ではいかないと、私は強い衝撃を受けていました。ロスメリンは、私にとってはかけがえのない存在。私にも、文字通りあまく香る花でした。しかしそれは、フランチェスカにとっても同じ、いえそれ以上なのでした。

『少し、冷静になれないか、フランチェスカ』

という声がして、そう言ってくれたのはエプスタインさんでした。

『何ですって！』

と険しい声で反応したのは妹でした。彼女はエプスタインさんを、自分の味方と信じていたのです。

『法廷闘争も、辞さないつもりか？』

彼は訊きました。イエスのつもりか、それとも抗議か、彼女はエプスタインさんを睨みつけました。そして、

『法廷？』

とつぶやきました。

『エイジェントは喜ばんぞ』

彼が言い、彼女は沈黙しました。

『世界中のファンもな。何を手にしたら、君は矛を収める？』

『この女に何を言われたの？』

フランチェスカは、一見無関係なことを言い出しました。

『何だって？』

『何も欲しいものはない、解っているでしょう』

彼女は、地獄から湧いてくるような暗い声で言いました。

『ああ、もう何もかも、君は手にしたからね』

彼は言いました。

『家も別荘もヨットも。そして歴史的な舞姫という地位も、名声も。それは君の実力だ。しかし、君一人だけの力ではなかったことを、君も認めるんじゃないか？　君の力をもってすれば、いずれは成し遂げられたろう。だがいかに君でも、もっと時間がかかったはずだ。今の地位にまで到達するのに、四十の坂を超え、五十の坂に迫ったかもしれない。君は間違いなく天才だが、女性だ。三十代で成し遂げなくては、ここまで華やかな成功はなかった。君もそれは認めるだろう』

『ああ、なんてことを言うの』

フランチェスカは、いまいましそうにつぶやきました。

『それが、ジェイソン・エプスタインの言葉なの？』

と言い、娘の前ですが、

『この女と寝たのね』

とそう言いました。

『私はそっちのこと、何も知らない。ベッドの中での手管なんて。私の体も、そういうことには反応しない。私に解ることはバレエだけ。あなたには失望した。あなたは世界を動かせる人と信じていた、思いのままに。それがこんな女に、こんな、何も持っていない、つまらない女にだまされるなんて。私を黙らせるには、あなたを利用するしかないと、この女が計算したことが解らないの？　あなたともあろう人が。

さあ、何か言ったら？　いや違うフランチェスカ、ぼくは寝ていないと、そう言い訳しないの？

あなたには本当にがっかりね。その程度の男だったとは！』

彼は何も言えずにいました。

『その挙句が、この女の言いなりに、少し冷静になれないかフランチェスカ、何を手にすれば君は矛を収めるかい、ですって？　この女の何が魅力だったの？　この私に勝るいったい何を持っていたの？　体？　こんなつまらない女が！』

『フランチェスカ、彼が言いたいのはあなたにはこの上ない名声、無名の私には子供って……』

私は必死の気分で口をはさみました。その瞬間でした。

『黙りなさい売春婦！』

そう言ってフランチェスカは、チャップリンのステッキを、思い切り私の頭に振り下ろしたのです。

私は一瞬気が遠くなり、床に倒れ込みました。と同時に、何をすると言う太い声と、鈍い音を聞きました。

意識が徐々に戻ってきて、ゆっくりと身を起こすと、フランチェスカが床に倒れていました。アタマから血を流して、黒ずんだ血が、寄せ木細工の床に広がりつつありました。

『しまった！』

とエプスタインさんが言いました。見ると彼は、手にオスカー像を持って立っていました。

彼は長いこと、本当に長いこと、立ち尽くしていました。それから、うなだれて、こう言いました。

『フランチェスカの言う通りだな、このぼくが、こんな馬鹿なことをするなんてな。父の言う通りでもある、ぼくには短絡的なところがある、いつか致命的なヘマをしでかすと。ああその通りだな。これでぼくはもうおしまいだ。こんなつまらない殺人、彼女があんまりひどいことを言うから、ぼくもかっとして、冷静さを失った。これでもう、ぼくもおしまいだな、逃げ切る方法は……』

『待って』

　私は言い、ゆっくりと立ち上がりました。

『あるわ。私が、あなたを助けられる』

　そう私は言いました。私は天啓を受けていたのです。

『私を助けるために、あなたはこんなことまでしてくれた。今度は、私があなたを助ける番』

　そう言っても、ショックを受けているエプスタインさんには、何も洞察ができないようでした。

『「スカボロゥの祭り」は、私はもうよくよく知っている。フランチェスカの、ほかのどんな演目よりも、私はよく知っている。目をつむっていても踊れる。だから、後半を私が踊る。ここからステージに出ていって。私なら、妹の代わりが務まる、顔が同じだから』

　そう言っても、エプスタインさんは私の考えに理解が追いつかないらしく、ぼうとした表情のままでした。

『それはつまり、何のためにそんな……』

　ＩＱ二百の天才といわれた男が、まるで中学生のようでした。

『時間が作れるのよ、そうすれば。フランチェスカは十時まで、生きていたことになる。その間にあなたは逃げられる。アリバイも作れる。だって、フランチェスカと同じ顔を持つ女が、今ここにいるってことを、誰一人知らないのだから』

　するとエプスタインさんの瞳に、ようやく、徐々に光が戻ってきました。

『むろんフランチェスカほどにはうまく踊れないけれど、「スカボロゥの祭り」なら、かなり自信がある。彼女と同じ衣装を探して。そして私の服をみんな持って、あなたは家に帰っていて。靴も。でもコートだけは置いていってね。終わったら、私はコートだけを上にはおって、急いでここを逃げ出すから』

『なんと、フランチェスカの代わりに君がステージの後半を……』

『それしかないでしょう。私ならそれができる!』

驚いていたエプスタインさんですが、さすがに頭のよい人なので、たちまち私の計画を理解して、それならぼくの家ではなくて、セントラルパークの中で落ち合おう。北の口から入って小道を進んで、四番目のベンチで待つ。あそこは木の陰で、夜なら人目につかない。ぼくの家では、入るところを誰かに見られる危険がある、と指示してきました。

それからハンカチを出して手に巻き、それで竹のステッキを摑んで持ち上げて、そろそろと棚の上に置きました。

あとはご承知の通りです。フランチェスカと同じベージュの衣装を探し出して着て、コートだけを入り口近くに置いて、私はステージに向かい、出て踊りました。マネージャーのジャック・リーチさんが、鍵をと私に袖で言うので、鍵を渡しました。

夢中でしたから、額に血が垂れてきていたことには、少しも気づきませんでした。大きな問題は、キャロルが生き延びる新ヴァージョンの踊りを、私が知らなかったことです。私が手に入れて、繰り返し観ながら練習していた「スカボロゥの祭り」のヴィデオは、キャロルが死んでしまうオリジナルのストーリーです。だから、怖かったけれど、もう後には引けないから、死ぬ演技を踊りました。でもみなさんさすがに一流で、即興でうまく合わせてくれて、問題は起きませんでした。

ステージを終えて、私は急いで控え室に戻りました。袖でリーチさんが、まだ舞台挨拶がと言うのが聞こえましたが、振り切って走りました。私は心身ともに、本当に疲れ切っていて、ふらふらだったのです。ただ鍵をと言い、彼から受け取りました。

急いでここまで駆け戻り、鍵を差し込んでドアを開けた瞬間、フランチェスカ・クレスパンが無事戻ったと思い、安堵したのでしょう、椅子にすわっていたガードのボブ・ルッジさんが立ち上がるのが見えました。そっと見ていると、背中を見せて、トイレに向かいます。

ついている、と私は思いました。急いで部屋に飛び込み、衣装の上から自分のコートをまといました。急いでベルトを締め、そして、当時はあった棚の上に帽子があるのに目をつけていましたから、それをとって目深にかぶり、部屋を飛び出して鍵をかけ、エレヴェーターのボタンを押しました。鍵は、ドアの下から挿し入れて、遠くにはじきました。

エレヴェーターは意外にすぐ来て、ルッジさんに姿を見られることがなく、ほっとしました。箱の中にも誰も人がおらず、助かりました。

一階ホールには観客たちがいっぱいいて、人目を引かないように早足で表に出ると、街には霧雨が降っていました。これもラッキーでした。コートの襟を立てたり、傘をさしたりで、私の方を見る人はいませんでした。私はまだトゥシューズを履いていたからです。

雨の中に出て、車道を横切ろうとしたら、突風が吹いて、帽子を飛ばされてしまいました。行きかう車が渋滞気味で、帽子なしで車の前を横切れば、フランチェスカ・クレスパンの顔が照らされます。

私は激しく迷いましたが、ええいままよと思い、雑誌の売店の裏で、コートを脱いで捨てました。バレリーナの姿になって、ポワント立ちで回転しながら、車のライトの中を通り抜けて、道路を横切りました。

ポワントで歩道を歩き、もう一本道路を渡り、急いでセントラルパークの暗がりに飛び込みました。舞台袖に逃げ込むように。

どうしてあの時、あんなことをしたのか、本当に不思議です。あの瞬間、何ものかが、私に命じたのです。踊れと。大舞台をこなしてきたせいでしょうか。興奮がまだ冷めずにいて、何かが、まだ私の中にいた。娘と競うようにバレエを練習してきて、きっと私のうちにも、バレリーナとしての魂が育っていたのでしょう。劇場前の霧雨の車道が、誰にも知られることのなかった私の、ひそかなバレリーナ時代の、最後のステージだと思いました。

四つ目のベンチで、エプスタインさんは約束通り私を待っていてくれて、私が着てニューヨークにやって来た、自分の服を受け取って着替えたら、変装用の眼鏡も、彼は用意してくれていました。その上にエプスタインさんのコートを着て、私たちはタクシーを拾って空港に向かいました。

空港そばのホテルで一泊し、翌日の飛行機で、私はイスラエルに戻りました。わざとずらした飛行機でエプスタインさんもテルアビブに来て、しばらく別荘に滞在して、精神を休めていました。夫がいるので、私は彼を訪ねることはできませんでしたが、何度も電話をかけ、彼の気分を鎮めることを手助けしました。

これが、あの日に起こったことのすべてです。なんてひどい経験だろうと思いましたし、何日も震えが止まりませんでしたが、気づけばロスメリンはまだ私の家にいて、彼女を取り上げようとする人は、もうこの世からいなくなったのです。数日がすぎたら、罪深いことですが、そのことを私は歓びに感じました。

しかしそれはやはり、私のあやまちでした。昨年病で夫が他界し、私は独りになりました。ロスメリンが巣立てば、私は本当に独りぼっちです。夫の最期は非常に苦しいものになり、寝ずの看病をしながら私は、これを神が私に与えた罰だと思いました。黙り通していることはできないと知ったのです。

ミタライさんが私の家に現れた時、神が遣わした人だと感じ、ニューヨークに行って、すべてを告白することに同意しました。

私のために罪を犯してくれたエプスタインさんは傷つけたくなかったので、ずいぶん悩みましたが、それが神のご意志なら、仕方がないことかと思いました。

フランチェスカ・クレスパンの事件は有名になり、映画にもなりました。映画は美しく描かれていて、観る者を感動もさせたようです。しかし裏面の実態はこのような醜いもので、そのことを私は、何よりも申しわけなく思います」

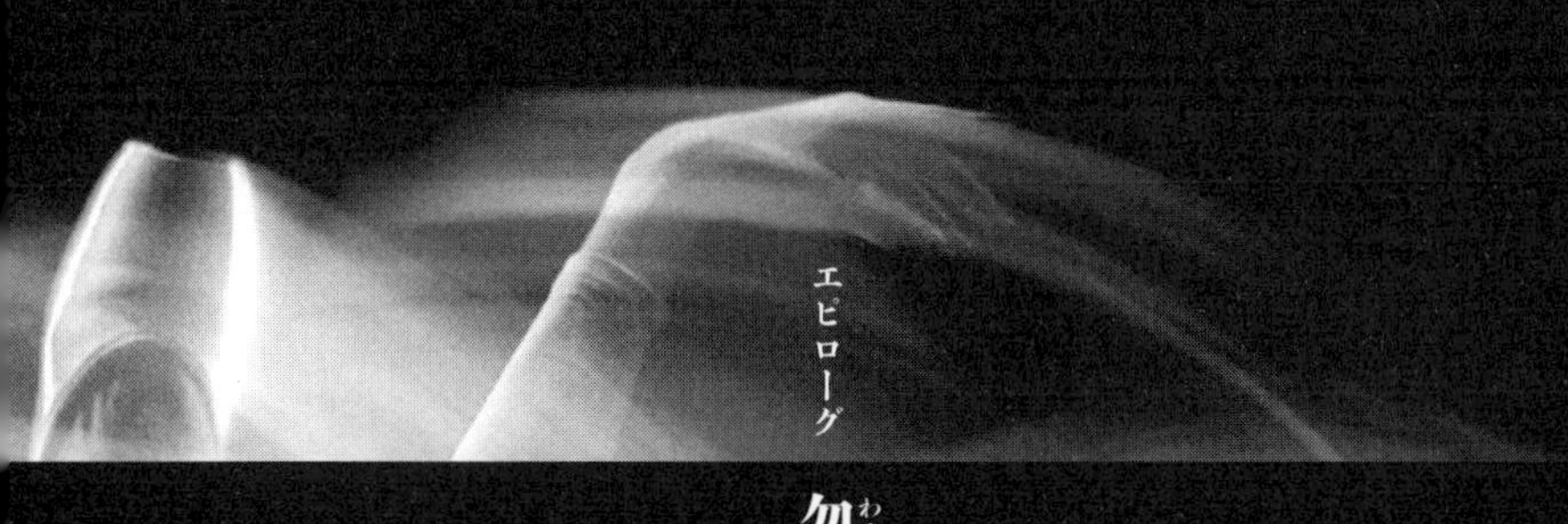

エピローグ

勿忘草（わすれなぐさ）

「フランチェスカ・クレスパンの亡霊事件は、君には後味のよいものではなかったかな」

翌朝、地下鉄駅から空港への通路を歩きながら、潔が私に訊いてきた。

「そうだな」

私は思案しながら言った。

「アーニャは気にしていたね。でもぼくには、それほどじゃない。女二人の醜い闘いと、人は言いたがるかもしれないが、ぼくはそうは思わない」

「ふむ」

「二人の女、フランチェスカとアーニャの姉妹の、ロスメリンへの愛情は本物だった。真の母性同士の争いで、決して醜いものじゃないさ」

潔は言った。

「女性がここにいたら、賛成をもらえるかどうかは微妙だが、ここは同意しておこう」

「釈然としないもの言いだな。女性ならどう言うんだ?」

「美しいものもあったさ。エルヴィン・トフラー監督はいたく喜んでいた。世紀の傑作が現れるかもしれないと。身を清めて全力を尽くし、創作の女神を引き寄せたいと意気込んでいた」

「身を清めて? 東洋的なんだな」

「彼は日本の研究家だ」

「彼としてはラッキーだったな。フランチェスカ・クレスパンが蘇って、突如彼のもとに飛び込んできた。フランチェスカの一粒種で、バレエの腕も抜群、しかも偶然にも当時の母と同い年だ。今フランチェスカを演じるのに、彼女以上の才能がこの世にいるとは到底思われない。まるで彼女を使ってくれと、神が運んできたみたいだ。これが運命の女神の采配でなくて何だろうね」

「ああ、彼は妙についている男なんだ。とりわけ女優運がいい。時代を代表する女優と、不思議に縁ができる」

「これで彼女も、世界的な有名人になるかもしれないね、ロスメリン・ゼルキン、いや、ロスメリン・クレスパン」

「ああ、母娘で歴史的なスターになった例はごく少ない。でも彼女ならなれるんじゃないかな。その意味ではエルヴィンも、アーニャに感謝しなくてはいけない。彼女が育てたんだから」

「ああ。ぼくもフューリソン川のほとりの小さな映画館で、君に『フランチェスカ・クレスパンの奇跡』を観せてよかった」

潔が言い、

「マンハッタン北署の刑事たちも、みんな君に感謝することだろう」

「その割には、見送りに来なかったな」

笑いながらだが、私は不平を言った。

「まあみんな忙しいのだろうな。ここは世界一犯罪の多い街だから。しかし、君に深い感謝を捧げたい人もいたはずだ」

「感謝など不要だ」

潔は即座に言った。

「そうなのかい？」

「純粋な論理科学に、感謝の情は有害だ」

「おやそうかね」

「ゴッホがひまわりを描いた時、ありがとうございますと言われたらどうだい。そのピントのズレ具合に、次の絵を描く気力が失せる」

「そうかなあ」

「創作の美しい達成、それ自体が無上の報酬だ」

「まあ、そうなんだろうな」

「それに、世界にとって重大な事件なら、いずれまた、再会の機会はある。別れのセレモニーなんてね、時間とエネルギーの無駄だ」

「ああそう。ではともかく、無駄が生じなくてよかった」

そう私が言った時だった。どこかでアコーディオンの音が聞こえた。

われわれは、チケットカウンターのあるロビー空間に踏み込んだところだった。大勢の旅立ちの客で、ロビーはごった返していた。

こんなところにも、大道芸の音楽家が入っているのか、と私は意外に思いながら、なんとはなく、音の源を目で探した。しかし人の数が多くて、容易には見つからない。その時、広い空間に朗々と響く男の歌声が聞こえて、人々の声が徐々に鎮まりはじめ、みなの歩く足が停まった。それで私は、彼方の壁の前で、右手を高く上げている人物の姿を見つけた。

「あっ」

と、思わず声を上げてしまった。それは、ダニエル・カールトン警部だったからだ。

その隣にはアコーディオンを弾く男が立ち、その隣に、タキシード姿の若い男性がいて、朗々たるテノールを大空間に響かせていた。

潔も驚き、しばらく彼らの姿を見つめていたが、歩き出して、彼らの方に向かった。

その歩みがゆっくりしているのは、歌を聴いているからだ。足を停め気味の人々をかき分けるようにして、ゆっくり、ゆっくりと、潔は進んでいく。それで壁の前に並んで立つ男たちが、ゆっくりと近づいてくる。

美しい旋律と、説得力のある男の声は、大勢の観衆の精神に、静かに浸透していた。その証拠に、いらついているような彼らの、気ぜわしさが消えた。

柔和に笑うカールトン警部。アコーディオンを弾いているのは、なんと広報のムラトフだった。その隣でテノールの歌唱を披露しているのは、見知らぬ若者だ。彼の隣には、ゲイリー・モス刑事もいる。歌い手を除く全員が、柔和に微笑んでいた。

潔は彼らの前で立ち停まり、歌が終わるのを待っていた。

終わると、若い歌手に近づいていって右手を差し出し、握手をした。若者は潔の手を両手で押し包み、何度も何度もお辞儀をした。そしてついに我慢ができず、さっと抱きついてハグをした。長い抱擁だった。離れる時彼は、素早く下を向き、急いで瞼の下を拭った。私はそれを見逃さなかった。

「Non ti scordar di me」

と潔は言った。私の知らない外国語だった。

すると若い彼はまた、一種忙しないような仕草で何度かうなずき、微笑んだ。

われわれの背後で、空間を揺するような拍手が沸き起こった。ブラボーの声も聞こえた。

「Non ti scordar di me!」

　と叫ぶ声、

「Beautiful!」

と叫ぶ声もあった。実際それは切ないほどに美しい旋律で、私も心打たれていた。なんという曲なのか。

「リチャード・ルッジ君です。われわれの恥ずべきミスで収監中の、ボブ・ルッジ氏の息子です」

カールトン警部が、拍手が収まるのを待って、われわれに紹介した。

「素晴らしい喉だ」

潔は言い、彼の二の腕を叩いた。

「自信を持っていい、この街では一番です。お父さんはすぐに出てきます。そうしたら彼にも、聴かせてあげてください」

「父は、喜ぶでしょうか」

彼は不安そうに尋ねた。潔はうなずき、

「君のテノールが聴けない刑務所なんて、二度とごめんだと言うでしょう」

「ミスター・ミタライ。今度のことでは、本当にお世話になりました。あなた以外には、誰もできなかったことです。あなたの出現を、ぼくらは長いこと待っていました。長い長い間。それは永遠に続くと思える夜でした。父のこと、心から感謝しています。ぼくがどれほど感謝しているか、今後この歌のように、おりに触れて思い出します。生涯ずっと」

「そんなに長くなくていいです」

潔は言った。

「しばらくでいい。ぼくも、この空港での君の歌のこと、当分忘れることはない。どうぞ喉を大切にして。お父さんも、ずっと君のことを一番に思っていた」

「はい。父を誇りに思っています。こっちの育ての父のことも」

言って彼は、カールトン警部の二の腕にわずかに触れた。

潔はうなずき、

「ではみなさんごきげんよう。みなさんの真心に感謝します。こんなに心に残るお別れは、これまで記憶にない。また難事件がありましたらお会いしましょう」

言って、ゲートの方に歩き出した。すると北署の楽団も動き出して、ぞろぞろとついてくる。

X線チェックのあるゲートに入る時、タキシードの正装が一人交じる奇妙な男たちの集団は、横一列に並び、みんな愛想よくこちらに向けて手を振った。

「ずいぶんと愛想がいいんだな」

X線を抜けてきたトランクを受け取りながら私が言うと、

「ああ。あれなら、マンハッタン警察の強面たちだとは、誰も思わないだろう」

潔は言った。

「コニーアイランドのアイスクリーム売りたちといったところかな」

うなずき、スカンジナビア航空のゲートに向かって歩き出しながら、私は尋ねた。

「時間とエネルギーの無駄だったかい？」

「あれは撤回しよう」

潔は潔く言った。

「だろう？　ゴッホも、ありがとうと言われたら、もう一枚ひまわりを描いたかもしれないぜ」

「いや、選曲がよかったからね」

潔は言う。

「それに免じてね」

「さっき君がルッジ君に言った言葉、あれはどういう意味だい？」

機会を得て、私は知りたかったことを尋ねた。潔は少し思案していたが、

「ああ、Non ti scordar di me かい？」

と訊いた。

「それだ。イタリア語かい？」

「そう。勿忘草（わすれなぐさ）、さっきの歌曲の題名だよ」

「ああ」

私はうなずいた。すべてが、解ったような心地がした。

「この喜びと感謝を生涯忘れないという意味で、彼はあの歌を選んだんだね？」

すると潔はうなずく。

「君が現れなければ、彼の父親は、刑務所で生涯を終えたろう。彼の言う長い夜は、決して明けることはなかったはずだ」

言うと潔は、唇の端を持ち上げて、わずかに笑った。

「ぼくも、忘れられないだろうな、あの美しい旋律を」

私が言うと、

「あの曲は、この事件全体を暗示しているんだ」

潔は言う。

「というと？」

「忘れることができない草花が、今回の事件の中心にあった。この草の香りとともに事件は始まり、香りとともに今終わった」

言われて、私は考えた。

美しくも血腥（ちなまぐさ）い今回の事件。美しい母性と、醜い女の情、複雑に絡む植物の蔓のような事件の中心には、ロスメリン・ゼルキンがいる。フランチェスカ・クレスパンという不世出の舞姫が産み落とした、一輪の花だ。事件の内懐で咲いたこの小ぶりな花を、二人の女が奪い合い、悲劇が起きた。

しかしこの花は、近くきっと名花に育つはずだ。

「ロスメリンか？」

訊くと、潔はうなずく。

「ロスメリンはドイツ語読みだ。英語読みすれば、ローズマリーさ」

潔は言い、思わず私は足を停め、ああと言って深くうなずいた。
ようやくこれで、私にすべてが解った。

参考文献

https://ja.wikipedia.org/wiki/前帯状皮質

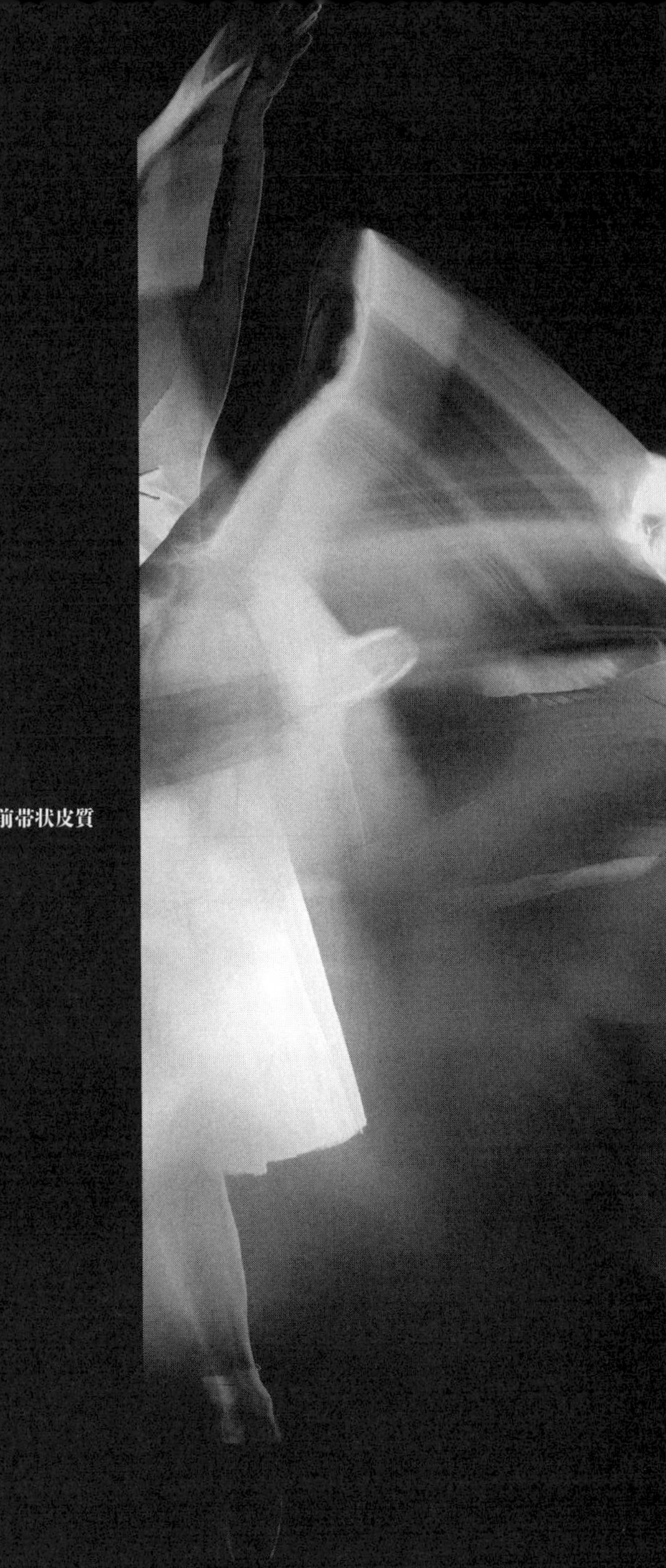

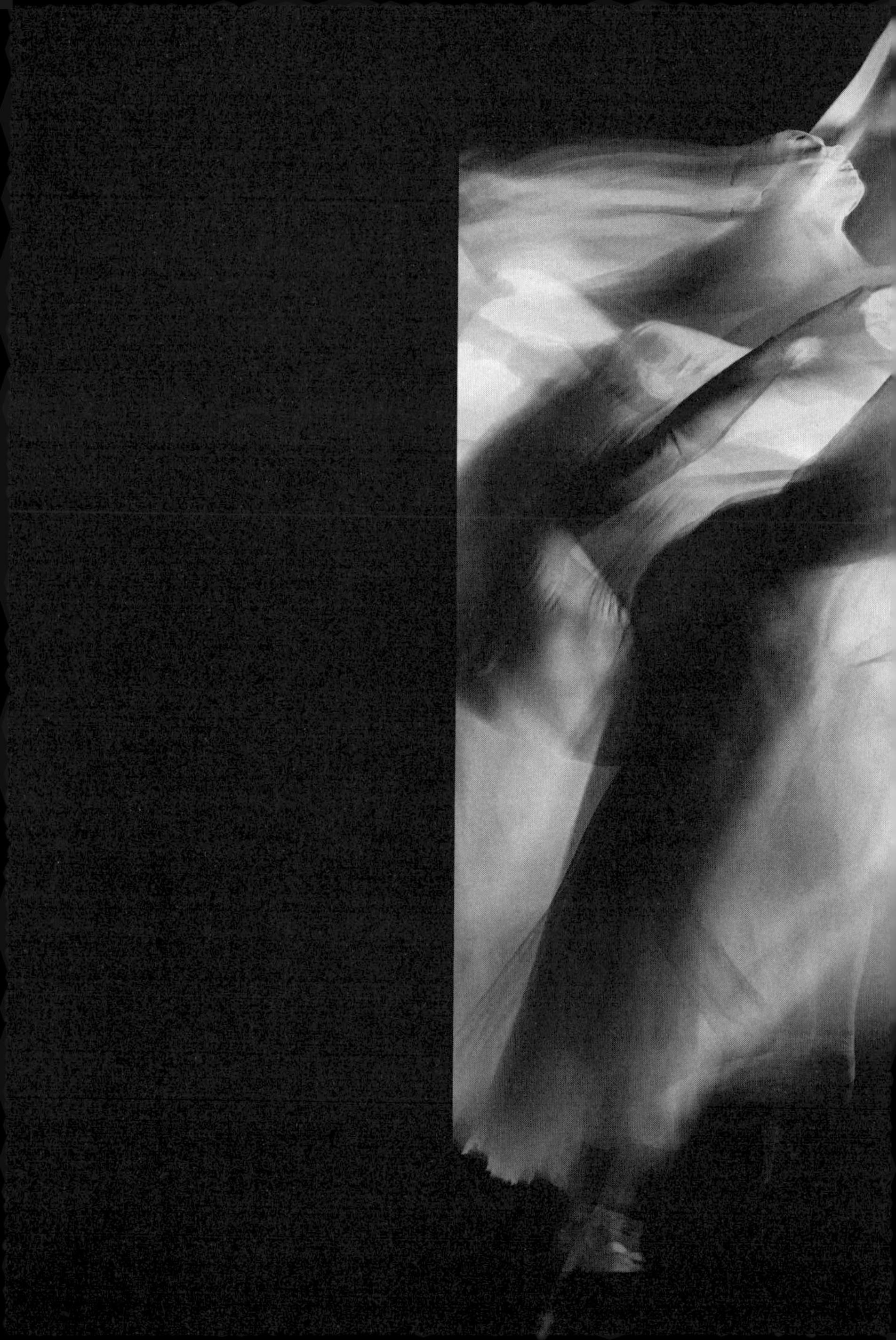

本書は書き下ろしです。
この物語はフィクションであり、
実在するいかなる場所、団体、個人等とも
一切関係ありません。

著者紹介

島田荘司

（しまだ・そうじ）

1948年広島県生まれ。武蔵野美術大学卒業。
1981年『占星術殺人事件』でデビュー。
『斜め屋敷の犯罪』『異邦の騎士』などに登場する
名探偵・御手洗潔シリーズや、
『奇想、天を動かす』などの刑事・吉敷竹史シリーズで
圧倒的な人気を博す。

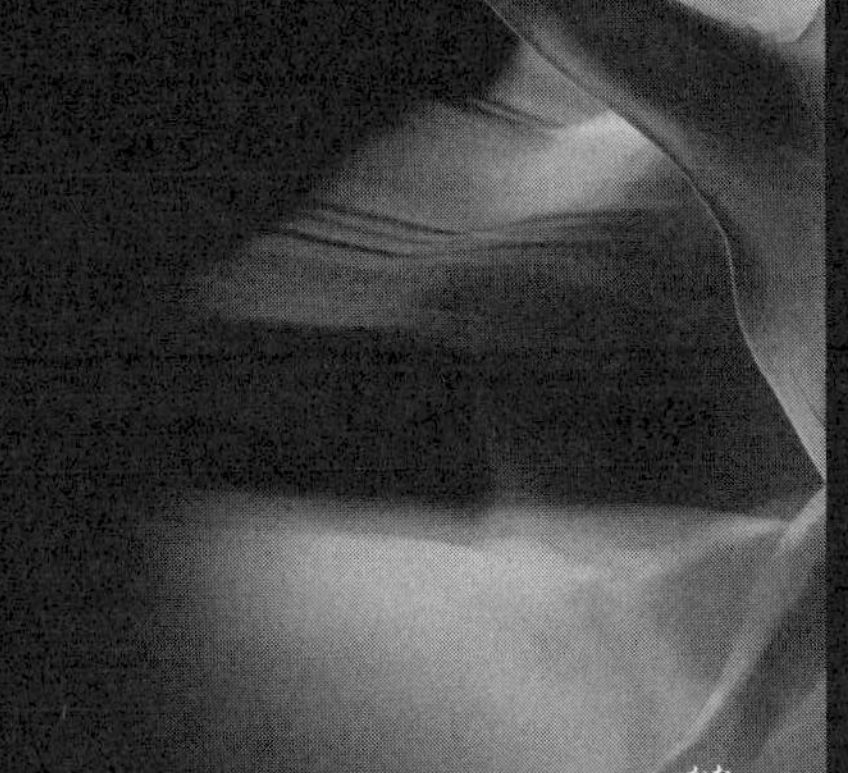

著者　島田荘司

発行者　鈴木章一
発行所　株式会社　講談社
〒112-8001
東京都文京区音羽2-12-21
電話　（出版）03-5395-3506
（販売）03-5395-5817
（業務）03-5395-3615
本文データ制作　講談社デジタル製作
印刷所　株式会社KPSプロダクツ
製本所　株式会社若林製本工場

ローズマリーのあまき香り

2023年4月24日　第一刷発行

N.D.C.913 638p 19cm
ISBN 978-4-06-531240-7

Sweet Scent of Rosemary